JN183412

手紙
TO THE LETTER:
その消えゆく
A Journey Through a Vanishing World
世界をたどる
旅
by Simon Garfield

サイモン・ガーフィールド［著］
杉田七重［訳］

柏書房

TO THE LETTER: A Journey through a Vanishing World
by Simon Garfield

First edition published in English by Canongate Books Ltd.
Japanese translation rights arranged with Canongate Books Ltd.
through Owls Agency Inc.

ジャスティンへ

初期の円柱郵便ポスト、1853年頃。「一通の手紙も盗まれなかった」

手紙　その消えゆく世界をたどる旅　目次

われわれは二度と読まない手紙をとっておきながら、ついには用心のため破棄する。結果、最も美しく、最も貴重で、一度失ったら、自分も相手も取り返しのつかないものが失われてしまう。

——ヨハン・ヴォルフガング・フォン・ゲーテ

手紙を書くことを好まない今のような時代に生きていると、かつてそれが人々の生活にどれだけ重要な部分を占めていたかを忘れてしまう。

——アナトール・ブロイヤード

ラブレターをもらったことのない人間は、世界中に何百万といるはずだ……ぼくはそういう人たちのリーダーになれるかもしれない。

——チャーリー・ブラウン

手紙　その消えゆく世界をたどる旅

By Command of the Postmaster General.

NOTICE to the PUBLIC.

Rapid Delivery of Letters.

GENERAL POST OFFICE,
May, 1849.

The Postmaster General is desirous of calling attention to the greater rapidity of delivery which would obviously be consequent on the general adoption of ***Street-door Letter Boxes, or Slits,*** in private dwelling houses, and indeed wherever the Postman is at present kept waiting.

He hopes that householders will not object to the means by which, at a very moderate expense, they may secure so desirable an advantage to themselves, to their neighbours, and to the Public Service.

各々の家のドアに郵便受けをつける ——1849年の新しいアイディア

1 手紙のマジック

競売ナンバー512。ウォーカー（ヴァル・A）一九四一年及び一九六七年から一九六九年のあいだにベイヤード・グリムショウに宛てた広範囲にわたる書簡。署名入りの肉筆書簡三十七通とタイプ打ち書簡二十一通から成り、フーディーニに関する長い記述が含まれる。「彼の水責めの個室は、観客の知性を甘く見ているとしか思えない。マジックのプロであろうと素人であろうと、あっさり見破ることができる」と、フーディーニに手錠をはめる役のひとりとしてステージに上がったときの体験をつづっている。また別のステージ・マジックでフーディーニに拘束衣を着せたことも書かれており、それに関連して、自身の拘束衣や、〝タンク・イン・ザ・テムズ〟、〝アクアマリン・ガール〟をはじめとする脱出術について詳述。〝難関手錠抜け〟の宣伝ビラと、ジョージ・グリモンドが〝三つの箱〟というタイトルで行った脱出ショーの宣伝用パンフレット付き。

推定価格　三百ポンド〜四百ポンド

ブルームズベリー・オークションズはロンドンのブルームズベリー地区ではなく、リージェント・ストリートの脇道にあって、一九八三年の創業当時から、書籍と視覚芸術を専門に取り扱っている。視覚芸術には、ときに奇術が含まれることもあって、そうなると手品、読心術、曲芸、空中浮揚、脱出術、人体切断などなど、ありとあらゆるものが対象となり、消えゆく世界と、消えゆく技の数々を垣間見せてくれる。

二〇一二年九月二十日に開催されたオークションもそのひとつで、これには様々な奇術の手法や仕掛けから始まって、トリックの種明かしや仕掛けの作り方、ポスター、ビラ、契約書、書簡までが登場した。なかには、マジックの女王と呼ばれた、ヴォネッタなど、特定のマジシャンに関連するものを集めたロットもある。ヴォネッタはこの世界で成功した数少ない女性のひとりで、スコットランドで大人気を博し、手品師としてばかりでなく、早変わりの曲芸師としても優れた能力を讃美された。またアリ・ボンゴ関連の品を集めたロットもあり、そこに含まれる書簡には、十七の発明が記され、〝透明人間になるための衣装〟という眉唾物の記述もある。

ほかに、チャン・リン・スー関連に特化したロットが三つ。彼の本名はウィリアム・エルワース・ロビンソンで、一八六一年に、北京ではなくニューヨーク・シティに生まれた（カタログに載っている写真を見ると、東洋の魔術師というより、帽子をかぶったニック・ホーンビィ（英国の小説家）という感じだ）。売りに出されている書簡の一通に、ライバルのチャン・リン・フーについて書いた物がある。このチャン・リン・フーはスーに、自分の名前ばかりか奇術の手法まで盗用されたと主張していた。ふたりの確執は一九〇五年に至って頂点に達し、ロンドンで同時に興業を行って相手をこっぴどくけなしながらも、どちらの興業売り上げにも差し障りはなかった。チャン・リン・スーは東洋の魔術師になりきるために、ステージ上では一切しゃべらずに、煙を吐いたり、宙から魚をつかみあげたりといった奇術を行った。

スーは一九〇一年から一九一八年にかけて、スウォンジーのエンパイア劇場、ショアディッチのオリンピア劇場、カンバーウェル・パレス劇場、アードウィックエンパイア劇場、プレストンのロイヤル・ヒポドローム劇場といったところで活躍したが、ウッド・グリーン・エンパイア劇場での忘れがたいステージを最後に、そのキャリアに終止符を打つことになる――チャン・リン・フーの呪いだろうか――評判の〝銃弾を歯でキャッチ〟する奇術が思うように運ばなかったのだ。空砲のつもりで撃った銃から実弾が飛び出し、「何かおかしい――幕を下ろせ!」と、舞台で発した最初の言葉が、スーの最期の言葉になったと研究者が書いている。ブルームズベリー・オークションズに出品されたロットのなかには、スーの助手や友人からの手紙もあって、それらによると、スーが生まれたのは、イギリスのバーミンガムにあるフォックス・ホテルの裏手であり、あのステージで死んだのは事故ではないらしい。「ロビンソンを知るわれわれからすれば、彼は殺されたとしか思えない」とハリー・ボズワースという男性が記している。

しかし何と言っても注目すべきは、「ラジウム・ガール」、「アクアマリン・ガール」、「カルモと消えるライオン」、「壁を突き抜ける歩行」、細身の女性助手の人体を切断する奇術の元祖――といった、ヴァル・ウォーカーの人生を物語るマジックを含むロットだ。一八九〇年二月十四日に生まれたことから、ヴァレンタインと名乗ったウォーカーは、かつて一大人気を博したマジシャンだった。第一次世界大戦のさなかに鍵をかけて水中に沈めた金属製タンクから脱出を果たしたことで、「海軍の魔法使い」として知られ(一九二〇年にはテムズ川で警察関係者、軍当局、及び三百人の報道陣を前に同じ術を披露している)、水から出て身体を拭いたあと、その術をわが国でもぜひ披露してほしいと世界中からオファーがあった。その後、アルゼンチンとブラジルの拘置所から脱出を果たし、オークションのロットに含まれる情報によれば、〝スペインの様々な刑務所〟からも脱獄したそうだ。

ウォーカーは、その時代のデヴィッド・カッパーフィールドやデヴィッド・ブレインに等しかった。BBCの隣にある、当時ヨーロッパで最も有名な(歴史上最も有名と言ってもいい)マスケリンの劇場、シアター・オブ・ミステリーで開催されるショーに登場し、手枷(てかせ)、足枷、拘束服から自由になるのはもちろん、ステージの真ん中に前面をガラス張りにしたタンクを置いて、そこに沈めた全長九フィートの潜水艦から素早く脱出して観客を驚かせた。そうして次に披露した「ラジウム・ガール」で、マジックの歴史にその名を永遠に残すことになったのである。これは〝大箱〟の蘇生イリュージョンとして知られるもので、熟練した女性が戸棚に入り、のこぎりで真っ二つに切断されたり、剣を突き刺されたりしたのちに、不思議にも無傷で外に出るというトリックだ。ウォーカーはこの手のショーを披露した元祖であり、一九一九年にこのトリックを考案したと言われている。自身で箱を製作し、観客の気をそらす手法や、ショーをクライマックスへと盛りあげていく口上も編み出した。

以来このトリックを、われわれは九十五年にわたってステージやテレビで目にすることになる──まずキャスター付きのからっぽの箱が観客の前に運ばれてきて、種も仕掛けもないことを示してから、両側面と底が閉じられる。助手がひとりなかに入り、鎖で身体を固定してドアを閉める。しかるのちに、あらかじめドリルであけておいた穴にナイフや棒を差しこみ、女性の身体を三分割するように金属板を通していく（フェミニストは一貫して、このトリックを女性蔑視として糾弾してきた）。たかが手品とあなどり、種明かしの写真も見慣れている、いわばすれっからしのわれわれが今見たところで、どうということもないが、当時の観客にとって「ラジウム・ガール」は衝撃的だった。金属板や棒や剣を（当然ながら）すべて抜いたあとでドアをあけ、鎖をはずすと、完全無欠な女性がにこやかに微笑みながら出てくるのだから。

しかしそれから、もっと衝撃的なことが起きた。ウォーカーがマジック界に嫌気を起こし、ツアーに出るのも辞めてしまったのだ。自分より才能のない輩に富と名誉が集中しているのに嫉妬したためで、そのひとりがハリー・フーディーニだった。それで、ある日あっさりと辞めてしまった。

イギリスの秘密兵器――脱出をもくろむ、ヴァル・ウォーカー

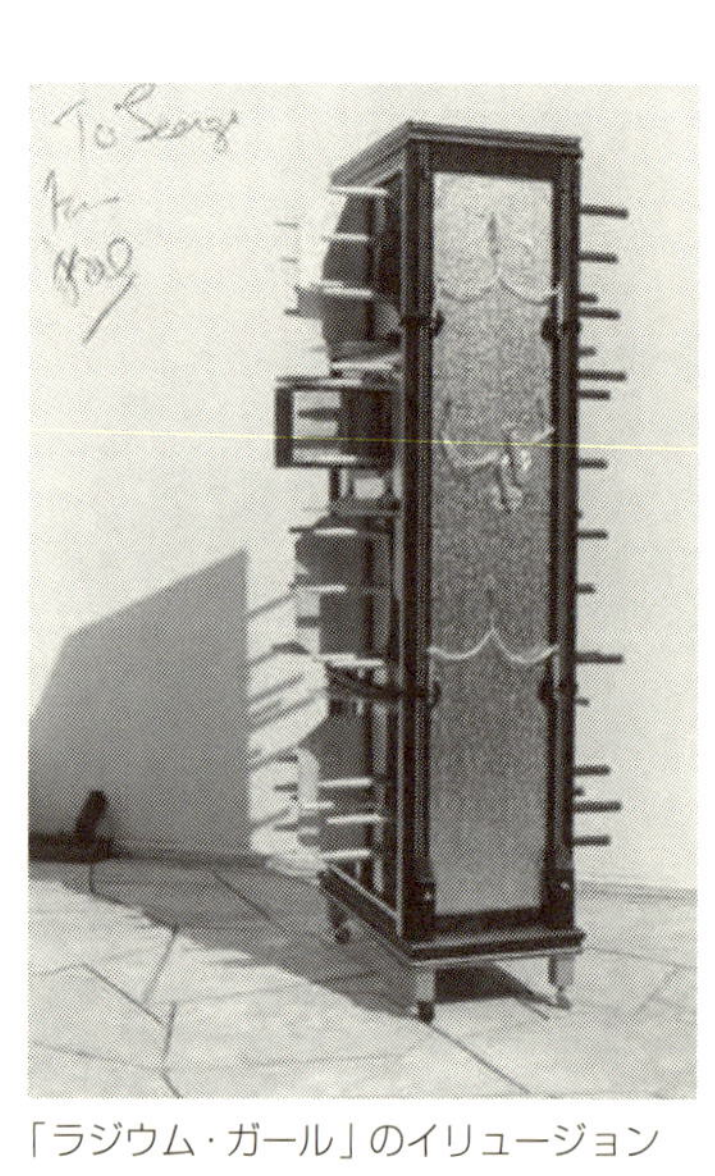
「ラジウム・ガール」のイリュージョン

その辞め方というのが、想像どおりじつに潔い。一九二四年にはマジック・サークルの会員資格を放棄して電気技師の仕事を再開する。ドーセット州のプール郊外にあるキャンフォードクリフスに妻エセルといっしょに引っ越して、ケヴィンという名の息子をもうけ、以降二度とステージに姿を現さなかった。彼としてはそれで満足なのだろうが、マジック界にとっては大きな損失だった。

一九六八年九月末、マジックの世界から引退して数十年がたった頃、ウォーカーはウェイマスで開催された、ある大会に最後の登場を果たした。とはいえスターとして舞台に立ったのではなく、特別な目的があって、マジックの愛好家として「ラジウム・ガール」のショーをもう一回だけ見にきたのだった。このときのマジシャンはジェフ・アトキンズという名の男性で、ウォーカーはその夏、彼のために自宅の庭で新しい戸棚をつくってやっていた。そして事実上、これがウォーカー最後の快挙となった。それから六か月後、慢性かつ進行性の疾病（おそらく癌）で亡くなり、彼が抱えていた秘密の多くも、いっしょに失われてしまったのである。

しかしすべてが失われたわけではない。ウォーカーの書いた手紙が何通か残っており、これまでここに書いてきたことの多くは、競売の前日にブルームズベリー・オークションズのファイルを見て得られた情報を元にしている。彼の手紙は偉大なショーの実態を伝えるばかりでなく、慎みと礼節を大切にし、（最後の最後まで）他人への思いやりを最優先に生きてきたらしい、その私生活をも教えてくれる。

読めば読むほど、もっと知りたくなる。オンラインの販売カタログでウォーカーについて言及している部分を片っ端から拾っていき、オークション・プレビューで彼の人生が残した物を見ていく、そんな日が数日も続くと、まるで魔法にかかったように、これまで名前も知らなかった一男性の人生に惹きつけられていった。そうしてウォーカーが一度ならず手紙のなかでつかっている言葉、彼の〝境遇〟――欺瞞（ぎまん）と幻影と秘密のなかに人を浮き沈みさせる世界――に、がぜん関心が出てきた。その世界に今、手紙がわたしを引き入れてくれようというのである。

ヴァル・ウォーカーの手紙は、ささいな事柄を扱いながら、そこに深遠なものを窺わせる。心のうちにある思いを感情もそのまま真摯（しんし）に伝える（人を幻惑するのがマジックの仕事であるが、彼の手紙に嘘があるとは思えない）ことで、読み手を魅了し、説得するという、人間が過去二千年にわたって頼みにしてきた、手紙の力をまざまざと見せつけている。マジシャンより前の時代に活躍した心霊術者や霊媒師ができなかったことを、ウォーカーの手紙は実現した――死者を生者の友にしたのだ。現在オークションに出品されているファイルは、時の流れに埋もれて徐々に日の当たらない場所に追いやられたサブカルチャーの一ジャンルを明るみに出すばかりか、それに付随する個人情報の宝庫をもこじあけることになり、別の状況ならプライバシーの侵害ともとられかねないだろう。わたしはそのオークションルームにすわって考えた――過去の一世界を現代に再現し、そこで生きた一個人の役割をこれほど鮮明に、生々しく伝え、抗いがたい魅力で読み手を虜（とりこ）にするものがほかにあるだろうか。手紙をおいてほかにない。

＊

手紙は、書いた者の人生を拡大して見せ、その心の内を明らかにし、人間理解を深めさせてくれる。手紙が証拠となって、伝説や歴史が編み直されることもある。かつて世界は手紙で回っていた。手紙は人間関係の潤滑油であり、自由に意見をかわす場であり、重大な事柄からはじまって、何時に夕食の席に伺うといったささいな連絡事項まで、一手に引き受ける伝達手段であった。特別なことがあった日にはその模様を伝え、恋人を相手に人生最大の喜びやこれ以上はない悲しみを訴える。そういった手紙の価値を当たり前のものとして一蹴することはできないはずだ。過去の人々なら、手紙のない世界は酸素のない世界に等しいと言い切るに違いない。

本書は手紙のない世界、少なくともその可能性について思いを馳せるものである。手紙を電子メールに換えたことにより、失われたもの——ポスト、封筒、ペン、じっくりと頭脳を働かせること、指先だけではなく手全体をつかうこと——について考えたい。読んだり書いたりを通して互いのことを思いやり、物事に先だって思考してきた自分たちの過去を言祝ぐ。それはすなわち、人間の優しさについて考えることであるかもしれない。

デジタルなコミュニケーションはわれわれの生活に劇的な変化を及ぼした。しかし、じわじわとやってきて、気がついたらもう次の季節に取って替わられている英国の夏のように、手紙文化が受けた打撃をわれわれはうっかり見過ごしている。経済活動においても、心の健康においても、古代ギリシアの昔から重要な役割を果たしてきた手紙が、ここ二十年のあいだにじわじわと姿を消し、もう二十年もすると、切手を舐めて貼るなどという行為は外輪船と同じく、完全に過去の遺物となるかもしれない。外輪船で旅することも、手紙を出すことも、今なお可能ではあるものの、もっと速くて便利な手段があるというのに、どうしてわざわざ手紙を出したいと思うだろう？　そういう疑問を呈する向きに、ひとつ手紙について再認識してもらおうと試みるのが本書である。

とはいえ、電子メールに反対を唱えるものではない（そんなことをして何の意味があるだろう？）。技術の進歩を批判する書でもない。電報や地上線による電話が登場した際には、手紙が駆逐されると予測して、技術の進歩を批判する書も著されたかもしれないが、電報も電話も、現在の電子メールのようには、手紙に完全に取って替わることはなかった。

この本を書こうと思った動機は単純だ。つまりは「音」に触発されたのだが、それをどう言い表したらいいのか、いまだによくわからない。到着した手紙がドアマットに落ちる――青いエアメールは霞のようにふわりと、返信葉書を同封した招待状はこれみよがしにドサリと、うれしい御礼状はクシャミのような音を立てて落ちる。詩人のオーデンはうまく言ったものだ――手紙によってもたらされる知らせは、摩訶不思議な、人を変容させる力を持っているのかもしれない。なぜなら、それが到着したとたん、われわれは毎度毎度真摯な心で向き合うではないかと。手紙箱と靴箱を比べればいい。片や引っ越しの際に大切にしまって新居に持っていき、片や引っ越した先で忘れてきたことに気づく。われわれ個人の歴史、すなわち情に突き動かされて生きてきた証しは、アメリカのどこぞの平原に設置されたクラウド・サーバー（鋼鉄の倉庫）のなかに収蔵されているのか。それともこれまで同様、手に取って触れられる形で、われわれの身近に散らばっているのか。画素に分解された電子メールは耐久性がある一方、いざそれを入手しようと思えば、手紙以上に難しい。そのパラドックスにわれわれはようやく気づきはじめた。電子メールのフォルダーをあけるとき、われわれは顔を輝かせるだろうか？　電子メールは受け取り人をせっつき、手紙は優しく触れてくる。手紙はいつでも身近にあって、再発見されるのを待っている。

オスカー・ワイルドのこんな逸話がある。チェルシーのタイト・ストリートに建つ家で数々の手紙（その筆跡からすると、〝走り書き〟と言ったほうが正確か）をしたためたが、あまりに才気煥発

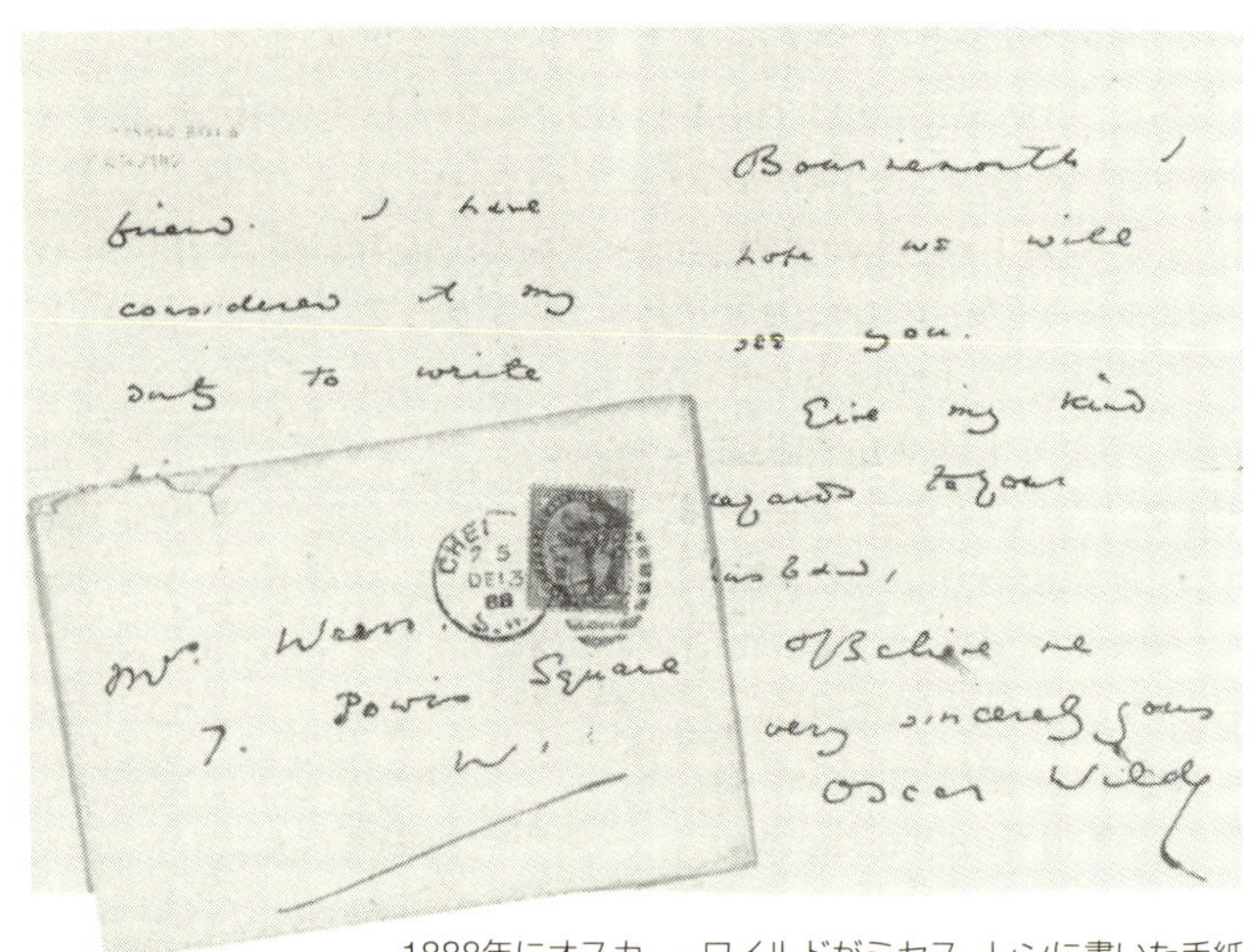
Bournemouth
friend. I have
considered it my
duty to write
hope we will
see you.
Give my kind
regards to your
husband,
Believe me
very sincerely yours
Oscar Wilde
Mrs. Wren
7. Powis Square
W.

1888年にオスカー・ワイルドがミセス・レンに書いた手紙

なゆえに――あるいはそう見せたいがゆえに――ワイルドは手紙をポストに入れるような真似はしなかった。切手を貼り付けたなら、それを窓の外にぽんと放り投げる。そうすれば、うっかり落としたものと思い、通りがかりの人間が一番近いポストに投函してくれると信じて疑わなかった。みんながみんなこんなことをしだしたら、うまくいくはずもないが、そんなおめでたいことを信じるのはワイルドぐらいなものだろう。実際どれだけの数の手紙が郵便ポストに入り、正しい受け取り人の元に届いたのか、今となってはわからない。しかし、もしそれがうまくいかず、多くの手紙が顧みられないまま馬糞のなかに埋もれてしまったなら、さすがのワイルドも早晩やめていただろう。

ところが、タイト・ストリートをはじめとする様々な場所で書かれた彼の手紙の多くが、本人亡き後も残っていて、オークションに手頃な値段で出されている。道徳的には褒められた話ではないものの、この逸話はヴィクトリア朝後期ロンドンの一風景を彷彿させる――馬の牽く様々な車が行き来する玉砂利敷きの街路は人通りも多く、そこここで話し声が響くなか、ひとりの人間が――おそらくは帽子を被った紳士が――一通の手紙を拾いあげて善意のふるまいに及ぶ。なぜなら当時郵便ポストに向かうのは、日々の社交の一部だったからだ。[1]

手紙は、ほかの書き言葉によるコミュニケーションとは違って、受け手と書き手が直接結ばれている感じがある。それは、手で紙に書く、あるいはタイプライターに紙をすべりこませるという所作を通じて、当初から相手を意識していることも一因だろう。さらに、書き終わった手紙がどのような経緯を経て相手の元に届くかがわかっていることも大きい。封をした手紙がどこのポストに投函され、およそ何時に回収されるか。鞄から手紙が出され、分類され、トラックや列車を初めとする輸送手段に託されたのち、また逆のプロセスを通じて相手のもとに届くこともわかっている。一方送信ボタンを押す瞬間、電子メールがどこへ行くのか、われわれにはさっぱりわからない。これがどのように相手のもとに届くのか、問い合わせたくても、ひっそりした電子メール局で、むっとする臭い茶色の作業着を着た係員がうんざり顔で電話番をしているわけでもない。届かなければ、もう一度送信ボタンを押すだけのこと。しかし不着はまずなく、送信から受信まで人間が関わることは皆無であって、匿名無臭の配達人が運ぶそれには、消印も汚れも皺もついていない。箱のなかに入った女性が無傷で出てくるのと同じだ。手間がなくなった分、ある種の味わいもなくなった。

わたしが書きたかったのはその味わいだ。それには、手紙のささやかな歴史のなかに畳まれた、偉大な手紙の書き手と、手紙そのものを覗きみることも含まれよう。われわれの生活で重要な位置を占め、収集され、保存されてきた手紙。かつては誰もが、筆まめであれかしと精神に叩きこまれたものだった。そういった点に考察を加えるとともに、わたしと同じようにそこにロマンを感じて、過去の手紙を回収しようとしている人々にも会いたいと思っている。公文書や商用文からも、われわれの生活について多くの示唆が得られるだろうが、わたしの興味の対象は主として私信だ。心臓の鼓動を速めるような手紙であり、オーデンが好んでつかった言葉、「少女や少年の喜び」がにじむような手紙を扱いたい。手紙の歴史大全を書こうなどという野望はないし、古今東西の偉大な手紙集成をつくろうなどという気も断じてない（世界の歴史は長大になりすぎているし、集めたところで、収められるだけの紙幅もない――世界中の芸術をひとつの画廊に集めるのと同じだ）。しかし手紙のなかには、それに等しい途轍もない仕事を成したものや、一葉の紙のなかに世界を丸ごととらえたようなものがある。そういう手紙を賞賛しようというのが本書の意図だ。まずはローマ時代のブリテンまで足を運んで草創期の手紙をたどり、当時の書き出しと結び――あいさつと別れの辞――が二千年後の現在も存続していることを見出そう。これだけ長い年月を経ていながら、じつのところ手紙はさほど変わらなかった。それが今、もはや後戻りできない変化の時代を迎えているのである。

*

オークションはオリンピックが終わって数週間を経た、ある秋の日に開催された。競売場から数ヤード離れたアップルストアでは、電子メールを確認するために行列ができていた。近くのボンド・ストリートには高級文具や革製品を扱うスマイソンの店があり、この店で首相の妻サマンサ・キャメロンがクリエイティブ・コンサルタントを務め、エンパイア・ノートカード（短信用二つ折りカード）一箱を陳列する相談に乗ったと言われている。インド象の図柄が入った五十ポンドのそれは、タッチスクリーン全盛の時代に、依然として店内で優雅に生き続ける商品のひとつだ。
そういった新時代と旧時代の象徴が並ぶあいだに、時間を超越した建物が存在する。よくできた

1　ワイルド独自の郵便システムについて言及するなら、彼が有頂天になって書き上げて、結局送ることのできなかった手紙についても触れないわけにはいかない。あのレディング牢獄に収監され、一八九七年五月の釈放を待つまでの、最後の数か月のあいだに書かれた二十枚の手紙『獄中記』には、社会から追放された人間の悲しみや孤高の境地が詳細に語られており、それは次のように、後悔を赤裸々につづる文章から始まる——「愛しのボジーよ、長き時をいたずらに過ごして待った結果、きみ宛てに自ら筆を執ることにした。きみのためでもあり、わたしのためでもある。なぜなら、二年もの長きにわたって幽閉されながら、きみから一行の手紙も受けとっていないと思うのは耐えがたく……」

そのあとには、耽美主義者として生きた人生を臆面もなく披露する文章——あらゆるものに対する飽くなき探求、アルフレッド・ダグラス卿への放恣（ほうし）なまでの熱情——が続き、キリストに一生を捧げようという、いかにも貴族らしい心の慰めがつづられている。牢獄から手紙を送ることは叶わず、友のロビー・ロスが出獄する際にこれを託し、二度タイプ打ちをするよう指示した。その結果、一部に読み違えや、削られた部分が発生した。元の肉筆原稿は大英博物館に収蔵されており、そこに見られる深い感情のほとばしりと、自らの考えを正しいと信じて疑わない、冷静な態度に驚かされる。

「自分は当代の芸術と文化の関係を象徴する立ち場に立っていると、わたしは言った」ワイルドはそう書いている。「この自分のように、みじめな世の中でみじめな立場に立たされた者は、みな等しく、生きるとはどういうことか、それを象徴しているのだ。なぜなら人生は苦しみの連続であり、あらゆるものの陰に苦しみが隠れているからだ。われわれが生きようとするとき、甘い物はことさら甘く、苦いものはことさら苦い。となれば、快楽を志向するのは避けられず、それも単に〝一、二か月のあいだハチミツを食して生きる〟ことで満足はせず、生きているあいだずっとそれ以外の食物は口にしない。それでいて、飢える魂には目をむけようとしない」

小説のように、現実逃避とドラマチックな体験を約束し、ひょっとしたら驚くべき新事実が明らかになるのではないかという期待も与えてくれる、つまりは競売会社である。そこでは、利益と引き替えに貴重な品の所有権を一方から他方へ譲るという、バビロニアの市場でも行われていた古い形式の取り引きが行われているが、ときに品物を得ると同時に、正しい歴史認識や伝記的洞察も得られて、それまで否定されていた事実が正しかったと判明することもある。手品関連の競売がまさにそうだった。ラスベガスやバル・ミツバ（ユダヤ教の成人式）ぐらいでしか手品が披露されなくなった時代に、あの傑出したマジシャン達を思い出す場がほかにあるだろうか？　デジタルの時代にイリュージョニストたちの出番があまりないのは、夜を過ごす娯楽がほかに山ほどあるからという理由だけではない。マジシャンの仕掛けが、とうの昔にインターネット上で暴露されてしまえば、イリュージョニストは演出効果を心得たポストモダニストになるしかなく、トリックを披露したあとで、すぐ種明かしをする、ペン＆テラーのような芸人も登場した。種明かしをしたからといって、素人が真似できるものではなく、束の間だが、そこにプロとしての活路を見出したのである。

「ラジウム・ガール」のイリュージョンでは、ノコギリの刃が貫通する前に女性がパネルの裏に隠れるようになっており、箱は見た目より奥行きがあるらしい。そういうことがウォーカーの手紙からわかったからといって、それで今日からわたしもマジシャンというわけにはいかない。トリックにはさほど興味はなかった。こういうイリュージョンをつくり出した人物の心の内と、生活を知りたかったのだ。それで、ウォーカーの書簡類を競り落とそうと、オークションの日を迎えるまでに心は決まった。木曜日の午後、クレジットカードの情報を書面に記載し、競売用のボール紙製パドルをもらって部屋のまんなかにすわると、いよいよオークションが始まった。

最初に登場したのは書籍類。これらはマジックとあまり関係がないか、直接的なつながりは見られない。チャールズ・ラトウィッジ・ドッドソンがルイス・キャロルの筆名で発表した『不思議の国のアリス』の一九三〇年ブラック・サン・プレス刊行の版――本の背のてっぺんに短い裂け目あり、グラシン紙のブックカバー付き、背の両端と隅に欠けあり。落札推定価格四千ポンドから六千ポンドで出品されたが、これは売れ残った。オスカー・ワイルドの『ドリアン・グレイの肖像』は一八九一年刊行の初版本で、二〇八ページに誤植が入っている（andとするべきところがndに）。これは推定落札価格七百五十ポンドから千ポンドのところ、七百ポンドで売れた。

拘束服を着たウォーカー

マジック関連の品が登場すると、トランプ手品のエースのように、繰りかえし出てくる名前があった。ベイヤード・グリムショウという、今回出品されている山ほどの書簡の受け取り人だ。一九九四年に亡くなっている彼は、めずらしくも、マジシャンの追っかけをやっていたようだ。ワールズ・フェアという興行師向けの週刊紙でマジック関連の記事を書き、マジック界のスターに友人が大勢いた。その業界に長くいるうちに、おそらく観客が騙されやすいことを痛感したのだろう。参入する好機を見つけると、妻のマリオンとともに自ら読心術のマジックも披露した。そのうち、マジックの目利きと謳われ、プロのマジシャンの組織であるマジック・サークルの信用も得て、がらくたや通信文を山ほど貯めこむことになる。いつの日かきっと価値が出ると見こんで大事に取ってあったのだろう。

切手や地下鉄路線図を熱心に収集する男の例にもれず、わたしはそれ以前にもオークションに何度か顔を出している。しかしこれほど参加者のまばらな会場は初めてだった。書籍のオークションが終わると、残っているのは十五人ほどで、その半分は前日の内覧会で見た顔だった。書籍を狙っていた客はいつのまにかいなくなり、電話やインターネットを通じて新たに数人が加わったものの、入札額が推定価格の上限を上まわることはめったになく、胸に希望がわいてきた。しかも人気はトリックの仕掛けや小道具に集中し、手紙の類は見向きもされない。これならウォーカーの書簡は掘り出し物として手に入る、少なくとも下限の三百ポンドに近い値段で競り落とせると期待がふくらんだところで、いくつかの品に推定額の三倍から四倍の値がついた。そのうちいくつかには千ポンドを上まわる値がついた。そのひとつが膨大な量のカードトリックの仕掛けだった。古くは一八二〇年代のものからあって、フォーシング・デック（特定のマークや数字を必ず選ばせることができる一組のカード）、ムービング・ピップ・カード（マークが移動するカード）、ウォーターフォール・シャッフル（シャッフルすると滝のように落ちるカード）など、名前の響きからして魅惑的で、手に入れたい衝動を抑えるのが大変だった。

「読心術者」と、あっさりしたタイトルのついたロットは、読心術関連の書簡コレクションで、ザ・グレート・ニクソンが披露したマジックの内実がつまびらかに記されている。一九三八年の書簡のひとつには、ザ・グレート・ニクソンの読心術には科学的研究の価値があるという一文が窺える。もちろんこれは客席にサクラがいて初めて成り立つ芸であって、完全なインチキだ。しかし当時の芸人の演技は人々をすっかり魅了したはずで、これはトリックだと疑ってかかる人間は客席にほとんどなく、むしろ魔法の存在を信じたかったのだと想像できる。それでなくとも一九三八年（ナチスがオーストリアを併合した）という年は、差し迫った恐怖に世界が脅えていた。驚くべき力を歓迎こそすれ、皮肉な笑いを浮かべて退ける道理はない。マジックには必ず仕掛けがあるとして、それを暴くことを楽しむ現代とは状況が違っていたのだ。

オークションは続いていき、マダム・ゾマーにまつわる品が数点と、ピディントン夫妻[2]について言及した七通の手紙などという品も登場した。こうなると、馬のヘンリーが登場してワルツを踊り出す（ビートルズのビーイング・フォー・ザ・ベネフィット・オブ・ミスター・カイトの一節）のも時間の問題だ。そしていよいよわたしが目をつけていたナンバー512の登場と相成った。入札は沈滞気味で始まった。もはやアクアマリン・ガールはもちろん、ラジウム・ガールにも興味を示す者はいないのだろう。と思いきや、もちろんそんなはずはなく、やがて金額が上がりだし、あっというまに二百ポンドの値がついた。四百ポンドを超える金額には手を出さないと、自分にも妻にも約束してあった。やがて二百六十ポンド、二百八十ポンドと値は上がる。夢中になりすぎて、値が上がるあいだ、こちらは一度も手を下ろさない。ひたすら対抗するものの、相手が誰なのかも定かではない――競売会社のスタッフが受けた電話入札の声にも対抗して値をつけた。そうして競売は終了。わたしは最後まで身を引かなかった。落札価格は三百ポンド。これといった反応はなく、息を呑む音も拍手も起こらない。またひとつ行き先が決まったというだけで、ただちに次の品、競売ナンバー513のオークションが始まった。しかしわたしは勝者であり、彼の手紙を手に入れて天にも昇る心持ちだった。

家に帰ると、女性をノコギリで二分するトリックについて（箱の仕掛けから始まって、極めて身体が柔軟なアシスタントの女性や、端についた電気制御式の両足のことまで）何度も何度も読み、戸棚を実際より小さく見せる方法も知った（黒いテープをつかい、巧妙な角度で客席にむけ、アシスタントの女性が腹をへこませる）。とはいえ、すべてを文字に書き表すのは無理な話。マジックの奥義は教えてもらうのではなく、長時間練習し、試行錯誤を繰りかえした果てに会得するものな

2 「テレパシー」で有名になったオーストラリアの夫婦。

のだ。たとえマジシャンの倫理を脇に置いて、すべてのタネを明かしてみたところで、飛行機のコックピットを見せて、さあ飛ばしてごらんというのに等しい。それでも手紙のなかには折々に、練りに練られたステージの口上が保存されていた。

本日ご披露しますのは、前代未聞の離れ技。このカーテンのうしろに、ずいぶんと珍しい形の電話ボックスが置いてあります。しかし、なかには珍しい物は何ひとつ入っておりません。あけて、お見せしましょう。ただし天井と床に小さな穴があいています。ハニー（ミス・ハニー・デュプレ）がこのなかに入ったところで、穴にロープを通します。そのあいだ、お客様はしばし音楽をお楽しみください（いったんマイクをスタンドに置いて、作業が終わったら再びマイクを手に取る）。さてこれから、まったく不可能と思われる技を続けてご覧に入れます。会場に広がるお祝いムードから、すでにお気づきの方もいらっしゃると思いますが……今日は支配人の誕生日。ちょうど二十五歳になりまして……その前は五十二歳でありました。

金属の刃と十八インチの木管が電話ボックスの中央と、表向きはハニー・デュプレの身体をも貫通する。「管と刃を逆の順序でひっぱって奥へぶつける。電話ボックスを一度回し、そのあいだにアシスタントが結び目を集めて隠す。それからマジシャンはもったいをつけて、三つの留め金をひとつひとつ叩き落とし、電話ボックスをあける。アシスタントが外に出てくる。彼女を前に出させてお辞儀をさせる。それから今度は自分が前に出ていって、去って行く彼女にお辞儀をする」

しかしこういったトリックはもはや古く、現在はほとんど演じられない――ラスベガスでも時代遅れだろう。こういう説明を読んでいると、クライブ・ジェームズがピート・アトキンと書いた

「ザ・マスター・オブ・ザ・レベルズ」という歌詞の内容が思いだされる。〝世界初の爆発する握手〟や〝カスタード・パイを投げたときの軌跡図〟を事務所で考えている興行主が登場するのだ。あのハニーはいまいずこ？　あの電話ボックスは？

過去の仕事や、失われたイリュージョンを嘆く手紙を除くと、あとに残るのは自分を擁護する大量の手紙だ。晩年に入り、人生を振り返った彼は、自分の評判や、自分亡きあとの戸棚のトリックの行く末を案じるようになっていた。ある若いマジシャンが、奥行きのある箱をつかって、ラジウム・ガールのイリュージョンそっくりの芸を見せていると人から聞いた。ところが、その若いマジシャンは、このトリックは別のマジシャンから提供されたと言っていると聞いてウォーカーは驚く。問題のトリックを見るまでもなく、これは一九三四年に自分が申請した特許を侵害するものと確信した。

これが激しい争いになり、ほぼ一年かけて何通もの手紙が行ったり来たりした。「この分では事態が紛糾して、取り返しのつかないことになるおそれがある」と、マジック・サークルの事務局長であるジョン・サリッセが書いており、手紙のやりとりが重なるうちに、トリックの秘密も暴露されていく。それを見て専門家は、ウォーカーの申し立ては無効だとした。「生きた人間を切断するというアイディアそのものが、自分のオリジナルだと主張するなら話は別だが」と言い添えて。マジックという芸術の繊細さと、ひとつひとつのイリュージョンに注がれる膨大な苦労を手紙で読んできたわたしは、ある種の悲しみを覚えずにはいられなかった。偉大なマジシャンがこんなふうに世の中から消えてしまうのは、なんとも理不尽な気がしたのだ。

一九六八年の秋に、ヴァル・ウォーカーは束の間だが、ふたたびスポットライトの下に登場する。ウェイマスで開催されたマジック大会に参加し、ジェフ・アトキンズというマジシャンの披露する、

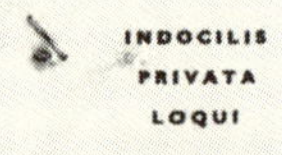

INDOCILIS
PRIVATA
LOQUI

President: Francis White, M.I.M.C.
Vice-President: Claude Chandler, M.I.M.C.
Secretary: John Salisse, M.I.M.C.
Treasurer: Colin Donister, M.I.M.C.

THE MAGIC CIRCLE

Hearts of Oak Buildings
Euston Road, London, N.W.1

5th October 1966

John Salisse, M.I.M.C.
34, Eton Avenue,
London, N.W.3
Telephone: HAMpstead 1948

Dear Mr. McComb,

I have been requested by The Policy & Finance Committee to write to you regarding the complaint from Mr. Val Walker that you have infringed his copyright for a trick which he registered in August 1934.

The main crux of the complaint would appear to revolve around the following extract from the Patent :-

" In which a tubular member is pushed through a substantially centrally arranged opening in the wall of the cabinet and out through an opening in the other wall of the cabinet".

Though perhaps the Patent has expired, the registration of the effect in 1934 by Mr. Val Walker proves ownership by him at that date.

If you can produce evidence of this effect being in somebody's possession prior to 1934, then this may well be a point for discussion with Mr. Walker.

We would welcome your comments.

Yours sincerely,

JOHN SALISSE

Mr. Billy McComb,
"Long Branch",
Allum Lane,
ELSTREE, Herts.

策にたけた判決——1966年にマジック・サークルが介入

自らが考案したラジウム・ガールを最後にもう一度見たのである。「あれは一九二一年だったか、それとも二二年だったか。舞台下にあるマスケリンの工房で最初の仕掛けをつくりあげた」とウォーカーは書いている。「P・T・セルビットがリハーサルのときにそれを見て、しばらくしてから、そのアイディアの基礎的な部分をつかわせてもらえないかと言ってきた。また別のイリュージョンをつくってみたいらしい。わたしはぜんぜんかまわないと言った。ところがふたをあけてみれば、それこそが、わたしの〝女性の胴体切断〟のイリュージョンで、こちらとまったく同規格の戸棚をつかっている。それから四十年あまり、趣向をわずかに変えただけで、まったく同じテーマのイリュージョンを観客は山ほど見せられることになった。それを思うと、悲しくもあり、愉快でもある。それだけ長い時間を経ても、わたしの考えた切断術が改良を遂げたとは思えない」

古巣に戻ってきたいま、一年後にスカーバラで開かれる大会を早くも心待ちにしていると、ウォーカーはマジックの週刊誌「アブラカダブラ」に知らせている。しかし大会参加は叶わなかった。その手紙から、進行性の病気にかかったことがわかる――「参加できるかどうか、自信がない……できるだけ頑張るが、きみには会えないかもしれない」

亡くなる数日前、彼は南海岸のある病院から最後となる手紙を数通送っている。そのひとつの結び近くに、連絡は「上記の住所に」と書いている。本来なら「at the address above」と書くところが、「at」の代わりに別の記号があてられている。それが書かれたのは一九六九年二月。コンピューター間で標準的なメールのやりとりが始まって、その記号が広く知られるようになるのは、それから二年以上も後のことだ。古い歴史を持つ記号ながら、当時の一般人にはおおよそ馴染みがない記号。つまりは@と書かれていたのである。

2 ヴィンドランダのあいさつ状

三月の晴れた朝に、湖水地方を出発して欲しい。ペンリスから北へ向かう道路に車を走らせ、カーライルで東へ折れてブランプトン方面へ向かう。しばらくするとペナインの丘陵に入るから、それをのぼっていく。起伏の多い道はやがてからっぽになり、ひょっとしてここはテレビコマーシャルの撮影につかわれた道ではないかと思える景色が目の前に広がる。さらに進んでいき、北にB道路が見えてきたところで、トワイス・ブリュードという村を通過。途中車をとめて道標の写真をツイッターにアップしたい衝動に駆られるかもしれない。曲がりくねった道路を下っていくと、ウィンシールズ農場と宿泊施設のヴェラム・ロッジが見えてきて、前方に子どもたちを乗せた団体バスが二台とまっている。そうなれば目的地に到着だ。そこはヴィンドランダと呼ばれる遺跡で、遠い過去の人々が手紙のやりとりをしていた証拠が保存されている。

ここに、紀元八五年から一三〇年にかけて、木材と芝でつくった五つの要塞が連続して設置された。ブリテン島のくびれ部分を横切る幅広い土の道、ステインゲート（石の門の意）を守るためで、この道は、兵や補給品の移送に欠かせない、この地域の動脈だった。そこから南へ一週間歩けばロンディニウム（現在のロンドン）に至る。ローマにある帝国の中心部まではおそらく一か月あれば着いただろう。ヴィンドランダ（名前の意味は〝白い芝〟だと考えられている）は数多ある要塞のひとつで、ハドリアヌス帝がそこから約一マイル北に長城を建設しだす紀元一二二年まで、非公式の北部要塞として、およそ五万人の兵が配備されていた。この要塞が通信の中心地としても重要だったことを思えば、一九七二年の秋、考古学者ロビン・バーリーが余分な水を排出する溝を掘った際に、ヴィンドランダ発掘地の南西隅から、まだ見ぬローマ時代の貴重な埋蔵物を掘り当てたのも驚くことではない。

驚くべきは、そのなかにすこぶる保存状態のいいものがあったことだ。深さ二・三メートルの土中にバーリーが見つけた革のサンダルは、制作者の名前まで判別できた。ほかにも革製品や布製品の残骸が見つかり、もっとたくさんの宝が眠っている可能性も十分に考えられた。これがきっかけとなり、以降数十年にわたって、若者のあいだに考古学者になる夢が広がった。その五十年前には、ツタンカーメン王の墓が発見されている。しかしまもなく北から雨がやってきて、この辺境の谷でローマ人が直面したのと同じ難問に、バーリーもむきあうことになった。つまり冬のあいだ発掘現場を閉鎖するはめになったのだ。

ヴィンドランダへの道

発掘にかけるバーリーの情熱は親譲りだった。父親のエリック・バーリーは一九二九年に、まだ要塞が建っていたヴィンドランダのチェスターホームの地所を購入し、北ブリテンをローマ人がいかに防備していたか、その初期の様相を決定づける鍵となる発見をしている。けれどもエリックは、折々にわずかばかりの硬貨や陶器のかけらを掘り出したぐらいで、個人や家庭の所持品はあまり見つけることができなかった。そういうものが見つかれば、二千年余りの時を飛びこえて、古代世界を現代に蘇らせることができるのだが。

エリックの息子が発掘を再開したのは一九七三年三月。革のサンダル、金のイヤリング、ブロンズのブローチ、鍵、ハンマー、ロープ、財布、皮を剝ぐための道具類、牡蠣(かき)の殻、雄牛や豚や鴨の骨といったものが見つかった。すべてシダやヒースや藁が密に絡んだ状態で土中に埋まっており、排泄物と見られるもののおかげもあって、長い年月を生き延びてきたものだった。ローマ人にとってはゴミ同然であって、焼却しようと試みた痕跡もあった。しかしわれわれにとっては、もちろんゴミではない。水浸しの土壌のなかに植物にくるまれて眠り、その上に人間が繰りかえし要塞をつくってきたこともあって、理想的な保存状況がつくりだされていたのだった。

そういった残骸のなかに、大事なものが眠っていた——表や手紙だ。どれも薄い木簡のような形をしており、厚さ一ミリほどのものもあったが、ほとんどは二ミリほどの厚さで、カバノキ、オーク、ハンノキから薄く切り取ったものだった。なかには封筒のように折りたたんだものもあった。文字はほとんどがインクで書かれているようだったが、厚めの板に鉄筆で文字が書けるよう表面をくりぬいて蠟を塗ったものもあり、鉄筆が蠟を貫通して、地の木に永久に消えない文字の跡が刻まれているものもあった。一九七三年には、およそ二百の破片をつなぎあわせて八十六個の書字板ができあがり、その半数以上に文字が認められた。最大で八センチ×六センチ。クレジットカードの

現場に立つロビン・バーリー

大きさに等しい。

書字板（タブレット）というと、固さがあって脆（もろ）いものを想像するが、ここで発見されたのは、濡れた吸い取り紙のようにぐったりしていた。分析のためにキュー国立植物園へ送られた物もあるが、それ以外はニューカッスル大学の写真部門に送られたのち、最終的にはすべて大英博物館の研究室に集められた。実は、これら書字板が地下で眠り続けた歳月は数奇な運命に支配されていたと言うしかない。というのも、もしこれが二世紀前に発見されていたら、科学的な保存技術も未熟だったから、地上に出てきても寿命は早々に尽きていたはずなのだ。ところが、この書字板が発掘されたときには、腕のいい保全技術者がいたばかりか、わずか数か月前に、コペンハーゲンとパリで、斬新な脱水技術が開発されていた。

「木は当然ながら柔らかくなっていて、注意して扱わないと簡単に割れてしまう」ヴィンドランダの書字板を大英博物館で最初に扱ったスーザン・ブラックショウが一九七三年四月に『Studies in Conservation（保存技術学）』のなかに書いている。現場から掘り出されたばかりのときには書字板の文字は明瞭だったが、「光と空気にさらされて、みるみる褪（あ）せていった」と、発掘作業員の語った言葉が記されている。

書字板を赤外線フィルムで撮影したのち、ブラックショウはできる限り文字を明瞭にする作業に取りかかった。『ブリタニア』誌に掲載された初期の報告書によると、古代ローマ人の手紙は日常使いの実用的な文字から装飾的な文字まで、「字体も書き手も幅広く、この時代にこの地域で書かれた古代ローマの文字資料がこれだけ大量に集まると、その価値は計り知れない」らしい。

大英博物館に到着したとき、書字板はまだ濡れていた。木の脱水には、変性アルコールとエーテルを混合した溶液をつかい、浸したり、蒸発させたり、平らにしたりといった行程を含む、約四週間にわたる複雑なプロセスを経る。割れた書字板は樹脂で慎重に処理され、処理の済んだ書字板は赤外線フィルムで再度撮影され、「そういった処置を経て、文字の筆跡は鮮明に固定され、一文字も損なわれることはなかった」とスーザン・ブラックショウは書いている。

まもなく二枚の書字板が学界で公表された。一枚目は四つの破片をつなぎ合わせたもので、縦に長い細身の文字で供給食料の内訳が記されている。ヴィンドランダの軍隊で消費する

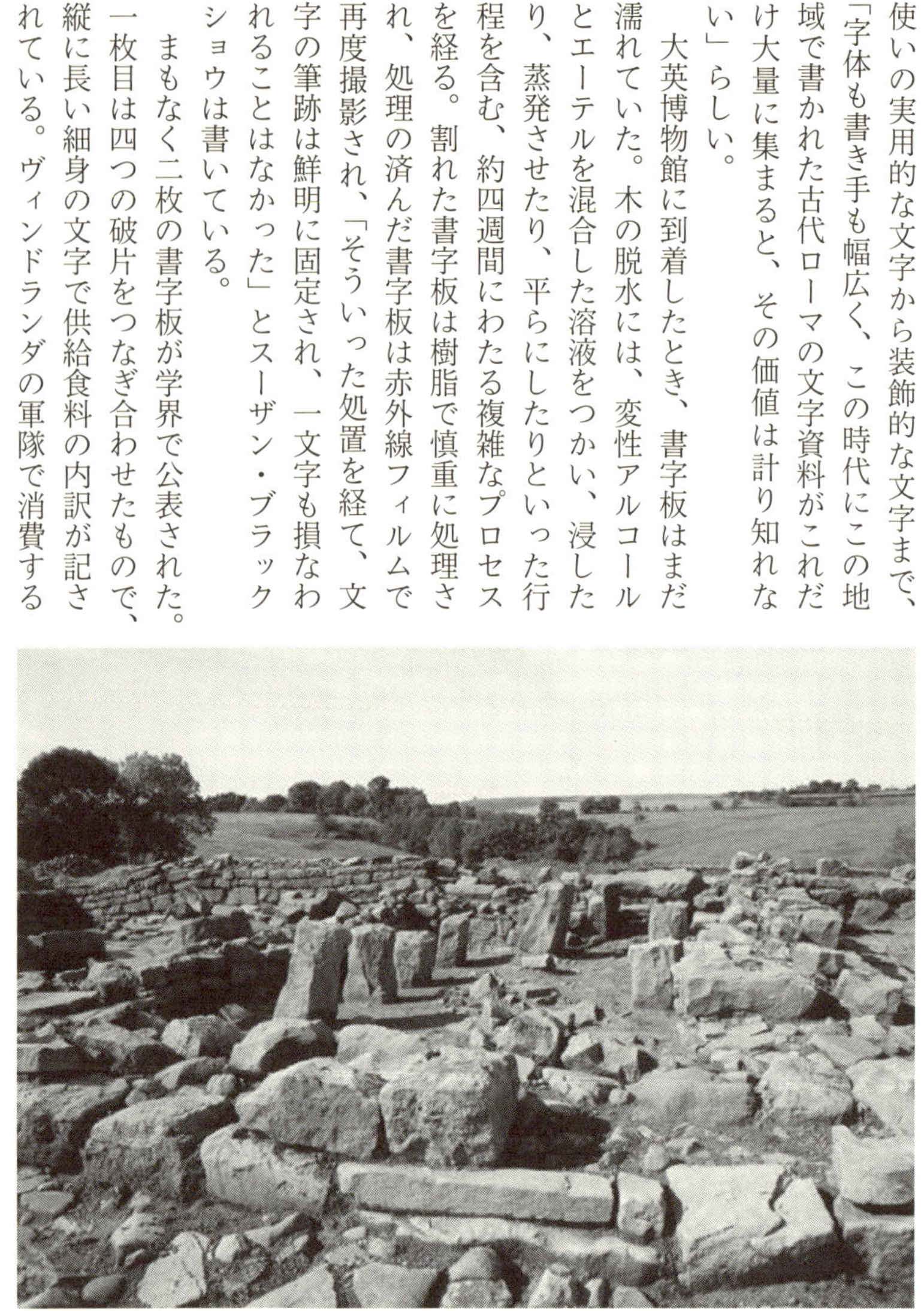

手紙の見つかった遺跡——2013年のヴィンドランダ

ために購入したものと考えてほぼまちがいない。そのリストを見ると、ローマの兵士は肉をほとんど食べなかったという、これまで広く信じられていた説が覆る。ただし、これが通常つかわれる食材なのか、特別な場合のご馳走なのか、その判断はつきかねる。

推測も交えて翻訳すると、書かれている内容は次のようになる――。

……香辛料……ヤギ……の塩……若い豚……ハム……の小麦……鹿肉……一日あたり……ヤギ……総額［デナリで］20……のエンマー小麦……合計……

二枚目の書字板は、ふたつの破片から成るもので、要塞にいる一兵士に宛てた私信だ。

サッティア［?］から、きみに送った［?］。X足の靴下と、二足のサンダル、パンツ二枚、サンダル二足……。

わたしの友人［?］によろしく言ってくれ……ンデス、エルピス、イウ……エヌス。テトリクスときみの食事仲間全員の長寿と幸運を祈る。

古代ローマの研究者A・K・ボーマン、J・D・トマス、R・P・ライトがこれらの書字板に付した注釈では、書体にも言葉にも意味にも不確定要素が多数あるとされている。「しかしながら、rとmが正しければ、ここには母音が必要で、当てはまるのはaしかない。さらに、ramと読むのが正しければ、それは過去完了の活用語尾になるはずで……これはおそらく完了の意味を表わす、書簡体の過去完了だろう」という案配で、まるで難解なクロスワードパズルを解くようなものだ。

しかし彼らはまだ大変な仕事のとばくちに立ったばかり。数々の戦いに挑んだヴィンドランダの兵——北のスコットランドから流入する民と戦い、南から入ってくる反逆者と戦い、冬の気候とも戦った——の子孫は、ここに至って、また新たな戦いに挑むことになった。土に埋もれていた、はかない書簡の残骸を解読し、荒々しくも魅惑的な過去に直に光を当てようというのだ。

最初の発見から数十年を経て、考古学者はヴィンドランダからさらに千通の書簡と計算書を掘り出しており、今後もその数は増え続ける見こみだ。発掘はつねに水との戦いで、時間も長くかかる。新たな場所を掘るたびに——三世紀以上後にローマ人がブリテンを去るまでつかっていた石の要塞を掘り進んで、その下にある木の構造物を掘り当てるのだから、これだけでも大仕事——洪水になるのだ。一九〇〇年近くにわたって書字板を保存してきた、完璧な無酸素状態の環境は磐石で、そう易々とお宝を手放しはしない。それでも考古学者はびしょ濡れになって、最初期の手紙をわたしたちに届けてくれた。いまではローマ人の統治下にあったブリテンの生活について、一九七二年

今もなお招待を続けている —— 紀元100年頃の誕生パーティの知らせ

以前より遥かに多くのことがわかっており、ブリテンで生きたローマ人の人生がじつに詳しく解明されている。

　かつてヤギや若い豚をサンダルに加工して消費していたヴィンドランダの史跡は、ノーサンバーランドの荒野の一部であり、最近では英国製や日本製の車で楽にたどり着くことができる。また別の行き方もあって、そちらは急行のとまらない駅から二マイル歩くわけだが、三月の初めでもあれば、ローマ人になった気分を味わえるとあって、ロンドンやイギリス南東部から足を運ぶ旅行者は喜んで車をあきらめる。なにしろ到着するなり、本物のローマをたっぷり堪能できるのだ。谷を下る曲がりくねった道を進んでいきながら、当時のままの石の井戸、浴場、便所、兵舎、穀倉、将校の住居、司令部の建物を見学する。どこも清掃が行き届き、保存状態も万全。瑞々しい心を持つ人間なら、往時の暮らしぶりが鮮明に想像できること請け合いだ。

　谷の麓にある小さな博物館は二〇一二年に建てられたもので、以前の建物をそのまま取りこんでいることからも、ヴィンドランダの精神を完璧に受け継いでいることがわかる。建物は、もともとチェスターホームのコテージで、十九世紀には、要塞を最初に掘り当てた英国国教会の司祭アンソニー・ヘドリーが暮らしていた。サンダル、壺、矢、宝石といった品々が並ぶ先に、背の高い陳列棚がある。温度調節器の備わった、木とガラスでできた空間は薄暗く、誰もが畏敬の念を抱きながら、興奮しつつもしずしずと近づいていく。すると次のような文字列が、徐々に明瞭になっていく――。


　マスクルスから王ケリアリスへ、お元気ですか。陛下、明日のわれわれの身の振りようについて、どうかご指示を与えてくださいませ。軍旗を掲げて十字路［の聖地？］へ戻る際、全員を連

静寂と畏敬――ヴィンドランダ博物館に展示される宝

れていくべきか、はたまたひとりおきの人数［すなわち半分］を連れていくべきか……では、お元気で。仲間の兵士にビールが不足しております。どうかご注文の上、いくらかでも、お送りくださいますように。

オクタウィウスから兄弟カンディドゥスへ。元気ですか。マリヌスから購入した百ポンドの腱――その精算をしなければならない……これは何度か書き送ったが、約五千モディ［約一ペック］の麦の穂を購入した代金も必要だ。いくらかでも現金を、少なくとも五百デナリを送ってもらわなければ、前金として支払った三百デナリとともに、こちらの面目も失われる。よって、できるだけ早く現金を送ってもらいたい。きみが書いていた獣皮はカタラクトニウム［皮なめしの中心地］にある……すぐにでも行って集めてきたいが、道が悪いので動物が怪我をする恐れがある[1]。

ガラスの陳列棚脇では映画が、これは偉大な発見のほんの始まりに過ぎないと説明する――発掘作業はより広範な土地で、さらに奥の層にまで及んでおり、汚れ落とし、撮影、解読といった初期の作業も、もはやニューカッスルに外注するのではなく、現場の研究室で行っていて、忙しくも興奮に満ちた家内工業が営まれているらしい。反対側の陳列棚には、ロビン・バーリーが個人的に選んだ「最高の書字板」が並んでおり、そのなかには、右のようなビールの催促やら、特定の日の部隊の人数を詳細に列挙したものが含まれる。またサトゥルナリア祭（古代ローマで十二月中旬に数日間にわたって行われた収穫祭）の準備に関わる計算書、狩猟網の価値に関する論議、対抗勢力であるブリトン人の兵力に関する情報、国境で親しくなった友についての手紙などもある。

大英博物館ではさらに多くの書字板を見ることができるが、いったいわれわれはこういった物のどこに魅了されるのか。紀元九〇年あるいは九十五年にぞんざいに捨てた手紙を、月にロケットを打ち上げ、携帯電話をつかう時代に発見するという、歴史の面白さもあるだろう。また、味も素っ気もない簡潔な実用文でありながら、つねに礼儀を失することなく、相手の健康を気づかっているのも驚きだ。さらにはその時代の手紙の働きにも感服せざるを得ない。あれだけ広大なローマの前哨地を征服し、そこを滞りなく支配するのに、こんなちっぽけで、はかない書字板に頼っていたのだから。

さらに、こういった書字板のなかに自分たちの姿を見出すことも、惹かれる理由のひとつかもしれない。いまでもわれわれには暖かな衣類や滋養豊かな食事や健康を気づかってくれる言葉が必要

1　オクタウィウスは、輸出入業者。彼の言う腱は、石弓をつくるのに重要な資材だったと考えられている。こういうあいさつ文のなかに出てくる「兄弟」の語は、「同僚」を意味することが多い。

なのだ。現代においても一通の手紙を読んだことで、安心してぐっすり眠れるというのはよくあることだ。

こういった手紙をヴィンドランダの兵士がどうやって受け取ったのか、正確なところはわからないが、どうやら秩序だった経路をローマが最初に組織し、やがてそれがブリテンに網の目のように広がっていく道路と合わせて進展していったようだ。ノーサンバーランドの原始的な郵便システムはステインゲートの道路沿いを管轄し、その先はロンドンを行き来する個人の伝令がつないだ（その意味では要塞は郵便システムの要となる集配局の役を担っていたと言える）。じつのところ、ヴィンドランダのネットワークは新たな郵便事業の実験場だったのかもしれない。『アントニヌスの旅程表』と呼ばれる書物を読むと、道路上のどこに、休憩を取ったり馬を取り替えたりする旅籠や馬屋があるか、郵便配達人は詳細な情報をつかんでいたらしく、そういった数々の〝ポスト〟、すなわち休憩所、貯蔵所、馬の給餌や世話ができる場所がある経路の目印が、郵便網の代名詞になったことがわかる。もちろん道路をつかって運ばれたのは手紙ばかりではない。それでも歴代の皇帝は、軍事関係の手紙は衣類や牛の輸送といったほかの物に優先して運ばせるよう命じた証拠があって、すなわちこれが初期の速達と考えられる。

どのようにして運ばれたにせよ、木簡を折りたたんで、信用できる配達人に託した家族の気持ちと同様に、ヴィンドランダで手紙を受け取った人間の期待や歓びや安心は想像に難くない。さらに注目すべきは、ここで発見された手紙は、二千年前に故意に捨てられたものであることだ。持ち主の大切な品として、いっしょに葬られることもなく、盗む価値もない。そもそも誕生日祝いの手紙の集積に誰が価値を見出すだろう？[2]「クローディウス・スペルからケリアリスへ。元気ですか。兄上の望みどおり、自分は喜んでレピディナの誕生日に出席します。いずれにしろ……みんなで集まれるひとときはいつでも愉快なもので、兄上もそれを十分ご存じのはずです」

　クローディウス・スペルという人物については、百人隊の隊長であり、以前奴隷のために大量のマントとチュニックを送るよう依頼したという事実のほかには、ほとんど何もわかっていない。しかしフラウィウス・ケリアリスのほうは、こういった書字板に頻繁に登場する。バタウィ族の第九歩兵部隊の司令官（地方を司る将軍）である彼は、スルピキア・レピディナと結婚し、この結婚相手の名前もよく登場する。学者らは、フラウィウスの名があることから、こういった書字板は紀元九七年から一〇四年のあいだのものと推定している。多くの部下が国境を出入りしており、フラウィウスは自身の病気や、家族の病気や死で仕事を休む兵士に寛容な態度を示している。彼の歩兵隊は、全体とは言えないまでも、その上層部はおおよそ恵まれていた。貯蔵食糧はたっぷりあり、それも以前の計算書に見られたヤギや若い豚だけで終わらない。具体的に言うと――（小麦、雑穀、バター、大麦、卵、リンゴといった主食のほかに）豚足、ノロジカ、ガチョウ、ガーリックペースト、ピクルス用の漬け汁、アニス、魚醬、タイム、キャラウェイ、クミン、ビートの根、オリーブ、ビール、ワイン。いくつかの手紙には様々な台所用品や、レピディナのキッチンで編み出されたレシピ（一汁一菜といった、手早くできるちょっとした料理の下ごしらえなど）と考えられるものも記載されている。

　また兵士の持ち衣装は、全天候に対応できる厚みも様々な大量の衣類とサンダル（ガリクラエ、アボラ、トゥニカエ・ケナトリアエ――すなわち、ゴール人風の靴、分厚いマント、上質なウールのチュニック）から成り、それと合わせて、装飾的な布や毛布や、クビトリア、つまりエレガント

2　14章を参照。

な夜会服一式も支給されていたとわかる。単独でもそろいでも着用できる衣類を示す、〝デ・シンセシ〟という言葉がつかわれていることから、こういった衣類にはまちがいなく、流行が敏感に反映されていたことがわかる。

しかし、自分の誕生パーティでホスト役を務めたはいいが、クラウディア・セウェラの誕生パーティには何を着ていくべきだろう？

クラウディア・セウェラからレピディナへ。お元気ですか。九月のまんなかに当たる日（十三日）の三日前、わたしの誕生日パーティに、お姉様に来てもらいたく、心をこめてご招待します。お姉様がいらっしゃれば、その日がますますうれしいものとなります。ケリアリス様にも、どうぞよろしくお伝えください。うちのアエリウスと幼い息子も、よろしくと言っています。［ここで筆跡が変わる］お姉様、楽しみにしています。ではごきげんよう。最愛のお姉様の幸運と繁栄をお祈りしております。

この手紙だけでも、計り知れない歴史の重みを備えている。大半は代書人が書いたもので、代書人はまちがいなく男だろう。しかし最後の部分はクラウディア・セウェラ本人の筆跡であり、古代ローマ世界における最初期の女性の手書き文字と考えられる。

手紙はたいていの場合、単独の史料であるが、たまに――フラウィウス・ケリアリスとレピディナについて言及されているように――つながりを持つものが見つかることがある。また、たいていの場合、手紙は継続してやりとりされるものだが、時に中断されていたことがはっきりわかる場合があって（返信がないことをたしなめる文言がある）、その点では一世紀と二世紀の手紙も、われわれの手紙も、変わらないと言える。

ソレムニスからパリスへ。元気でやってるかい。[3] こっちがすこぶる元気でやっているように、そっちもそうだといいんだが。それにしても一通も手紙を送ってこないというのはどういうわけだ。これでもずいぶん控え目に書いているんだ……兄弟よ……わが食事仲間よ。ディリゲンス、コギタトゥス、コリンスス……によろしく伝えてくれ。さらば、最愛の兄弟よ。

クラウティウスからウェルデイウスへ。兄弟であり昔の食事仲間であるきみよ、元気でやってるかい。ひとつききたいことがあるんだが――これだけ長いこと、きみから返事がひとつも返ってこないのに驚いている――先輩たちから何か便りはないか……彼の所属する部隊……よろしく言ってくれと伝えてくれ。そして獣医のウィリリスにも。彼［ウィリリス］にきいてほしいのだが、彼が現金と引き替えに送ると約束していた大ばさみを、きみがぼくらの友人に頼んで、ぼくに届けてもらってもいいかどうか。それからウィリリスにも、ぼくらの［?］妹のツテナにも、よろしく伝えてほしい。ウェルブテナがどうしているか［?］、ぼくらに［?］返事を書いてほしい。きみの幸運を心から祈っている。いざさらば。［手紙の裏に、これをロンドンまで届けるようにとの指示が記されている］[4]

3　ソレムニスもパリスも、バタウィ族の歩兵隊に入っていた奴隷だと考えられている。紀元八五年から一三〇年のあいだにヴィンドランダには主要な部隊がふたつあり、そのひとつだった。もうひとつは、トゥングリ族部隊である。

ヴィンドランダで発掘された手紙は――現代のわれわれには大変貴重なものだが――子孫のことを思って書かれたわけではなく、たとえば紀元一〇五年にそれを手にした者たちの誰ひとりとして、将来価値が出るなどとは思わなかったはずだ。そこに記された簡潔で緊急性のある日常のメッセージは、きちんとした手紙というよりは、現代の携帯電話をつかったメールやツイッターのつぶやきに近い。歴史の新事実が明るみに出るといった効用以外に、文章が美しいとか、啓発されるといった特性を見出せるものは皆無だろう。魅力は多々あるが、何か哲学的な示唆が得られることはない。そういうものに触れたければ、ほかの史跡へ移動して、ここ三百年のあいだに明らかになった、それこそ史上初の名書簡と呼んでまちがいない、パピルスに書かれた手紙をひもとかねばならない。

4　多数の疑問符が翻訳者のジレンマを表している。いや、「翻訳者」という用語自体、不適切だろう――歴史学、古文書学、言語学の分野の専門家が一致団結して過去数十年にわたってテキストをつぶさに観察し、不鮮明な文字に表れる微細な屈曲を分析しては、はっきりしない名前や場所を相互参照し、論理的にも逐語的にも、物理的にも正しい組み合わせを見出していく――言語学者の究極のジグソーパズルである。そしてさらに文脈によって解釈の幅がより広がるという問題もあり、この難事は、あちこちに生えているシダからひとつの森をつくりあげることに等しい。素人の愛好家は、こういった人々の学識にいくら感謝してもしきれない。

3 キケロ、セネカ、小プリニウスの慰め

やはり、現存する史上最古の手紙から始めるべきだったのだろう。といってもそれは創作なのだが。紀元前八世紀に書かれたとされるホメロスの『イリアス』。その第六巻に、それを所持していた者を危うく殺しそうになる物騒な手紙が登場する。プロイトス王が宴会で新たな客を楽しませている場面。客はハンサムで男らしい戦士ベレロポーンで、そういう美質があだとなって、王の妻アンテイアから恋慕される。ベレロポーンはこれをあるまじきことと考え、その気高い徳性がまた転落の落とし穴になる。拒絶されて激怒したアンテイアは、ベレロポーンに強姦されそうになったと夫のプロイトスに讒言（ざんげん）。プロイトスは素早く行動を起こし、自分の手でベレロポーンを殺すより、アンテイアの父親に殺させようと考える。それでベレロポーンに関する悪口雑言（「読んだ者が魂の破滅に追いこまれるような事々」と、ホメロスは書いている）を書き連ねた書字板を封印すると、これをアンテイアの父親に届けるようベレロポーンに命じた。結果ベレロポーンは〝七面鳥がクリスマスに投票する（自滅的な行為）〟元祖となったのである。

その先は、神話ならではの無茶な展開が続く。アンテイアの父親イオバテスはリュキアの王だが、彼はベレロポーンを殺さずに、火を吐くキマイラを退治するという、まず不可能と思える任務に彼を送り出した。ベレロポーンは翼のあるペガサスの助けを得てこれを遂行したあと、ふたつの軍をひとりで打ち負かさねばならなかった。なんとか生き延びてポセイドンにこの話をしたところ、海の神は洪水を起こす。話はさらに続く。

現実世界における古代ギリシア時代の手紙は、その内容において、ほとんどが取るに足りない

——どれもこれも決まり切った形式で書かれ、表現の仕方も明らかに型にはまっている。一七五二年にはヘルクラネウム村落で、一八七七年にはアルシノエで、一八九七年にはオキシリンコスのゴミ捨て場で（そのほか、ナイルに近い所で、少なくとも二十の場所から）紀元前三五〇年のものと見られるパピルスの破片や巻物が出土しているが、そのどれもが、現代で言うパワーポイントでつくられたプレゼンテーション資料のように決まり切った形を踏襲している。出だしは必ず「AからBへ、あいさつ」となっており、ヴィンドランダで発掘されたローマの手紙と同じ。これを基本にして、状況に応じてヴァリエーションが加わる。自分より位が上の者に宛てるときには、送信者はうやうやしく語順を変えて「キュレネの偉大な王デメトリウス陛下へ、ヒッポパポスより、ごきげんいかがですか」となる。身元や住所に関する詳しい情報を付け加えることもある。「カペドヌスの弟であり、オリンピアで馬の育種を営んでいるアンタゴヌスから、デルファイの教師レオドヌスへ。お元気ですか」結びの言葉も、たいていあっさりしている。「Farewell（ごきげんよう）」（通例——I trust／pray that you fare well〔きみがうまくいくことを信じている／祈っている〕の略）か、ずいぶん現代的な響きのある「Best wishes（よろしく）」（現在は親しい間柄だけでしかつかわないが、もとは商業通信文でつかわれていた）。最高位の者たちだけが、こういった儀礼的なあいさつを省く傾向があったが、これは自分たちの場合もっと重要なことに頭をつかわないといけないという一般大衆へのアピールだ。たとえばアレキサンダー大王は、アンティパトロスやフォキオンといった最も信頼を寄せる将軍や政治家にだけ、そのようなあいさつをつけた。

　こういうあいさつの言葉はどこから生まれたのか。これについては、紀元前四二五年、政治家のクレオンが、ペロポネソス戦争でスパルタ相手に思いがけない勝利を収めたことを知らせる文書の書き出しにつかったのが始まりだと言う説がある。これは議会が出す公式の報告書だが、そのおめでたい雰囲気をまとった言葉が、まもなく一般の書簡にも馴染むと見なされて広がった。おそらく最初は慶事を想起させる言葉だったのだろう。これ以前——黒海から出土した鉛に刻まれた不鮮明な銘文で、紀元前五世紀のものと見られる、現存するギリシア時代最初期のもの——には、あいさつの言葉は皆無で、俊足の伝令が長日の旅を経て届けた一片のパピルスが、なぜか進行中のやりとりの一部のように見えて、電子メールを思わせる。[1] しかし、ひとたび書き出しと結びにあいさつの言葉を入れる形式が確立すると、以降何世紀も、ほぼ変わらずにそれを踏襲するようになる（ただし現代のように空白をたっぷり取った様式が現れるのは十六世紀になってからで、高価なパピルスを無駄にするわけにはいかなかった）。

手紙を書くのにつかうのは、おなじみの墨と葦ペン。まず相手の健康状態を尋ね、きっと元気でお暮らしのことでしょうと楽天的な推測を続けたあとで、自分の健康状態も、ほぼ決まって良好だと書く。この慣行が後に古代ローマの手紙に採用されて広く流布すると、SVBEEQV——si vales bene est, ego quidem valeo——と、[2] 省略形で書かれる場合もあったと、古代歴史学者ジョン・ミューアが指摘している。そのあとには前回の手紙へのお礼か、または返信がないことへの非難をつづり、ペットを含め、相手の家族全員の名を挙げて幸運を祈る。

手紙の書き方については、早くも紀元前四世紀から研究課題となっており、そうでなくとも批判対象になっていた。テオプラストスは「横柄な人」の定義として、「手紙で指示を伝える際に、『そ

1　とりわけ緊急を要する書簡の場合、パピルスを折りたたんで封印したものの宛先に、「アントゴヌスへ——即」と書かれることもあった。

2　あなたが健康ならよいのですが——わたしも健康です。

うしていただけるとありがたい』とは書かずに、『こうしてもらいたい』とか、『まちがいなく、こちらの言ったとおりにしてほしい』と書く人間」としている。紀元前三世紀には哲学者アリストンが、また新たな定義を見つけている。「買った奴隷に名を尋ねず、単に〝奴隷〟と呼ぶ人間……手紙の書き出しと結びにあいさつ文を入れない人間」

残存する古代ギリシア時代の書簡――およそ二千通が世界中の大きな博物館に散らばっている――には、書かれている内容以上の価値がある。教育を受けた女性の際立った役割に光を当て、当時の女性は表だった議論の場には出てこなかったという通説を吹き飛ばすのだ（ギリシア市民の識字率は五十パーセント未満と信じられており、女性となるとその割合がさらに低くなり、無筆の者はしばしば代書人を雇った）。また学者においては、こういった書簡によってギリシアの言語と文法の発達過程をたどることができる。

当然ながら、われわれが最も興味を惹かれるのは、ありふれたもの（大半がそうだ）ではなく、その尊大さとばからしさに思わず息を呑むような変わった手紙だ。紀元前一世紀に、妻（手紙のなかで妹と呼んでいるのは、この時代の習慣）と離れた場所で勤務する男が書いた手紙は、気づかいに満ちていながら、残酷なことをさらりと書いている。

ヒラリオンから妹のアリスへ。元気でやっていますか――わが敬愛するベロウスと、アッポロナリオンも元気かな。承知のとおり、この瞬間、われわれはまだアレクサンドリアにいる……改めて言うけれど、子どもの世話をしっかり頼んだよ。給料をもらったらすぐ送る。もし子どもが生まれたら、男の子だったら生かしてやり、女の子だったら処分するように。「わたしのことを忘れないで」と、きみはアプロディシアスに言ったそうだね。どうして忘れることができる？

頼むから心配しないでくれ。

姉が妹に出した手紙には、威張り散らす気味がある。

アポロニアとエウポウスから、妹のラシオンとデマリオンへ。元気ですか。みんな元気なら何よりです。こちらも元気です。わたしたちのために、神殿のランプに火を入れ、クッションを振ってほこりを払っておいてちょうだい。勉強を続け、お母様のことは心配しないように。わたしたちの帰りを待ちなさい。さようなら。中庭で遊んだりしないで、家のなかでお行儀良くしていること。ティトアスとシャイロスの面倒をみるように。

次は紀元三世紀の怒りっぽい手紙。学校にいる息子が、父親の返事を待ちながら、その落胆を精一杯押し殺しているのがわかる。

わが敬愛する父上アリオンへ、トニスより。お元気ですか。何よりも申し上げたいのは、ぼくが日々唱えている祈りです。滞在しているこの土地の先祖伝来の神様に、父上とわが家族の繁栄を祈っています。これで五回目の手紙になるというのに、父上からは最初の一通を除いて返事をもらっていません。元気なご様子を手紙で知らせてくれるのでもなければ、会いに来てくれるわけでもない。「会いに行くよ」と、約束してくれましたよね。いらっしゃらないから、ぼくが先生にどう扱われているのかもわからない……できるだけ早く来て、先生が北の領土に行ってしまう前に会ってください。家族ひとりひとりにどうぞよろしくお伝えください。わが敬愛する父上、さようなら。兄弟たちと末永く元気で暮らせますように（災難がふりかかりませんように）。
ぼくのハトたちをお忘れなく。

どれもこれも心惹かれる内容で、形式にも馴染みがある。それでもギリシア時代の手紙のほとんどは、現代人が手紙に期待する重要な特質を欠いている——個人的体験がさほど豊かに盛りこまれていないのだ。魅力的な手紙は数あるものの、特定の個人に宛てて心情を吐露するような手紙は皆無と言っていい。不特定多数に宛てた手紙は、哲学の学説を丹念に練り上げて、より幅広い層の聴衆に届ける手段として、手紙の形式を利用しているだけだ。演説の台本程度のものが多く、いわば現代メディアに見られる〝公開状〟に似ている。新約聖書の使徒書簡が、いいお手本になったことだろう。

古代ギリシア人は、大志を盛りこめる手紙という形式、すなわち書簡体を愛した。しかし、親しい間柄でやりとりされる私信としての役割はどうだったか？　当時の手紙はほぼすべて、声に出して読むことを想定して書かれた。私信であっても、大概は代書人が口述筆記して、受け取った人間はそれを小声で読む。ソクラテスとプラトンのあいだでかわされた私信には、感情的な部分もわずかに確認できるが、それは異例であって、一般の手紙には私的な感情が見られない。演説の伝統に則った、これみよがしの堅苦しい文体になっているのだ。

なぜこの時代には、こちらが期待するような私信が見つからないのか。歴史家ジョン・ミューアによると、現存する二千通余りのパピルス書簡のうち、死別に関する手紙は非常に少ないらしい（ミューアは十二通か十三通と数を挙げている）。主として同情する目的で書かれたものは、そのうちのわずか六通。そのうち三通が女性の手によるものであるのは、全体の割合からして不釣り合いだ。電子メール全盛の時代にあっても、依然として手紙が重要な役を担っている数少ない分野、すなわちお悔やみの手紙に当たるものがほとんど見当たらず、これはどうにも説明がつかない。そもそもラブレターがひとつも出てこないのはなぜだろう。関係者のあいだですべて闇に葬られたという可能性もある。あるいは、真心を伝えるのに手紙はふさわしくないと思われていたと、そう考えるほうがより妥当かもしれない。古代ギリシア時代の手紙の多くは特定の効果を狙うもの（残忍な指示を劇的につづった、ベレロポーンの運んだ手紙のように）であって、真情を吐露すべき媒体ではなかったのだ。またミューアは、彼らが生きていた世界はわれわれの想像を超えると言う。手紙にあいさつ文がないのもそのひとつだが、「手紙にはっきり認められる幾多の感情や状況を、現代のそれにあてはめるのは危険だと思っておいたほうがいい……当時の人々には、われわれが持っているような個人の概念はなかった。古代世界の〝異質性〟はあっさり忘れ去られることが多い」と警告している。

手紙に個人的な思いを素直につづるようになるのは、古代ローマ時代からで、それらを集めておいて、伝記資料や文学として楽しむという伝統もこの時代に始まる。古典学者ベティ・ラディスは、手紙を巡る古い歴史を、博物館の大理石の床を歩いて巡る旅になぞらえ、「古代ギリシアの彫像が、皆一様に謎めいた微笑を浮かべながら超然と立っているのに対して、古代ローマの胸像は、身のまわりにいる誰かを思わせ、その整った目鼻立ちが、一時代に生きたひとりの人間の個性を浮かび上がらせる」と書いている。現代人にとって、ローマ人の手紙はギリシア人のそれにはない、また別の魅力がある。つまりはその直截性（ちょくさいせい）だ。知性にあふれながら、それをひけらかすことなく、気取りやうぬぼれや、もってまわったところのない素直な手紙なのだ。ギリシアの手紙が劇場に根差しているなら、ローマの手紙はさしずめ居酒屋に起源を持つと言っていい。

＊

ローマの手紙の歴史は、紀元前一世紀の後半五十年のあいだに、マルクス・トゥリウス・キケロがつづった九百通余りの手紙に始まる。深刻な衰退に陥ったローマ共和国において、キケロは一世を風靡(ふうび)した辣腕(らつわん)の政治家だ。法律家として、法廷でも議会でも、巧みな弁舌の才を発揮し、その才能がとどまるところを知らなかったことを、現存する手紙が裏付けている。友人のアッティクスと終生にわたってかわした手紙は自信と遊びに満ちていて、それ以前にはない、まったく新しいものだった。相互に関連しあう膨大な量の手紙から、ひとりの政治家の、まれに見る生々しい人生が浮かびあがってくる。そのほかの手紙では、心の赴くままに筆を走らせて、傷つき、激情に駆られることもしばしばで、野心と虚栄と弱点をもって立身出世にまい進する、その迫力に思わず引きこまれる。好感が持てるかどうかは別として、キケロの手紙は、彼が稀少な人間であることを証明している。紀元前四五年までの数十年、ローマが衰退の発作に苦しんでいたあいだ、キケロが交流しなかった著名人はほぼ皆無であり、当時の世相をこれほどくっきり浮かび上がらせる文書の集積はほかにない。とはいえ、ここにもキケロの策略があり、書簡ならではの見事な歪曲が施されている。敏腕政治家が人を欺くためにどんなお世辞をつかうか。キケロの手紙には、世界最古の甘言がちりばめられており、そういうものを駆使して彼が出世の階段を登りつめ、名声を確立したことは疑うべくもない。

キケロの手紙が現存し、人気を集めているのは、長らく埋もれていたそれが一三四五年にベローナの聖堂でペトラルカによって発見されたことが大きい。それからほぼ五十年後に、残り半分がべルチェッリで発見されて一気に量を増やした。このふたつの発見により、キケロの手紙はルネサンスの過程で計り知れない役割を果たすことになる。古代の遺物の価値を詳細に記した彼の手紙が、人々に芸術と文化の復興を促したのだ。

キケロが私生活で味わった苦悩（二回離婚した上に、娘のトゥリアを早くに喪っている）には同情を禁じ得ず、多少のうぬぼれぐらい目をつぶってもいいと思えてくる。ヴァージニア・ウルフはかつて、「手紙を書く人間も伝記を書く人間もいなかった時代は不毛である」と書いており、この見解が正しいことをキケロが最初に証明した。まちがいなく彼は自分のつづる手紙の価値をわかっていた。書き終えた手紙を書写させる前に、慎重に編集を施して、自分が主だった公開行事に出席して着実に支配権を握っている印象を焼きつけるようにする。これには秘書のティロが少なくとも何らか

仕事中のキケロ——尊大ではあっても、決して鈍感ではなかった

の貢献をしていただろう。彼の書簡集の価値は、続く数世紀のあいだに変わってきたが、ヴィクトリア朝末期にキケロの書簡を翻訳した訳者は次のように記している。「読み手によって、感じるところは様々に違いない。しかしそれでもキケロは、存命中と同じように、未来においても、熱烈な敬愛と激烈な非難の両方にさらされるはずだ。退屈でつまらない印象を与えることは決してないだろう」

二〇一一年、プリンストン大学の古典学教授デニス・フィーニーは、従来人気のあったキケロだが、ここ十五年のうちに学者たちのあいだで、彼の手紙への関心がさらに高まっているとして、「電子メール時代の慌ただしいやりとりに食傷したのだろうか。日常の交際の一部として、忙しい人間でも練りに練った文章を数葉にわたってつづっていた時代を懐かしんでいるかのようだ[3]」と書いている。

彼の生きた時代の一部を鮮やかに浮かび上がらせ、そのいたずらっぽい手法（「熱い炭同様、己の機知を、もはや口のなかにとどめておけない」と書いている）を垣間見せる二通の手紙がある。一通目は、ナポリに近い町クーマエにいる友人M・マリウスに宛てたもので、紀元前五五年にローマから送られた。マリウスはポンペイウス将軍の名を冠した新しい野外劇場の初演に行けず、華々しい狩りや、ほかのお祭り騒ぎも見逃した。

もし身体の痛みや不調で来られなかったのだとしたら、この功績はきみの知恵ではなく、幸運にあったと言うべきだろう。しかし、この手の馬鹿騒ぎは侮蔑の対象に過ぎないと判断し、身体は元気でも出かける気はしなかったというなら、喜ばしいことがふたつある――きみの身体に痛みがないのがひとつ、さらに、ほかの人間が無意味に騒ぎ立てる対象を蔑むだけの分別が、きみにはあるということだ。

……気になるのなら、だいたいのところを教えよう。剣闘技はじつに華々しいものだったが、きみの趣味には合わない。なにしろわたしがそう思うのだから……六百頭のロバを行列させる〝クリュタイムネストラ〟や、三千の杯が登場する〝トロイの木馬〟、なんの戦闘だか知らないが、けばけばしい鎧を着た歩兵や騎兵隊のどこが面白いのか。こういったものは、下劣な人間を感心させることはあっても、きみにはなんの感興ももたらさない……だってそうだろう。剣闘士が命を失うかどうかなど、きみにはどうでもいいことだ。ポンペイウス自身、あれを見ると悩みや痛

3　「Caesar's Body Shook」, London Review of Books, 22 September 2011.

みも忘れると言っているが、きみは剣闘士の存在を嫌悪しているのだからね。まだ狩られる動物は二頭残っていて、残る五日をかけて披露される。豪勢であると言っても誰も否定しないだろう。しかし、弱い人間が、極めて力のある動物に引き裂かれる場面や、見事な動物が狩りの槍に貫かれる場面を見て、高尚な人間が楽しめるだろうか。……最終日にはゾウが登場した。下劣な観衆の驚きは甚大だったが、いずれにせよ楽しいことなどひとつもない。それどころか、見ていて同情心が湧いてきて、動物と人間には共通するものがあると確信した。

それからたった十年余りしか経過していない紀元前四四年、同じ劇場の出入り口のそばでユリウス・カエサルが殺害された。しかし、その直前カエサルは、ナポリ湾のキケロの家で晩餐を取っており、そのときの経験をキケロはローマにいるアッティクスに手紙で書き送っている。恐れ多い客人を迎えたときの彼の反応は、今日のわれわれと大差ない。

結局のところ、恐るべき客人を迎えて悔いることなどひとつもなかった。あの御方は極めて愛想がよく……サトゥルナリア祭の三日目には、誰も室内に入れず、フィリップスといっしょに一時まで滞在された。しばらく話に夢中になっていて、確か相手の名はバルブスだったと思う。それから浜辺を散策された。二時を過ぎると、風呂に入られ……身をお清めになってからテーブルにつかれた。嘔吐剤もあったので、好きなだけ召し上がり、大いに飲まれた。食事はすこぶる美味で、給仕も申し分なかった。その上「料理法も味付けも素晴らしく、貴重な話もできた――要するに、心温まる晩餐会だった」とおっしゃっていただけた。

参謀団は三つの部屋に分かれて、自由気ままに過ごした。下位の自由民と奴隷には欲しがるものをなんでもやった。しかし上層部に対してはじつに気をつかう晩餐となり、こちらもひとかどの人物であるかのような態度を取り続けねばならなかった。「またぜひおいでください」などと誘う相手ではない。一度で十分だ。

*

それから一世紀後、ストア派の哲学者であり、詩人であり、劇作家でもあったルキウス・アンナエウス・セネカ（小セネカ）が古代ローマの手紙について、また新たな一面を見せてくれることになる。キケロの手紙が個人に宛てられた作為的なものであるのに対し、セネカの手紙は心和む啓発書のように、百二十四通を通じて処世術を語っている[4]。死ぬまで書きつづられた手紙は友である詩人ルキリウスに宛てたもので、哲学書と心の手引きを合わせたような趣がある。難解で重厚な助言を理解しやすいように噛み砕いて提供するのに、書簡体がふさわしいと判断したのだろう。

この書簡集は自己鍛錬を目指す世界初の通信教育であり、それを集積したものを一冊の書と見れば、世界初の自己啓発本とも言える。やりとりが重なるに連れて、当然ながら論考は複雑になっていく。しかし手紙は語り口調であり、ルキリウス側の手紙は残っていないものの、双方向のやりとと

徹底して自己改善に努めたセネカ

りがあったと考えて大方まちがいない。そこには現代的な考え方が数多く含まれており、話題も膨大だった――筋力と知力それぞれの価値、老齢と老衰について、旅の効用、酒に溺れることの害、仕事を中途半端なまま放り出すことの愚かさ、自制心の徳など、特定の倫理問題や幅広い物理的現象まで多岐にわたっていて、どれもこれも非常に面白い。セネカは手紙でも、論文と同じように論考を重ねており、しばしば哲学者の「役」を演じていたと研究者らは主張している。とにかく、手紙という形式に挑戦するのが好きだったのはまちがいなく、彼の手紙は、その取っつきやすさと、噛んで含めるようなわかりやすさゆえに、長きにわたって人々に愛され影響を与えてきた。

たとえば旅行についての助言。旅に出さえすれば気が晴れると期待するのはまちがっているとして、期待を裏切られたルキリウスの不満に対して、セネカは次のように明確な答えを返している。

そういう経験をしたのはきみだけだと思うかい？　これほど長い旅に出て、これまで見たこともない景色を山ほど見たというのに、相変わらず心の霧は晴れずに重苦しい。これはおかしいと驚いているようだね。きみに必要なのは景色の変化ではなく、魂の変化だ……。

新しい土地を目にして何がうれしい？　知らない町や名所を探索したからどうだという？　骨折り損のくたびれもうけ。旅がきみの助けにならないのはどうしてだと思う？　それはきみが、自分の魂を伴ったまま逃げようとするからだ。きみに必要なのは心の重荷を下ろすこと。それができるまでは、どこへ行こうと満足しないだろう。

ストア学派が昔から依拠する考え方のひとつに、人の幸福度は、思考の整理に加え、身辺を整理することで引き上げられるというものがある。いまでいう断捨離思想の遠い先駆けだ。『質素な生活を支持する論拠』のなかで、セネカは論じている。「われわれは過剰な物に囲まれている——手放しても心が痛まないものは、必要なときに処分する、そう心を決めるのは簡単だ」

セネカはまた老化と死について数多く論を重ねており、なかには自殺に関する論考もいくつかある。『綱から手をすべらせるのが正しい時に』のなかで、セネカは老化を自然な過程ととらえて歓迎し、もはやそれに耐えられなくなったときには、安楽死もよしと、慎重に擁護している。

われわれは人生を旅してきたんだよ、ルキリウス。長い船旅をしてきたようなもの……時は最大スピードで流れていき、ふりかえれば水平線の遙か遠くに少年時代が、その手前に青春時代が浮かんでいる。さらにわれわれは、若者から中年に至るまでの海路を進み、それぞれの境界を越えていく。すると次に、あらゆる人間の目指す目的地が見えてくる。愚かなわれわれは、そこを危険な暗礁だと思いこんでいるが、あれは波止場であって、どんな人間もいつか必ずたどりつく場所なのだ……。

4　おそらくそれだけにとどまらないだろう。ゆえに今日まで残っているのだ。セネカの手紙は通常のものより長く、語数は百四十九から四千百三十四語で、一通の平均は九百五十五語。パピルス十枚をつないで巻物にしたものもある。文献学の学者が退屈な時間に計算をしたところ、およそ九インチ×十一インチのパピルス一枚に平均して八十七語が書かれ、二百語を超えることはめったになかった。キケロの手紙は二十二語から二千五百三十語で、一通の平均は二百九十五語。

人はみな、自分だけでなく、他人をも満足させる人生を送るべきだが、死は自分ひとりのものだ。

劇的にも、セネカは自分の助言に自分で従った。ネロ皇帝の暗殺計画に巻きこまれ、自害するよう命じられたのだ（命令に従ったものの、血を流しきるのに少しばかり時間がかかり、見かねた友人たちが熱い風呂に入れて苦痛の時間を終わらせてやった）。

*

この世を去ったセネカは、もうひとりの偉大な手紙作家に道を譲った。彼の死から四年後に生まれた小プリニウスで、現代的な手紙の祖を築いた人物だ。些末なレトリックや、もってまわった表現を廃し、哲学の道具に堕しかけていた手紙を脇道から救出したのである。ローマ帝国がまちがいなく隆盛を極めていた一世紀の変わり目に書かれた彼の手紙は、二千年の時を経た現代においても、読者を楽しませ、啓発する。

初期キリスト教世界においては、宗教的な制限や指図に関心が向くあまり、一度その新しい形式は時代の襞（ひだ）に封じこめられてしまうのだが、プリニウスの手紙を指標にして、十二世紀には宗教と関係のない手紙が登場し、私的なやりとりに欠かせない日常の手紙形式がルネサンス時代にかけてできあがっていく。

二百四十七通の私的書簡と商用書簡を九巻の書籍に集成したものが、プリニウスの生前に出版され、さらにトラヤヌス帝とのあいだでかわされた百二十一通の公式書簡が死後に出版された。これらの書簡はプリニウスが財務の最高位にあり、なおかつ法律の専門家であったときに書かれたもので、やりとりをした相手もまた、法律家、哲学者、文筆家など、大半がローマの有力者だったが、その一方で故郷のコモに暮らす友人とも手紙のやりとりをしている（当時コムムの名で知られていたその町に、プリニウスは湖を臨む家を数軒所有していた）。大量の手紙を書いて変わらぬ友情を維持したプリニウスだが、彼の書いた手紙には幅広い文化に対する興味が窺える。時代の真実を書きつづったという意味で、われわれにとって大きな歴史的価値を持ち、それもレトリックに頼らずに、自然な語り口調で書かれているので、親しみやすい上に真実味にあふれている。表現豊かに読み手の感性に訴えてくるというのは、古代ローマの男性が書いた手紙にはまれな特質であり、ゆえにプリニウスの手紙は風化しなかったのだろう。

ここに四通の手紙がある。書かれた時期にはそれぞれ数十年のひらきがあるが、どれも生き生きとした描写が特徴的で――一通目（コモ湖の友人に宛てたもの）は郷愁と啓発の気に満ち、二通目（客が来られなくなった晩餐会について）は悲哀と滑稽味にあふれ、最後の二通（ヴェスヴィオ山の爆発について）はあまりに有名で歴史に必須のものだ。どれを読んでも――ここに掲載するのは一九〇九年から一九六〇年代の翻訳である――昨日書かれたと言っても信じてしまいそうだ。ただし、現在のコモ湖はヨーロッパの風物としてハリウッド映画で特級の扱いを受けており、ポンペイはビーチサンダルを履いた団体旅行者が世界中から集まってくる観光地になっているわけで、そういう事実がもしなかったらの話だが。

カニニウス・ルフスへ（かつての学友、隣人）――。

われわれの愛してやまないコムムは、いまどんな姿を見せているだろうか。郊外にある柱廊のついたきみの家は、とこしえの春を謳歌しているにちがいない。プラタナスが緑陰をつくり、緑に輝く小川の水が眼下に広がる湖に流れこんでいる。私道沿いの芝生は常時手入れが行き届いて、青々としていた。いくつもある浴槽にはつねに陽射しがあふれ、食堂は大小そろい、寝室も夜につかうものと昼寝につかうものが完備されていた――きみはそこにいて、それらを順番に楽しんでいるのだろうか。それとも、呼び出されて仕事に奔走しているのだろうか。そこにいるとしたら、きみは幸せな男で、心から満足していることだろう。そうでないのなら、きみもわれわれと変わらないわけだ。

そろそろきみも、気苦労ばかり多い、つまらぬ仕事は人に任せて引退し、書物と向き合って安寧のうちに暮らす時期ではないか？　仕事でも余暇でも、商売にかまけていても遊んでいても、きみの精神はつねに働き続けてきた。いまこそ、その精神をつかって、自分にしかつくりえないものを生み出し、それを自分史上最高の形に磨き上げるべきときではなかろうか。それ以外のものはすべて、きみがこの世を去ったあとには別の持ち主の手にわたるだろうが、きみが独自にこの世に生み出したものは、永遠にきみのものであり続けるのだから。それができる気力と能力がきみにはあると、ぼくは見こんでいる。きみももっと自分を高く買うべきだ。そうすれば自ずと世間の評価も高くなる。

次の手紙は、友人のセプティキウス・クラルス（二世紀初頭に近衛兵団のリーダーを務めた）に宛てたもの。恨み節をつづりながらも、そこに列挙されている食べ物同様、魅力的な語り口だ。

おまえときたら、困ったやつだ！　夕食に来ると約束しておきながら、とうとう来なかった。こうなったらただじゃおかない――おまえのために散財した金は全部返してもらうからな――いいか、こっちは大枚はたいたんだ。レタスひとり一玉ずつ、巻き貝三つ、卵ふたつ、大麦のパンひとつ、甘いワイン（それも冷やすのに貴重な雪をつかった。これはとっておけないものだから、当然きみの勘定につけさせてもらう）。オリーブ、ビーツの根、ヒョウタン、玉ねぎ、ほかにも数え切れない種類の珍味を山ほど用意したんだぞ。それぱかりじゃない。ちょっとした余興、詩の朗読、音楽。おまえの好きなものを楽しんでもらおうと手配しておいた。なんなら三つともやったってよかったんだ（おれは気前がいいからな）。それに牡蠣、豚の内臓、ウニ、名前は忘れたが、カディスの□□からやってきた踊り子たちと聞けば、なおさら来なかったことを悔いるだろう。さてこの借りをどうやって返してもらおうか。その方法はまだ秘密にしておこう。

そして最後は歴史家タキトゥスへ宛てたもので、紀元七九年のヴェスヴィオ山噴火により、ポンペイとヘルクラネウムの町が壊滅してから、およそ二十年後に書かれた手紙だ。噴火が起きたとき、プリニウスは十七歳。現場を目撃した彼は、大惨事の起こる徴候と噴火の凄まじい威力を現代のわれわれに鮮烈に伝えている（二通に分けて書かれた手紙は、ここに掲載するにあたって、わずかに編集の手を加えてある）。これはプリニウスの叔父の死について、詳しく教えて欲しいというタキトゥスの要請に応えて書かれたもので、プリニウスの叔父は、作家であり、哲学者であり、海軍の指令官であるとともに、プリニウスの精神的支柱でもあった。

わたしの叔父はミゼヌムに配属されて、まだ現役で艦隊の指令官を務めていました。八月二十四日の午後早くに、規模も形も並外れた煙が上がっているのを、わたしの母が見つけて叔父に教えました。叔父は屋外で日光浴をしたあと冷水浴をし、昼食を食べてしばらく横になってから、本の執筆をしていました。叔父は靴を持って来させると、異変を観察するのに一番いい場所まで上がっていきました。距離があったので、どの山から煙が上がっているのか、はっきりとはわかりませんでしたが（ヴェスヴィオ山だということは、あとでわかりました）、煙のおおよその形は、カサマツに似ていると言えば一番わかりやすいでしょう。まるで幹のように遥か高い空までそびえていった先で枝分かれしているような案配だったのです。おそらく最初の噴火で上空に突きあげられたのち、気圧が減じていくにつれて縛りを解き放たれたか、そうでなければ自らの重みで下がったかして、しだいに広がって散っていったのかもしれません。ときに白く見えたかと思うと、斑に汚れたように見えることもあったのは、噴火が運んだ大量の泥や灰のせいでしょう。叔父は学者らしい慧眼（けいがん）で、これは由々しき事態であって、詳しく調べる必要があると判断しました。それで船を一艘（そう）用意するよう命じて、おまえも行きたいならいっしょに来るがいいと、わたしを誘いました。こちらはたまたまそのとき、叔父から作文の課題を出されていたので、勉強を続けたいからと断りました。

家を出る間際に、叔父はタスキウスの妻であるレクティナの伝言を手渡されました。タスキウスの家は山の麓にあって、逃げるためには船をつかうしかありません。差し迫った危険に脅えた妻が叔父に助けを求めたのです。叔父は計画を変更し、まずは事情を確かめようとしたところが、結果として救出活動に身を投じることになりました。叔父は四段櫂船を出すように命じ、レクティナだけでなく、もっとたくさんの人々を救出するために自ら船に乗りこみました。なぜならこの美しい海岸沿いには人が大勢住んでいたからです。叔父は、ほかのみんなが大急ぎで脱出している場所へ向かい、危険地域にまっすぐ船を進めました。わずかも恐れることなく、あたりを観察しては状況の新たな変化や徴候の進展を述べていき、それを正確に書き取らせました。すでに灰が落ちてきていましたが、船が現場に近づくにつれて、灰は温度を上げ、量も増えてきました。灰に続いて、軽石の破片や、炎で焦げてひびの入った、黒ずんだ石も落ちてきました。そうこうするうちに、ふいに船が浅瀬に乗り上げました。山から崩れてきた岩屑で海岸が封鎖されていたのです。叔父は一瞬戻ろうかと迷いましたが、舵取りに引き返しましょうと勧められると、幸運の女神は勇者に味方すると言って断りました。実際そのとおりで、風が叔父に全面的に味方して、船を岸に着けることができました。

一方ヴェスヴィオ山は一面火に覆われており、ところどころで炎が跳びはねて、夜の闇を背景にまぶしく輝いていました。叔父は仲間たちの恐怖を和らげようとして、こんなものは脅えた農夫が放っておいたままにした焚き火か、あるいは人がいなくなった地域の空き家が火事になっているだけだと、繰りかえし言って聞かせました。それから休みを取ると言ってその場を去り、ぐっすり眠ったようです。体格のいい叔父はいびきも豪快で、叔父の寝ている家の戸口を行き交う人々が、それを耳にしたそうですから確かでしょう。この頃には、叔父の部屋に通じている中庭には軽石が交じった灰がぎっしり降り積もっていて、これ以上そこにいたら外に出られなくなるというぐらい灰が高さを増していきました。叔父は目を覚まし、ポンペイの住人や一晩中起きていた家の人々に交じりました。激しい衝撃で家屋が震え、まるで基礎からもぎ取られるかのように前後に揺れているように思えたので、果たして屋内にとどまるべきか、それとも思い切って外に出てみるべきか、みんなで話し合いました。外に出れば、たとえ軽い多孔質のものではあるにせよ、石が落ちてくる危険があります。それでも両者の危険度を比べたところ、結局後者を選ぶことにしました……それぞれが落下物から身を守るため、頭に枕を載せて衣服で縛りました。

ほかの場所でしたら、この時間帯には日が差しているはずですが、あたりは依然として闇に覆われていました。夜よりも暗い、黒々とした闇のなか、わたしたちは松明や様々なランプをつかって明かりを採りました。叔父は海から逃げられる可能性がないか見てこようと心を決めましたが、行ってみると、まだ海は荒れに荒れていて危険でした。叔父が横になれるよう、地面にシーツを敷いたところ、叔父は冷たい水が飲みたいと頻繁に訴えました。しばらくすると、炎が上がり、硫黄の臭気がしてきました。大火が近づいているのだとわかって、みんなは逃げようと、叔父を起こしました。叔父は奴隷ふたりに支えられて立ち上がったものの、ふいに倒れてしまいました。おそらく濃厚な煙に気管を塞がれて呼吸ができなくなったのでしょう。もともと叔父の気管は狭い上に弱く、しょっちゅう炎症を起こしていました。二十六日——叔父が最後に太陽を目にした日から二日後に日差しが戻ってくると、叔父の様子がはっきりわかりました。着衣の乱れもなく、無傷のままで、以前と少しも変わりません。死んでいるというより眠っているように見えました。

この手紙を書いた数日後に、プリニウスはまたタキトゥスに手紙を書き、もっと詳しい説明を試みている。「友に宛てた手紙と、万人が読む歴史とのあいだには大きな隔たりがありますから、そちらの目的に合わせて、わたしの書いた内容を取捨選択してくださることでしょう」と彼は歴史家に向けてそう書いている。しかし時代をくぐり抜けて残ったのは、友に宛てた次の手紙だけだった。

叔父が亡くなったその日、わたしは残りの時間をずっと本を読んで過ごしました。そもそも叔父についていかなかった理由はそこにあったからです。それから風呂に入り、食事をし、しばらくうとうとしていました。過去数日にわたって地響きがしていましたが、カンパニアでは珍しいことではないので、とりわけ気にもとめませんでした。しかしこの夜の衝撃は凄まじく、あらゆる物が揺れるだけでなく、ひっくり返りそうな勢いでした。母がわたしの部屋にあわてて飛びこんできたときには、わたしもすでに起きあがっていて、まだ母が寝ているようだったら起こさないといけないと思っていました。ふたりで家の前庭にすわったのですが、そこは建物に挟まれていますし、海が迫っています。あのときの自分は豪胆だったのか、それとも愚かだったのか（当時まだ十七歳だったのです）、リウィウスの著作を一巻取りに行って、まるでほかに何もすることがないかのように、それを読み続けました……。

夜明けの時間になっても、差してくる光はまだぼんやりとして弱々しいばかりでした。周囲を取り巻く建物はすでにぐらついていましたし、自分たちのいる場所は狭く、差し迫る危険から身を守ることは不可能です。もし家が崩れでもしたら、ひとたまりもありません。それでとうとう町を出ることを決意しました。わたしたちのあとから、パニックに陥った群衆がついてきました。自分で判断するより他人の決断に従ったほうがいいと考えたのでしょう（恐怖に脅えながらも、人々はまだ慎重さを失っていませんでした）。群衆は後ろからわたしたちをぐいぐい押して先を急がせます。建物の並ぶ一帯を抜けたところで、わたしたちは足をとめたのですが、まったくあり得ない事態を目にして、心底驚きました。ここに出しておくように頼んでおいた車が、坂道でもないのに、てんでんばらばらな方向に走り出し、石で留めておこうとしても、じっとしていないのです。さらに、海が吸いこまれて遠ざかっていく光景も目にしました。明らかに地震の影響でしょう。とにかくすっかり水が引いてしまって、海に棲む山ほどの生き物が乾いた砂の上に取り残されたまま途方に暮れています。陸地寄りでは、炎が噴出して二叉に分かれ、あたり一面を覆っていた恐ろしい黒煙をバリバリと切り裂いて、その奥から、強烈な閃光を発する巨大な火の手が現れました。まるで稲妻を巨大化したような……。

まもなく煙が地上に降りてきて、海を覆い尽くしました——すでにカプリ島はかき消されていて、ミゼヌムの岬も見えません。すると母親がわたしに、是が非でも逃げなさいと懇願し、嘆願し、しまいには命令しました——若い男なら逃げ切れるが、自分は年を取っていて早くは歩けない。自分が足手まといになって息子を死なせる、そういう事態は避けられたと思えば安心して死ねると母は言いました。しかし自分だけ助かるなどということはできるはずもなく、わたしは母の手をつかんで無理やり早く歩かせました。母はしぶしぶ折れたものの、自分のせいでわたしが逃げ遅れるのではないかと心配していました。すでに灰は降っていましたが、その量がどんどん増えてきました。ふりかえると、濃密な黒煙が迫ってきていて、あたりにもうもうと洪水のように広がっていました。「まだ視界がきいているうちに道路を出ないといけない。暗くなったら、後ろから押し寄せてくる群衆に闇のなかで踏みつぶされる」とわたしは言いました。暗くなってきた頃には、かろうじてすわって休んでいたのですが、単に月の出ない曇りの夜ではありませんでした。まるで閉鎖された部屋のなかにいてランプが消えてしまったようで、そのなかに、女の金切り声や、幼児の泣き声や、男たちの怒鳴り声が響いているのです。親を呼んでいる者もあれば、子どもや妻の名を呼んでいる者もあって、みな声を頼りに探しています。それぞれが自分の

「ときに白く見えたかと思うと、斑に汚れたように見えることもあった」
プリニウスを再解釈したアブラハム・ピーターによる絵画

運命や親戚の運命を嘆き、なかには迫り来る死の恐怖に耐えられず、ひと思いに殺してくれと祈りを捧げている者もいました。多くは神に助けを求めていましたが、それ以上に、すでにこの地に神は残っていないとの絶望が深く、宇宙全体が永遠の闇に投じられてしまったように感じられました……。

恐怖のさなかにあって、わたしの口からはうめき声ひとつ、悲鳴ひとつ出てきませんでした。ただしそれは、いずれ人間は死なねばならず、いま死ねば、自分といっしょにこの世界全体も死ぬのだと、そう考えることで、ちっぽけな慰めを得ていたからで、自慢できることではありません。

やがて闇が薄らぎ、煙や雲が見えてくると、いよいよ本物の日が差してきて、太陽が輝きだしましたが、陽光は食の日のような黄色っぽい色でした。雪の吹きだまりさながらに、あらゆるものに分厚い灰が積もっていて、あたりの様子が一変しているのに、ただただ驚きました。ミゼヌムに戻ると、そこでできるかぎり身体を休めて、希望と恐怖のあいだを行ったり来たりしながら、不安な夜を過ごしました。恐怖はあたりにまんべんなく広がっていました。なにしろまだ地震が続いていて、恐怖に分別を失った人々が、本当に恐ろしいことが起きるのはこれからだとヒステリックに叫び、自分も含め、この程度のことに泡を食うのは愚かなことだと唱えているのです。しかし、これまでくぐり抜けた危険を考えても、またあらたな危険が迫って来るかも知れないと思っても、母とわたしは叔父の消息を聞くまでは、そこを去るつもりはありませんでした。

もちろん、こういった細々としたことは歴史に盛りこむ価値はなく、読まれるそばから忘れてしまってよいことと思われます。もし手紙に記す価値さえもないと思われたら、わたしにこれを書くよう要請した、ご自身をお責めくださいますように。

歴史に盛りこむ価値がないどころか、プリニウスの記述こそ、同時代に生きた人間が、この噴火を描写した唯一の記録となった。火山が灰の下に保存した物を、彼は言葉のなかに保存したのだ。この回想録は、勇敢な叔父――ヴェスヴィオ山がとどろきをあげているときに、いびきをかいていた――のために書き残したとプリニウスは考えていたが、本人の思惑を越えて、歴史にはもっと壮大な意図があった。手紙を書くときに細々とした事柄を盛りこむのはよくあることで、プリニウスはそういうものを余計な部分と考えていたが、そうではないのだと、現代のわれわれは反論を唱えてしかるべきだろう。

海外からの手紙

1 4 2 3 2 1 3 4　通信兵　クリス・バーカー　H・C
中東軍　王立通信隊　補給基地

北アフリカ某所
一九四三年九月五日

親愛なるベッシーへ

旧友を忘れてはならない。なのにニックときみに手紙の一本も送らずにいて、ずっと気がとがめていた。というわけで、五か月ほど前にここへやってきてからの、ぼくの近況についてざっと説明し、意見のひとつやふたつ、述べさせてもらうことにする。イギリスの戦時食、または、きみが朝食に何を食べたか知らないが、それといっしょで、これを読めば精神が高揚するか、笑うか、胸が悪くなるだろう。

旅行中はつねに膀胱(ぼうこう)を開けて口は閉じているようにと、通信隊のある将校から、「用心」のための助言をもらった。しかし、こういった助言は、われわれが上陸港へ向かう途上では周知されていないようだった。船に乗りこんだ者たちの素行ときたら、ひどいものだ。怒鳴るわ人を押しのけるわ、悪態もつけば、盗みもやりたい放題だった。ぼくは一ダースほど道具をなくした。それでも面白半分でくすねた品を、上陸の日にほっぽり出す輩がいたので、それで不足分が補えた。ただし、カミソリはそうはいかない。水気をふきとろうと棚に置き、タオルを取ろうと振り返ったすきに持

通信兵バーカーへの手紙 —— 届けようという努力のあとが見える

っていかれた。

クリス・バーカー、二十九歳は、ロンドンの北、ホロウェイの町で生まれ育った。十四歳で学校をやめて郵便局に就職し、最初は使い走りをやっていたが、やがて窓口係になり、労働組合員としても活発に働いた。テレタイプのオペレーターとして訓練を受けたので、それが兵役免除職となり、一九四二年まで戦争には行かなかったが、ヨークシャーで軍事訓練を受けたのち志願して、キーボードオペレーターとして中東軍司令部に入隊。ケープ岬を経由する長い船旅を経て、一九四三年五月、カイロに到着した。

四か月後、リビア海岸はトブルクの英国陸軍通信隊で働き、南地中海で活動する英国空軍の通信を管理した。手持ちぶさたな時間ができると、故郷の懐かしい友に手紙を書くようになった。

ベッシー・ムーアと、彼女の恋人ニックへ宛てた手紙は、そういった多数の手紙の一通である（クリスは郵便局でベッシーといっしょに働いていた）。ベッシーはこのとき外務省で働いており、モールス信号の訓練を受けていたので、ドイツの無線通信を傍受して翻訳する仕事にあたっていた。ふたりの文通が始まったとき、ベッシーは三十歳。彼女は戦争のあいだずっとロンドンに残っていた。

われわれの上陸準備は万端ととのっていて、そう悪くない鉄道の旅を経て、前記の住所へ到着した。砂山の上に放置されて、さあここがきみらの「家」だと言われるかと思っていたら、補給基地は松の木とユーカリの木に囲まれた非常に快適な場所だった。水は蛇口から出るし、食事もすわってできる。小さな教会もあって、そこは静かでハエもいない。ちゃんとした本をそろえた陸軍教育隊の小屋もあるし、サービスの行き届いた陸海空軍厚生機関（ナーフィ）もあって、映画の上映までしてくれる。少し離れたところには、有志が経営するテントがあり、そこで手頃な値段で飲み物を出してもらえる（ビンを放り投げるんじゃなく、ちゃんと持ってきてくれる）。休憩室、図書館、書き物をする部屋、ゲームで遊べる部屋なんかもあって、屋外劇場では週に一度、無料の映画会が行われるし、コンサートも開催される。ある夜に講演があったかと思えば、ブリッジやホイストの会が開かれたり、また別の夜には、もっと「ハイブロー」な音楽の夕べなんていうのもあったりした。

ぼくが到着するなり、兄が自分の部隊に入れるよう申請してくれた。それでぼくは、基地で二か月生活したあと、めんどうだと思いつつも興味津々で兄のもとへ旅立った。二年二か月ぶりに兄と再会して、ケンカしたことやら楽しかったことやら、実家で起きたあれこれを話して、愉快なひとときを過ごしたよ。日が落ちると、砂で覆われた葡萄畑を歩いて抜けて、青い水のなかで泳ぎもした。

（郵便局の）窓口業務学校を出て、軍隊に入るまでの十二年間、ぼくはほとんど休む暇もなかった。窓口で仕事をしているか、労働組合の仕事をしているか、そのどちらかだったからね。のんびりできる時間があると、「罪悪感」めいたものを感じてしまう。英軍に入ってからは（というか、入ることが決まってからは）余暇がたっぷりできて、その時間のほとんどを読んだり書いたりに充ててきた。

この便箋（びんせん）で最後にするつもりなので、ここの人々についても、少し書いておいてほうがいいだろう。エジプト人は表向き中立の立ち場を取っていながら、こちらに敵意を持っている。「独立」を勝ち得ていない民族はたいていがそうだ。アラブ人は貧しく不健康で物を知らない。心を許してもらうには顔つなぎが必要だ。都市生活を送っているうちに世間ずれはしてきたものの、町を離れれば、彼らも悪い人間じゃない。わずかな金を稼ぐために一日十二時間働き、読み書きができるのは全体のたった二十五パーセント。十七万人が片目で、みな四十歳ほどで死んでしまう。

そうそう、ピラミッドも見たよ。その上にすわりながら、労働組合運動の問題をこれほど強烈に提示しているものはないと思ったね。あれだけの建造物を建てるために、意に染まぬ苦役を担いながら死んでいった奴隷がどれだけいただろう。その結果できあがった建造物は、自然のつくり出した丘や山と比べたら、まったく取るに足りない。

カイロ動物園にも行ったよ。アメリカの伝道組織で教育を受けている若いエジプト人ふたりといっしょに楽しい時間を過ごして、最高の一日になった。この気候のなかでホッキョクグマを飼うというのはなんとも残酷で、その慰めに、冷たい水に十秒間浸からせるという努力も涙ぐましい。

駄文ゆえに、わかりにくい部分があっても勘弁してほしい。それでもまあ、こちらはとにかく元気でやってるよ。きみも元気だといいんだが。ニック、キングズウェイ・ホールで、幻灯機をつかった講義に参加して、日差しあふれるスペインの景色を見た日々が遙か遠い昔のことに思えるよ。

では、さようなら！

クリス

4 最も古い愛の形

ぼくがこれほどきみに恋い焦がれているなんて、きみは信じないだろう。

紀元一〇二年、ヴェスヴィオ山の噴火から二十年以上経って、プリニウスは三番目の妻であるカルプルニアに手紙を書いている。

その一番の理由は、ぼくがきみを愛しているからで、それに加えて、お互い離ればなれになるのに慣れていないせいもある。夜はほとんど眠らずにきみのことを考えているし、昼は昼で、きみに会いに行く時間になると勝手に足が動いて、正直に言ってしまうと、きみの部屋に向かっているんだ。それで、いないことがわかると、悲しくてしょんぼり戻ってくる。まるで追い出された恋人のように。

カルプルニアはずっと体調が優れなかった。プリニウスが法律の仕事で家を離れていたとき、彼は別の手紙に次のように書いている。

きみはぼくの不在を痛切に感じて、せめてもの慰めに、ぼくの書いた手紙を、本来ぼくがいるはずの、きみの隣に置くそうだね。それほどまでにきみがぼくのことを思い、そういう形で慰めを得ていると考えるのはうれしいよ。ぼくもしょっちゅうきみの手紙を読んで、まるで初めて見たかのように、何度も繰りかえし読んでいる。けれどそんなことをしても、きみへの思慕が募るばかりだ。ぼくがきみの手紙をこれほど愛しく思っているのだから、きみ自身がそばにいたらどれだけうれしいか、想像できるだろう。きみにはできるだけ頻繁に手紙を書いて欲しい。たとえそれが、ぼくの心に喜びと痛みの両方をもたらすのだとしても。

こうなると、手紙中毒のようなもので、互いの不在を確認することで、双方の恋情はますます募っていく。「毎日手紙を書いて欲しい、一日に二度書いてもいい。少なくとも、きみの手紙を読んでいるあいだは、ぼくは気持ちが楽でいられる。ただし読み終えたとたん、また急激に不安が募っていくのだけれど」

これほどあからさまに思いをつづった手紙を読めば、現代人も心を動かされずにはいられないだろう。しかしプリニウスの手紙は（悲しいかな、カルプルニアの手紙は残っていない）、そこに窺えるふたりの愛情を越えて、別の観点からも貴重なのである。その時代に、これだけあからさまに愛情を吐露した手紙はないからだ。これまで見てきたように、それ以前の古代ローマ時代には、手紙で愛をかわす習慣があったという証拠は無きに等しい。

しかし、もうひとつ例外があって、それは十九世紀にミラノのアンブロジオ図書館で偶然見つかった。アンジェロ・マイ枢機卿はパリンプセスト――すでに書かれている文字をこすり落として、再利用した巻物や書類――のちょっとした専門家だった。一八一五年、彼は退屈な文書の下に、何か好奇心をくすぐられる内容が書かれているのに出くわした。四五一年に開催された第一回カルケドン公会議の議事録の下に、第一級の演説者であり教師であったマルクス・コルネリウス・フロントと、ローマ皇帝になる二十年ほど前の若きマルクス・アウレリウスとのあいだで二世紀にかわされた手紙が隠れていたのだ。

三年後、枢機卿は同じ議事録から、その下に書かれていた手紙をさらに多く見つけた。今度それが見つかったのはヴァチカン図書館だった。このふたつの発見で、古代ローマの偉大な皇帝の形成期が、この十九世紀初期に明らかになるのではないかと、期待はいよいよ高まった。実際そのとおりだったのだが、そこで明らかになった事実は多くの人々にとって予想外だった。それどころか、マイ枢機卿が新たなコレクションを発表すると、人々のあいだに失望が広がった。手紙はラテン語の散文体が主で、一九一九年になってようやく英訳の完全版が発表されたのだが、ここでもまた反応は芳しくなかった。そこにははっきりそれとわかる、愛と性的な行為に関する表現が山ほど見受けられ、ジョージ王朝時代の最もリベラルな読者でさえ、これは少々行きすぎではないかと衝撃を受けたものだったからだ。つまりマイは、少年と少年が出会って恋に落ちる――正確には複数の少年と恋に落ちる――事例の稀少な文献資料であり、帝国のポルノグラフィに近いものの隠し場所を探り当てたのだった。

近年になって、フロントとマルクス・アウレリウスのあいだに恋愛感情があったと強く主張する論が台頭してきたが、それは二〇〇六年にエイミー・リッチリン翻訳・編集の『Marcus Aurelius in Love（恋するマルクス・アウレリウス）』が発表されるに至って最高潮に達した。リッチリンはふたりが強い恋情で結ばれていたと確信し、その関係がどこまで深まっていったのか考察している。ふたりの手紙を読んだヴィクトリア朝時代の人々の反応が〝芳しくなかった〟のは、両者の関係は良識に反し、神聖なる勇者という従来のマルクス・アウレリウス観が覆されたと判断したせいかもしれないと書いている。しかし時代が下っても、この手紙の官能的な側面を分析する者はまれであり、同性愛の原型を示す上質な書簡資料でありながら、ゲイの歴史を研究する者もそれを徹底的に調べようとしないのは不思議だと首を傾げてもいる。

マルクス・アウレリウスとフロントのあいだでやりとりされてきた手紙は、アウレリウスが十代の終わりで、その師が三十代の終わりだった、紀元一三九年頃から紀元一四八年頃までのふたりの愛の盛衰を記録しており、その中心にあるのは燃え上がる恋情だ。「あなたが恋しくて死にそうです」とアウレリウスが書けば、その師から「きみの燃え上がる愛に、わたしの目はくらみ、落雷に打たれたような衝撃を受けている」という返事が返ってくる。

情欲に身をやつしたマルクス・アウレリウス

どれぐらいの頻度で授業が行われたのか、われわれには知るよしもないが、ふたりにおいては、会えない期間が長すぎるように感じられたに違いない。ふたりを結びつけ、実り多き関係を生み出したのは、ひょっとしたら、純粋に互いの精神のみであったかもしれない――アウレリウスはレトリックを自在に操る師に惚れこみ、フロントは輝くばかりの可能性を持つ弟子に魅了された――しかし手紙は、ふたりのあいだに単なる深い精神的な結びつき以上のものがあったことを語っており、ときに孤独な書き手の精神は、得られないとわかっていながら、別の可能性を模索している。あるいは手紙というのは、それ自体が、官能的なレトリック芸術の一形態であって、これはふたりの授業における、少々刺激的な課題のひとつだったとも考えられる。

きみが痛みに苦しんでいる、その原因がこの自分であるという。されぱわたしは、いかなる苦しみに処されるべきか？　自身で自身の肉体を殴打し、あらゆる不快な経験に身を任せるべきか？　昨夜さらにひどくなったと、きみが書いている膝の痛みにしても、わたし以外の何者がきみに与えたというのか……。苦しんでいるきみのことを考えながら会うことが叶わない、そんな拷問のさなかにあって、これからわたしはどうしたらいいのか。

＊

キスのようだったり、雷に打たれたような衝撃だったり、受け取るほうの感じ方はさておき、相手への思慕をつづる手紙は、古代後期にも、初期キリスト教の時代にも、ビザンチン世界にもあまり見られず、もちろんヨーロッパの暗黒時代には皆無だ。教養が崩壊し、教義教条で人を縛るキリスト教が台頭したところに原因があるのだろうが、こういう時代には心も凍りつく。もちろん新約聖書にはパウロ書簡という愛に満ちた手紙もあるし、何千年にもわたる公文書のやりとりの合間には、あちこちで私信もかわされている。しかし相手を求めてやまない情熱的な手紙となると、十二世紀まで待たねばならない。愛の復興としか言いようのない、史上最も熱烈な愛の往復書簡がその時代に生まれている。

世に知られてから八百年以上経ったあとも、アベラールとエロイーズの破滅的な物語が人々を魅了しているのは、ひとえに手紙が現存するからであり、それを書いたのは、教会に縛られるのを拒否した、あっぱれな人物だという解釈と、道徳主義者のくせに人から後ろ指をさされることをしていた人間だという、ふたつの解釈に分かれている。その手の情事をあまり喜ばない、息が詰まるような宗教社会で、性の欲望が解き放たれたらどうなるか。教条的な教育者の顔と、司祭の平服の内に隠しておけない淫乱な欲望。その生々しくも稀少な組み合わせを持つ人間の、最も古い例を、これまでにない詳しさで余すところなく語っているのが、この物語なのである。

物語は一一三二年頃、五十代初めでブルターニュへ追放された哲学者であり修道士であるピエール・アベラールが、自身の人生をつづるところから始まる。アベラールの自伝は名前を明記しない友に宛てた書簡の形態を取っており、苦境に陥っている友に、それよりもっと悲惨な自身の境遇を語ることで、気を楽にしてもらおうという、いずれ世間でも馴染みになる慰めの手紙——ヒストリア・カラミタトゥム——として書かれている。自身を襲った壮絶なまでの人生の苦悩をラテン語で赤裸々につづったそれには、文学に造詣が深く、豊かな知性と美貌に恵まれた、かつての教え子である女性と、彼が関係を持っていたことが明かされている。これまた宿命を負った師弟関係の一例であり、生涯変わらぬ愛を誓い合いながら、その関係には初めから破滅の種が埋まっていたのである。

アベラールは、中世ヨーロッパにおける著名な偶像破壊主義者で、独創的な思考と、目から鼻に抜けるような論法で定評があり、自身の能力と信念にわずかな疑いも抱かず、エゼキエル書の注釈者としての腕と同様に、女性を引きつける魅力にも長けていると自信を持っていた（〝高い名声に加え、若さとたぐいまれなる容姿がわたしの取り柄である〟）[1]。その自信はあながち過信とも言えない。パリに暮らし、ずば抜けた教養と〝そう悪くない〟容姿を持つ、ある若い女性を見初めると、さっそく誘惑にかかった。まずその叔父であり保護者のフュルベール（ノートルダム寺院の聖堂参事会員）に自分を印象づけ、まんまと彼女を愛弟子にしたのである。「これ以上言う必要があるだ

1　彼の自伝とそのあとに続く手紙の翻訳は一九七四年にペンギン・クラシックスから刊行されたベティ・ラディスの訳書による。

ろうか？」とアベラールは手紙の相手である無名の人に聞いている。「授業を隠れ蓑に、われわれはどっぷりと愛欲に溺れた」と書いたあとで、「指導よりもキスのほうが多く」両手は「ページをめくるより、彼女の胸もとにとどまる時間のほうが長かった」と続けている。実際のところエロイーズはちゃんとした授業をほとんど受けていなかったらしく、「欲望の赴くままに、あらゆることを試し尽くし、愛し合うなかで何か新しい方法を思いつけば、それも喜んで試した」という記述がある。

情熱的な愛の交合が続くなか、アベラールの学問指導はだんだんにおろそかになっていった。ほかの業務から関心が失せ、その講義も精彩を欠いていった。そうして、エロイーズの叔父を除いて、あらゆる人間に自分たちの関係が知れ渡っていると気づいて驚く、お決まりの展開が待っていた。アベラールは聖ヒエロニムスがサビニアヌスに書いた手紙のなかの言葉を引用している――「自身の家で邪悪な行いがあるとき、いつでもわれわれはそれを最後に知る。自分の妻子の不祥事が町中の噂になっているというのに、その噂が自身の耳には届かないのだ」

しかしそれを知ったとき、必ずしも寛大な保護者ではなかったフュルベール（最初の頃、エロイーズが集中していないときには、力一杯殴っても構わないとアベラールに言っていた）は、エロイーズが何に集中していたかを知って、手放しで喜べるはずもなかった。エロイーズが妊娠しているとわかると、ふたりはフュルベールの怒りをかわそうと、秘密裡に結婚することに決め、当初はそれでフュルベールも満足したかに見え、生まれた息子はアストロラブと名づけられた。ところがフュルベールが結婚を公表することを決めると、アベラールは――自身の行為を恥じて――ふたりの関係を解消し、エロイーズを修道院に、アストロラブを自分の妹のもとへ送る手はずをととのえた。しかしそれで事は済まなかった。姪をもてあそんだ上にその人生をめちゃめちゃにしたアベラールに、フュルベールが激怒し、友人と手を組んで一計を案じたのだった。アベラールは書いている。「ある夜、奥の部屋で安らかに眠っていたところ、彼らがうちの使用人のひとりを買収して、なかに入れてもらい、世界を震撼させる恐ろしい行為に及んで、わたしに残虐極まりない復讐を遂げたのだった。つまり、そこが悪の元凶だと彼らが言う、わたしの身体の一部を切除したのである」

局部を切除されたアベラールは聖職につき、神の愛と聖書に自身を捧げた。しかし探求の徒である彼は、キリスト教の教えに矛盾点を数多く指摘し、仲間内で煙たがられてしまう。自分は何よりも合理的な注釈を好み――身体の一部欠陥により――肉体の喜びを放棄したと彼は公言している。しかし去勢から九年が経ったとき、彼が心情を吐露した手紙が、アルジャントゥイユの修道院にいるエロイーズの手に渡り（その経緯は不明だが、アベラールが一部を彼女に送ったという可能性もある）、ふたたびアベラールはかつての愛人に誘惑されてしまうのだった。[2]

エロイーズは、アベラールが友に書きつづったふたりの関係の詳細に、納得できない部分もあり、アベラールが長きにわたって連絡ひとつ寄越してこなかったことにすっかり幻滅していた。それでも彼への思いは変わらず、実際明らかに、神以上にアベラールに専心していたことを示す手紙を書いている。

2　アベラールが心情を吐露した手紙の相手は、注意と同情を集めようとの思惑でつくり出した架空の人物だという専門家の意見も出ている。さらに、恋人同士のあいだでやりとりされた手紙はすべて、ふたりのあいだの創作か、あるいは後世になって、別の書き手がでっちあげたものとする論もあるが、少なくとも初期の手紙については紛い物ではないと大方の意見が一致している。

一点の曇りもない心で祈らねばならないミサの最中でも、わたしの不幸な魂は、ふたりがともに味わった肉体の快楽にがっちりととらえられていて、祈りに集中する代わりに、淫らな場面を想像しています。わたしたちが成したことのすべてが、時間も場所もくっきりと、あなたの姿とともに心に焼きついていて、あなたとともに過去を再び生きなおしているような具合です。眠っていても、休みなくそれは続きます。ちょっとした仕草や、うっかり口から飛び出す不用意な言葉で、自分の考えていることが人に知られてしまいそうになることもあります。

自分の人生は破綻したとエロイーズは思っており、アベラール以上に自分のほうが苦しんでいると確信していた。彼は信仰に救いを見つけたが、エロイーズはそれがで

天使のように汚れのない――ペール・ラシェーズ墓地で守られるアベラールとエロイーズの秘密

きない自分がただもう情けなかった。

きみは神に嫌われているというが、やはり神はきみのためを思ってくれているのだということが証明された——痛みが治癒をもたらすなら、それを患者に強いることも臆さない、神はまるで誠実な医師のようではないか。しかしわたしにとって、若さと情熱と快楽の体験はあまりに鮮烈で、肉体を苛むほどに夢中になり、欲望はとどまるところを知らなかった。そこに至ってあの事件。自然は弱者に襲いかかるというが、わたしはもう完全に打ちのめされてしまった。

あふれるばかりの思いをさらけ出したエロイーズに対して、アベラールの返事は冷静かつ、遙かに抑制が効いていて、エロイーズは肩すかしを食らったような気がしただろう。アベラールは、自分は信仰を通じて精神面で彼女を支え、彼女は彼女で修道院生活をつつがなく送ってくれるものと期待した。しかしエロイーズへの性的欲望をすべて放棄したのは、去勢によって人生が転換したからという単純な話ではなかった。彼は性的衝動を下劣なものと見なし、彼女と過ごした夜は「みじめで淫らな快楽」を提供してくれただけだったと見ている。その気もないのに彼女に無理やり迫ったことも多々あったことを思い出し、その手の行いからすっかり身を引いたいまの状況をありがたく思い、「これこそが正しい道と安堵している」と書いている。

欲望の中枢であり、それが有るゆえに抑えがたい肉欲が生ずる己の部分……われわれの不埒(ふらち)な行いの元凶であるその部分を切除するということは、わたしにとって、快楽に身を委ねていた罪を贖(あがな)い、堕落の底に溺れていた心と身体を解放することだったのです。かような道をたどることで初めて、聖なる祭壇に近づくのに、よりふさわしい身になったのです。

エロイーズはアベラールの考えをしぶしぶ受け入れたか、あるいは少なくともその勢いに気圧されたようだった。ふたりの響き合う心は、依然として強い絆で結ばれていたようだが、最後には、かわす手紙も恋愛色を脱し、いわゆる「人生の処方箋（Letters of Direction）」にも似た哲学的な様相を帯びるようになった。

しかし物語はそれで終わらない。一九七〇年代初めに、エヴァルト・ケンスゲンというドイツの神学者が蠟引き書字板に書かれた一連の手紙について論文を発表した。その手紙は、もともと十五世紀の修道士ヨハネス・ド・ベプリアが詞花集として編んだもので、書き手は不明とされていたが、ケンスゲンは直感で――これといった根拠もなく――この手紙はアベラールとエロイーズが、まだ関係の悪化する前にパリでかわしあったものだと考えた。一九七四年になると、その直感をさらに強くして、『Epistolae duorum amantium. Briefe Abaelards und Heloises?（恋人同士の手紙。アベラールとエロイーズのものか？）』を出版したものの、この薄手の本は話題にはならなかった。ところが一九九九年になると、メルボルンにあるモナッシュ大学の教授コンスタント・J・ミューズが、『The Lost Love Letters of Heloise and Abelard（エロイーズとアベラールの失われた愛の手紙）』という、その物ずばりのタイトルでそれらの手紙を発表して物議を醸し、二〇〇五年にラテン語の手紙がフランス語に翻訳されると、話題騒然となった。果たして手紙は本物なのか？　本物だったとして、それはアベラールとエロイーズのものと断定できるのか？[3]　中世学の学者のあいだでは依然として過熱した議論が続いている。

当然ながら、ふたりの情熱がピークに達した時期の手紙が存在するはずだった。まだ知り合って間もない頃には、たとえ離れていても「手紙をやりとりすることで相手の存在を感じることができてうれしく、むしろ会って話すよりも、文字にしたほうが、心の内をさらけ出すことができた」とアベラールは自伝に書いている。ミューズ教授は手紙を研究し、翻訳していくうちに、文法や言葉の使い方に、既にふたりのものと確定されている手紙や、後に見出された事実と酷似する点があるとの確信を強めていく。手紙の文脈を、十二世紀フランスの道徳観や、同時代に書かれたほかの手書き文書と照らし合わせていっても、その確信は一層強まるばかりだった。百十三の手紙は、三、四行で終わる短いものから、六百語以上に及ぶものまで、長さは様々で、書きかけの散文のように不完全なものから、きっちり韻律を整えた長い韻文まで、形態も幅広い。どれも誠実な愛の不変性を語っており、人間愛、精神的な愛、神への愛をいっしょくたにして語っているものが多い。一通一通が完全に独立していて、まるで誰にともなく書いて、返事を期待していないような書きぶりだ。

女――過去においても現在においても常に愛される人へ――彼女の存在と感情と健康と喜びと成長と……あなたに益と名誉をもたらすあらゆるものをあなたに捧げて……さようなら、さようなら、どうかつつがなく生きたまえ。神の国が存続するのを見られるあいだ。

3　この時代、偽造された手紙はよく知られており、一番有名なのは、一一六五年にプレスター・ジョンが書いたとされるものだ。書き手は手紙のなかで神話の王になりすまし、中央アジアの架空の生き物について詳述している。しかしアベラールとエロイーズの手紙が偽物だったとして、それを偽造した者の意図は依然として定かではなく、単なるお騒がせか、あるいは教会の偽善と醜聞を再度暴きたてたかったのではないかといった程度の推測にとどまっている。

男――彼の最も貴重な宝石、生まれ持った輝きを永遠に失わない、最も純度の高い彼の黄金
――願わくは喜びに満ちた抱擁によって、その宝石を彼も身にまとわん……さようなら、わが人生をつつがなきものにしてくれるきみよ。[4]

もっと長い手紙にあっても、凝りに凝った文章は健在で、腹立たしいまでにわかりにくい（彼女――「さようなら、最愛の人。わたしは完全にあなたのもの、いいえ、正しくは、わたしはあなたのなかに完全に収まっている。彼――「彼の愛情が尽きることなき器へ……」彼女――「あなたは本物の愛情の息子……」）。しかし、後期の手紙でお馴染みの〝背徳の夢想〟より筆致はもっと大人しいものの、この手紙のなかにも徐々に、ふたりの肉体関係が顔を出してくる（男――「ぼくの精神は歓喜にふるえ、身体は新たな所作と姿勢を生み出す」）。そうして、二十六番の手紙になると、あの有名な恋人どうしが書いたに違いないと思われる、熱に浮かされたような、あられもない激情が噴出するのである。

男――喜びのぎっしり詰まったきみの乳房、無垢な美しさに輝くきみの、瑞々しさにはちきれそうな身体と、得も言われぬ香りよ！　その秘密の扉をひらいて、きみがずっと隠し続けてきた、この上なく甘い蜜を一気にあふれさせよ……ぼくは始終きみをむさぼる。炎が木を焼き尽くすように。

〝新〟書簡が本物かどうかはさておき、既に本物と認められている書簡とのあいだに、もうひとつ

共通点がある――快楽をこれほどあからさまに表現している書簡はほかにないという点だ。

小プリニウスの時代とエロイーズの時代に挟まれた長い年月、教会の聖職者たちはべつに手紙を書くことを避けていたわけではなかったが、手紙という形式の可能性を追求して、そこに輝きを付与することもなかった。結果、およそ千年にわたって、宗教的な手紙しかつづられない時代が続いた。もとより一般大衆に読み書きは奨励されず、教会の影響下にあって聖職者の物の見方はどうしても偏ったものになる。口頭のやりとりが大半を占め、文章の出る幕は少ない。伝令を雇えるのは金持ちだけで、文章をつづる能力も、書きつける素材も、書記や書記を雇える聖職者の占有だった。そもそも、教会に奉仕する助修士が厳格な教義を越えて、何か価値あることを考え出せるだろうか？

聖職にある書き手は義務に縛られているから仕方ないのだろうが、現存する手紙は面白みのないものばかりだ。一応学のある者の手紙であるから、ほかの手紙よりは後世に残りやすい（しかし王族のあいだでやりとりされた書簡はもっとずっと後になるまで出てこない）。聖職者の手紙でもあいさつや別れの言葉は古代末期の慣行を踏襲しているが、比較の種はそこで尽きる。世渡りの術や自己研鑽（じこけんさん）の奨めなどが書かれている手紙はなく、キケロのように政治的に有利に立つための鉄面皮な策略につかわれた手紙もなく、セネカのように旅や簡素な生活に関する助言をしたためたものもない。宗教的な問題がほとんどであって、予想どおり、正義の道を目指して一直線、わずかな脱線もない。

4　ミューズと彼の同僚ネヴィル・チャヴァロリは、「手紙の書き手の名前を明示することなく、単に「男／女」としたエヴァルト・ケンスゲンのやり方を支持している。

証拠には事欠かない——四世紀のほぼ全般にわたるナジアンゾスのグレゴリオスが残した手紙が二百四十通、同じ時代に聖バシレイオスが残した手紙が三百六十通、ペルシウムのイシドールが残した二千余りの短い覚え書き、そしてキュロスのテオドレトスが五世紀に書いた二百以上の手紙が現存している。これらを読み続けるのは拷問に等しく、死んだほうがましだと思うかもしれない。

*

そんなわけだから、虚心坦懐（きょしんたんかい）に性をつづり、苦しみ抜いた女性の人生を明るみに出した、アベラールとエロイーズの手紙が、いまだ人々に強烈な印象を与えるのも不思議ではなく、それが隠匿の回廊からひっぱりだされて、われわれの文化に入ってきたのも当然の成り行きだった。アレグザンダー・ポープがふたりの恋愛をテーマに壮大な詩を書いている。その『エロイーズからアベラールへ』（一七一七）でポープは、「ふたりが恋した記憶を消してしまえれば、ずっと楽なのに」と、われらがヒロインに、「Eternal sunshine of the spotless mind!（無垢な心の不変なる晴れ晴れしさよ！）」と呼ばれるものを求めさせた（しかし結局はそれもむなしく、「ふるえる指であなたの手紙をひらいたとたん／よく知った名前が出てきて、わたしのあらゆる悲嘆を起こしてしまった」という結末に至る）。時代が下ると、今度はふたりを歌詞に織りこんだ歌が生まれる。コール・ポーターの「Just One of Those Things（「そんなことなの」）」がそうで、冒頭部分に「アベラールがエロイーズに言ったように／どうか一行でもいいから手紙を書いておくれ」と出てくるのだ。

　絵画の世界でも彼らはつねに引っ張りだこで、ふたりの物語を様々な形式で描いた作品がたくさんのギャラリーに展示されている。なかでも最も哀れを誘うのは、おそらく、オーギュスト・ベルナール・ダジェシの描いた「アベラールとエロイーズの書簡集を読む貴婦人」であって、これはシカゴ美術館に展示されている（問題の貴婦人は、読んだばかりの内容に興奮するあまり、ドレスがあられもなく肩からずり落ちている）。このふたりは、チャーリー・カウフマン脚本の映画『マルコヴィッチの穴』に操り人形としても登場する。また、同じカウフマンが脚本を書き、ジム・キャリーとケイト・ウィンスレットが共演した映画『Eternal Sunshine of the Spotless Mind（『エターナル・サンシャイン』）』にも、前述のポープの詩が登場する。テレビ視聴者の多くは『ザ・ソプラノズ　哀愁のマフィア』のドラマシリーズのある回で、初めてこの手紙のことを聞いたはずだ。

　現代の視聴者に形を変えて紹介される際には、ジェームズ・バージの『Heloise & Abelard: A 12th Century Love Story（エロイーズとアベラール――十二世紀のある愛の物語）』（二〇〇三）のように、研究によって導き出した推測を躍動感のある物語に仕立てて追加することが多い。これにはヒロインがアベラールの自伝に対して最初の返事をつづる場面が想像で描かれている。「（それからまもなく、）夕方の礼拝を知らせる鐘が鳴った。尼僧院長は今一度、恋人を、彼への恋心を、いまこうして自分をここに導くに至った物語を、手に取ったのち、すべて胸の内に封じこめ、修道院の長としての自分の職務を担う。手紙は折りたたみ、縛って封印する。そうしておそらく修道服の内に滑りこませたことだろう」

　しかしふたりの恋愛に、いち早く注目し、最も激しく心酔した人物は十四世紀に活躍したペトラルカだった。キケロの演説文を発見してギリシア哲学を復興したのとほぼ同じように、エロイーズに憧れる彼の思い（「まったくチャーミングで、この上なくエレガント！」）が、この恋人同士の新たな魅力に火を付けた。ルネサンスの初期において、これ以上の傑物は求めようもない、まさに知の巨人と言っていいフランチェスコ・ペトラルカだが、彼はまた、手紙の可能性を再発見した人物でもあり、手紙という形式をつかって言葉の歴史をつまびらかにもしている。

ペトラルカは一三〇四年にアレッツォで生まれたが、以来頻繁に居住地を変えており、その結果、友人知人に宛てて数多くの手紙（ほぼ五百通が現存）を書くことになった。フィレンツェ近郊から、ピサ、モンペリエ、ボローニャと移ったあと、プロヴァンスのヴォクリューズにしばらく落ち着いて、さらにミラノに移った。学者であり詩人でもあったペトラルカは膨大な量の文章を発表しているが、自身の最高傑作と呼べるものについても、本人はそれが後世まで伝わるとは思っていなかったようだ。しかし現代の読者はそうではない。彼が生涯愛した女性で、一三四八年に疫病で亡くなったあとには不滅の存在だとあがめた、ラウラを詩的霊感の源泉にしてつくりあげた最も有名な抒情詩に加え、彼の随筆、自伝、宗教的な嘆願書に、大きな価値を見出すことになる。

ほかにもペトラルカの偉業としてわれわれが確実に記憶しておくべきは彼の手紙であって、内容が興味深いのはもちろん、歴史的にも重要な資料だ。キケロ、エピクロス、セネカに触発されて、ペトラルカはほぼ毎日、親しい人々に宛てて手紙を書いており、それらを集成した大部の二巻（一巻は、『Epistolae familiares［親近書簡集］』というタイトルで、自身の旅を中心に雑多なテーマで書いた手紙を集めており、もう一巻は『Epistolae Seniles［老齢書簡集］』と題し、より特化して、老いをテーマにしたものを集めている）は、ヨーロッパ文明の黎明期において初めて登場した、現代的な精神で書かれた現代的な手紙と言われている。

手紙の豊かさを歴史のなかに際立たせようとするかのように、未完に終わった彼の自伝は、詩や、よくある年代記の形を取らず、「子孫へ」と題した手紙形式でつづられている。控え目な書き出し（「こんにちは。こうして手紙にすれば、ぼくの言葉の一部はきみの心に残るかもしれない……」）は、小さな嘘とも取れ、「ぼくのような取るに足りない無名の人間の名前が、時代や国境を越えた人々にまで伝わるとは思えない」と書いているのは完全な見当違いだ。歴史は彼にとっても、われ

アベラールとエロイーズの書簡を読み、興奮のあまりドレスが脱げてしまう貴婦人——18世紀末にオーギュスト・ベルナール・ダジェシが描いた肖像画

われにとっても、有益な選択をしてくれた。
最初の書簡集の冒頭でペトラルカは、生涯の友であるルドヴィーコ（渾名はソクラテス）に、実は手紙のほとんどをネズミとシミに食われ、故意に自分で焼き捨てたものもあって、危うく第一巻の刊行（一三六〇年代）を取りやめにするところだったと書いている。自分の書いたものの価値を疑って憂鬱に陥ったわけだが、そんなとき（ずっと彼の手紙を絶賛していた）ルドヴィーコの幻影が現れて、心を持ち直したと言う。それでいま彼は自分の書いた手紙を幾分満足げに振り返りつつ、ここで初めて手紙の書き方指南をする。

最初に注意すべきは当然ながら、手紙を誰に宛てて書くのか、それを考えることだ。手紙を受け取る相手を念頭に置いて、何をどのように言うか判断する。強い人間と弱い人間、経験の足りない若者とすでに人生の義務を成し終えた老人、順風満帆の暮らしに増長している人間と窮地に陥って疲弊している人間、文学に造詣が深い学者と日常生活以外には考えが及ばない俗人――手紙においても、各人の性質と地位に合わせた扱いをしなければならない。

彼の書簡集が無数の書写人によって自由に複製され、それが世間に広まるようになると、ペトラルカは一三六五年にボッカチオに手紙を書いて、自分は何よりも読みやすい文章を書こうと思っているのだと、心の内を明かしている。筆跡ばかり華麗で意味がぼやけている手紙も、遠目には楽しそうだが一心に読もうとすると目が疲れて痛くなるような手紙もダメだと言う。語源を見ればそれは当然で、「そもそもletter（手紙）という語は、ラテン語のlegere、つまり〝読む〟から来ているのだから」と彼は書いている。

しかし現代の読者はそれ以上を期待してもいい。彼の手紙は読みやすいだけでなく、読む価値がある。多くがそうだ。内容は多岐にわたり、そこには矛盾もあれば自信過剰もあり、エリートを自認する人間の豊かな学識が窺える。多くの友人に宛てて書き、なかには、キケロやホメロスといった想像上の相手に書いた手紙もある。政治、歴史、古典時代の詩、同時代の文学などテーマも様々だが、ほかの人間の追随を許さないのは、なんといっても旅について書いた手紙だ。われこそは世界初の観光旅行者なりと、ペトラルカは強く主張している。

彼が友人に送ったのは羊皮紙に書いた手紙だが、内容的には旅先から家族に送る絵はがきに近い。大事な仕事でヨーロッパのあちこちを行き来するあいだに目にした、現地の珍しい風習を書きつづるだけでなく、どこへ行けば楽しめるか、行楽者や遊び人の視点でも書いている。パリへ、北海沿岸の低地帯へ、ライン川へと足を伸ばし、山にも登って、その体験を手紙で報告する。彼の旅を阻む唯一の妨げはひどい船酔いで、そのために、たとえばエルサレムなどへは行けなかった。ペトラルカは友人のひとりにこう書いている。「わかってもらえるだろうか。山や森や小川のほとりを、ひとり自由にさまよい歩くとき、ぼくの心は喜びにはちきれそうになるんだ」その手紙は、各地の見どころを紹介するガイドブックや、旅程表、心覚えの地図にも匹敵し、ごく初期の人類学と言えそうな興味深い人間観察に満ちている。

「それからぼくはケルンに移動した」と、一三三三年にジョバンニ・コロンナ枢機卿に宛てて、次のような手紙を書いている。

そこはライン川の左岸に広がっており、その立地と川と住人は、一見の価値がある。未開の地に、まさかこれだけの文化が育っているとは。その街並みも、男たちの威厳も、女たちの魅力も、

最初の職業作家（Man of Letters）？　19世紀に描かれた絵のなかで後世に残す作品を抱きしめるペトラルカ

ぼくにはすべて驚きだった。

到着した日は、ちょうど聖ヨハネの日に当たっていた。日没間近に宿に着き……休むまもなく、すぐその足で地元の人たちに川へ連れていかれ、不思議な光景を目の当たりにすることになった。見目麗しい女たちがずらりと並んで川岸を埋めている。そのなんという美しさ！　装いもじつに見事！　連れて来てもらってよかったと思ったよ。すでに心に決めた女性がいるなら話は別だが、そうでなければ男性諸氏はこぞってここへやってきて、未来の花嫁を見つけるといい。

ぼくは小さな丘の上に立った。そこからだと女たちが何をしているのか、その一部始終を眺めることができる。大勢が集まっていながら、ひしめく様子はまったくなく、みな次々と川岸に膝をつく。芳しい草に半ば埋もれながら袖をまくりあげると、その手と白い腕を、渦巻く水の流れに浸していく。

……何か耳に入ってきても、言葉がわからないので連れに頼らざるを得ない。いったいみんな何をしているのか興味津々となり、ぼくは友人のひとりに頼んで説明してもらった……彼が言うには、これは下層の人々、ことに女たちのあいだに古くから伝わる風習で、この日に川で沐浴をすれば、あらゆる災害の種が洗い流され、向こう一年にわたって幸せに暮らせると固く信じられている。それでこれまでずっと、この日に粛々と沐浴が行われ、これからもずっとその風習は守られていくと言う。

われわれがペトラルカの手紙にどれだけ高い敬意を払おうとも、ペトラルカ本人が自身の手紙に払う敬意には、とうてい叶わないだろう。彼は自分の手紙を読む人間をおしなべて男性と見なしているようで、その読者に次のような希望を打ち出している。

ぼくのことだけを考えて欲しい。娘の結婚式、愛人の抱擁、敵の策略、自分の仕事、家、土地、金といったものをすべて忘れて、ぼくの手紙に集中してほしい。もし差し迫った用事があるならば、ひとまず手紙を読むのは先延ばしにする。そうして読むときには、仕事や家庭の重圧を脇へ放り出し、己の精神のすべてを目の前の手紙に捧げて欲しい……何もないところから、これだけのものを生み出すのに、こちらも相当苦労したのだから、読むほうもそうしなければ、得るものはない。

彼の手紙はたいていが千語以上に及ぶ。「手紙がこんなに長くなってしまって申し訳ない。なにしろ短く書く時間がないんでね」というのは、何度もつかわれてきた感のある言葉で、パスカル（一六五七）、ジョン・ロック（一六九〇）、ウィリアム・クーパー（一七〇四）、ベンジャミン・フランクリン（一七五〇）がそれぞれ形を変えてつかっている。しかし最初に考えたのは――当然ながら長い形で――ペトラルカだった。執筆生活も晩期に入った彼は、人生の残り時間を意識しだし、手紙はつねに簡潔に、「相手を喜ばすためではなく、自分を理解してもらうために書く」ことに決めた。そんな彼がその約束を思い出して、ふたたびボッカチオに宛ててこんな手紙を書いた。「しかしこの約束は守ることができなかった。一度ペンを手に取ったが最後、友に話したいことが怒濤のようにあふれてきて、もうとめられない。それなら初めから黙っていたほうが楽だと思うようになった」
問題はそればかりではなかった。書いた手紙が、注意を怠った受け取り人のせいで、まったく届いていないということが頻繁に起きたのだ。疑念を持つ国家のスパイか、イタリアの街道に無作為に現れる追い剝ぎか、はたまた、この時期からもう出没していた著名人のサインを集める人間か、犯人は定かではないが、途中で横取りする輩がいたのである。間近に迫る死を意識したペトラルカは、寄る年波に加えて、手紙が確実に相手のもとに届かない昨今の風潮に屈して、残念な決断をすることになる。ボッカチオへの手紙に書いているように、もう手紙は書かないと決めたのだった。

長い手紙を二通書いたのだが、どちらもきみの元には届いていないとわかっている。だからといってどうする？　あきらめるしかない。恨みを晴らすことはできないのだ。イタリアの北方で、街道の警備にあたるという名目で、実際には手紙を配達する人間に脅威を与えている輩がいるというのだから、まったく許しがたい。

連中は手紙を開封してざっと目を通すだけでなく、興味津々で熟読する。主人に命じられたからと、そんな釈明をするかもしれない。権威を無視してやりたい放題をやってきた主人は、自分がつねに批判の目にさらされていると意識し、誰も彼もが自分の悪口を言っているに違いないと思い、他人の手紙の内容までが気になるのだろう。しかし、ひらいた手紙に、主人に知らせるべき文言を見つけた輩が、本来なら伝令を待たせておいて、その場で必要箇所を書き取るところを、愚かにも面倒がってそれをせず、伝令から手紙を取りあげてしまうとなると、これはもう言語道断。その上取られるほうも大馬鹿者で泣き寝入りしてしまうのだから、なおさら始末が悪い……

こういう輩のせいで手紙が届かないと考えると腸が煮えくりかえる心地がする。よって最近は手紙を書く気がしなくなり、書いたところで後悔ばかりが残るという始末。こういう手紙泥棒を無くす手立てはいまのところ何もない。世の中が混乱に陥り、国家が完全に機能しなくなっているのだから。

信頼の置けない郵便システムのせいで国家が機能しなくなるということがあるのだろうか。奇しくもイタリアのメロドラマに隆盛をもたらした手紙だが、公務における重要性はもちろん、文化の伝達にも大きな役割を果たしてきたのはまちがいなく、ルネサンスの夜明けを迎えた文明世界に、手紙は無くてはならないものだった。しかしそれはまだ手紙の歴史のほんの始まりに過ぎない。歴史的資料としての手紙の価値、神経をとがらせている君主に手紙が与える危険性、情熱的な愛を吐露するのに不可欠な信頼の置ける手紙の配達網といった問題が、ようやく姿を現してきたわけで、これからそのひとつひとつを検討していくことになる。人々の読み書き能力が向上するのは確かに恵みではあるが、喜んでばかりもいられないという実情がこの先に待っているのだ。

ピラミッドの建造方法

14232134　通信兵　クリス・バーカー　H・C
中東軍　第九航空通信隊　第一中隊　第三十航空団

一九四三年十二月十七日

親愛なるベッシーへ

船便で送ってくれた十月二十日付のきみの手紙を、ぼくは昨日受け取った。昔馴染みからの手紙だ、むさぼるように読んだよ。長い時を経ても、きみの文章のスタイルは変わらないね。ふたりで手紙をやりとりして、社会主義をはじめ、その他諸々の問題について、腹を割って激論を戦わせた、あの愉快な時代と同じだ。今ではそんな情熱はどこへやら、すっかり偽善者となったぼくは「その他諸々」の問題のほうが遙かに魅力的に感じられる。昔ながらの船便で手紙を送ってくれてありがとう。こっちはずいぶん重たい内容なんで、商船が沈没したら困ると思って、航空便でこれを送ることにする。

そうそう、ぼくらの関係は「知人」だと書いたら、きみは反対したけれど、ぼくの考えはいまでもほぼ変わらない。

知人――知っている人

友人――愛情と尊敬を持って固着する相手

ぼくはきみのことを「知って」いて、きみに「愛情」を持ってはいるけれど、「固着」はしない。きみは「友情の名の下に」ぼくの上着の裾にくっついて離れないなんてことをするかい？

ニックとは「もはやこれまで」と書いてあるのを読んで、残念に思ったよ。彼に勇気がないばかりに、きみは多くの時間を無駄にしてしまった。損をしたと思っているに違いなく、それには大いに同情する。ところで、そういうことを書く相手に、ぼくを選んだのは正しい選択だろうか？じつを言うと、どんぴしゃなんだ！　数か月前、ぼくはジョアンから、おまえは〝クビ〟だと言い渡された。四月に届いた手紙を読んだあたりから、薄々予測はしていたんだけどね。

きみは自分の気持ちときちんと向き合って、もっと言葉にしてみたほうがいいと思う。なかったことにしてしまったほうが、〝新秩序〟の樹立も楽にできると、きみはそう言うかもしれない。しかしぼくはそうは思わない。それは自分の気持ちをごまかすことに過ぎないよ。

ロンドン休暇をもらった兵士はとことん羽目をはずしていると、きみはそんな風に思っているに違いない。三、四日の休暇のあとに、すぐ軍事作戦が待っている連中なら、確かにそうだ。街じゅうのバーをはしごして馬鹿騒ぎをするだろう。しかし快適な基地の仕事に携わる圧倒的多数の人間は、残念ながら基地で身についた習性が邪魔をする。基地では夜間に外出するときに許可証が必要なんだが、それには「売春宿への立ち入りを禁ず。売春婦との交際禁止」という勧告が書いてあるんだ。そうして外出が終わって許可証を返す場所には、「放置は危険。もしコマッタことになったら、病院の用務員に相談すべし」とペンキで記された大看板がひとつかかっている。軍隊全般が躍起になって、兵士に「慎重さ」を求めていて、サースクからやってきた、みじめったらしい司祭さえもが、短い別れのあいさつで、「外国の女はみな病気持ちだから、お気をつけなさい」と言う始末。

「ピラミッドの」すわり場所に選んだところで避妊具を見つけて、これは古代と現代の絶妙な取り合わせだと思ったよ。ピラミッドは悠久の時を教える、などと言う輩がいたら、笑わせるなと言ってやりたい。あれを造りあげたのは時ではなく人間だ。鉄も鋼も一切つかわずに、クレーンや滑車も利用しない。つかうのはロープと梃子だけ。ピラミッドができたのは、血と肉の偉大なる協業であり、人間があらゆる力を駆使して、わっしょいわっしょい励んだ結果なのだ。

なんだか思わぬ方向に話が進んでしまったが、きみならそれもよしと、思ってくれるだろう。最近はどんな新聞を読んでるんだい?

運良くベッドをひとつ確保できた。室内をいろんなものがうようよ這いまわっていることを思えば、これは非常に助かるんだ。ハエがもう吐き気がするほどたくさんいて、ノミのやつも頭にくるほど活発だ（これを書いている最初、ノミが二匹も足にたかっていた。これがなかなか殺せない）。ここじゃあ、身体を洗うのも一苦労で、ガソリン缶を浴槽がわりにしている。濡らしたぼろ布を肩のところでぎゅっと絞り、滴る水を再利用する。ネズミもそこらじゅうでちょろちょろしていて、迷惑この上ないんだが、それについても、このどこでも手に入る便利なガソリン缶が活躍する。罠をつくってなかに餌を入れておくと、一日に三、四匹はかかるんだ。横倒しにしたそれにネズミが入るとフタが閉まるようになっていて、そうなるともう外には出られない。そいつを殺すのがまた気の滅入る仕事だ。気絶させたり、溺れさせたりしたあとで土に埋める。いまのところぼくはその仕事から逃げて、やらないで済んでるんだけどね。最近は雨がたくさん降って、だだっぴろい平面のなかに湖のようなものができあがって目を楽しませてくれている。いまではそこに草や、何か小さな花も咲いている。以前は砂しかなかったところにね。そういった植物のいくつかを特別な一角に移植した。仲間内でつくった庭みたいなところだ。あいた時間はたいてい、バートといっしょにチェスをやってる。針金とホウキの柄でつくった台の上でね。このキャンプはどこからも遠く離れていて、民間人の姿はまったくない。それでも犬が数匹、近くをうろついている。それに豚が二匹いて、クリスマス用に肥育しているというんだが、きっと恐妻家の人間が、お情けで雌豚に一時の猶予を与えているんじゃないかと、ぼくはそうにらんでいる。

兄さんから、しょっちゅう手紙がくるといいね。きみときみのお父さんの健康を祈っているよ。

お元気で

クリス

5　完璧な手紙の書き方　その一

新教皇が誕生した。聖下、万歳！　しかし一二一六年という時代、その新教皇に、自身の教会の管理について知らせる場合、どのような手紙を書くのがふさわしいのか。裁判でひどい誤審があったことを知らせる場合には？　学校に入った息子に、勉強のしすぎがもたらす弊害を教えるには？入学してすぐ、面倒な行事があることを事前に学生に知らせておくには？

こういった問題はすべて、六巻からなる『ボンコンパノヌス（あるいはボンコンパヌスという名でも広まっている）』を購入することで解決する。前述のいずれの場合においても、そのまま使える例文が掲載されているのだ。しかしこの本が扱うのはそれだけではない。申請書や推薦状の書き方から始まって、巡礼の旅を続けるよう説得したり、夫婦関係のいざこざを調停したり、曲芸師に報酬額の交渉をする手紙の書き方まで指南している。この手引き書は一二一五年にシーニャのボンコンパーノが完成させた。ボローニャ人の彼は、修辞学の教授でチェスの名人だが、誇大妄想の気味があり[1]、少々いたずらな側面も持ち合わせていたと言われている。しかし、金銭や法律に関わるものや、とりわけ、お悔やみの手紙については、極力真面目な指南をしている。このお悔やみの手紙については、第一巻の第二十五節が割かれ、どんな小さな失敗も無きよう多様な例が盛りこまれている。人種によって喪の習慣が異なることを考慮して、ハンガリー、シチリア、スラブ、ボヘ

1「自分は抜きんでた天分と荘重な言葉の響きにより、雄弁術の分野で他の追随を許さなかった」と書いているのがその一例だ。

ミア、ドイツのそれぞれにふさわしいテンプレートがつくられており、「司祭や牧師の受ける天の幸い」や、「ある地方特有」の習慣についても、多様な解釈を載せている。

ボンコンパーノがこのようなものを世に出した動機はと言えば、人間社会の悪しき面、とりわけ不正や嫉妬といったものを、上手く書かれた手紙が解消してくれると願ってのことだった。そういった悪は、人々にヒドラの歯を植え付けるようなものと彼は信じていた。ヒドラは「片時も休むことなく、世間を観察していて、何かしら幸運を授かった人間を追跡し、ほかより秀でたものを持つ人間を探し当てようとする。そういったものに危害を及ぼすことができないとなると、どうしていいかわからなくなり、不平を並べ、叫び、怒鳴り、相手を頭から呑みこんで苦しめ、そのうち自分が顔面蒼白になって吐き気を催し、隠れ、吠え、嚙み、わめき、口から泡をふき、怒り、興奮し、歯を剝き出す」――といったようなことを彼は書いている。しかし動機と効果は別物だ。

中世の書簡の専門家、アラン・ブーローは、ボンコンパーノの手紙の手引きを、ヨーロッパ社会に、複雑で変わりつつある階級制ができあがったことを示す最も古い証拠のひとつだと見ている。そしてこの時代に、教会や貴族社会内の区分にとどまらない、多種多様な地位や階級があったと言う。このような手紙の指南書は、中流階級の出現と大学の影響力を如実に物語り、それ以前には封建制度内にも聖職者の世界にも組みこまれていなかった、村や町の新しい集団に声を与えることになったのである。そういった人々の多くは、急成長する法律関係の職に携わる人間だった。まもなく商人も、自分たちなりの手紙の手引き書が欲しいと思うようになる。

しかし『ボンコンパノヌス』は、世界初の手紙の指南書ではない。その元祖と呼べるものをつくったのは、生没年も生い立ちも不詳の、デメトリウスと呼ばれる男だった。そのラテン語の小論文は、紀元前四世紀から紀元四世紀のあいだに書かれたもので、筆者はおそらくデメトリウス家の筆頭であったファレロンのデメトリウス、あるいはタルススのデメトリウスだと考えられるが、さんざんに頭を悩ませた学者たちは、著者は不明としておくほうがいいと判断した。

はっきりしているのは、そこに書かれた忠告がじつに明快であることだ。そのあとに続々と生まれてくる、ほかの手引き書に比べれば、このささやかな論文には細かな具体例はあまりに少ないが、その一般性ゆえに、多くの人間の役に立ったはずである。彼はまず、アリストテレスの書簡集を編集したアルテモンがかつて提示した助言に異議を唱えるところから始める。すなわち、「手紙は対話をするように書くべし」というあれで、双方ともに話をするように書けばいいという助言だ。「彼の言うことにも一理あるが、それでもそこには穴がある」とデメトリウスは熱心に主張する。「手紙は会話よりも、少々形式を重んじるべきである。なぜなら、後者は思いつきをそのまま口にするものであるが、前者は

手紙は話すように書くべきだと信じていたアリストテレス

一種の贈り物として書き送るからだ」

会話は、しまいまで言わないうちにふいに途切れることがよくあり、それをそのままつかうのは手紙にはそぐわない。「文章に飛躍が生じれば、自ずと意味がわかりにくくなる」として、手紙には会話以上に物事を良き方向に進める可能性があると訴えている。「手紙には書き手の個性を強烈ににじませるべきであり」、「読む者の心のうちに、書き手の姿が如実に浮かぶようでなくてはならない。ほかの意思伝達手段でも書き手の人柄は伝わるが、手紙以上にそれをはっきり伝えられるものはない」

長さに関しては、手紙では「切り詰める」ことが肝要だとしている。「ごてごてと飾り立てるのは論外だが、あまりに長すぎるものは、『拝啓』と題した論文に等しく、手紙と呼ぶのもおこがましい」さらに、「友に対して、あまりに格式張った手紙を書くのも考えもので、『a spade a spade（ずけずけものを言う）』といった表現どおり、率直に書くのが一番である」としている。手紙の題材には明らかにふさわしくないものとして、とりわけ「世の道理や自然哲学」を挙げている。むしろ「手紙の目的は、友情を簡潔に示し、単純な問題を簡単な言葉をつかって表現することであって……押しつけがましい格言や、熱心な忠告などを書き連ねようものなら、それはもう気楽な手紙ではなく、壇上から説教をしているようなものだ」と言う。しかしこれについてデメトリウスは、ひとつかふたつの例外を設けており、「市町村や君主」に宛てて書く手紙は、多少飾るところがあってもやむをえないとしている。「簡単に言えば手紙は、洗練された上品な文体で、言いたいことをずばり言うのが一番で、すなわちそれがわたしの結論である」

*

十三世紀、ボンコンパーノが手紙に関する助言を丹念に編んだ時代には、手紙のひな形が大量に入手できるようになった。そして、それはまさに時代が求めるものだった。つまり、一朝一夕で適切な手紙は書けず、手本が必要になったのだ。手紙の書き方はヨーロッパの学校でようやく教えられるようになったばかりで、まもなくキケロやセネカがふたたび流行するようになるものの、旧式の手法は、同時代の難問に必ずしも対処できるわけではなかった。結局残された選択肢はふたつ――根菜を売る屋台よろしく市場に店を出している専門の代筆屋に金を払うか、あるいはアルス・ディクタミニス、つまりは手引き書をひもといて自分で書くか。アルス・ディクタミニスには、まもなく姉妹編のアルス・ノタリアエができて、これは法律や特許の問題に直面したときの手紙の書き方に特化しているが、その主目的は、「堅苦しくない」、自分ならではの、てらいのない手紙を書く方法を教授することだった。ただし依然として修辞の伝統には従っていた（当時の手紙は、届いた先に居合わせた人々に読んで聞かせることになっていたので、たいていはそれを意識した書き方になっている）。

イタリアとフランスが先頭を行き、そのあとにイギリスが続く形で、まもなく類書が山のように現れて、区別もつかなくなってくる。今日の自己啓発本のように、当時も一時の流行になったのだろう。最も古いものとして、モンテカシーノのアルベリクというベネディクト会修道士が一〇七五年頃に書いた手引き書が挙げられる。さらにその六十年後、ボローニャにて匿名で出版された短い手引き書があり、これが手紙の正しい冒頭のあいさつ、すなわちサルタティオについて詳細に教えた、最古のものと言える。以降これがスタンダードとなって、あらゆる礼儀作法の本が踏襲するようになる。これには、ベネボレンティアエ・カプタティオ、すなわち相手の厚意を得るために必要なおもねり（一番いいのは、相手の心に父親や兄のような感情を、それが無理なら〝仲間意識〟を

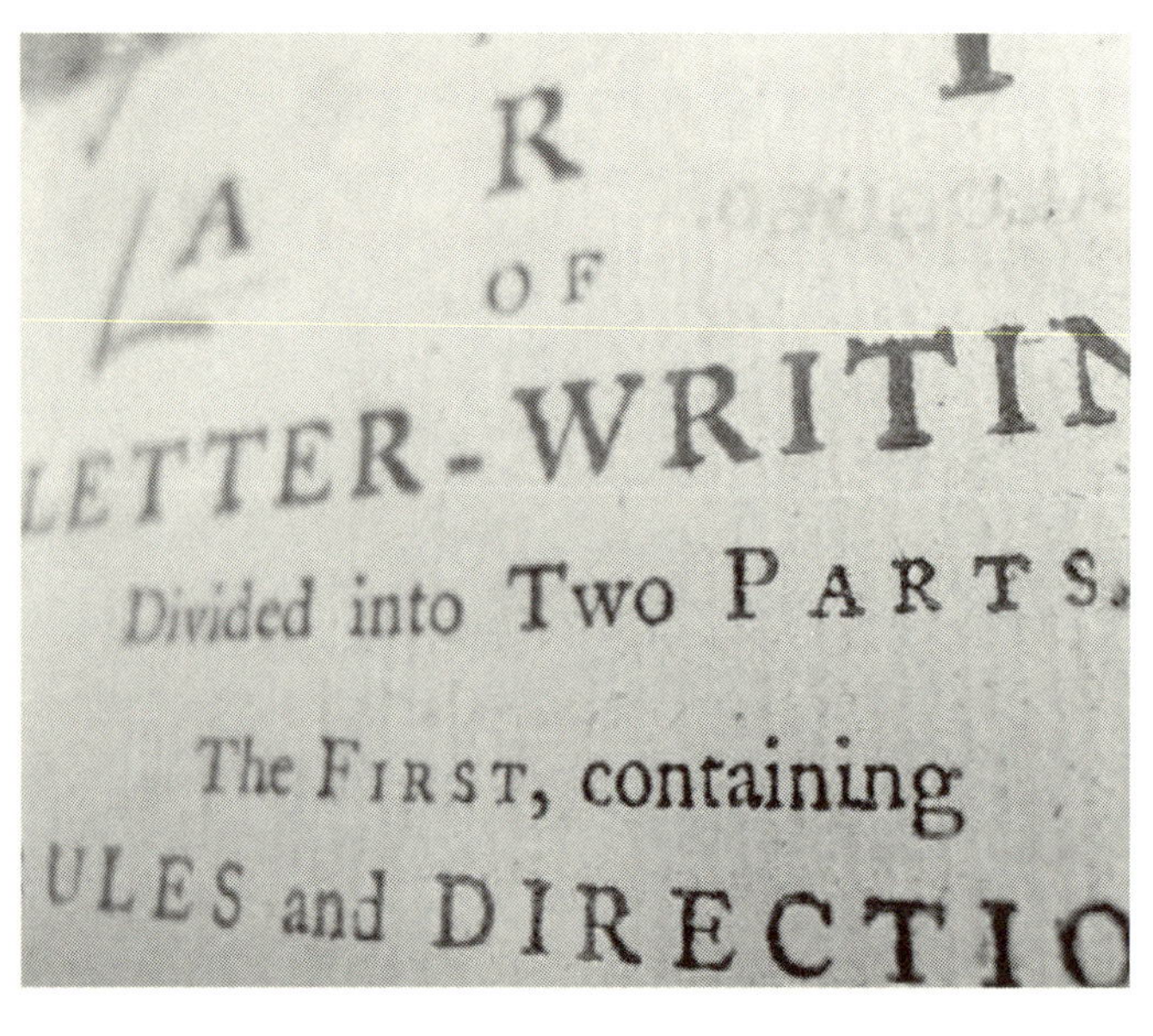

引き出すのが一番）までが抜け目なく記されている。師に宛てて、いつでも次のような手紙を書いていれば、つねに良好な関係が得られるとして、その例も挙げられている——「［師の名前］へ。天与の気品に輝く、キケロのように雄弁な先生の、深遠なる知識にはとても及ばない弟子［自身の名前］は、先生に身も心も捧げる所存で教えを乞いたいと思います」。そのあとに三つのカテゴリーに分けて助言が続くが、それは今日のわれわれが期待するものとそうかけ離れてはいない——ナラティィオ（近況報告）、ペティティオ（本題）、コンクルシオ（結び）。

こういった手引き書のうち、英語版初のものと認められているのは、ボローニャのジョバンニというイタリア人が編纂したもので、これはカンタベリー大司教の使用に供するために特別につくられたものだった。一方、手紙の例文集を最初に編んだのはアクイレギアのローレンスという人物で、空欄にリストから選んだ言葉をはめこんでいくだけで、目的の手紙が仕上がるようになっている。受け取り人の選択肢だけでも、王や助祭長から異端者や「ファルソス・インフィデロス（不信心者）」までと、じつに幅広く、後者に宛てる手紙は、完璧さを追求するよりも、むしろ酒場の喧嘩騒ぎでつかうのを推奨された文面かもしれない。

まもなく、ボローニャとオルレアンの大学都市がそれぞれ独自の専門的な手引き書を数多く出すようになり、その書き手、すなわち手紙の達人らは、ディクタトル（独裁官）と呼ばれたことからも、圧倒的な政治力を持っていたことがわかる。その多くは聖職者で、大学で教職についている者もいた。ヴァンソフのジョフロワ、オルレアンのアルヌルフ、ブロワのピエール、ヒルデスハイムのルドルフ、チューリッヒのコンラッドといった面々が当時に名を馳せた。

洗練された学問分野でよくあるように、ディクタトルの多くは、同職にあるディクタトルたちに便宜を図り、認めてもらうという、ただそれだけのために手紙を書いていたようだった。彼らがこぞってひな形の題材に選んだのは、仲間の名人芸を讃える手紙で、まるで人を褒めれば自分も褒められると思っているような節がある。その一番いい例は、『Rationes Dictandi』のなかに収められたボローニャのヒューが書いた手紙だ。ごくあたりまえに相手を持ち上げる言葉（「Xへ。手紙の分野における偉大なる学者であり、極めて筆達者な……云々」）を書き連ねたあとで、いよいよ手紙は核心に入る――「ああ、最も崇敬される、われらが主、われらが神よ。とどまるところを知らぬ神の恩寵は、きみを教養七学科で並ぶ者無き学者に仕立てたばかりか、手紙の技術においても、偉大なる才能をきみにもたらした。人々が声高に語るきみの世評を知らぬ者はない。それが真実でなければ、どうしてこれほど広い範囲にしっかりと根付くだろう」

かように褒められた手紙の達人は、不思議な術で病人を癒やす神のような存在として、周囲にうらやまれながら中世ヨーロッパ社会を闊歩したのである。

じつのところ、比類無き神の恩寵を通じて、きみは弟子をどのように教育すればいいかわかっている。ほかの教師よりもずっと早く、きみが教授法を会得できるように神が導いたのだ。それゆえに数多くの弟子たちが、自分の師を見限って、一刻も早くきみの教えを賜りたいと四方八方から駆けつけている。きみが教えれば、無学の者は即座に教養の人に変わり、訥弁の者はたちまち流暢に語りだし、頭の鈍い人間は目の前の霧が晴れたようになり、ねじくれた性格もただちにまっすぐになる。(2)

*

手紙の書き方のマニュアルは、人間主義が、ペトラルカの、そして間接的にはキケロの影響を受けたルネサンス期に大きく変わった。十六世紀の初頭には、『Methodus de conscribendis epistolis』という、まちがいなく現代的な手引き書が生まれており、つい二十年前までは、われわれにも有用だと見なされていた。その時代、手紙を書く技術においてトップの座に君臨していたのは、デシデリウス・エラスムスだった。オランダの偉大なる人文学者であり、おそらく当時最も有名な学者だ。彼は宗教改革の先導役となっただけでなく、時間を見つけては、神学以外をテーマにした論文や手紙を数千本も書いていた。論文では、人はいかにして生きるべきか（そしていかに人生を無駄にしないか――彼の有名な論文のひとつに愚行をテーマにしたものがある）という、セネカが頭を悩ませたような問題に真っ向から取り組んでいる。現存するおよそ千六百通に及ぶ手紙の内容は、カトリックの教義に反対する自分の立ち場を合理的に擁護するものや、古典文学の翻訳から始まって、もっと人間臭い話題、たとえば地元のヴィンテージワインにがっかりしたことや、懐具合のわびしさや、思わしくない健康状態（悪化する関節炎に苦しみ、後年になると書き物の仕事は助手に任せるようになった）まで、多岐にわたっている。そしてここでもやはり、われわれがかつて頻繁に目にし、これからも繰りかえし現れるであろう問題が取りあげられている。つまりエラスムスは友や家族に対して、もっと早く頻繁に返事を寄越せとたしなめているのである。

一四八七年頃、エラスムスは、ハウダ近郊の修道院からデルフト周辺にいた修道士の兄、ピーテルに手紙を書いて、のっけから相手に罪悪感を植え付けている。

兄さんは兄としての感情をもうすっかり捨ててしまったのでしょうか。兄さんの心のなかには、もうこれっぽっちもエラスムスはいないのでしょうか。何通もの手紙を書き送り、そちらの近況を教えて欲しいと繰りかえし頼み、兄さんの暮らす場所から戻ってきた友人がいれば、決まって兄からの返信はないかと尋ねました。しかし誰も手紙や伝言のようなものは携えておらず、元気でやっているよとの言葉が返ってくるのみ。もちろん、それは何よりうれしい知らせではありますが、そちらから何ひとつ連絡がないのはどうしたことでしょう。兄さんから手紙を一通引き出すより、石から血を絞り出すほうがよほど簡単です！

エラスムスの手紙はヨーロッパのあちこちに散らばっている。文通相手の住所は、ロンドン、ケンブリッジ、ドーバー、アムステルダム、ケルン、ストラスブール、ボローニャ、トリノ、ブリュ

2　Alain Boureau,「The Letter-Writing Norm, a Medieval Invention」. より引用。Roger Chartier, Alain Boureau and Cesile Dauphin,『Correspondence: Models of Letter-Writing from the Middle Ages to the Nineteenth Century』, translated by Christopher Woodall, Polity Press, 1997. 所収。

人生の半分を手紙を書くことに費やした――ホルバインの絵に描かれた毛皮を着たエラスムス

ッセル、リューベックとじつに広範囲だ。手紙に「盛りこめない内容はほぼ無い」と思っていた彼だが、もっぱら伝統主義者であるゆえ、思いつきで書いたものより、練りに練って書かれた手紙を好んだ。「言うなれば……手紙にはランプの匂いが似つかわしい。酒や軟膏の箱やヤギの臭いはいただけない」。そして何よりも彼は、近代世界において多方面にわたる内容を盛りこめる実用芸術として、手紙という媒体そのものを気に入っていた。手紙を上手に書ける人間（彼の忠告に徹底して従えばそうなれる）は、まちがいなくこの世を上手に渡っていけると言うのだ。

エラスムスが著した手紙の書き方は、一五〇〇年代初頭にパリで教鞭を執っていた時代に書かれたもので、おなじみの内容（表現の明確さとふさわしさ）に加えて、特筆すべきは、何よりも書き手が万能であらねばならないことを巧みに説いているところだ——手紙は「問題、場所、時間、受け手を鑑みて、それぞれにできるだけふさわしく書くべきなのである。面倒な問題は深刻に、ありふれた問題は簡潔に、下世話な問題はウィットを効かせてさらりと、懇願する際にはしたたかに熱意をこめ、慰める際には相手の気持ちを落ち着かせる心地よい文体で書かねばならない」

しかし、ここで最も注目すべきは、彼が著した手紙の書き方と、自身が書いた手紙そのものの集積を後世に残すために、晩年にとった手立てだろう。エラスムスはそれらを書写人ではなく、印刷機に託したのである。一五二一年、ケンブリッジの印刷屋を皮切りに、イタリアやドイツにあるいくつかの印刷屋を通じて印刷術が広まっていった。皮肉な話に思えるが、手紙は、その最大の味方を可動活字に見出した。機械に発展を阻害されるどころか、歴史や思想における手紙の意義が、機械の力でさらに高まっていったのだ。

いまや手紙は、集めて製本が可能になり、保存しやすくなって、生き残る可能性も格段に高まった。もちろん、原本である貴重な書簡や、状態のいい珍しい手書き写本は依然として子孫のかけがえのない家宝であり続けるのだが。しかし歴史や時代の思潮と等価だと見なされる有名な思想家の書いた手紙においては、その発見と保存に、個人が気をつかう必要はあまりなくなった。これ以降はその仕事を図書館が担うようになるからだ。印刷機は書簡集とともに、文人を（その後二世紀以内に女性の文人をも）生み出した。自分の手紙は歴史ではなく文学だとエラスムスは主張したが、どちらの範疇（はんちゅう）に入ろうと歓呼して迎えられるのは間違いなく、その価値は不朽だろう。

そして、イギリスのふたつの出版社が発行した手紙の指南書が、あっというまに庶民の古典になった。それをいまオックスフォードのボドリアン図書館でひもといてみると、明らかにそれ以前の手引き書にはなかった功利主義的な臭いがここで初めて感じられる。新しい手本でも引き続き、相手に敬意を示すこと――正しい形式や謙譲表現など――に紙幅が割かれているが、そこに新たな配慮も加わっている。それとなく相手を操る術、賢く折り合いをつける術、自分の思いを遂げるために手紙を活用する勧めなどが書かれているのである。キケロは政治的な目的のために手紙を利用したが、この時期になると、一般人もそれが可能なように手引きをしてくれる本が現れたのだ。

The Enimie of Idlenesse:
Teaching the maner and stile how to endite, compose, and write all sorts of Epistles and Letters: as well by answer, as otherwise.
Deuided into foure Bokes, no lesse pleasaunt than profitable.
Set forth in English by William Fulwood Marchant, &c.
The Contentes hereof appere in the Table at the latter ende of the Booke.
An Enimie to Idlenesse,
A frend to Exercise:
By practise of the prudent pen,
Loe here before thine eyes.
Imprinted at London by Henry Bynneman, for Leonard Maylard.
ANNO 1568.

ウィリアム・フルウッドの著した手紙の書き方、『The Enimie of Idlenesse』[3]（一五六八）は、イギリスで出版された、この手の初のベストセラー本で、その後五十年のあいだに十刷りにまでなった。これを読めばエリザベス朝時代に手紙の重要性が高まってきたことがはっきりわかる。主として仕事や経済的な理由から家族がばらばらになり始めた時代であり、とりわけ手紙は社会の結束に欠かせないものとなった。フルウッドの著作は、人気を集めたフランス語の書籍の翻訳だが、できるだけイギリスの読者に合わせた状況にアレンジし、地方色を加えることも忘れなかった。ただし例に挙げた手紙の住所はほとんどそのまま、リヨン、あるいはパリとしてある。この本の魅力は、手紙で重要なのは相手への回答であるとフルウッドが認めているところにあり、例として彼が提示する状況は、単に実用的であるだけでなく、読み物としても非常に面白い。そのひとつに、商売品である絹製品を、市場価値を遙かに下回る値段で息子が売っているらしいとの疑惑を持った商人の事例がある。最初の手紙で、父は息子に次のように書いている。

わが息子よ、心して聞け。汝の成した悪行により、この父は、時期尚早に墓に入ることになりかねない。というのも、このリヨンの町でつい最近、おまえが持っていった緋色の衣類が、タダ同然で取り引きされたと、大勢の紳士や商人がわたしに言っておるのだ。さらに、リヨンの様々な既婚婦人が、うちの絹の衣類で派手に着飾っているが、彼女たちは一切支払いをせず、汝は夜中にこっそり帳簿の操作をしていると、わたしの信用できる友からも聞いている。

これでは出発のときに汝がした約束を違えることになる。そうとなれば、汝の母は絶え間なく

3　タイトルは、『The Image of Idleness』（一五五五）から取られたものと考えられる。オリバー・オールドワントンが書いてレディ・ラストに捧げた、ある独身男性と既婚男性のあいだでかわされた手紙に関する虚構の談話だ。

涙に暮れ、汝の高潔で誠実な妹ふたりは嘆いてやまぬだろう。汝の行いは、太き刃物をもって、家族の心の奥底まで貫くに等しい。よって、すぐにでもこのまちがいを正すのでなければ、今後はわたしを父と呼ぶのを禁じ、わが商品にも金銭にも一切手を触れることを許さない。

汝を気づかう父

父へ宛てる息子の回答

わが愛しの父上、うちの商品が邪悪な取り引きに巻きこまれたと心配される、悲しみに満ちたお手紙を拝見しました。あなたはわが父親、賢明なる父上ですから、なんの根拠もなく、わたしを叱り、脅迫までなさっても、法的には何も問題はありません。しかし、今回の件においては、つねに甘い期待を抱きつつ、わたしにまとわりつく連中が関係しているのです。わたしがリヨンの奥方たちに、父上の商品である衣服を与えたと讒言した連中は、自分たちの奥方に絹の一枚もくれてやらぬわたしを恨み、それであることないことを言いたてたのだと思われます。

ですから、親愛なる父上、どうかご安心の上、お喜びください――わたしは父上の商品を無駄に失ったのではなく、女性や男性に売ったのです。問屋を通じて、緋色の衣類の代金二千ポンド、絹の衣類の代金六百ポンドを送ります。わたしはもう少しこちらに残って、ことの後始末をつけることにいたします。まもなく、人をうらやむ呪われた輩は地に倒れ伏し、父上には、わたしが善良で忠実な（神が味方する）息子であると、おわかりいただけることでしょう。

もうひとつ、非常に成功したマニュアル（五十年で九刷りになった）に、エンジェル・デイの『The English Secretorie』（一五八六）がある。これには、フルウッドのものよりオリジナルな素材が多く含まれており、なかでもラブレターに関する手引きが充実している。挙げられた手本は説得力にあふれ、恋人同士、あるいは父と息子の確執を解消しようとするものが多く、おそらく書簡体小説の最も古い元ネタと言えるだろう。そして、エリザベス朝イギリスの学校で非常に人気を集め、キケロの書簡と合わせて頻繁に採用されたラテン語の手引き書が、ゲオルギウス・マクロペディウスの『Methodus de Conscribendis Epistolis』で、理論的には、ほかの何より、この手引き書こそシェイクスピアの諸作品に登場する書簡に影響を与えたとされている。

*

しかし、この手のマニュアルに万人が賛同したというわけではなかった。一五七〇年代に、フランスの進歩的な思想家モンテーニュが、「わたしはあらゆる形の偽造（つくりごと、ぐらいの意味）に対する、不倶戴天の敵である」と断言し、『キケロに関する考察』と題した随想でも、エラスムスが掲げる手紙の形式的な手続きに疑念を示している。モンテーニュは自然な感情の発露を重んじたため、手紙を練り上げることを拒否し、自分の流儀は「くだけた」手紙だけに通用するもので、商用文には適さないと思っていた。自分の書く文章は「あまりに簡潔で型にはまらず、愛想もなければ整ってもいない」ゆえに、フォーマルな用途には適さないと彼は言い、「美辞麗句を連ねた、骨組みだけが立派で中身のない手紙」には信用を置かなかった。「耐えがたいほどの悪筆」でありながら、モンテーニュは代筆屋には頼まず、いつも自分で手紙を書くそうで、前もって内容を考えないほうがいい手紙になると言う。

わたしが手紙を書く相手はみなことごとく、できた人物で、こちらの欠点や不躾を織りこみ済みでつきあってくれるから、折り目も余白もない手紙を受け取っても気分を害したりしない。こういった細々とした約束事を守るのは、わたしにとって非常に骨の折れることで、無理を承知で守ってみれば、自分が書いたとは思えない手紙ができあがる。これといった構想も前準備もなく、いきなり紙に向かい、筆のおもむくまま、次々と言葉を書き連ねていくのが、わたしの流儀である。

モンテーニュは、こういった手本付きのマニュアルが推奨する書き出しや結びの例も嫌い、「このごろの手紙は、語るべき問題よりも、飾りや前置きに多くを費やしている」と苦言を呈している。書き出しで礼を失する恐れがあるから、自分は「聖職者や資産家」には手紙を書かないとモンテーニュは言い、相手の健康や幸せを祈ったりする、結びの長々しい美辞麗句に関しては、代わりに書いてくれる人がいたら喜んでお願いしたく、新たな慣習ができて、そういった面倒な仕事から解放されたら、これ以上うれしいことはないとしている。

モンテーニュの考え方は当時の風刺作家から絶大な支持を受けたはずだった。そもそも手紙の書き方というマニュアルは、世に出たとたん、パロディに膝を屈したも同然で、最初のヒット作、ニコラス・ブレトンの『A Poste with a Packet of Madde Letters』の登場を一六〇二年まで待たねばならなかったのが不思議なくらいだ。ブレトンはイギリスのパンフレット作者（政治・社会問題などについて小冊子で意見を発表する人）で、時代の形勢を窺いつつ小冊子で自分の意見を発表した。いまでいう「便所本」の著者で、それが実にうまい。『Madde Letters』は「大勢を楽しませる」目的で書かれたもので、実際何度も増刷を繰りかえしてその目的を達成し、本人は読者の共感を得ていると確信していた。そこに挙げられた手紙は彼の創作であるから、まさしく初の書簡体小説と呼ぶことができる。
彼が風刺の俎上（そじょう）に載せたのは、無心の手紙や友人に結婚を断念させる手紙などだが、そのなかに、おそらく史上初の絶縁状と呼べる手紙がある。そこには、自分の負けを認めようとしない男の、初心（うぶ）な田舎者らしい心情がつづられている。

エレン、きみがウェイクフィールドから戻ってきたと聞いて手紙を書いている。青いカッコウの看板の前でふたり語り合い、きみはぼくを一生見捨てないと誓った。あのときのことを忘れたとは言わせない。愛の証しとしてきみは指輪が欲しいとねだり、ぼくはそのために十八ペンスも散財した。まだきみはそれを持っているはずだ。ぼくがきみからもらったのは、帽子に着けるナプキン一枚。ありがとよ。ぼくは死ぬまでそれを身に着けよう。しかし、これが事実だとしたら、ぼくは驚くしかない。きみが心変わりして、近所に住むホブリンズの下の息子に熱を上げているなんて。そんな関係がうまくいくわけがない。こんなことをして、きみにはまちがいなく神の罰が下るだろう。ぼくはきみなしでも生きていけると思っている。なぜなら、この世には売春婦のような女以上に、純潔な乙女が大勢いるのだから。最後に笑うのは、このぼくだよ。

ブレトンに触発されて、同じようなパロディ作品がさらに生まれた。『Conceyted Letters, Newly Layde Open（新時代の奇抜な手紙）』に続いて、『Hobson's Horse-Loade of Letters』、『A Speedie Poste』、『A President for Young Pen-Men, or the Letter-Writer』が出版され、後者はタイトルに「Letter-Writer（手紙を書く人）」という文言を含めた最初だとみなされている。この手の本で一番人気を博したの

よ
が、一六二九年に匿名作者が発行した『Cupids Messenger（愛の使者）』で、タイトルからもわかるように、主にラブレターをテーマにしている。といっても、どれもずっこけた悲喜劇ばかりだ。そのなかのひとつに、刑務所にいる男が元婚約者に対する悲痛な心の叫びを露わにしたものがある。女のために湯水のごとく金をつかっていたときは、ふたりの関係がうまくいっていたのに、金が切れると同時に女が愛想を尽かしたと感じた男は、その恨みから復讐の手紙を書く。マクベスに登場する三人の魔女が掻き混ぜる大鍋のなかから、その中身を引っ張ってきたような文章がつづられる。

この紙が、しわがれ声で鳴くヒキガエルの皮膚や、斑入りのクサリヘビの皮からつくられ、このインクが、サソリの血を搾り取ってつくられ、このペンが、金切り声で鳴くフクロウの翼から引き抜いてきたものだとしたら、それこそ汝宛ての手紙を書くにふさわしい。そういったおどろおどろしい材料のどれをとっても、汝の手管から垂れ流される猛毒や悪意ほど有害ではない。自らの罪悪感がつくり出す深い淵の奥底まで沈んでいって、このわたしに成した誓いの数々を確かめるがいい。幾万の言葉で貞節を誓っておきながら、それを破った汝は、必ずや因果応報の報いを受けるはず。

ここまで書き連ねれば、多少は気が晴れようというものだ。おそらく末尾では救済の言葉を添えるだろう。と思いきや――。

どんなに恐ろしき病も、汝に比べれば健やかこの上なく、ノミに噛まれる以外のあらゆる感染症が二十の病院から飛んできて、マラリア様の発作を引き起こそうとしても、汝を前にしては形無しで、とりつく島もない。それもそのはず。この世の不名誉と恥辱にまみれた汝の身と心には、どれだけ強い病魔も歯が立たない……神が汝に手を施し、許されんことを。

かつての汝の友

I・P・

＊

手紙で求愛する本格的な技術については、十七世紀のフランス――ほかにどの国が考えられるだろう？――で、フランス語版の手引き書が大量に生まれた。ラセールのジャン・プジェが著した『Le Secretaire à la Mode』は、「あらゆる手紙における洗練された表現方法」を教授するという宣伝文句で販売され、実際に来たる世紀の手本となった。一六四〇年に、その本がジョン・マッシンジャーによって英訳されると、小プリニウスの時代以来、手紙の地位と人気は一気に向上し、様々な場所でやりとりされて、日々の連絡に欠かせない必需品になる。それまで教会や国だけが書くもので、何やら恐ろしげで権威的な感じを与えていた手紙が、中流階級の技芸のひとつになったのである。手紙を書く人間は、マニュアルに書かれた忠告は無視することにしたようで、その証拠が数多く散らばってはいるものの、ハウツー物というジャンルは明らかにここに定着した。一七八九年、フランスの中北部にあるトロワで印刷業と書籍販売を営んでいる店の在庫品目録に、『Le Secretaire à la Mode』の最新版が千八百四十八部、さらに同様のマニュアルが四千部あると記されている。書く人間が増えれば、それだけ多くの手引き書が必要になるということだろう。

では書く内容が決まったところで、それをどのような体裁で書いたらいいだろう？　手紙のレイアウトは？

それはたいていの場合、書き手の資産と地位によって変わってくる。マニュアルは、この点かなり厳密で、内容をまったく読まずとも、そのレイアウトだけで、差出人と受け取り人の上下関係がわかるようでなければならないとされる。フルウッドの『The Enemie of Idlenesse』によると、手紙の書き出しは「書き手の身分と受け手の社会的地位」を考慮して配置しなければならないらしい。「地位が上の者に対しては、紙の上端でも下端でもない右端に――あなたの非常に卑しく従順な息子、あるいはしもべより……と始め、同等の者に対しては、紙の中央寄りに――きみの永遠なる忠実な友より……と始め、格下の者に対しては、左手の高い位置から書き出す」

エンジェル・デイとデ・ラセールの手引きにも、細かい規定がある――受け取り人の名前と本文のあいだにどれだけの余白を取るべきか、正確なところが記された上に、最初の行の字下げについても、どのぐらいが適切か書かれている。ここでも、余白については、手紙の受け手との身分の違いや主従関係に応じて決めるものとし、これを〝名誉の余白〟と読んでいる。歴史家のジェームズ・デイベルは、彼が「手紙文空白の処世術」と呼ぶものが、広い範囲で遵守されていたことを、数千の手紙の事例が証明していると書いている。ジョン・ダン（英国の宗教家　形而上派詩人）が、疎遠になった義父に対して、極度にへりくだった手紙を書いたとき、彼は自分の名前を一番下の右隅に記して自身の卑小さを強調したが、これも相手に畏敬の念を示すちょっとしたテクニックだった。こういう慣行は、臣下が君主に送る手紙に如実に見られる。十七世紀、女性が男性に手紙を出す場合、自分の名前はほぼ決まって一番下の右隅に書き、これもまた自分の社会的立ち場を明確にしようとする哀れな所作だった。

その逆もまた明らかで、一五九八年、第二代エセックス伯が、いとこのエドワード・シーモアに手紙を書く折りに、意識して紙のてっぺんに自分の名を記した。短い指示を六行にしたためたのち、紙は切らずに大きな余白を残してある。これは単なる飾りではなく、自らの富を誇示するものだった。高価な紙だが、「自分はいくらでも持っている」と言っているのだ。

近世イギリスでは、紙の大きさは現代のわれわれが公式な文書でつかうものとほぼ同じで、それよりわずかだが正方形に近い。「フォリオ（二つ折り）」の紙は、通常三十センチ×三十五センチ、あるいは四十二センチ×四十五センチで、地元の製紙工場によって違いが出る。紙は普通、半分に折り、その一面か二面に文章を記す。空白となる二面は、書かれた内容を隠すために折ったりたくしこんだりし、うち片面に住所を書き、もう片面を封蠟で閉じる。

エリザベス朝時代の手紙がもっと小さいのは、紙が不足していたことを示しているが、十七世紀半ばには、手紙の大きさは二つ折りから四つ折りにまで縮んだ。明らかに小さい、二十センチ×三十センチの長方形だ。小さい分、余白が少なくなるが、ときに余白がまったくないほうが望ましい場合もあった。もとの手紙に勝手な意見をつけくわえられては困るので、書いた言葉のまわりに斜線を引いておく習慣も広まっていたからだ。

さて、このあとはどうなるか？　ほぼ誰に対しても手紙を書くことが可能になり、当時の習慣に則ったレイアウトで敬意も表せた。しかし、まだ郵便受けも、切手も、定期的な配達サービスも整備されていない時代に、果たして手紙は、意図した相手のもとにちゃんと届くのだろうか？　重要な情報を盛りこんだ個人的な手紙が、勇敢な旅を経て受け取り人に届くまでのあいだに、秘密が外に漏れる心配がないと、どうして安心できたのだろう？

そりゃあ、かっこつけたくもなる

一九四四年二月二十一日、二十七日

親愛なるベッシーへ

きみが送ってくれた一九四四年二月七日付の手紙を受け取った。以来〝飛びっきりいかした〟返事を書こうともがいたものの、まるでブーツを履いたバレリーナの気分で、ぶざまなこと、このうえない。忠実なるファンは、どんなみっともないピルエットを見せたところで拍手をくれるとわかってはいるんだがね。きみが卒倒するほど、力一杯抱きしめたい！　きみが大盤ぶるまいで贈ってくれた熱烈な賛辞をぼくは喜んで受け取るよ――レードル一杯に並々とすくってくれたそれを、大はしゃぎでぴちゃぴちゃ飲んで、お替わりだってしたいぐらいだ！　そう、思いっきり抱きしめたい――女性が極端に不足しているこちらでは、縁遠い話だけれど、そうでもしなければ、ぼくの喜びは表現できない。なにしろ、誰も目をとめてくれないぼくの美点にきみが気づいてくれたんだから。実際、褒めすぎではあるけどね。正直に言えば、きみの熱烈な賛辞を読んで、ぼくの心から〝知人〟という言葉は完全に消え、ぼくらの関係に新たな感情が生まれてきているのがわかる。きみは警戒が必要だ。

包み隠さず言ってしまえば、故郷から届く手紙には、ときたま気になる表現があってね。身内からの、いわゆる〝弱い者いじめ〟だ。きみが最初にぼくにくれた手紙のことを話したら、勝手な憶測が返ってきた。「おそらく彼女は失恋の反動で、おまえにちょっかいをかけているのだろう」と。

もちろんぼくはこれっぽっちもそんなことは考えていない。それでもきみが最後にくれた手紙のことは誰にも言わずにおいて、兄貴にも知られずに済んでよかった。気がつけばぼくは、秘密主義を貫いて他人の詮索をはねかえすようになっている。昔、看護師見習いの女の子に心を奪われた、ささやかな初恋のときと同じだ。外からは至って冷静に見えながら、心のなかでは危険な妄想をたくましくしている。きみも気をつけないと、とんだとばっちりを受けることになるかもしれない。ぼくは「反動で」人を好きになったことはない。ぼくはきみを友だちとして好きになり、その関係がこれからも続くことを願っている。ただしこちらが手紙を書けば書くほど、きみが不満を募らせているのはなんとなくわかるよ。

きみが手紙をくれるのは、落ちこんでいるぼくを励ますためであって、それ以外の意味はないなんて、そんな風にぼくが考えているとは思わないよね。きみの手紙を読んで、ぼくもドキドキした。冷静を保とうと努力していることを、じきにきみもわかってくれるだろう。自然であろうとすればするほど、不自然になるというのは本当だ。きみの手紙を読んで、ぼくの〝自意識〟が目覚めてしまったわけで、そりゃあ、かっこつけたくもなる。きみは自分の心のなかが荒れ狂うゴミ箱のようだと言う。若い頃にはもっと自分を磨きたいと夢見ていたのに、いまだにそれが実現していないと嘆いている。ぼくは、若い頃にあまり夢なんか見なかった（ただしマデリン・キャロルが主役の夢は除く）。他人には、ぼくらのやりとりしている手紙の内容は伏せておいたほうがいいという、ぼくの意見に賛同してくれてほっとしている。「内々」で親交を深めたほうが、ずっとよい結果を得られる気がするんだよね。

成就しなかった恋に、いつまでもかかずらわっているのは「時間の無駄」という、きみの意見には賛成しかねる。
ぼくが女性に関して、これほど疎いなんて変だときみは言う。まだ誰とも寝たことがないのかなんて、そういう質問にはノーコメントだが、女性の本気と遊びの区別はつく自信がある。重要な側面では、男も女もさほど違いはないと思っている。ぼくが奥手すぎるというなら、それはそれでいい。実を言うと、ぼくはむしろ、ほかの男の行動全般に首を傾げることが多くて、自分が異常だとは少しも思っていない。

このあいだぼくが手紙に書いた、チェスや庭や豚の話。"お涙ちょうだい"的なところが少々鼻につくときみは思ったらしく、残念だ。きみの涙は、これぐらいの大きさの甲虫（小さなスケッチ）と、それより遙かに小さいくせに、人を悩ます力は遙かに強力なノミのために取っておくのが一番いい。いまぼくはシーツにくるまって眠れることに歓喜している。軍支給のごわごわした毛布よりも、ずっと肌ざわりがいいんだ。ノミの行動が活発になる夜間、熱烈な悪態でも撃退できない場合には、シーツを持って裸のまま外に出て、凍りそうな夜気のなかでシーツを裏返してはらう。それからベッドに戻り、シーツの端と端を首元でしっかり合わせて、迷惑な襲撃者をよせつけないようにする。ここ数か月は寒冷な気候のおかげで非常に快適に過ごせて、ノミの数も少なかった。これから夏が来ると思うとぞっとする。

それから、ここで飼っている豚の件だが――昨日雄豚が、食肉処理場へ送られた。われわれのうち六人ほどが駆り出されて、ばかでかくて汚いばかりの哀れな生き物の体のあちこちを押さえていることになり、豚のことをなんでも知っている男が哀れな生き物の頭と鼻にバケツをはずれないようきっちりかぶせた。ぼくは最初、右の耳を持っているよう言いつかったんだが、豚小屋から引きずり出そうとするなり、いきなり大混乱になり、気がつくと豚の右脚をつかんでいた。心を引き裂かれるような悲痛な叫びを耳にしながら、暴れる豚をなんとか運搬車に乗せた。つまりはこれが彼の霊柩車になる。そこに上がったとたん豚は大人しくなり、何か食べる物をさがすように、あたりを嗅ぎ回った。午後には人間の定めた運命に身を委ねたようで、今朝食事から戻ってみると、炊事場の屋根から、豚の舌、心臓、肝臓、脚がぶら下がっていた。解体されたとき、体の重さは九ストーン（一ストーンは約六キロ）。これが本当に自分の腹に収まるのかと、それから数日は信じられない気持ちだった。しかしいまでは当然そうなると思っている。かわいそうだが、生きていくにはやつを食わねばならないのだ。雌豚は生きながらえた。いまでは車台のように大きな腹をしていて、見るからにつらそうだ。三週間後には母親になる。生まれた子どもも、やがてはぼくらの腹に収まるのだろう。

ここでは表向き兵士である自分が、豚一匹に哀れを誘われている。さらに二週間前、われわれのうち四人が命じられて、キャンプで飼っている犬三匹を射殺した。まだ子犬に過ぎず、笑ってよくはしゃぎ、至って幸せそうだったのに、内耳炎を発症したために命を絶つしかなかった。三匹の胃のなかは感染が進んでいて、目も当てられないほどだった。

ぼくは戦後に目が向いていて、早く世の中が変わればいいと思っている。そうしたら、おまえは非国民だ、愛国心に欠けると言われたので、つい最近アフリカ・スター（北アフリカ作戦での軍功に授けられる星形勲章）の申請をした。ここにいるみんなはほとんどそれをつけている。ぼくにもその資格があると、ついこのあいだ聞いたばかりだった。

四月十六日に現地に到着し、五月十二日には事態が収まったと聞けば、勲章なんて簡単に取れるものだとわかるはず。勇敢な行いに授けられるとされる賞のほとんどは、そんなものなんだろう。

うちの父は徹底した帝国主義者だ。これでふたりの息子が勲章をもらったことになると、さっそく近所に触れ回って喜ぶことだろう。父は頭のなかで、自分のもらった勲章と並べて息子たちの勲章を吊り下げるのだと思う。父は全部で八個の勲章を授与されたが、一番危険な目に遭ったのは、レディスミスの包囲ぐらいだ（きみなら、あれは不適切な戦争だったと言うんじゃないかな？）。戦争から戻ってくると、父はあらゆる上着やチョッキに勲章をぶら下げて、それを見せびらかすように買い物に出かけた。母が、獣脂がまったく手に入らないと嘆くと、父は勲章に物を言わせて、愛国心の強い店主から貴重な獣脂を半ポンドもせしめてくる。一度重曹が手に入らず母親が困っていたところ、父が出かけて五十六ポンドも注文し、その日の午後にそれが届いた。母親は喜ぶべきか、恥じるべきか、困っていたよ！ 父親のことなら、きみに話したいことが山ほどある。欠点も多いがそれを補うだけの善良さも持ち合わせている。良きにつけ悪しきにつけ、父はすべて家族のためを思ってやっているのだから。

ペンギンブックスから出ている『Living in Cities（都市の暮らし）[4]』を見たよ。戦後の建築における重要な原則がすっきり見えてきた。郊外で暮らしているぼくらは幸福だと、つねづね思うんだ。ローズベリー・アベニューやベスナルグリーン・ロードで暮らしている人たちのことを考えてごらん。本来なら目にすることができた美しい景色を知らないものだから、それで満足して死んでいく。

新しい家に作りつけの書棚や、それ相応のスペースをつくるという提案を目にしたんだが、これは名案だと思ったよ。とりわけぼくにはぴったりだ。なにしろいま自宅には、三、四百冊ほどの本があって、分類などおかまいなしに、食器棚の上の狭い空間にぎっしり詰めこんであるからね。ここに持ってきたのは地図、辞書、ソローの『ウォールデン』（ちらっと見たところ、哲学書の雰囲気）、『スティーブンソン選集』、ハウスマンの『シュロップシャーの若者』だけだ。

ここではみんな、家にいるときと同じように行動しようとしている。そうじゃない行動を取る場合には、機会があったら家でもこんなふうにやってみようと考えながら動いている。軍隊というところは、わずかしかいない聖人を悪魔に変えるもので、その逆は難しい。特務曹長というのは、たいていぶっきらぼうで、よく怒鳴り、悲しみに暮れているより怒っている時間のほうが長い。ところがうちにやってきた特務曹長は、父親だってここまではしてくれないだろうと思うほど、部下を大切に扱ってくれる。キャンプ内で誰よりも疲れているだろうに、ぼくらに何かさせようというときには、命令するのではなく頼んでくる。三か月前にここに赴任してきたときにはテントはひとつきりで、食事のときになかに入るだけだった。それがだんだんにテントが増えてきて、様々な用途につかえ、テーブルまでそろってきた。休憩用のテントの床はコンクリートだし、ゲームもたくさんそろい、毎週定期的にホイスト競技会が開かれるようになって、小さな図書館までできた。かつ

4　クリス・バーカーはトッテナム（グレーター・ロンドンのハーリンゲイの一部）、ベッシー・ムーアはブラックヒースに住んでいた。

ては石油缶を浴槽にしてテント内で身体を洗っていた。それがいまでは四十マイル先の町まで出かけてシャワーを浴びるようになった。これが軍隊生活なら――まず、悪くない。

毎週土曜日には映画の上映会がある――どんな天候でもおかまいなしに屋外で開催され、みな石油缶（椅子席）にすわったり、桟敷席がわりに車のボンネットにすわったりする。週に一度しかないイベントだから、数マイルの距離をものともせずに大勢がやってくる。土砂降りの雨のなか、キャンバス製の防水布をかぶってすわっていたこともある。バーバラ・スタンウィック（『偉人の妻』に出演――彼女はブルネットだ）にぐらぐらしながら、一陣の風に、文字どおり吹き飛ばされそうになったこともある。そんな厳しい状況のなか、たまに我慢できなくなって逃げ出す弱虫もいる。楽しめるときに楽しんでおこうと、みんな娯楽をとても大事にしているわけだが、ぼくがよく思い出すのは、リージェント・パークの屋外劇場でつやつやした芝生にすわって観た『真夏の夜の夢』と、頭上の空でサーチライトの光が踊っていた戦前の光景だ。

ジョージ・フォーンビーがここにやってきて以来ひたすらしゃべっているが、自分のバスの後ろからビールが十本無くなったことについては、（人前で）ひと言も言わない。実はあるやつがそいつをくすねるとき、ぼくがいっしょにいて、酒盛りのお相伴にあずかったんだ！

お元気で、友よ（そう呼んでも神は許してくださるだろう）

クリス

6 雪であろうと雨であろうと穏やかな天気のノーフォークであろうと……

一六三三年、読み書き人口が増加するヨーロッパで、また新たな手紙の書き方マニュアルが登場した。『The Prompters Packet of Letters（手紙を運ぶ急使たち）』というタイトルで、その扉に掲げられた木版画には、馬を速駆けさせる男ふたりが描かれている。先を行く男は鞍袋に郵便物を入れて運んでおり、そのあとに、おそらく先の男を守る役を担っていると思われる貴族風の男が鞭を持って続く。郵便の運び手はラッパを鳴らしながら走っており、その音が吹き出しに変わって、あっさりとこう記されている――「Post Hast（大至急）」。この文句はこれをさかのぼること少なくとも六十年前からつかわれており、急いで配達してもらうように、手紙の外側に「haste, post, haste」というように書くのが常識になっていた。

しかし、このように馬を速駆けさせる光景は、果たしてイギリスの田舎のどこでも、当たり前に見られたものなのだろうか？　郵便はどのように機能していたのか？

この答えを得る前準備として、しばし十五世紀のイギリスを再訪して、パストン一族と呼ばれる裕福な大家族に当たるべきだろう。パストンという姓は、彼らが暮らしていたノーフォーク沿岸にある牧歌的な村落の名前から取られたらしい（ただし牧歌的であったのは過去の話で、まもなく社会的混乱、処刑、内戦、召使いの不足、厳しい寒さといった、過酷な状況に陥ることが当時の手紙からわかる）。パストン一族にとって、手紙は家族をつなぐ接着剤のようなもので、ヘンリー六世、エドワード四世、リチャード三世の御代を通じて、頻繁な手紙のやりとり（通常は週に一回、ときには連日にわたることもあった）が数世代にわたって続いた。現存する何百という手紙は、十五世紀イギリスの手紙事情を細部にわたって浮かび上がらせる啓発に満ちたコレクションを形成している。それらはかなり長いあいだ歴史の闇に埋もれていたが（パストンの家系が途絶えたのは一七三二年）、十八世紀の末に地元の歴史家が再発見し、一九三〇年代に大英博物館に収蔵された。

いまわれわれは、そこから何を学ぶことができるだろうか。それらのうちほとんどは、現代のわれわれが私用のビジネスレターと呼ぶもので、資産問題や法律関連の処理に関する家族間のやりとりが、くだけた文体でつづられている。恋愛や結婚に関する手紙もかなりの数にのぼり、家に代々伝わる礼儀作法について記したものも数通見られるが、多くは品物を送って欲しいとの無心であって、とりわけ冬に備えて厚手のローブや、梳毛（そもう）織物の衣類を送って欲しいという手紙が多い。現代の読者は、ジョン・パストンの妻であるマーガレット・パストン（ジョン・パストン二世と、ジョン・パストン三世の母）に共感を寄せることだろう。マーガレットはロンドンのあちこちに散らばった家族に手紙を書き送っており、七十通に及ぶそれを読むと、彼女が母親として家族を教え諭し、屋敷の管理者としててきぱきと動き、比較的快適だと思われる家庭環境にもかかわらず、余分な食料や衣類を送るよう、頻繁に要請しているのがわかる。しかしそういったことも、迫り来る軍隊に蹂躙（じゅうりん）される脅威に比べれば、日々の雑音に過ぎない。マーガレットが手紙を書き続ける裏で、実は血塗られた薔薇戦争の一大ページェントが繰り広げられていたのであり、その毎日は慌ただしいことこの上なかったようだ（手紙のほとんどは「急いで」書いたとあり、「余暇の時間がない」ために手紙がなかなか書けないとこぼしている）。

家族の男性陣とは違って、マーガレット・パストンは地元の代書屋に手紙を口述筆記させた。一四六二年一月七日、いつもと同じ要領で（「心より敬愛すべき夫に、わたしより申し上げます」）

手紙の冒頭を口述し、歴史書にそのまま載せられそうな近況報告をする――。

近頃この国の民は荒れる一方で、ここはぜひとも、わが領主クラレンス様とサフォーク公爵様に、判事を引きつれておいでいただき、やかましさを増す荒くれどもを鎮圧していただきたく存じます……いまに庶民が蜂起するのではないかと、誠実なる殿方たちが恐れております……神の聖なるお慈悲により、どうかこの国が一刻も早く、つつがなく治まりますように。ほんのわずかなあいだに、これだけ多くの強盗や殺人が起きている国を、わたしはほかに知りません。

概してパストン家の手紙には、十五世紀の英語について、辞書の執筆者や文法学者が学ぶところが多い。簡潔かつ適格な文章が詰まっており、そこには高いレベルの言語運用能力と教育が窺える。さらに、もはやこの時代には、相手が家族であろうと友人であろうと、男であろうと女であろうと、時候のあいさつのようなものは歓迎されず、ほぼ万人が、「受け手の名前を冒頭に置いて、

「もしわたしを愛しているなら……あなたはわたしを捨てはしない」――1477年2月にマージェリー・ブルースが婚約者のジョン・パストン3世に送った最初期のバレンタイン・カードのひとつ

わたしより申し上げます」式の書き出しを採用している。さらにこの時代には、後世に長く残る、ことわざや形容辞が多数生まれていることもわかる――「馬のように食べる（食欲旺盛）」というのは、一四六九年五月にパストンの兄が弟に書いた手紙のなかに出てくる表現で、以降同じ表現がふたたび記録されるのは十八世紀になってからだ。また一四七七年にパストン家の末っ子に宛てられた手紙では、妻探しに難航している彼に、あるいとこがこんな言葉で励ましている――「ほら……最初の一撃で切り倒せるのは、つまらないオークの木だけと言うじゃないか」

そして、われわれはこの一族の手紙からもうひとつ、重大なことを学べる――つまりは手紙が届けられるプロセスだ。一四六〇年代には、経済活動に支障が出ないよう、効率的な郵便制度の確立が望まれたが、いつでも望みがすぐ叶うわけではなかった。パストン家には強力なコネ（法曹界、議会と密接なつながり）があったが、一族が出した数多くの手紙も、一般人の出した手紙と同じ憂き目を見ることになった。つまり、届くか届かないかは時の運というわけだ。一家が頼みの綱としている連絡手段が、これほど頼りにならないものであれば、パストン家の生活にさらなる緊張が加わったことは容易に想像がつく。まだ正式な郵便網が確立する前、家族はそれぞれ、友人や専門の使者に頼んで手紙を届けてもらっていた。つまり、文面を書き、それを人に託し、あとは祈るだけという、約千三百五十年前のヴィンドランダの時代と、手紙をめぐる状況はほとんど変わっていなかったのだ。

折々に書かれたパストン家の手紙のなかに、「最速の使者」を見つけて手紙の配達を頼んだという記述があり、もっぱら一家が声をかけたのは、馬でロンドンとの間を往復したジュディという名の使者だった（パストン家の地位を考えれば、おそらくジュディは一家専属のお抱え使者のような役目を担っていたはずだ）。しかし、手紙は手紙で自身の物語を語っており、届かなかった手紙はつまり、あてにならない使者がいるか、あるいはもっと黒い事情が裏にあることを示している。夫に宛てた手紙の最初で、マーガレット・パストンはノーフォークの無法状態について次のように語っている。

折り入って知っていただきたいことがございます。わたしはあなた宛の手紙をウィッチンガムにいるバーニーズ（自分のいとこ）の使者に託しました。聖トマスの日（十二月二十一日）に書いたものですが、クリスマスの一週間前を最後に、あなたからのお便りが途絶えていることに、ひどく驚いています。家にもお帰りにならず、この時期になっても、なんの連絡もないので、ひょっとしたらお加減がよくないのかと心配です……あなたの健康をお祈りしつつ、できるだけ早くお返事をくださいますよう、お願いいたします。あなたからお便りをいただくまで、わたしの心は安まることはありません。

＊

それから百四十年を経た、エリザベス女王の御代の末年ともなれば、当然郵便事情は改善されたものと期待する。この点については、歴史家ジェームズ・デイベルが、なかなか興味深い調査をしている。一六〇一年に出された一通の手紙を、犯罪捜査さながらに追跡したのだが、この手紙はロンドンからドーバーまで旅をした果てに、結局宛先の人間に届かずに、また戻ってきた。現在ハートフォードシャーのハットフィールド・ハウスにあるその手紙は、差出人は秘書長官のサー・ロバート・セシルで、受け取り人は、下院議員のサー・フランシス・ダーシーのはずだが、ダーシーは依然としてその手紙が届くのを待っている。

手紙の内容はさして重要ではなく、まもなく裁判所から別の手紙とタイトル不明のフランス語書籍が送られてくるからと、ダーシーに知らせる仮証書的なもの。かなり大きな紙に五十七語で記した文章の周囲には大きな余白がとられ、サー・ロバートが高価な紙の浪費が許される立ち場にあることを示している。代書屋に頼んで書いたものだが、署名はサー・セシル。宛先は「こよなく愛するわが友、ドーバーのサー・フランシス・ダーシー勲爵士」と記されており、現代のわれわれが、それだけ書いて相手のもとに届くと期待するなら、楽天的に過ぎるだろう。しかし相手は「サー」であり、裁判所庁舎や、文人や政治家のたまり場である珈琲店や居酒屋、はたまた遊蕩の悪所などを訪ねてみれば、たいていどこかで見つかるというもの。郵便物が迷ってしまったのは、このあいまいな宛先のせいではなく、サー・フランシスがすでにドーバーから、ほかへ移っていたからだった。手紙の外側には「至急、至急、至急、命がけの大至急」と書かれていて、この指示は無駄に終わったものの、送り手が（月並みな表現をつかいつつも）異常なほどに切羽詰まっていることを示している。

この手紙は馬の背に乗ってドーバー・ロード沿いを、おそらくは（慣行により）何人もの騎手の手を経由して運ばれていった。手紙には「For he Mats affayres」と裏書きされていて、これは民間の配達人に頼らずとも、英国郵政省が無料で配達することを許可したことを示している。国の認可

を受けた騎手が、定められた宿屋か道標のある場所に常駐しており、ローマ帝国内で確立していたのと同様のシステムが稼働していた。こういった〝郵便中継地〟の目印が、だいたい町の八マイルから二十マイルおきに点々と設置されており、これを郵便ポストの原型と見なすことができる。それから数世紀後に、実際に郵便ポストが整備されるまでは、指定された道路沿いに集荷と配達のためのリレー・システムがあって、受け取り人に手渡すか、次の騎手に委ねるか、各地に駐在する騎手がバトンのように手紙の受け渡しをしていた。ドーバー・ロードはイギリスのそういった数少ない指定経路のひとつで、ロバート・セシルの手紙は一日以内に到着したものの、ダーシーが見つからず、最終的にドーバー城の城主代理サー・トマス・フェインの手に渡ったのだった。

　封筒に記された書きこみからは、このエリザベス朝時代において、UPS（米国最大の小口貨物輸送会社）が誇る追跡システムさながらの詳しい情報を得ることができる。最初の書きこみは、「ロンドン、九月二十三日午前八時」とあって、ジェームズ・デイベルによれば、おそらくこれは、各地域から出された公式文書をロンドン中央の集積所に集める責任を担う、英国郵政省のローランド・ホワイトが書いたものらしい。次の書きこみは「ロンドン、午前八時過ぎ」とあり、さらに「ダートフォード、午前十一時」、ロチェスター「午後二時」と続く。

そうして、七時にシティングボーン、九時過ぎにカンタベリーを経由し、翌朝のある時点にドーバーに到着したことがわかる。サー・トマス・フェインが目覚めたときには、ダーシーはすでに姿を消しており、彼はケンティシュ・ダウンズでダーシーを捜したものの、これも失敗に終わった。結局サー・トマスは、その手紙を小荷物扱いにしてサー・ロバートに送り返したのだが、これがまた、来たときと同じように各地の中継地点に立ち寄りながら差出人のもとへ向かう（ダートフォードにはおよそ午前四時に到着した）。今回、手紙をくるんだ紙には絞首台の挿絵がついており、緊急の手紙であることを示したか、あるいは、届かなかった場合に郵便局長が震えながら待つ刑罰を示したのかもしれない。

夜となく昼となく、イギリスの牧草地を手紙が慌ただしく行ったり来たりしながら、結局は届かないという事態はまったくの茶番だが、少なくともこの事例はひとつの事実を如実に示している。つまり手紙は——たったひとつの事例を取ってみても——重要視されるようになったのだ。たとえ信書の秘密は守られなかったとしても（サー・ロバートのくたびれた手紙は最終的に差出人の元に戻って、おそらく秘書によって開封されただろうが、それ以前に、宛先人不在の手紙をどうしたものかと、様々な人間が中身を確かめたと考えられる）、なんとかして届くよう、みなが全力を傾けたことは疑うべくもない。手紙を書いたら、それが届くように大勢の人間が動いてくれる。そういう郵便のシステムが確かに存在し、手紙を追跡するために、役人が労を厭わず各中継地点に連絡を取っていることを思えば、まだ原始的ではあるものの、少なくとも郵便制度の一端は、前世紀に比べてわずかな改善を見ていると言えよう。

しかし裁判所の手紙は緊迫性を鑑みて大至急で運ぶべしと、上から命令を下すことができたが、こういうことができるのは、選ばれた人々だけだった。となると、一般庶民はどうしたらいいのか？

わが愛しき人に抱かれたし――ヘンリーはアン・ブーリンにすべてを約束する

あるいは、後年に登場するパストン家のような土地持ちの庶民も、どこへ望みをつなげばいいのか？

＊

現代に見られるような正規の郵便制度が確立する兆しは、十六世紀に入ってから徐々に見えてくる。それには、激情と妄執に駆られたヘンリー八世の悪名高い事件が一役買っている。時の王が、王宮内の通常任務を越えて、自ら手紙を書く必要に迫られたことで、手紙の伝達に関わるすべての人々が恩恵を被ったのだ。ヘンリー八世がアン・ブーリンに宛てた手紙は、数少ない王直筆のもので、いつの時代にも女性に心を奪われる君主はいるものだが、ここまであからさまに自分の気持ちを表現した王はいない。手紙の文体はじつに瑞々しく、華麗な表現がふんだんにつかわれていて、ふたりの関係が最終的にどのような帰結に至ったかをわれわれが知らなければ、愛の手紙の古典として歴史書にも載せられたことだろう。一五二七年五月から一五二八年十月まで、一年半以上にわたる求愛初期の期間にやりとりされた手紙は、ほかに例をみない珍しい内容を示している。おそらく実際にはもっと長い期間にわたったことだろう――結果的にローマカトリック教会との断絶をもたらした、キャサリン・オブ・アラゴンとの離婚に漕ぎ着けるまでに、さらに五年が必要だったからだ。自尊心と野心を剝き出しにして求愛してくる王に、最初のうちアンは当たり障りのない返事を送っている。狩りにはけ口を求める王の悩み多き毎日に異性関係がどう絡んできたか、この時期の手紙から窺うことができる。日付が書かれていないので、手紙の正確な順番については歴史家のあいだで異論があるものの、いくつかの手がかりから、少なくとも大きな流れはわかる。

「きみの手紙を頭のなかで何度も何度も読み返した」と王は書き出している――。

いったいどう解釈したらよいのか、非常に苦しんでいる。望みを打ち砕かれたかと思うような部分があれば、自分に都合良く取りたい部分もある。どうか心の内を正直に明かしてほしいと願ってやまない。ふたりの関係について、愛について、きみがどう考えているか、わかるように書いて欲しい。どうしてもきみから答えを得る必要があるのだ。丸一年のあいだ、愛の矢に撃たれた苦しみに耐えながら、いまだにわたしは、きみの心と愛のなかに、居場所を見つけることができたのか、できないのか自信がない。それだから、きみを王妃にする踏ん切りが、最後の最後でつかずにいたのだ……しかし、きみが本当にそれを望み、わたしの伴侶として、友として、身も心も捧げる気持ちがあるなら、わたしは頭からも心からも、きみ以外のことはすべて締め出し、きみだけに仕える所存だ。

これと同じようなためらいがちな手紙があと二通続く。うち一通には、「昨晩遅くに、わが手で雄鹿を殺した」との知らせが書かれており、これはそれを食するとき、アンに「仕留めた人間のことを考えて欲しい」と願ってのことだった。宮廷の内外で醜聞がささやかれるようになると、アンは子ども時代を過ごしたケント州のヒーバー城へ追放され、彼女の不在を悲しんだ王は、そこに「工夫を凝らした肖像画入りのブレスレット」を送り、「きみはもうわかっているだろうが、本当はこのわたしがそこに入りたいのだ」と書いている。六通目の手紙を送っても、相変わらずアンのほうは冷ややかで、「わたしはきみを怒らせるようなことは何もしていないはずだ。これだけ愛されておきながら、あまりにつれない返事を寄越すのはいかがなものか。この世で誰よりも大切に思う人に、話しかけることも、触れることもできないこちらの身にもなって欲しい」と王が応酬する始末。

九通目の手紙は、前回の手紙から数週間あいだをあけて、最近かかったアンの病気についての心配を吐露し、おそらく伝染病であるから、自分の医者をできるだけ早く送ると約束している。続く手紙で、さらに彼女の病状がわかってくると、とにかく大事にしなさいと、あれこれ助言をし、病気治癒の助けになるようにと、またもや雄鹿を一頭殺す。十二通目の手紙は、王が通常頼んでいる特使のシュシェが異常な発汗を起こす病に倒れたので、別の人間に配達を頼んでいる。十五通目では、「わが最愛の人へ」と宛てて、またもや熱い胸のうちをさらけ出し、アンがそばにいないためにどれだけ悲しくつらい思いをしているかを記している。その手紙は短いが（王は頭痛に苦しんでいた）、「（とりわけ夜には）この身が恋人の腕に抱かれることを思い、まもなくかわいいアヒルたち（乳房）にキスができると信じている」と結ばれている。

最後のほうの手紙になると、離婚成立の気運が高まっていることが窺え、近いうちに王妃になる見こみのアンに住居が用意されて、王はますます狩りに精を出す。十七通目の手紙に書かれている内容も、おそらく驚くに値しない。「十一時に雄鹿を一頭殺し、さらに明日、神の慈悲のもとに時宜よく、もう一頭を思い切りよく殺す。まもなくきみのものになる、このわたしの手で」

最後の手紙になると、ずいぶん事が落ち着いたように見える。ヘンリーの離婚が決まりそうだという重要な知らせをパリから届けるはずの使節は病気になったものの、それを除けば、もう王は「悩むことも骨を折ることもしなくていい」状況になったようで、「それゆえ、わたしときみとのあいだには、この世で一番の平穏が訪れるだろう」と書いている。アンが王の側近くで暮らすようになると、もう手紙をやりとりする必要も減っていった。しかしふたりが結婚するまでにはまだ四年の期間を待たなくてはならず、ヘンリーが書いた「平穏」は、イングランドにおける宗教改革を招き、その残響が、以来何世紀にもわたって既存宗教の館を脅かすことになるのだった。

これらの手紙は現在ヴァチカン図書館に保存され、一冊の本にまとめられてヴァチカンの印章が押してある。ブーリンの処刑からまもなく、盗まれて戦利品としてローマに持ち去られたのかもしれず、そのあいだ王は破門騒動に揺れていた。王の思いに応えるアンの手紙は残っておらず、その時代に彼女が書いた唯一残存する手紙は、ウルジー枢機卿に宛てたもので、数か月にわたって支えてもらったことへの感謝と、使節がまもなく離婚の知らせをもたらすだろうとの期待を記している。

しかしあともう一通、アンの有名な手紙がある——一五三六年、ヘンリーに宛てた最後の手紙で、姦通と反逆の罪に問われて幽閉された塔から書いたものだ。痛ましい内容でありながら、抑制の効いた冷静な文章は美しく、その率直な語り口こそが彼女の無実を証明しているとして、英語で書かれた文章のなかで超一流の輝きを放つとの定評がある。アン・ブーリンをめぐって、数多くの小説や映画、彼女に捧げるウェブサイトが生まれたが、その多くはこの手紙に触発されたものだ。

陛下のご不満も、わが身の幽閉も、わたくしにはまったく思いがけぬことで、何をどう書いて弁明をすればいいのか、すっかり当惑しております……。

しかしながら、どうか陛下、あなたの哀れな妻が過ちを認めるなどとは、決してお考えになりませぬように。わたくしの頭のなかに、そのようなたくらみが、わずかでも兆したことは過去に一度もございません。まことに、このアン・ブーリン以上に本分をわきまえ、真の愛情を夫に捧げる、そんな妻を持つ君主はいらっしゃいません。これまで神と陛下にご満足いただけたのなら、それだけでこのアン・ブーリン、わが名と立ち場に心より満足することができます。たとえ昇進して王妃の位にまで昇りつめようと、きっといつかこのような転落があるものとわかっておりました。なぜなら、わたくしをこの地位に立たせたのは、ほかならぬ陛下の気まぐれに過ぎず、また突然、同様の気まぐれを起こされて、別のものに心が向かれることもあるからです。それでも陛下は、王妃として、伴侶として、低い身分にあるわたくしをお選びになりました。わたくしの野心を遙かに超える望外のご選択です。それだけの資質が、このわたくしにあると見こんでくださったならば、どうか陛下、軽い気の迷いや、わたくしの敵から吹きこまれた讒言で、わたくしから、あなたの愛を取りあげないでください。耳を貸す価値もない下劣な噂で、その気高き御心を汚し、この上なく忠実なあなたの妻と、まだ幼い王女である、あなたの娘に、恥ずべき汚点を残すのはおやめください。善なる王には喜んで裁かれましょう。ただしその際は法に従った裁判で、お裁きください。告訴人の席や判事の席にわたくしの不倶戴天の敵をすわらせることなく、公平な裁判を受けさせてください。どんな激しい非難を浴びようとも、わが身の真実は決してゆ

for whose sake I am nowe as I am, whose name I could some
good while since have pointed unto yor grace being not
ignorant of my suspicion therein ./

But if yo have allready determined of mee and that not only
my death but an infamous slander must bring yo the enjoying
of yor desired happines Then I desire of god that he will pdon
yor greate sinne therein and likewise myne enemyes the
Instruments thereof And that he will not call yo to a straight
accompte for yor unprincely and cruell usage of mee at his
generall Judgmt seate where both yo and my selfe must
shortly appeare And in whose just judgment I doubt not
whatsoever the world may thinke of mee my innocency shall
be openly knowne and sufficiently cleared

My last and only request shall be that my selfe may onely beare the
burthen of yor graces displeasure And that it may not
touch the Innocent soules of those poore gentlemen whome as
I understand are likewise in straight ymprisonment for my
sake If ever I have found favor in yor sight if ever the name
of Anne Bullen hath beene pleasinge in yor eares lett mee
obtayne this last request And I will so leave to trouble yor
grace any further with my earnest prayer to the Trinitye
to have yor grace in his good keepinge And to directe yo in
all yor actions

From my dolefull prison
in the tower 6th May

Yor most loyall and
ever faithfull wife
Anne Bullen

1536年にアン・ブーリンがロンドン塔からヘンリーに出した手紙。いかにもそれらしい。

るぎません——わたくしの無実が明らかになるか、それとも、陛下の疑念が正しいと証明され、陛下が心よりご満足されるのか。世間が正義に目を覚まして讒言がやむのか、それとも、わたくしの罪が公然と宣告されるのか。

……しかし、すでにあなたが、わたくしの処遇を決め、この身を滅ぼすばかりでなく、不名誉な烙印を押さねば気が済まないというのでしたら、わたくしは神に懇願いたします。どうかあなたの重大な罪と、それを負わせるきっかけとなった、わが宿敵の罪を、ともにお赦しくださいますように。まもなくわたくしとあなたは、神の最後の審判が下る庭に呼び出されます。おまえはなにゆえ、王者にあるまじき態度をもって妻にこれほど残酷な仕打ちをなしたのか、その弁明をせよと、神があなたを厳しく責めることがありませんように。そこで初めて（これまで世間がわたくしをどう思っていようと）、わたくしの無実が明らかになり、きれいさっぱり疑いが晴れることでしょう……ああ、神様、もしひとときでも、このわたくしを気に入ってくださり、アン・ブーリンという名が、その耳に心地よく響いておりましたなら、どうかこの願いをお聞き遂げください。三位一体の神に心から祈りを捧げます。わたくしがこの世を去ったあと、苦悩のなかに置かれる陛下を、どうか温かくお守りくださいい、陛下のふるまいのことごとくに神のお導きがありますように。

本年五月六日、わが陰鬱なる幽閉所にて。

あなたに絶対の忠誠を誓った誠実な妻

しかし、たぶんこれは本物ではない。いや、トマス・クロムウェルの死後、彼の書類のなかに見つかったと言われている正真正銘の手紙であり、繰りかえし模写されたものではあるが、アン・ブーリンが塔のなかで書いたものではない。本人が書いたとは言えない不整合が数多くあり――自分の名前を〝Bullen〟とつづったり（そうつづっていたのは遙か昔だ）、自分のことを〝低い身分にある〟としていたりするところから、現代の歴史家の大方は偽物であると見ている。宗教や政治がらみか、あるいは単なるいたずらか、偽造の目的は定かではないが、偽物でありながら、人の心を打つ魅力に満ちているのは、手紙の書き方を教える本に載っている印象的な手本を数多く下敷きにしているせいだろう。

　ヘンリー八世が偽造やスパイ行為を恐れたのは疑うべくもなく、そういった行為を取り締まろうとした試み（現代で言う諜報活動）が、王宮からの手紙を安全かつ確実に運べるイギリス初の郵政省の設立を導いた。その統治時代の初期において、ヘンリー八世は、王室の宝物保管係に新たな職務を追加した。つまりは、郵政大臣の仕事である。ウルジー枢機卿の秘書でもあったブライアン・テュークは、主要な道路にでたらめに設置された駅（郵便物を輸送する人馬の交替所）を改善するよう申しつかり、とりわけ、ヨークからエディンバラへと通じている北方の経路と、五港（シンク・ポーツ）（イングランド南東海岸の特別港）に通じる経路、なかでもカレーへ渡るドーバーの経路を重点的に整備するよう命じられた。彼は自分の責務について、一五三三年にトマス・クロムウェルに宛てた一通の手紙に詳しく述べている――「郵便の駅を整備せよと、王からの要請がありました。最も適格と思われる場所に駅を設置し、それを擁する各村には、馬の飼糧の備蓄を含め、駅がいつでもつかえるよう準備する任を命じ、もし準備不足で郵便に遅れが出た場合には制裁も辞さないと通達せよとのことです」

　この制度の要は明らかにロンドンにあって、王の「貸馬屋」がチームを組んで、いつでも動けるようロンバード・ストリートに常駐した。

急務を担ったテュークが積極的に動いた結果、郵便制度は一部改善を見ることとなり、王の許可を得られる限り、拡張された郵便網は誰でも利用すべしとなって、一般人の郵便事情も改善された。書簡を初め、あらゆる郵便物を牛耳るようになった郵政大臣の支配力はまもなく国内だけにとどまらず、海峡を越えた外国の郵便駅にまで及ぶようになり、テュークはまた新たな任を担うことになった。王宮を出入りする国事関連の手紙すべてについて、開封する許可を正式に与えられたのである。中身を読んだあとで、手紙は再び元の宛先へ送られる。表向きは、大臣の権限が強まったということだが、実はその裏に、もっと後ろ暗い思惑が隠されていた。

つまりは、「徹底した検閲」である。陰謀を妄想して脅える傾向はテューダー朝から根強くあったが、それがエリザベス朝時代のイギリスにも受け継がれたのだろう。テュークの後継を務めた代々の郵政大臣は、単に郵便制度を一手に取り締まるだけでなく、反君主制や教皇制礼賛、そのほか国の安全を脅かす動きはなんでも、先頭に立って鎮圧する役目を担うようになったのだ。ただし、郵政大臣にそのような任務が正式に与えられたのは、一六五〇年代になってからだった。

スパイ網を指揮する長、ジョン・サーロウ

＊

一六五五年、ジョン・サーロウが（現在で言う）郵政大臣に就任したとき、急成長する郵便制度は、まもなくその郵便網を、国事とは関係ない一般人の手紙にも解放しようとしていた。商人たちは、もう何十年も前から郵便網の整備を嘆願しており、歴代の郵政大臣は、郵便業務から巨額の報酬が入ることを当てこんでいたが、それが実現されたのは、一六五七年にオリバー・クロムウェルの「イングランド、スコットランド、アイルランドの郵便料金設定に関する法律」が制定されてからで、ここに至って初めて、郵政省は国内と海外の郵便物に対して、料金の枠組みを正式に定めた。その数年後にはロンドンで初めて一ペニー郵便制度が生まれ、首都圏内を行き来する郵便に一律の配達料金を設定して、一日に数回、手紙を配達するようになり、これが効率的なシステムの先駆けとなった。世紀の変わり目にダニエル・デフォーが言っている。「使者に渡した手紙が、人里離れた町の隅々まで信じられないほど迅速に届く。しかもそれを一日に、四回、五回、六回、あるいは八回も行っているのである。これに匹敵する例は、パリ、アムステルダム、ハンブルク、世界のどこを探してもない」

「一日に八回」は少々大げさだが、彼の国際比較は十分に根拠がある。海外へ領土を拡張しようという大望を持つほどの国家なら、もっと早い段階で郵便制度を確立していてもおかしくない。しかしその試みに先頭を切って着手した栄誉はイギリスではなく、一六〇〇年に教会から承認を得て一般人の手紙に一定の郵便料金を課した、おそらくオランダのタクシス家に与えるべきだろう。とはいえ、イギリスの例は、まだ一歩を踏み出せないでいる諸国家から羨望の目で見られたはずだ。ルネサンスによって知と文化の交流が一気に活発化するのと足並みをそろえて、貿易や国際的野心も拡大する。新しい海域が航海可能になると、ごく初期のグローバリゼーションの兆しも見えてくる。手紙は、こういった諸々の発達状況を伝達し、文字どおり知と地の地平線を拡大していく人々のニーズに徐々に応えていった。

イギリスにおいて手紙を書くという行為は、しばらくのあいだ、主として廷臣、聖職者、商人といった人たちのものだったが、一六八〇年にウィリアム・ドクラがペニー郵便制度を採用してから、より幅広い層に広まっていく。もちろん、一八四〇年にローランド・ヒルが社会全般に促進した偉大な一ペニー均一郵便とは、とても同列には論じられないものの、延び延びになっていた事業がようやくその端緒についたとは言える。

十七世紀の終わりには手紙の料金は受け取り人持ちで（場合によっては、文通を始める前に先方に了解を取る必要がある）、ロンドンの外では料金に大きなひらきがあった。一枚の手紙を八マイル未満の距離へ配達するときの料金は二ペンス（二枚のときはその倍）、その距離を超えると、手紙一枚につき四ペンスずつ加算され、受け取り人の多くは八ペンス以上を負担したという報告がある。ロンドンからスコットランドまで届けるのに、六日以上かかった場合は、遅配とみなされた。しかし、行き当たりばったりで配達人がリレーをしていくシステムよりは格段に利便性がアップしたのはまちがいなく、手紙を書く人口も増えていった。一六九八年には、ペニー郵便制度によって首都圏内で配達された手紙や小荷物は七十九万件、首都圏外では七万七千五百件を上まわったが、その五年後には百万件を超えている[1]。

十八世紀から十九世紀初めにかけての郵便制度のおかしなところや欠点についてはまたあとで戻ることにして、ここではまずジョン・サーロウが、緊張の高まる政府において、郵政大臣以上の役割を担ったことに目を向けるべきだろう。つまり彼はスパイ活動の責任者としても動くようになったのだ。

サーロウの職務内容の詳細は、一八九八年にチャールズ二世の枢密院及びほかの省庁が新たに書類を監査して初めて明るみに出た。ジョン・ワイルドマンという、ある大臣が作成した書類を見ると、王国内のあらゆる場所に配達される手紙は、すべてロンドン中央郵便局を通過し、夜を徹してそれを「仕分け」する作業はまったく新たな意味を持つことになったのがわかる。その書類では、クロムウェルが、アイザック・ドリスラウスなる人物を雇ったことを明らかにしている。

［郵便局］に常駐するアイザック・ドリスラウスには、外務省に隣接する個室が与えられ、郵便が配達される夜は毎日、十一時にこっそりその部屋に入り、そこですべての手紙を開封していき、内容が適切であるものは再び封を閉じる。そうしてその部屋に、郵便の受付を締めきる、およそ午前三時から四時までいるのだが、このドリスラウスなる人物は、あらゆる筆跡と封印に通じているために、ほとんどどんな手紙を見ても、誰が書いたかを当てることができる。そうした手紙のなかに、国家に反旗を翻す気配、あるいはそれに近いものがあった場合には非常事態となり、S・モーランド［サーロウの秘書］が十一時から十二時のあいだにホワイトホールからやってきて、人目を忍んでその部屋に入り、ミスター・ドリスラウスの力になる。結果、ふたりが危険とみなした手紙は、朝になってモーランドがホワイトホールに持ち帰るのである。

このワイルドマンの記述にまちがいがないことは、サーロウ自身が作成した政府関係書類が裏付けている。そこには「阻止した」あるいは「傍受した」手紙という表現が頻繁に現れ、腹心のドリスラウスから届いた手紙の内容を窺い知ることもできる。「閣下、わたしは一晩中起きておりました。同封したのは、昨夜の仕事の成果です」として、一六五三年に調査した一通の手紙に関して、ドリスラウスは次のような報告をしている。

こちらの貿易商人がたいていみな書いておりますように、スペインの王は、貿易商人が勝手に商売をしないよう、これまでずっと彼らを欺いてきたそうです。現在、王とスペイン国は、銀を自国で硬貨に鋳造して流通させることに同意しているようです。わたしは今朝ホワイトホールに参りまして、司教さまにこの旨を伝え、手紙に関する業務からいったん身を引かせていただきます。これからわたしはこの問題の解決に向けて全身全霊で挑み、あなた様にご満足いただけるよう、事を内密かつ適切に処理してまいります。この件につきましては、今後あなた様以外の誰にも、一切知られることはないものとお約束し、あなた様から承ります、ご信任やお言葉のひとつひとつに誠心誠意、応えてまいる所存です。強い眠気を催して参りましたので、詳しいことはまた明日お話しいたします。

あなたさまに忠誠を誓う卑しいしもべ、ドリスラウス

一八四四年まで、ロンドンのしかるべき場所で、ある種の秘密検閲を行うことが正式に認可されていた。真夜中過ぎに人目を忍んで行われる、この検閲をいかにして逃れるか。これには先方の裏をかく巧妙な策が必要だった。手紙を書くのに、文章作法ばかりでなく、内容を秘匿する方法も学

1　この郵便制度は国家の独占事業に淘汰されることなく、その後もそれと張り合って存続していた。一六三七年、当時の郵政大臣トマス・ウィザリングズと、王の筆頭国務大臣であるジョン・コークが郵便局と新たな郵便経路について最初の指針を定めた直後、ジョン・テイラーが著した『The Carriers Cosmographie』には、非公式の経路や配達時刻表が何百も掲載されている。

ばねばならなくなったわけで、まもなく『The Enimie of Idlenesse』と並んで、暗号化と暗号解読の術を教えるマニュアル本が販売されるようになった。その方面における当時の最先端技術は、それ自身（ジェームズ一世宛ての）手紙の体裁を取る、一六〇五年に刊行されたフランシス・ベーコンの『学問の進歩』が提供したとされている。優れた暗号に求められる特性は三つ――「書き手にも読み手にも負担を強いず、第三者による解読は不可能であり、他人に見られた場合にも疑念を起こさせない」。最後のポイントを説明するために、ベーコンは自ら「二種文字」と呼ぶ暗号を発明し、表面上は普通の手紙と見せかけて、受け手にだけ真の意味を明らかにする方法を紹介している。すなわち二種類のアルファベットをつかって、片方で偽物のメッセージを、もう一方で秘密のメッセージをつづる方法だ。ずいぶんと難しいもので、ひとつの単語につき、その五倍の文字数をつかう場合も珍しくなく、これを彼は「折りこみ」と呼んだ。原初的な二進符合や遺伝暗号による符号化で、「aababaabbaabbaaaba」というような表記が、当たり前のように出てくる。明らかに怪しげに見えるのに、どうして疑念を招かないのかが不思議なところである。

暗号技術の会得は大使には必須となり、折に触れて、受け手だけにわかる数字やアルファベットの暗号法をあらかじめ用意した。新たに見つけた市場を秘密にしておきたいと考える商人たちのあいだでも暗号は人気になり、仲間内だけでつかう速記術も生まれた。数的、言語的なトリックは、まもなく書斎の机を出て、応接間や奇術師の戸棚に入り、一六六〇年にはヨハン・ヴェッカーによる『Eighteen Books of the Secrets of Art and Nature』が出版されて、「一個の卵に手紙を書く方法」や、「アルカリ液で隠れた文字が現れてくるようにする方法と、見えている文字を隠す方法」（ヒント――「酢と尿」の両方をつかう）が紹介された。それと同時に隠語もよくつかわれるようになる。スコットランドの女王メアリは、スコットランド人のギルバート・カールという名の人物を暗号担当秘書官として雇い、この彼が、イングランド女王を〝ロンドンの商人〟、スコットランド女王を〝ニューカッスルの商人〟と呼ぶ、大戦時にわれわれのあいだで馴染みになったような隠語を発明した。

さらに、もっと子どもっぽい手法もある。つまりは見えないインクだ。その発想元は初期のスパイ小説にあると思うだろうが、実はこの素朴な科学は十七世紀に爆発的に流行した。前述の酢と尿のほかに、ミョウバンの粉や、牛乳、タマネギ水、オレンジやレモンの果汁がつかわれている。その最も悪名高い活用例が、一六〇五年の火薬陰謀事件の渦中に生まれた。イエズス会士のある一団が定期的にやりとりしていた、一見したところ白紙に見える手紙だ。

その一団のひとり、ジョン・ジェラルドは、鉛筆で書いた文章のあいだに柑橘系の果汁をつかって書いた文章を秘匿した手紙を獄中から出したことを告白している――「鉛筆書きの文章は宗教的な内容にとどめておき、行間の白紙部分に、外の仲間各自に宛てて、細かい指示を書いた」。くわえてジェラルドはつかう果汁にもこだわった。レモン果汁は非常に便利で、それで書いた文字は、水あるいは熱にさらすと浮かびあがり、乾かしたり、火にかざしたりするとまた消える。「しかし、オレンジ果汁ではそうはいかない」と彼は自伝に書いている。「水にさらしても読めない……火にかざすと文字が浮かびあがるものの、そのまま消えない。よって、オレンジ果汁で書いた手紙は、途中で誰かに読まれたか否か、必ず受け取り人が知ることになる」

国家が手紙を検閲していることが徐々に知れわたると、手紙を書くほう――諜報活動に携わるスパイや、貿易商人――は、自分たちの情報を守る新たな道を見出していく。同時に彼らは、信書の秘密は神聖な権利と見なすようにもなっていく。国が国事用の郵便網を一般人に解放してサービスを始めたことで、その考えが強化されたのは皮肉なことだった。万策尽きたとき、受け取り人は単純な指示を与えられた——読んだあとは燃やせ。

＊

郵便事情が大変貌を遂げたこの世紀には、さぞや豊かな実りがあったことだろう。まずシェイクスピアの手紙はまちがいなく見る価値があるのでは？　芝居の準備をしている俳優に出した手紙のひとつでも残っているのではないか？　自分の髪の房を同封してアン・ハサウェイに書き送った手紙がいくらかでも読めるのではないか？　彼の芝居を評価するエリザベス女王の手紙がテムズ川岸のグローブ座に送られてきたのでは？　そういったもののすべてが初めて提供されたのは一七九五年で、サミュエル・アイルランドという男が、一部四ギニーという値段で限定版の注文を取った。その目玉は主として手紙だが、「ウィリアム・シェイクスピア直筆、印章入りの様々な書類と法律文書」と題したそれには、証書も含まれ、『リア王』のごく初期の草稿と、まったく新しい戯曲『ヴォーティガンとロウィーナ[2]』も入っていた。当然ながらこれは世間に熱狂的な騒ぎを巻き起こしたが、それも束の間。一七九六年春に、一流のシェイクスピア学者エドモンド・マローンが、これに関する論評を発表するまでのことだった。マローンによると、ここに集められた手紙には——文法、正書法、文体、悲劇・喜劇・歴史劇・牧歌劇の扱いにおいて——多くの齟齬が見つかり、ゆえに、本物ではあり得ないというのだ。実際、彼は正しかった。まるで芝居さながらに、この手紙はサミュエル・アイルランドの息子が父を喜ばせようと書いたものだったのだ。

じつのところ、シェイクスピアがやりとりした手紙は一通も残っていない。ウィリアム・グリーンウェイという使者が馬に乗って、ストラトフォードとロンドンのあいだを行き来したことはわかっているが、床板の下を探っても、近隣の復元物を探しても、営利目的や出版目的でないものは、吟遊詩人がしたためた詩の一節さえ見つからない。しかし当然ながら、彼の手紙はその芝居のなかに、いくらでも見ることができる。そこからわれわれは、当時普及していた手紙というものを同時代の劇作家がどのように見ていたかを知ることができるばかりか、手紙をプロットにした作劇手法の一端を垣間見ることもできる。続く二世紀の文学界に大きな影響を与え、書簡体小説が続々と発表されるようになるのは、その手法のおかげだ。

シェイクスピア学者のアラン・ステュアートは、「控え目に見積もっても」百十一の手紙が舞台に登場していることを確認し、それ以外に、説明部分で触れられているものも数多くあると言っている。手紙が一役を担っていない劇を挙げる方が簡単で――『間違いつづき』、『真夏の夜の夢』、『じゃじゃ馬馴らし』、『ヘンリー五世』、『テンペスト』――だが、『テンペスト』では、夢うつつの

2『ヴォーティガンとロウィーナ』が最初に世に出たときの反響はすさまじく、ドゥルリー・レーンで上演された。ただしロングランとはいかず、雄々しく幕をあけながら大コケし、開幕当日の夜に上演打ち切り。俳優たちは観客席の哄笑（こうしょう）に送られて舞台をあとにした。ミュージカルを当てるより失敗させて大儲けを企む映画『プロデューサーズ』を思わせる。

最近なら、科学捜査によって手紙につかわれたインクをちょっと調べれば、舞台にかかる前に即ゴミ箱行きだ。十八世紀末に入手できるようになった、イカ墨、煤、テレピン油からつくられたインクと違って、シェイクスピアがつかっていたインクはすべて〝没食子（植物にできる木の実状のこぶ）〟を挽いてつくったもので、オークの木に卵を産み付けて虫こぶをつくるハチの生産物だった。これを赤ワインに浸して、硫酸鉄とアラビアゴムを混ぜ、太陽の下で乾かす。ペンにはガチョウの羽軸を切ったものを愛用し、羊皮紙やざら紙に書いたあと、軽石や塩を微粉状にした〝にじみ止め粉〟をふりかける――ここまで終わって初めて、一通の手紙は〝done and dusted〟すなわち、〝何もかも準備が整った〟と見なされるのである。

ゴンザーロが「手紙が普及していない」国を夢想している。舞台に登場する手紙はすべて、まだ郵便改革が行われる前に書かれたもので、依然として配達は人に頼むしかない。どのような経路で運ばれるか定かではなく、紛失もしょっちゅうだった。戦地から間一髪で届く手紙もあるが、多くの場合、到着は致命的に遅れる。シェイクスピア劇では、手紙は権限を行使し、身元を隠匿し、人をあざむくために偽造される。あるいは故意に奪われ、偶然まちがった人の手に渡る。整備された郵便網をつかうのとは違って、こちらはもっとでたらめで、上の空の人間の手から手へ非効率的に運ばれるのであって、まちがいが起こらないのが不思議なのだ。

ジュリエットの死は偽りだと知らせる手紙が届かなかったために、ロミオは命を縮める。オリヴィアの筆跡を真似てマライアが書いた偽のラブレター。それをマルヴォーリオが読んで妄想を膨らませ、滑稽さが加速する。ゴネリルは、自分たちの姦通を明らかにして、夫のオールバニ公を殺したいと願う手紙をしたためて愛人のエドマンドに送るが、それが奪われてオールバニ公の手に落ちる。とはいえ、手紙のすべてが詰まっている作品と言えば、やはり『ハムレット』だ。主人公は、オフィーリア、クローディアス王、母親、ホレイショのそれぞれに宛てて手紙を書いているし、ポローニアスも手紙を読んでは書き、クローディアスも手紙を書く。こういうプロットのひねりを見て、アラン・ステュアートが正しくも最古の手紙と言い当てている、ホメロスの作品に出てくる手紙を思い出す向きもあるだろう。『イリアス』の二章では、ベレロポーンが自力で死から逃れた顚末が語られているが、ハムレットがイングランドに船出する場面はその焼き直しだ。古いどんでん返しで、ハムレットはローゼンクランツとギルデンスターンとともに旅に出るのだが、そこへクローディアスが、ハムレットの処刑を指示したイングランド国王宛ての親書を廷臣に運ばせる。ハムレットはその封印を切り、中身を自分の手紙と取り替えて、巧みに折りたたんでから再び封をする。

『十二夜』でスティーブン・フライ演ずるマルヴォーリオが手紙を読んで誤解する場面

劇の最後で観客は、まるでクローディアスがそれを指示したかのように、ローゼンクランツとギルデンスターンが死んだことがわかる。

手紙を劇作に活用した例は、エウリピデスとプラウトゥスの生まれた遠い古代までさかのぼることができる。しかしシェイクスピアの手紙の扱いは別格で、単に知らせを伝える手段ではなく、それ自体が劇中で重要な役を果たしている。プロットを機能させる要素であると同時に、劇を常時支えている柱でもある（セリフを暗記することなく、情感豊かに読むだけでいい手紙は、一種息抜きとしても、多くの役者に歓迎される）。シェイクスピアは本質的には演劇にそぐわない情報伝達手段——紙に書かれた言葉で、本来当事者だけのあいだで読まれるべき私的なもの——を、大勢の目にさらして議論を戦わせることで、人間ドラマを印象的にするのに欠かせない装飾品にまで高めた。さらにシェイクスピア劇の手紙は、単にドラマを盛りあげるだけに終わらない。それを執拗なまでに、繰りかえし登場させることで、近い未来には人づきあいの一助として、（手紙に限らず）様々な物が日常的に行き来することを予告してもいる。演劇に現実味を持たせるには、たとえ史劇であっても、手紙が人と人を結びつけるありさまを日常の一コマとして観客に見せる必要がある。実際またたくまに、手紙は生活の一部になっていったのである。

きみの新しい恋人

１４２３２１３４　通信兵　クリス・バーカー　Ｈ・Ｃ
中東軍　第九航空通信隊　第一中隊　第三十航空団

一九四四年三月十四日

親愛なるベッシーへ

こちらのエアメールがそんなに早く届いているとは思いもしなかった。すでにきみの手元にあり、束の間でも時間を割いて読んでくれたんだと思うと嬉しい。いまこの瞬間、さしあたり、ぼくらはともに同じ気持ちでいる。そこにはわずかな疑いの影もない。もし笑顔を向け合える距離にいたなら、まもなくぼくらは、それ以上のことをしているだろう。実際は、ふたりのあいだには安全な距離があり、いつまでも幸せな求愛期間を楽しんでいられるのだけれど。もし、いま自分たちの蒔いている種の、刈り取りの時期が早くにくると知っていたら、ぼくもきみも、それぞれの殻に慌てて飛びこんだことだろう。自分の書いたことを何かしら褒めてくれるたびに、ぼくは別の惑星にいるような気がするよ。ぼくの書いたことをきみが心から理解してくれている、それがわかったときの嬉しさといったらない。ほんの少し前までは、マルコーニ（無線通信機を発明したイタリアの電気技師）の発明直後に、世界は他人の意見にまったく耳を傾けなくなったんじゃないかと、そんな気がしていたのに。

もしぼくにチャンスがあれば、なんでもやってしまうか、あるいは何もしないか。果たす気もない義務を担うことなく、ふたりが親しい友だちのままでいるには、ぼくは極力お行儀よくしているべきだろう。しばらくのあいだ、不道徳な行いに出る心配はないが、きみにはしっかり覚悟もしておいてほしい。後日お楽しみの行為に及ぶことになるかもしれないが、それはきみにとって結局面白くなかったってことになるかもしれない。ぼくはきみの〝ヒーロー〟にならざるを得ない。きみにあからさまに褒められると、胸一杯に息を吸って歓喜する。だから、一九四六年か、四七年になるか知らないが、一、二の、三で、ぼくがとっとと逃げ出して、きみをひどく失望させるような事態だけは招きたくない。もっと頭の切れる男だったら、返事など出さずに、きみをひとりで悶々と悩ませておくだろう。けれどぼくは自分勝手な男だから、当面は何をしても褒めてくれるきみの支援が必要なんだ。白状してしまえば、手紙に書かれたきみの言葉を読むたびに舞いあがって、危険なほどに興奮する。きみに魅了されて無力になりながら、体内に力が満ちてくるのを感じる。おそらく昔きみもそんなことを書いたと思うけど（前の手紙に書いたが、どんな「手紙」であっても、ぼくの記憶はぼやけている）、その時以上に、ぼくはお世辞に弱くなったか、あるいは一年二か月も故郷を離れて、過去六か月のあいだ（舞台で四人ほど見たのを除いて）女性をひとりも見ていないせいかもしれない。

男の人は仕事に集中すると、それ以外のことは眼中に入らないときみは言う。ぼくなら、そういう「活動家」になるのが男の専売特許であるとは言わない。男のなかにだって、たわごとばかりほざいて、仕事に集中しないやつはいる。逆に非常に有能でバリバリ働いている女性だっているんだからね。男の崇拝者にはならないほうがいい。いや、自分に満足しているなら、何も崇拝なんかするべきじゃない。感情面における男と女の一番大きな違いは、女性がつねにひとりの男性に貞節を誓うのに対して、男性は少なからず、あちこちに注意を向ける点だと言われている。生存本能という話は別として、ここで一番大きな問題はセックスだ。性欲が一切ない人間はおらず、人間はつねにそれに支配されている。前にも言ったと思うが、病院で知り合った、ある十八歳の若者は、三十五人の女性を〝モノ〟にして、そのうち数人は会った初日に関係を持ったと言う。この戦時下で、女性の「貞節」も木っ端微塵だ――ここにいる、あるヤツが、どうして六か月ものあいだ手紙一本寄越さないんだと恋人に聞いたんだ。すると恋人は、ずっと忙しかったからと答え、いまが戦争中だって、あなた知らないの？　と言ってきた。

昔きみのヒーローだった男に、恋人になって欲しいときみは言う。ああ、なんと残念なことだろう。つい最近支給されたのは、二度目の夏をここで過ごすための蚊帳であって、家へ帰る航空券じゃなかった。この手紙を書いているのは四四年三月十三日の深夜だから、ひとりか、ふたり、協力者がいれば、十四日の朝食をきみといっしょに取れたかもしれない。まあ少々遅い時間になるかもしれないが、それはどうでもいい。きみに最後に会ったのはいつだろう。そのとき、きみはどんな風だったろうと考える。きみの身上調査でも頼めればいいのに。まだタバコは吸ってるのかい？　悪い習慣だ。

積極的でやる気まんまん、いつでもなびくわよといった態度。いままでぼくが考えていたきみとはまったく違う。とてもセクシーで、そそられる。当面は、こんなドキドキする関係を楽しみたい。この際だから、きみの好意にどっぷりつかろう。ふたつの海と大陸ひとつ隔てていても、ぼくにはきみの気持ちが痛いほどに感じられる。きみに周囲の防御を完全に打ち砕かれて、興奮のしっぱなしだ。いまも頬を赤くして手紙を書きながら、全身が燃えるように熱い。一通書き終えると、またもう一通書きたくなる。今日のようにね。それにしても、ひとり語りをするより、何かふたりで意見を言い合うテーマでもあるといいんだが。気持ちを言葉で表現し、それを理解してもらえる相手がいる。この不思議な一体感は長くは続かないとわかっている。だっていまのぼくは、きみに教えを乞うているようなものだからね。この手の友情は遅かれ早かれくたびれてくる。「これが腐れ縁の始まりだな」って台詞もある。[3]

きみにはラブレターで人を虜(とりこ)にする力があるようだ。ぼくは思わず想像をたくましくしてしまう。きみの熱い柔肌に触れたら、どんな感じがするだろうって。ここで字を消したのを許してほしい。朝になったら怖じ気づいてしまって、削除することにしたんだ。数行前の文章は、「ぼくは思わず想像をたくましくしてしまう、それも熱烈に」と書くべきだった。

初めから終わりまでべたべたした感傷を書き連ねるのはやめよう。それがふたりにとって、どんなに心地よいことでもね。かっこつけに過ぎないが、このキャンプの生活について、また少し触れておく。土曜日（ありがたいことに、この日は勤務だった）の映画は、子どもじみていたそうだ。以前きみに書いたけれど、『Stars Over Texas』や『駅馬車』と同じで、強盗や、銃撃戦ばかり。いい加減みんなうんざりしている。

さて、これだけ書いておけば、あとはぼくらの興奮に満ちた新たな関係に戻ることができる。そ

3　この前年にロンドンで『カサブランカ』が封切られた。

れが続く限り存分に楽しみ、終わってしまっても悲しまない。ぼくは〝きみにぞっこん〟で、きみの愛にどっぷりつかって贅沢な時間を過ごし、きみが許してくれる部分に手を触れる。そんな日が将来きっと来ることを、ぼくはこの場所で、わくわくしながら期待している。

クリス

7 完璧な手紙の書き方　その二

当代屈指の手紙名人になるには何が必要か？　自分の成した業績ではなく、それを手紙に書きつづった文章が有名になり、未来の人々の話題にのぼり、その名が記憶される。偉大な劇作家、モリエール、コルネイユ、ラシーヌ、そして壮大な哲学を説いたデカルトといった、人文世界で華々しい業績を上げた同郷人とは違って、彼らの劇を観、著作を読み、その感想を手紙で書き送っただけで、文章家としての名声を不朽のものにするには？　それも生きているときに大勢を前に天晴れな行動を取って評価されたのではなく、内輪の情事や秘密を手紙で暴露していたことが死後に判明して、歴史に永遠の名を残すには？

現在では非常に難しいことだが、盛り髪全盛のルイ十四世の時代に生きたセヴィニェ夫人の場合は事情が違った。早熟で、享楽的で、果敢で、率直で、ウィットに富み、人を傷つけるかと思えば人をかばいもし、大言壮語もはばからず、反論も恐れない、大胆かつ容赦ない――まったく卓越した手紙を、五十年のあいだに千三百通もしたためた。セヴィニェ夫人は、ヴォルテール（フランスの啓蒙思想家）と並んで不朽の名を残した手紙の達人だ。その手紙は読んで心地いいものではないが――あまりに頑固で、真実をあからさまに書きすぎる――、それでも一貫して、人の心をひきつける力がある。

十七世紀後半において、セヴィニェ夫人の注意を引かない事物はほぼ皆無と言っていい。その虚心坦懐なところと、何ものにもとらわれない自由な発想は（時代下って、ヴィクトリア朝時代の読者にはさぞ衝撃的で、官能をくすぐられたに違いない）まさしく現代的で、地に足の着いた自分の考えが、哲学論争に貢献したと見て、それを自負してもいる（デカルトが提唱した機械論に反論し、例えば代わりに、その先駆けとなったロマンティシズムを絶対的に支持し、神から与えられた驚異と孤独のなかに快楽を見出そうとした[1]。大きな問題については、伝統主義者の立場を貫いて、多数派や宮廷と袂（たもと）を分かつことはめったにない。それは自分の評判を落とさない手立てでもあった。愛する人との死別、熱望、よくある悩みなど、様々な感情に耐え抜いてつづられた夫人の手紙が、どれもこれも現代人の胸に響いてくるのは、そこにわれわれ自身の姿が見出せるからだ。ただし自分より恵まれない立ち場に置かれた人々に対する、軽々しく尊大な言動にはひるんでしまうかもしれないが。果たして、この女性はどんな人物なのか。革装の書籍になった彼女の手紙が、依然として世界の名だたる図書館の棚をたわませている理由はどこにあるのだろうか。

セヴィニェ夫人、マリー・ド・ラビュタン＝シャンタルは、パリ近郊で生まれ、一六四四年、十八歳でセヴィニェ侯爵と結婚して、ふたりの子どもをもうけたが、一六五一年、愛人を巡る決闘で夫が命を落とした。その後夫人は一度も再婚せず、様々な地所の管理に自身の時間を捧げながら、孫を育て、文学サロンを開き、パリっ子たちの集まる社交界で華々しい毎日を送った。そういうなかで、手紙も書いていたのである。

毎日書いていたようで、とりわけ定期便がパリから出る水曜日と金曜日にはしゃかりきになって書いている。夫人の手紙は、現在でも書かれた順番に初めから終わりまで全部読んでも楽しめるだろうが、手紙を書くお手本としてはまず勧められない。彼女には義務で書いているという意識はほとんどなく、実務的な手紙さえ熱情にまかせて書いていた。

セヴィニェ夫人がとりわけ気に掛けて手紙を書き送った人々がいるが、そういった人たちと彼女の関係が時を経て深まっていくのは不思議ではない。夫人の手紙をまとめて読んだ人間だけが味わえる面白さは、ある人物とのあいだに不満やわだかまりが生まれ、それがやがて解消される過程

(夫人のいとこで、回顧録の筆者ビュッシー伯・ロジェ・ド・ラビュタンについてもそうだった)をつぶさに見られることだ。セヴィニェ夫人のたぐいまれな才能は、彼女と手紙をやりとりする人間たちのあいだで、たちまち有名になった。最近のニュースやゴシップを面白おかしく味付けして、ショッキングに語る手紙をみんなが心待ちにするようになり、まだインクも乾かぬうちから次々と回覧された。なかでも最も有名な手紙は――アンソロジーにも一番多く入れられている――その絶叫さながらの(意図的な)誇張法と、それが結果的に(意図せず)大きな矛盾を引き起こしている点で、何よりも現代人に喜ばれることだろう。「これからあなたに、まったく思いがけないことをお伝えします」と、一六七〇年十二月に、いとこのクーランジュ侯フィリップ・エマニュエルに宛てて書いている。しかし、それは単に「まったく思いがけない」ことではなく――

じつに驚くべき、誰もが目をみはる、奇跡のような、じつに輝かしい、まったく測りがたい、聞いたこともない、とにかく変わった、尋常ではあり得ない、まったく信じがたい、誰も予見しない、大変な大事で、とてもささいで、この上なく珍しく、じつにありふれていて、大きな話題性を持ち、この日まで秘密に付され、じつに華々しい、じつにうらやましい、同時代にこれに並ぶものはなく……パリでも誰も信じず(よって、リヨンではなおさら信じられるものではなく)、

1　一六八〇年九月、娘に宛てた手紙でセヴィニェ夫人は訴えている――「教えてちょうだい……機械ってなんなの。愛する機械、人を選ぶ機械、嫉妬深い機械、恐れる機械。まだいくらでも続けられる――つまり、そういう論は人をばかにしているの。デカルトだって、こんなこと、わたしたちに信じさせようとしなかったはずよ」

誰もが、おや！　まあ！　と叫び……ああ、話していいものかどうか、まだ決心がつきません。なんだか当ててちょうだい——チャンスを三回あげましょう。降参？　わかりました。では教えてあげましょう。マドモワゼル・ド・ローザンが日曜日にルーブルで結婚します——さて相手は誰でしょう？　チャンスを四回あげましょう。いいえ、十回でも、百回でも……。

よくもここまで相手をじらすものだが、実際それはまだまだ続く。ムッシュ・ローザンは、宮中で物議を醸した評判の悪い男で、それがラ・グランド・マドモワゼル、すなわちアンリ四世の孫娘と結婚することになったというのだ。結局それは実現しなかった。王妃や廷臣にしばし説得されたのち、ルイ十四世はローザンを不適格と判断し、断じて結婚を許可しなかったのだ。ローザンはべつの女性と結婚して九十歳まで生きたが、マドモワゼルは生涯独身を通し、内臓の機能障害という病で亡くなった。さらにセヴィニェ夫人は、内戦や、投獄されて面目を失ったフランスの財務大臣、ニコラ・フーケの運命など、ほかにもいろいろとショッキングなニュースを書き続けた。

昨今の読者が何よりも愉快に読めるのは、夫人が娘とやりとりした手紙だろう。愛情と気づかいにあふれた母親は、しかし娘をかまいすぎるきらいもあった。娘の返事は残っていないが、そちらのほうはもっと大人しく控え目で、落ち着いていたことだろう。

夫人の娘は、フランソワーズ・マルグリットといって、母親が承認した軍人、グリニャン伯フランソワと結婚した。この男は、外見は醜いながら洗練された作法で上手に世を渡ってきた。当初はうまくいっていたのだが、フランソワがプロヴァンスに異動してから、険悪な状況になっていく。グリニャン伯夫人にしてみれば、これは母から逃れるチャンスだったが、セヴィニェ夫人にしてみれば、娘と死に別れたに等しく、四半世紀にわたって悲しみ続ける。「あなたからの手紙を待ち焦

指先に知恵の精華 —— セヴィニェ夫人がまたひとつ気の利いた文句をひねり出す

がれています」と一六七一年二月に書き送ったのを皮切りに、その後も夥しい数の手紙を送っている。「手紙を一通受け取ったとたん、もう次の手紙を待ち焦がれて、それが届いて初めて、安心して息ができる……まるであなたを失ってしまったように感じて、あまりの悲しみに、心と魂が、肉体と同じように病気になってしまったようです[2]」

数日後、夫人はまた娘に手紙を書き、例によって婚約の噂を初め、最新のニュースをつづりながら、「あなたはわたしの人生の喜び、あなたほど深く愛されている人間はいない」と繰りかえして、娘を安心させている。また別の手紙では、ある日に起きた火事のことを知らせている。現場に居合わせた者の目から、私信だからこそできる形で事件を伝えており、書き手の評判が確実に上がる書きぶりだ。あのヴェスヴィオ山の記録に匹敵するものと言っていい。「午前三時、人々の怒鳴る声が響き渡りました。『泥棒!』、『火事だ!』、その声があまりに近く、切羽詰まって聞こえるので、燃えているのはわが家に違いないと思ったのです」

孫娘の名前まで聞こえた気がしました。きっとあの子は生きながら火に巻かれているに違いない。恐ろしさに暗闇のなかで立ち上がったものの、脚がふるえて、立っていることもままなりません。それでも孫のいる部屋に飛びこんでいったところ、元あなたの部屋だったそこは、しんと静かでした。が、ギトー様の家が炎に巻かれているのが見えました。炎はヴォーヴィヌー奥様の家まで広がっています。炎が、わが家の中庭と、ギトー様の中庭を明るく照らし、恐ろしい光景が浮かびあがりました。みなが絶叫しながら逃げ惑うなか、梁や根太が次々と落ちてきて、凄まじい音がしています。わたしはうちのドアをあけるよう、ただちに使用人に命じ、困っている人を助けるように送り出しました……。

わが家はまるで孤島に取り残されたように無事でしたが、哀れな隣人たちのことが心配でたまりません。ゲトン夫人とそのご兄弟が、てきぱきと指示をしてくれましたが、わたしたちはみな肝をつぶして立ちすくむばかり。火の勢いが強くて近づくこともできず、ギトー様の家をすっかり燃やしてしまうまで、火は消えないだろうと、みなそう思っているようでした。ギトー様は陰鬱な顔でした。家の二階で火に巻かれているであろう、お母様を助けに行きたいのに、奥様に全力でしがみつかれていてそれができないのです。母を助けられない辛さと、妊娠五か月の妻を傷つけてしまう恐怖に挟まれて、どれだけつらい思いをしたことでしょう。ついに彼は、妻を抑えておいてくださいとわたしに頼んで、母親の救出に向かいました。わたしが奥さんを抑えているあいだに、彼は炎のなかで気を失っていた母親を無事救出しました。それから書類を持ち出そうとしたのですが、そこまで近づくのは無理だとわかって断念し、ようやくわたしたちの元に戻ってきました。それまで奥さんのほうは、わたしが説き伏せてすわらせていました。

2　当然ながら、セヴィニェ夫人の気分は郵便の配達状況に大きく左右された。折々に、郵便がなかなか届かない、とりわけイタリアからの手紙は遅いとこぼしている。しかし夫人は褒めることもあり、それはあまりないことなので、たまに褒めると、人々に記憶される。フランスの別の地方では（イギリスと同様に）、ほぼ不満ばかりを書いているのだが、なかには次のような手紙もある。「こういった紳士――騎乗馭者（ぎょしゃ）――の働きには、驚きを隠せません。わたしたちの手紙を運んで、大急ぎで行ったり来たりを繰りかえす、それに人生を費やしているのですから」一六七一年六月に夫人は娘にそう書き送っている。「週に一日たりとも、一日に一時間たりとも、この方々が道路に立たない日はありません。なんと素晴らしい人々でしょう！　郵便制度はなんと素晴らしい発明でしょう！」

親切なカプチン会修道士が数人、助けを買って出て、じつに巧みに動いてくれたおかげで、なんとかそれ以上の延焼は免れました。まだ燃えている部分に水をかけたのですが、それでも素晴らしい部屋の数々が完全に消失してしまい……。

火事の原因はなんだったのかと不思議に思われるかもしれません。しかしこれは誰にもわかりません。火のついた棟には火の気はまったくなかったのですから。しかしあんな悲しい場面にも笑えることがあるとしたら、そのときのみんなのかっこうでしょう。あれを絵にしたら、どれだけおかしな姿が描かれたことでしょう！　ギトー様はシャツ寝間着に、膝丈のズボンという格好。ギトー夫人は脚を剝き出しにされて、部屋履きの片方をなくしておいでした。ヴォーヴィヌー夫人は短いペチコートにナイトガウン。使用人たちも近所の人たちも、みなナイトキャップをかぶっています。大使様はナイトガウンを着てカツラをおつけになり、こちらは尊厳を立派に保たれましたが、その秘書官ときたら、またべつの意味で天晴れでした。ヘラクレスのようにたくましいと評判の胸ですが、それは見せかけでした。あわてて走ってくる最中にシャツの紐がどこかに飛んでいってしまったのでしょう。ぶよぶよした、白くて大きなお胸が丸見えになっていました。

それから約二か月後、夫人は娘にまた手紙を出したが、今度は息子シャルルのことを書いた。「さて、ここであなたのお兄様について、ひと言、ふた言」と始めた段で、夫人は、息子のある性的欠陥をコミカルに明かしている。ここだけの秘密にしてくれと前置きされただろうに、わが子の秘密を暴露してしまうというのだから驚きだ。おそらく、これだけ面白い話を自分の胸だけにとどめておけなかったのだろう。われわれも良心がとがめるような気はするものの、やはり読まずにはいられない。このとき、夫人の息子は失恋したばかりで、また別の女性と新たな関係を結ぼうとしていた。相手はマドモワゼル・ド・シャンメレという劇作家ラシーヌを敬愛する女優だ。

昨日、あなたのお兄様がパリの向こう側からやってきて、自分の身に降りかかった災難について話してくれました。新しいお相手「マドモワゼル・ド・C」と、いい雰囲気まで漕ぎつけたそうなのだけど、でもね……思い切って言ってしまおうかしら？　あの子の小さなお馬さんが、レリダの直前まで来ながら、突然いうことを聞かなくなっちゃったんですって。普通にはあり得ないことで、哀れな乙女は生まれて初めての事態に、もうどうしていいかわかりません。退却を余儀なくされたみじめな騎士は、自分は悪い魔法をかけられたのだと思いました。もっと愉快なのはね、あの子がやむにやまれず、その話をわたしに持ってきたことなの。ふたりして思いっきり笑ったあと、わたしは言ってやりました。罪深いことをするから、神様から罰を与えられたのよって。するとあの子ったら、お母様がぼくをおつくりになったときに、失敗の種を混ぜこんだからだって、わたしのせいにするの。それがなかったら、ぼくはうまくやっていたって。となると、あなたには成功の種を混ぜこんだということかしら……。まるでモリエールの喜劇の一場面よね。

セヴィニェ夫人の手紙が書籍として発刊されたのは、肺炎と思われる病気で夫人が亡くなってからまだ一年も経たない一六九六年のことだった。夫人の従兄弟ビュッシー伯が、ふたりの間でかわした百通の手紙を宮廷外の幅広い読者層に提供したことで、人気に火がついた。熱狂を巻き起こした、とまでは言わないが、大勢の人間にこぞって読まれた。ちょうど、しっかり締めていたガードルの紐がほどけたような案配で、それまでは、ひらひらあおぐ扇の陰でのみささやかれていたゴシップが、拡声器で喧伝されるようになったに等しい。夫人が娘に宛てた手紙を集めた短い書簡集が一七二五年に初めて出版されたあと、読者の要望に応えて、その翌年にはまた新たな一巻が出版された。多くの手紙に削除部分があるのは、成長する孫娘が、これは家族の恥をさらすことになると次第に思うようになったからだ。そのあとも次々と新しい書簡集が発刊される——一七五四年には七百七十通の手紙を掲載した八巻本が、一八〇一年には十巻本が、一八六二年には十四巻本が刊行され、いずれも新たに翻訳がなされ、それ以前にはない発見があった。しかし最大の発見は、一八七二年に訪れる。オークションのあと、「カプマ書簡」の名で知られるコレクションが、ディジョンの、ある店のショーウィ

ンドウに飾られた。ポンペイやヘルクラネウムにも等しい大変な発見だと、そこまで言うのは大げさにしても、驚くべき真相が暴露されたのは事実だった。同様の手紙はそれ以前にも発見されていたが、状態が明らかに違う。ディジョン大学で法律学の教授を務めていたシャルル・カプマが新たに発見した三百十九通は、セヴィニェ夫人が二世紀前に書いた手紙を完璧に写し取ったもので、そこには削除も修正も一切施されていなかった。まるで花嫁のベールが持ち上げられて、本人の肉声と偽物の声の違いが歴然と明るみに出たようなものであり、後年のヴァージニア・ウルフをして、セヴィニェ夫人は「いまも生きている人間のように、エネルギッシュだ」と言わしめている。

＊

一八六八年にマサチューセッツで刊行された、セヴィニェ夫人書簡集のアメリカ版にこんな提言が載っている――「われわれには手紙を書く習性があり、現存する手紙の最も優れたお手本が、セヴィニェ夫人のそれである。われわれは現実の諸問題を適格に処理しながら精力的に生きなくてはならず、そのために、セヴィニェ夫人の手紙に盛りこまれているような、細やかな愛情や微妙な気配りが欠かせないのだ」

しかし本当に、それ以外に優れたお手本はないのだろうか？　一六八六年、セヴィニェ夫人が亡くなる十年前に、第二代チェスターフィールド伯で、フィリップと呼ばれる人物が、レディ・メアリー・スタンホープ個人に向けて一冊の手引き書を書いている。メアリーは三番目の妻とのあいだに生まれたフィリップの長女である。これは一冊しかつくられなかった四十ページほどの手書き本で、二十世紀、まだインターネットが生まれる前に、クリスマスプレゼントとして送るのが流行した暦に似ている。数学や構文の手引き、アリストテレスやキケロの寓話、天文学の論文、デカルトを初めとする先覚者の著作からの抜粋、〝Affinity（親近感）〟や〝Ambrosia（珍味佳肴）〟といった、賢女が知っておくべき百七十五語の意味などが盛りこまれている。さらには愛に関する詩的だが少々偏った考察まで――「(愛は）心地よき悪、見えない毒、常軌を逸した熱病、簡単には治癒できぬ病、喜ばしき死、ときに最大の不運」

こういった内容の私家版が一九三四年に印刷されたが、そのときの編者、W・S・ルイスなる人物は、その著者について、「人生を不道徳な行為に捧げた」と記しており、それはすなわち、本人が放蕩の限りを尽くし、二番目の妻を殺害した可能性を示唆している（聖餐式用ワインに不純物、おそらくは愛に関する考察で自ら言及している〝見えない毒〟を混ぜこんだらしい）。そうと聞けば、いったいこういう父親が娘に何を教えられるのかと首を傾げるかもしれない。父親からこれを受け取ったとき、娘は二十二歳。わが子に教えるべきこととして、父親が一番紙幅を割いているのは手紙の書き方で、これにはまたずいぶん細かいこだわりを見せている（「便箋の一番下に日付を記すこと……それによって、相手への敬意を見せる」）。それ以外の部分では、人間の手指を物差しがわりにして教えを記している。

もし、女王に宛てて手紙を書くなら、便箋の一番下から三指幅（六センチ）以内に最初の行を書き出す……公爵夫人に宛てて書くなら、便箋の真ん中から書き出す。自分と同等の者に宛てて書くなら、「マダム」と一行目の間に、三指幅か四指幅の空白を残す。自分より下等な者に宛てて書く場合はいつでも、「ミセス」と書いた同じ行か、あるいは直後の行から書き出すべし。

チェスターフィールド伯は手紙の結びについても厳しく定めている。「自身と同等か、それ以上の相手」に対しては、必ず「あなたの、非常に従順で卑しいしもべより」と結ぶこと。しかし、並み以下の相手に対しては「あなたを心から愛する友より」とすれば十分だとしている。そうしてたいていの場合、下書きを最低でも二回はすることとしている。「まずはざっと書いてみて、二度も三度も重複してつかわれている言葉は消す……辞書にあたって正しいつづりに直し、(意味は正しくとも) その語順に置いたとき、響きがよくない言葉については、自身の耳に判断を委ねよ」。そうして最後には、「受け取った手紙すべてに返事を書かねば礼儀に反する。ただし使用人や非常に卑しい人間から来た手紙は除く」と記されている。

それに続く世紀には、もっと穏健で上から目線でない、より幅広い人々に向けた手紙の指南書が非常に多方面から出版され、追跡が追いつかなくなってくる。『The Complete Letter-Writer ; Or Polite English Secretary (手紙大全、または英文手紙の礼儀)』といったものから、『A New Academy of Compliments ; Or The Lover's Secretary (手紙のあいさつ再考、または愛する人への手紙)』、『The Polite Lady ; Or A Course of Female Education, In a Series of Letters, from a Mother to her Daughter (淑女の手紙、または母から娘へ、一連の手紙を活用した女性教育の一例)』まで、さらには『Familiar Letters on Various Subjects of Business and Amusement, Written in a natural easy manner ; and published principally for the Service of the Younger Part of Both Sexes (商売と娯楽に関して多種多様なテーマで書かれた親しみやすい手紙の数々を、肩の凝らない文体で紹介した、主として若い男女向けの手引き書)』などというものもある。十八世紀半ばに、手紙に関して、驚異的とも言える、これだけの数の手引き書が生まれた背景には、いったいどのような事情があったのか。読み書き人口が増え、信頼に足るほどの郵便制度が整備されたことも、まちがいなく関係しているだろうが、手紙の指南書が文学の一ジャンルとして認知されてきたことも大きい。ロンドンの書店に、新しい手引き書が山のように並び、著者の多くは匿名であったものの、ダニエル・デフォーやサミュエル・リチャードソンまでが手を出すぐらい、文学のなかで重要な一端を担うジャンルとなったのだ。

しかしこの時代の手引き書には、以前に読まれてきたもの以上の内容があった。適切な書き出しや結びの言葉、便箋の空白に関する指示といった形式的なものがすっかり影を潜めた代わりに、内容自体の充実が求められ、すでに手紙を上手に書ける読者も楽しめることが第一義となったのだ。かといって、単にパロディで読者を楽しませるのではなく、考えが及ぶ限り、ほぼあらゆる場面に適用できる実際的な用例や手本が網羅されている。そして、その手の本は女性の読者をターゲットにすることが多かった。

なかでも様々な用途に供する格別愉快な一冊が、一七六三年に登場している。二百七十五ページにわたるその本は『The Ladies Complete Letter-Writer（淑女の手紙大全）』と題した一冊で、その副題を見る限り、幅広い読者層を想定しているのが明らかである――「娘として、妻として、母として、親戚として、友人として、知人として、対応を求められそうな、あらゆる問題について、どのような手紙を書いたらいいか、宗教や倫理や社会の義務といった重大事ばかりでなく、女性の興味関心を引く様々なテーマについて、淑女が書いた手紙の例や、そのほか重要な論説を引き合いに、楽しく合理的に学べる指南書」。ここまでくると、あまりに風呂敷を広げすぎて首尾一貫性がない。

実際ここに取りあげられた状況は多種多様で、これまでのマニュアルに掲載された手紙のグレーテストヒッツを集めて気の利いたテーマの下に編み直した、いわばコンピレーション本だ。スキャンダルの余波や浮わついた行動の危険性について説いた手紙、天然痘によって美貌を損ねた女性を慰める手紙、「ある訪問先から遅くに帰宅した貴婦人」の窮状をつづった手紙などは、いかにも読者の興味をそそりそうだ。とはいえ白眉はなんといっても、不倫にまつわる手紙だろう。この本のなかほどに、相手が前夜に取った行動に疑念を抱いた女性が、恋人に出した手紙がある。

拝啓

わたくしはつねに、あなたに対して何ひとつ包み隠すことなく、心の内をさらけ出しております。したがってあなたも同様に、わたくしに隠し立てはしないものと信じております。しかし、どれほど善良な殿方であっても、ときにそれにふさわしくない行動を取ることがありますから、わたくしも不安になるのです。口ではとても言えませんので、お手紙にて、次に会う日までの、お願いを申し上げます——昨夜あなたが取られた行動について説明してください。でなければ、わたくしに対して申し訳ない行動を取ったと告白してください。

THE
LADIES
Complete Letter-Writer;
TEACHING
The Art of INDITING LETTERS
On every Subject that can call for their Attention, as

DAUGHTERS, WIVES, MOTHERS,	RELATIONS, FRIENDS, or ACQUAINTANCE.

BEING A
COLLECTION
OF
LETTERS,
WRITTEN BY LADIES,
Not only on the more important RELIGIOUS, MORAL, and SOCIAL DUTIES, but on Subjects of every other Kind that usually interest the FAIR SEX:
THE WHOLE FORMING
A Polite and Improving MANUAL,
For their Use, Instruction, and Rational Entertainment.
With many other IMPORTANT ARTICLES.

What's Female Beauty, but an Air Divine,
Through which the Soul's unsully'd Graces shine?

あなたがいくら否定されようと、ミス・ピーコックに熱心に言い寄ったことは歴然としております。おふたりの話す様子からすると、お互い見知らぬ間柄ではありますまい。わたくしは知りとうございます。あなたはわたくしに結婚の意思を見せておきながら、別の女性と、いったいどのような関係を結びたいと考えていらっしゃるのでしょう。単刀直入なお答えが欲しいので、こちらもそのように書かせていただきます。もともと疑い深い性分ではございませんが、今回は例外です。あのような場面を見せられながら、心になんの疑いも兆(きざ)さないとしたら、あまりに無頓着で、お人好しにすぎるというもの。いいですか、あなた、わたくしはそのどちらでもございませんよ。あるいはひょっとして、そのどちらかであったほうがましかもしれないと、いまはそこまで思いつめています。

敬具

そして、これとは立ち場が逆転している手紙がある——男性から恋の戯れを糾弾された女性が、相手に出した返信だ。

拝啓

世間が思うほど、恋人同士のいさかいは軽いものではないとわかっておりますが、それがどのような帰結を見るにせよ、わたくしはここではっきり申し上げておきます。わたくしはこれまで、あなた以外の男性に心を移したことはございません。これまでそんなことは微塵も思いませんでしたが、あなたのご気性に欠陥があって、結婚は無理だと思うほど、わたくしがそれを恐れるならば、今後わたくしは他人と同席したり、世界のいかなる男性であろうと、言い寄られたりする場面をあなたにお見せしません。

わたくしの陽気な性格が、あなたを不安にさせたとは知りませんでした。そういうことでしたら、もっと気軽に話してくださったらよかったのに……とにかく、わたくしが心の内をすべてさらけ出した、この手紙をじっくりお読みいただき、それから会いに来てくだされぱと思います。

敬具

さらに先を読んでいくと、また注目に値する手紙が登場する。アンドラジオという大嫌いな男性と無理やり結婚させられそうだとわかった女性が母親に宛てた手紙だ。

心からお慕いし、敬うお母様へ

……ここでもう一度、思い切って心の丈を存分に吐露させていただき、わたくしのよるべなき苦境について、お母様からのご同情をたまわりたく思います……どちらに転ぼうとも、身の破滅としか考えられない、わたくしの将来の絶望的な状況をお話しいたします。

お父様から送られてきたお手紙を、叔母さまから見せていただいたところ、ロンドンに帰るから支度をするようにと書いてありました。ところが、なんということでしょう！　ロンドンに帰るのは、わたくしの結婚のためだというのです！　お父様はわたくしを、みじめな花嫁に仕立てるおつもりです。たとえ心に決めた男性がいなくても、夫になど絶対したくない男と、絶対に愛せないような男と、結婚させられてしまうのです！　微塵の愛情も持てない相手に、どうやって優しさを見せることができましょう！

言葉と行動に嘘があってはならないとは、わたくしが物心ついて初めて授かった戒めです。以来ずっと神聖なものとして守ってまいりました……ところが今になって、それと反対のことを求められています。好悪の感情より分別を働かせろ、愛だの恋だの女々しい感情は抜きに、相手の社会的地位と世間の評価に目を向けるべきなのだと、アンドラジオを推す人々は熱心に訴えかけてきます。わたくしの考えとは正反対、ああ、なんと悲しいことでしょう！

……考えつく限りの残虐なやり方で、わたくしを罰してくださってもかまいません。残りの人生すべてを孤独な日々に費やしても、社会から完全に締め出されても、獅子と虎しか棲まない土地に追放されてもかまいません。どんな運命の荒波に流されようとも、アンドラジオの胸に抱かれること以上に、恐ろしい運命はありません。

お母様に、身も蓋もない懇願をすることをお許しください。これほど露骨な表現をつかったのは、ほかでもない、わたくしの耐えがたい苦衷をお知らせするためで、絶望の末に出たものとお思いください。いくらなんでも言いすぎだと、お母様は思われるかもしれません。しかし本当は、これでも生ぬるいぐらいなのです。わたくしの苦しみの半分も伝えていない気がしております。

不幸ながら、あなたに従順な娘

こういった書簡を誰が書いたのか、筆者は不明だが、ここにまとめられた百二十通の、明晰で強い意志に満ちた手紙にこそ、十八世紀フェミニズムの、最初の萌芽を見ることができるのではなかろうか。

＊

男性も若い頃から行動規範を教えこまれるが、ここに取りあげるひとりの男性の場合は、継続して送られてくる手紙に若い時代を縛られていた。洗練された紳士になるための倫理的な指針を事細かに述べたこの手紙は、およそ三世紀を経た現代にも、依然として今日的な意義があると見なせるかもしれない――手紙同様、そこで推奨されている礼儀作法もまた、新しい時代の生活からは消えつつあるのだが。セヴィニェ夫人の手紙と同じように、ここでも文化の壁を乗り越えるのは教科書ではなく、同時代の人間が書いた嘘偽りのない手紙だった。

一七七四年、ロンドンの書籍販売業者、ジェームズ・ドズリーが、ペルメル街の店で二巻から成る新刊本を売り出した。『チェスターフィールド伯が息子フィリップ・スタンホープに書いた書簡集』というタイトルで、幅広い層から好評を得て、一巻一ギニーという値段でありながら、ドズリーの顧客たちから人気を集めた（彼の祖父である第三代チェスターフィールド伯は、われわれにはすでに馴染みの、娘のために手紙の指南書を書いた、あの御仁である）。第四代伯爵の手紙は一般

その手紙とソファで有名な、第四代チェスターフィールド伯、トマス・ゲーンズバラ作

の人々に広く読まれることを意図して書かれたものではなかった。しかし彼が死んでから数週間後、息子に向けて書かれた思慮深い言葉の数々は、親の言うことを聞かない未来の子どもたち全般に有益だと、遺された夫人が考えて出版の運びとなった。その先見の明によって、夫人は将来に役立てる千五百ポンドという大金も手に入れた。

手紙は一七三九年から一七六五年のあいだに書かれた。息子のフィリップは非嫡出子で父親と離れて暮らしていたため、ともすると「非正当」な人生を送る（言い換えれば、父親の考えるまっとうな人生からはずれる）危険があった。それで一種、通信教育を施すように、毎月数回ずつ手紙を送り続けた。つまりチェスターフィールド伯は、手紙を通して息子の人格を陶冶し、一人前に仕立てようという、セネカ以来絶えていた大仕事を企てたのだ。一七五一年五月、息子の教育は自分の「務め」だと、伯爵はフィリップに単刀直入に書き送っている。「おまえにはまだまだ改善の余地があり、立派な人間になれるよう、わたしが導いていこうと心を決めている。これからも、おまえに継続してやすりをかけ、磨き続けていく所存だ」

実は、この第四代伯爵は、このような役を担うのに格好の資質を備えていた。あの祖父よりも賢明かつ現代的で、息子の教育に生かすことのできる豊かな外交経験を積んでいる。上院議員として見事な弁舌を振るったばかりか、イギリス大使としてハーグに駐在し、アイルランド総督を務め、ニューカッスル内閣で国務大臣にもなっている。手紙も有名ではあるが、それと並んで、彼が政治の先頭に立ってイギリスに導入したグレゴリオ暦[3]や、彼が最初につくらせて（これには異論もあ

3　グレゴリオ暦では、現行のユリウス暦から十一日分を除き、一年の長さを十分四十八秒縮めた。そして二月にうるう日を設ける新しい制度を導入した。

る）自分の名を冠した、ボタン締めの、頑丈だがすわり心地のよくない革のソファが現在まで残っている。褒め言葉も経済支援も惜しまない伯爵は、息子が秘密の家庭を持つと、孫の養育費は自分が負担するとすみやかに申し出た。高度な文学的才能に支えられた伯爵の手紙はユーモアで味付けがされている。叱声するよりは甘言で丸めこみ、歯の手入れの大切さを説いたり、服装のセンスを磨かせたりする場合にも、息子に興味を持たせることを大事にしている。そもそも彼の家系は昔から手紙と縁が深い。第四代チェスターフィールド伯の祖先には、十六世紀に郵政大臣を務めたジョン・スタンホープがいるし、妻殺しの疑いをかけられ、自分の娘に手紙の書き方を教える書をもたらした、前述の第二代チェスターフィールド伯が祖父なのである。

彼が書いた初期の手紙のひとつに、一七三九年七月に七歳の息子に宛てたものがあり、この頃からもう、あとあとまで揺るがない独特の文章スタイルが表れている。

わが愛しの息子へ

人生で最も重要なのは、礼儀にかなったふるまいだ。どういう行動を、どういうときに取ればふさわしいのか。それは得てして、時と場によって変わる。あるときに、ある場所でとった礼儀にかなう行動が、別の場所、別の時にとったために、非常に不作法になるということがある。たとえば、一日のうちには遊ぶのにふさわしい時間がある。しかし、マイタイア先生［フィリップの家庭教師。まもなく彼はウェストミンスター校に通うようになる］といっしょにいるときに、おまえが凧を揚げたり、九柱戯で遊んだりすれば、それはきわめて不作法なことになる。上手にダンスをするのは礼儀にかなうことだが、それはあくまでも舞踏会や娯楽の場の話であって、教会や葬儀で踊り出したりしようものなら、おまえは愚か者と見なされるのだ。

こういう例を通じて、おまえが礼儀作法の意味を理解してくれるよう願っている。礼儀作法は、フランス語ではBienseance、ラテン語ではDecorum……

幼いフィリップがティーンエイジャーになると、父親は息子に、世間での立ち回り方を教えようと考える。友人をつくり、社会的な影響力を持てるようになるために一連の交際術を授けるのである。「人が最も耐えがたく、許しがたく思うのは、軽蔑されることである」と一七四六年十月に書いている。

軽蔑で受けた心の傷に比べれば、肉体に受けた傷はずっと早くに治癒する。よって、人を怒らせるより喜ばせることに心を砕き、人のことを悪く言わずに良いところを取りあげ、憎まれるよりは愛されるように努めなさい。他人がつねに自分のことを気づかってくれるのは嬉しいものではないか。そういう気づかいが、誰の心にもある小さな虚栄心をくすぐる……たいがいの人間には（ほぼ例外はないだろう）、苦手なものがある。あれは好きだが、これは遠ざけたいと、嫌悪の対象も様々で、例えばある者が、猫が嫌いだ、チーズ（概して嫌悪される）が苦手だ、と言ったのを笑い飛ばし、本来なら避けられたはずのところを、相手の前に出してしまったとする。その原因が、おまえの無頓着にあれば相手は侮辱されたと思い、怠慢にあれば軽んじられたと思い、いずれの場合も相手はそれを根に持つものだ。反対に、相手の好むものを提供し、嫌うものを避けるようにすれば、少なくとも、こちらはあなたを気づかっているという意思表示になる。相手は虚栄心をくすぐられ、おそらく、おまえの友となるであろう。

チェスターフィールド伯は、息子に四百通も手紙を送ったが、先方に届かなかった手紙の数はそれを上まわる。不配達が避けられないのを残念に思った彼は、ここでも凧揚げを例に上げて自分を慰めた――風に吹き飛ばされておかしな場所に飛んでいってしまう手紙もあれば、〝糸に裂かれて〟しまう手紙もある。少なくとも、そのうちのいくつかが空高く舞いあがればそれで満足だ。そうやって見事舞いあがった手紙のなかに、退屈な人間になるなという戒めを記した手紙がある。

一七四七年十月

わが愛しの息子へ

人に好かれる術は、なんとしてでも会得したいところだが、これが非常に難しい。規則のようなものにまとめるのはほぼ無理で、わたしが教えるより、おまえ自身の良識と観察眼を働かせたほうが多くを学べることだろう。自分がしてもらいたいように他人に事を成すというのが、わたしの知る限り一番確実な方法だ……

人が集まった場では、その場の空気を読み取って、それを乱すような発言は避けなくてはならない。深刻なら深刻に、陽気なら陽気に、つまらなそうならつまらなそうに、その場の雰囲気に合わせる。つまり、個人個人が全体に対して気配りをするのが欠かせない。人前で自分の話を

Black-heath Sept: ye 25th 1754

Dear Dayrolles.

Could my letters be less dull, they should be more frequent; but what can a deaf vegetable write to amuse a live man with? Deaf and dull, are nearer related, than deaf and dumb. This, though the worst, is not all, that hindered me from acknowledging your last sooner; for I have been very much out of order this last fortnight, with my usuall giddynesses in my head, and disorders in my Stomach, so that I find the Spaa waters gave me but what the builders call a half repair, which is only a mere temporary vamp. In truth all the infirmitys of an age still more advanced than mine, crowd in upon me. I must bear them as well as I can; they are more or less the lot of humanity, and I have no claim to an exclusive privilege against them. In this situation you will easily suppose that I have no very pleasant hours, but on the other hand, thank God, I have not one melancholy one; And I rather think that my Philosophy increases with my infirmitys. Pleasures I think of no more, let those run after them who can overtake them, but I will not hobble and halt after

チェスターフィールド伯が1754年、ソロモン・デイロールズに宛てた手紙長々と語るなかれ。他人はうんざりしてそっぽを向く。その場の話題に非常にふさわしく、しかも非常に短い話をたまたま知っていたら、できるだけ少ない語数で話すがいい。ただし短い話ながら、口にしてみたら急に気詰まりになったという場合は、途中でもやめること。そして自己吹聴は一切やめなさい。自身の悩みや私事を話して、他人が面白がると思ったら大まちがいだ。本人にとっては大事なことかもしれないが、他人にしてみればどうでもいいわけで、それを長々ときくのは迷惑以外の何物でもない。そもそも私事というのは、極力秘密にしておくに越したことはないのだ。

息子が十八歳になると、チェスターフィールド伯は手紙に加えて、自ら費用を負担して、彼をヨーロッパ大陸巡遊旅行へ送り出す。昔からよくある、ヨーロッパの遺跡をめぐる放浪旅である。パリ、ローマ、ライプツィヒと、フィリップが立ち寄る先々に手紙を送り、政治や商業に話題を徐々に移していき、いつもの「わが愛しの息子へ」というお決まりの書き出しも、「わが愛しの友へ」に変わる。一七五〇年二月に出した手紙のテーマは、時間の有効活用だった。

わが愛しの友へ

自身の資産を有効に活用している人間は非常に少ないが、時間を有効に活用している人間となると、それよりさらに少ない。ところが実際面においては後者のほうがずっと貴重なのだ。おまえには両方ともに有効に活用してほしいと切に願う。おまえもそろそろ、このふたつの重要な問題を真剣に考えなくてはならない時期に差し掛かっている。若者は得てして、自分の前に悠久の時間が流れていると思いがちで、好き勝手に時間を浪費し、気がついてみると、もう残り少ないという事態に陥りやすい……これは致命的なまちがいであって、決まって後悔するが、そのときにはもはや手遅れ……

たとえば約束があって、ある場所に十二時に到着する場合、十一時に出かけて、それより前に二、三件、別の用事を済ませることにする。ところがいずれの相手も留守だった場合、コーヒーハウスに入ってひとりきりで時間をつぶすのではなく、家に帰って、次に出すべき手紙の一通でも書く……

多くの人間は読書によって多大な時間を無駄にしている——というのも、浮わついた、くだらぬ内容の本を読むからだ。二世紀にわたって書かれ続けた、ばかげたロマンス小説は、現実にはあり得ない人物を退屈に動かし、あり得ない感情を大げさに書き散らしている。東洋人の譫言と享楽を記した『アラビアン・ナイト』や、『ムガル物語』など、泡立てた生クリームが身体に及ぼす影響と同じで、少しも栄養にはならず、精神の向上にも役立たない。いかなる言語で書かれたものであろうと、著名な詩人、歴史家、演説家、哲学者が書いた定評のある書物だけを読むべきなのだ。

多くの人間は怠惰によって、非常に多くの時間を無駄にしている。大きな椅子にすわって、あくびをしながらのんべんだらりと過ごし、今は新しいことをする時間がないから、また時間ができたときにやるなどとうそぶいている。これは非常に残念な習性であり、知的生活においても、ビジネスにおいても、この上なく大きな障害だ……今日できることを明日に先延ばししてはならない。

彼の手紙には、こういった警句や名文句が満載で、多くは自分のオリジナルだが、なかには他人がつくった警句の焼き直しもあって、ポローニアスばりの多弁で人を情熱的に鼓舞激励する。キプリングの詩『IF――』は、ここから多くを取っているようだ。そして、この錯綜（さくそう）する警句の森には、真実をついていると思えるものが多く見つかる。

一週間の内、特定の時間と日を［自分のために］取り分けておき、それをきっちり積み重ねていく。そうすることによって、わずかな時間で大きな収益を生むことができる。

手近に地図や、年譜、年表を置かずに歴史を読むなかれ。つねにそれらを参照して読むのでなければ、歴史はごちゃごちゃした事実の堆積に過ぎない。

前夜にどれほど夜更かしをしていようと、毎朝決まった時間に早起きをすること。これによって、朝の雑事が入りこむ前に読書と思索の時間が確保できる。そうすることによって、少なくとも三日に一度は早くに就寝することになり、健康面でも役に立つ。

ときに彼は、もっと初歩的な問題について対処する必要に迫られる。一七五〇年、チェスターフィールド伯は、息子が十八歳にして依然英語の基本を把握していないのに困惑している。

induceとつづるべきところを「enduce」と書き、grandeurとつづるべきところを「grandure」と書く。そんなまちがいはうちの女中でさえめったにしない。言葉の意味を正しく理解し、正確につづることは、手紙を書く場合だけでなく、紳士のたしなみとして必須のことであり、たったひとつつづりをまちがえただけで、終生笑い物にされることもある。「wholesome」というつづりの「w」を忘れたばかりに、生涯笑われることになった男をわたしは知っている。

父親からこれだけ広範な教育を受けた結果、フィリップ・スタンホープはどのような成果を得ただろうか。宮廷で要職についたか、あるいは総理大臣にでもなりおおせたか。そうはならず、何事にも秀でるということがなかった。父親は、彼をコーンウォール州のリスカードやセント・ジャーマンズの下院議員にするために二千ポンドを投じたが、息子は生来の恥ずかしがり屋が災いして弁が立たず、海外であまりぱっとしない職に就いて人生の大半を過ごした。バイエルン・レーゲンスブルクの帝国議会で神聖ローマ帝国を維持するための方策が練られ、その試みのために特命大使の任を帯びて参加したものの、結局無駄に終わったというのもその一例だ。

現存する最後の手紙は、一七六五年十二月に息子に宛てて書いたもので、ここまで来るとチェスターフィールド伯は息子のことはもうほとんどあきらめているのがわかる。アメリカ独立革命に関する穏健な思想をわずかばかり開陳したあとは、楽しい雑談でお茶を濁している。

わが愛しの友へ

……最近町でささやかれるのは離婚の話ばかり。ウィル・フィンチ元副侍従、ウォーウィック卿、それにおまえの友人であるボーリングブルック卿。彼らがみな離婚したのも不思議ではない。むしろ、まだいっしょに暮らしている夫婦が大勢いることのほうが驚異だ。なぜならこの国の人間は結婚がどういうものか、よくわかっていないのだから。

本日、ラーペント氏に、おまえへのクリスマスプレゼントとして二百ポンドを送った。この手紙を渡されると同時に、その旨を彼から聞いたことと思う。今年のクリスマスをできるだけ楽しく過ごすように……来たるべき年、神がおまえに多くの幸せをお恵みくださるように。

さらば。

チェスターフィールド伯の息子は父親の死に先立つこと五年、一七六八年に浮腫で亡くなり、病気の性質上、悲喜劇的な最後を遂げることになった。息子の死から父親は最後まで立ち直れず、健康状態が優れないまま晩年を送り、もう二年前から死んでいるようなものだと口にしてから、まもなく亡くなった。しかし彼が息子に書き送った魅力あふれる手紙の数々は依然増刷を続けており、啓蒙主義の時代に礼儀作法を説いた、ほかに並ぶ物のない歴史に残る手引き書と言える。そしてその助言は最終的に実を結んだのである——チェスターフィールド伯は、そういった助言を、名づけ子に宛てた二百六十二通の手紙で再利用し、やはりフィリップ・スタンホープと呼ばれたその名づけ子は、第五代チェスターフィールド伯となった。今度のフィリップは随分と出世した——チェスターフィールド伯の新たな弟子は、共同郵政大臣にまでなったのである。

完全に消えた

14232134　通信兵　クリス・バーカー　H・C
中東軍　第九航空通信隊　第一中隊　第三十航空団

一九四四年四月十二日

親愛なるベッシーへ

昨日、きみが送ってくれた三日付の簡易書簡を受け取った。三月十二日付の簡易書簡以来初めてで、そのあいだの手紙は残念ながら、まだ到着していない。

互いの距離がとても近くなったので、物事に関して、ふたりして同じような反応をすることが多いように思う。まったく同じじっていうわけではないけどね。ぼくが兄から、きみの筆跡の簡易書簡を渡されたとき、どれだけ興奮したか、きみにはわかってもらえるだろう。手紙はほかに、デブ［旧友のひとり］からと、母親から送られたものがあって、当然ながら、まずはその二通を読まなきゃいけなかった。きみの手紙は一度しか読めなくて、そのままポケット行きになり、哀れな脳みそが覚えている限りの内容を頭のなかで再現するしかなかった。あまりに性急に迫ってくるきみに、ぼくは強い欲望を募らせずにはいられない。

身体を洗って、ベッドを整えてしまうと（きみの手紙を受け取ったのは六時過ぎだった）、あとはもじもじするばかり。そこで思った。「そうだ寝る前にもう一度読まないと」とね。それで便所

（プライバシーが守られる唯一の場所）に直行して、きみの言葉に再び目を通した。きみが引き起こし、つくり出してくれた幸福な状態にひどく興奮して、「それがぼくをふるわせる」というのは、真面目な話、本当にあるんだなと気づいたよ。

再度きみの手紙を読み終わったところで、チェスの相手がやってきて、一度対戦したあと（ぼくが勝った！）、ラジオで「ニュース」をきくために食堂に集まり（こういう状況にあって、ほとんど儀式のようになっている）、しばし休戦となった。それからブリッジのために「徴用」されて、これが十時まで続く。そのあいだずっと、きみの書いた言葉を読みたい、きみのほんの一部でしかないけれど、それに何度も何度も触れたいと思っていた。

テントに戻ってきて、ベッドに入った。きみのことを思って身体は熱くなるばかり、どうして眠ることなどできるだろう。まるでもがき、悶えるように、何度も何度も寝返りを打ちながら、きみもきっと同じことをしているだろうと思っている。これってものすごくつらいことじゃないか？きみのことを考え続ければ眠れないとわかっている。それでも考えて、考えて、どんどん身体がほてってくる。ああ、もうだめだ！　氷の塊をいくつか、ベッドに並べておくしかない。

それでも、なんとか眠った。朝起きて最初に考えるのは、近くにいるようで、ぼくから遠く離れている、きみのこと。この最初の六ページを一気に書き上げて、今日の午後、ポストに投函できたらいい。残念ながら、早くに帰国できる見こみはない。もう一年、いやたぶんあと三、四年は帰れないだろう。まあ、そんなかっかしないで。でないとまもなくきみの身体が壊れてしまう。いつも思ってくれるのはありがたいが、こちらの状況や距離や環境を完全に忘れてもらっては困るんだ。それだけ思われるぼくは、ものすごく嬉しいし、幸せだよ。でもきみはもう少し分別を持たないとね。

今夜の映画に、こんな「ジョーク」があったよ。恋愛をしているときは、最も幸せな苦しみのなかにいるのと同じだって。苦しいけど幸せなら、肩越しに振り返ってばかりいないで、今をできる限り楽しめばいい。ほら、こんな気の利いた言葉があったじゃないか──「今日は、昨日心配していた明日なんだ」。ぼく自身、根っからの心配性だけど、きみの望むとおりの人間でいられる気がする。おそらくもっと重要なのは、ぼくはきみが欲しくて、それも限定された意味ではなくて、きみのすべてが欲しいんだって、わかっていることだ。きみに心をさらけ出したい。きみの内側にそっと忍びこみたい。きみを守りたい。本当にその力があるかどうかなんて問題じゃなくて、ぼくなら自分を守ってくれると、きみに信じてもらうことが大事なんだ。ぼくの手はきみを愛撫できない。思い切って言いたいことがあるのに、それを口に出せずにもどかしい。「甘ったるいことを書き散らしている」ときみは自分を責めているけれど、そんなのぜんぜん悪いことじゃない。ぼくは誇らしい！ お互いがそうやって、甘い言葉を書き合っているなら、それはすごく嬉しいことだよ。いきなりどちらかの熱が冷めるんじゃないか、なんて心配する必要はないし、「忘我の没頭状態」を脱して、冷静になろうとする必要もない。先のことを恐れるんじゃなくて、期待して待って欲しい。そうしてぼくの粗探しもすればいい──そうしたら、そんな大層な男じゃないって気づくはずだ。忘れないで欲しい。ぼくらはふたりして、この思いがけない状況に置かれた。リハーサルもなしに、いきなりだ。それでもきっとこうなる運命だった。それ以前からきみといっしょだったらよかったのにとも思う。しかし人生は過酷だ──願ったからと言って、それが叶うわけじゃない。このままじゃ、身体を壊して、精神のバランスも崩してしまうと心配になるぐらい、きみのことばかり考えている。日中、きみの言葉を頭のなかで再現して味わい尽くしているものだから、夜になると困ったことになる。「没頭状態」というのは、ぼくの状態をも言い当てている。ぼくのほうがもっと危なっかしくて、だらしないと思うよ。

きみはどんな風に見えるんだろう（特別に写真を撮る必要はないよ）。ブサイクでないことはわかってるんだが、今きみを目にしたら、きっとこれまでとはまったく違って見える気がする。これまでぼくはきみと何度会ったんだろう、きみとふたりっきりになったことがどれだけあるだろうかって考えるんだ。きみに姿形があると思っただけで、ぼくの愚かな心臓は激しく鼓動する。きみに触れたくてたまらない。生まれたままの姿のきみを見て、声を聞きたい。きみといっしょに眠って、いっしょに目覚めたい。きみといっしょに生きていきたい。きみとともに強くなりたいし、弱さをさらけ出しもしたい。きみが欲しい。

ぼくの手紙をきみが関心を持って読んでくれるようにしたい。だからどんなことを書いて欲しいか、教えて欲しい。ただ、折々に手紙を書けない状況に置かれることも理解してほしい。

ぼくがのぼせすぎだと思ったら、どうか教えて欲しい。署名が乾いたら、そこにキスをするつもりだ。もしきみもそこにキスをしてくれたら（不衛生ではあるけれど）、ぼくらは実際にキスをしたことになる！

君のクリス

8 売りに出される手紙　その一

一九七三年七月三日、サザビーズのロンドン競売場に出品された手紙が、二〇〇七年七月三日に、今度はクリスティーズで再度売りに出された。両日に挟まれた三十四年のあいだ、この手紙を所有していたのは、アルビン・シュラムという、プラハ出身のふっくら肉付きのよい法制史家だった。

手紙がクリスティーズに出品された二年前にシュラムは亡くなっているので、正確には三十四年には満たない。親戚が彼の遺品を整理したところ、この手紙はかなりの額で売れることに気づいた。ナポレオンの手紙だからというだけでなく、ナポレオンがそれを、新しい恋人と喧嘩した直後に、感情のほとばしるままに肉筆で書いたことに大きな価値があった。手紙からは、ボナパルトが愛と情欲に苦しんでいる様が窺える。その数週間後にはヨーロッパ征服の長い旅が控えており、感情を抑えることができずに、ジョセフィーヌとのあいだに燃え上がる恋情にすっかり翻弄されているのである。希少性においても信憑性（しんぴょうせい）においても、まったく疑うべくもない――現在までに、わずか三通しか明るみになっていない、ふたりが結婚前にかわした手紙の一通である。二ページにわたってつづられた薄い青灰色の便箋は、実際にはもっと大きなものだったようで、上端が断ち切られていて、削除修正した部分が四か所ある。そのくたびれ加減や、破れやシミのあるところを見ても、いかにも本物らしい。一九七三年に387の競売ナンバーで出品されたそれに、数千ポンドの値がついたと言われても、誰も驚きはしないだろう。しかし、二〇〇七年には、どのぐらいの価値が見積もられたか。推定額は三万ポンドと五万ポンドのあいだだった。

この手紙は朝九時に書かれたことはわかるが、日付や年を窺い知る手がかりを、ナポレオンはまったく残さなかった。ふたりの恋が始まった一七九五年十二月から、一七九六年三月九日に結婚するまでのあいだのどこかで書かれたと推測するしかない。この手紙からすると、ジョセフィーヌのほうが完全にうわてで、ナポレオンはひざまずいて詫びるような書きぶりになっている。ナポレオンは、西インド諸島にあるジョセフィーヌの家の資産について調査をさせたと言われているが、この手紙で彼は、自分が求めているのはジョセフィーヌ本人だけだと訴えている。現代語訳は次のとおり――。

ほかに並ぶもののない、きみの不思議な力はなんだろう？　きみの考え方ひとつで、ぼくは人生に苦悩し、魂は引き裂かれてしまう……ひとたび言い争いになれば、ぼくのほうが、心も意識も否定しなくてはならないと十分にわかっている。ぼくの心も意識もきみに誘惑されて、永遠にきみのものになってしまった。

昨夜はかっかしながら床に着いた……ぼくが愛しているのはきみ本人じゃないって？　じゃあ、誰なんだ？　ねえ、きみ、きみは本当にそんな風に考えているのかい？　それほど純粋な魂のどこから、そんな下劣な考えが生まれるんだ？　ぼくの怒りはまだ消えない。それでも今朝目覚めたときには、幾分気持ちが収まっていて、苦々しく思うことなく、きみの足下に素直にひざまずくことができる。

きみにキスを三つする。ひとつはきみの心に、ひとつはきみの口に、ひとつはきみの瞳に。

NB

手紙がわれわれに及ぼす、この不思議な力はなんだろう？　ナポレオンの手紙は、普遍性よりも、その異色性――フランス語の独特な語彙や、終えたばかりの戦役の疲れがつねににじんでいる点――が心に響いてくる。それでも、目の前にいない相手に恋情を吐露するという点では、ごく普通の手紙と言える。オーストリア、イタリア、エジプト、スペイン、ドイツと、軍を率いて連戦連勝を挙げることは万人にできることではないが、愛しい人と恋に落ちることは誰にでもでき、われわれは読者として、別れる運命にある恋人どうしの手紙を身につまされて読むことができる。さらに手紙は歴史の証言者にもなる。束の間だがジョセフィーヌに夢中になったナポレオンが、その恋情ゆえに、一種病にかかったような症状を呈し、その愛の絶頂期と衰退期の両方で苦悩する様子から、ナポレオンその人の人格と行動について、永遠に残る貴重な記録を得られるのである。彼が書いているように、その背後では激しい戦闘が続いていて、火薬の臭いまで嗅げそうだ。

　これがほかのラブレターになると、追従の姿勢は見られなくなる。世の中の中心に自分がいて、相手を責め、疑い、自分が相手の犠牲になっていることを前面に押し出すようになり、疲れきった果てに書いた手紙が多かった。ナポレオンの愛はもはや喜ばしいものではなくなり、愛情の枯渇を大げさに訴えて共感を求める態度は、一歩まちがえれば不面目を招きかねない。「わたしの人生は悪夢の連続だ」と、結婚から三か月がたった一七九六年六月にイタリアから書いている。妻が病に伏せっているあいだ、ナポレオンはオーストリアを滅ぼし、ミラノ、ベローナ、ナポリへと猛攻していった。

ある予感が心に重くのしかかっている。もはやきみには会えない気がする。命を奪われ、幸せを奪われ、安らかに眠りにつくこともできない。わたしの望みはほぼ潰えている。きみの元へ急使をひとり送った。彼はパリに四時間しかとどまっていられないから、そのあいだに返事を渡してくれ。分量は十ページ。それだけで、心のささやかな慰めになる。きみは病気ながら、わたしを愛してくれている。そんなきみにわたしは冷たい仕打ちをしている。きみの具合が悪いというのに、見舞いにも行かない！――それを考えるとたまらない気持ちになる。きみに悪いことばかりして、それをどうつぐなったらいいのかわからない。病気だから仕方ないのに、わたしはパリに残ると言うきみを責めた。ああ、愛しい人よ、どうか許してほしい。きみから愛をもらってから、わたしは理性を失った。もう二度とそれを見出すことはできないだろう。これはもう治療の手立てがない病だ。あまりに不吉な予感に襲われて、今はただきみに会うことしか考えられない。きみをわが胸に二時間も抱きしめ――それからいっしょに死にたい。

……ジョセフィーヌ、これだけ長い間、わたしに手紙の一本も書かない。どうしてそんなことができるのか。最後に受け取ったのは、五月二十二日付のそっけない手紙。なんともがっかりしたが、それでもわたしはそれをポケットに入れておいて、きみの肖像画といっしょにしょっちゅう取り出して眺めている。

一か月後、ボナパルトはマントヴァ近郊を蹂躙した直後、その地にそのまま駐屯する。ジョセフィーヌとはつい最近、そこから八十マイル離れたミラノで会っており、そのひとときで彼は、妻の気持ちが冷めているのではないかと思い、ひょっとしたら、すでに別の男とつきあっているのかも

Mais un sentiment [illegible] [illegible]
[illegible] [illegible] [illegible] [illegible]
[illegible] [illegible] [illegible] je [illegible]
je [illegible] des disputes ensuite [illegible]
[illegible] [illegible] [illegible] [illegible] [illegible] tu [illegible]
[illegible] [illegible] [illegible] toujours [illegible].

~~[illegible] [illegible] [illegible]~~
Te rappelles [illegible] [illegible] amour? tu
as bien reposé. as tu seulement pensé
à ton ami!!! Je te donne trois baisers
un sur ton cœur, un sur ta bouche, un sur tes
yeux.　　BP

解き放たれた情熱——ナポレオンがジョセフィーヌに書いた手紙

しれないと疑った。七月十九日の手紙で、ナポレオンは被害妄想を膨らませている。

二日のあいだ、きみからなんの音信もない。今日、少なくとも三十回は考えた——わたしはきみにうっとうしがられているのではないかと。しかし、これだけわたしが気を揉むのはめったにないことで、その原因はきみがつくったことは疑いようがない。

きのうわれわれはマントヴァを攻撃した。砲兵の二個隊で攻めていき、迫撃砲から灼熱の砲弾を浴びせた。みじめな町は一晩中燃え続けた。恐ろしいが、じつに壮観な眺めだった。われわれは数個の外塁を確保し、今夜は平行壕を突破する。あすはカスティリオーネへ向かい、そこで眠りにつくことになると思う。パリから急使がやってきた。きみ宛ての手紙が二通あって、両方とも読ませてもらった。わたしにとって、それはまったく自然な行為と思える。きみもいつぞや、そうしてもらって構わないと言っていた。それでもこちらは、きみが腹を立てているのじゃないかと心配で、それを考えるといても立ってもいられない。もう一度封をして、読まなかったことにしたいぐらいだ。ああ！　それもまたぞっとする。もしこちらに非があるのなら、許しを請いたい。嫉妬心から、こんなことをしているのではない。断じてそれはない。わたしは愛する妻に全幅の信頼を置いていて、そんなことは考えもしない。きみの手紙をすべて読んでいいという、正式な許可をきみから出してもらうべきだろう。そうすれば、後悔も不安もない。

……急使を呼び出したところ、きみの家まで行ってはみたが、用はないときみに追い返されたと言う。なんてこった！　反抗的で、冷酷で、情け容赦のない、まるで小さな怪物だ。わたしの脅しも、熱愛も笑い飛ばす。もしきみをわたしの胸に閉じこめておけるなら、そこに牢獄をつくって入れてやる！

翌年二月には、ふたりの関係は明らかに破綻に向かっていた。ナポレオンはボローニャから、「ローマと和平が結ばれた」とジョセフィーヌに知らせている。このあと教皇が降伏し、結果この和平は歴史的意義を持つものとなった。すでにナポレオンはボローニャ、フェラーラ、ロマーニャに侵入しており、いまはリミニとラヴェンナへ向かっている。しかし妻のほうは、そんな夫のペースについていくのが難しいのか、あるいは、夫のことなどどうでもいいのか。「きみから、ひと言の連絡もない」とナポレオンがこぼしている。

いったい、わたしが何をした？　きみのことだけを考え、ジョセフィーヌだけを愛し、わが妻のためだけに生き、愛しの妻とだけ幸福を味わう――なのに、その妻から、なぜこんなひどい仕打ちを受けなくちゃいけない？　愛しのきみよ、どうかわたしのことをしょっちゅう考え、毎日手紙を送ってくれ。

きみはひどい人間だ、そうでなかったら、わたしを愛してなどいないのだ！　わたしの心は石でできているとでも思うのか？　こちらがこれだけ苦しんでいるのに、きみは何も感じないのか？　わたしがぼろぼろになっているのを、きみは知っているはずだ！　まったくなんてことだ！　神から知性と優しさと美貌を授けられたきみだけが、わたしの心を支配できる。わたしに無限の力を及ぼせることを、きみは十分過ぎるほどわかっているはずだ！

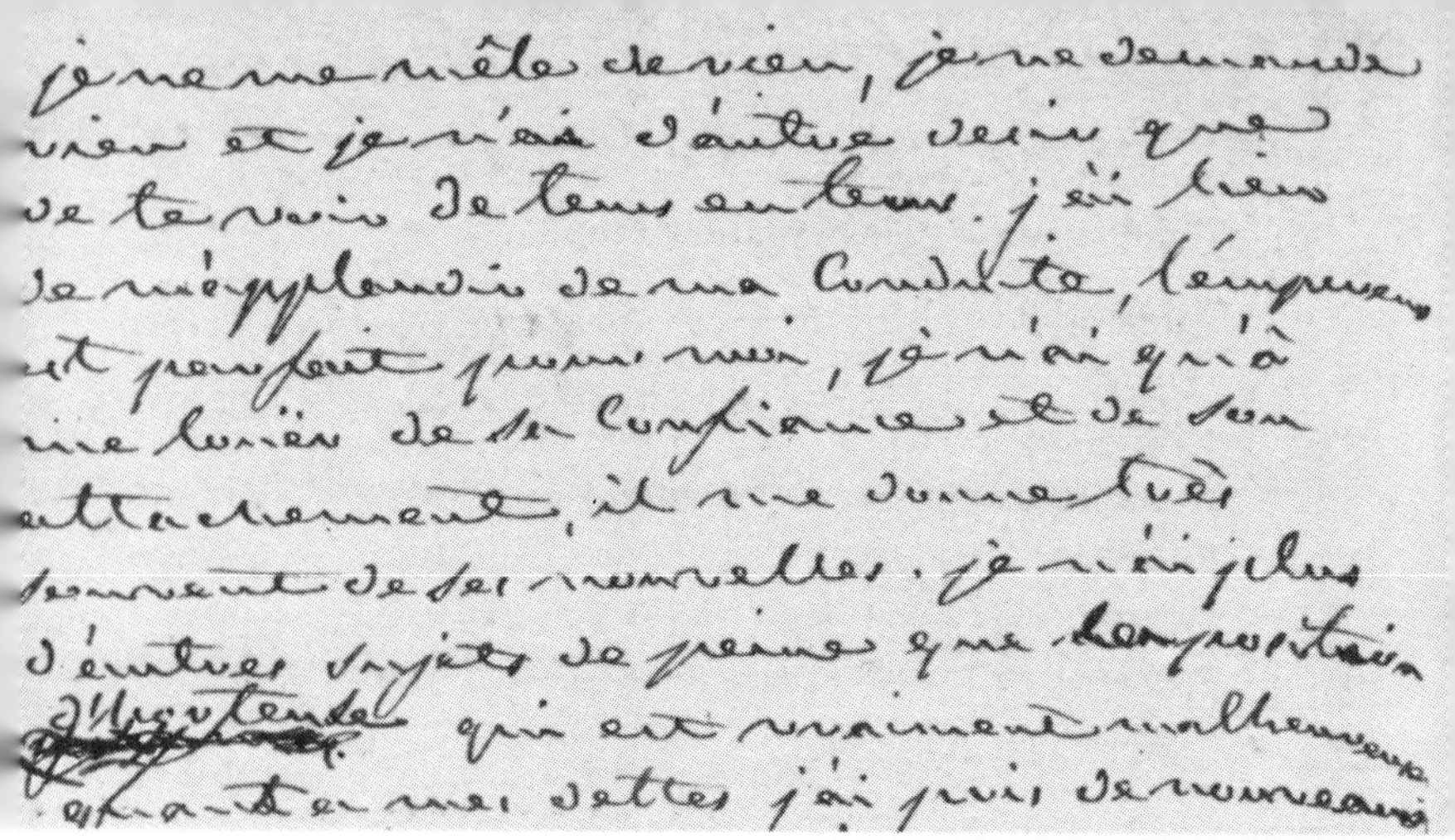
je ne me mêle de rien, je ne demande
rien et je n'ai d'autre désir que
de te voir de tems en tems. j'ai bien
de m'applaudir de ma conduite, l'empereur
est parfait pour moi, je n'ai qu'à
me louer de sa confiance et de son
attachement, il me donne très
souvent de ses nouvelles. je n'ai plus
d'autres sujets de peine que la position
d'Hortense qui est vraiment malheureuse

「皇帝はわたしにとてもよくしてくれます」――1809年にジョセフィーヌが息子のウジェーヌ・ド・ボーアルネに書いた手紙

わたしに手紙を書き、わたしのことを考え、わたしを愛せ。

結びの言葉として「生涯をきみとともに」とつづっているが、ナポレオンがエジプトに移った一七九八年にそういう言葉をつかうのは、明らかに将来を楽観視しすぎていると言わねばならない。ちょうど中東遠征に没頭しているとき、ナポレオンの耳に、ある情事の知らせが届く。それから彼の手紙はとたんに冷ややかになり、盲目的な愛やキスの代わりに、旅程や金銭面の指示、天気の報告がつづられるようになる。ナポレオンのほうでも情事が始まり、非嫡出の子どもを数人つくりながら、ジョセフィーヌとは仮面夫婦を演じ続け、一八〇四年には彼女に皇后の肩書きを授けている。

わたしはさっそく英国を出し抜きにかかった［ナポレオンは一八〇八年十二月、マドリードでこれを書いている］。援軍を得た敵は、これで自軍は増強されたと、こちらに思わせたいようだ。

天気はよく、健康状態も完璧だから、何も心配しなくていい。

五日にエンゼルスドルフを勝ち取った、その吉報を一ページにつづってきみに送るつもりだ。六日にはワグラムでも勝利した［一八〇九年七月の手紙］。

敵の軍はちりぢりになって敗走し、すべてはわたしの祈ったとおりになった……ベシエールは腿の肉付きのいい部分を撃たれたが、傷は非常に浅い。ラサールは殺された。こちらの損害は相当なものだが、それでも勝利はまちがいなく、目的は達成された。百門以上の大砲と、十二の旗にくわえ、大勢の捕虜を獲得した。わたしはひどい日焼けを負った。

ふたりが離婚して間もなく、ナポレオンは一八一〇年にオーストリアのマリー＝ルイーズと結婚した。翌年、彼はずいぶんと不作法な手紙を書き送って、ジョセフィーヌをお払い箱にする。

きみはどうしているかと思い、手紙を書いている……きみの借金は頭の痛い問題だ。借金をつくるどころか、毎年百万でも貯蓄にまわして、きみの孫たちの結婚資金でも貯めていたらよかったのにと思う。しかし、きみに寄せるわたしの愛情は疑うべくもなく、現在の不面目について、きみはこれ以上悩まなくていい。
愛しい人よ、さようなら。元気だと、ひと言書いて送ってくれ。聞くところによると、きみはノルマンディーの農夫の妻さながらに太っているらしいね。

この手の手紙は、以前にもいくつか出品されている。その初期の例が一九三三年七月にサザビーズが八通セットで売り出した手紙だ。これを手に入れるためにロンドンの書籍商ベン・マッグズは四千四百ポンドを投じて並みいるライバルたちを蹴散らした。「フランス人らは失望を隠せなかった」と『ニューヨーク・タイムズ』紙が書いている。[1] どうやらマッグズはナポレオンに首ったけだったと見える——同じオークションで、派手さはないが重要性の高い手紙を一通あたり三十七ポンドから七十二ポンドという、現在からすれば破格の値段で手に入れている。そのおよそ二十年前、マッグズ兄弟はナポレオンのペニスに最高値をつけて落札している。マッグズは誇らしげに、これをベルベットのケースに入れてメイフェアにある店に陳列した（問題の品は、「干からびた腱」とか「しなびたウナギ」といった様々な形容がなされた）。

*

手紙を書く習慣が広まってから、男も女もそれを収集するようになった。とはいえ、ほかの収集趣味、たとえば切手や美しいアンティーク・カーを集めるのとは違って、手紙を集めるのは自然な行為でもある。一通の手紙に書かれている内容に胸を打たれて大事にしまっておく。そういう手紙が三通たまったとしても、マニアとかオタクと呼ばれることはない。しかし、時を経るにつれて手紙が山のように増えていったとき、人は決断を迫られる。証拠隠滅のために処分するか？　それとも、先見の明からか、驕（おご）りからか、事情通ゆえからか、それを社交の歴史を示す一助として、将来のために取っておこうと思うか。しかし、著名人や大物の手紙を収集する場合には、そこにまた別の思惑が働く。歴史の趨勢（すうせい）に関わる手紙を長く保存しておきたいという思いや、歴史の趨勢に関わる手紙はいつの日か価値が上がるという期待だ。

アルビン・シュラムは一九二六年にチェコスロバキアで生まれ、プラハとバイエルンで教育を受けた。一九四三年にドイツ国防軍に徴兵され、ロシアの戦争捕虜となって終戦直前に脱出する。その後オーストリアとドイツで司法省の職員として出世したのち、銀行家兼、法制史家になった。そうして、一九七〇年代初めに彼がスイスで暮らしていたとき、家族から、風変わりで望外の品を贈られる。風変わりというのは、それ以前の彼が歴史的な手稿にあまり興味がなかったためであり、望外の品というのは、それがナポレオンの書いた手紙だったからだ。シュラムにとってはナポレオンといえども、歴史の大きな転換点にいた教養人のひとりといった程度の認識しかなかった。

その手紙は、キス三つで収まるだろうとナポレオンが高をくくった、夫婦喧嘩について書かれたものだった。それが引き金となって、シュラムは、あらゆる競売会社の夢である、金に糸目をつけないマニアの客になったのである。まるで降ってわいたように四十代後半にして書簡収集家になった、そのシュラムの動機は明らかにされていないが、おそらく同好の士のそれと変わりはないだろう。自身の崇める人物や、世界に発言権を持つ人物が、かつて肉筆で書いた一枚の紙。それを手に取ってみたいという好奇心であり、所有することができれば、さらに興奮度は増す。なぜなら、単なる歴史の観察者ではなく、歴史の保護者となり、自分の持つ運と富を通して、わずかながら歴史に力を及ぼせるからだ。もちろん、この保護者の任務においては、金が大きく物を言うわけだが、それればかりではなく、ものの価値を判断し、追い求めるスリルがある。収集家のなかには、自分に代わって入札をする代理人を雇ったり、代理人をつかってディーラーから購入したりする者もいるが、シュラムはもっぱら自分でオークションに参加して購入していた。マールブルク、パリ、ロンドンを毎年回って、おそらく年間に十点の極上品を購入しており、最後に購入したのは二〇〇五年、

1　ここで示した金額にはすべて、競売会社が落札者に課する手数料が含まれている。

死亡の二週間前だった。かようにして、彼の膨大なコレクションはマニア垂涎（すいぜん）のものになり、その死後に、あらゆるコレクターが憧れる夢を実現する。すなわち、著名な競売会社がたったひとりの収集家の情熱に捧げるオークションを開催し、コレクターの名を冠したカタログに彼の写真を掲載したのである。ここに至ってシュラムは、アマチュアのコレクターから玄人の目利きへと、究極の転身を遂げたわけだ。

「シュラムはもっぱら、自身の飽くなき知的興味に突き動かされていた」と、クリスティーズの書簡専門家、トマス・ヴェニングはカタログの序文に書いていて、とりわけ自身の故郷ボヘミア出身の人物にシュラムが興味を持っていることを指摘している。「とはいえ、驚くほど広範囲にわたるコレクションで、主要分野をほぼ網羅している――文学（ジョン・ダンやデフォーからクライスト、プーシキン、ランボー、ヘミングウェイ、ボルヘスまで）、視覚芸術（ゴヤ、ベルニーニ、バザーリ、ゴーギャン）、歴史と政治（ナポレオン、カルヴァン、エリザベス一世、チャーチル、クロムウェル、ガンジー）、音楽（テレマン、ベートーベン、スメタナ、チャイコフスキー）、科学と哲学（ニュートン、ホッブズ、ショーペンハウアー、アインシュタイン、ヒューム、カント、ロック）。女性の手紙もある――もちろんセヴィニェ夫人、シャーロット・ブロンテ、エリザベス・ブラウニング、カトリーヌ・ド・メディシス、ジョージ・エリオット。

ガンジーの書簡においては、暗殺のせいぜい三週間前に書かれた、ヒンズー教とイスラム教の宗教的寛容に関する意見をつづったものだけは抜かれて、出品に先だって密かにインド政府に売られた。しかしそれ以外はすべてそろっていて、これには常軌を逸した値がついた。シュラムのコレクションは全部で五百七十のロットがあり、その多くが複数の書簡から成っている。そのなかには、ほとんどメモ程度の内容ながら、主としてその署名に価値があると見なされるものも入っている。

クリスティーズに出品されたアルビン・シュラムのコレクション

しかし多くは瞠目すべきもので、それにはずれるわずかなものでも、一見の価値は確かにある。

一六二四年十月、詩人ジョン・ダンは彼の最高傑作と多くが認める一通の手紙を書いた。友人のブリジット、すなわちレディ・キングズミルに宛てたもので、彼女の夫が亡くなった日に書いた慰めの手紙だ。ここに彼は、自身の宗教的訓話、形而上学、手紙の様式を凝縮している。「神の御心は人間には窺い知れない」という考えを彼なりに表現したもので、年月を経て紙にはしみが浮いて、茶色くなっている。

この手紙でダンは、神が一撃で破壊するもの（終末論的世界）と、「夫と妻にするように、少しずつ取りあげていくもの」は違うのだと、強く訴えている。後者は、最終的には再び巡り会うことになるというのがその理由だ。ゆえにわれわれは、神の目的や方法を疑ってはならない――「ある男が森のなかにいて、好きな木を切っていいというのに、まっすぐな木に見向きもせずに、曲がった木ばかり切り落としている。それを見れば、われわれは首を傾げるだろう。しかし男がつくろうとしているのは、家ではなく船であって、それには曲がった材木が必要なのかもしれない」。「まるでわれわれが神をよりよき方向へ導けるとでもいうように」神のすることに疑問を挟むのは愚かなことだと彼は書いている。

なかには、作家が自分の作品に対する批評に反応して書いた手紙も数通ある（たとえばチェーホフは、『桜の園』に対して続々と寄せられる賛辞に喜んで、「わたしは喜びを隠さない」と死の三か月前に書いている）。逆に強い不満を示しているのはシャーロット・ブロンテで、大きな反響を得た『ジェーン・エア』のあとに書いた、『シャーリー』が『スペクテーター』誌と『アテナエム』誌で酷評されたのに臍（へそ）を曲げている。一八四九年十一月、彼女は出版社のスミス・エルダー社の文学顧問、ウィリアム・スミス・ウィリアムズに対して、評者たちは「それぞれに鋭敏な人間」だが、自分の小説を評するにはふさわしくないと書き送っている。「こと想像から生まれた作品が相手の場合、（彼らは）耳が聞こえないのに音楽を聴けと言われた人間や、目が見えないのに絵画を批評しろと言われた人間と同じ立場にあるのです。彼らの精神は実際的な事物については理解できても、想像的な事物については何もわかりません」。その手紙は——自身の能力への——深い嘆きで結ばれている。「わたしの時宜を得ない作品に、あなたが大きなショックを受けていないか心配です」

作家が書いた手紙にはまた、進行中の仕事を垣間見せて、読者の期待を掻き立てるものがある。たとえば一九四一年、T・S・エリオットは美術評論家のクライヴ・ベル宛ての手紙で、彼の思いやりに満ちた言葉に次のように感謝を示している——「励ましが欲しいときでしたから、なおさら嬉しいものでした。それこそが、言葉で模様を織っていくという、奇妙な仕事を根気よく続けていくために、欠かせないものなのです。そのようなお褒めの言葉を、あともう少しちょうだいできれば、四部作構想の『四つの四重奏』［四部作は一九四二年に完結した］をなんとしてでも完成させせなければと、発奮することができるでしょう」。一九四九年、J・R・R・トールキンは自身の「取るに足らない風刺文」、『農夫ジャイルズの冒険』に挿絵を描いてくれた画家のポーリーン・ベインズにオックスフォードから御礼の手紙を書いて、今回は挿絵の大きさを縮小しなければならなかった無念をつづりつつ、「まもなく、もっと長い作品が、紙幅にゆとりを取って出版される予定」になっていて、その作品でも挿絵を担当してもらえないかと打診している。『ホビットの冒険』の続編にあたる長編の冒険小説でして、数年がかりの仕事が完成を見て、これからタイプ打ちの作業に入ります」と書いている。それがすなわち、『指輪物語』だった。

スウォンジー（英国ウェールズ南部の港町）では一九二六年（推定であって、日付は確認されていない）に、ディラン・トマスが世に知られている最初の手紙を書いている。年の頃は十二歳で、すでに押韻詩に傾倒する姿勢が見られる。体調を崩した姉のナンシーを励ます手紙で、アメリカのある大衆向けの詩を引用している。

ドラマーは、ドラムに関係がある人だと知っている、
けれどぼくは、プラム（スモモ）に関係のあるプラマー（配管工）には会ったことがない。
帽子を売る陽気な人は、チアフル（陽気な）・ハッター（帽子屋）と言うだろうが、
マットを売る深刻（シリアス）な人は、シリアス・マッター（深刻な問題）と言うだろうか？

さらに、日常における取るに足りない心配について書かれた詩も引かれていて、これが後年の『ミルクの森で』に反映されている。

朝に心配なのは、珈琲が冷める（コールド）こと
郵便配達人が心配なのは、手紙が開けられて（アンフォールド）しまうこと
心配しながらブーツを履いて汽車（トレイン）に乗り
帽子を被ってはまた（アゲイン）脱いで、
どうしてこんなに心配（ストレイン）ばかり……
そうして一番大きな心配は、手紙（レター）をどう終えるかということ、
最後にひとこと、大好きなきみと（ピーストリー・ベター）祈ろう——
どうか思いっきり元気になりますように。

二〇〇七年七月三日、アーネスト・ヘミングウェイが書いた、まったく野蛮な手紙が売りに出された。一九二五年七月、スペインからエズラ・パウンドに宛てて書いたもので、ちょうどヘミングウェイはスペインにいた。パンプロナで開催されるサンフェルミンの牛追い祭りに向かう途上にあり、そこで得た強いインスピレーションが『日はまた昇る』に結晶することになる。ヘミングウェイは、近年書かれた、ある好意的な人物紹介に対してパウンドに礼を述べ、数か月ぶりに気分が晴れて、「あまりに愉快なので、書くことがない」とつづっている。しかし、書きたいことはあったのだ。フォード・マドックス・フォードに対する疑念である。イギリス人の小説家でその時五十二歳だったフォードは、四部作『行進の終わりに』の一巻目を出版したばかりで、十年前に『善良な軍人』でデビューして以来、ある種の成功を収めていた。その彼が自身の最新作について講演をしたらしく、それは、「自分とアメリカ人が、ある想像上の米国方言をつかって語り合うという話で……彼の誇大妄想を通して、それがお祭り騒ぎの夜に仕立てられる」らしい、とヘミングウェイは

手紙に書いている。それから彼は、フォードを初めとする、自分の気に入らないものと比べて、雄牛がどれだけ優れているか、容赦ない攻撃を始める。雄牛は政治的亡命者ではなく、書評を発表したりしないし、ディナーに呼ばれることを期待しない、雄牛は借金を頼んでくるようなこともなく、結婚を迫ったりもしない。雄牛はアメリカ文化の「洗練された研究」に関わったりしない。雄牛は「ユダヤ人じゃない」とヘミングウェイはきっぱり言い放つ。最後には、クリスチャンサイエンスの創始者であるメアリー・ベイカー・エディにちなんで、「マザー・エディ」と署名した。結びには、「もっとべらぼうに強い雄牛を」という切望が添えてある。

それから、ありがたいことにアルベルト・アインシュタインの書いた、どこか心引かれる手紙がある。一九三六年七月に、コネティカット州のオールド・ライムから、若い頃の友人、パウル・ハビヒトに書き送ったもので、

ヘミングウェイの飼い猫がベッドの上に置かれた書簡を飛び越える

一見、無邪気さにあふれる手紙だが、時を経て現代のわれわれが読めば、そこに深い苦悩が見て取れる。「ステキな静電機械」をつくったりしながら、友といっしょに過ごしたドイツの日々を懐かしく思い起こす一方で、アインシュタインはその国の政治的野心にも思いを巡らせている。ハビヒトが第一次世界大戦時に国を守るために戦ったのは明らかで、「一方わたしは、ドイツがどれほど危険な野望を抱えているか、すでに十分過ぎるほどわかっていた。それで、少なくとも手遅れにならないうちにそこを出たのだ」と書いている。アメリカは彼に多くの安心を与えてくれた。ここでは人々がもっと自由を与えられ、入り江で静かに舟を漕ぐことができるとアインシュタインは書いている。

こういった手紙の集積には一種宇宙的な存在感があり、その内に西洋の才能、偏見、傲慢、寛容というきら星をたたえて、不滅の輝きを見せている。ナポレオンの熱情、トールキンの謙譲、アインシュタインのほのかな郷愁、ヘミングウェイの反ユダヤ主義。そういうものを手紙から読み取って、われわれは衝撃を受け、面白がり、啓蒙されるのだ。

ジョン・ダンは十二万四千ポンドで売れた。ブロンテは二万一千六百ポンド、エリオットは八千四百ポンド、トールキンは七千八百ポンド、ディラン・トマスは六千六百ポンド、ヘミングウェイは七万八千ポンド、アインシュタインが一万五千六百ポンド。ナポレオンがジョセフィーヌに宛てた手紙（喧嘩のあとに書かれたもので、ヨーロッパ遠征に出ずっぱりとなって不倫し、離婚する前のもの）は二十七万六千ポンドで売れた。

*

しかし、ネルソンという対抗馬を迎えても、果たしてナポレオンは圧勝するだろうか？　アルビ

·1762·
To my dear Godson
Horatio Nelson
The Parsonage,
Burnham Thorpe,
Norfolk.

ン・シュラムのコレクションは錚錚(そうそう)たるものだったが、それにひけをとらない偉大な手紙のオークションが数か月ごとに開催されている。例えば二〇〇五年七月には、ホレイショ・ネルソンと英国海軍に捧げるオークションが、ニュー・ボンド・ストリートのボナムズで開催され、そこに英国史における、ある重要な瞬間を記述した一通の手紙が出品された。すなわち、一八〇五年十月五日の「勝利」の瞬間、船室にいたネルソンが立たされていた局面と野心が詳述された手紙である。トラファルガー海戦の十五日前に書かれたもので、海軍大将が、上官である海軍大臣バーラム卿に宛てた手紙には、紛れもない切迫感がにじんでいる。頭に地図を描きにくく、句読法も整っていない手紙だが、いまのわれわれが読んでも、懸案となっている問題と、差し迫った不安を感じ取ることができる。

　月曜日にフランス・スペイン連合艦隊が、すでに上陸していた軍勢を乗船させました。どうやら最初に吹いてきたレバントの風を受けて出港するつもりのようです。カルタヘナの船も準備が整っており、数日前に見たときには、中檣帆を掲げていました。いよいよ合流するようで、そこは今月わたしの船が位置していた、カディスの西、十六から十八リーグの地点です。カディス近辺では西からの風にのるのが望ましいのですが、それでもわたしとしましては、カディス近辺では西からの風につかまらぬよう警戒しなければなりません。と申しますのも、三層甲板艦を多数抱えた艦隊はジブラルタル海峡に追いやられること必至で、そうなるとカディスは、先の戦いでキース卿に資したときと同様、西からの風を受けて航行する敵をまったく自由に通してしまいます。わたしとしましてはブリッグス船団とともに、八隻ほどのフリゲート艦の到着を切望しています。それというのも、位置についてみたところ、今回の軍務において、わたしの指揮下に組織された艦隊は極めて不適切だとわかったからです。小艦隊が逃走しないよう、スパルテル岬、カンティン岬、ブランコ岬、及び海難救助物資を、素早く航行できる帆船に監視させないといけません。すでに艦列のなかから六隻を出して、テトゥアンとジブラルタルで補給品等を入手することを余儀なくされました。そうでもしなければ、まもなく全艦隊をジブラルタルに入れざるを得ません。わたしのもとには二十三の帆船があり、敵が動き出したら即、それらを戦いに投入し、敵のいかなる航行も許すつもりはありませんが、敵艦隊を全滅させるためにも、やはりイギリスから船が到着することを願ってやみません。

この極上の品（四枚つづり、わずかなほこり汚れと折り目の傷み、近代に入って保存のための修復がなされた跡があるが全体的に良好で見栄えが良い）には、どれだけの値がついただろう？　トラファルガーの海戦――イギリスが制海権を握っていた時代に最大の戦略的勝利を治めたと言える戦闘で、フランス・スペイン連合艦隊が二十二の船を失い、イギリスは一隻も失わなかった（ネルソンが信号旗を用いて各艦に通報した「英国は各員がその義務を尽くすことを期待する」の言葉が遵守され、ネルソン自身は命を捧げた）――の歴史的価値と知名度を、たとえばナポレオンの好色と傲慢と比べて、秤にかけてみたらどうだろう？　結果はあまり心穏やかとは言えない。ネルソンの手紙の落札価格は六万六千ポンドで、かなりの額ではあるが、ナポレオンの手紙の四分の一にも満たない。性的なものは売れるというのは手紙の場合にも当てはまるらしい。〝素晴らしい、しかしそれは戦争ではない〟ということだろう。

二〇一三年三月十九日、ボナムズはまた充実したオークションを開催した。これにはルイス・キャロル、ヘンリー・ジェイムズ、マルセル・プルーストの手紙や、ジークムント・フロイトの絵はがきが出品された。しかし何よりも興味深いのは、オークション会場で誰ひとり名前を知らない人物の書いた手紙のコレクションだった。書き手の名前はジェイムズ・リンゼイ・スティーヴンで、ペシャワルとアンバラに駐屯したベンガル騎馬砲兵隊・第一旅団第一騎兵中隊の砲手から、伍長、軍曹と出世し、一八五二年から一八五五年にかけて、故郷エディンバラにいる弟と母に二十通以上の手紙を書き送った。カタログによると、インド暴動（インド人傭兵軍の英官憲に対する反乱）の数年前に北西の国境に駐屯していた、一イギリス人兵士の生活が「ときにキプリングのような筆致で」驚くほど鮮烈に描かれているらしい。今回（ばかりか、これまで

左手で書く、ホレイショ・ネルソン

に）出品されたほかの品々とはまた別種の魅力をたたえていて、署名よりも中身にずっと価値があると言う。

一八五二年六月二十七日にペシャワルから出された手紙に、この書き手のスタイルが一番よく表れている。気さくな文体で、兵士のひがみも露わにしているのは、手紙の相手が気の置けない弟だからということもあろう。J・W・シングの風刺喜劇『The Playboy of the Western World（西国の伊達男）』の原型かと思える威勢のいい、うぬぼれ男が、手紙の文面から浮かび上がってくる。


先日、駆け落ち騒動を起こして、兵舎じゅうを驚かせちまった。花嫁の両親は第五十三連隊にいて、これがふだんから、大勢の軍曹や伍長をとことん悩ませていた。ことあるごとに、うちの娘を嫁にどうかと迫ってくる……仲間内で勇ましいやつがひとり、その名高い田舎娘（斜視の醜女）の顔を拝みに行ったところ……よし、オレは彼女と結婚すると言ってきた……で、オレはその娘に駆け落ちを持ちかけたってわけ。ところが結局、かのふたりは無事結婚し、オレはその夜、とことんハメをはずしたらしい。おまえ、六人目の夫を埋めたばかりの後家に、永遠の愛を誓ったじゃないかと新郎が言う。見れば手には金の指輪。駆け落ちの日はすでに決まっていて、ネズミさながらの白髪を生やした六十の老女は、実際にオレが結婚するものと思いこんでいる。

雷に打たれた気分とはまさにこのことで、あんな約束はでたらめもいいところだと、ばあさんに言ってやった。そんなつもりはこれっぽっちもなかったってね。するとばあさん、頭にかっと血が上り、オレをさんざんに罵倒して、チャンスがあればすぐにでも殺してやると息巻いた……これはもう命からがら逃げるしかない。兵舎に着くと、それをネタにみんなで大笑いしたんだが、ふとドアに目を向けると、そこに哀れなあの女がいる。詰め所へ向かう衛兵達が一列になってその横を過ぎていき……オレは通りがかりに、鼻に指をつっこんで、調子はどうだいと声をかけた。と、相手がいきなり体当たりしてきた。油断のないオレは瞬時に脇にとびのき、ばあさんは顔から倒れた。鼻がつぶれて血が飛び散り、歯を二本……呑みこんだ。オレはまたもや命からがら逃げるはめになった。なぜって、むくっと起きあがったばあさんが小石の山に近づいていき、ありったけの力をこめて、小石を雨あられと投げつけてきたからだ。

J・L・スティーヴンは、一八五七年九月、デリー奪回作戦のさなかに二十七歳で死亡。彼の手紙はインド暴動が起きた時代の大局から見れば取るに足りないものだが、その時代を生きた個人の瑞々しい記録として、公式の歴史記録に興趣を添えている。ボナムズの競売では、この手紙に、インド暴動に寄与した書き手に授けられた勲章と、洗礼証明書が添えられて出品された。洗礼証明書から、ジェイムズ・スティーヴンの父親はエディンバラの大公園ザ・メドウスの近くにあるホープ・パーク・エンドに店を構える書籍商だったことがわかる。推定価格千ポンドから千五百ポンドとされたこのロットは、六千八百七十五ポンドで落札された。

それにしても、こういう品々を購入したいと顧客が思うきっかけはなんだろう。この手紙についてボナムズのカタログに説明文を書いているのは、フェリックス・プライアーという男性で、かつてサザビーズで手紙に関する専門家として働いていたが、それからフリーランスの専門家として、オークション出品物の選定を手がけるようになった。「こういったインドの手紙は――大変稀少であるとして、「紙幅が許すなら、この四倍の長さで紹介文を書いていたでしょう」と彼は言っている。そのようなものに、いかにして値付けをするのか？「推定額はたいていてい低めに設定しています。それがわたしの流儀でしてね。例えば、千ポンドから千五百ポンドの推定額だった品が、千八百ポンドで売れれば、誰もが満足する。しかし、推定額三千ポンドから四千ポンドとした品が、二千八百ポンドで落札されれば、いまひとつ奮わなかったという結果になる。わたしの場合は基本的に、あまり金に困っていない状況で、いくらなら欲しいと思うかと考えて金額を設定します」

フェリックス・プライアーとは、アカデミークラブで落ち合った。オーベロン・ウォーが設立した、ソーホーにある（もとは別の場所にあった）片意地なほどにみすぼらしい外観を誇る会員制のバーである。「こういった書簡に興味を示すのは、主にジャーナリストや作家です」とプライアーは言う。「詩人は手を出さない」。プライアーはこの日、ロンドン図書館で調査していた品のコピーを持ってきてくれた。一九四四年にフェリックス・メンデルスゾーンが書いた手紙（「彼はリハーサルと書いていますが、これはコンサートの意味です」とプライアーが教えてくれた）と、一八六〇年代初めにヴィクトル・ユゴーが書いた、世界一短い手紙の話を想起させる手紙だ。ユゴーは『レ・ミゼラブル』の成否を気にして、版元にただ一文字「?」と書いて送った。版元は好調な売れ行きを喜んで、「!」と書いて返事を送った。

「こういった手紙は限りある史料です」とプライアーは言う。「同じものが、ふたたび目の前に現れることはない。本を集めることには関心はありませんが、手紙や肉筆原稿なら、喜んで集めます――書き手と直接繋（つな）がることができるからです」。話題はやがて、シルヴィア・プラスに移っていった。「自分の部屋に彼女の書簡を置いていた時期がありました」とプライアーは言う。「そう、あの『エアリアル』に収録された詩をすべて。それらをカタログに載せる仕事をしていたんです――テッド［・ヒューズ］がサザビーズ経由でスミス・カレッジに売却したものです。それとシルヴィアのタイプライター、ポータブルのコロナも持っていました。当時わたしにはアメリカ人のガールフ

ペシャワルで雷に打たれた —— ある兵士が故郷に送った手紙

レンドがいたんですが、このタイプライターをつかって彼女に手紙を書いたら、いたく感動されました。最近になって、シルヴィアのタイプライターのインクリボンを分析する人たちのことを想像するんですよ。『ふーむ……愛しのサル？　このフェリックスっていうのは何者だ？』なーんてね」

彼はまた、ヒューズの手紙も持っていたことがある。「オークションの品を受け付けながら、出品者を受け入れがたく思うことがしばしばあるんです。自分は生活のためにこういうことをしているんですが、誰かが書いたものを［個人的に］売るという行為は、いかがなものでしょう？　わたしだったら、そんなことをするぐらいなら貧しいままでいることを選びます」

プライアーは年に三回、ボナムズのオークション・カタログをつくっており、競売場に持ちこまれる品々を見て、喜びと悲しみの両方を感じると言う。非常にがっかりする品というのは、たいてい額装されているか、「シャツ袋」と彼が呼ぶ、前面にセロファンの窓がついた封筒に入っている。そういうものに入っているということは、ひとりのディーラーが長らく抱えていた「くたびれ在庫」であることを示しているとのこと。「求めているのは、新しい発見なんです」と彼は言い、人の死後に発見されたり、屋根裏部屋で偶然見つかったりしたものがいいらしい。「そういうもののひとつが、最近入ってきました。一九一四年に戦線から出された手紙で、クリスマス休戦について書かれていて、実際にサッカーをした話が出てきます」

仕事では世界人名辞典と首っ引きで大量の調べ物をするそうで、インターネットの発達によって、多方面からの調査が可能になったと言う。この仕事ではスペシャリストよりも、多方面にアンテナを張るゼネラリストが有利らしい。「最近、ある裁判事件に関わったんです。偽造に関する裁判で、大量に出回ったチャーチル関連の品が偽造されたというものです。そこで弁護側に言われました。『ですが、プライアーさん、もしチャーチルの専門家が、それらは本物だと断言したら、どうされますか?』と。実際には無礼だと思われますから、口にこそ出しませんでしたが、『人がまちがいを犯すのは、たいていの場合、木を見て森を見ないからです』とそう言ってやりたかった。ふだんからいろいろな方面で書き物をしている人間だからこそ、偽造が目に留まるんです」偽造された手紙というのは、数多くあるのだろうか?「ラファエロの書いた手紙というのはすべて偽造です。十九世紀に［オリバー・］ゴールドスミスが爆発的な人気を博しましたが、これもその多くは偽造です」

一九八八年、プライアーは『The Faber Book of Letters』を編纂した。すがすがしいほどにコンパクトな書簡集で(全二百八十四ページ)、優れた手紙、驚くべき手紙、世の中の様々な事象について面白おかしく記した手紙が入っている。エリザベス朝から冷戦まで、幅広い時代に取材し、バイロン卿から始まって、エイブラハム・リンカーン、ロバート・スコット、スコット・フィッツジェラルドなど、様々な手紙を収録している。

個人の好みに大幅に偏(かたよ)って編纂(へんさん)したもので、内容がつまらないものはダメだという判断基準を置いたと彼は言う。残念なのは、現存するのが著名人の手紙ばかりで、一般人の手紙においては、法律文書が残っているだけだということ。これは歴史の大きな痛手だと言う。著名人といっても、その手紙のみで有名になった人物――セヴィニェ夫人やチェスターフィールド卿がこの範疇に入る――がいるし、キーツやヘンリー・ジェイムズのように、やりとりした手紙によって、その名声が計り知れないほどに高まった人物もいる。しかしプライアーの書簡集でひときわ輝きを放つ手紙は、あまりよく知られていない人物が書いたものに多く、そのひとつが、アンソニー・ヘンリーというサウサンプトンの下院議員が書いた手紙だ。彼はハンプシャーのノーシントンとスワラトンにある地所(現在はグレインジパーク・オペラと堂々たるセヴェラル・ハウスがある)の所有者で、知人から、「素晴らしい地所を所有する洒落男だが、その厚かましさと悪徳で広く知れ渡っている」と評されている。前年、ロバート・ウォルポール政権下で、税に関する法案が通らなかったことに対して、一七三四年に、彼は自身の支持者たちに宛てて手紙を書き、今日のもっと気の小さい下院議員ならとてもできそうにない激しい叱声を放っている。[2]

紳士諸君へ

きみたちからの手紙を受け取って、その無礼に驚いている。税の件で、わたしに面倒をかけようとはどういう了見か。わたしがきみたちを買収したという紛れもない事実を、きみたちは知っている。なのに、わたしが知らないものと高をくくって、また別の誰かに身売りしている。きみたちは知らないだろうが、こちらでは別の選挙区を買収しにかかっている。どうか神の呪いの光が、きみたちすべてを直撃せんことを――きみたちの家屋が開け放たれ、収税吏が無差別に使用するように。わたしがきみたちのような不埒な支持者の代表になっているとき、きみたちの妻や娘をそうしたように。

じつに大胆な手紙ではあるが、悲しいかな、これは後知恵と呼ぶべきものだった。確かにヘンリーはこれを書いたが、実際には出さなかった。代わりに、議会との友好関係を保とうと考えてか、残念なほどに穏当な返事を出している。

この書簡集のなかには、手紙の著作権所有者の人格によって掲載が決まった手紙が数通あるとプライアーは言う。T・E・ロレンス（アラビアのロレンス）の手紙を一通入れたかったのだが、ふたつのうちどちらかを選ばねばならなかった。「ひとつは、アラブ人と、アラブの鉄道を爆破させる件についてつづった非常に重要な手紙で、もうひとつは、ロールケーキのように波が打ち寄せては引いていく、ブリリントンのホテルに滞在したときのことをつづった手紙でした。返ってきた返事［著作権所有者からの――彼の弟が当時まだ生きていた］には、『大変申し訳ないが、アラブに関する手紙の使用は許可できない。しかしロールケーキのほうなら問題ない』と書かれていて、思わず『バンザイ！』と声を上げました――なにしろ本当に掲載したかったのは、そちらの手紙でしたから」

「最後にアインシュタインと爆弾に関する手紙を載せて、言わば派手に終わろうと考えました。[3]それで著作権を持っているエルサレム大学に連絡をしたところ、本が売れたらロイヤリティーを支払うという条件で許可が出たんです。『それならけっこう』と断ったところ、相手がじつにいい人たちで、『わかった、じゃあできあがった本を一冊送ってくれればいい』と言ってくれました」

この書簡集の序文でプライアーは、一九八〇年代末に、歴史上他に類を見ないほど、たくさんの手紙が書かれたことを指摘し、手紙の時代は終焉を迎えたという報告は大げさにすぎると書いている。さらに、手紙は高尚な媒体として扱われてきたとわれわれは想像するが、実は送り手にとっても受け手にとっても、万国共通でそのように思われていたわけではないことも指摘している。ジェ

2　この法案は郷紳（ジェントリ）が支払う土地税を縮小し、その分塩税を上げることを目論んだもので、議員同様、大衆からも大反対を受けて否決された。

3　一九三九年八月にアインシュタインがローズヴェルトに送ったある手紙には、まもなくウラニウム元素が「新しい重要な」エネルギー源になるかもしれないと書かれている。

ームズ一世時代の劇作家、ジョン・ウェブスターは、舞台に上がったある人物のもとに、プロットをかきまわす手紙が届く場面を描写しているが、受け手はすぐさま陰鬱な気分になったと書いている——おそらく中身は苦情か、金の請求か、自分が産んだ子の父親があなただという女の訴えではないかと考えたのだ。

言うなれば、茶封筒が広まる前から、手紙は嫌な知らせを運んでくるもので、避けるのが一番だと見なされていたのだ。

競売会社で行き当たりばったりに出会う心躍る手紙の数々。そしてそれらよりもわずかに系統立った書簡集のなかの手紙。そういった手紙のすべてから、われわれは何を学ぶことができるだろう。自分はひとりではない、過去にも手紙を書いて己を実際以上に大きく、別人のように見せかけた人々がいた。手紙はいわば、時代の当事者が現在形で書いた、思いがけない歴史の金塊だ。そこには重大な事実が暴露されており、それをわれわれが読むとき、シェイクスピアやオースティンを読むときと同じ感情がしばしば湧きあがる——われわれは自分自身を特別な存在と考え、これは自分の胸だけに湧いてくる感情であり、動機であり、欲望であると思いこんでいるが、実は同じことを過去に生きていた人間がすでに経験していると気づくのだ。われわれはさほど特別ではなく、自分がいまたどっている道を最初にたどった人間がほぼ確実にいるのだ。

wenn auch die Körperwärme, die man zum
Brüten braucht, durch die Jahrzehnte ab-
genommen hat. Was hier in diesem
Lande so hübsch ist, das ist, dass die
Menschen nicht so dicht aufeinander
sitzen und infolgedessen sich behaglicher
fühlen. So sitze ich hier den ganzen Sommer
an einer stillen Bay und segle in einem
kleinen Schiffchen, soviel ich mag.
Und man wird so eine Art Indianer
in dieser Sonne.

Wenn Sie wieder [illegible] mal
froher Laune sind, so [illegible]
doch einmal und erz[illegible]
Sie und Ihr Bruder [illegible]
so amüsiert und [illegible]
jungen Jahren, als [illegible]
Solovine, dem Zigeuner, [illegible]
„Akademie" hatten, bei deren [illegible]
wir manchmal rauften, dass [illegible]
Stock die Hängelampen [illegible]
ist in Paris und blieb der alte [illegible]
ein richtiges altes Original. Ich [illegible]
in früheren Jahren einigerma[illegible]
und verbrachte einige Zeit [illegible]

Also Mut und baldige [illegible]
Sie und Konrad grüsst [illegible]

Ihr
A. E.

「小粋な静電機械」――1936年に
アインシュタインが旧友パウル・ハビヒトに宛てた手紙

結婚の話をしよう

14232134　通信兵　クリス・バーカー　H・C
中東軍　第九航空通信隊　第一中隊　第三十航空団

一九四四年四月十八日

愛しのベッシーへ

この手紙の結論を読んで、きみがどんな印象を持つかわからないが、これまで書いた手紙から、ぼくが完全にうろたえているという印象を持って欲しくはない。ずいぶんと煮え切らないことを書いたけれど、それはもう取り消せないから仕方ない。とにかく、きみの気持ちに追いついて、今度はぼくがきみをリードしたいと思っている。ぼくの取ったつれない態度などすっかり忘れて、ふたりいっしょになる可能性しか考えられない場所へ、きみを運んでいきたいんだ。「明日」のことを心配しないで欲しい。きみはきみで自分の明日をつくっていけばよく、それがぼくの明日と重なればうれしい。

次に言いたいのは、ぼくらの将来は、きみがぼくという人間に、ぼくの欠点に、耐えられるかどうかにかかっているのであって、ぼくがきみに耐えられるかどうかではないってことだ。さらに、お互いが、相手とベッドをともにすることをしょっちゅう考えていたとしても、それはとても自然なことだ。だってまもなくそういう関係になるんだからね。別にぼくらが好色なわけじゃない。でも、もしそうだったとしたら、はばかることなく言わせてもらおう。きみの言葉を読んで、それを書いているきみを想像すると、ぼくは固くなって濡れてくる。あらゆる方法で、きみをずっと興奮させておきたい。いまのように、お互いずっと愛し合っていけるといい。ぼくらはまったく同じことを考えている。そう、ぼくらはお似合いのふたりだ！　ぼくはきみの恋人でいられてうれしいし、きみもぼくの恋人であることをうれしく思ってくれている。

離れているのが残念でならない。いまいっしょにいたら、きみがぼくにしてほしいことをしてやれるのに――いや、「してあげられるよう頑張る」と言うべきだろう。ぼくはきみの奴隷であると同時に主人でもある。ぼくはきみを思いどおりにし、きみもぼくを思いどおりにする。きみの胸はぼくのものだ。ぼくのすべてはきみのもの。きみを自分のものにしたい。きみがこれまで経験したことのない形で、きみを目覚めさせたい。きみの秘密を知りたい。きみはぼくの大切な恋人だと声を大にして言いたい。きみのそばにずっといたい。きみにぼくをしっかりつかまえていて欲しい。きみのことを考えると冷静ではいられない。きみの魅力と愛らしさを思うと――ぼくだって心を〝掻き乱される〟。本当だよ。

ぼくはいつまでもきみを愛する。

戦争が終わって家庭を構えるには、実際困難がつきまとうだろう。それを考えるとあまりうれしくない。因業な地主や家主が人を食い物にしようと狙っているだろうからね。残念ながら、手持ちの金のほとんどは、これまでいろんな慈善事業に寄付してしまって、貯金を始めたのは、スペインでの戦争が終わってからだ。われわれの戦争が始まったときには、七十五ポンドぐらい貯まっていたと思う。しばらくそのままで、陸軍に入ってからようやく増え始めた。昨年末の残高は（母親の話では）、わずか二百二十七ポンド（今後のことを考えると情けないほどの金額だ）。そこにこれから、週に二・一ポンドずつ貯めていこうと思っている。これからどのぐらいの費用がかかるかわからないからね。ところでぼくは、婚約指輪なんていうのは、宝石店の策略だと思っていて、結婚の手続きも、教会で無意味な儀式をやるより、役所で済ませるのが正しいと思っている。こういうことは、もっと早くにきみに知らせておくべきだった、すまない。そのうちじっくり話さないといけないね。

こんなに素敵な相手を逃すわけにはいかないと、ぼくが思い始めているのがわかるかい？　ふたりはいつか本当にいっしょになる。ぼくが逃げ腰の姿勢を見せたら、きみが厳しく叱ってやると、そう言ってくれないか。忘れないで欲しいんだが、これからきみは、ぼくという人間の形成に一役買うことになる。だから言いたいことがあったら、いつでもどこでも、はっきり言って欲しい。

きみに送れる物の数は厳しく制限されている。緑の封筒は、週に一通だけしか送れないんだ。そうかといって部隊将校の検閲が義務づけられている通常の郵便をきみに送るのはまずい。さらに緑の封筒であっても、書くべき内容は自ずと制限される。「家族や親しい人への私信」については秘密が守られるとされていても、部隊の外でもまた検閲があって、そこで手紙の内容を読まれることが往々にしてある。そうなると書きたくても書けないことが出てしまう。

さて、ここからは頭を冷やして、順序正しく、論理的に話を進めていこう。まずはこちらの近況報告から。われわれの曹長が、六年の海外勤務を終えてイギリスへ帰ることになった（国に帰るのにそれだけかかったら、ぼくは三十五歳になってしまう）。贈り物をする機会はなく、金をあげるわけにもいかない。それで印刷のうまい仲間にぼくが頼んで、感謝状をつくってもらい、それに全員がサインすることにした。ところが、この男、飲んでは眠り、飲んでは眠りの繰り返しで、まったく役に立たない。仕方なく、ぼくが下手な字で書くはめになった。それを曹長に進呈するとき、ぼくは眠っていたんだが、曹長はお別れを言いに、あとでテントにきてくれた。本人は飲まないんだが、自分の健康を願ってみんなで乾杯してくれと、貴重なビールを一本置いていった。軍隊で会った最高の上司だと、心からそう思ったね。後任にどんな人間が来るのか、それが無性に心配だ。

きみに手紙を書いているときは、ふたりを隔てる距離が短く感じられる。きみのことだけで頭をいっぱいにしたい。十回でも強調して言うが、ぼくはきみが必要で、きみを愛している。きみさえいれば、ほかには何もいらない。いつもきみを取り巻いて、きみを包みこんでいたい。陳腐に聞こえるかもしれないけれど、きみはぼくを支配している。ぼくはきみのことばかり考えていて、きみが欲しくてたまらずに叫び出しそうになっているってことを、知っておいて欲しい。きみの秘密の場所に触れて、きみを虜（とりこ）にしたい。いったいぼくはいつまでこういうことを書き続けるのか。それでも、きみを自分のパートナーと思い、恋人と思い、妻と考えることはやめないよ。素晴らしいのは、ぼくらがどちらも、相手が考えもしなかったことは言わないという点だ。以前には何もわかっていなかったけれど、自分にはきみが必要だと、いまはっきりわかる。ああ、愛しくてたまらない！　愛してる。愛してる。愛してる。本物のきみを前にして、こういう言葉を力いっぱい叫び、大好きなきみに、じかに受けとめてもらえる日が、一刻も早く来ることを願ってやまない。これだけ遠く離れているのに、きみがすぐ近くにいるように感じる。なのにきみに触れられない。そうなると、ふたりを隔てる距離がとても遠く感じられる。ベッシー、ぼくの愛しい人、恋人、妻。

いや、ぼくはふざけているんじゃない。きみと同じように真剣だ。やはりきちんと結婚の話をしよう。考えて欲しい。きみが望んで、思い切って結婚に踏み切ったら、その日を境にきみのそばにはつねにぼくがいるようになる。『タイムズ文芸付録』で、ダンの一生について読んで、ダンは聖人なんかじゃないという印象を受けた。ぼくも、きみに翻弄されながら、きみを手に入れようと躍起になろう。ぼくの愛しい人よ、ぼくらはやがていっしょに目覚めることになる。きみのうれしい誘惑に、ぼくはいつでも応じられる。その日が来るのは、一九四六年か、あるいは四七年か。いずれにしろ、その先も、ぼくらの絆は強くなるいっぽうで、いつでも相手を真剣に見つめ、お互いが愛と信頼と義務で結ばれていることを確認し続ける。たとえきみが経済的に破綻して身ひとつになっても、ぼくらはずっといっしょだ。この手紙から、「結婚」の言葉が「ふらふら」出たり入ったりするのはいやだ。きみは確実に、ぼくを将来の夫と見て欲しい。少なくとも、きみのパートナーだと考えて欲しいし、きみのすべてだと考えてもらえればなおさらいい。結婚はふたりでつくりあげていくものだから、きみはぼくをあてにしてくれていい。きみだけに苦労はさせない。ひとりの男に過ぎないぼくだが、精一杯信用してほしい。ぼくを信じて、ともに生きていくと言ってくれ。ふたりで生きていくことは、可能性ではなく事実であり、きみの知性がそれを望んでいるのだと言って欲しい。きみが待っていてくれるなら、ぼくは「泡を食って逃げる」なんてしない。きみと同じ場所で生きていき、互いに慰めあい、痛みを和らげあう。ぼくの心のなかに、永久にいられる場所が欲しいなんて思わなくていい（そう思ってくれるのはうれしいけど）。きみはすでに手に入れている。きみはぼくの愛しい人なんだ。

ちょうど紙幅も尽きるから、このへんで終わりにするべきだろうが、今回ばかりはまだまだ書き続けて、愛している、きみなしでは心は満たされない、幸せになれないと、何度でも書かないといけない気がしている。この上なくきみを大切に、やさしく扱いたい――それと同時に、思いっきり荒々しく扱いたい。きみのなかに入りこみ、きみとひとつになり、きみの一部になりたい。以前にもらったきみの簡易書簡で、結びにフランス語のフレーズを置いたものがあったよね。確か意味は、「よき友よ、きみを尊敬する」（若い頃、フランス語は勉強しなかった）だったと思う。ありがとう。ずっとそう思っていて欲しい。ぼくは最後をこう結ぼう――ああきみよ、ぼくを抱きしめ、ぼくを受け入れ、燃え上がらせてくれ。

愛している

クリス

9 なぜジェイン・オースティンの手紙はつまらないのか（そして、新たに改善された郵便事情）

一八一六年二月、ジェイン・オースティンは四十歳。この頃より徐々に体調を崩していき、その一年五か月後にこの世を去る。仕事や、身体を動かさずにスリルを味わえるジャックストロー（卓上に木切れなどを積み上げ、山を崩さないで一本ずつ抜き取る遊び）を除いて、晩年の楽しみのひとつは、姪のファニー・ナイトとの親交だった。もっぱら文通を通じての交流であり、「あなたは無類の愛くるしさです」と、ハンプシャーのチョートンにある自宅から姪に書き送っている。「あなたは、わたしの人生の喜びです。最近送ってくれた数々の手紙のなんと愉快なこと！　その小さな頭のなかに面白いことがぎっしり詰まっているのがわかります。人間の想像力というのは、素晴らしいものですね。あなたにはその体重分の黄金と同じ価値があります。新しく鋳造された銀貨でもいいでしょう」

ふたりの文通はオースティンが死ぬまで続き、一八一七年七月に彼女が亡くなるとすぐ、オースティンの姉カサンドラ・オースティンがファニーに手紙を書いて、真っ先に妹の死を知らせた。

ウィンチェスター、日曜日

最愛のファニーへ

ともに愛していた人を失ったいま、あなたのことがなおさら愛しく思えます。妹はあなたを心から愛していました。病床にある妹に愉快な手紙を書き続けてくれたのは、あなたの愛の証しであり、わたしは生涯それを忘れないでしょう。本当はもっと違う手紙を書きたかったときもあったでしょうに。あなたの優しい気持ちは妹にしっかり伝わりました。あなたは妹の最後のひときに貢献してくれたのです。わたしがあなたに何かお返しができるとしたら、その事実を確実に伝えることだけです。

あなたの最後の手紙も、妹に喜びをもたらしました。封だけ切って、そのまま渡すと、妹は手紙をひらいて自分で読み、そのあとでわたしにも読むよう寄越してくれました。それから少し話しかけてきたのですが、手紙の愉快な内容を語る口調に、暗さはありませんでした。その頃にはもう、身体の衰弱から、何を見ても以前と同じような興味を示すことはなくなっていたのですが。

この手紙ではオースティンの最期の日が詳しく述べられ、ウィンチェスター大聖堂で執り行う「最後の悲しい儀式」の計画が書かれている。しかしそれから半世紀後の一八六九年になると、ファニー・ナイトは自身の妹に宛てた手紙で、ふたりの叔母のどちらについてもあまりよく言わず、ジェインについては、「才能にふさわしいだけの洗練が身についていなかった」と書いている。

彼女たち［オースティン一家］は裕福ではなく、もっぱら交際していた人々も育ちがよいわけではありません、つまりは二流どころ……どちらの叔母も、世の出来事や常識（すなわち上流階級の礼儀）をまったく無視しており、パパの結婚でケントへ引っ越したからよかったものの……そこなら、知性も礼儀も、あの程度で問題はなかったでしょうが……上流社会の基準からすれば遙かに劣っているのです。

なぜにここまで恩知らずなことを書けるのか。ヴィクトリア朝時代の社会で、彼女の良しとする基準が厳しくなり、過度な要求をするようになったのだろうか。おそらく、記憶が薄れ、遠慮がなくなってきたこともあるのだろう。「世の出来事や常識をまったく無視している」という言い方は身も蓋もないが、しかしそう見ているのはファニーだけではなく、そういうジェインの欠点は彼女の書いた手紙に一番よく表れている。

手紙によって登場人物の性格を規定し、プロットもそれによりかかることが多いオースティンの小説では、いつも手紙が重要な役割を果たしている。それなのに、驚いたことにオースティン自身が書いた手紙の多くは、いやになるほどつまらないのだ。現存する百六十通あまりの手紙——その多くがカサンドラ宛て——を一気に読んでみても、その大量の文章から書き手に対する洞察は何も得られず、面白く読めるわずかな部分も、家庭の些事(さじ)に関して書いたもので、世の情勢についてはまったく触れられておらず(姪の不満はそこにあり、たとえばヨーロッパで吹き荒れる戦争の嵐について批判姿勢をかすかに見せてはいるものの、国内の産業革命についてはまったく注意を向けていない)、彼女の伝記作家や一般のファンを失望させている。

一八〇一年、ジェイン・オースティンは手紙に関して、普遍的とまでは言えないものの、少なくとも今日でもあてはまりそうな、月並みなことを考えている——カサンドラに宛てて、「わたしは手紙の神髄を究めました。それはつまり、手紙を書く相手に、口でしゃべるのと同じように書くことなのです」と書いている。となると、ジェイン・オースティンとの会話も、すこぶる退屈だったに違いないと、失礼なことを言ってしまいたくもなる。

ここに、一八〇八年十月、ジェインが三十二歳のときにサウサンプトンの家から出した手紙がある。このときにはすでに『分別と多感』（この時点ではまた書簡体小説の体裁を取っている）の草稿ができあがっていた。決定版が出版されるのは、それから三年後のことである。

わが愛しのカサンドラへ

エドワードとジョージが土曜日の七時過ぎにやってきました。とても元気でしたが、分厚いコートもなしに、馬車の外にすわったものですから、すっかり身体が冷えてしまいました。馭者のミスター・ワイズがいい方で、ふたりを自分の両隣にすわらせて、コートを貸してくれたそうです。着いたときには身体の芯まで冷えていて、ひょっとして風邪をひいたのではないかと心配しました。ところが心配は無用だったようで、ともにこれ以上はないぐらい元気そうです。

ふたりとも、あらゆる点で極めてお行儀がよく、こちらが望むままに感情をさらけ出してくれ、折々に父親のことを、それはもう愛情豊かに語ります。昨日は父親からの手紙をふたりして何度も読んでは涙にむせんでいました。ジョージは声を出して泣きましたが、エドワードのほうはそう簡単に涙を流しません。しかしいまの状況を思えば、ふたりが泣くのも当然だと思えます。わたし以上に公平な判断が下せるミス・ロイドも、ふたりのふるまいに強い感銘を受けていました。

ジョージとは初めて会ったのですが、エドワードとはまた違った形で魅力的だと思いました。

遊びには事欠きません――剣玉遊びにジョージがあくなき情熱を見せたほか、ジャックストロー、紙の船、なぞなぞ、判じ物、トランプなどをしたり、川の流れや渦巻く水を見ているだけでも楽しく、折々に散歩にも出たりして、活発に動きまわっています。お父様の優しいお気持ちに甘えて、ふたりとも水曜日の夜までウィンチェスター校には戻らないことにしました。①

ジェイムズ夫人には、息子ふたりにスーツ一着ずつしかそろえる時間がなかったので、残りはここで仕立てることにしました。サウサンプトンは腕のいい仕立て屋がいることで評判の町ではありませんが、実際にお願いしてみれば、ベイジングストークよりはいいものができあがってくると思います。エドワードは昔買った黒の上着を持っていて、二着目を買う必要はないだろうと思います。しかし黒のズボンは本人たちも必要だと思っているようです。それも当然で、こういうときに慣習からはずれて、いやな思いをしたくはないでしょう。

昨日、ファニーからの手紙をとてもうれしく読みました。弟たちからのお礼と、すぐに返事を書くと言っていることをお伝えします。みんなで読んで、大喜びしました。

手紙はさらに続いて、間近に控えた友人の結婚や、家族でケントへ引っ越す可能性についてつづられていく。そしてまた、ふたりの甥っ子の話に戻る――

夕方には家で賛美歌を歌い、聖書の朗読とお説教を聞きました。「甥っ子ふたりは」とても神妙にしていましたが、終わったとたん、なぞなぞに戻ったと聞いても、あなたは驚かないでしょう。

伯母が手紙でふたりを褒めていたのは意外でした。

わたしがこれを書いているいま、ジョージがせっせと紙の船をつくって、それぞれに名前をつけています。すべてできあがったら、そのためにスティーヴントンから持ってきたトチノキの実で船に発砲するそうです。エドワードは『キラーニー湖』を抱えて大きな椅子にすわり、身をよじらせながら夢中になって読んでいます……その晩もまた同じように楽しく過ごしました。ふたりにスペキュレーション（カード遊び）を教えたところ、とことん夢中になり、切り上げるのが難しいほどでした……。

ちょうどいま、キントベリーから大きな籠ふたつ分のリンゴが届きました。わたしたちの小さな屋根裏部屋の床はリンゴだらけで、足の踏み場もありません。みなさんにどうぞよろしく。

愛をこめて、Ｊ・Ａ

この手紙もほかの手紙も、本質的にどこもまずいところはない（ただし、最初は普通に書いていって、下まで書いたら紙を九十度回転させ、その上からまた行を〝交差〟させるようにして書く、

1　ジョージとエドワードの母親（ジェイン・オースティンの義理の姉）が亡くなったばかりで、ジェインがふたりの面倒を見ている。この文脈で、彼女がふたりの精神状態を気に掛けていろいろなゲームをさせているのは思いやり深く、胸を打たれる。

クロス・ライティングで書いた手紙も何通かあり、紙の倹約にはなるが読むほうは目がつらいと『エマ』のなかで言及されている)。ウィットを効かせて、ときに辛口の言葉や愛嬌のある言葉が挟まれていることもあるが、それも閃光のように一瞬光ってすぐ消える(その一瞬がたまに、必要以上に残酷な印象を与えて、人を怒らせる場合がある——彼女の小説の熱烈なファンであるE・M・フォスターは、オースティンの手紙には「取るに足りないことを悪意や独善で味付けした文章が山ほど見られ……彼女の筆力を存分にふるえる題材がない」としており、オースティン自身もカサンドラに宛てた手紙で、激しい言葉をぶつけたことを自ら恥じ、「わたしが意見を言えるような話題がなくて、それでどうしても激した言葉をぶつけてしまうの」と、別の手紙で姉に謝っている)

数ある手紙のなかから、よりによってオースティンの悪い面を明るみに出す手紙をもうひとつ例に挙げるのはフェアではない気もする。しかし、一八一一年五月のナポレオン戦争の犠牲者に関する報道に対して、彼女がハンプシャーの暖炉に当たりながら書いた文章はあまりに了見が狭いと言わねばならない——「こんなに大勢の人が殺されるとは、なんとひどいことでしょう! そうしてそのなかに、自分たちの愛する人がひとりも含まれていないのは、なんとありがたいことでしょう!」同じ手紙の先で、自分が訪ねたある女性のことをこんな風に書いてもいる——「背が低く猫背で、Rの発音が妹たちよりなってない」

冷静で感情を露わにしないのに、折々に無慈悲な面を見せるというのは、ある意味意外な特性だ。オースティンの伝記作家デヴィッド・ノークスは、彼女の手紙から「偽装が性分になっている」印象を受けると言う。カサンドラが相手なら素直に心を打ち明けられるかと思いきや、「姉にはすべて打ち明けるという振りをしながら、ほとんどの場合、自分を百パーセントさらけ出すことはなく、そこがじれったい」と言う。

◀ 1807年、ジェインがカサンドラに送った手紙。
クロス・ライティングをしている。

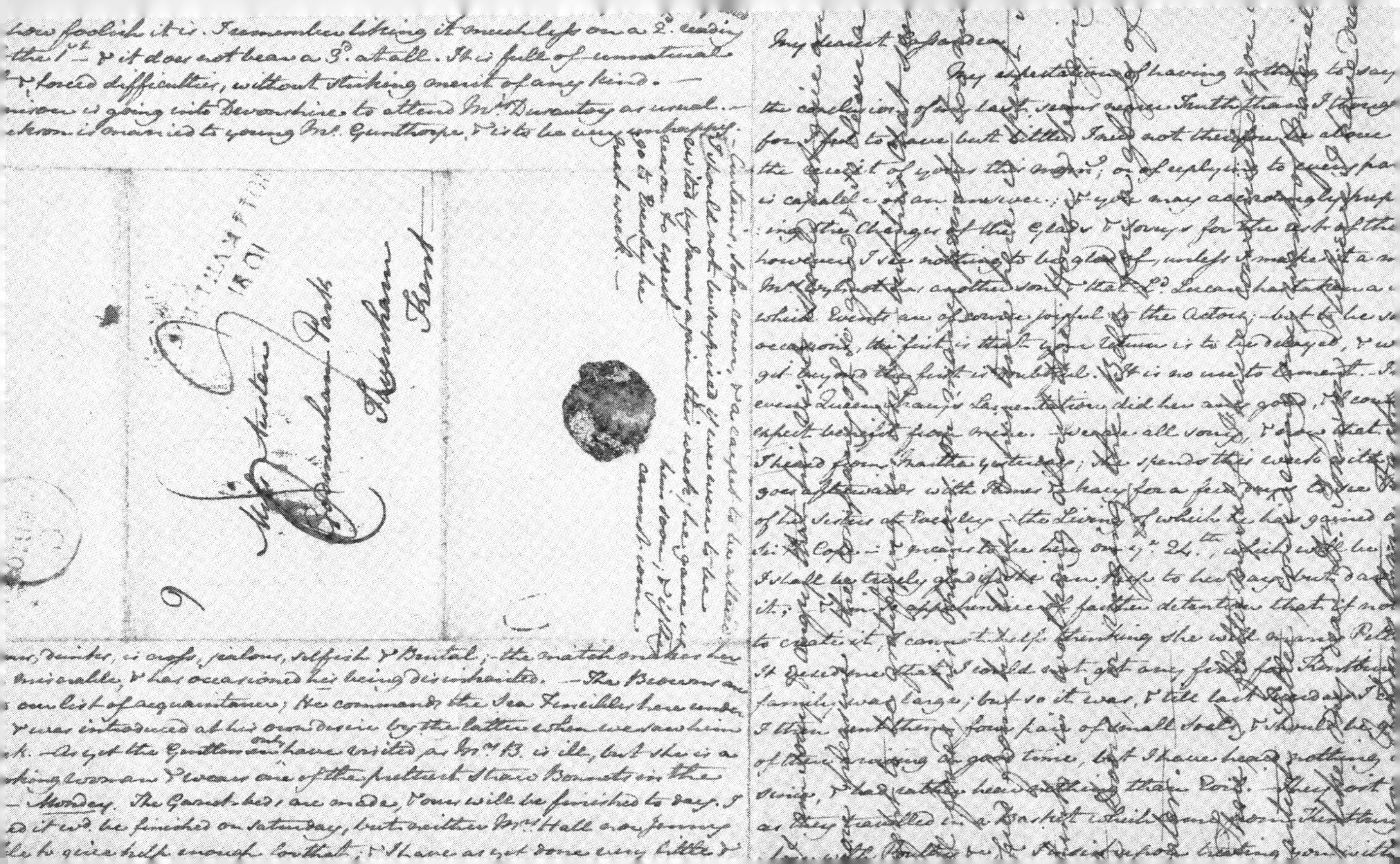

My dearest Cassandra

My expectation of having nothing to say [illegible]
the conclusion of my last, seems nearer Truth than I thought
for I feel to have but little. I need not therefore be above [illegible]
the receipt of yours this morn'; or of replying to every pa[rt]
is capable of an answer; & you may accordingly prep[are]
[illegible] the Changes of the [illegible] for the [illegible] of the [illegible]
however I see nothing to be glad of, unless I make it a m[illegible]
[illegible] another son, & that Ld. Lucan has taken a [illegible]
which Events are of course joyful to the Actors; — but to be se[illegible]
occasion, the fact is that your Return is to be delayed, & w[illegible]
get beyond the fact is doubtful. It is no use to lament. — I [illegible]
even Queen Mary's Lamentation did her any good, & I could [illegible]
expect benefit from mine. — We are all sorry, & now that [illegible]
I heard from Martha yesterday; she spends this week with [illegible]
goes afterwards with [illegible] for a few days to see [illegible]
of the Sisters at Eversley — the Living of which he has gained [illegible]
Sir [illegible] Cope; — & means to be here on ye 24th, which will be [illegible]
I shall be truly glad if she can keep to her day, but [illegible]
it; — & [illegible] apprehension of farther detention that if no[t] [illegible]
to create it, I cannot help thinking she will [illegible]
It vexed me that I could not get any fish for Kintbury [illegible]
family was large; but so it was, & till last Tuesday I [illegible]
I then sent them four pair of small soals, & should be g[illegible]
of their arriving in good time, but I have heard nothing [illegible]
since, & had rather hear nothing than Evil. — They cost [illegible]
as they travelled in a Basket which came from [illegible]

how foolish it is. I remember liking it much less on a 2d. reading
the 1st — & it does not bear a 3d. at all. It is full of unnatural
& forced difficulties, without striking merit of any kind. —
[illegible] is going into Devonshire to attend Mrs. [illegible] as usual. —
[illegible] is married to young Mr. Gunthorpe, & is to be very unhappy.

[illegible] drinks, is cross, jealous, selfish & Brutal; — the match makes her family
miserable, & has occasioned his being disinherited. — The Browns are
[illegible] our list of acquaintance; He commands the Sea Fencibles here under [illegible]
& was introduced at his own desire by the latter when we saw him
[illegible] — As yet the Gentlemen only have visited, as Mrs. B. is ill, but she is a
[illegible] woman & wears one of the prettiest Straw Bonnets in the
— Monday. The Garret-beds are made, & ours will be finished to-day. I
[illegible] it wd. be finished on Saturday, but neither Mrs. Hall nor Jenny
[illegible] to give help enough to that; & I have as yet done very little &

Curtains, sofa cover, & a carpet to be altered.
I should not be surprised if we were to be
visited by James again this week; he gave us
reason to expect him soon, & if they
go to Eversley he cannot come
next week. —

9
Miss Austen
Godmersham Park
Faversham
Kent

オースティンの手紙に失望する要因はもっぱらそこにある。折々に技巧は見られるものの、彼女の個性はまるで窺えない。その気質についても、創作の秘密についても、手紙から洞察はほとんど得られず、「ジェイン・オースティンの本質」は依然とらえがたく、霧にかすんだままだ。その小説自体に、錯綜する感情と幾重にも重なった心理の綾が盛りこまれているのだから、それ以上を求めるのは理不尽と言うべきか。しかし、作品であれだけ手紙にこだわりながら、実生活では無頓着であったことに、どう説明をつければいいのだろう。

『What Matters in Jane Austen ?』の著者略歴によると、ジョン・マラン教授は大学で四半世紀以上にわたって、学生相手にジェイン・オースティンを教えてきたらしい。そしてこのエネルギッシュな驚くべき本によると、彼は依然としてオースティンについて研究の余地があると考えていることがわかる。この著書の驚くべき点は、学問の園に身を置く著者が、性愛、天候、姉妹相姦、金銭、ヒロインがいないところでほかの登場人物が彼女についてどんなことを言っているかなど、面白いテーマのエッセイによって、オースティンの小説を徹底的に腑分けしてみせるという独創的な手法にある。いわゆる読書意欲をそそる本で、彼女の小説をもう一度きちんと読んで、これまで見逃していた部分を確認しようという気になるのだ。

しかし最も驚くべきは、この本ではまったくと言っていいほど手紙に触れていないことだ。『エマ』を取りあげた部分ではかろうじて、ロバート・マーティンがハリエット・スミスに求婚して失敗したのは、スミスに手紙を出して考える時間をたっぷり与えてしまったせいだ（自ら出向いて求婚すれば、おそらく相手はイエスと言った）という分析を短い節で披露しているものの、それ以外、手紙に関する考察はまったくない。これはいったいどういうわけなのか。直接本人に聞いてみようと、ある朝ブルームズベリーのロンドン大学にある彼の研究室を訪ねたところ、オースティンを理解する最善の方法は、文学における彼女の先達と、彼女が作品を書いている時代の社会状況を考慮することだと、のっけから説得力のある答えが飛び出した。

オースティンは出版を念頭に置いて手紙を書いてはいない、そんなことは考えただけでぞっとしただろうとマランは言う。しかしそれは、十八世紀の一般的な文学事情にはそぐわない。手紙はおそらく出版されるだろうから、余計なことはできるだけ書かないことにしているとサミュエル・ジョンソンは言っているし、スウィフトとポープが私的にかわした書簡は、まるでインクが乾かぬそばからすぐ印刷に回されることを予期しているかのような書きぶりを見せている。オースティンの手紙は友人や家族に宛てたものだが、ポープ

ミス・ベネット宛ての手紙――1894年版『高慢と偏見』の銅版画より

が書く手紙はつねに、世間の目を意識したスタンドプレーだった。「ポープの手紙は素晴らしい」とマランは言う。「しかし、彼の手紙はすべて、巧妙に仕組まれたものなんです。たとえば彼はこんなことも平気でやっている――ジョセフ・アディソンとは口論で袂を分かつことになったが、彼の死後、ポープは考えた。『まずい、アディソンとは一通も手紙のやりとりをしていなかった……』それで、別の人間に宛てた手紙を山ほど持ってきて、それをアディソン宛てに書き直し、あたかも文通をしていたと見せかけるようなことをした。それはもう、イアン・マキューアンが『まずい、ヒラリー・マンテルに手紙を出していなかった。しかしもう彼女はこの世にいない。ヒラリー・マンテル宛ての手紙を何通か書いておいたほうがいい！』と言うようなものでしょう」

ジェイン・オースティン

となるとオースティンの手紙を理解する鍵は、それらすべてが、作家として書いた手紙ではないという事実を忘れないことにある。「その手の話題について、凡人が書いたものと比べたら、ずっと優れていると思います」とマラン教授は言う。「オースティンらしさが、文章の端々にさりげなく光っている。思うにカサンドラは、ジェイン・オースティンのファンから、少なからず憎まれているでしょう……なぜなら、オースティンの手紙について現代のわれわれが受ける印象は、彼女によってつくられていると言っても過言ではないからです。ジェイン・オースティンは、姉が知りたいだろうと思うから、『どこそこの何々夫人がどうした、こうした、収穫が無事終わった、わたしたちみんなが風邪をひいてしまって……』などと書いているんです」

「面白いのは――素晴らしい注釈がついた版では、手紙に登場するあらゆる人々に関する情報が得られるものの――オースティンの手紙を無作為に抽出してみると、そこに書かれている内容が具体的に何を示すのか、驚いたことに、われわれにはほとんどわからないという特徴があることです。たとえば、『X夫人がまたやってしまったわ……』とジェインが書けば、それを読んだカサンドラが、『ええっ、またなの！』と返事に書くものの、こちらはなんのことか、さっぱりわからない」

しかし、手紙のなかには、一見して意味が通らないものもあるが、受け手とジェイン・オースティンのあいだではちゃんと通じており、そこに隠れた価値があるとマラン教授は力説する。

おそらく、オースティンの手紙は信用していいのだろう――芝居がかった調子がないのは、日々の家庭生活をそのままつづっているからだと考えられる。しかしここでもわれわれは、自分をだまそうとしていないか？　話も中盤に入ると、ジョン・マラン教授は壁の書棚に目を走らせ、サミュエル・リチャードソンについて書かれた一冊の本を捜し出し、その冒頭部分にある印象的な一節を読んでくれた。

　人間の本性は、手紙に表れるものだと、長きにわたって言われ、信じられてきた。なぜなら、友人に手紙をつづるとき、人は相手の前に心をさらけ出すからだ……。しかし、じつのところ、そんな単純な関係は、人間が無垢だった黄金時代のものであって、現代においてそのような関係が見られるのは子どものあいだだけなのである。自身でもめったに覗いてみることのない心の内を、他人に堂々とさらけ出すような人間はほぼいない。うっかり手紙に心の内を漏らしたところで、それは普段から周囲が知るところの本人の一部であって、突飛なものではない。自身が見ないようにしている自分の一面を友人に見せることなどあり得ないのだ。それどころか、粉飾によって自身を実際以上に立派に見せようとするのに、手紙以上に都合のいい媒体はない。

これはサミュエル・ジョンソンが一七八一年に発表した『Life of Pope（ポープ伝）』からの引用だが、じつはこの著者、それより数年前に、この本に書かれている内容と相反することを友人のミセス・スレールへの手紙に書いている。「いいですか、奥様。男性の書く手紙のなかには、彼の魂が丸裸になっているのです。心の内を鏡のように映す唯一のものが手紙であり、そこでは彼の心をよぎったよしなしごとが、自然な形で明かされているのです。そこでは事実を裏返したり、曲げたりということは一切行われず、相手が何をどう考えて、そのような行動を取るに至ったかが、手に取るようにわかるのです」

いっぽうジェイン・オースティンの小説に出てくる手紙となると、粉飾したものと見られる手紙と、心の内をさらけ出したと見られる手紙の両方が、しばしば同じ章のなかに出てきたりする。実際、ほぼ全章において手紙が登場して大きな働きをするものだから、手紙自体が重要な登場人物に匹敵する。

オースティンの忠実かつ熱狂的なファンが集うウェブサイト、"The Republic of Pemberley"では、『高慢と偏見』において、重要な働きをする手紙をリストアップすることまでしている。七章でキャロライン・ビングリーがジェインにネザフィールドに来ないかと誘う手紙、三十五章でダーシーがエリザベスに自分の行動について言い訳する手紙、五十七章でコリンズがベネット氏に宛てた、エリザベスとダーシーの結婚に反対する意志を表明する手紙などがそこに挙げられている。そのあとにも、ストーリー展開の要になる手紙がまだ十八通も挙げられており、それらはすべて、単なる言及だけでなく本文がそのまま引用されている例であり、言及のみの部分も含めれば、手紙だけで丸ごと一章が成立している章もある。

オースティンが実際より二十年以上前に生きて作品を発表していたら、その小説は、ほかに何も交えずに手紙だけで構成されていたことだろう。『高慢と偏見』も『分別と多感』も、もともとは純粋な書簡体小説として書かれたと考えられている。初期の作品で死後に発表された『レディ・スーザン』がまさにその形式を踏襲している。「十八世紀末に小説を書くといったら、書簡体で書くのが当たり前でした」とジョン・マラン教授は言う。「十八世紀には、あらゆる創作ジャンルで手紙の形式が用いられ、旅行記、ポルノ、政治論争、哲学書、さらには詩に至るまで、手紙の形式を用いて書かれたのです」

このジャンルの比類無き王者は、サミュエル・リチャードソンだ。現代人は大方読んでいない、十八世紀半ばの偉大なる英文学、『パミラ、あるいは淑徳の報い』、『クラリッサ』、『サー・チャールズ・グランディソン』は長大なフィクションで、大衆のあいだで大変な人気を集めた（これに想を得てパロディ作品が数多く生まれたほどで、その中で最も有名なのが、ヘンリー・フィールディングの『シャミラ』だ[2]）。

サミュエル・リチャードソン

『クラリッサ』のサスペンスは、手紙を信用

PAMELA:
OR,
VIRTUE Rewarded.
In a SERIES of
FAMILIAR LETTERS
FROM A
Beautiful Young DAMSEL,
To her PARENTS.
Now first Published
In order to cultivate the Principles of
VIRTUE and RELIGION in the Minds of
the YOUTH of BOTH SEXES.
VOL. II.
LONDON:
Printed for C. RIVINGTON, in St. Paul's Church-Yard; and J. OSBORN, in Pater-noster Row.
MDCCXLI.

『パミラ』の表紙

できない点から生じている。ヒロインは自分を貞節な人間のように書いているが、読者はそれを信用していいものかどうかわからず、この作品には偽装した手紙や、行方がわからなくなった手紙も登場するのである。オースティンもこの手の手紙のお遊びを展開していて、手紙で書き手の性格を示すとともに、親密な関係の象徴にもつかっている。例えば『エマ』の冒頭では、フランク・チャーチルという人物が、その手紙を書く技術のみで評価されている。「数日にわたって、ハイベリーでかわされた、どんな訪問の場でも、ミセス・ウェストンの元に届いた立派な手紙のことが話題にのぼった。『ミスター・フランク・チャーチルが、ミセス・ウェストンに書いた、立派な手紙のことはご存じですよね？　非常に立派な手紙らしいです。ミスター・ウッドハウスがそう言ってましたから。彼は実物を見せてもらったそうで、こんなに立派な手紙を見るのは初めてだって』」

フランク・チャーチルの手紙を書く技術が冒頭近くで取りざたされている理由のひとつは、この小説の核が、アイルランドにいるフランクとジェイン・フェアファクスの人目を忍ぶ手紙のやりとりにあるからだ。そのあとジェインは郵便局に行くため、雨を押して外に出ていくことになり、フランク・チャーチルをあまり好ましく思っていないジョン・ナイトリーに言い訳をするはめになる。

「毎日の習慣なんです。こちらから、いつも手紙を取りに行くんです。配達の手間もはぶけますし、わたしも外に出るきっかけになります。朝食前の散歩は身体にいいんです」

「雨の中での散歩は身体によくないと思いますが」

「いえ、出たときにはあまり降っていなかったんです」

ジョン・ナイトリーは、にやっと笑って言う。

「つまり、どうしてもお散歩をなさりたかったのですね。あなたにお会いしたのは、お宅の玄関から六ヤードも離れていないところでした。それからまもなく、ヘンリーとジョンが数え切れないほどの雨粒が落ちてきた。人生のある時期、郵便局は非常に魅力的な場所に思えます。しかし、わたしぐらいの年になると、手紙なんて、雨のなか、わざわざ取りに行くほどの価値もないと、そう思うようになりますよ」

ジェインはかすかに顔を赤らめると、口をひらいた。

「わたしはあなたのように、家族や親戚に囲まれて過ごすことは望めません。だから、単に年を

2　フィールディングはまた、『The Letter Writers』という、イギリススタイルの笑劇も書いている。ふたりの不運な男が、壊れかかった結婚生活を守るために、手紙をつかった策略を練る話で、クローゼットに隠れたり、あの手この手をつかって、おどけたりする様子が描かれている。サミュエル・リチャードソンは小説のほかに、『Familiar Letters』と題した手紙の指南書も書いている。これは文法とモラルを合致させたもので、世に大きな影響を及ぼした。リチャードソンは、手紙を単なるコミュニケーションの手段ではなく、教育にもつかえると信じて疑わず、彼が手本として示した手紙にはほぼすべて、教訓がふくまれている。「To a Father, against putting a Youth of but moderate Parts to a Profession that requires more extensive Abilities（若者に広範な技量を必要とする仕事を一任するのではなく、その一部を担わせるべきだと考える父親へ）」もそのひとつ。

取れば手紙に無関心になるなんて、そんな風には思えません」

「無関心！　いや、そうじゃありません！――無関心になれるなんて、そんなことは言っちゃいませんよ。こっちがいくら無関心を装っても、手紙は災いをもたらすんですから」

「あなたがおっしゃっているのは、商用の手紙です。わたしが言っているのは、友情の手紙です」

「そっちのほうがもっとタチが悪いと、わたしはよく思います」ミスター・ナイトリーは冷ややかに言う。「商用の手紙は金をもたらすこともあるが、友情の手紙はまず金にならない」


それからまもなく、再び手紙の話題が持ち上がり、そこでジェインは郵便システムそのものの擁護に回る。


「郵便局って、なんて素晴らしいんでしょう！」彼女はそう言う――「規則正しい、迅速な仕事ぶり！　大変な苦労を伴うでしょうに、じつに鮮やかに成し遂げる。これはもう驚くばかりです！」

「確かに、素晴らしい制度です」

「怠慢や不手際なんて、ほとんどないんです！　国内を何千通という手紙が始終行き来しているなか、一通の届けまちがいもない――紛失なんていう事態は、おそらく百万通に一通もないでしょう！　だいたい筆跡だって様々で、なかには悪筆の手紙もあるでしょうに、それでも宛名をちゃんと解読するんですから、ますます驚きだわ」


当然のことながら、チャーチルとフェアファクスの関係が露見するのは手紙（と、そこに含まれる情報）が元であって、それに対してチャーチルが長々と自己弁護する手紙を初めから終わりまでまるまる掲載することで、物語はある種の帰結へと導かれていく。手紙に数多くの重要な役割を担わせておきながら、手紙だけで物語を構成する当初のやり方に背を向けたオースティンは、旧式のフィクションと新しいフィクションの溝を埋めるために、長きに渡って心を砕くことになった。それはすなわち、十八世紀から十九世紀へ渡る橋を掛けることにほかならない。

「終わりはまったく突然でした」と、マラン教授は書簡体小説の終焉をそう語る。「全盛期は一七八〇年代で、リチャードソンが世に出てから三十年にわたって書簡体小説が強い勢力を振るっていた。しかし十九世紀に入って最初の十年間で崖を越えたのです。それはなぜかって？　これは一種、文学的に非常に重要な答えとなりますが、人間の内面を描くのに、作家が新たな方法を見出したせいでしょう――こういった作為的な形式を必要としない方法を。これにはオースティンが重要な役割を果たしています。なぜなら、自由間接話法（三人称小説の地の文で作中人物の内面を描出する）というテクニックを後世の多くの作家に残したからです。ただし、彼女から恩恵を被っていることを自覚している作家はごく少数です。『ジェイン・オースティンは女神だ、そこに風穴をあけてくれた』とみんなが口をそろえて言うこともなく、ゆえに彼女が直接、劇的な影響を与えていると立証するのは難しいのです」

となると、ほかにも理由はあって、そのうちのひとつは単純だった。十九世紀初頭になると、作家のほうでもだんだんに、手紙というのはいかにも作為的だとわかってきた。それは十八世紀の手法であって、そのときにはもう「過去の遺物」になっていたとマランは言う。「要するに小説は売れなくてはならず、流行の先端を行く、新奇なものでなければならないと、多くの作家が考えるようになった。現代の小説を書きたいなら、もう手紙の形式はつかえないとわかってきたのです[3]」

個人授業を受けに学生がひとり入ってきたのを潮に、わたしはマラン教授の下を去ったのだが、そのとき、オースティンが現実に書いた手紙と、創作の中に登場させた手紙が乖離している理由をもうひとつ思い出した——検閲だ。実際それと等価のことを彼女自身がやっているのだ。小説のなかでオースティンは、手紙がしばしば音読され、人々のあいだで回覧される場面を描いている。自分の手紙をカサンドラが姪のファニー・ナイトに読み聞かせていることを知った彼女は、手際よく、こんな文章をしたためている——「ファニーが、わたしの手紙を楽しんでくれたと聞いて、うれしく思います。ただ彼女の鋭敏な批評眼に、わたしの書いたものがさらされると思うと、たくさんの心配が持ちあがってきて、もっと守りを固くしなければという気になります。それで早くも、ふだん以上に自分の書く言葉や文を慎重に考慮し、部屋の隅々に目を向けて、心に響く言い回し、うまい例やたとえを探しているのです。わたしの小部屋に、豊かな発想が雨のように降り注いでくれるといいのですが」

しかし実際には、姪っ子など目ではない、厳しい検閲が行われたのである。性急で否定的な判断をする人たちのおかげで、オースティンという人物はいつの時代も、われわれの目に、わざとぼやかされていた。彼女の死後間もなく、カサンドラは妹からの手紙を大量に焼却し、残ったものは切断した（文字どおりの切断であり、現存する手紙のなかには、ハサミを入れてから、糊でつなぎ合わせたものもある）。これには一部、妹の評判を守る意味があり、にわかに毒舌を振るうようなオースティンの気性は、まだ生きている彼女の知人も、将来のファンも良しとはしないだろう。それと同時に、カサンドラ自身の保身という意味もあった。カサンドラは婚約者に死なれたあと、いろいろとつらい目に遭い、そういった苦衷（くちゅう）を妹に手紙で打ち明けたことはまちがいなく、オースティンもそれに対して心のこもった返事を書いたはずである。要するに残された手紙は、彼女の薄められた実像しか味わえない、〝オースティン・ライト〟であると言え、そこから失われたものがどれだけ貴重だったか、われわれは推測するしかないのだ。

カサンドラによって、オースティンの手紙は口当たりのいい上品なものだけが残ったが、ジェイン・オースティンの遠縁の親戚にも、自分なりの方法で彼女の手紙に手を加えた者がいる。ジェインの甥のジェームズ・エドワード・オースティン・レイで、一八六九年に出版した叔母の回想録に載せたジェインの手紙に修正を加えている。その十五年後に、甥の息子、ブレイボーン卿がジェインの初の書簡集を出すのだが、そこでもやはり、一家の伝統に則って修正を行っている。ブレイボーン卿は、身の固い聖女というジェインのイメージを守ることに躍起になり、わずかでも辛辣な面が窺える部分や、性愛や女性の身体に関する言及はすべて削除している。マントルピースの上に置いてある〝裸の天使〟に関して書いた文章も、彼女のイメージを損なうとして削除され、下腹部にかけた大量の毛布のおかげで寝苦しかったと書いた部分も、〝下腹部に〟が〝身体に〟に修正されている。原形に近い形に修復された（それでもまだ完全ではない）書簡集が出されたのはようやく一九五〇年代になってからだった。その頃になると、実際のオースティンは、それ以前にわれわれ

3　もちろん、書簡体小説が完全に廃れたわけではなかった。語り手が信用できず、視点も限られてしまうため、依然として敬遠されてはいるものの、手紙と郵便システムが主役を張ってきた例は現代小説でも数多く見られる。ソール・ベローの『ハーツォグ』、L・P・ハートリーの『恋』、トマス・ピンチョンの『競売ナンバー49の叫び』、アリス・ウォーカーの『カラーパープル』、A・S・バイアットの『抱擁』、テリー・プラチェットの『Going Postal』、マーク・ハッドンの『夜中に犬に起こった奇妙な事件』など、枚挙にいとまがない。手紙はまちがいなく「新情報であり、これを機に状況が変わることを読者に期待させる」。ところが電子メールにはそういう効果が期待できない。屋根裏や床下から発見されたり、人が死んだあと遺品の中から見つかったりすることはめったにないからだ。現在フィクションでつかわれる電子メールは、読者に不倫関係を知らせる役を果たすことが多い。

が見ることを許されていたオースティン像とはかなり違うことが明らかになってくる。「わたしが野獣に生まれついたとしても、仕方ないわ」と、晩年に近い一八一三年に、ジェインはカサンドラに宛てて書いている。「わたしのせいではないんだから」

*

ジェイン・オースティンが亡くなった一八一七年、軽量の手紙一通をハンプシャーの端から端まで運ぶ代金は四ペンス。同じ手紙をロンドンからブライトンに運ぶと八ペンス、ノッティンガムまでは十ペンス、スコットランドまでは少なくとも一シリングかかった。ナポレオン戦争の軍資金に充てるため、郵便料金は頻繁に値上げされ、郵便馬車で運ぶのか、それとも高い送り賃を払って、もっと長い距離を沿岸航行の汽船で運ぶのか、輸送方法によっても金額は異なった。

高い料金にもかかわらず、郵便を奇跡に等しい快挙と考えたのはジェイン・フェアファクスだけではなかった。名だたる人物が手紙の中で、かなりの紙幅を割いて、手紙そのものについて語っている――たとえば十九世紀初頭には、日曜日に手紙を書くのは教会への不敬にあたるかどうかが活発に議論された（私的な手紙は容認できるが、商用の手紙は受け入れがたいというのが、大方の意見だった）。とりわけ興味が向けられたのは、配達の途上で起きる不測の事態や、目的の相手に届く可能性だ。一八三五年、トマス・カーライルは、大西洋を隔てた先にいるラルフ・ウォルドー・エマソンに手紙を送り、その中で、神の離れ技のような素晴らしいシステムだとして、郵便制度に驚嘆している。エマソンの手紙が自分の元に届くまでに二か月かかったが、それでもカーライルは感謝の念を覚える――「あれだけ広く深い大西洋を越えて、ともかくメッセージが届くこと自体、奇跡と呼ぶべきだろう。小さな紙切れ一枚が、逆巻く波をはじめ、数々の避けられぬ混乱を乗り越えて、ついには二ペニー郵便の配達人の手に渡り、受け手の居場所まで無事届ける。ノアが放ったハトが、くちばしにくわえて運んでくる緑の葉のようではないか？」[4]

四か月後、エマソンに宛てた、また別の手紙で、カーライルはイングランドの状況を嘆いている。至るところに貧困が見られ、コレラの脅威にもさらされている。最悪なのは、新手の技術の進歩だとして、「それ鉄道だ、それ蒸気船だ、それ輪転機だと、われわれの手に負えない〝混迷〟の世になっている」と、現代にもあてはまりそうな意見を述べている。そんな彼だが、運良く郵便配達の制度については、まだ自分の手に負えるようで、つけいる隙を見出していた。一八三六年、母親に宛てた手紙で、彼は夏に休会していた議会がまた始まるのを喜んでいる。「なぜならば、〝さる高名な議員の方々〟がまた町に戻ってくる」ので、彼らが持つ特権を乱用して郵便を無料で出せるチャンスが増えるからだった（とりわけそれに貢献してくれるのが、ミルという議員だと書いている）。そして、彼はもうひとつ規則を破っている。こちらはもっと巧妙な手口であり、手紙よりずっと安価な代金で郵送できる新聞に、自前の暗号をつけて送るというもの。「二週間前、きみに届けてもらおうと『イグザミナー』紙をマンチェスターにいるジェニーの家に送っておいた……ロブもジェニーも、好んで新聞を読む人間かどうかは知らない。しかし、新聞の裏に記した二本線を目にすれば、まちがいなく喜ぶだろう。それはつまり、こっちは万事つつがなくやっているという印なのだ」

この手の暗号は、手紙を愛好する男女だけに馴染みのものではなく、十九世紀初めの郵便料金システムにおいて、代金の支払いを逃れる一般的な手段だった。郵便代は受け手が支払うことになっ

4　これは仕事、ゲーテ、健康についてつづった長い手紙の一部。この最後でカーライルは、「おしゃべりがすぎて、きみに二倍の郵便代を支払わせることになったのではないか？」と心配を記している。

ていたので、受け取るも受け取らないも自由。しかし受け取りを拒否されながら、送り手の本望を遂げる手紙が多くあったのは、封筒につけた印――短い棒線や何かの象徴、あるいは短い暗号文字――のおかげだった。ある質問に対して単純にイエスかノーかを表すことから始まって、熱烈な愛の告白までがこれだけで事足りたのである。[5]

郵便局は、一八四〇年に至るまでのおよそ百年間、手紙を宛先の人間の住所へ届けるところまでは、まずまず効率的に行ってきた。しかし、代金を受け取る段で時間がかかる。配達人が届けたときに受け取り人が在宅していてもそうなのである。言ってみればこれは、光熱費を毎日支払うようなもので、いくらなんでも面倒だと不満の声が上がるようになる。これを聞いて心中穏やかでないのは、引退を控えた郵政省の事務官サー・フランシス・フリーリング。自分は生涯を通じて効率的なシステムの設立に尽力し、手紙のためにあらゆることをやってきたのだと、不平をこぼした。「いったいどこの世界に、自分の商売につかう資材を、善意や、まったく利益の出ない代金で運ばせる生産者がいる？」[6]

彼の主な政敵のひとりに、グリーノックを代表するロバート・ウォレス下院議員がおり、彼の警告演説が、ローランド・ヒルという名前の一公務員の注意を引いた。ヒルは自分なりに郵便制度を調査して、その結果をパンフレットにまとめて発表し、現行の制度のおかしな点や不正だけでなく、本来はもっと利益が上がるはずの郵便事業の収益が、近年次第に落ちこんでいることも指摘した。結果、彼の提案する改善策は、世界中の郵便網を劇的に変えることになった。

ヒルが提案したのは、イギリス諸島内のどこに送る手紙も、郵便料金は半オンスあたり一ペニーで、それを前払いにするというものだった。このために彼は、以前にチャールズ・ナイトが考えた代金支払い済み封筒の案を活用したわけだが、そこにアレンジを加えた第二案こそが、彼を歴史上、不動の位置に押しあげることになった。それは、「消印を押せるだけのスペースがある小さな紙片の裏に粘着性の液を塗っておいて、使用するときに、わずかな水分を含ませて手紙の裏に貼れるようにする」というアイディアだった。これが貼ってあれば代金は支払い済みという証しになるという、この紙片は最初「ラベル」と呼ばれていた。それからヒルはもうひとつ、画期的なアイディアを生み出した。「おそらく、これからは玄関のドアが開くのを待つ必要もなくなるだろう。各戸に郵便受けを設けておけば、配達人はそこに手紙を投げ入れるだけで用が済み、ノックだけしておいて、あとはさっさと歩み去ることができる」

　この新奇なアイディアに反対の声を上げたのが、郵政大臣のリッチフィールド卿だった。「そんな乱暴で、奇抜なやり方は聞いたこともなければ、読んだこともない。まったく馬鹿げている！」と訴えた。ところが彼に賛同する者はおらず、一八三九年七月に、一律一ペニーの郵便料金採用が下院で可決され、ヒルは大蔵省で新しい職のオファーを受けた。

　とうとう切手の誕生とあいなったわけだが、その形態はどのようにするか。現在のわれわれには当たり前のものとなった、その大きさ、君主の頭部の図案、舐めて貼るという使用法などが、ここですべて一から議論されることになった。一ペニー均一の料金制度の採決から四か月後、とうとう

5　ほとんど同じような手法で電話代を節約することもできる。一度か二度呼び出し音を発したあとで、電話をかけた方がすぐ切るのである。呼び出し音の鳴らし方が意味するものについて、あらかじめ両者のあいだで取り決めをしておけば、これもまた暗号の役目を果たす。

6　一律一ペニーの郵便料金が誕生したいきさつについては、わたしの著者『The Error World』, Faber, 2008. に詳しく、これはそこからの引用である。

新しい粘着式ラベルの用意が調い、消印用の印とともに、まずは約三百の町でつかわれることになった。この制度によって、郵便物の量は一気に増加。前払いに困惑を見せた者もいたが、これには強力なインセンティブが用意されていた。料金前納の手紙は全国一律一ペニーで送れるが、着払いにすると、代金は二倍となるのだ。

大蔵省は、新しい切手のデザインを公募することにした。『タイムズ』紙に載せられた広告には、「芸術家、科学に心得のある者、そのほか誰でも、広く一般の人々から、新しい切手を世に送り出すための提言やアイディアを募ります」と書かれている。魅力的なデザインだけでなく、偽造や情報漏洩を防ぐ秘策も提案すれば、百ポンドの報奨金に二百ポンドが上乗せされる。ところが二千六百に及ぶ応募総数のなかに満足な案はひとつもなかった。大蔵省の委員会は国民の発明の才を賞賛したものの、最終的にはヴィクトリア女王の横顔を切手の図案にすることに決め、お札やほかの公式文書の印刷を担当して、ヒルや内国歳入庁にすでに名を知られている専門家集団にデザインと印刷を依頼することになった。

各地の郵便局に最初の切手二種が届いたのは、一八四〇年四月末で、それに伴って発行と消印に関する明確な規定が定められていた(切手は大きなシートからハサミで切り取る形式で、切り取り用の目打ち穴が導入されるのは一八五四年になってからだった)。さらに郵便局長のところには、切手以外の前払い郵便ステーショナリーの一例も届き、ウィリアム・マルレディがデザインした封筒や便箋には、ゾウ、ライオン、女神ブリタニア、郵便配達に専心する人々の図柄が入っていたが、ロンドンの文房具店や風刺雑誌がこの図柄をこぞって真似したために、早い段階で廃止された。

切手——黒色の一ペニー切手、ペニー・ブラックと、青色の二ペンス切手、ペンス・ブルー——が発売されたのは一八四〇年五月一日金曜日で、同時に料金前納の封筒も発売され、ある種の革命

一律１ペニー郵便を立ち上げたローランド・ヒル――彼以外に誰がいるだろう？――を記念する切手

が始まった。「印紙局は大賑わい」とローランド・ヒルはその夜の日記に書いており、翌日には、「昨日は二千五百ポンド相当の切手が売れた」と書いている。切手が初めて使用される五月六日までには、二百五十三の郵便局それぞれに、一シート二百四十面の切手二万二千九百九十三シートが発行され、五月二十二日には、「ラベルの需要は膨大で、印刷機は一日に五十万枚以上を吐き出しているが、それでもまだ足りない」とヒルは書いている。

十年前に誕生した都市間鉄道と同様の目覚ましい進歩であり、鉄道と同様、郵政改革は民意の象徴だった。一八三九年、改革の一年前にイギリス国内で郵送された手紙の数は七千五百九十万七千五百七十二通。一八四〇年には、その数が倍以上の一億六千八百七十六万八千三百四十四通になり、十年後には三億四千七百六万九千七十一通にまで増えた。

まもなくヒルは、しぶる家主らを説得して、玄関のドアに長方形の小枠を切り取らせた上、手紙の集荷と配達を楽にするため、ロンドンに郵便区域の概念を導入した。一八六四年に引退する頃には、世界の半分が彼の改革案を採用しており、結果、ローランド・ヒルはたったひとりで、世界のコミュニケーションの振興に、これ以上はない貢献を果たした。

さらにヒルは、手紙に付き物の、まったく新しい趣味の誕生にも功績があったと見ていい。その誕生と同時に、男女の別なくこぞって切手を集める人間が現れ、当初から切手収集は奇矯な趣味と見なされた。ペニー・ブラックとペンス・ブルーの一シートは二百四十枚の切手から成り、偽造を防止するとともに、切手が一枚のシートのどの位置に印刷されたかを追跡できるよう、一枚一枚の切手の印面下部両隅にアルファベットが入れられた。左隅には、縦列で同一アルファベットが、右隅には、アルファベットの配列に沿って文字が順番にふられていく。すなわち、最初の列はＡＡ、ＡＢ、ＡＣ……、十三列目はＭＡ、ＭＢ、ＭＣ……という案配だ。このようにして縦二十列横十二列のシートが成り、大量の手紙を受け取る者の中には、切手の完全な一組を集めるのも楽しいだろうと考える者もいた。

切手収集が新しい趣味として最初に言及されたのは、一八四五年発行のドイツの雑誌だった。イギリスの郵便局が「女王の頭部を印刷した小さな四角い紙片」を売り出し、「それを手紙に貼り付けて、郵便料金を支払った証しとする」という記事が載っている。まるでコメディアンのボブ・ニューハートがタバコを推進するローリー卿の様子を描くような語り口だ。この記事の書き手は、女王の頭部が非常に美しいと見ており、イギリス人が「これをこぞって集めるところに、奇矯な国民性が表れている」と書いている。

史上初のコレクターと目されているのは、〝Ｅ．Ｄ．〟のイニシャルで知られる女性で、一八四一年、『タイムズ』紙にこんな広告を載せている――「当方、自分の化粧室を使用済み切手で覆い尽くしたいと考える若い女性で、最終的に一万六千枚を収集する目標を達成するよう、身近な友人たちから励まされております。しかしながら目標達成にはまだ遠く及ばず、この取るに足りない小さな広告に目を留めてくださった善意の方々に、わたしの風変わりな趣味にご協力いただければ幸いです」。使用済み切手の送り先として、ふたつの住所が掲載されていて、ひとつはシティのレッドゥンホール・ストリート、もうひとつはハックニーになっている。E.D.のコレクションについては、これ以外の記録は残っておらず、彼女の部屋の写真もないが、おそらく暗い一隅にある日の当たらない部屋に違いなく、現代なら、さしずめターナー賞（英国の現代美術賞）のショートリストに挙がったかもしれない。その翌年、彼女にライバルが現れた。『パンチ』誌がそれを次のように書いている。「新たな切手マニアが、他人の協力を仰ごうと考えるイングランドの怠慢な女性に嚙みついた……こういう現象を見るに、現代のイギリスではヘンリー八世とは正反対に、クイーンの首を大切に保存しようという熱狂が国民のあいだに広がっていることがわかる」

＊

この時代にはもうひとつ、郵便事業になくてはならない愛すべきアイテムが登場した。すなわち郵便ポストである。その生みの親として公認されているのは、三十三年間、郵政省に勤務し、そのうちに人気小説を書くことで有名になる人物、アンソニー・トロロープだ。ヘンリー・ジェイムズから（大西洋横断蒸気船に乗り合わせたあとで）「英国一退屈な男」と評された彼は、現代生活のもたらす高度な生産性をこよなく愛し、一八六七年に郵便局を辞めてからは、小説の世界でポストを偏愛し続けた。彼を非難する人物の多くは、この偏愛ぶりを見とがめ、歴史家のケイト・トマスをして「小説家というより、むしろ郵便配達人」と言わしめている。

トロロープはとにかく大量に書いた。インスピレーションを待つのは耽美主義者や怠け者のやることであって、自分は「機械的な天才」でありたいと自伝に書いており、それはすなわち、書き物机に連日十八時間向かうことを意味した。この日課を守るために、船室用の特別な机や、膝の上に載せることで列車の中でも執筆が可能になる特別な台を大工に頼んでつくらせた。彼もまた、オースティンと同様に手紙を小説のなかに頻繁に登場させ、当然ながら、『高慢と偏見』を英語で書かれた小説の白眉であると考えた。彼の小説のひとつ、『John Caldigate』（一八七九）は、重婚と詐欺がテーマで、主として封筒や切手の科学捜査によって登場人物の運命が転換するという筋立てになっている。この小説にはまた、非常にユニークな特徴がある――郵便局員が主人公なのだ。

しかし、トロロープが郵便事業に果たした役割については、まだはっきりしない点もある。郵便ポストは自分が一から発明したと本人は言うものの、彼の伝記執筆者ヴィクトリア・グレンディニングは、トロロープはポストの発明者というより推進者であるとしている。最初トロロープは、郵便局の事務を任されたものの、その仕事に不満を感じていた。しかし、郵便監督官という新しい職務に就くと、水を得た魚のように活躍し、地方の郵便事業振興の任を担って、辺境までを繋ぐ膨大な管理システムを構築した。ローランド・ヒルの改革を裏で支えた偉大なる立役者であって、本人も、「このわたしは、いわば神が民衆につかわした天使であって、迅速かつ安価で信頼できる手紙の配達システムを行く先々にもたらしたのである」と自伝で豪語している。

郵便ポストより先に誕生した郵便箱の発祥地は十六世紀のイタリアだった。フィレンツェでつかわれたタンブリはふたが閉まった木箱で、教会に通う人々が、神を冒瀆するような言葉や国政を批判するようなことを言った人物を密告するためにつかわれた。すなわち、名前を記した手紙を隙間から投げ入れるのである。それに対してイギリスの郵便箱は、手紙を受け取るために各家の壁や窓

トロロープ――小説を書いていないときは郵便ポストを建てていた

に設置されたもので、十九世紀初頭からつかわれるようになった。

「鉄の切り株」とトロロープが呼ぶ、道路脇に設置する郵便ポストの発祥地もイギリスではなかった。一八五一年十一月、トロロープはチャネル諸島を訪問したあとに一通の報告書を提出している。「現在のところ、セント・ヘリアには集荷局がひとつもなく、遠隔地に住む人々は、本局まで一マイル近くの距離を歩かねばなりません。フランスでは、道路脇に打った杭に郵便箱をくりつける方策が採用されたと聞いており、おそらくこの方策をセント・ヘリアでも採用するのが望ましいと思われます。郵便切手はあらゆる通りで購入できるのですから、あとは郵便物を入れる安全な容器があればいいのです」

一年後、四つの郵便ポストが設置された。ニュー・ストリートの「ミスター・フライのペンキ及びガラス店の前」に設置されたポストもそのひとつだ。イギリス本土に初の郵便ポストがお目見えしたのは一八五三年九月で、カーライルのボッチャーゲートに設置された。ロンドン中心部には一八五五年四月に初めて六つの郵便ポストが設置され、そのうちひとつはピカデリーの北側、「ボルトン・ストリートの角、街灯から二ヤード西」に、またひとつは、フリート・ストリートの「サンデー・タイムズ社入口の向かい側」に設置された。デザインを担当したのは、郵政省顧問技師、E・A・クーパーで、「投函された二十一万二千通のうち、一通も盗まれなかったという、うれしい知らせが届いている」と、まもなく誇らしげに語っている。二年後には、集荷時間を記した鉄の看板をポストに付けるようになった。こうして調ったイギリスの郵便制度は、たちまち世界から注目されて垂涎の的になった。効率的なシステムは国民の手紙を書く意欲を高め、国庫を潤し、さらには多大な雇用をも生み出した。ここに至って、バーカー家（本書でのコラムに掲載されているいる手紙を書いたクリスの家）のように一家全員が郵便に一生を捧げることも可能になったのである。

ぼくにはもったいなさすぎる

１４２３２１３４　通信兵　クリス・バーカー　H・C
中東軍　第九航空通信隊　第一中隊　第三十航空団

一九四四年四月二十二日―三十日

愛しのベッシーへ

そろそろきみに、現在に至るまでの、ぼくの生い立ちについて語るべきだろう。必要なことだと思う。なにしろぼくはイギリスに戻ったらすぐきみと結婚するつもりなのだから（これは非常に書きづらい――とにかく、ぼくはきみを愛していると言いたい）。だから手紙を通じて、お互いのことをもっと「話して」おきたいんだ。

縮約版でも構わないから、きみも「何かしら」自分の生い立ちを語ってほしい。念願かなってようやく会えたら、いまのような手紙のやりとりだけではわからないお互いのことを、もっと深くわかり合える。ぼくはきみについて知らないことばかりだ。まずもってB・I・Mという名前の真ん中の字が、アイヴィーなのか、アイリーンなのか、イトマーなのかわからないし、きみの誕生日も生誕地も知らない。苦手な食べ物があればそれも知りたいし、酒を飲むんだとしたら、どんな酒が好みか、タバコをまだ吸っているのかどうか、家事は自分でこなしているのか、それとも代わりにやってくれる人がいるのか。どうかきみのことを存分に教えて欲しい。そうすれば、きみをとことん味わい、きみに関する情報に溺れることができる。いまとなってはきみも観念しているだろう。

もはやぼくとの結婚は逃れられない。どうしてこんなことになったのかしらと。

ぼくは父が三十四歳のときに生まれた。そのとき父は郵便局員で、週給は約二十五シリング。家族は六人に増え（ぼくの上に兄がふたりと姉がひとりいる）、ホロウェイ・N・七の一角にある部屋から、別の区域にある四部屋の家に引っ越さないといけなくなった。そこの家もまた、ぼくが十三歳のときにスラム街撤去が行われて、トッテナムにあるロンドン州議会住宅の、部屋が五つある家に引っ越した。そこにずっと暮らして、二十六歳のときに、ブロムリーにある現在の家に移った。いまその家は兄が所有している。ぼくは一家の末っ子だ。姉は三十三歳、二番目の兄アーチーは三十六歳、一番上の兄ハーバート・レドヴァーズ（ボーア戦争で活躍した将軍の名から取った）は三十八歳。父は六十四で、母は六十二。幼い頃の記憶はほとんどない。覚えていることと言えば、裏庭に大きな穴をいくつも掘ったことと、写真を撮ってもらうために並んだことぐらいかな。前の戦争のこと、きみはどのぐらい覚えている？　ぼくはR３３［イギリスのパトロール飛行船］を見たあと、家に帰ってココアをつくったのがとても楽しかったのを覚えている。ぼくはあれをツェッペリン号だと思っていて、大きくなったら、「トクベツ警察官」になりたいなんて、舌っ足らずに言っていたっけ。父親は、赤ら顔で不器用な変わり者になってインドから帰ってきた。

（わが人生の物語その二は、またあとでつづるとして）、ここの状況はいつもとほぼ変わりない。ただし今日はカーキ色の服を着て軍事教練を行った。これはまあ、いつでも好きなときに洗えるので、戦闘服を着るよりはましなんだけどね。夜はいつものように、チャンスがあれば、チェスやブリッジをして楽しむ。ひとりになれる場所にこそ逃げて、きみのことをじっくり考えることもあるけれど、こっちもやはり挙動不審に思われてはいけないから、ある程度は我慢している。それでもきみが自分と同じ世界に生きていると思うと、生活に大いに張りが出る。それを思って、ときに胸がいっぱいになることもあるんだ。離れている期間が苦しくなるほど長くならないといいんだが。一九九九年になる前に、いま現在、ぼくらが頭のなかで考えることしかできないそのことを、実際に話せるようになるのを祈っている。

小さなものだが、ぼくの写真を同封した。まあ、写真というよりは、記念の品だと思って受け取って欲しい。本当は「もっといい」写真があるんだが、あいにく身につけていたのはそれだけだ。見ればおそらく、頭頂が薄くなりかけているのに気づくだろう。こんなに早く髪が抜けるなんてと心配しつつ、いやこれは新しく生えてくる兆候だと自分に言いきかせたりもしている。いまぐらいの量がちょうどよくて、これ以上は減らないでくれと祈るばかりだ。

さて、一度放り出した人生の物語。きみがステキだと言いたい気持ちが募ってきたんで、ふいに自分の話をやめたんだが、ここでもう少し話しておこう。ぼくは洗礼を受けなかった。当時母親が忙しくて、なぜか機を逸してしまったそうだ！　いまになって母親は、なんとかして〝済ませよう〟と躍起になっている。ぼくはいまの状態で十分満足だ。洗礼をせずに子どもが死ぬと、清められていない墓地へ埋葬されるらしい。そういう権威の押しつけがいやだから、ぼくは断固として洗礼を受けるつもりはないんだ。

それからぼくはドレイトン・パーク（ハイベリー）公立小学校に通った。おそらくごく平凡な生徒だったと思うが、国語は得意だった。両親の希望に反して奨学金は一度ももらえなかった。算数でひどい成績を取って、教室の前に立たされたこともある。きみのように立派な額を持っていれば、もっといい成績が取れるはずだと校長に言われた。校内で創刊になった雑誌の編集担当に選ばれたんだが、どういうわけだか一号も出せなかった。早くに辞めてしまったんだ。そうそう、ある年の休戦記念日、ぼくがまだとても小さいとき、バナナをポケットに入れて母親に持ち帰ったんだが、家に着いたときには、ぐちゃぐちゃになっていたっけ。学校の休み時間にも始業前にも放課後にも、ごく当たり前に友だちと取っ組み合いのケンカをした。応援していたサッカークラブは、ケンブリッジ、アーセナル、サリー（どれも一番上の兄から教えてもらった。この兄には昔からずっと影響を受け続けている）。父親に叱られるのが怖くて隠れたことが一度だけある。十一歳のとき、ブランコをつくって、それを手回し式脱水機の取っ手にくくりつけたら、ぼくの体重でたわんでしまってつかえなくなったんだ。

郵便の仕事は、一九二八年三月八日に国防省で使い走りをやったのが始まりだった。これは楽しかった。金を稼ぐっていうのは素晴らしいと思ったね。稼いだ金はほとんど古本に注ぎこんだ。一九三〇年十一月にそこを辞めて、ＣＴＯ［英連邦電気通信機構］で働き出した。初めてつきあった女の子は看護実習生で、トーキーの走りだった『サニー・サイド・アップ』を観に連れていった。ぼくはクリケットクラブの事務局長もやったんだが、一番いいスコアが十六だったことを思うと、それは妙な話だ。それとも記憶違いだろうか。サッカーにはいい思い出はない。下手だったんだ。九か月のあいだ、「見習い」をやらされて、それがまったくひどいもんだった。上級生にキッチンじゅう引きずり回され、水に沈められる。それなのに怒られるのはたいてい自分だった。その当時、航空管制官の茶盆を片づけるのが仕事だったのだけれど、その人が残していくクリームたっぷりのミルクを喜んで飲んでいたっけ。

きみの胸はステキすぎてぼくにはもったいないぐらいだ。ぼくの胸に毛が生えていると言えば、きみも多少は興味を引かれるはずだ。とまあ、そういう話は置いといて、もっと真面目な話をしよう。ふたりでどこに住むか、子どもをつくるなら、きみが何歳ぐらいのときが望ましいか。きみは八十五・一ポンドの郵便貯金があると書いていたが、じつはぼくには二百二十七ポンドの貯金がある。お互いその貯金を、ふたりの生活のために「拠出する」と、ふたり同時に考えた。どちらも相手に貢ごうと躍起になっているわけだ。きみに十字架なんかをプレゼントされなくて助かった。実際のところ、ぼくはその手のものを馬鹿にしている。宗教がらみのものは我慢ならないんだ。故郷でも、金の十字架を身につけている女性は、ただ幸運を呼ぶお守りぐらいにしか思っていないって知っている。一度でもぼくにそういう物を送ろうときみが真面目に考えたことはないことを願いたい。こんなことを書いて、ひょっとしたらきみを傷つけるかもしれない。愛する人よ――どうかきみがカトリック教徒ではありませんように。では、今日のところはこのへんで。

愛している

クリス

10 永遠の命を持つように思える手紙

時は一七九四年、あなたはアブナー・サンガーという名前の、ニューハンプシャーの農場で働く労働者であるとする。日々の生活において、根菜に関する情報以外に他人からどんな話が入ってくるだろう？　六月の初めに、あなたのことを気に掛けてくれている誰かから、ボストンの郵便局に、お兄さんから送られた手紙が届いていると言われる。手紙はヴァーモント北部から送られてきたものので、おそらく大事な知らせが書かれているはずだ。そうでなければ、一七九四年に誰が手紙など寄越すだろう？　それであなたは、地元のある商店主に、今度町で資材を買うついでに、それを取ってきて欲しいと頼んだ。ところがそうなる前に、あなたの妻の従姉がよかれと思って、その手紙をもっとあなたの住居に近いところまで持っていき、結果、キーンという十マイル先の町に手紙が運ばれた。数日かかって農作業が一区切りついたので、あなたはその手紙を取りにキーンへ向かった。ところが、地元の店や酒場を片っ端から当たっても手紙は見つからない。それから十日後、手紙が送られてきてから、およそ二か月が経過したとき、最初に手紙を取ってきて欲しいとあなたが頼んだ店主の兄弟に、あなたの息子が出会って、その手紙を家に持ち帰った。あなたが読むか、あるいは誰かがあなたに読んでくれるようにと(1)。

この話の結末が悲しいものだったか、幸せなものだったかは、わからない。手紙の内容が明らかにされていないからだ。しかし、郵便事情についてはこの程度だったのだとわかる——手紙は一応届き、届くまでに二か月を要したとしても、これといった不満は出なかったのかもしれない。そして、この手紙の顛末からして、この時代のアメリカ合衆国ではまだ、こういった郵便物が難なく届く郵便制度が整っていなかったことがわかる。捜索隊でも組織しない限り、手紙は自分のもとへ届かず、切羽詰まった事態に陥っているのでなければ、手紙に期待をかける人間もいなかったと考えられる。要するに、手紙は重要都市において、自分たちで配達人を用意してやりとりするものであり、その蚊帳の外に置かれた人々は農業に専念して手紙とは無縁の生活をしていたのだ。[2]

何か（それもひとつではなく）を変えなければならないということは、以前にも指摘されていた。それより四年前の一七九〇年一月二十日に、アメリカ合衆国の郵政大臣サミュエル・オズグッドは、現行の郵便制度は様々な点において「まったく不完全」であると公言している。一番の欠陥は赤字経営にあり、第二の欠陥はいくらでも不正ができるというシステム。そして何より問題なのは、大

1　この手紙の追跡については、リチャード・D・ブラウンに感謝を捧げる。『Knowledge Is Power : The Diffusion of Information in Early America 1700-1865』, OUP, 1989. にこの件が詳述されている。

2　植民地時代のアメリカで書かれた手紙で現存するもののほとんどは、無意識の内にイギリスへの帰属意識を露呈している。神を恐れる、礼儀正しいが退屈な手紙ばかりで、そんななか、たまに焦燥や感情がほの見えると、読む方は嬉しくなってくる。一六三一年にマサチューセッツ湾植民地に入植してきたばかりのジョン・ポンドという男が、大西洋を越えた英国にいる父ウィリアムに出した手紙もそのひとつだ。「父さん、頼むから、衣類をつくるために、四ヤードか五ヤードの布を送ってください。それから愛しい父さん、たとえ遠く離れていても、ぼくという息子がいることを忘れないでください。いったいここで、あとどのぐらい長らえることができるのかわかりません。英国から物資が支給されなければ、ここで暮らすのは不可能です」郵政改革と同様に、経済面でもニュー・イングランドはオールド・イングランドに依存していたことがわかる。William Merrill Decker,『Epistolary Practices : Letter Writing in America Before Tele-communications』, University of Carolina Press, 1998. より。

したサービスを提供していない事実であるとオズグッドは指摘する。それで彼は改善のための公式計画を書き上げ、その冒頭に、なぜこれまでうまくいかなかったのか、問題点をリストアップした。その内容の一部は次のとおりだ。

（1）「そもそも手紙を書く人口が少ないために、制度を完備したところで多額の収益は見こめない」。驚いたことに（われわれの目にはそう映る）、オズグッドは、アメリカでは十八世紀の終わりにおいて手紙を定期的に出す人間の数をたった十万人ほどと考えて収益計算をしており、そういう人間が一年間に出す手紙は平均してひとり三十通と見積もっている。

（2）「無料配達の特典が、あまりに幅広い層に授与されている」。イギリスと同様に、アメリカでも行政に携わる者には無料で手紙を出す特権が付与されていたが、これまたイギリスと同様で、政府筋の人間がしばしばその特権を友人のために乱用し、その見返りに要職のポストを手に入れるということが頻繁に行われていた。それを最も手広くやっていたひとりが、オズグッドの前任者で植民地時代の郵政大臣、ベンジャミン・フランクリンだった。

（3）「ある場合には郵便料金があまりに高すぎ、また別の場合には低すぎる」。オルバニーとピッツバーグの四百マイル余りの距離間で手紙を郵送する場合、便箋一枚につき二十五セントかかり、この額は非農業従事労働者の日給の三分の一に当たる。ニューヨーク・シティとアラバマのあいだで手紙をやりとりするなら、一通を送るのに、小麦粉一樽分を送る代金の五割以上になる。[3]

（4）「本来は国の郵便制度が利用されるべきところを、駅馬車の馭者と民間の騎馬郵便配達人が数多くの手紙を運んできたという事例がある」。英国で官製の郵便制度が敷かれた後と同様、民間でもっと安く、より確実に届けるという約束（後者は守られないことが多い）で、商売をする者が横行していた。

（5）「郵便局長は、郵便事業よりも自身の利害関係を優先してきた感がある」。これには実際様々な言い訳ができた――地方レベルでは、郵便事業そのものが非効率的に行き当たりばったりで展開されており、まったく信用が置けず、個人の気まぐれに左右される。監視システムがないので、着服も自由自在――着払いで受け取った代金の必ずしも全額が局に集まらない。郵便局長にも無料配達の特権が与えられ、それを他人にも付与することで、別の特権を享受していた。

このような現状を打破するために、オズグッドは何を提案しただろうか？　それは「より強力な」制度であり、国土のもっと詳しい地図と測量に基づいて迅速に運べる郵便配達経路を確保し、郵便局員にしっかり責任を担わせ、郵便料金をもっと安くするというものだった。[4] しかし、こういった改善策を導入しても劇的な効果は得られず、一八四〇年代半ばまで、アメリカの郵便事業は依然として乱れたままだった。かといって国民から不満が出ることがなかったのは、その並外れて広

3　David M. Henkin,『The Postal Age: the Emergence of Modern Communications in Nineteenth-Century America』, University of Chicago Press, 2006. を参照。

大な国土において実用的な郵便制度を敷くのは不可能だとあきらめている節があったからだ。文筆が生活の一部になっている知識人でさえも、長距離間でのコミュニケーションは特別な場合に限る傾向があった。

オズグッドの提案には詳細な補遺がついていて、そこに既存のおもだった郵便局の所在を示す詳細な地図とともに各局の収入が列挙されているのだが、これがどれもこれも、じつに情けない現状を示している。一七八九年十月から一七九〇年一月にわたる三か月間の収入は、フィラデルフィアが千五百三十ドルで、そのうち三百六ドルが局長の給料に充てられる。ニューヨークでは、純収入が千六十七ドル。しかしマサチューセッツ州のスプリングフィールドでは、純収入が十ドル、コネティカット州のスタンフォードでは、それが三・〇五ドルとなっている。さらにメリーランド州のチャールストンでは、二・一九ドル。サミュエル・オズグッドは、この国の人口を三百万人と推定している。

このように進歩は緩慢で――単純に郵便規則を追跡していくだけでアメリカ合衆国の新しい地図をつくることも可能だ。たとえば一八〇三年十二月、ナポレオンから仏領ルイジアナを買収したあと、現在の十五州にまたがるエリアが増えて、アメリカ合衆国の領土が拡大されたとき、トマスという連邦議会議員が、ワシントン市とニューオーリンズを結ぶ郵便経路を五百マイル縮小しようと考えた。現状では「千五百マイル以上の荒野を抜けて……」郵便物を運ばねばならないとトマスは言う。しかし、ヴァージニア州のブルーリッジ山脈が許す範囲で、かつ「友好的なインディアン」が住んでいた土地ばかりを通る形で、できるだけ直線に近い経路をつくるとすれば、新しい郵便経路はより安全になるだけでなく、ここに来て初めて、常駐の郵便配達人も配備できるようになる。そこで、「トゥッカバッチー開拓地の近辺か、なかを通って、トンビグビー開拓地へと至り……さらにトンビグビー開拓地から、ナチェズへ至る」新しい経路の設立が決まった。しかしこれが唯一の直線経路であり、それでも千マイルの距離があるわけで、アメリカ全土にわたる郵便経路の改善は、予想どおり、なかなか進まなかった。

オズグッドの改革や、彼の後任者がその後十年にわたって行った改革に反対する者は、手紙はまだ社交手段のひとつとして、さほど市民権を得ていないという点を強調した。政府やそのほかの公職にある者は、必要なら自分で配達手段を見つけるだろうし、以前のようにニュース（新聞、パンフレット、雑誌が一八五〇年まで郵便物の大半を占めていた）の配達だけをしていれば十分だと言うのだ。しかし、郵便配達経路の拡大は徐々に実を結んでいき、より信頼できる郵便制度になれば、大衆はもっと多くの手紙を書くようになるだろうという見通しが出てきた。郵政省の勧告によって、それ以前には郵便地図にはもちろん、いかなる地図にも載っていなかった地域どうしを結ぶ新たな経路がつくられ、一八三一年には、当時はまったくちっぽけな町だった、アラバマ州のモビールとミシシッピー州のパスカグーラを結ぶ提言がなされ、一八三三年には、オハイオとミシシッピーを結ぶ、蒸気船をつかう特別便の航路が設立された。一八三五年までには、フロリダ州のジャクソンヴィルとタラハシーを結ぶ短縮経路ができ、百六十三マイルの距離を二週間に一度走行した。すると収入も増えてきた。一八二九年、ニューヨーク・シティでは前年の郵便事業による純収入が十二万四千五百三十ドルに上り、四十年前の推定年間収入の三十倍を記録した。同様の計算で、マサチ

4　オズグッドは誰に聞いても、大変な秀才である上に、太っ腹な人間と評判で、マンハッタンに所有する豪邸を開放して、政府の所在地がまだニューヨークにあった時期にワシントン大統領をそこに住まわせた。草創期の豪華な官舎と言えるその建物は、マンハッタンを巡る観光客に珍しがられ、人気スポットとなっている。

ユーセッツ州のスプリングフィールドでは、四十ドルから千四百七ドルに増えている。

しかし、依然として克服すべき問題は山積みで、日常生活における手紙の重要性を社会に認知させることもそのひとつだった。南北戦争前のアメリカでは、手紙というのは主として、商用や取り引きの際にやりとりするものであって、遊んで暮らせる階級以外の一般人が私用で連絡を取り合う際には、重要な知らせだけを新聞の広告欄に短く載せるというのが常識だった。私的な手紙の配達は、一包あたり一セントという昔から安い代金で提供されていた新聞配達の収益を補うために、客から追加料金を取って運んでやろうと編み出されたものだった。ペニー・ブラックが流通する以前のイギリスと同様に、料金は着払い。金で人を雇って私的な手紙を配達させることのできる身分の人間でも、結局は届かずに、金を無駄にするのではないかという心配が絶えなかった。一八四〇年、ナサニエル・ホーソーンが婚約者のソフィア・ピーボディに手紙を出したときには、相手の元に無事に届くかどうかは運任せだった。「この手紙がどこできみを見つけるかわからないが、風に乗せて運ばせよう」[5]とホーソーンは書いている。

一八四五年と一八五一年に行われた郵便改革と関連して、一八四七年に合衆国初の切手が発行され、三百マイル未満の距離へ半オンスの手紙を送る場合、料金は一律五セントと定められた。これによって手紙をめぐる事情が劇的に変わったわけではないものの、好調なすべり出しには違いなかった。そこに鉄道の拡張、西部への大量移住、読み書き能力の向上といった事情が重なって、一八五〇年代におけるコミュニケーション手段の進歩は、現在のわれわれが当たり前のように享受している郵便事業――組織的で、国営の、信頼できる料金前納の配達により、迅速なスピードと最小限のコストで、各家の戸口まで頻繁に手紙を届けるサービス――を目指してスタートを切ったのだ。[6]郵便は合衆国民の大半にとって、課税以外に政府の機能を日々実感できる最初の制度となった。

そして世の中に普及した、この新たなコミュニケーション手段――一般人が顔の見えない相手といつでも連絡を取りあえる信頼に足る手段――は、現代世界を真の意味で現代的にしたのだった。

＊

この快挙を祝賀するように、国民はどんどん手紙を書き出した。一八五一年から五二年にかけて、コネティカットに暮らすメアリー・ウィンゲートという女性が、カリフォルニアで金鉱を発見しようと目論んでいる夫のベンジャミンに定期的に手紙を書いている。「郵便の制度が新しくなったから、少しわがままを言います。蒸気船が出航するごとに、どうか手紙を送ってください」という妻の願いを夫が聞き遂げたかどうかはわからないが、ある機会をとらえて、その妻が夫の胸に愛情を掘り起こそうとしたことはわかっている。妻は娘に手紙を書かせて、夫の感情に訴えたのだ――「できるだけ早く家に帰ってきてください。パパがいないとわたしもママもさびしくてたまりません。わたしも早く字が書けるようになりたいです。そうしたらママに手を持ってもらわなくても、自分でパパに手紙を書けるから。パパの娘、ルーシーより」

人々の行動範囲が爆発的に広がった十九世紀中期のアメリカは、安価に効率よく手紙を配達する

5　彼女は実際かなり近い、おそらくボストンにいた。返事が届くとホーソーンは狂喜乱舞した。「最愛のきみから届いた手紙……折りたたんで胸に押し当てる、そのたびに全身に興奮が走る。きみの愛がたっぷり染みこんだ手紙――まるできみがぼくの胸に頭を押しつけているような気がする」

6　蒸気船、運河、さらに一八四四年に（比較的高価な）電報が導入されたことも大きい。各家庭の玄関先へ届けられるようになるのはまだ先で、十九世紀後半は大抵の場合、一番近い郵便局に取りに行った。

郵便制度から大きな恩恵を被った。そのおかげで、家族や仲間が遠く離れている状況に耐えられるようになったとも言える。しかし、その恩恵に浴したのは、読み書きが当たり前にできる階級だけだろうと言うかもしれない。ところが予想に反して、奴隷が不在の主人に手紙を書いていたという証拠が数多く存在する。それも、必ずしも代筆ではなく、自筆の手紙も現存するのだ。「以前より、もっと満足な手紙が書けますように」と、一八六三年にアラバマ州のホープウェルから、ルーシー・スキップワースが手紙を書いている。「白人はいつでも、わたしがあなたに手紙を書くのに反対して、書いた手紙を見たがります」文字が書けようが書けまいが関係無しに、奴隷たちは、小説家や劇作家が昔から知っていたことをたちまちのうちに嗅ぎつけた――手紙をつかえば、いくらでもごまかすことができるという事実である。ノースカロライナの奴隷ハリエット・ジェイコブスは、ドクター・フリント某という主人から逃げて、近所の家に身を潜めた。おそらくその家主が援助してくれたのだろうが、彼女は一通の手紙をニューヨークに送り、それがニューヨークの消印をつけてドクター・フリントの元へ返送されるよう手配して、追跡者を混乱させた。

このように新たに獲得された自由について、エディンバラの『ブラックウッズ』誌が、嫉妬と優越感と嫌悪の入り交じった感情を吐露している。郵便改革によって縛りを解かれたのは奴隷ばかりではなかったようで、アメリカの若い女性は、イギリスではまだ容認されていない自由を享受するようになり、それは、親の知らないところで「遅くまで劇場に入り浸っても、家に入れる鍵が娘に手渡された」に等しい状況だった。ここに来て郵便が、ふしだらな生活の機会をまた新たに提供したらしい。

彼女は特権を持っていて、その気になれば、住居の近くにあって手紙を出せる郵便局に、自分専用の箱、あるいは仕切りを持つことができる。好きなときに何度でも、〝レディ専用口〟という看板を掲げた、野卑な男を寄せ付けない場所に赴き、外から自分の箱の錠をあけて、誰にも見られることなく、自分宛の郵便物を取り出すことができる。

まだ教育も十分でない、多感な年頃の若い女性が好きこのんで読むものと言えば、イギリスのペニー・ペーパーから再録した愚にもつかない小説……恋愛、誘惑、重婚、殺人といった、ある階級の人間がこぞって好むシーンを満載した小説であって、大西洋のヨーロッパ側にいる、立派な父親や母親なら、考えただけで、おぞましさに顔を覆う手合いのものである。

では高尚なエディンバラに暮らす女性が、自分の箱をあけるにはどうしたらいいのか？「彼女たちの場合は楽ではない。近所の菓子職人なり、文房具屋の主人なり、信頼できそうな人に頼むのである」

十九世紀中期にアメリカ国内を横断する手紙の数がいかばかりだったかと言えば、一八四〇年にはおよそ二千七百万通だったのが、一八六〇年には一億六千万通に増えている。これだけ郵便が普及すれば、また新たに開花したアメリカの精神を見て取ることもできるのではないか？一八五五年、ある郵便局の〝特別捜査官〟である、ジェームズ・ホルブルックという人物が『Ten Years Among the Mail Bags』というタイトルの本を著し、もはや郵便抜きにして、アメリカの繁栄は考えられないと書いている。「郵便局のない町を想像してみよ！手紙をやりとりしない地域のことを！〝友人、カトリック教徒、農夫、恋人〟、とりわけ恋人どうしのことを！手紙のやりとりができず、新聞も配達されなければ、われわれは生きたまま土に埋められたも同然で、知性の光も当たらず、めまぐるしく変わる世の中の情勢も知らずにいる！なんと恐ろしいことか！」

確かに、この時代には手紙が幅広い層に広がり、それを巧みに活用している証拠が山ほど残っていて、絶望感はまったくない。国は移動の真っ最中――年々移民の数が劇的に増加し、とりわけそれが西部で顕著なのはゴールドラッシュが続いていたからだが、交易全般が好況に沸き立ち、鉄道の発達が人々の行動範囲を拡大するという好例も示していた。当然ながら、手紙のやりとりが自己啓発を促している例も残っている。遠い距離を隔てて家族や友人どうしの連絡を維持することがこれまで以上に求められ、書き手も次第に、手紙を信頼して、心の内をさらけ出すようになっていく。一八四九年七月末、ヘンリー・ソローは、マサチューセッツ州コンコードにある自宅から、友人であるラルフ・ウォルドー・エマソンの娘に手紙を書き送っている。十歳のエレン・エマソンは、夏のあいだ、いとこたちといっしょにスタテン島に滞在していて、ソローはかつて彼女の父親がそうであったように、自分がエレンの精神的支えになろうと考えたのである。独立独歩の生活を通して自己を見出す、精神の旅を記して反響を呼ぶ、『ウォールデン』が出版されるまでにはまだ五年の時が必要だったが、この手紙の物思いにふけるような語り口からすると、早くもそれは完成に近づいていたと見える。

愛しのエレンへ

何かについて、ふたりでじっくり話し合ったことはないけれど、きみとぼくとはよく知ったあいだがらだ。少なくとも……ちょっとしたおしゃべりなら、しょっちゅうしている。きみは、お父さんぐらいに年を取っている人間は、いつもまじめくさったことばかり考えていると思っているんじゃないかな。ところがおじさんたちも、十歳の頃に考えていたことを、いまでもずっと考えている。ただあの頃よりは、もっとまじめに考えているというだけなんだ。きみはおとぎ話を書いたり読んだりするのが大好きだ。大人になって、どんな形でそれに接するようになるかはわからないが、おとぎ話の世界が大好きだというきみの気持ちはずっと変わらないだろう。そうして近い将来、きみは日々の生活に必要なものが欲しくなり、そのときになって初めて、そういった夢のような世界の意味が、はっきりわかるのかもしれない。

……ベリーを摘んでいる子どもたちがあちこちにいる。白ユリが咲き、オトギリソウやアキノキリンソウの花も開き出した。年老いた人々は、こんなに暑い夏は三十年ぶりだと言う。この暑さで数人が命を落とし、ミスター・ケンダルも、おそらくそのひとりだろう。鉄道工事で働くアイルランド人たちは数時間仕事を休まねばならず、農夫は畑を離れて日陰をさがす。貧しい家のウィリアム・ブラウンが亡くなった。一セント恵んでくれと、よく人に声をかけていたが、彼の集めた一セント硬貨を、いまは誰が持っているのか。

今日の午後、川の土手で、上等の小型ナイフを見つけた。最近水浴びをした村人が忘れていったのだろう。昨日は、これまた立派な矢じりを見つけた。ずいぶん前にここで狩りをしていた先住民が落としていったものだろう。ナイフはわずかにさびが浮いているが、矢じりにさびはまったく浮いていない。

ぜひとも家に帰る前に、海から昇る朝日を見て欲しい。丘のてっぺんに立てばロングアイランドもじゃまにはならないだろう――少なくとも、クッション島や、まくら丘、朝ねぼう低地ほどにはね。

わたしが手紙を書いたから、自分も書かなきゃいけないなんて思う必要はない。そんなつもりで書いたのではないからね。一か月のあいだ、ここでふたりいっしょに過ごしたとしても、それほど長くしゃべりはしないだろう。手紙だって同じだよ。ただ、もしきみが、いまならずっと楽に書けそうだし、書くのが楽しそうだと思ったら、ひと言でも書いて送ってくれたら、とてもうれしい。

きみのむかしからの友だち

ヘンリー・ソロー

ソローはそれから数日後、マサチューセッツ州ウースターで出版業を営む友人ハリソン・ブレイクに手紙を書いている。彼とはもう十二年も文通が続いていた。この手紙ではがらりと雰囲気が変わって、教え諭すような口調になっており、難解で観念的な勧告や教えには、新しい国で生きる人間の気負いが窺える。冒頭でお決まりのあいさつを済ませると、彼はすぐ、森に住む人版『幸せへの切なる願い』とも言える論を展開しにかかる。

貧困を躍起になって避けない。そうすれば、宇宙の富が確実に授けられよう。この短い人生を、悠久不朽の法則に従わずに生きるとは、なんと遺憾なことか。土の上にべったり横にならず、ここにまっすぐ立とう。自分のさもしさに寄りかかるのではなく、足で踏みつけるのだ。迷宮のさなかで一本の糸のような人生を生きる。われわれは、やむにやまれず目標に向かってひた走っているに違いなく、そうとなれば、必ずや自分の後ろに邪悪を引きずっている。彗星は、その核だけでほぼ一個の星たりえている。自身の内に相反するものなど抱えていようか？　地球の法則は、足や、劣等な者のために存在し、天の法則は、頭や、優秀な者のために存在する。後者は前者を高め、拡張したもの。地球の中心から伸びる半径さえも天へ広がっている。天の法則と地球の法則を正しいバランスで遵守する人間は幸せである。足の裏から頭頂まで、あらゆる能力がそれにふさわしい法則に従い、かがみもしなければ、背伸びもせず、自然と神が容認する、バランスの取れた生を生きている。

ブレイクは後年の回想録に、ソローの手紙はいくら読んでも飽きないとしている。「そのなかに新たな意味を見つけることがよくあり、いまでも警鐘を鳴らし、その教えを胸に刻むことが多い。ときには前に読んだとき以上に強い影響を受けることもあって、その意味では、まだ本当の意味を理解できていない部分が手紙のなかに残っており、おそらく死ぬまでわからないこともあるのだろう。よってこの手紙は、その内容を正確に理解できる人々に宛てたものと見なすべきだろう」と書いている。ある意味それは、われわれに向かって書かれていると考えることもできる。しかし、ソローの手紙には決まって穏やかな皮肉が顔を覗かせる。『ウォールデン』に、「今日まで生きてきて、わざわざ出す価値があると思える手紙をもらったのは一度か二度だけである」という有名な文句があり、彼は「郵便局などなくても、楽に暮らせる」と書いている。これが書かれたのは一八五四年。まだインクやペンもつかい慣れない人々が彼と正反対のことを感じるようになった時代とぴったり合致している。

エミリー・ディキンソンが手紙を書き始めたのは一八四二年、十一歳の時だが、それからわずか三年後に、早くも非凡な文学の才を発揮した。一八四五年、熱を上げている男性について、学校の女友だちにこんな手紙を書いている。「ある夜、オリオン座をじっと見ていると、(彼が)星に変わって、ベラトリクスとベテルギウスのあいだに収まったの」さらに彼女は友だちに、これからもずっと手紙のやりとりができる喜びもつづっている。「アマーストは例によって旧態依然としていて、沈黙を破る術が何も見つかりません。そんななか、郵便料金が値下げになるというニュースには笑いがとまらなかった。だって考えてもみて！　これからは、たった五枚の銅貨で、一通の手紙に自分の考えや親友へのアドバイスをぎっしり詰めて送れるんだから」

手紙を媒介とする読書会の創始者である
エミリー・ディキンソン

彼女がこんなにはしゃぐ様子はそれ以降、ほとんど見られなくなる。次の年から、ディキンソンの手紙には、孤独と社会からの離脱を匂わせる強い感情がにじむようになるからだ。彼女が後年、世間から離れて暮らしたのは有名な話で、その頃の手紙からは、隠遁(いんとん)の内に孤独にひたる様子が窺える。手紙が相手の不在を示すのは当然だが、ディキンソンはそこに一歩踏みこんで、手紙というのは、時空を越えて人と人を結ぶ、神が定めた絆であると、よくそんなことを書いていた。とはい

*

え、彼女自身、神を厳格に信奉しているわけではなく、ときにちょっとした不敬を働くことがあるのを、一八五二年に義理の姉スーザン・ギルバートに宛てた手紙で自ら暴露している。十三世紀にアベラールとエロイーズがかわしたエロティックな手紙を彷彿させる、熱情に満ちた手紙だ。「(牧師が)『天にまします、われらが父よ』と言うとき、わたしは『ああ、愛しのスーよ』と言い、牧師が詩篇の第百篇を読みあげているあいだ、わたしはあなたのかけがえのない手紙を心のなかで、ずっと読みあげているの。そうしてスージー、みんなが歌っているあいだ……わたしは心のなかで、あなたに送る手紙の文面を考えて、あなたへの愛を歌い続けるの」

彼女の手紙の多くはエロティシズムが炸裂し、彼女は本来なら秘密の日記にでもしたためる手合いの内容を手紙に書き連ねており、郵便制度に心底信頼を置いていたのがわかる。同じスーザンに宛てた別の手紙では、なお一層の欲望を吐露しており、ふたりが恋人同士だったという推測を強化している(別の言い方をすれば、ふたりに肉体関係があったという推測が正しいことを示している――手紙の内容からすると、周囲に気兼ねをしながらも、恋人関係を続けたことはまちがいない)。

スージー、愛しい人よ、わたしの言葉が足らなかったことをどうぞ許してちょうだい――わたしの心はあなたで一杯……それでも世間一般の話以外で、あなたに何か言おうとすると、まずい言葉を発してしまう。もしあなたがここにいたら――ああ、スージー、あなたがここにいたら、話す必要なんてまったくないわ。目と目を合わせ、手をしっかりつなぎ合わせれば、お互いの気持ちがわかって、言葉に頼る必要なんてないのだから。

ディキンソンの輝くばかりの詩才が一部の人々に知れたのは、三十一歳になってからで、トマス・ウェントワース・ヒギンソンという男性に出した手紙で明らかになった。ヒギンソンは、奴隷制度廃止論者、南北戦争の兵士、文学評論家といった、多種多様な経歴を持つ男で、彼の言葉によると、ディキンソンはその手紙を出してまもなく、トマスを「文学の相談役であり、信頼のおける友人」と見なすようになった。ただし信頼のおける友人は、一八九一年、ディキンソンが亡くなってから五年が経過し、彼女の人気がピークに達したのと時期を合わせて、「大いに遺憾ながら」秘密を暴露することに決めた。『アトランティック』誌で、希望に満ちた若い作家たちの相談役を務めていたヒギンソンは、最初にディキンソンという人間を知ったのは一八六二年四月のある日だったとして、「マサチューセッツ州ウースターの郵便局」に向かったところ、思いがけなく彼女から手紙が届いていたと書いている。それには、「もし、お仕事で手一杯でなかったら、わたしの詩が生きているかどうか、お教え願えませんでしょうか？」という依頼が書かれていた。彼はちょうど手すきで、読んでみたところ、その詩は生きていた。手紙の消印はアマースト。「（筆跡は）まるでその大学町の博物館に展示されている、あの有名な、鳥の足跡の化石を手本にして文字の書き方を習ったかのように、非常に変わっていた。だからといって無知を露呈しているかといえば、その反対で、深い教養と個性に裏付けされた、じつにユニークな内容だった。句読点はほとんどつかわないかわりにダッシュが多用されていた」

そこに書かれていた詩は、計り知れない魅力をたたえており、彼女は「斬新で独創的な天才である」と、もうそのときから直感したと、後年になってトマスは書いている。八行からなる詩は、「ある真理を非常に鋭くとらえていて、長い人生の経験を凝縮したような趣があった」。いまは手元にないが、彼が出した返事には穏当な批評――ディキンソンはそれを「手術」とみなした――とともに、きみの詩について、もっと詳しいことが知りたいと書いたと言う。それに対してディキンソンは謎と媚びを含んだ返事を寄越した。恋愛遊戯の趣を呈したその手紙からは、この同じ人物が晩年に隠遁生活に入るなどとは想像もできず、むしろスカートの裾をひるがえして町を闊歩する姿が似合うと思ったそうだ。

ミスター・ヒギンソンへ

ご親切なお返事に対して、もっと早くに御礼を申し上げるべきでしたが、あいにく病に伏せっておりまして、今日はベッドのなかでこの手紙を書いています。

手術をありがとうございました――想像していたほど痛くはありませんでした。お言葉に従ってほかの詩もお送りしますが、どれも大差はありません。わたしの場合、心を裸にしたときには、いい詩が書けますが、そこにガウンを着せますと、とたんに変わり映えのしない、つまらない詩しか書けなくなります。

いつから書いているかとお聞きになりましたね？　この冬までに、詩というものは、ほんのひとつ、ふたつしか書いていませんでした。

九月より、ある恐怖を覚えており、誰にもそのことは言えません。それで少年が埋葬場でするように、わたしも歌を歌います。怖いからです。

どんな本を持っているのかと、お聞きになりました。詩でしたら、キーツやブラウニング夫妻のものを。散文ですと、ラスキン、トマス・ブラウン、それにヨハネの黙示録を。学校には行きましたが、あなたがお考えになっているような教育は受けておりません。幼いときに、ある人から不死について教わりました。しかし彼自身が近づきすぎて、二度と戻っては来ませんでした。わたしは彼を師と仰いでいたのですが、その彼が亡くなってからは、辞書が唯一の友だちでした。それから数年してまたひとり、新たな師が見つかったのですが、わたしが生徒であるのが気に入らないらしく、彼も去ってしまいました。

わたしの友だちについてお聞きになりましたね。丘と夕暮れです。それに、わたしと同じぐらい大きな犬。これは父が買ってくれました。犬というのは、いろいろわかっていても、それを口にしないので、人間よりも上等です。真昼の池の音は、わたしのピアノよりすてきです。

わたしには兄がひとり、妹がひとりおります。母は考えることが嫌いで、父は訴訟関係の書類で忙しく、家族のことには目が行きません。父は本をたくさん買ってくれますが、どうか読まないでくれといいます。読書にかまけていると心がぐらつくと恐れているのです。家族はわたしを除いて宗教心に篤く、毎朝天に向かって、われらの「父よ」と呼びかけます。

こういう話を聞かされて、お疲れにならないかと心配です。わたしは学びたいと思っています。人はどうすれば成長できるのか、教えてくださいませんか？　それともそれは、メロディーや魔法のように、説明不可能なものですか？

ミスター・ホイットマンのことを書いていらっしゃいましたね。彼の本はまだ一冊も読んだことがありません。けれどもあの方は上品ではないと伺っています。

ミス・プレスコットの『Circumstance』を読みましたが、暗がりでついて来られるような気がして、避けています。

雑誌の編集者ふたりが、この冬自宅に父を訪ねにやってきて、わたしの意見を聞きたいと言いました。「なぜ」と聞いたら、それを出版すれば、きみの懐も温かくなると言うのです。

わたしは自分の重みを感じられません。わたしという存在はとてもちっぽけなものにしか思えないのです。『アトランティック』誌に寄せたあなたの文章を拝見して、敬意を覚えました。きっとあなたは個人的なことを聞かれても、はねつけたりはしない人だと思いました。

こんな感じのお返事で、ご満足いただけますでしょうか？

あなたの友だち

E・ディキンソン

ふたりは文通を続けたが、最初は頻繁にやりとりしていた手紙も、ヒギンソンが南北戦争に出征し、ディキンソンが目の治療を受けることなどがあって、しだいに間遠になっていく。ディキンソンはしばしば、結びの署名に「生徒」と記し、写真を送って欲しいという相手のリクエストに対して、こちらもリクエストで答えた――「そういうもの無しに、わたしを信じてくださいませんか？いまのところ肖像写真は一枚もありません。わたしの身体はミソサザイのように小さく、頭はクリのイガのように髪がつんつんしていて、目は客がグラスに飲み残したシェリー酒です」

ディキンソンは一度、こんな考えを明らかにしている。わたしにとって「手紙は、永遠の命を持つように思えます。なぜならそれは友の肉体から抜き取った精神だけでできているからです」。ディキンソンはふたりの関係をより実のあるものにしようと、折に触れヒギンソンを家に誘い、ヒギンソンは一八七〇年八月、ふたりが文通を始めてから八年がたったある日、彼女の家を訪ねる。彼にとってその機会は気詰まりで、かすかな失望を覚えたらしい。後の手紙で彼女の顔について、「褒めるべき点は何もない」と書いており、性格については、内気で謎めいているとしている。

「仕事をしたいと思ったことはないのかと聞いてみた。家からほとんど出ず、めったに人も訪ねてこないようだけれど、と。すると彼女は『わずかでもそんなことを思ったことはなく、将来もあり得ないでしょう』と言う……それから、自分の担当している家事について話してくれた。家族全員の食べるパンをつくり、父親はわたしのつくったパンしか好まないと言ったあとで、はにかんだ様子で『それに、誰にだってプディングは必要でしょ』と言った」

ディキンソンはむしろ、彼女の書く詩に似ていると、ヒギンソンは思った。省略され、凝縮され、反転している。彼はその後もディキンソンの作品を敬愛したが、現実の彼女よりも、手紙の方を好んだ節がある。とはいえ現実の彼女が実際どんな人間だったかを見極めるのは難しい。伝記作者は、手がかりを探そうと彼女の書いた手紙（現存するのは千通強だが、焼却されたり、紛失したりしたものが、それ以上にあった）をしらみつぶしに調べたが、本当の自分について書いているのか、詩的に書いているのか、見栄を張って書いているのか、判別が不可能だと言う。ディキンソンは手紙に多数の詩を同封しており、学者たちは手紙のテーマと詩のあいだに、さほどの乖離はないと長く主張してきた。確かに彼女の詩は手紙を書く技術や手紙を受け取る独自の方法をテーマにしている。一八九〇年に発表したある詩では、「これは世のなかに宛てたわたしの手紙」として、「わたしには決して返事が来ない」と悲しげに書いている。これを読者が額面どおりに取らないよう、彼女は自分がもらった手紙をどれだけ大切にしているかを後に書いている。

わたしが手紙を読むときは――こうします――
まず――ドアに鍵をかけ――
それから――手紙を指で押し――
それがもたらしてくれるであろう喜びを感じ取る

次はできるだけ遠くへ
ノックの音が聞こえないところへ行き――
そこで、わたしの愛しい手紙を目の前にひっぱり出し
ゆっくり、封をあけていく――[7]

7　このあとさらに詩はつづく。

十九世紀に、ディキンソンと彼女を取り巻く人々のあいだでやりとりされていた手紙の価値は見くびることができない。われわれにとって、それらはまた別の意味で貴重なのだ。そこには今世紀のアメリカで、これ以前にはめったに見られなかった、くつろいだ創造性を見て取ることができる。これらもまた、後世に残そうとして書かれた手紙ではなく（たとえばエマソンが書いた手紙の一部に見られるように、送る前に写しをつくっておくことはしていない）、手紙のマニュアルに載っている決まり事をことごとく打ち砕く遊びの精神にあふれている。一八八六年、死の数日前に、五十五歳のディキンソンはこんな手紙を書いている。それを彼女が昏睡状態に陥ったあと、いとこふたりが開封した。全文は次のとおり。

幼いいとこたちへ
　呼び戻されたわ
　　エミリー

そしてここにもうひとつ、手紙を生かした、ディキンソンの独創的な活動がある。彼女は十代の頃からずっと手紙を通じて読書会を開いていたのである。歴史上初とは言えないにしても、非常に精力的な試みであることはまちがいない。彼女の大量（おそらく半分ほど）の手紙にはほぼ必ず、現在読んでいる本のことや、同じ中流階級の友人たちなら、まちがいなくそれとわかる、文学の一節が引用されている。ディキンソンはまた、二十代初めに現実の読書サークルにも参加していた可能性が非常に高い。こちらは実際に集まっての交流だ（兄に宛てたある手紙に、「わたしたちの読書会は依然として続いていて、いまではとても愉快な会になっています」と書いている）。ただし現実世界から目をそむけるようになると、本や、本に関する手紙を通じて、そこと繋がるだけで満足したようだ。試験的な試みを行ったのは一八四八年、十八歳のときで、ある友人に宛てて「いま、何を読んでいる?」と書いたあとで、自身が読んでいる本を片っ端から挙げている。彼女の読書サークルはまもなく、兄のオースティンやその妻スーザン、ノークロス家のふたりのいとこであるルイーズとフランシス、それに少なくとも友人三人を巻きこんで広がっていく。ディキンソンの研究者であるエレナー・ヘギンボサムは、彼女の「読書サークルの特徴」は、現代のそれと通じていて、手紙のなかに社交、自慢、競争、喜びが見られると書いている。現代の読書会メンバーもまた、そういった精神を発揮しながら、エミリー・ディキンソンの作品と生い立ちをテーマに活発に論議しているかもしれない。

ディキンソンはほぼ何でも読んだ。トマス・ウェントワース・ヒギンソンに宛てた最初の手紙から、彼女がキーツやブラウニング夫妻を読んでいたことがわかるが、シェイクスピア、ミルトン、バイロンもこよなく愛した。随筆ではホーソーン、エマソン、ラスキンを。『ハーパーズ』や『アトランティック』といった文芸誌もむさぼるように読んだ。同時代の小説では、父親の願いを完全に無視して、アメリカの人気作家ハリエット・ビーチャー・ストウから、イギリスの大作家ジョージ・エリオット、ブロンテ姉妹、ディケンズまで幅広く読んでいる。ディケンズは、ディキンソンが生まれる一年前に『ピックウィック・クラブ』で有名になり、彼の小説のプロットや登場人物がディキンソンの手紙に頻繁に登場する。家庭の問題について、「わたしなら、ミコーバーを見捨てない」と書いたり、また別のところでは、リトル・ネルの人を巧みに操る能力に触れたり、『骨董屋』を引き合いに出した手紙の末尾には、「侯爵夫人」と署名したりもしている。

ひとつだけ、彼女が読まなかったものがある。少なくとも当時のアメリカではまだ実験的と見られていたジャンル――書簡集だった。

＊

切望感と喪失感に、あれだけとらわれていたエミリー・ディキンソンだが、こと自身の書いた手紙が無くなることについては、理不尽なほどに頓着しなかった。手紙のごく一部が届かずじまいになるという事実は、感心できることではないにしても、郵便事業には避けられないことで、当時の人はみなあきらめていた節があった。では、失われた手紙や、放棄された手紙はどこに行ったのだろう？ 盗まれたものもあったかもしれない。あるいはどこかの土の下に埋まった郵便袋のなかで、ヴィンドランダの手紙のように、自分たちもいつか発掘されると期待しながら、依然として配達されるのを待っているものも、わずかだがあるだろう。

郵便改革によって、費用と効率が改善され、遠方の地へでも、造作なく手紙を運べるようになったが、そんななか、エミリー・ディキンソンの手紙が風に吹かれて迷子になった場合、行き着く先はワシントンDCにあった。その施設では一八二五年から、日々続々と入ってくる迷子の手紙相手に、涙ぐましい努力が続けられている。そこはデッド・レター・オフィス（配達不能郵便取扱課）と呼ばれているが、手紙の死に場所ではなく、簡単に言えば、手紙を蘇生させる場だ。とはいえ、この課の位置づけは、簡単ではない。果たしてここで行われていることは容認できるのか？ 他人の郵便を勝手に開封するのは正しいことなのか？

イギリスではこれまで見てきたように、国家が手紙を開封するのは秘密裡に行う義務の一種と見なされていた。ただしそこで開封するのは、迷子になった手紙や宛先不明の手紙ではない。アメリ

ワシントンDCの配達不能郵便取扱課は大賑わい

カでイギリスと同じことをしようとすれば、良心のある人間は夜もおちおち眠れないだろう。

それでも届かなかった手紙、届けることのできなかった手紙には、人々の興味を掻き立てる物語的要素がある。そこにいったい、どんなロマンスや悲劇が隠れているのか。宛先に届く望みの完全に尽きた手紙がたどる明白な末路について、一八五二年九月に、『ニューヨーク・タイムズ』紙がシェイクスピア風の語り口で報じている。「最後に行き着くのは、住民のいない場所で、そこで厳かに焼却される。その手紙を書くのに、いかなる労力と心痛が費やされたか、書いた本人以外、誰にも知られぬまま荼毘に付され、煙となって消えるのである」

そこはもともとはそういう施設ではなかった。一七七〇年代に生まれたデッド・レター・オフィス（DLO）の主な役目は、受け取り人が引き取りにこない手紙を保管することにあった。各個人の家に届けられるサービスがまだ始まる前、手紙は受け取り人が現れるまで、郵便局で何か月もみじめに過ごすことがあった。前述の農夫、アブナー・サンガーはこの章の最初で、兄から手紙が届いたことを早い時期に知らされたが、ほかの畑で働いている別の農夫たちはどうだろう？　彼らが自分宛の手紙が届いていることを知るには、たいていの場合、郵便局のなかか、地域の集会所に貼ってある、非常に長いリストを見るしかなかった。読みにくい筆跡を精一杯解読した事務員の努力の賜物である、巻物のようなそれに、受け取り人の名前がアルファベット順に書き連ねてある。通常、受け取り期限は三か月とされていて、それを過ぎるとワシントンに送られ、最悪の場合、焼却される。最善のシナリオは、ワシントンから差出人に返送されるか、あるいは、悪筆の解読に成功するなど、何らかの手段が功を奏して、宛先人にたどりつくという展開だ。そして中間のシナリオは、配達還付不能と見なされた手紙や小包に、売れるだけの価値がある品が同梱されていた場合、それを競売にかけ、得られた収入を財務省がほくほく顔で懐に入れるという展開だ。一八六五年十二月にＤＬＯが発行したオークション・カタログは、人々がクリスマスのプレゼントに、ふとした思いつきで、どんなものを郵便で送るのか、当時の世相を垣間見せてくれる。カタログの中には、ソックス、ゲートル、手袋といった品々に交じって、いんちき療法としか思えない薬の類がずらりと顔を並べている。チーズマンの丸薬、ランドの特製丸薬、ドクター・クラークの婦人病薬、ドクター・ハーヴェイの婦人病薬とカルヴァーウェルの若返り薬（脱毛を初め、あらゆる病に効く万能軟膏、テネシー・スワンプ・シュラブも忘れてはならない）。ほかにも──「浣腸器セット」「豊胸装置」「兵士の書き物机」「リンカーン大統領の霊柩車」（の版画）、「フランス製避妊具」「腕時計用の針」「複写機」「蒸気機関の入門書」、さらには単に「主婦」とか、「妻失格」とだけしか書かれていない品もある。最も興味深いのは、競売ナンバー42の「全焼」である。

文学に造詣が深い一部のアメリカ人は、ＤＬＯに関する最初の印象を、実際の業務からではなく、ハーマン・メルヴィルの短編小説『書写人バートルビー』から受けることになった。『白鯨』刊行の二年後、一八五三年に『パットナムズ・マンスリー・マガジン』誌に、月一度、二回に分けて連載されたそれは、幻滅と反抗と人間的共感をテーマに据えた寓話的な小説で、そこから得られる教訓は、じつに暗澹(あんたん)としている。ある日バートルビーは法律事務所にやってくる。すでにそこにいるふたりのメンバー――ひとりは大酒飲みで、もうひとりは過敏性腸症候群に悩まされている――が爆発寸前の危険をはらんでおり、その緊張を和らげるために採用された。仕事はそのふたりと同じで、法律文書の書写であるが、やがて彼はそれに飽きてくる。さらに時を置かず世の中全体に飽きして、「そうしなくてもすむとありがたい」が口癖の、まったく働かない役立たずになる。

いったいなぜ彼がこのような状態に陥ってしまったのか、物語の語り手は熟慮した結果、これはおそらく、「ゴー・ポスタル[8]（精神的にキレる）」の早い例だろうと、ためらいがちに結論を出す。語り手はある噂を聞いていたのだ。「バートルビーは、ワシントンの配達不能郵便取扱課(デッド・レター・オフィス)で下級職員をしていたが、上層部の人事異動によって、ふいに解雇された」と。

物語の結末は次のとおり――

8　この言葉が普及するようになったのは、一九七〇年代に郵便局員らが、そのあまりに単調で工夫の余地がない仕事にいらいらを爆発させ、銃をぶっ放したことがきっかけだった。手紙を配達する仕事――バートルビーの場合は配達しないのが仕事だが――はいくら頑張ったところでめったに報われない。なにしろ郵便の山は決して減らないのだから（現代では電子メールの受信ボックスが同じ憂き目を見ている）。

この噂についてじっくり考えたとき、わたしをとらえる強い感情をどう表現したらいいのか。死書（デッド・レターズ）！　まるで死者（デッド・メン）と聞こえないか？　持って生まれた性格に、さらに不運が災いして、何かというと暗い絶望の淵に立たされる、そんな男を思い描いて欲しい。彼にとって、死んだ手紙と向きあい、炎にくべるべく仕分けする作業以上に、そういった傾向を強化するのにうってつけの仕事があるだろうか？　荷車にどっさり積まれた手紙が毎年焼却される。ときに、折り畳んだ手紙のあいだから、青白い顔の事務員がつまみあげる一個の指輪——それがはまるべき指はもしかしたら、墓場のなかで朽ち果てているかもしれない。困窮者宛てに大急ぎで送られた一枚の紙幣——それで助かるはずだった人間は、おそらくもう食べたり飲んだりは不要になっている。失意の内に死んだ者たちに赦しを。絶望して死んだ者たちに希望を。災難から逃れられぬままに息の根をとめられた者たちに良き便りを。救いの使命を担った手紙が大急ぎで死へと追いやられる。ああ、バートルビー！　ああ、人間！

一八八九年、パティ・ライル・コリンズという名の女性が、『レディーズ・ホーム・ジャーナル』誌に、「なぜ毎年六百万通の手紙が行方不明になるのか」と題する記事を寄せた。筆者はこのテーマについて語るのにうってつけの、ＤＬＯの「判読係」の係長であり、ほかの人間には、落書きの跡か異国の表音文字としか見えない悪筆を解読する能力で有名だった。たとえば、誰かが次のように記した宛名がある。

M Napoletano
Stater Naielande,

Nerbraiti Sechem Street
No 41

右記を解読して正しく書き改めれば、左記のようになる。

Mr Napoletano
41 Second Street
New Brighton
New York

彼女の現場にはこういう手紙が山ほど集まってくるのだが、いったいどうしてそのように解読できるのか、大きな謎を提示するのが左記の例だ。

Wood,
John,
Mass

と書かれた手紙の配達先は次のとおり。

John Underwood,

Andover, Mass.（マサチューセッツ州アンドーバー）

パティ・ライル・コリンズの概算では、一八九八年にはおよそ六十億通の郵便物が合衆国内で配達に出されたが、そのうちおよそ六百三十一万二千七百三十一通がＤＬＯで生涯を閉じているという。うち三万二千が宛先不明、八万五千は料金不足か切手をまったく貼っていない。そして、宛名の人物がいないとホテルから申し出のあった手紙が二十万――うち三万に写真が、十八万五千に切手が、八万二千に総額九十九万ドルに相当する金銭や郵便為替が同封されていた。

彼女の記事には、さらに謎の深い宛先の例が上がっており、常識はずれながら、郵便局への絶大な信頼が窺えて面白い。たとえば、「西部に住むわたしの息子へ、彼はそこで赤毛の牛に乗っていて、そのそばを鉄道が走っています」というものがあったと言う。さらに難易度は上がっていき、郵便局員のお知恵を拝借しようという手紙が増えてくる。「恐れ入りますが、医学系の古書を扱う最大手の業者へ」とか、「一流紙の編集者へ」といったものである。難しければ難しいほど、パティ・ライル・コリンズは、この仕事が愛おしく思えるらしい。「ハロルド・グリーンと彼の母親」とか、「on dykton Evnn No 17」（17 Huntington Avenue）」とか、「ニューヨーク、シカゴ、ボストン、セントルイス」の大きな会社へ、と宛先が書かれた封書もあったと言う。「こういった手紙は、ＤＬＯでは難しいうちには入らない」とパティは豪語し、「アルファベットみたいなもので、一度習得してしまえばじつに単純」だと書いている。

その四年後、ＤＬＯの内部事情に通じている、また別の人物マーシャル・クッシングが、今度は少々手厳しい分析を試みている。『The Story of Our Post Office』と題した著書で、「合衆国内において配達に問題のあった郵便の件数は、正しく配達された郵便の総数と比べれば、ほんのわずかなものである」と述べたあとで、マーシャルはさらに論を続けて郵便制度を利用する顧客を躍起になって叱咤している。「この郵便局が日々処理する二万件を超える手紙や小包に、いいかげんな国民が意図的に面倒を掛けているとすれば、ここは政府が〝父親的役割〟を果たして、国民の不手際を改めさせなければならない。問題の九割は国民に責任があり、小さな違反も積もり積もれば莫大な業務となってはねかえってくる。郵便を利用するひとりひとりが、数少ない簡単な要件を遵守するよう気をつけるだけで、DLOの業務はすぐ大幅に縮小されるだろう」

簡単な要件（封筒に住所を記載するといったことも含めて）はしかし、さほど簡単ではないようで、国民の態度は相変わらず改まらない。クッシングは、開封部門、資産部門、金銭部門が手分けして行う、骨の折れる複雑な仕事の内容を明かし、デッド・レターの大半は、「生きている」のだと強調し、地元の郵便局には受け取り人が引っ越してしまった手紙が多数眠っていると教える。そしてさらに、また別のジャンルに属する手紙もあって、彼はそれらを「グリーングッズ（偽造紙幣）」と結びつけている。引き取り手のないままにホテルに残されている二十万通の手紙が、じつは偽造紙幣に関係しているというのだ。グリーンというのはドル紙幣の色であり、ホテルに残された手紙は、全国的に広がった信用詐欺の一翼を担っていたのだった。

十九世紀の終わりに横行した偽札詐欺は、現代的な郵便制度を利用した、最初の大がかりな詐欺で、後の世にはびこるネズミ講やチェーンレターの元祖であり、ナイジェリアの電子メール詐欺の実質的な先駆けと言える。貪欲と過ちを免れない人間の本質をうまくついたものだが、それに加えて、現代的な郵便制度の発達が悪事の片棒を担いだという事情もある。つまり匿名性が悪用されたのだ。DLOは、課員の、とりわけ私信を切って開封する役目を担う課員の信頼性を大いに強調した。この任に当たるべく選ばれた男女はみな公明正大な人物ばかりで、しかもマーシャル・クッシングによると、忙しい業務のなか、返送先住所を確認するのが精一杯で、中身を熟読する暇などないらしい。[9] しかし、手紙を開封するたびに、同じ印刷物が何度も現れ、ドル紙幣を送る人間が急増していることに気づくと、これはもうこの課の人間では手に負えず、警察に連絡がいった。

次のチラシは一八八七年に印刷されたもの。

拝啓

あなたと同じ町に暮らす、ある信頼のおける方から、あなたのお名前が送られてきました。大金を稼ぐのに、いかなる方法、手段、手口をつかおうと、あなたなら頓着しないとのこと。儲け話があれば、いつでも乗ると、そんなふうにも聞いております。ざっくばらんに申し上げますと、こちらでは極上の偽札を扱っておりまして、これがまた実によくできているものですから、これまでわたしと取り引きをして、わずかでも危ない目に遭った人間はひとりもおらず、みな手っ取り早く大金を稼いでおります。取り引きのある方々はあなたの国の著名人ばかりでして、もちろん名前を申し上げることはできませんが、そのなかには大変高い地位についている方もいらっしゃいます。そういった方々は、まちがいなく、こちらの品をつかっておりまして、いかにして巨万の富を築いたかは、頭を働かせずとも、誰にでもわかるはずです。精巧な版を使用し、サインも番号も色も、非の打ち所がなく、これまで市場に出回ったどんな偽札よりも安全で、政府機関の刑事はみな騙されること請け合いです。しかしわれわれと取り引きをしようとお考えなら、くれぐれも口だけは堅くしておかれますように。そうすれば、万一あなたが何か問題に巻きこまれても、こちらでまちがいなくお救いできますので、その点はご安心ください。こちらの条件は左記のとおりです。

現金七十五ドルで千五百ドル
百二十五ドルで四千ドル
百八十ドルで六千ドル
二百二十ドルで一万ドル
四百ドルで三万ドル

実際に足を運んで、お取り引きができない場合には、普通郵便で二十ドルを送ってくだされば、こちらから千ドルをお送りいたします。これだけお得なお話を持ちかけるのは、あくまであなたに信用をおいてのこと。実際に顔を合わせれば、その信頼が嘘ではないことをおわかりいただけると思います。しかしもし直接会いたいということでしたら、ニューヨーク市四番街四十二丁目のグランド・ユニオン・ホテルにお立ち寄りください。そこでひと部屋を取っていただき、いま何号室にいるからと、わたしに電報で知らせていただければ、そこへ伺います。それならば、こちらの用向きを一切他人に知られることなく、取り引きができます。というわけで、郵便で代金を送るのが難しい場合は、直接御本人にお出かけいただくか、あるいは信用

9　ただし常時そうだったというわけではない。一八三〇年代には、郵政長官が、奴隷制度廃止論者のつくった小冊子の配達を禁じたし、エイブラハム・リンカーンは、南北戦争中に郵便物の開封を奨励した。ロンドン同様、郵便物が諜報のターゲットになったのだ。

できる相棒でもお送りいただければ、けっこうです。手紙はすべて、左記の宛先に安心してお送りください。

ニューヨーク、東十一丁目三〇二、A・ヘルテンベッカー気付、A・アンダーソン

このチラシや、それとほぼ同じようなことが書かれたものが、一八七〇年代からアメリカ合衆国全土に出回るようになり、金の送り先として様々な住所が手書きで記されていた。家にいて郵便を待てばいいというのに、わざわざホテルまで出向く人間はまずいない。よって金は送ったはいいものの、待てど暮らせど偽金は送られて来ないという結果に。政府から紙幣の版が盗まれたという話はまったく聞かず、偽札が市場に出回ることもない。国民のあいだから苦情が出るわけでもない。自分の貪欲さと愚かさを世に知らしめたい者がどこにいるだろう？

まさにぼろ儲けの詐欺だったが、それも束の間で、一八九一年十月にニューヨークの住所数か所に警察が手入れを行って、備品、住所録、アヘンを押収するとともに、デイモン・ラニアン（アメリカの作家）ばりの偽名を持つ、ギャング数名を捕らえた。中心となって動いていたのが、〝プリティ〟・フランク・ブルックス、テレンス・〝プードル〟・マーフィー、サム・リトル（またの名をゴールドスタイン）の三人で、逮捕時には、ターゲット六万人の個人情報と、六十万枚のチラシ、偽札は本物と見分けがつかないと報道するインチキ新聞のコピーを大量に抱えていた。同じニューヨークで行われた、また別の手入れでは、ニュージャージーのホーボーケンを縄張りにするギャング〝ベクトルド・マクナリー団〟の幹部たちが逮捕された。『ハートフォード・ウィークリー・タイムズ』紙によると、彼らは「初心（うぶ）な田舎者」の貯金を山ほど騙し取ったらしい。

偽金詐欺撲滅作戦の先頭に立ったのは、郵政捜査官のアンソニー・コムストックという人物だった。コムストックは、社会に害悪を与える資料を根こそぎにし、それらが郵便によって流通するのを阻止しようとする〝悪徳弾圧協会〟の事務局長も務めており、一八七〇年代に、これまで郵便網に入ってきた公序良俗に反する品のすべてを一般公開したことで、その名を挙げた。彼が風紀を乱すと考えた品々には――ポルノ写真、小説、小冊子、歌の歌詞があり、アメリカの寄宿学校の生徒がこのような品々を郵便で取り寄せていたことを示す一万五千通の手紙を証拠としてつかんでいると主張した。郵便制度こそ堕落の温床であると、彼の言いたいことは明らかだ。とはいえ制度そのものの完全廃止を求めるまでには至らず、次善策を講じた。つまり、許せない対象の弾劾に回ったのである。文学作品のなかでは、ゾラ、ボッカチオ、それにジョージ・バーナード・ショーの『ウォレン夫人の職業』を槍玉に挙げて、出版差し止めや上演禁止に追いこんだ。一九一五年九月、『ニューヨーク・タイムズ』紙は、コムストックが肺炎により七十一歳で亡くなったことを報じており、十日にわたって苦しんだこの病は、「過剰な労働と興奮がもたらした」としている。

偽金詐欺撲滅作戦の旗手、アンソニー・コムストック

*

さてこのコムストックが、ウィリー・レジナルド・ブレイの華々しい治安攪乱（かくらん）行為を知っていた

自宅に配達されたレジナルド・ブレイ（と自転車）

ら、どのような反応を示したか、こればかりは永遠にわからない。一八九八年、南ロンドンに暮らす十九歳の自転車愛好家ブレイは、英国郵政省が発行する分厚い四季報、『郵便局便覧』の最新版を入手。一部六ペンスで販売されているこのマニュアルには、宛先の正しい書き方はもちろん、荷造りをして切手が貼ってあれば、ありとあらゆる物を郵便で送れることを教えてくれる。たとえば生き物も配達可能で、「適切な容器に閉じこめるなら」、生きたハチ一匹を送ることもでき、「ただし犬の場合には特別な準備が必要」だと書かれている。液体の類も、「漏れないよう瓶が密封してあれば」送ることができた。一番心惹かれるのは次の行で、「特定の郵便については、郵便局長が特使を遣わすこともある」と書かれており、一八四〇年にペニー・ブラックが初めて発行された時代と比べれば格段の進歩だ。

いったい郵便局はどこまでやってくれるのか、その可能性をレジナルド・ブレイは、とことん追求することにした。最初はまだ大人しく、ウサギの頭蓋骨ひとつと、カブをひとつ送った（ウサギの鼻骨に沿って住所を記し、切手は頭蓋骨に貼った）のだが、それらが無事自宅に戻ってくると、次は包装もしないで、山高帽、フライパン、自転車の空気入れ、犬用ビスケット、タマネギ、ハンドバッグ（切手はなかに収めた）を送った。

数年後、ブレイはこの時期のことを振り返って、『ロイヤル・マガジン』誌でこう語っている。

「こちらも熟慮の上、多少のためらいを覚えながらやったんです。だって、単なる悪ふざけのために不要な面倒をかけるのは、どう考えたってフェアじゃありませんから。当初からぼくの目的は、郵便の力を試すことにあったんです。そして、もしできるなら、郵便業務は『不注意で怠慢[10]』という汚名をすすいでやりたかった」

　しかしもちろん、ためらいがなくなるのは時間の問題だった。一九〇〇年二月十日、彼は自身の飼ってい

Postmasters No. 87.

Acknowledgment of Delivery of an INLAND

REGISTERED Person Cyclist
[Insert Letter or Parcel.]

addressed to

(1) 135 Devonshire Rd
Forest Hill
S.E.

I acknowledge that the registered article mentioned above and sent by

(2) Wm Reginald Bray
135 Devonshire Rd
Forest Hill

was duly delivered on the 14 Nov 1903

(Signature of Recipient.)

Stamp of Delivering Office.

Stamp of Office of Origin.

I certify that the registered article mentioned above was duly delivered the 14th Nov. 1903

(3) W.M. Adams for.

(Signature of Postmaster of Delivering Office.)

Stamp of Delivering Office.

The names and full addresses of the sender and addressee should be carefully inserted by the sender, or at the issuing office, in spaces (1) and (2).

If the recipient objects to complete and sign the acknowledgment (2), then the certificate (3) must be completed and signed by the Postmaster of the delivering office.

10　John Tingey,『The Englishman Who Posted Himself and Other Curious Objects』, Princeton University Press, 2010. を参照。

るアイリッシュテリアのボブを郵便で送った。実際これは、一マイルあたり三ペンスを支払って、郵便局員ひとりに犬を家まで散歩させることに等しい。だが、これは友人や獣医のところに犬を運ばなければならない場合、とても重宝するとブレイは言う。しかし、変わった物や生き物を送るのは、主に見せびらかしの意味であって、彼が郵便局をとことん困らせたのは、手紙や葉書をつかった難問だ。ここでもまたブレイは、郵政省、とりわけ配達不能郵便取扱課に、こんな場合もあるから覚悟をしておいて欲しいという意味で、「世界中の郵便局」とか、「あらゆるロンドン居住者」といった宛先に郵便を送った。一九〇二年には、オークニー諸島にある海食岩柱、オールド・マン・オブ・ホイの写真を載せた絵はがきに、「この岩に一番近い家へ」と書いて送った。さらには、「カリフォルニアのサンタクルーズとサンノゼを結ぶ道沿いで世界一素晴らしいホテルの経営者へ」というものまで。

　そうなると、サンタクルーズが「サンタクロース殿」になるのも時間の問題で、実際一八九九年十二月に、ブレイはサンタクロースに宛てて絵はがきを出している（それは彼が初めてではないだろうと思ったら、彼の伝記を著したジョン・ティンゲイは、それ以前の例は見つけられなかったと書いていた）。しかし、その次の例は、まちがいなく彼以前に成した人間はいないだろう。一九〇〇年、ブレイは郵便代金を払い、郵便局員に家までいっしょに歩いてもらって、自分自身を配達してもらうのに成功している。同じことを一九〇三年にもう一度やり、そのときには、申請用紙も入手して、「手紙」または「小包」の内容を記入する欄に「自転車に乗る人間」と記している。一九三二年にも再び同じことを試みるが、この頃には、またかという感じで、郵便局のほうも苛立ちを隠せなくなってきて、ハチの配達は依然として受け付けてはいたが、犬や人間を配達する権能は放棄していた。あんなに便利だったのにもったいないと、ブレイはこぼしている。「一度、霧の

ダウニング街に配達される婦人参政権論者

深い夜に友人の家が見つけられず困ったので、何時間もひとりでさまようよりはと思って、自分を配達してもらったら、数分で届いたんですから」

郵便によって個人が名を挙げることができるなら、政治団体がこれを利用しない手はない。一九〇九年二月末、ふたりの婦人参政権論者、デイジー・ソロモンとエルスペス・マクレランが、ウェスト・ストランドにある郵便局にやってきて、自分たちを配達してほしいと頼んだ。宛先はダウニング街十番地。そこで婦人参政権獲得のための運動をするのだと言う。局の使い走りの少年ひとりにエスコートされて歩くふたりに、かなりの人数の支持者や新聞記者がぞろぞろついていって宛先の住所へ向かったところ、アスキス首相に受け取りを拒否され、結果、このふたりは「配達不能郵便」と正式に判断され、本局に返送された。

主婦にはなって欲しいけど

1422134　通信兵　クリス・バーカー　H・C
中東軍　第九航空通信隊　第一中隊　第三十航空団

一九四四年五月三十一日、六月十一日

愛しのベッシーへ

一時間ほど時間を捻出できたので、アレキサンドリアのことを少し書けたらいいと思う。ただし残り時間はあと三日、そのあとはまた砂漠に逆戻りだ。

アメリカ人のように、アクロポリス、水族館、博物館、庭園、動物園、地下墓地をすべて「制覇」した。地下墓地なんていう、紀元前の遺物にはぜんぜん興味が持てないが、庭園は本当によかった。そこにすわって『友達座』（英国の流行作家プリーストリーの小説）を読んだんだが、周囲には何千という紫色の花が咲き、頭上には藤紫色の花が群がっている。つかい古された感はあるものの、まさにエキゾチックという言葉がぴったりだった。ナツメヤシが育っているのや、バナナや、綿花も見ることができた。サボテンばかりは実際に見てもらわないと、その凄さはわからない。ウォルディーニとジプシーバンドを見たけれど、下卑た感じもなくて、なかなか楽しかった。

店々には「インドの富」があふれていて、息が詰まりそうなほど、あらゆる種類の品々がぎっしり並んでいる。輸入品は総じて非常に値段が高いが、腕時計、カメラ、冷蔵庫（イギリスでは入手困難の品）が、ここには潤沢にある。アレキサンドリアでは、金さえあれば、なんでも手に入るってわけだ。うちの連中でふたり、夜遊びに出たやつがいるが、どちらも一晩三ポンドかかったとのこと。しかしそれだけ出す価値はあると、どちらも言っている。どこへ足を向けても、小さな子どもや老人や、女自らが、「女はどうか？」とか「女はいらない？」とか「お兄さん、遊んでいかない？」と客引きをしている。正直言って、ちょっとぞっとする。だって六歳ぐらいの子どもが、オックスフォードサーカスの前で新聞を売る若者と同じ熱心さで、通りで臆面もなく声を張り上げて、避妊具を売っているのだから。『チャタレー夫人の恋人』とか、『さびしさの泉』（同性愛を扱ったラドクリフ・ホールの小説。発禁処分になっている）といった手合いの本が町の至るところでいくらでも売られている。どれも無修正を謳っているけれど、そういうものを買った男が列車のなかでがっくりした顔をしているのを見ると、おしなべて内容は想像がつく。

アレキサンドリアの「桃」は、主にギリシア人やフランス人で、なかには実際すごい美女がいる。エジプト人女性は三十歳を越えると見られたものじゃなく、多くは生まれながらに美貌には恵まれていない。ギリシアやフランスの女の見栄えがいいのは当然で、彼女たちはほとんど仕事をしなくていい。南アフリカの女性は——少なくともぼくが見た女性たちは——スタイルも顔も抜群だ。だけどやっぱり彼女たちも、自分では指一本持ち上げず、もろもろの仕事はすべて黒人が非常に安い報酬で請け負っている。この地に駐屯している兵士は、暮らしは贅沢だが、相当金をつかっているに違いない。ぼくに言わせれば、ここの雰囲気は砂漠の半分もよくない。「ブルームズベリー・グループ（著述家や芸術家の知的サークル）」さながらに、「おそろしく知的」なんだ。

残念ながら、今年のクリスマスに帰るのは無理のようだ。「神」がわずかでも運を授けてくれて、極東に送られるようなことがなかったら、一九四五年のクリスマスは故郷で過ごすことができるだろう。しかし神の膝の上はいつだって不安定なものだ。

歯肉膿瘍(のうよう)は気の毒だね。民間の歯医者はやめて、せめて一度は、レスター・スクエアにある歯科医院に行ってみたほうがいい。あそこは、やたらに歯を抜いて、義歯をつくらせて儲けようというところじゃないからね。必要がないのに歯を抜くのはやめるべきだ。判断に迷ったら、まずはあの歯科医院に行ってみたほうがいい。あそこはいい人たちばかりだよ。

頑張って禁煙するというきみの心がけに拍手を贈りたい。いい子だぞ、ベッシー。ここで口を酸っぱくして言っておくが、ぼくがきみより上等な人間だなんて思わないでくれ。そりゃあ、ある分野においては(あまり役に立たないと思うけれど)鋭い眼識を持っていると、うぬぼれてはいる。しかし、フランス語も代数も算数もきみのほうがずっと得意だし、ぼくは(依然として)モールス信号、電気、磁気学といったものは、からきしだめだ。ぼくときみは夫婦になるのだから、知識においても能力においても、片方が足りない部分はもう片方が補えばいい。

あなたはわたしに、典型的なモダンウーマンになって欲しいか、ときみはきく。「ぜったい古風な男ではありませんように」とも書いてあった。ぼくはと言えば、結婚後はきみに働いて欲しくないと、そう思うぐらいに古風なところがある。きみの仕事の中心はぼくの世話だと思って欲しい。でも前にも言ったように、家に閉じこもってばかりで気鬱になって欲しくはない。家事以外のことにも興味を持ち、必要があれば、同じ趣味や関心を持つ人々と交流して欲しい。実際結婚したとたん、世の中の役に立とうと考えなくなった女性を（間接的にではあれ）知っている。ぼくはきみに成長してもらいたい。つまり、これまでフルタイムの仕事についていたためにできなかったことを、結婚を機に追求してみたらいいんじゃないかと思うんだ。そうとなったら、ぼくはハーレムの扉を乱暴に閉ざすような男にはならない。とはいえ、ぼくの結婚観はあくまで自己中心的であって、きみに暇な時間をたっぷり与えて、もうひとりのヴァン・ゴッホを生み出そうなんて気は毛頭ない。

金銭管理は、あなたの強みではないと、きみが書いてあるのを見て笑ってしまった（実際は、きみが勝手に褒めてくれるもの以外、ぼくには強みなんてものはないんだけど）。おぞましい守銭奴だと、そう見られていたかと思っていた。けれど、ぼくに割り当てられるように、きみにも小遣いを割り当てるという案には賛成してくれるといいな。自由になる金があれば、少なくとも小さな物事の処理に関しては、いちいち相手の了解を求める必要がなくなるからね。いずれにしろ、家庭のことはきみに一任して、助けて欲しいと言われたときだけ、ぼくが手を出すようにしよう。

そう言えば、まだきちんときみに求婚をしていなかった――ベッシー、（行く末永く）ぼくと結婚してくれないか？　イエスと答えるべき適当な理由は見つからない。とにかくぼくはぼくなりの形で、きみをずっと愛するからと、それぐらいしか言えない。いつもの簡易書簡でいいから、答えを書いて送ってほしい。

ぼくは料理だって楽々こなせると、いずれきみにもわかるだろう。きみを理想の主婦に仕立てるためにふたりで力を合わせるのはきっと楽しい。どちらも相手が必要だと理解しているから、まちがいなく幸せになれると思う。きっとうまくいく。お似合いのふたりだよ。遠く離れていても、こうして、なるようになった。それにはきみが大きく力を果たしている。「ぼくら」という連合体に多大な貢献をしてくれたんだ。

そうそう、戦争の始まった数か月後に、確かにコーデュロイのズボンを買った。まだこんなに流行するずっと前だった。家に持ち帰ったら、「あなた馬鹿じゃないの、そういうのは芸術家が穿くものよ！」って母親に言われた。まあ、大方そんなところだろう。確かにずいぶんと偉そうな感じがする。でも素材はすこぶるいいんだ。ズボンと中身が釣り合わないなんて、野暮なことを言わないきみがありがたい。

ぼくの母はちょっと問題になるかもしれない。きみが実の娘ではなく、義理の娘ということがね。でも、必要なときにはいつでもぼくが助ける。そういうときになったらね。もし嫁と姑の関係がぎくしゃくしてきたら、「ガツンとひとこと言ってやる」っていうのが、ぼくの流儀だ。身びいきってのは、好きじゃないんでね。

今日はイチゴを食べた。これがじつに美味い。山ほどのイチゴときみ、どっちがいいと聞かれたら、難しい選択になりそうだ。　きみのことを考えている。愛している。

クリス

11 完璧な手紙の書き方 その三

手紙の黄金時代は、気球やリーズ・ユナイテッド（イングランドのリーズに本拠地を置くプロサッカーチーム）の黄金時代のように、はっきり定義することはできず、あまり世に知られてもいない。しかし話のネタとしてはなかなか面白い。早いところでは十七世紀にセヴィニェ夫人が手紙の力を世に見せつけたし、十八世紀にはチェスターフィールド卿や書簡体小説の守り手たちが目覚ましい活躍を見せ、十九世紀への変わり目には、ジョン・キーツが舞台袖に立って咳払いをしている。一六八〇年からほぼ十年ごとに、教育を得た一般大衆に向けて、手紙を送る新たな機会と喜びが提供されてきたわけだ。

では英語圏における手紙の衰退は？　これもまた歴史に議論の余地があるものの、ファクシミリや電子メールが登場する以前に衰退はもう始まっていた。一八四〇年に粘着式の切手がお目見えしたのと足並みをそろえて、一般大衆に手紙を書く習慣が広まり、それが手紙の質を低下させたとする意見がある。専門家に任せておけばいいものを、誰も彼もが手を出すようになったために芸術が衰退する。それと同様の現象を、安価な郵便サービスが招いたと、俗物や裕福な人間は考えたのだ。ヴィクトリア朝時代の作家ジョージ・セインツベリーは、あるアンソロジーで手紙の歴史について考察し、すでに月並みとなっている表現をつかってこう記した――「一ペニー郵便制が手紙の命を縮めた」

そして、以来明らかに、手紙は瀕死（ひんし）状態に陥ることになる。一九一九年一月、『イエール・レビュー』誌は「手紙を書く技術が失われた」という報告を載せ、この悲しい事実をもたらした要因をいくつか挙げている――「電話やタイプライター、電報が生まれたせいだとする者もいるだろう。

また、本来なら郵便袋のなかで熟成の時を過ごすはずの手紙が、千マイルの距離を飛び越えて、明日の二時四十五分には先方に到着すると教えて、書き手の感覚を麻痺させる鉄道のせいだとする者もいるだろう。鵞ペンが廃れると同時に手紙も廃れたのだと言う者もいるかもしれない。しかし一番の原因はやはり、余暇がなくなったせいだろう」と、二十一世紀の初頭によく聞いたような、どこか馴染みのある論だ。そのあとに続くのは概ね次のとおり——われわれは仕事や旅行に忙しく、現代生活の重圧と要求にせき立てられて、わずかな時間もすわっていられない。ひとりでじっくり考えて一通の手紙を書く暇など当然ないのだ。

また、ヘンリー・ドワイト・セジウィックはイエール大学で次のように話している。「ひとつの台座に『至急』が置かれ、もうひとつの台座に『緊急』が置かれてからというもの、余暇を好む蠟燭の芯が切られてしまった[1]」それでもまだ幾分か望みは残っている。「いまでも、これからも、病み上がりの者、身体に障害を持つ者、根っからの怠け者、日曜日の朝にカントリーハウスに置き去りにされた客がいる」彼らにこそ、手紙の将来を委ねるべきなのだと言う。第一次世界大戦直後から顕著になった手紙の衰退。これを招いた罪を負う者はほかにもいるだろうか？　いる——つまりは教育であると、セジウィックは言う。「不思議なことに、国語の教師はあらゆる文芸を教えながら、手紙を書く技術だけは教えない。十二歳から二十歳までの生徒たちは、エッセイや論文や創作や詩ばかり書かされている。まるでトムもディックもモリーもポリーも、生涯、両親や恋人や夫や妻や子どもや旧友相手に、エッセイを書いて過ごせと言わんばかりである」悲しいかな、国語教育は「文章を一目見るなり、あれは『部分属格』、これは『副詞節』などと、あらゆる子どもが判断できるようにしたいと躍起になる文法学者に支配されている。教育改革者は改革者で、英語の読み書きは機械的なもので、芸術ではないと見なしている。こういう者たちは、怠け者と手紙を書く技術に冷たい目を向ける」

一九二七年、『English Letter Writers』というアンソロジーの序文で、その編纂者、R・ブリムリー・ジョンソンもまた、手紙を書く習慣はすでに追悼の対象になっているのだろうかと、首を傾げている。「われわれが価値を置くのは、喜びや悲しみを他者と分かち合おうとする手紙である。人生から学んだことや得たことを相手に明かすことで、ひとりで背負えばつぶされ、命を落としかねない重荷を持ち上げてやる。これは非常に美しい行為であり、芸術のひとつなのだ」

一九二九年、ネブラスカの『プレイリー・スクーナー』誌も、手紙の死亡広告を載せた。「そう言われてすでに久しいが、なんらかの理由で、手紙を書く習慣もまた、失われた教養のひとつに数えられるようになってしまった」と、ギルバート・H・ドーンが書いている。「確かに、手紙を書く人間が減っているのは顕著な事実である。毎年故郷に帰るたびに、わたしは知り合いに同じ言葉をかけている。『なぜ手紙を書かないんだ？』返ってくる答えもまた同じ。『文章を書くのが苦手でね。なにしろ忙しすぎて、ちゃんとした手紙を書く暇もないんだ』」

こういった先行きの暗い記事では、誰も「手紙の黄金時代」というフレーズはつかっていない。しかし「過去に黄金時代があった」という思いは書き手の胸に確かにあるわけで、かつて強い影響力

1　その親戚関係に目を向けると、H・D・セジウィックはさぞ鼻高々だっただろうと想像できる。彼の遠縁の親戚に、アンディ・ウォーホルの弟子、イーディ・セジウィックがいて、折々に師に宛てて手紙を書き送っていた。なかでもウォーホルの狙撃事件直後に彼女が送った手紙は有名だ――「先生のために、祈りを捧げていいます……それがどれだけ先生の御身に役立つのかわかりませんが、少なくとも、わたしが先生のことを気に掛けている、とてつもなく心配していることは、わかっていただけることでしょう」

を持っていた手紙の書き手らが自身の衰え行く力を意識して、昨今の手紙文化の衰退を嘆いているわけなのだ。しかし冷静に見ると、少なくとも量的な面では、手紙が一番の隆盛を極めたのは十九世紀末であり、これだけ安価に、これだけ遠方へ、これだけ大勢の人間が手紙を頻繁に送っていた時期はほかにない。十九世紀において、イギリス国内でひとりが年間に送る手紙の数は着実に増えている。一八三九年には三・一通だったのが、一八五〇年には十三・二通に、一八八〇年には四十七・五通、一九一〇年には百十六・七通にまで増えている。[2] 一八六〇年の五億六千四百万通からスタートして、郵政省が配達した手紙の件数は、二十年ごとに、ほぼ倍加し続けているのである。

　手紙の隆盛を示す指標がもうひとつ、文学のサブジャンルとして手紙の指南書が依然として人気を誇っていたことがあげられる。相変わらず、書き出しと結びの言葉から始まって、正しい形式に関する規則が盛りこまれていたが、その量といい、多彩なタイトルといい、市場の露店なら、これだけで露台の半分を埋めることができただろう――『書記必携――正しい上書きの色々と相手の地位にふさわしい書き出しと結び』(一八四二)、『一般規則と実例で学ぶ、手紙のやさしい書き方――あらゆる年齢、あらゆる部署職務、人生のあらゆる場面で活用できる手紙の実例』(一八四七)。するとまもなく、これまたお約束のように、『パンチ』誌が欣喜雀躍して、そういった世相を俎上に載せる。ただし、今回の記事は皮肉よりも現実味の方が強く感じられる。反省している息子が父親に支援を求めるという、ひな形として頻繁に取り上げられる手紙を出したところ、こんな返事が返ってきたというのだ――「ずいぶん長々と書きつづっているが、ほうれん草のように煮詰めれば、おまえの言いたいことは、たった三言で済む――"Pay my debts"[3](ぼくの借金を肩代わりしてくれ)」

　ヴィクトリア朝時代のマニュアルは、できるだけ新奇なタイトルをつけようと心を砕きながら、中身の創意工夫と言えば、数世紀前の先達が凝らしたものとほとんど変わらない。例えば『The

Favourite Letter Writer』なる指南書は、それより百五十年前に出版されたサミュエル・リチャードソンの『Familiar Letters for Important Occasions』から直接引っ張ってきた用例が全体の三分の二を占め、そのなかには「修業中の身でありながら、悪い仲間とけしからぬ時間を過ごしている甥を叔父がたしなめる手紙」のような人気のある例も含まれている。しかし、この時代のマニュアルは、安価な郵便料金、工業化がもたらした経済成長、読み書き人口の大幅な増加によって生まれた、新たに手紙を書くようになった層をターゲットにしていた。

アメリカ合衆国では、どのような紙とインクをつかうべきか、実用面でのルールが随分と厳格に定められ、品の無い手紙に関する考察も行われた。一八九一年、『Manners, Culture, and Dress of the Best American Society』のなかで、リチャード・アルフレッド・ウェルズは次のように書いている。「どのような性格の手紙であろうと、きちんとしたものを書くなら、重量のある無地無罫の便箋をつかうこと。折るのは一度だけ。便箋がぴったり入るような四角い封筒に入れること。便箋の最上部に頭文字をすっきりと入れるぐらいなら許容範囲内だが、それ以上の飾りは慎むこと。モノグラム、花模様、風景画といったものは避ける。金を掛けて精緻にデザインをしたものでなければ、安っぽさ丸出しで、まちがいなく趣味が悪い」さらに、また別の手紙のエチケットを教える本、エリザ・レスリー著『Miss Leslie's Behavior Book』も、それを補足するように、次のような教えを説いている。「青みがかった便箋は、純白のものと違って読みにくさが勝ります。表面が滑らか

2　すべて、小包を除いた件数。

3　Laura Rotunno,『Victorian Literature and Culture』, Cambridge University Press, 2005. の「The Long History of "In short": Mr Micawber, Letter-Writers, and Literary Men」からの引用。

で、つややかな紙を選ぶべきです」

一七四〇年代のサミュエル・リチャードソン同様に、このジャンルには、ほかにも多くの有名作家が参戦した。一八八八年、ルイス・キャロルがある商品を世に出した。創作生活に必須であり、これなしでやっていける人間がどうしているのか、理解に苦しむと彼は言う。それは「不思議の国の切手入れ」という商品名で、単純な二つ折りの札入れの形をしており、なかに、半ペンスから一シリングまで、様々な金額を記した、切手を入れるためのポケットが十二個ついている。郵便技術において、さほど革新的な発明とは言えないが、キャロル自身は、海外に送る手紙や、小包を送るのに必要な、不規則な料金の切手にいらいらした経験から発明したと言い、「不思議の国の切手入れ」につねに十分な切手を備えておくことで、必要な額の切手がなくて困るという事態が二度と起きなくなると、自慢げに言っている。もちろんこの発明品の名は『不思議の国のアリス』から取られたもので、この売れ行きも『アリス』自身が確実に後押ししてくれることになる。「まもなく偽造品が現れるのはまちがいない」とキャロルは書き、「しかしこれには二つの特典画像がついていて、こちらは著作権で保護されているから複製はできない」としている。この特典画像とは、新しく描かれたアリスのイラストで、ひとつはアリスが赤ん坊を抱き、もうひとつではブタを抱いている。しかしこのケースを買う理由はほかにもあった。これには『手紙を書くのに役立つ、八つか九つの知恵』と題した小冊子がついているのである。

これは、「手紙をいかにして書き始めるか」、「手紙をいかにして書き進めるか」、「手紙をいかにして書き終えるか」の三つのパートからなっている。そういった構成以上に、中身の教えが面白く、とりわけ読者の大半が、これ以前にほとんど手紙を書いたことがないとでも思っているような、キャロルの語り口が愉快だ。「手紙の返事を書く場合には、まず相手から来た手紙を出してきて、そ

いつでも切手に困らぬように——ルイス・キャロル考案「不思議の国の切手入れ」

れをもう一度熟読することから始める」と書いており、「それは記憶を鮮明にするためであって、答えなければいけないことと、相手の〝現在〟の住所を確認するために必要なのだ（そうでもしないと、相手は保養先のトーキーの住所をきっちり書いてくれているというのに、いつものようにロンドンの住所に送ってしまいかねない）」

次の教えは、何が言いたいのか、読者は少々首を傾げるだろう。手紙を書き始める前に、まず封筒に住所を書いて切手を貼るようにと言うのだ。「それをしておかないと、どんなことになるかお教えしよう」と、キャロルは次のように書いている。

最後の瞬間まで書き続け、締めの一文半ばで、はっと気づく。「もう時間がない！」それから大急ぎで完成にかかるわけだが、乱暴に署名をし、大あわてで封をしたあとにも、まだやるべきことが残っている。ミミズののたくったような字で住所を書き散らし、切手入れに欠品を補充するのを忘れていたことに気づいて家中を駆けずり回り、誰か切手を持っていないかと探し回る。ようやく切手を手に入れたが早いか、郵便ポストへまっしぐら。ところが、かっかした身体で、息も絶え絶えにたどり着いてみれば、本日の最終集荷は終わったばかり。それから一週間後、その手紙が配達不能郵便取扱課から自宅に返送されてくる。「住所解読不能」と記載されて！

そのあとに、自分の住所を書くにあたっての注意事項があり、これは便箋の一番上に、初めから終わりまでもれなく書くこととしてある。「この点が最近いい加減になってきている――自身の苦い経験から言っているのである――ある友人が、新しい住所に引っ越し、手紙の送り先として、〝ドーバー〟としか書いてこなかったのだ。その先は、以前に出した手紙を参照すればいいと思ったのだろうが、こちらでは過去の手紙はすでに処分済み」当然だがキャロルは、日付も万全に入れておくべきだとしている。そうすれば後年編纂するときに助かるからだ。

では、手紙をいかにして書き進めるかと言えば、「〝読めるように書け〟。もし万人がこれに従うなら、人間の気性は明らかにもっと穏やかになる！　判読しづらい手紙が世界中で生まれているが、その原因はすべて、単純に〝急ぎすぎる〟ことにある。そう言えば、『時間節約のために仕方ない』という答えが返ってくるだろう」と書き、ある友人の手紙がまったくの悪筆で、ヒエログリフを解読するような案配で、読むのに一週間かかったと報告している。「もし友人のすべてが、こういう手紙を寄越したら、手紙の解読だけで一生を費やしてしまうだろう！」

手紙の中身については、最後にもらった手紙の内容を受けて始めるのが一番いいとしている。友人の、ある意見について論じるなら、そっくりそのまま相手の言葉を正確に引用する。相手が議論をふっかけてきたからと言って、自分もまた別の議論をふっかけないこと。もし相手を怒らせるようなことを書いたら、一日寝かせてから、受け手の気持ちになって読んでみる。「するとたいていは、もう一度最初から書き直すことになる」。酢やコショウはおおよそ取り除き、代わりにハチミツを加えるのだ」。キャロルのほかの教えは次のとおり。

もし手紙の相手が厳しいことを言ってきたとしたら、無視するか、柔らかい返答をすること。逆に好意的なことを言ってきたら、こちらはさらに親しみを露わにする。

自分が最後の断を下すようなことはしない――自然な流れに任せて、終始礼を失しないこと。

「沈黙は金、雄弁は銀」という言葉をつねに念頭に置く（ただしあなたが紳士であり、手紙の相手がレディであるなら、こういう助言は無用。どうせ、あなたに最終決定権は与えられない！）。

もし友人を冗談で悪く言うなら、からかいであることを明確にすること。

小切手や誰かの手紙を同封すると書いたなら、そこでいったん筆を置いて、同封すべきものを先に封筒に入れておく。そうしないと、集荷されたあとで、そのへんに転がっているのを見つけるはめになる。

便箋の終わりまで書いたら、続きはまた新たな便箋に書くこと――ゆめゆめクロス・ライティング（節約のために一枚の紙の上に字を交差させて書くこと）をしないこと。「クロス・ライティングは、クロス・リーディング（読むのにいらいらする）の元」という格言もあるではないか」（この格言は自分のでっちあげだと、キャロル自身が認めている）。

手紙の結びに関するキャロルの助言は、十九世紀末にこの点で随分新しい進歩があったことを示す好例になっている。「〝yours affectionately〟（親愛なる者より）だけでなく、ほかに一ダースもの言い換えがある」と認めており、〝yours faithfully〟、〝yours truly〟（どちらも〝敬具〟に相当する改まった表現）、〝your most truly〟など、現代のわれわれにも馴染みの表現を挙げている。ここでのキャロルの助言は、友人の手紙にある結びの言葉をそのまま使うか、あるいはより親しみの度合いを増したものをつかうべしということだ。さらに、この頃からすでに、P.S.と略号で書かれるようになっていた追伸の機能は「非常に便利な発明」であるとしている。「しかし、追伸には（女性の多くがそう考えているのとは違って）手紙の骨子が書かれるのではない――それは騒ぎ立てたくない事柄をさらりと書いて、お茶を濁すのにつかうのだ」とキャロルは書いている。

そして、最後にもうひとつ忠告が置かれている。「手紙をポストに投函しに行く際には、手で持っていくようにする。ポケットにでも入れようものなら、田舎道を長々と散歩し（自分の経験から言っているのだ）、郵便局の前を二回素通りして行っては戻りを繰りかえし、さあ家に着いたと思ったら、ポケットのなかにまだ手紙が入っていた、ということが往々にしてある」

二年後、人気週刊誌『All The Year Round』が、オリジナルの手紙指南書を刊行した。昨今の手紙は堕落していると見た匿名の筆者が、その改善を願って発刊したものだった[4]。それは明白な現状認識から始まっている――「手紙と言ってもピンからキリまである。ほぼ万人が手紙を書く必要に迫られながら、みながみな、申し分のない手紙を書けるかというと、これはまた別問題だ」手紙の達人になると、言葉を絵の具にして「画家のように描き、作家のように言葉をつづる。それでいてできあがった作品には堅苦しさや、野暮ったさが皆無なのは、あくまで自然な流れで書かれているからだ。どんなにささいな出来事を語ろうと、それは書き手と読み手が両者ともに気に掛けている事にまちがいなく、気楽なおしゃべりをするような文体で書かれていれば、そこに自ずと妙味が備わり、両者ともに手紙を楽しめるのである」

当然ながら、誰もがそのように書けるわけではなく、教えられたからといって必ず書けるものでもないが、『All The Year Round』では、少なくともその高みを目指すことは誰にも可能だとして、そのための熱心な助言を載せている。最初に触れられるのは、よく聞かれる悩みの種、つまりは読みにくさである。「手紙が楽に書ける時期というものがあるとしたら、それは今をおいてほかにない。最下層の貧困者にも教育が授けられ、学校は十分に整備されている……紙もペンもインクも、良質なものが安価で入手できる時代だ」それなのに人は、読みやすい手紙を書くために、心を砕くことをしない。書けないのだと言う人間は、腕を上げる努力を惜しんでいるだけだ。書く腕は磨いたものの、けちくさい人間もいて、ちゃんとした便箋に書かず、そのへんにある紙切れや、ちぎった新聞の余白に書いたりする。最も無礼なのは、まちがいなく、十九世紀における権威者、司教である。「尊敬されるべき紳士であるはずが、多くは手紙の才には長けておらず、むしろ非常にお粗末な手紙を書いている。『やつは司教に違いない。あんなひどい手紙を書くんだから』という言い回しが世間に広まるのも時間の問題だ」

しかし、書く力がありながら、書かない人間となると?「これは概して若者に非があり、それも主として無思慮と自分勝手が災いしている。自分のことしか考えず、持てる時間のありったけを自身の楽しみにつかっている。両親や親戚に義務で書くのとは違って、同世代で手紙をやりとりするのはまた格別の面白さがあるはずなのだ」では、そういう情けない若者は、手紙をまったく書かないのだろうか?「自身のために生涯を通じて尽くしてくれた相手に、何を勘違いしたか、型どおりのつまらない手紙をごくごくたまにしか書かないかわりに、互いの胸の内をわかりきっている友に、中身のない屑のような二つ折り紙を山のように送りつける。こういう相手には別に手紙を書かなくてはいけない恩など受けていないというのに」

ほかにも、非難されるべき人間はいるだろうか? どうやらいるようである。詩人のウィリアム・クーパーは、同時代のジェイン・オースティンと似たようなことを言っている。つまり、手紙を書く技術というのは、声を出さない会話にたとえるのがふさわしいとして、友に送る最高のものは「話す手紙」であり、お茶を飲みながら本人と話しているような気分で読めるものが最高だと言うのだ。これについては、現代のわれわれもうなずけるだろう。「ある話題から、また別の話題へ、まるで泉のようにこんこんと湧き上がる発想のなかから……興味を引かれた物事をひとつ残らず、単純な言葉で自然に書くのが一番だ」と言う。しかし現実には、清流のように自然な筆致で手紙を書く人間は少ない。その責めを負うべき人、あるいは物は何か？　それはつまり、手紙の指南書である。多くの人間に「不自然な気どった文体で冗長な手紙を書く傾向が見られるが、それはもう普

4『All The Year Round』は、一八五九年の創刊当初から、チャールズ・ディケンズが発刊と編集（というより〝執筆〟）を担い、彼が亡くなった一八七〇年以降は、息子のチャールズ・ディケンズ・ジュニアが引き継いだ。ディケンズが手紙の発展に強い関心を抱いていたのはまちがいなく、小説のなかでもそれを追求している。『デイヴィッド・コパフィールド』のミコーバーや『ピックウィック・クラブ』のアルフレッド・ジングルの性格は、手紙の書きぶりによってくっきり浮かびあがっており、著者の凝りようが窺える。「あの子は手紙で夢を見てるのよ！」と、ベッツィー・トロットウッドがミコーバーを評して言っている。ミコーバーは手紙マニアを自称し、「短く言うと」が口癖ながら、そのあとにうんざりするほど長ったらしい話を続けて読者を楽しませる。
　ディケンズは、新たなペニー郵便制度を熱烈に支持し、制度が採用された一年後に、海軍将校であり作家でもあるバジル・ホールに宛てて、語句を羅列するように早口でまくしたてるアルフレッド・ジングル方式で、次のような手紙を書いている（最後の署名はペンネーム）。

　愛しのホールへ
　手紙の内容――所感圧縮の必要――胸像拝受、驚きの似姿、偉大なピラミッドの頂上でも感知可能――スコットランドの逸話、非常に印象的ながら想像すればはなはだしき眩暈。赤ん坊元気、妻同様、きみの所もしかりと祈る。港町の短編、先々発展のため熟慮中。要期待。敬具、取り急ぎ――

ボズ

段の会話とは似て非なるものである。短い言葉で済むべきところを、あえて長い言葉をつかう。〝なおす〟とすればいいところを、〝修繕する〟と書いてみたり、〝たりる〟とすればいいところを、〝十分である〟と書いたりするような例である。こうなるともう、手紙から本人の気配を感じ取ることはできず、まるで他人が書いたかのような気味を帯びてくる。それでは手紙の最大の魅力、書き手との意気投合は望めない」

しかし、書き手の気持ちを通じさせるには、また別の巧妙な方法があった。葉書は郵便物を送るようになった最初から送られていたが（ヴィンドランダの例はまちがいなく、その最初期のものと言える）、その最盛期はというと二十世紀の初めだった。絵はがきの登場と時を同じくして、大勢の人々が海辺で休暇を過ごすようになった（イギリス郵便博物館及び文書館の推定では、一九〇二年から一九一四年にかけて、毎年八億通の葉書が送られたとされている）。書かれている内容はいつの時代も変わらない——あなたがここにいたらどんなにいいか、天気の話をまじえたあとに、みなさんにどうぞよろしくとしたためる。しかし、葉書というものは、相手の元に届くまでのあいだ、覗こうと思えばいくらでも可能で、随所で人目に触れる。折々には、当事者以外にはわからないように気持ちを伝えたくもなる。そういうときによくつかわれたのが一種の暗号で、葉書の場合は、切手を貼るときの傾きで気持ちを表現した（一八四〇年以前に行われていた、あらかじめ当事者間で取り決めをしておいた棒線やマークを手紙に記すのとさして変わらない）。左手最上部に上下逆さまに切手を貼ると、「愛している」の意味に、同じ場所に切手を横倒しにして貼ると、「わたしの心は別の人のもの」という意味になる。そんなふうに切手の配置と傾きに様々な意味を持たせていた。⑤

北欧の手紙の場合、事はさらに複雑になる。とりわけスウェーデンでは切手を傾けるのに誰もが夢中になったようで、ノースカロライナ在住の北欧切手の専門家、ジェイ・スミスはそれを、

執筆中のチャールズ・ディケンズ、1858年

一九〇二年にやりとりされたスウェーデンの葉書を解釈することで明らかにしている。これには、それぞれ異なる角度で貼った切手八枚が載せられていて、その意味が翻訳されている——「わたしの手紙は焼いてちょうだい」「貞節はそれ自体が報いである」「あなたのお祝いの言葉は受け取れません」「きみは裁判／試験を乗り切った」さらに、長くつらい夜を経験した反映だろう、「わたしはひとりで悲しみと痛みに耐えるから放っておいて」というのもある。[6]

*

一九三八年の上海で、大変重宝しただろうと思われる手引き書が出版された。Chen Kwan Yi とWhang Shih の共著『Key to English Letter Writing』で、これには二つの機能があった。すなわち、かすかに古びた感のする英語で私信やビジネスレターを作成する方法を中国人に教えながら、英語圏の読者には、これを読まなければ知らずにいたであろう、個人や会社における

フランス語版切手の暗号、1907年

中国の習慣を教えているのである。アングロアメリカの手引き書と違って、これには将来不発に終わる息子のことを、長きにわたって悩み続ける父親の手紙とか、公爵夫人へ宛てる場合の最適な上書きといったものは載っておらず、もっと実用的で世俗的な例が多くみられ、含蓄がある。

結婚したばかりの相手に送る手紙の例などには、中国人の極めて太っ腹な面も窺える。「B氏より、先週水曜日にC嬢と結婚されたとお聞きしました。ささやかながら、お祝いの気持ちとして、同梱の魚を御笑納くだされば幸いです」。さらに、その結婚が実を結んだらどうするか？「ご家族にお子様がお生まれになったそうで、お祝いを申し上げます。このおめでたき折りに、こちらでお送りいたしました、各種魚の詰め合わせ籠をお受け取りいただければ幸いです」。では、法律関係の職で昇進した場合にも魚の贈り物がもらえるのだろうか？　残念ながら、そうではない。「法曹界に見事入られ、事務所を構えられたとのご報告、嬉しく耳にいたしました……あなた様の将来の成功を願いまして、わたしからの、ささやかな記念品として、自転車をお受け取りいただければ幸いです」

『ニューヨーカー』誌が、ニューヨークのチャイナタウンでこの手引き書に出会うのは、一九三九

5　最上部右隅に逆さまに貼る＝もう手紙は寄越さないで。
名字と並べて上下逆さまに貼る＝わたしは婚約中。
右へりのまんなかに貼る＝至急手紙を！
左手最上部の隅に、横倒しに貼る＝あなたなんて大嫌い。

6　切手に傾きをつけて貼る伝統は、郵便物が外部から精査や検閲を受けることになる郵便にいまも残っている。とりわけそれが顕著なのが、刑務所や軍隊である。

年九月半ば。ヨーロッパで戦争が勃発してから二週間が経っていた。あらゆる事々、たとえ惨事から危うく逃れたという事態であっても、お祝いを贈る理由になるらしい。「昨夜ご近所で発生した火事には、さぞ驚かれたことでしょう」と書いている手紙がある。「あなたのご自宅が延焼を免れて、心からほっとしました……この幸運を祝して、シャンパン数ダースを送らせていただきましたので、どうぞ御納めくださいませ」

しかしここで気をつけなければいけないことがある。無闇に贈り物をすると、ときにやりすぎと取られることがあるからだ。とりわけ、まだ関係が深まる前の異性に贈るときは注意が必要だ。このマニュアルでは、強引な求婚者に困ったら、こんな手紙を書き送ったらいいと若い女性を鼓舞している。「現在のお互いの関係を考えますと、贈り物を受け取るのは正しいこととは思えません。そういうことが許されるのは、もっと親密な関係になって、長くつきあった者どうしのあいだだけと思われます」

手引き書の効果は確実に現れたようだ。七十五年の時を経て、教養のある平均的な中国人の英語理解度は、教養のある平均的な英語人の、いかなる中国語方言の理解度より高く（その点における手紙マニュアルの貢献度はほんの一部でしかないが）、魚をお祝いに送る習慣も、依然として、泉州から金昌へとそれを配達する、中国の郵便局員の腕の見せ所となっているのはまちがいない。しかしそれだけで事は終わらない。『Key to English Letter Writing』にはまた、大雑把ではあるが、西洋で人気のある洗礼名の短縮形も載せていて、ひとたび親しい関係が築けたら、もっと気軽に呼びかけるよう勧めている。チャールズという友人と何度か手紙のやりとりをして親しくなったなら、「チャオ」と呼ぶ。トマスならば、「ジョミー」と呼べば、相手は喜び、スティーヴンなら、「スティーニー」と呼ぶことで、生涯の文通相手を得られるとしている。

写真

１４２３２１３４　通信兵　クリス・バーカー　Ｈ・Ｃ
中央地中海軍　第九航空通信隊　第一中隊　第三十航空団

一九四四年八月四日、十二日

ぼくの愛しい、美しいベッシーへ

最近、右記の住所に記載した部隊（ナポリにある）へ、船で安全にやってきた。滞在期間はほんのわずかだけれど、じつに愉快なひとときを過ごしていて、この先に待っている時間を楽しみにしながら、取り急ぎ、短い手紙できみに近況を知らせようと思う。気がつけば、インド行きは免れて、きみと同じ大陸に再び立っている。ぼくがどれだけほっとしているか、きみにも想像がつくだろう。昨夜ここで寝床を整えていたら、石の床に砂が落ちていた。あれほどぐっすり眠れるなんて、この先まずないだろう。

リビアにこれといって文句があるわけじゃないが、四六時中目に入るラクダや砂漠から束の間でも離れて、ふたたび木や家屋や通りや民間人の姿を見るのはいいもので、ほかにも、まるでイギリスにいるような気分になる風物が目に入ってくる。まだここに来て一日しか経っていないから、あまり多くは語れない。様々な種類の軍服を除けば、今が戦争中であることを思わせるものはほとんどない。小さな子たちは、エジプトにいる子どもたちと変わらないが、大人はみな立派な身なりで、それ相応の風格を見せている。女性はみな魅力的で、ゆったり構えていて、形も素材も様々な服を着ている（ぼくよりずっと精力旺盛な仲間に、支給された避妊具をくれてやった）。ここにはなかなかしゃれたＮＡＡＦＩ（英国陸海空軍厚生機関）や、ＹＭＣＡ（キリスト教青年会）がある。後者でケーキふたつ（ひとつ一ペニー）と、六ペンス（十リラ）のお茶を買った。ここでは極上の、しかし値段も飛びっきり高い絹やサテン地も売られている。不思議なことにアイスクリームを売る店はあまり多くない。それでも今日は素晴らしく冷えたレモネードを六ペンスで買った。このあたりでは上質のトマトやアーモンドや梨なんかが山のように出回っている。残念ながら兄といっしょに来ることはできなかったんだが、まもなくまた合流して、ふたりで旅をしながら、互いの近況を語り合うことになるだろう。

最近続々と届く、きみからの簡易書簡に加えて、今日はきみの写真も届いた。いまぼくがどんな気持ちでいるか、想像がつくと思う。なんてきみは美しい！　きみはまったく素晴らしい！　いくら讃美しても足りない。ああ、愛しい、愛しいエリザベス！　きみがぼくに何をしているのか、ぼくらは互いに相手に何をしているのか？　どうして以前のぼくはきみをちゃんと見ていなかったのか？　今のぼくに、いったい何ができるだろう。ぼくがどれだけきみを大切に思っているか、どれだけ苦しい思いで、きみを待っているか、ありきたりの言葉では伝わらない。ぼくには高望みで、不釣り合いな相手にも思えるが、きみもぼくを思ってくれていることを考えると、ふたりはきっとうまくやっていけるような気がしてくる。きみが写真を送ってくれたので、ぼくもグレート・ヤーマスとラノック・ムーアで撮った写真を送る。どちらもちょっと貴重な写真でね、ここに写っている四人（これだけの人数がそろうのは凄いことなんだ）は、飲み仲間として最高なんだ。もう十回以上も、きみの写真にこっそり目をやっている。ひとりきりになって、きみの写真とじっくり向き合い、きみとぼくがいっしょにいることを想像する。そんな時間が早く来ないかと待ち遠しい。きみがぼくの写真を見ているとき、ぼくもきみの写真を見ている。そう思うと不思議だよね。でも実際そういう瞬間はたくさんあると思う。それぐらいぼくは頻繁に見ているから。スカートの裾をつまんでいるきみ。裸足の足を見せているきみ。ボートのそばに立っているきみ。ジャンパーの上からでもわかる、きみの胸のふくらみを見て、ぼくはドキドキしている。ほかの女の子たちといっしょに立って、かわいいベルベットのズボンをまくりあげて、膝を覗かせているきみ。ああ！　なんてことをきみはしてくれるんだ！　どの写真もまぶしいばかりで、目を奪われる。美しいきみがぴかぴかに輝いている。きみは、ぼくの喜び、ぼくのご馳走。ぼくの素晴らしい、素晴らしい妻！

愛している

クリス

一九四四年九月二十八日

最愛の人へ

きみの［手紙］が今日の昼に届いた。消印の日付からせいぜい四日しか経っていない。
禁煙に向けて頑張っているとのこと。その判断と決意に拍手を贈るよ。ただし、喫煙の習慣をぼくがひどく嫌っているという印象を与えて、きみが罪悪感を覚えてしまっては困るんだ。ともあれ禁煙に成功することを祈っている。ぼくには何も助言はできないが、その手の情報なら、すでにきみのほうで山ほど得ていることだろう。ぼくのために頑張ってくれているんだよね。そんなきみを誇りに思うし、とてもうれしい。

砂漠を出発する前に、きみからもらった手紙の大半を処分しなくちゃならなかった。持ってきたのはほんのわずかで、きみが多くを語っている手紙はどうしても持って行かなくちゃいけないと思った。多くの手紙を焼却することを義務づけられ、二十通以上を焼いたよ。どれにも、きみの愛が美しくつづられていて、かけがえのないものだった。きみの香気が感じられる手紙だった。しかし、どこへ異動になるかもわからないまま、急いで荷造りを命じられた身では、持てるだけのものを持っていくので精一杯だった。

帰国してすぐ、ふたりで楽な生活が送れることはまずないだろう。いろいろ制約を課せられるのはまちがいないからね。ぼくが戻る前に、きみが家探しを始めることができたらいいと思うけど、それも難しいだろう。爆弾が飛んでくる心配が完全になくなったら、家で必要なちょっとしたものをそろえる気にもなるんじゃないかな。ジャガイモの皮むき器とか、卵の泡立て器とか、もし事前に入手しておいてくれたら、大いに面倒が省けて、早くにぼくたちの環境が調うと思う。

この村落の習慣をいろいろと耳にするようになった。おそらくこのあたり一帯はみな同じ風習が広まっているのだろう。ここの人たちは、結婚前にプロポーズはしないそうだ。まず若い男性が、妻にしたいと思う女性の両親に手紙を書く。両親が納得すれば、彼をお茶に呼ぶ。ふたりきりで置かれることはなく、結婚して初めて手をつなぐ。天国のような所で挙げる式もあるだろうが、このあたりでは結婚式というのはまったくしない！　女の子が男性と話しているところを見られようものなら、たちまちゴシップの種にされる。そういう状況に、仲間たちは不満を覚えているものの、ちょっと金を奮発して、満足なひとときを過ごすやつもいる。

同じ学校に通っていた、自分より一年半若い男と知り合った。先生のことや、覚えている学生のことをあれこれ話して、これがなかなか楽しかった。リーズに住んでいる男とも話をした。戦争が始まる数年前に結婚をして、二年前に子どもをイギリスの外に疎開させた。その男の妻が六月に（ふたりの子を持つ既婚者とのあいだに）子どもをひとり生んだ。妻は赦しを求めているが、赦されるわけがない。同じような事例をぼくは数多く聞いていて、形は様々でも、結局同じことだ。どれもこれも、まったくひどい話だけれど、そもそもの原因は、戦争が夫婦を引き離したからだとぼくは思う。結婚の約束が永遠に守られる世界に自分たちは暮らしているのだと、そう思えば素敵だが、現実は明らかにそうじゃない。仲間のなかには、故郷にアメリカの男が入ってきたことを嘆くやつもいるが、イギリスの男だって、清廉潔白に行動しているわけじゃない。それを示す証拠は山ほどあるのだから。

愛している

クリス

12 売りに出される手紙 その二

ヴァージニア・ウルフであっても、ときに海辺に出かけることはあった。しかしその作品からしても、個人のイメージからしても、ほかの若い女性のように、ビーチではしゃぎまわったりするとは思えない。むしろ、吸い取り紙を取り付けた机に向かっているか、大英博物館の円形読書室にいそうな、髪をピンでぴっちり留めた女性のイメージが強い（そう思うのは筆者だけだろうか？）。足を濡らすとしたら、ラッセル広場の水たまりを歩くぐらいがせいぜいだろう。もちろん、仕事にも恋愛にも情熱を傾けた女性ではあるが、海岸に行ったなら、おそらく陰鬱な窓から顔を覗かせて、灯台を仰ぎ見ていることだろう。シマシマの水着姿で頭にヘッドバンドを巻いて、波打ち際に立っているヴァージニア・ウルフを誰が想像できよう？

いや想像には及ばない。写真がある。ドーセット州のスタッドランドで、おそらく一九〇八年に撮られたものだろう。ウルフは二十六歳で、名字はまだスティーヴン。その前年に姉のヴァネッサと結婚したクライヴ・ベルといっしょに写っていて、幸せそうに笑っている（撮影者はわかっていないが、たぶんヴァネッサ自身だろう）。水着は借り物で、〝ユニセックス〟だったと、ヴァージニアが日記に書いているが、見事に似合っている。その格好で、「イソギンチャクのようにふわふわと」遠くまで泳いでいったらしい。

その写真に添えられた一通の手紙は、一九〇九年二月十九日にクライヴ・ベル宛てに書かれたもので、彼女の出版元であるブルース・リッチモンド主催の晩餐会に出席した模様も記されている。「まるで自分が人食い人種のような心持ちになったのは、料理が素晴らしくて、それをたいらげる自分たちの姿を意識していたからでしょう。自分も含め、高貴な若い男女の血気ときたら、それはもう凄まじいものでした」

天才がお腹をすかせて屋根裏部屋で凍えているという構図は、残念ながら最近ではとても想像できません。まるでおぞましいハルピュイア（女性の頭と鳥の身体を持つ飢えた怪物）の一団さながらに、一部には名も知られている中年作家が集まって料理をむさぼるというのは、わたしの趣味からすると、明らかに不快です。動物園で、つねに生肉の塊を探している、どろんと充血した眼のハゲタカを思わせます。おしゃべりや口論の声もけたたましく、お腹が一杯になれば満足げな声を漏らす。なかでも一番うるさく金切り声を上げていたのは、レディG［グレゴリー？］で、ほかのみんなは彼女の周りにすわって、羨望半ば、嘲笑半ばで、くすくす笑っていました。[1]

ウルフはまだ中年ではないし、一部には名の知られたという表現は謙虚に過ぎる。処女作『船出』の出版までにはあと六年を待たねばならず、その才能を発揮する場はまだ文芸誌や書簡に限られていたものの、ブルームズベリー・グループでは、文学的才能とは関係無く、大勢のファンを生み出していた。そのひとり、外務省の外交官であり、クライヴ・ベルの昔の友人でもあるシドニー・ウォーターローは、彼女にだいぶ熱を上げていた。一九一一年に、ウォーターローはウルフに結婚を迫って断られている。負けずに迫っていくと、彼女はさらに態度を硬化させた。彼が既婚者

1　ヴァージニアは、その手紙を「ジェームズ」宛てと書き、彼女たちが子どもの時に遊んだゲームのように「Eleanor Hadyng」と署名している。

溺れるのではなく笑っている――ヴァージニア・ウルフとクライヴ・ベル、ドーセットにて

であり、異性として興味が向かなかったせいもあるのだろう。
「わたしはあなたを将来の結婚相手と考えたことは、これまで一度もありません」一九一一年十二月にそう書いている。「あなたのほうでも、わたしを結婚相手と考えるのはおやめくださいますように。自分が知る限り、大変な無駄に終わるとわかっているのに、これ以上あなたに心を砕かせては、わたしは自分を許せません」。そしてついには最後通牒を突きつけた。「これからはいいお友達としてつきあっていきましょう」

こういった手紙のやりとりが、彼女の人生の片端に置かれているわけだが、その反対側の端には、注目すべき、八通のまとまった手紙が置かれている。彼女と結婚したレオナルド・ウルフと、彼女の姉ヴァネッサ・ベルが、一九四一年三月二十八日から四月六日のあいだに書いた手紙だ。ふたりが手紙を書いた相手は、ヴァージニアの親友であり、恋人であった可能性も指摘されているヴィタ・サックヴィル＝ウェストで、それら一連の手紙が、ヴァージニア・ウルフの自殺直後の状況を生々しく物語っている[2]。ウルフはレオナルドとヴァネッサに一通ずつ、自殺を告げるメモを残しており、いまではそれが遺品として有名になっている[3]。しかし、その手紙を残したあと彼女に何が起きたのか、正確なところはわかっていない。ウルフの死んだ三月二十八日に、彼女の夫が緑のインクでしたためた次の手紙は、二〇一三年五月時点、依然として個人の手元に残されている。

ヴァージニアの身に起きたことを、きみに新聞やラジオの報道で知って欲しくはなかった。彼

2　ウルフの手紙を編纂した、サックヴィル＝ウェストの息子ナイジェル・ニコルソンは、彼女の小説『オーランドー』を評して、「小説の形を借りた、最も長く、最も魅力的なラブレター」と言っている。

女は先週病気が悪化し、また頭がおかしくなるのではないかと脅えていた。戦争と、本[4]を書き上げなければならない重圧に押しつぶされそうになっていたんだと思う。休むことも食べることもできない状態だった。今日、自殺をすると書いた手紙を残して散歩に出かけた。川にステッキが浮かんでいるのが見つかったから、おそらく入水自殺をしたのだろう。まだ遺体は見つかっていない。これを知って、きみがどんな気持ちになるか、察するに余りある。彼女はきみをこよなく愛していた。最後の数日、ヴァージニアは地獄の苦しみを経験していた。

その翌日、今度はヴァネッサがヴィタに手紙を書いている。

ヴァネッサ・ベルの油彩に描かれた郵便局

レオナルドから、あなたに手紙を書いたと聞きました。ですから、わたしがこうして手紙を書いているのは、家族は別として、ヴァージニアが一番愛していたあなたと、なんらかの形で触れ合いたいだけなのです。昨日たまたま彼に会いました。彼のことですから当然、自制心を働かせ、努めて冷静で、ひとりにしておいて欲しいと言い張りました。いまのわたしにできることは何もありません。あなたといつか会うことができないかしら？　難しいとはわかっています。もう少し時間が経てば会えるでしょう。いまは最初の耐えがたい恐怖が過ぎ去るのを待つしかありません。まだ心が麻痺しているような状態です。悪筆をお許しください。

それから一週間が経っても、依然として遺体は見つからなかった。四月六日、レオナルドはふたたびヴィタに手紙を書いて、「先週、川をさらってもらったが、いまはもう捜索隊もあきらめてし

3　なぜ「自殺の手紙」ではなく、「自殺のメモ」とされてきたのか、よくわからない。メモと言えば簡単な走り書きだと思うが、そうではないことがままある。ヴァージニアがレオナルドに残した手紙は、自殺のおそらく十日前に書かれたもので、その縮約版を次に掲げる。「最愛のあなたへ、わたしはまた頭がおかしくなると確信しています。あんな恐ろしい時間をわたしたちが再び切りぬけられるとは思えません。今度ばかりは持ち直すことは無理でしょう。いろんな声が聞こえてきて、集中することができません。それでわたしは、最善と思えることをすることにしました。あなたは考え得る限り最大の幸福をわたしに与えてくれました。あなたは誰にも代えがたい人でした。わたしたち以上に、幸せなふたりはいなかった。この恐ろしい病気に襲われるまでは……もしわたしを救える人がいたとしたら、それはあなたしかいません……」

4　最後の小説『幕間』。

まったようだ」と知らせている。同じ日、ヴァネッサも彼女に手紙を書いている。「まだ見つかったという知らせはありません。おそらく、このままずっと見つからないのが一番かと思います」

この先どうなるのか、われわれは当事者以上に知っているが、手紙を書いている当人は、もちろんあずかり知らず、ゆえに叶わぬ希望や憶測を書き連ねることになる。こういった誤りを犯す可能性が手紙には必ずあるわけで、それも手紙の興味深い側面のひとつと言えよう。しかし、事の帰結を知っているわれわれが、そこに至るまでの手紙を読めば、やはりいたましさが先に立つ。いまここに、死のちょうど三年前にウルフが姉に宛てて書いた手紙がある。ロンドンの「ぞっとする」「乱闘」を抜け出して、サセックス州ロドメルの小さな村落にある自宅で、レオナルドと過ごす穏やかなひとときをつづったもので、喜びが鮮明に表れている。「二、三日という、ほんの束の間ですが、神から与えられた孤独を楽しみました」と書いたのは、一九三八年十月、ウルフ五十六歳のときだった。

> 今日は元気いっぱいだとLに告げ、それでいっしょにキノコの生える野原を散策しました。ありがたいことに、誰にもじゃまされることなく、ふたりでローンボウリングを楽しみ、セヴィニェ夫人の手紙を読み、夕食にはハムとキノコを焼いて、モーツァルトを聴きました。なぜわたしたちは、ここにずっととどまって、永遠のリズムを楽しみ、目と心を休めないのでしょう?……わたしたちの心は健全で、幸せに満ちています。[5]

至福の時間は、なかなか帰ろうとしない訪問者によって台無しにされたが(「まったく恐ろしいことで、毎回絶望を味わいます」)、最後に彼女を苦しめたのは、精神の病だった。遺体が見つからないと、ヴァネッサがヴィタに手紙を書き送ってから二週間後、ヴァネッサはふたたび書いている。このときには、遠い川岸で子どもたちがウルフの遺体を見つけていた。

当然ながら、新たに強い衝撃を受けました。こういうことが起きませんようにと祈っていたのに。しかし、レオナルドはわたしに向かって本心を吐露しました。ここまで来れば、もうこれ以上に恐ろしいことはやってこないのだと。レオナルドが昨日ブライトンで火葬の手続きを取りましたが、わたしを行かせたくないようだったので、行きませんでした。お葬式のようなものはありません。まったく何も。哀れなエセル[6]から手紙が届いていて、それからすると、田舎の教会の墓地で葬儀を執り行いたいようでしたから、こういう事情を知ったらがっかりするでしょう。しかし結局のところ、どのような儀式を執り行ったとしても、この死にはまったくふさわしくないように思われるのです。

5 その手紙に想を得ることはなかったにしても、セヴィニェ夫人はウルフの敬愛する手紙の達人だった。ウルフの死後一九四二年に出版された『The Death of the Moth and Other Essays』のなかで、ウルフはこう書いている。「エネルギッシュに大量の手紙を書き続けた、この偉大なるレディは、もしわれわれの時代に生きていたら、当代屈指の偉大な作家になっただろう。彼女と同時代に生きて消えた読者と同じように、現代に生きる読者の心にも多大な影響を与えたに違いない」

6 晩年、ウルフはエセル・スミスに頻繁に手紙を書いている。スミスは作曲家であり、参政権運動に携わる著名なメンバーで、ウルフに夢中になっていた。しかしウルフのほうは、スミスに少々我慢できないものを感じていたらしく、ある手紙で彼女のことを「どうしようもない人」と書いている。

Ap' 8

My dear Vita
After you had gone ye[illegible]
I realised how inhospitable [illegible]
been; never offered you co[illegible]
drink of water [illegible]

Sunday

Dear Vi[illegible]
This [illegible]
Leonard w[illegible]
dont mind [illegible]

Ripe. 65.
Ap. 2.

My dear Vita
Will you really come – you dont know how much I should like it. Any day next week that suits you would do for me. Will you come to lunch or would that be easiest for you? [illegible] only draw back to lunch is that we have to have it at Quentin's farm [illegible] but please come whenever [illegible] [illegible] sending that [illegible] by you. I think [illegible] feeling [illegible]

25

[illegible] dear Vita
Leonard said he was writing [illegible] because
so this is only [illegible]
[illegible] I want to be in touch [illegible]
[illegible] you somehow – as [illegible] most [illegible]
Virginia loved [illegible]
outside her own family.
[illegible] yesterday by chance [illegible]
was true. He was of course
saw him. [illegible] self controlled & calm [illegible]
[illegible] being left alone
[illegible] I can do [illegible]

「川をさらってもらったが……」1941年にヴィタ・サックヴィル＝ウェストに宛てた手紙

ヴァージニア・ウルフがポケットに小石を詰めて、ウーズ川のほとりを歩いている姿もまた鮮明に想像できる。二十代のときに浜辺で笑っている写真と、あまりに対照的なせいだろう。しかし書簡を巡る物語はここで終わらない。ウルフはかつて、手紙は「友人への愛を発祥とする、人間味のある芸術。」[7]だと定義した。その伝でいくと、ウルフの死後も、友人たちが手紙を通じて彼女のことを語り合ったのは当然と言える。一九四一年五月から六月にかけて、レオナルド・ウルフとヴィタ・サックヴィル＝ウェストのあいだで、ヴァージニアの遺言に関する話し合いが、五通の手紙を通じて行われた。

遺書はタイプ打ちされており（自殺を知らせる書き置きが手書きだったのとは対照的だ）、友人たちの紛争を未然に防げる内容になっていた。「ヴァージニアは、ぼくが選んだ手稿のひとつをきみに遺すと書いている」と、五月二十四日にレオナルドはヴィタに手紙でそう知らせている。「現在、遺言検認裁判所の人間から、それをどれにするのか報告するように言われている」レオナルドは彼女に、エリザベス・バレット・ブラウニングの飼い犬であるコッカースパニエルの一生を描いて大成功を収めた『フラッシュ――或る伝記』（ブラウニングの手紙を読んで想を得た）を渡すことを提案したが、ヴィタは明らかにほかのものが欲しかったらしい。おそらくそれは『波』か『灯台へ』だったのだろう。五日後、レオナルドがまた手紙を書いている。「きみが例によってはっきり物を言ってくれる人でよかった。これからもそう願いたい」そういうわけで、結局手稿を巡って

7　ナイジェル・ニコルソン編の『Leave The Letters Till We're Dead: The Letters of Virginia Woolf, Vol VI』の序文に引用されている言葉。ニコルソンはハロルド・ニコルソンとヴィタ・サックヴィル＝ウェストの息子で、「彼女にとって、手紙は歓喜を満たすワイングラスであり、絶望を流す汚水だめだった」と書いている。

過熱した交渉が行われることになった。レオナルドは、『波』を手元に残しておきたく、代わりに『ダロウェイ夫人』を渡そうと持ちかけた。さらにレオナルドはヴィタに、彼女の所有している『オーランドー』の未発表部分の原稿を送ってくれるよう頼んでいるが、実際にそれを見たあとで、「話のつじつまが合わない」と思い、また彼女に返している。それからヴィタははっきりと、『灯台へ』をもらいたいと書いたが、それはレオナルドに拒否された。この問題に関する彼の最後通牒はこれまで一般には未公開だった。内容は次のとおりである。

愛しのヴィタへ

この本を受け取ってほしい。それと併せて、『ダロウェイ夫人』の手稿も送るつもりだ。遺産の継承前に、こうしておくことが法的には順当だろう。第一巻は『The Hours』と書かれており、Vはもともとそのタイトルにするつもりだった。

庭は天候の打撃を受けている。ここに越してきて以来、どの年よりも果物の収穫は少ないだろう。

敬具

レオナルド・ウルフ

*

一通を除いて、どの手紙も、薄青色かベージュ色の便箋一枚にしたためられている。緑または黒のインクで書かれた文字は筆遣いこそ激しいが読みやすい。手にしてみれば一種の興奮が背筋を走る。わたしがこれらを見せてもらっているのは意外にも、マンハッタンのダウンタウン、西十八丁目の六階にあるオフィスで、グレン・ホロヴィッツ・ブックセラー社（ＧＨＢ）のニューヨークの店舗だ。大きなテーブルの上で、プラスチックのスリップケースからウルフの手紙を出したり入れたりしながら、ふと見ればテーブルのまんなかには、手紙同様、色褪せて黴の臭いをまとっていると思しき書籍が積んである。すなわちここは稀覯本の書店であり、署名入りの初版本を購入するのはもちろん、素人には価値のわからない書籍やオンラインショップでは決して見つからない垂涎ものの書籍をゆっくり眺めることができる場所なのだ。

しかしＧＨＢのオフィス自体は色褪せもせず、黴臭くもない。なぜなら、この店の店主にはもうひとつ顔があり、グレン・ホロヴィッツは文学の魂を扱う実業家でもあるからだ。巻き毛の白髪を生やした五十代後半の男性で、なんとなくマルクス兄弟を厳格にしたような趣がある。偉大かつ著名な人物の文書（主として、手稿、手帳、手紙）を扱う文芸仲介業を営んでおり、ウラジーミル・ナボコフ、ノーマン・メイラー、バーナード・マラマッド、ジョセフ・ヘラー、カート・ヴォネガット、ナディン・ゴーディマー、Ｊ・Ｍ・クッツェー、デヴィッド・フォスター・ウォレスなどなど、錚錚たる著名人の文書を販売している。彼はさらに、大統領たちの手紙も買い取り、ウッドワードとバーンスタインのウォーターゲート事件に関する取材ノートを、噂では五百万ドルで売ったと言われている。手頃な価格のものは個人でも購入できるが、大規模なコレクションは機関に収まることになる。アトランタのエモリー大学、ハーバード大学、ニューヨーク公共図書館のバーグコレクション、大英図書館といったところか、あるいは、非常に派手に金をつかい、飽くなき収集意欲を見せる、テキサス大学オースティン校のハリー・ランサム・センターなどに行き着くのだ。

ホロヴィッツは、椅子にふんぞり返って一般市場に掘り出し物が入ってくるのを待っているような人間ではなく、積極的に動いて、売る価値のあると思える物を探す。たとえば最近ではトム・ウルフと話をして、生存中に手稿を買いたいと持ちかけている。それは彼が、もう創作においては終わっていると見なしているわけではなく、もはや文学界に君臨する存在ではないと考えているからでもない。『The Kandy-Kolored Tangerine-Flake Streamline Baby』と『虚栄の篝火』の手稿を編集者の修正付き、熱狂的なファンからの手紙付きで、生きているときに売りに出せば、売買成立の祝賀会に著者本人が参加できるし、莫大な謝礼金で懐も潤うと、ウルフを説得しているらしい。

さもありなんと思うだろうが、グレン・ホロヴィッツは演出効果を心得た人間で、誇張法と曲言法という珍しい組み合わせの修辞を武器に、興行師のように言葉を繰り出す。日常のなかにドラマを見つける、豊かな語彙の持ち主だ。二十年代半ばに、稀覯本販売にくわえて、なぜ文書販売の事業を手がけるようになったのかと聞けば、「業界のことは何も知らないに等しかった」と答える。「しかし、明らかに天性の才能はあった。祖先をたどれば移民してきたユダヤの行商人で、文字どおり荷車を引いて通りを行ったり来たりの毎日を送っていたのだから」と言う。文書の仲介販売を最初に手がけたのは一九八一年で、ピュリッツァー賞を取った詩人、W・S・マーウィンとイリノイ大学の仲介をした。「彼の手稿に大学側は最初二万五千ドルの値を提示したが、最終的に十八万五千ドルで取り引きがまとまって、仲介料としてその十五パーセントがこちらの懐に入ってきた。机に載っている二万八千ドルの小切手。これだけ高額の小切手に、自分の名前が記載されているのを見るのは生まれて初めてだった。しかしそればかりではなく、まもなく大事なことに気づいたんだ。書籍の販売みたいなことをやっていては、これだけの利益をあげるのに途方もない時間がかかるってことにね。従来の書籍販売の事業形態に追加するのに、この分野は、基本的に非常に面白いと思ったんだ」

次の十年のあいだに、ほかにもいくつかのコレクションを扱ったが、そのなかにはこれといって目を引く物はなかった。ところが一九九一年、彼はヴェラ・ナボコフとドミトリー・ナボコフのふたりからスイスへ「召還」される。ウラジーミルの文書をどうしていいかわからないふたりが、自分たちの手には負えない問題に手を貸して欲しいと彼を頼ったのだ。「モントルーとニューヨークを行ったり来たりして、六か月から九か月にわたる熾烈な交渉を経たのち、すべてひっくるめて、百五十万ドルで購入するようニューヨーク公共図書館を説得した」と彼は言う。「それはもう画期的な取り引きで、自分がそう思うだけじゃなく、見ているみんながそう言った。この仕事によって、切羽詰まった利害関係を持つ様々な顧客を扱う交渉人のスキルを認められたばかりじゃなく、ひとつの文書コレクションを、当時史上最高と見られる高値で売ることのできる人間としても認められたわけなんだ」

そこまで到達すれば、ウッドワードとバーンスタインのウォーターゲート関連の書類や、ジョン・アップダイク、ノーマン・メイラー（小ぶりの貨物トラック一台分）、コーマック・マッカーシーといった作家の手稿や、エリオット・アーウィットの写真、マグナム・フォトのコレクションなどなど、錚錚たる文書を扱うようになるのも必然と言えるだろう。彼の試算では、こういったマーケットの八十五パーセントは、「学界でのブランド開拓」を狙う非営利の研究機関が占めているらしい。

しかしこういった機関では、ホロヴィッツや、彼と同種の人物が登場する以前にも、数多くのコレクションを入手していたのはまちがいなく、それも遙かに安く――寄付という形で手に入れていたのだった。自分の手稿がハーバード大学で生き長らえるなら光栄だと作家は考えるが、そうなると、受け入れる機関はその保存費を負担できるかどうかが問題になる。戦後になると事情がしだいに変わってきて、各図書館や大学で財源が増やされ、賛助も得られるようになっていく。そうなると、たとえばテキサス大学のように、珍しい文芸資料がどんどん集まってきて、世界クラスの研究機関として認知されるようにもなる。こういった文書のために、ホロヴィッツは「競争環境」と自ら呼ぶ状況をつくりあげたが、自分は、売り手と買い手の両方に関与して取り引きが成立した場合にだけ、報酬を得るようにしていると言う。いまに至っても、彼の意欲はまだ衰えない。「それ以前には、これといって価値があるとは見なされなかった、まとまった文書を見つけ出し、特定の機関を説得して、これには研究価値があるというヴィジョンを共有してもらう。そこにこの仕事の妙味がある」と彼は言う。そのヴィジョンは、彼があいだに立つまでは、「わずかな影と霧」でしかなかった。

*

ウルフの手紙については、この会社の文芸部門で上級文書係を務めるセアラ・フンケ・バトラーに初めから終わりまで手引きをしてもらった。三十代後半の彼女は、ハーバード大学でナボコフをテーマにした研究を完成したあと、まもなくこの会社に入り、以来十五年にわたって勤務してきた。「手紙偏愛者」を自任する彼女が、手紙に魅了されるようになったのは、六年生のときの課題で、フランスの小学校に通う生徒と文通を始めたのがきっかけだった。「彼らの字は均一で読みやすく、飾り書きを多用していて、みな方眼紙に書いていたの」とバトラーは言う。「それに対して、アメリカの子どもは、あの頃いろいろと出回っていた無罫のはぎ取り式ノートに書いていた。どっちがいいとか悪いとかじゃなく、ただ、国が違うと紙も違うんだなと、それが妙に印象的だった。まだ十歳で、『文化の一貫性』なんてことは考えもしなかったけど——ただ、新しい文通相手のジョエルが、手紙の最後に『山ほどの愛をこめて』なんて書いてあるのを見て、ただもう気恥ずかしかったのを覚えているわ」

ここ数年に彼女が文書を扱った著名人は、ドン・デリーロ、ティム・オブライエン、コーマック・マッカーシー、エリカ・ジョング（『飛ぶのが怖い』への賛辞をつづったショーン・コネリーを初めとするファンからの手紙付き）、ジョン・アップダイク（彼の原稿を断る何通もの定形の手紙付き）ノーマン・メイラー（彼は投函準備の調った手紙をすべてカーボン紙で複写して何十年も取っておいた）、ハンター・S・トンプソン（セアラに射撃を教えた）、ジェームズ・ソルター、デヴィッド・マメット、アリス・ウォーカー、ティモシー・リアリーなど、「そのほかにも大勢」いると言う。その作業中に、彼女のもとにもいろいろと手紙が届き、それだけでも立派なコレクションになるそうで、一番記憶に残っているのは、当惑するドミトリー・ナボコフがファクシミリで送ってきた数ページにわたる手紙だと言う。彼女が一冊の本にまとめた父親の手紙に登場する特定の言い回し。それについて、この使い方はおかしいのではないかと言ってきたのだ。「ハーバードの標準的な英語教育は、父のいた時代から大きく変わっている」とドミトリーは書いていたそうだ。

実際にウルフの手紙を検討する前に、わたしはフンケ・バトラーから、じつに贅沢なウルフ・カタログを見せてもらった。そこには前述した手紙だけでなく、ほかにも数多くの文書や、ウルフの作品と私生活にまつわる貴重な品々が掲載されていた。フィクション、ノンフィクションともに、ずらりと並ぶ主要作品の校正刷りや初版本。A・V・ウルフ（洗礼名のアデラインはめったにつかわなかった）と名前が記載された一九二三年のパスポートの写真ページ。そのほか、さらに素晴ら

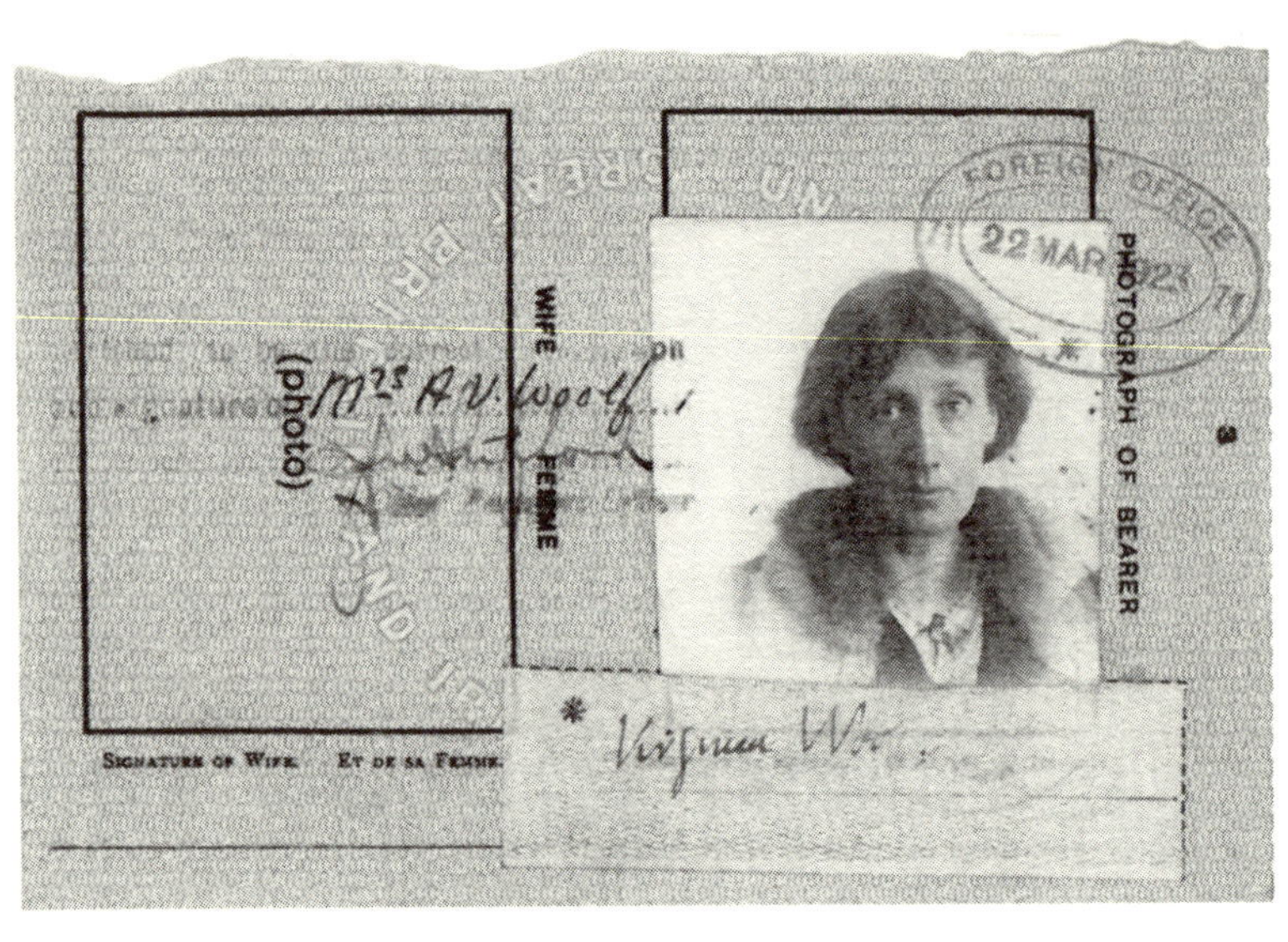

しい手紙がずらりと並んでいる。ヴァネッサの結婚前夜にヴァージニアが姉に宛てた手紙もそのひとつで、これには、ビリー、バーソロミュー、マンゴー、ウォンバットといった愛情あふれるニックネームの署名があり、クライヴ・ベルのことを、「清潔感にあふれ、陽気で機敏で、グルメな化石好き」と褒めている文言が見られる。さらに、レオナルド・ウルフからヴィタ・サックヴィル＝ウェストに宛てた別の手紙もある。一九二七年頃に書かれたこの手紙には、妻の扱い方について、レオナルドの指示がしたためられている。「わが動物園より、一頭の貴重な動物を今夜一晩、あなたに託します。頭部があまり健全ではありません。しっかり食べさせて、十一時に寝かしつけてください。本人が何か勝手なことを言っても注意は向けず、こちらの指示だけを守ってくだされば、とてもありがたく思います」

カタログには七十七のロットが掲載されており、そのほとんどは複数の品で構成されている。このコレクションはすべて、現在ニューヨークの法律事務所、Debevoise & Plimptonのシニア・ファイナンス・パートナーを務めているビル・ビークマンが四十年以上にわたって集めてきたものだ。いったい彼は何がきっかけで、ヴァージニア・ウルフ熱に取り憑かれたのか？　六十年代後半、彼はハーバード大学で、イギリスとフランスの近代史と文学を専攻していた。ウルフはメインのカリキュラムにはなかったが、個別指導の時間に教わることにし、それで『灯台へ』を読むようになった。「(大勢の人がそうだったでしょうが) これには大変感銘を受けました」と、わたしに送ってくれた電子メールに彼は書いている。「古い『ヴァニティーフェア』(米国の文化とファッションを扱った雑誌) を製本したものを読んで育ったので、彼女のことは知っていたのですが、高尚なモダニストという謎めいたイメージしかなかった。それが別の授業で、オールビーの戯曲『ヴァージニア・ウルフなんか怖くない』を読んでから、ますます彼女の作品にのめりこんだんです」結局ビークマンは、「『ボヴァリー夫人』と『ダロウェイ夫人』における人物造形と性格描写」をテーマに、学部の卒業論文を書いたのだった。

最初に彼が買った手紙は、さほど重要なものではない。ホガース・プレスが立ち上がったばかりの頃、一冊の本の購入について問い合わせてきた相手に、レオナルドが書いた返事だ。自殺に関係した一連の手紙は、ヴィタ・サックヴィル＝ウェストの子孫から直接買い取った。「レオナルドの洗練された思慮深さに強く感銘を受けた」ことを覚えていると彼は言う。ビークマンのお気に入りは、ヴァージニアがヴァネッサの結婚前夜に書いた「動物の足跡の小さないたずら書きがあって、赤いリボンでくくられていた、非常に子どもっぽい手紙」だと言う。

どうしてそれらを手放す気になったのか。ビークマンはあと数年で仕事を引退するそうで、もはや新しい品を買い足してコレクションの充実に努める余裕はないと感じたそうだ。「コレクションというのは、動きがないと興味関心が薄れていくものなんです」

ウルフのコレクションは一括でしか売らない。グレン・ホロヴィッツ・ブックセラー社では、四百五十万ドルの値をつけているが、フンケ・バトラーによると、これは「太っ腹（ソフト）」な値段だと言う。おそらく、一年以上にわたってまだ買い手がつかないせいだろう。しかし、決して時の人とはいえない一作家の、（魅力的ではあるものの）現実の用はなさない日々の寄せ集めに、これだけの大枚をはたく人間がいるとしたら、そのおつむも「弱い（ソフト）」と言われるのではないか。太っ腹な値段とはいえ、四百五十万ドルもあれば、『ダロウェイ夫人』のペーパーバックを五十万部購入して、文学部の一年生に配布することもできる。そちらのほうが、よっぽど（ウルフ・ベター）賢明な金の使い方ではないか？

「熱心な民間のコレクターに何ができるか。このコレクションは、それを示す卓抜した例なんだ」とグレン・ホロヴィッツは言う。「ミスター・ビークマンがこれをつくりあげるのに、自分も手を貸すことができたのが誇らしい。レオナルドとヴィタのあいだでかわされた、痛切な手紙の数々はじつに素晴らしいものなんだ」しかし、値段は？「この特異な手紙については、プロとして磨き抜かれた厳しい目を持つわたしでも、情にほだされて、友であるビークマン家の人々の、思い切った願いを容認しようと思っている。一家は、自分たちの成した偉業に対する意識を、より高い次元にまで高めたわけだから」つまり、コレクションとして一括販売するのではなく、「数年の時間をかけて、ひとつひとつ売っていくべきだ」とホロヴィッツは考えているらしい。

　では、ヴァージニア・ウルフ本人が生きていたら、そういった値付けに関してどう考えただろう？　ポスト・ポスト構造主義の世界では、彼女も巡り巡って意見を求められただろう。しかし、自分が死んだあと、自ら生み出した創作物が、ニューヨークにあるディーラーのオフィスで余生を送るという考えには、まちがいなくぞっとしたはずだ。夫に残した二通目の書き置きの余白には、疑問符無しに、こう書かれている。「わたしの文書はすべて破棄してくださいませんか」

「グレン・ホロヴィッツ・ブックセラーでは手紙が非常に好況なんです」とセアラ・フンケ・バトラーは言う。見ればまさにそのとおりで、とりわけ女性の手紙を愛好する人間にはうれしいコレクションがそろっている。ウルフばかりでなく、ルイーザ・メイ・オルコット、マーガレット・アトウッド、スーザン・B・アンソニー、パール・バック、ジェイン・ボウルズ、ファニー・バーニーといった女性作家の極上の品々が集まっており、フェミニズムとユダヤ関連の資料を強化しているのがわかる。この会社のカタログは、それ自体に価値を見出して、図書館が購入するそうだ。「手紙から大量に引用しているので、複写する必要もほぼないと思います」とフンケ・バトラーは言う。「しかし、もちろん信用の置けない書籍ディーラーもいますから、やはり一次資料にあたり、手に取って匂いを嗅いでみたほうがいい」

話題は、彼女のつくったカタログにおいて著作権はどうなっているのかという問題へ移っていった。資料の内容をカタログにそっくりそのまま掲載してしまっては、それを購入するコレクターの旨みは減じられてしまう。そのあたりはどの程度まで許容されるのか？　ほとんどの著作権者や購入者は寛大に許可してくれると、彼女は言う（従来、手紙の著作権は、それを受け取った者や現在の所有者にあるのではなく、書き手、または書き手の権利継承者に認められる場合が多かった）。しかし、なかには使用に制限をかける著作権者もいるらしい。フンケ・バトラーはハーバードでジェイムズ・ジョイスを研究していて、現在彼の手紙を数多く扱うことができてわくわくしていると言う。しかし、ジョイスの書いたある手紙についてブログに掲載しようとしたところ（彼女は『パリス・レビュー』誌のオンライン版に、興味深い手紙に関するニュースを寄稿している）、ジョイスの著作権者がいい顔をしなかった。さらに、最近ジョイスの手紙一通を売った相手に、スキャン画像を載せる許可をもらおうとしたが、これも断られた。「こう言われたんです。『わたしの買ったジョイスの手紙は、わたしだけのものにしておきたい』と。ジョイスのコレクターというのは、こういう人が多いんです。ジョイス本人だったら、絶対そういう態度は取らないでしょう」この著作権者は「手強いことで有名」だと彼女は言い、それはつまり守りが固いということで、業界では頭の痛い問題になっているらしい。「[著作権者の態度が]実際のコレクターとなぜ衝突するのか。自分にある種の権力があるという自己満足を得ること以外に、その動機がわかりません」

近年、文学がらみの手紙が、これまで以上に大きな注目を集めており、それに伴って値段も釣り上がっているのに彼女は気づいている。「『これはきっと、もうこの先手紙は書かれないと、みんながそう感じているせいじゃないかしら』と、そんなことを言ってみたりもするんですが、確かなところはわかりません」では、手紙の買い手は？　通常、著者の手稿類は機関に、署名本は個人のコレクターに渡ることが多いが、手紙はその中間に位置する。「もし、ある機関がドン・デリーロについて、大規模な文書コレクションを所有しているなら、割増金を払って、さらに六通を入手することはまずありません。一方、二十世紀の個人コレクターなら、フィリップ・ロスやドン・デリーロの手紙が数通でも出回れば、割増金を支払って手に入れようとするでしょう」

未公開の手紙と、すでに伝記作家によって引用されている手紙とでは、売る場合にどんな違いが出てくるのか？　「宣伝すれば、未公開の手紙のほうが多大な儲けが期待できます。金管楽器部門とバイオリン部門の違いといったらいいでしょうか」

文書類の売買は、それを収蔵する様々な機関が誕生して以来、好況を呈してきたわけで、それはすなわち大学が続々と設立された十三世紀から始まっている。しかしその手の品を率先して仲介する専門技術が生まれたのはもっと最近のことで、手紙が積極的に掘り出されて販売され、再販を重ねるようになった歴史もごく浅い。しかしいまではグレン・ホロヴィッツ・ブックセラーのような会社は、こういった文書の流通に欠かせないものとなっている。「テキサス大学が、こういった資料について、税制上の優遇措置を受けたいと思ったら、まず査定が必要になります」とフンケ・バトラーは言う。「しかし査定する側では、スーツケースにぎっしり資料を詰めて持ってこられても困ります。そんな相手をあなたが受け入れるはめになったら、正気を失い、あとでさんざんに悪態をつくことでしょう。ですから、そこにわたしたちが介入して、査定を引き受けるのです。さらに大学としては、小売りの取り引きもごめん被りたい。もしあなたがスーツケースを手に大学にやってきて、『これ全部、叔母の屋根裏部屋にあったんですけど』と言ってきたら、そこへわたしたちが出向いていって、小切手を切る。結果、あなたは満足して歩み去り、こちらは思わぬ掘り出し物に興奮するというわけです」また、個人の家の屋根裏に掘り出し物がありそうだとにらんだ場合は、会社のほうから、その家を訪ねると言う。「たとえばデヴィッド・フォスター・ウォレスの文書を集めたいなら、彼の友人や提携者や同業者をこちらでつかんでいますから、それぞれ個人的に当たって、『手紙を何通か、持っていませんか?』と聞いてまわることができます。持っていればそれをテキサス大学に売り、大学はコレクションのさらなる充実を図ることができる。あるいは、こちらが文書自体の価値に目をつけて、個人のコレクターにもっと高い値で売って、利益を増やすこともできます」

最近この会社では、この上なく大きな収穫があった。二十五年以上にわたってグレン・ホロヴィッツ・ブックセラーは、コロラド州デンバーに暮らすエド・ホワイトという人物と辛抱強く交渉を続けてきた。このホワイトは、一九四七年から一九六九年にかけて、ジャック・ケルアックと密に連絡を取り合っていた。やりとりした手紙の内容は広範囲にわたり、ケルアックの浮き沈みの激しい人生模様をつぶさに窺える上に、その中心には、一九五七年に出版された『オン・ザ・ロード』

ジャック・ケルアックが友人のエド・ホワイトに宛てた手紙

に結晶する狂気がしっかり打ちこまれている。ケルアックがホワイトに宛てた手紙のひとつには、一九五一年九月初めに鉛筆で書かれたものがあり、「ニールの話をすっかり書き直した」とホワイトに知らせている。ニールというのは、『オン・ザ・ロード』で、ディーン・モリアーティのモデルとなったニール・キャサディのこと。ケルアックはヴァージニアの病院で静脈炎から回復しつつあり、隅の破れた手紙の裏に、「On the Ro-」と、タイトルの一部が記されているのがわかる。これは出版には至らなかったが、ここで書き直した内容は、その次に出版した『Visions of Cody』に生かされている。

　ホワイトはコロンビア大学でケルアックと出会って、いっしょに旅をするようになるが、やがては建築家として職業人に落ち着く。彼は『オン・ザ・ロード』では、ティム・グレイとして、『Visions of Cody』ではエド・グレイとして登場するが、最も注目すべきなのは、初期の手紙で彼がケルアックに、もっと冒険をせよ、旅に出よと勧めたことだ。ケルアックはまた、ホワイトに勧められて、通りを歩きながら「スケッチ」をするようになったと認めており、一九六五年三月にエド・ホワイトに宛てた手紙で、「おかげで、現代的で自然な文体を獲得できた」と書いている。文学的な心の躍動、すなわち〝ビート〟を得たわけで、この時点では少なくとも彼は、現代アメリカに暮らす都会版ヴァージニア・ウルフと言える。コレクションの全体は、ケルアックから届いた六十三通の手紙と絵はがき、それにホワイトの返信数通から成り、わたしが訪ねた日には、百二十五万ドルの値がついていた。

グレン・ホロヴィッツ・ブックセラーがケルアックの手紙を売り出したのはこれが最初ではなかった。数年前、七十六通の品に個別の値段をつけて売り出しており、その大半は未発表のものだった。アレン・ギンズバーグに捧げた詩、J・F・ケネディの暗殺事件直後の熱弁、一九六一年にNonzie's Wines + Liquorsに宛てた額面十・五ドルの小切手（現在三千五百ドルの値がついている）、さらには二十二歳のときにニューヨークのバーで、セリーヌという名の友人を待っているときにつづった一連のメモ書きも含まれている。それは「バランタイン・エール・アンド・ビア」のレターヘッドの入った紙につづられた、初期の苦悩の物語で、「もし彼女が来なかったら、映画でも観に行ってつらい思いをするのは先延ばしにしよう」と書いたあとに、涙もろい第三者をつくりだして、「生きた詩人として生活していくにはどうしたらいいか」と、ソローと同じジレンマについて熟考させている。

しかし、人生の主要なステージでビーバップする彼の像に肉付けし、覚醒から、やがて落胆へと向かう作家の、ゆがんだ精神を集大成するのは、ケルアックがニール・キャサディを初めとする友人や家族に宛てた手紙だ。別にビート族にはならなくても、彼の度を超した理想主義には誰もが驚嘆するだろう。一九五一年一月、ケルアックはキャサディとともに、夫婦連れでカリフォルニアに旅する無謀な計画を練る（「ぼくがマンボ・ドラム、きみはフルートを持っていって、道ばたで演

ジャック・ケルアック

奏しているあいだ、ジョアン［・ハヴァーティ、ケルアックの二番目の妻］がパンにピーナッツバターでも塗っていればいい」）。海岸から海岸へと渡り歩くような旅は、思わぬところで足をすくわれると、キャサディは警告するものの、ケルアックは、ルイスとクラーク（米国の探検家）の開拓精神に取り憑かれていたようで、「すべてうまくいくさ、山ほどの煩わしい手続きだって、海岸へ向かう大冒険のためだと思えば楽しいもんだ。きっとすごい旅になる……これまでにない素晴らしく壮大な、とびっきり楽しい旅に」

　二十世紀半ばに活躍した、ほかのどんな作家のものより、ケルアックの手紙は読者に、アメリカ合衆国の途方もない広さと山ほどのチャンスを感じさせる。大物になってやろうと奮闘する彼の精

の計画についてケルアックがエド・ホワイトにつづった手紙

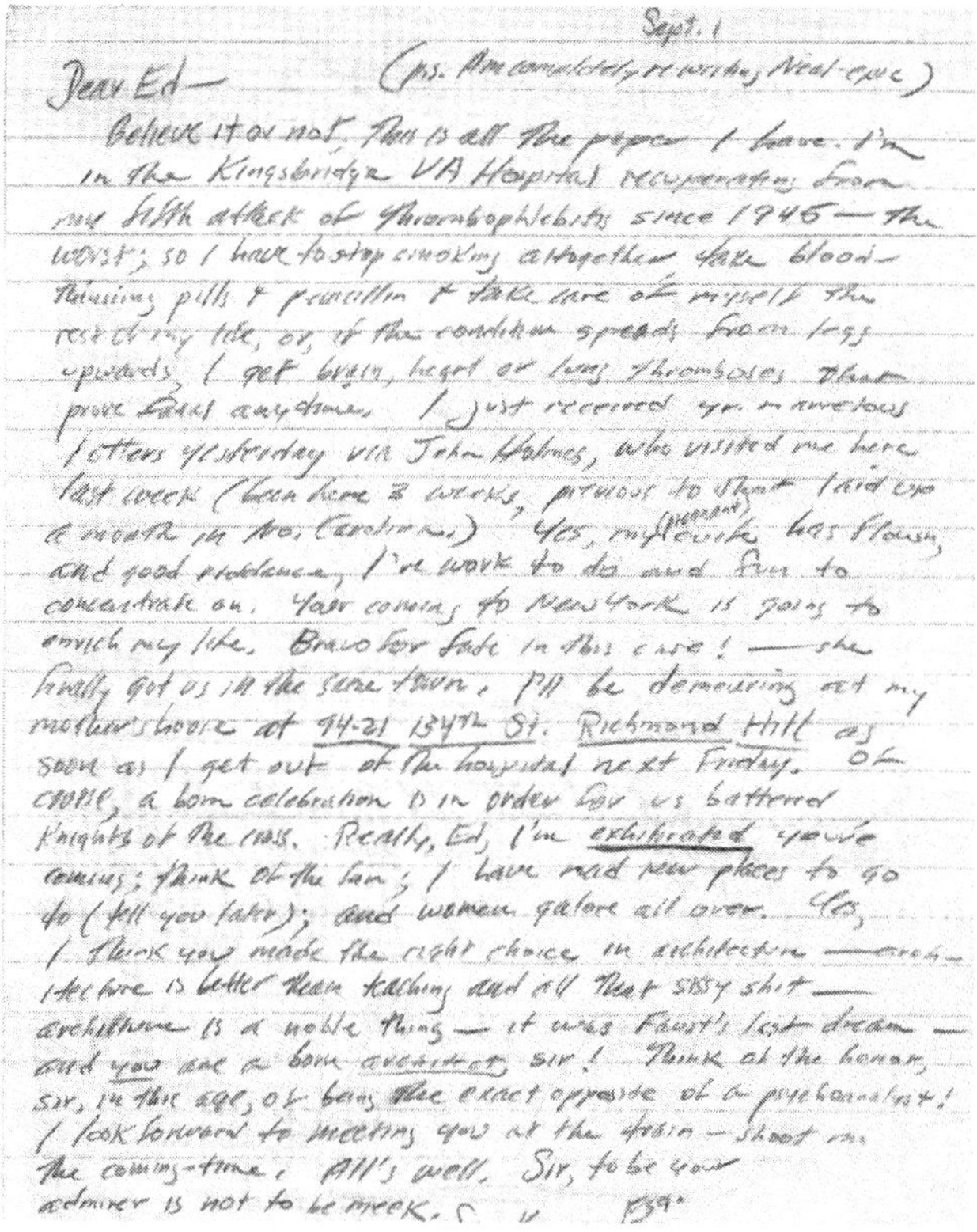
Sept. 1
Dear Ed— (ps. Am completely rewriting Neal-epic)
Believe it or not, this is all the paper I have. I'm in the Kingsbridge VA Hospital recuperating from my sixth attack of thrombophlebitis since 1945 — the worst; so I have to stop smoking altogether, take blood-thinning pills & penicillin & take care of myself the rest of my life, or, if the condition spreads from legs upwards, I get brain, heart or lung thromboses that prove fatal anytime. I just received yr. marvelous letters yesterday via John Holmes, who visited me here last week (been here 3 weeks, previous to that laid up a month in No. Carolina.) Yes, my (present) novel has flowing and good evidence, I've work to do and fun to concentrate on. Your coming to New York is going to enrich my life. Bravo for fate in this case! — she finally got us in the same town. I'll be domiciling at my mother's house at 94-21 134th St. Richmond Hill as soon as I get out of the hospital next Friday. Of course, a born celebration is in order for us battered knights of the cross. Really, Ed, I'm exhilarated you're coming; think of the fun; I have mad new places to go to (tell you later); and women galore all over. Yes, I think you made the right choice in architecture — architecture is better than teaching and all that sissy shit — architecture is a noble thing — it was Faust's last dream — and you are a born architect, sir! Think of the honor, sir, in this age, of being the exact opposite of a psychoanalyst! I look forward to meeting you at the train — shoot me the coming-time. All's well. Sir, to be your admirer is not to be meek.

「ぼくにはしなければならない仕事がある……」『オン・ザ・ロード』のため

神は、広大な冒険と結びついていた。一九四七年の秋、彼は姉のキャロライン（ケルアックはニンと呼んでいた）に宛てた手紙に書いている。「九割は踏破できると思う。全部で四十一の州を回る。アメリカの作家として、それだけやれば十分じゃないか？」

しかしそううまく事は運ばなかった。この旅に自分の心に巣くう悪魔も連れてきてしまったことに気づいたケルアックは、サンフランシスコを出たり入ったりを繰りかえす。ふたたび母親と暮らし、仏教に目覚めた彼は、一九五四年にアレン・ギンズバーグに手紙を書いている。「『ビート・ジェネレーション』『オン・ザ・ロード』のこと」が突然売れでもしない限り……」自分の運命は永遠に好転しない、と。新たに見出した宗教は幾ばくかの慰めを与えてくれたものの、作家として成功しようとする野望は壁にぶちあたっていた。「ぼくはもう終わりだ。夢はすでに潰えて、いまは水のなかで、あるいは水越しに、そのぼやけた残骸を見ている。なぜ人はこれほどまっしぐらに幻想に向かって突き進み、飽きることがないのだろう」

しかしそれから三年後、拒否されては書き直すことを繰りかえして六年が経ったとき、『オン・ザ・ロード』が大当たりし、ケルアックは一夜にして、時代の声に祭り上げられる。一九六八年、彼は『パリス・レビュー』誌に次のように語っている。「『オン・ザ・ロード』は、昔馴染みのニック・キャサディがくれる手紙に想を得た──すべて一人称の語りで、スピーディで勢いに満ち、告白調になるかと思えば、まったく深刻になり、すべてが詳細に書かれている……彼が送ってくれた一万三千語の手紙、あれは手紙じゃなくて、一万三千語の彼の小説〝三分の一〟だ。いまも彼がずっと自分で持っている。ぼくの言う手紙とは、とりわけ影響を受けた四万語にわたる手紙で、これがもうそのまま短編小説になっているんだ。こんなにすごい物を読んだのは初めてで、アメリカのどこを探しても、これだけ書ける人間はいない。少なくとも、メルヴィル、トウェイン、ドライサー、ウルフなんかは、墓場で目を回すはずだ。それをアレン・ギンズバーグが読みたいから貸してくれと言ってきた。彼は手紙を読んだあと、それをゲルド・スターンという屋形船で暮らしているやつに貸してやった。一九五五年、そいつはカリファァルニアのサウサリートにいて、手紙をなくしてしまった。たぶん海に落としたんだと思う」(8)

当初ケルアックは、『オン・ザ・ロード』の成功に有頂天になっていた。「フリスコ（サンフランシスコの俗称）は興奮で沸き返っている」と、目下熱を上げていたジョイス・グラスマン（のちのジョイス・ジョンソン）にカリフォルニアのバークレーから出した絵はがきに書いている。一九五七年五月のことで、「何百万という詩人やジャズクラブや小説家が十九年……ぼくのタイプライターがきみへの手紙を定期的に打ち出すのを待っていた」。その五か月後、今度はオーランドからグラスマンに宛てて、「ぼくに届いたファンレター」の返事を書くのに、ペニーはがきをつかいきってしまい、その三か月後には「名作集の朗読をしないかというオファーが三つ、それも一流の会社から出ている」と報告している。

しかし成功はしだいに輝きを失っていく。『オン・ザ・ロード』は数多くの讃美者と同時に、誹謗者も引き寄せ、まもなくケルアックは、一運動の旗手と見なされることに嫌気が差し、メディア攻勢に神経を衰弱させていく。彼が理想の文学者と見なすのは、一過性の人気で終わらない、詩人の感性を持つトマス・ウルフやランボーだった。一九五九年五月、[9]六日間にわたって酒を浴びるように飲んだあと、深刻なストレスと被害妄想が重なって、ケルアックはそれまで自分の評判を守ってくれていた有力者らを徹底的に非難し、「物を書く人間の魂と技術は、無名のほうが望ましい」とアレン・ギンズバーグに書いている。「善意の讃美者にも神経を消耗させられている……その数でこちらを圧倒していることを、彼らはまったく気づいていない。ファンの熱意も郵便物の山も、当座は高くなる一方で、なかには秘密の文体で小説を書こうとする女の子たちの一万語に及ぶ、正気とは思えない手紙なんかが混じっている」

さらにまずいのは、思うような評価が得られなかったことだ。文学界に新風を吹き込んだ功績を

8　話をしたとき、グレン・ホロヴィッツは、持っている文書を売らないかと、このゲルド・スターンと交渉中だった。問題の手紙は依然として海に落ちたと信じられており、悲しいかな、彼のコレクションには含まれていなかった。

9　一九六〇年五月という日付もある。

ほとんど認めてもらえないとケルアックは言う。「ビート・ジェネレーションというのは、ぼくが生み出した概念であり、すべては『オン・ザ・ロード』に始まるという事実も知らず、ハリウッドは映画化権を買わなかったし、これからも買おうとしない。みんな完全に狂っている」

　ギンズバーグはインドに脱出し、帰国してからは政治情勢に関心をむけ、六十年代全般を通して社会の関心の的となる行動をした。ケルアックは自身の生み出した作品を背負いきれず、日付スタンプを押された才能に苦々しさを覚えるばかりで、ギンズバーグのようには、なれなかった。一九六九年、アルコール中毒が元で内出血からの合併症により四十七歳の若さで亡くなった。ヴァージニア・ウルフが自殺を考えるようになる前に書いた手紙を読んで、いたたまれない気持ちになるのと同様に、ケルアックの若い頃の手紙[10]から、もっと幸せだった時代を覗き見ると、胸を鷲づかみにされるような気分になるかもしれない。その手紙にもやはり水辺が登場する。現存する手紙で最も早い時期、一九四一年の夏に姉のニンに宛てて書かれたもので、ケルアックは十九歳だった。ニンはジャックより四歳上で、マサチューセッツ州のローウェルから、コネティカット州のニューヘイブンに束の間の引越しをした家族にひとりだけ加わらなかった。しかし、ジャックは姉に考え直して欲しかった。

> 　とにかく、本当に美しいところなんだ。応接間の窓に目をやるたびに、海が視界に入る。うちの小さなコテージから通りをはさんだ先に立つ防潮堤に、高い波が砕けるのが見えることもある……いいかい、ニン、ここはまるでリゾート地だ。うちの一家が億万長者にでもなったようで、愉快でたまらない……越してきてすぐ、軽い気持ちで湾に泳ぎに行ったんだが、そこでいきなり強風が吹いてきた。灰色の山のように大波が盛りあがって、ぼくはそれにもまれて、上がったり

下がったり。

句読法も完璧ならイメージも鮮烈に浮かぶ、評価の高い手紙は、三枚の紙にタイプ打ちされており、肉筆の修正入り。いまなら一万七千五百ドルで手に入る。

＊

前述の手紙が書かれる数週間前。一九四一年五月八日、ヴァージニア・ウルフが入水自殺をしてまだ六週間も経たない頃、レオナルドがふたたびヴィタ・サックヴィル＝ウェストに手紙を書いている。訪ねてもらえないかという依頼に対する返信である。「もう少し時間が経てば、一、二日ぐらい家を離れて、きみに会いにシシングハースト城を訪ねてみたい気にもなるだろう。しかし当座のところは、まだここにいたほうがいい気がしている……大勢の人から、彼女のことを思って素晴らしい言葉を送ってもらい、これをヴァージニアが知ったらどんなに喜ぶか、ずっと考え続けている」

素晴らしい言葉でつづられた手紙の多くは、レオナルド・ウルフ資料として、ふたりが暮らしていた場所にほど近い、サセックス大学の特別コレクションに収められている。こういったお悔やみの手紙を端から読んでいくと、書き手として大勢の著名人（T・S・エリオット、E・M・フォスター、H・G・ウェルズ、エリザベス・ボウエン、イーディス・シットウェルとオズバート・シットウェル、ラドクリフ・ホール）が名を連ねているのに驚かされるだけでなく、文面からにじみ出

10　こういう例として挙げるなら、その三年後に、バーで「セリーヌ」を待ちながら書いた手紙のほうが、彼の人生を司った皮肉な運命がより如実に窺えると思う人もいるかもしれない。

す、嘘偽りのない真心と優しさ、洗練された筆致に、感銘を受けずにはいられない。義務で書いたような手紙はひとつもなく、どれも衝撃と愛に満ちている。

ウルフが命を絶ったのは、ちょうどイギリスが戦争で一番劣勢に立たされていると見られた時期で、お悔やみの手紙にも、おしなべて消沈ムードが漂っている。長さも様々なら、つかっている文具も一様ではなく、なかには明らかに粗末なものもあって（とりわけ一般人から届いた手紙に、その傾向が顕著に見られる）、こういうところにも戦争の影響が窺える。おそらく最も読む者の心を打つのは、ファンから届いた手紙だろう。個人の悲しみに首をつっこむ厚かましさに震えながらも、ウルフと、その作品を、この上なくありがたく思うがゆえに、思い切って筆を執ったという気持ちがあ

Telephone 180 GODALMING.

From THE HEADMASTER, CHARTERHOUSE, GODALMING.

4.5.41.

Dear Mr Woolf.

I feel I ought to begin this letter by saying that I have never written one like it before. When a great author dies it is not the business of her admirers to thrust themselves at her relations. But for some reason, (which I suppose is really understandable, though not very pleasant to contemplate,) people seem to have taken the occasion of Mrs Woolf's death to write and print things which are intolerable. I can only write to you as representing a "class", those who were the undergraduates of the early twenties. But because people have written these things I feel I should like to let you know something of what her books meant to me and I hope you will forgive my intrusion.

I shall never forget reading "Jacob's Room" for the first time, because it was a real moment in my life. I shall not try to express what I felt because that would be attempting a criticism which I am not competent to make. I can only say that since then I have waited for each one of her new books, so firm and sympathetic, like strong, delicate fingers unravelling the hardest knots, as I have waited for those of no other living English writer. For twenty

「こういう手紙を書くのは初めてで……」チャーターハウス校の校長がレオナルド・ウルフに書いた手紙

「無力で不十分なもの」―― ウルフへの悔やみ状はサセックス大学に保管されている

りありと窺える。そんな手紙のひとつに、復活祭の日にモントリオールから送られた、イザベル・プレンティスという女性の手紙がある。

親愛なるミスター・ウルフへ

英語が読まれる世界中の国から、このような手紙が送られてきていると思います。あまりに数が多いので、おそらく煩わしさを覚えていらっしゃることでしょう。それでも、あなたの大きな悲しみを、わずかでもお慰めしたいと思う、わたくしの気持ちをお許しください。

ヴァージニア・ウルフのような魅力的な人がこの世から消えて、みな一様に大きな喪失感を覚えております。わたくしのように、女学生の時代から彼女の作品を愛読し、それらを自分だけの宝物のように思っている人間が大勢いるに違いありません。その作品のなかには依然として、彼女の美と感受性の鋭い人柄がにじんでいて、何度も何度も読み返しながら、この先にもう新しい作品は生まれないと思うのは、なんと悲しいことでしょう。

こういう手紙で、赤の他人が、あなたの悲しみに割りこんでいくのは申し訳ないことだとわかっております。ですから長いあいだためらっておりました。もしわたくしが、イギリスの戦況について悩みすぎて心が千々に乱れていなかったら、いまこれほど苦しんでいるイギリスの人々の力になりたいと、しょっちゅう願っていなかったら、わたくしはこの手紙を書かなかったでしょう。いまはみなが悲しんでいます、あなたの悲しみもみなで分かちあいましょうと、短いメッセージを送るなら、受け入れていただけるように思えたのです。

お返事のお気づかいは無用です。どうか、ささやかな慰めを受け取ってください。

昨年の春のこの時期にはイギリスにおりました。それなのに、いまそちらにいて、あなたを初めイギリスの人々が勇敢に乗り越えようとしていらっしゃる苦しみを、分かちあうことができないのが残念でなりません。わたくしたちの多くは、自由なイギリスが存在しない世界で、もはや生き残りたいとは思っておりません。自分がそちらにいて、お力になれたらどんなにうれしいか、それればかりを思っております。

敬具

イザベル・プレンティス(ミセス・ノーマン・A・プレンティス)

こうした手紙のなかには、怒りの手紙もある。ウルフの自殺後、『サンデー・タイムズ』紙が、彼女の書き置きのひとつを誤って引用し、読者にネガティヴな印象を与えたと言うのだ。『サンデー・タイムズ』紙は、ウルフが自殺したのは気鬱のせいではなく、戦争の重圧をはねのける能力がなかったためで、抑鬱症患者というよりは、敗北主義者だと言外に暗示していた[11]。

また、かつてウルフが親切にも手紙の返事をくれ、それを「この日まで宝物」として大事に保存しており、そういうことがなかったら、お悔やみの手紙を出す勇気はなかったとつづられる、ロンドンのハムステッドからP・H・ウォリスが出した手紙もある。四月五日に、ジョン・ファレリー・ジュニアがミズーリ州のアラートンから出した次の手紙も同様である。

愛しのミスター・ウルフへ

あなたの奥様が亡くなったという知らせに衝撃を受け、悲しみに沈んでいます。二日にわたっ

11　この誤った引用は、必ずしもうっかりミスとばかりは言えない。彼女の死の数日前、『タイムズ』紙が、「知識人の失墜」というタイトルの敵意に満ちた論説を掲載している。「難解な応接間の遊戯」や極端な知性偏重主義は戦争の時代には無力だと非難し、とりわけブルームズベリー・グループを槍玉に挙げた。対して、ケネス・クラークを初めとする面々は、この非難を一九三三年にナチスが行った焚書になぞらえた。この論争の経緯については、シビル・オールドフィールド編の本『Afterwords: Letters on the Death of Virginia Woolf』に詳しい。

て呆然とした日々が続き、そのあいだは考えるたびに胸が苦しくなりました。ミセス・ウルフの私生活をまったく［何も］知らない人間が、なぜにそこまで思いつめるのかと、首をかしげられるかもしれません。確かに奥様には一度もお目にかかったことはありません。しかし、奥様の本を知っている人間なら誰でも、わたしと同じ気持ちになっていることでしょう。その作品のごとくに、愛すべき魅力的な人柄がにじんでいるものですから、ミセス・ウルフその人にも、好意を抱くのは自然なことと思われます。しかもわたしたちは、奥様の生み出した一番素晴らしいものを通して、奥様を知っているのです。

友人たちの話を聞いていると、大勢のファンが同じように考えているのだとわかります。彼らにとってヴァージニア・ウルフの死は、単なる有名人の死では終わらないのです。［セント・ルイス］『ポスト・ディスパッチ』紙――われわれの大半が読んでいる新聞で、政治的には硬派な部類に入ります――では、ヴァージニア・ウルフの最後の夜について、心のこもった素晴らしい論説を掲載しました。さらに、英文学の教授は（わたしはカレッジの一年生です）、昨日の授業すべてをヴァージニア・ウルフに関する熱烈な講義に充てました。みなそれぞれに胸にぽっかり穴があいた気分を味わっているのです。

これだけあちこちに、あなたと悲しみを分かちあっている人間が大勢いると、その事実からなんらかの慰めが得られるなら幸いです。どうか少しでもお気持ちを楽になさいますように。

昨年の秋、ミセス・ウルフに手紙を書いたところ、お返事をいただきました。一月十五日頃にセント・ルイスからもう一通出したのですが、こちらは受け取っていただけたかどうかわかりません。お悔やみの言葉というのは――とりわけ、赤の他人からのそれは――無力で、不十分なものとわかっています。それでも何かしなくては、何か言わなくてはと、やむにやまれぬ気持ちになります。とはいえ、結局呆然とするしかないのですが。言葉はむなしいばかりで、どのように組み立てようとも気持ちはまっすぐ伝わらず、自分がばかのように思えてきます。ある意味、これは自分のために書いているのでしょう。わたしはあなたのために悲しむだけではなく、あなたとともに悲しんでいます。

敬具

ジョン・ファレリー・ジュニア⑿

では、彼女に最も近い人間は、手紙でどう反応しただろうか？　三月三十一日、ヴィタ・サック

12　ジョン・ファレリー・ジュニアの息子であるジョージが、親切にも次のような話を教えてくれた。「わたしの父はレオナルドに手紙を出す数年前に、ヴァージニア・ウルフ宛てに一通の手紙を書いたそうです。父は十八歳かそこらでした。父の兄弟のひとりから聞いた話によると、父は送っていいものかどうか迷ったそうで、結局送るのはやめることにして、田舎の家を出てセント・ルイスに向かう自家用車の窓から、その手紙を放り投げたと言います。きっと誰かが拾ってポストに投函してくれたのでしょう。実際ヴァージニア・ウルフに届いたのですから（それで返事をくれたのだと思います）」

ヴィル＝ウェストは、ヴァージニアが消えたと知らせるレオナルドの手紙を受け取って三日後に、次のような返事を書いている。

わが愛しのレオナルドへ

悲しみのあまり言葉もありません。あなたの手紙に呆然とし、現時点ではあなたのことしか考えられず、こちらの気持ちを言葉にするのもためらわれます。わたしが知る限り、これほど愛すべき心と精神を持った人はおらず、世界においても、彼女を愛したわたしたちにおいても、ヴァージニア・ウルフは不滅です。彼女の病が最近になってそこまで悪化していたとは思いもよりませんでした。なにしろほんの二日前に手紙を送ってきたのですから。

しばらくのあいだ、この件は世間には伏せておくでしょうから、わたしはあなたに電報を送るのはやめましょう。しかし、送らない理由はそれだけですので、どうかわかってください。

この手紙を書くのはさほど難しくはありません。わたしがどんな気持ちでいるか、あなたにはわかっているはずで、言葉は必要ないからです。あなたのことを思って、悲しみに押しつぶされそうです。わたしにおいて、この喪失感を和らげるのは不可能です。

ヴィタ

あなたがわたしに手紙を書いてくれたことに、言葉にならないほど感銘を受けています。

そして、ウルフの遺体がまだ見つかっていない一九四一年四月七日、ヴィタ・サックヴィル＝ウェストは、ウルフの友人エセル・スミスにも手紙を書いている。「ああ、愛しのエセル、このわたしに、何か慰めになるような言葉が書ければどんなにいいでしょう。彼女にとっては、正気を失うよりは、死んだほうが良かったのだと、いまわたしが感じているのはそれだけです。遺体が見つからなかったことを、神様に感謝しなくてはと思います。川は潮の作用を受けますから、おそらく彼女は海へと運ばれていったのでしょう。ヴァージニアは海が大好きでした」

ギリシアとロンドン、解放と捕虜

次の手紙は、占領下にあったギリシアからドイツが撤退した二週間後に書かれたもの。クリス・バーカーとバート・バーカーは、連合軍の司令官であるスコービー将軍とギリシアの首相ゲオルギオス・パパンドレウと同じ、帰国者の輸送船団でアテネに向かっていた。

一九四四年十月二十七日

ぼくの愛しのベッシーへ

数年にわたる苦しみの果てに訪れた休日に、アテネの住民はそろって満面の笑みを浮かべている。そこらじゅうで陽気な笑い声が弾け、町は幸せなお祝い気分に満ちている。ドイツが去った直後の町を、ぼくと同じように目にすれば、ロンドンの住人の沈鬱な気分もずいぶん晴れるだろう。

トラック一台に半ダースの仲間と乗りこんで、横断幕と花綱でびっしり飾られた通りを走っていくと、イギリスを歓迎し賞賛する言葉が目に鮮やかに飛びこんでくる。個人や集団が通り沿いに長い列をつくって、拍手と大歓声を浴びせてくるなか、ぼくらを乗せたトラックは疾走していく。カフェの屋外席にすわっている誰もが立ち上がり、拍手をしている様を想像してみてほしい。それも何百というカフェで同じ光景が見られるんだ。ステージに早変わりした町でイギリス軍が演奏家となり、感謝を捧げる観客の誇りと喜びに満ちた拍手を満身で受けとめているような気分だ。あらゆる家々が旗を掲げ、ときにギリシアの旗も交じっているが、大半はわが国の旗や、アメリカの旗や、赤旗だ。壁という壁に、心のこもったスローガンやお祝いの言葉がペンキで描かれ、それもほとんどが英語(ピジン英語〔その土地の英語〕もあった!)やギリシア語で——「ようこそ、われわれの解放者」——「おめでとう連合軍」——「偉大なる連合軍に幸あれ」——「それいけ「フレー」イギリス軍」——「ようこそ勇敢なるイギリス人」——「ギリシア民族解放戦線とギリシア人民解放軍はきみたちを歓迎する」といったメッセージを伝えている。大きな看板、小さな看板、印刷したポスター、チョークやペンキで文字が書かれた壁。鮮やかな色のポスターや吹き流しや横断幕を掲げた人々が行列をつくって練り歩き、通りのあちこちに看板を投げていく(低い位置に飛んできたのがあって、同じトラックに乗っていた仲間の頭にぶつかって、三針縫うはめになった)。トラックに向かって花が投げられる光景を想像してほしい。ひざを曲げない観兵式歩調をしないで、美しい通りを進んでいくのは、一九四一年以来初めてのことで、ぼくらは幸運だ。

ところで、帰国休暇のことが発表されているが、これは真に受けないで欲しい。少なくとも、ぼくときみには関係のない話だ。ひと月に六千人の兵士が帰国するというのは粉飾であって、実際に休暇をもらえるのはわずかな数に過ぎない。残念だが、少なくともあと一年は離ればなれの生活を我慢しないといけないだろう。もしかしたら、それが二年になるかもしれない。つらいことだが、ぼくらには、互いに思い合っているという、目に見える証拠がある。手紙のやりとりができることを神に感謝するべきだろう。ぼくはつねにきみのことが気になって仕方なく、いつもきみのことを考えている。どこにいようと、ふたりはひとつであることを忘れないでほしい。

きみに自分を植え付けたい、きみの肉体のあらゆる場所に口づけしたい、髪に、耳に、唇に、乳房に。敬意と愛と従順の印として、きみの両脚のあいだに顔をうずめたい。そうせずにはいられない。きみはぼくの生きる目的であり、美徳であって、永遠に自分のものにしなくてはならないんだ。きみの大事な、敏感な部分に両手をすべらせ、その興奮に手を燃え上がらせたい。きみを興奮させ、ぼくと同じように燃え上がらせたい。いつか本当に、美しいきみのすべてに触れることができる日が来る。そう思うと、うれしくてたまらない。

愛している

クリス

反ナチス抵抗運動を推進する左派のギリシア民族解放戦線(EAM)と、その軍事組織であるギリシア人民解放軍(ELAS)は、大都市を除いてギリシアのほぼ全土を掌握した。これによりEAMと、右翼の保守派、ギリシア民主民族連盟(EDES)とのあいだで内戦が勃発。チャーチルは共産主義政権樹立の可能性に危惧を抱き、ゲオルギオス・パパンドレウがイギリス軍とともに帰国すれば、EAMとの対決は避けられないように思えた。共産主義の抗議者十五人が射殺されたあとの十二月三日、ELASとイギリス軍とのあいだに戦闘が勃発。まもなくそれにクリス・バーカーも巻きこまれる。

一九四四年十二月五日

愛しい人へ

ギリシア情勢に関するニュースが届いて、きみを驚かせていることと思う。当然ながら、ぼくの身を心配してくれているに違いない。ぼくが相変わらず無事で、元気にやっていることの証拠として、この手紙を受け取ってくれればいいと思っている。つらい目にも遭わず、生活必需品に困っているわけでもなく、不便を強いられるようなことはほぼない。もう少し時間がたてば、現在の状況について、まちがいなくきみに話せるようになると思うが、当座のところは事実を考え合わせて推論してもらうしかない。ただし2＋2の答えはまちがいなく4であると、確信はしないほうがいい。ラジオから流れてくるロンドンのニュースに一心に耳を傾けていると、この一連の出来事について考える材料が山ほど見つかる。夜だから、いまこのページはオイルランプのちらつく光に照らされている。しかし、前に手紙を書いたときには、町を煙幕が覆っていて、大砲のヒュー、ドカン、ヒュー、ドカンという音が聞こえていた。自分の考えていることや知っていることをきみに伝えたいが、一兵卒の身であるぼくに、それはできない。こういうことが起きるかもしれないと、なぜ知らせてくれなかったのかと、きみは裏切られたように思って気分を害しているかもしれない。しかし、そういうことを手紙に書けば規則を破ることになるし、いずれにしろ、こんなに早くこういう状況になるとは想像もしていなかったんだ。

われわれの糧食の一部がギリシアにわたるというのは事実だ。それが、わずかな富裕層の手ではなく、大勢いる、貧しい人たちの手にわたることを願うばかりだ。このあいだ町の市場をまわってみたところ、美しい魚が何種類か売られていた。なんとタコまで！　見た目はぞっとするばかりだが、味はすこぶるいいらしい。ここでは家庭でつかう石炭がまったく手に入らない。燃やせるのは木だけで、木炭をつかうのが当たり前になっている。

『市民ケーン』を観たんだが、これが本当に素晴らしい映画だった。まったく新しく、謎に満ちていて、これまでのどんな映画とも違った。百本中、九十本はあるくだらない映画より、ずっとよくて、これまでぼくが観てきた映画にはない、人を虜(とりこ)にする力があった。ウェルズときたら尋常じゃない。ハリウッドの人間とは明らかに一線を画している。

料理番組を視聴していると書いてあったね。それはとてもいいことだと思う。軍隊でも自給自足の訓練で少し教わっているから、ぼくも料理はできないことはない。料理本を購入するっていうのもひとつの手だね。ぼくが買うなら古本だが。とにかく、いまのうちに好きなだけ料理を楽しんでおくといい。帰国したら、ぼくもちょっと試してみたい。目新しさが薄れると、すぐ飽きるとはわかっているんだけど。

愛している

クリス

ロンドンSE3　ウーラクーム通り二十七番地

一九四四年十二月六日

最愛の人へ

ギリシアで何が起きているのか、とても心配していました。今夜のニュースでは、緊張が広がり、戦闘が勃発する可能性があると言っていました。イギリス陸軍が何をしにギリシアに向かったのか、わたしの最悪の疑念が当たってしまったようです。この状況があなたにどんな影響を与えるのか、民間人も巻きこまれるのか、わたしには何もわかりません。もちろん、あなたが詳しいことを書けないのはわかっています。いまはただ、あなたの身の安全を祈るばかりです。あなたの身の安全――ああ！　愛しい人！　混乱の中心にあるアテネを訪ねると言っていましたから、駐屯するわけではないのですね。自分たちの紛争は自分たちで解決させるべきなのです。戦争が終わる前にわたしたちは、不実なアルビオン（アルビオンはイギリスの古名。十七・十八世紀に、列国が揶揄してそう呼んだ）の名をふたたび得ることになるでしょう。

ベッシーがクリスに宛てた手紙は、十六通を除いて、すべて処分された。その多くは、クリスが兵員用宿舎を移る際、詮索の目から守ろうと焼却し、それ以外は、戦後にベッシーの希望で焼却した。これが彼女の側からクリスに宛てた、現存する最初の手紙である。

愛しい人、わたしはあなたの手紙になんの文句もありません。わたしの身体をあなたが欲していて、そのことで頭がいっぱいだと聞いて、うれしくてたまりません。もしそういうことを書いてくれなかったら、あなたはほかの人の身体に興味があるんじゃないかと疑ってしまいます。どうかずっとわたしの身体だけに意識を集中していてください。わたしの乳房に、わたしの敏感な部分に、わたしの両手に、わたしの欲望に。

毛布が四枚手に入ったので温かくしていられると聞いて、安心しました。もしわたしがそちらにいたら、熱くて毛布は必要なかったでしょう。ここにいるわたしは、冷たい氷山の乙女。あなたに刺激されれば溶けるばかりか、炎となって燃え上がります。それなのに何マイルも離れたところにいるあなたには、余分な毛布が必要だなんて。

先月いっぱいで、体調は落ちるところまで落ち、いまは徐々に健康体に戻っているようです。もはや看護師は不要。わたしに必要なのは、クリストファー、あなたです。あなたという生気あふれる男性の力が、あなたのエネルギーが、必要なのです。いつになったら、あなたはわたしを完全な女にしてくれるのかしら。わたしはいつまで、この欲求不満を抱えていなくちゃいけないのかしら。苦しいのは、成長をとめられていること！　肉体も愛情も、いよいよ成熟の段階に入ろうとしているのに、必要なものが得られずに足踏み状態を余儀なくされている。こういう不完全な状態に置かれていると、考えまでがいじけてきます。わたしはあなたの恋人として、とことんつかい尽くされ、あなたに気を揉み、あなたの世話を焼きたい。あなたの腕に抱かれて、意気消沈なんかとは無縁の世界につれていって欲しいのです。もう待つのはうんざり。ああ、エンジェル、わたしは人間である喜びを享受したいのです。冷たく気どった処女でいるのはもう飽き飽きです。手つかずの資源のように放っておかれるなんてたまりません。運命の男性を砂漠のど真ん中に見つけたと思ったら、その男性はそこから駆け足の旅行をして、今度は自ら紛争のさなかに身を投じてしまった。ああ！クリストファー、あなたの無事を心より祈っています。

わたしは「実習の身」で、相手にするのは、本、本、本ばかり。これもうんざり。わたしは生きたい、あなたとともに生きたいのに！　ギリシアなんかに行かないで、あなたは家に帰ってくればいいのに。それともわたしがギリシアに行って、流れ弾とあなたのあいだに立ちはだかろうかしら。

ねえクリス、わたしに詩を書いてくださらない？　以前にも音楽といっしょに詩を書いてくれたわね。それをしのぐものが書けるかしら？　ああいうことを言葉にするのは難しいはずなのに、あなたにはそれができた。わたしの心の奥底まで入りこんで、これまで夢にもみなかった強い感動を与えてくれた。新しい世界への扉をひらいてくれて、目の前に新しい経験を用意してくれた。これにはいくら感謝してもしきれません。目の前にそういうものを見ているから、わたしは暗い気分を払拭して、ふたたび立ち上がるのです。人生は生きる価値があるのだと確信して。

そうよ、あなたのレモンをつかってパンケーキをつくったの。あなたが送ってくれたからつくる気になったのよ。きっとそのレモンと、あなたの手紙のおかげで風邪が治ったんだと思う。レモンは身体に、手紙は精神に、しっかり効いたんだと思う。

干しブドウも送ってくれたとのこと、ありがとう。あなたは本当に思いやりあふれる恋人よ。いつも自分のことを気に掛けてくれる人がいると思うのは本当に素晴らしい気持ちね。送ってくれたスリッパがどれだけ役立っているか、あなたにはわからないでしょう。これまで家のなかでは靴を履いていたのだけれど、さっと足をすべりこませるだけでいい、スリッパは本当に便利。ベッドから出るときや、お風呂から上がったあとや、夕方の時間を過ごすのに最適なの。

爆撃を受けているロンドンで、どうしてこれほど「勇敢」でいられるのか、自分で自分を笑ってしまいます。ここで暮らし、ここで働く。それ以外に何もすることはなくて、ここで暮らして、ここで働き、ある程度までなら、何でも我慢できる。慣れというものかしらね。意識して勇敢にならなきゃいけないのは、自分に弱い部分があるから。ちょっとした痛みや苦悩に、ともすればあっさり屈してしまい、ちょっと頑張るともう疲れきってしまうわたしだけれど、みんなが同じ船に乗っていると思うと、力が湧いてくるような気がするの。みんなで頑張るなら、そんなにつらくはないってね。それに戦線にいる人たちはもっと大変な思いをしている。自分が弱気になると、それを考えることにしています。わたしの思いはどうしてもギリシアに向かってしまいます。状況はずいぶん悪化しているようで、今夜のニュースでは内戦になるようなことを言っていました。愛しいあなた、心から愛しています。

ベッシー

ロンドンSE3　ウーラクーム通り二十七番地

一九四四年十二月八日

わたしの愛しい人へ

今日の夕刊の最新ニュースに、本日のアテネ情勢はずいぶん収まってきたとありました。それが本当なのかどうか、真実を知るのがひどく難しくなっています。

そちらの天候は素晴らしいそうですね。それに比べてこちらときたら――！　今日は雪でも降りそうな、ひどく寒い一日でした。あなたに言ったかどうかわかりませんが、内張りのある長靴を一足買い（すべて最悪の場合への備えです）、昨日さっそく履いて出たのですが、実際にはその必要はなく、今日は履くのを見合わせたら、まさに必要な一日となりました。こんな天候のなかで、女ひとり、何をしろというのでしょう。一日中足が冷えています。贅沢な部屋には、すきま風がひっきりなしに入りこんでくるのです――玄関ホールは宮殿さながらで、階段には絨毯も敷いてあるというのに、一歩部屋に入れば床はむき出しで、洗面所はいつも具合が悪く、洗面台の排水はいっこうにすっきりしません。これのどこが贅沢なのでしょう？　いま頭を悩ませているのは、ブリティッシュ・レストラン（第二次大戦中被害を受けた住民に食事をとらせる給食センター）のことです。まもなく陸軍省に接収されるらしいのです。ブリティッシュ・レストランそのものはなんら改善されないままに、ハーフ・クラウン・ランチになるということ。本当なのかどうか、もし本当だとしたら、どこか別のところで、同様のことが行われるのかと、わたしは念のため、婦人義勇隊のひとりに聞いてみました。すると本当だと言われ、給食はあちこちで行われるとのこと。とはいえ、そもそもそれは、わたしたちのためではなく、爆撃で焼け出された人たちのために設けられるのです。

クリスマスは家族の時間、子どもたちの時間。あなたも、お友達のご家族といっしょにギリシアでクリスマスを楽しまれることでしょう。そうできることを祈っています。ちょうどいま、九時のニュースを聞いてがっかりしました。紛争は緩和されずに拡大しているとのこと。ああ！　愛しいクリストファー！　もうほかのことは何も考えられません。ほんとうは元気いっぱいでいたいのだけれど、それはどう考えても無理です。クリスマス！　そのときあなたは、紛争のさなかにいる。愛してる、愛してる、何度言っても心が痛みを訴えています。あなたがいなくては、どうにも寂しくてやりきれません。どうしたらあなたに会えるかと、突飛な妄想をふくらませるばかり。密航してそちらに行こうかしら、それとも陸軍省に行って、わたしもギリシアで戦えるよう志願しようかしら。まったく馬鹿げていると自分でも思うのですが、とことんつらくなると、そんなことまで考えてしまうのです。

ジョン・ギールグッドの『ひとめぐり』を観に行きました。サマセット・モームの戯曲をお芝居にしたものですが、わたしが思っていたのとは違いました。だから、あなたは観に行けなくてよかったのです。リル・ヘイルもあまり印象的ではなく、彼女はむしろ、ギールグッドの演出に夢中になっていたようです。わたしには、彼の演出は、お涙ちょうだいの典型のように思えます。そこには激しいものや人生が感じられず、ただ美しい声があるばかり。過剰な洗練が鼻につきます。戦時中に、極上のお芝居を何本か観ているので、どうもわたしの求める基準が少々高くなっているのだと思います。

今日のわたしは、まったくおしゃべりがすぎますね。それもすべて心配のなせる技。心のなかで、あなたを違う状況に置きたかったのだと思います。落ち着こうと頑張っているのに、ギリシアの状況がしゃくにさわって、いらだちが増すばかりです。あなたの置かれている状況を詳しく知りたくてたまりません。どうか、どうかご無事で。

愛しています

ベッシー

ロンドンＳＥ３　ウーラクーム通り二十七番地

一九四四年十二月十八日

最愛のあなたへ

たとえこれだけ離れていても、あなたの素行を心配する必要はないと思っています。なぜならふたりは心から愛し合っていて、互いのことを大切に思っているからです。それはあなただって同じでしょう。わたしの心はギリシアにあって、あなた以外誰も触れることはできないからです。そうであっても、魔が差すということは多くの人間にあるもので、それを思うとちょっと恐ろしくなります。孤独が募るひとときに、ひょっとしたら、あなたの心が誘惑に駆られるのではないかと。誘惑といっても、お金で買えるような安っぽいものを言っているのではありません。いいえ、あなたに限ってそんなことはあり得ないと、書いているそばから否定する気持ちが湧き起こってきます。これだけ遠く離れている相手に、身も心も、強い力で引っ張られているときに、誘惑のつけいる隙はありません。もう心配するのはやめましょう。わたしたちはひとつ。互いのことを心から気に掛けているふたりは、俗世間によくある迷いなど突きぬけているのです。あなたがそう思わせてくれるのです。あなたがふたりの未来を明るく描いてくれる。わたしたちの進む先には、素晴らしい毎日が待っている。ああ、クリス、わたしはあなたを心から信じています。お互い信頼し合いましょう。

ふたりそろって出かける。またふたりで家に帰ってきて、いっしょに夜を過ごすことがわかっている――そう思いながら出かけるのはなんとうれしいことでしょう。よく考えるんです。自分が誰かに属していると考えると、心が歌い出すのです。いっしょにいれば、あなたの欲求にわたしが応え、わたしの欲求にあなたが応える。いつでも好きなときにあなたの身体に腕をまわす。人前だってかまわない。あなたは恥ずかしいかしら？　所有欲が強いって思われそうなのはわかっているの。でもあなたがわたしのものだと思うと誇らしくて、あなたのお友達の前でもきっと厚かましくなって、そんな態度を取ってしまう気がします。でも仕方が無いわ。だって誇らしさに気分が舞いあがってしまうんですもの。大胆な言い方をすれば、あなたはわたしの素晴らしい獲物。ほら、わたしにはこんなに素敵な人がいるのよって、あらゆる人に見せびらかしたくてたまりません。

互いの了解のもと、友人どうしでプレゼントを贈りあうのはやめることにしました。助かりました。だって、実際に贈り合うとなったら一騒動で、この御時世では自由になるお金も限られているんですもの。だからきっぱりやめたほうが、みんなのためだと思ったのです。こちらが何か贈れば、相手も何か贈ってくる。プレゼントというのは本来そういうものだけれど、そこに経済状況がからむと、なかなかやっかいです。クリスマスが近づくと、プレゼントを贈りたい気持ちをみんなが必死に抑える。それでいて町に人が群がり、そこにあるはずのないものを買おうとしている。それはなんともおかしな光景です。

あなたはどのようなクリスマスを過ごすことになるのでしょうか。

ああ、愛しいあなた、愛しています。

ベッシー

この手紙が書かれた日、クリス・バーカーはアテネのホテル・セシルに駐留していた。ELAS（ギリシア人民解放軍）の「同志よ、降伏せよ！　われわれはきみたちの友だ」の怒鳴り声で眼が覚めたと、彼はノートにそう書いている。「十一時半、ELASが本格的な攻撃を開始。砲弾、ブレン軽機関銃、ライフル、迫撃砲。迫撃砲の威力は凄まじく……すぐ間近で火を噴いた……通りにパニックが広がる。『ドアを閉めろ！』ブレン軽機関銃を持った兵士がまだ外にいる……もっと多くの弾薬を持って、バートとジャックとともに二階の踊り場にすわった。階下に命令を叫び、それからまた二階に上がってきた。ボフォール砲、あるいはダイナマイトが、通りのはずれまで炸裂する。砲弾で砕けたガラスが雨のように降り注ぎ……それから、ふいに『撃ち方、やめ！』と、喜ばしい声が響いた。その声が建物じゅうにこだまする……階下に行き、まだ熱を持っている武器を下ろして降伏すると、長髪の遊撃兵から『万歳、同志！』と声があがった。夜明け前の暗い時間だった。

われわれは小さな集団に分割され、頭上でスピットファイア（英国空軍の単座戦闘機）が不思議そうに見守るなか……彼らに導かれて、およそ四マイルの距離を歩いて、ある屋敷へと向かった。美しい貴婦人の同志は、興味深そうに見つめながらも、われわれを受け入れ、水と二オンスのパンをくれた。それから目隠しをされ、山の要塞へと導かれていく。森や林間の空き地を抜けながらの、およそ十五マイルの行軍だった」

13　より最近の愛の形

チャーリー・ブラウンは毎日確認しに行くものの、連日失望することになる。まるでカーペンターズのヒット曲、『プリーズ・ミスター・ポストマン』のようだ。彼はひたすら辛抱強く待っている。欲しいのは一枚のカードか手紙だけ。ひょっとして知らないあいだに配達されているかもしれないと思い、もう一度ポストを確認しに行くのだが、やはり何も届いていない。チャーリー・ブラウンがとりわけ待ち望んでいるのはバレンタイン・カードであり、相手は誰でもかまわないのだが、それが「赤毛の女の子」からだったら、とりわけうれしい。しかし自分の家の、ポストの金属蓋をあけて、ずんぐりした腕をずっと奥まで伸ばしてみても……手に触れるのは空気とほこりだけ。まあいい、来年ということもある。絶望するのはまだ早い。

コマ割り漫画のなかで、一通の手紙ももらえないチャーリー・ブラウンのみじめさは、そのアニメーション版「Be My Valentine, Charlie Brown」がテレビで放映されると、さらに増幅され、同情した視聴者から何百というカードが彼に送られてきた。まさにメディアの力だが、それはまた、郵便を待つ切なさを、みなが知っている証拠でもある。チャーリー・ブラウンは、のちにそういった視聴者からの反応につけこんで、こんなことを言う。「ラブレターをもらったことのない人間は、世界中に何百万といるはずだ……ぼくはそういう人たちのリーダーになれるかもしれない」

初期のテレビ・アニメーションで、ルーシーがシュローダーの弾いているピアノによりかかっている場面がある。シュローダーがいつものようにベートーベンのソナタを弾いているのをよそに、ルーシーは一冊の本を上機嫌で読み出す。「バレンタインっていうのは、あいさつ状のはじまりだって、ここに書いてあるわよ。バレンタイン・カードを贈る習慣は、その起源を十六世紀にまでさかのぼることができるんですって」ルーシーはそう言って、にっこり笑いかけるものの、シュローダーはわれ関せずで、ひたすらピアノを弾き続けている。「一八〇〇年には、大きな需要を満たそうと、銅版刷りに手で彩色したカードが大量生産されるようになったんですって。ねえ、シュローダー、聞いてる？」そこまでほのめかしても、いっこうに聞く耳を持たないシュローダーにルーシーはぐっと耐え、髪をいじくりながら、笑顔を向ける。それでも顔を上げないシュローダー。ルーシーは本を放り投げ、あなたは本当に、失った愛の記憶に苦しめられたいのかと聞く。ついにシュローダーが驚いて顔を上げると、ルーシーは彼のピアノを壊しにかかる。

たくなるの！」

「夜中に目が覚めて悲鳴をあげるんだから！」ルーシーは金切り声で言う。「なんでもかんでも壊し

アメリカでは、一八四〇年――その年にニューヨークで送られたバレンタイン・カードは千百通あまり――以前には、まちがいなくバレンタイン・カードを送る風習はなかった。それが、切手とともに安い郵便料金が導入されたのを機に一気に流行し、一八四七年には三万通あまりのバレンタイン・カードが送られた。さらに二月十四日という特定の日にカードを送る習慣が定着すると、いわばその日が郵便の祝祭日となり、カードにプレゼントを添えようという宣伝に人々があおられたこともあって、郵政省は大繁盛。母の日や父の日も、それに続いて浸透してくるものの、当時の新聞の風刺漫画やコマ割り漫画に「ふくれ上がった重い郵便袋」や「殺到する人々」が描かれているバレンタイン・デーと比較すれば、まだ大人しいものだったろう。ヴィクトリア朝中期のイギリスと、南北戦争前のアメリカに、それはこれまで考えられなかった郵便の活用法を人々に印象づけた。すなわち、気軽な誘惑の道具として郵便がつかえるというわけで、それも程度の差こそあれ、送り手の身元を明かさずに済むという点が大きな強みとなった。『サンフランシスコ・デイリー・イブニング・ニュース』紙は一八五五年に、「二月十四日の朝、郵便配達夫がドアをノックする音は、多くの乙女の胸を愛と好奇心でうずかせる」と書いており、郵便に新たな役割が課されるようになったのがわかる。すなわち、さして重要ではない、人々の純粋な娯楽に資するようになったのだ。

しかし、バレンタイン・デーには栄枯盛衰がある。一九五八年、『ハーパーズ・ウィークリー』誌は、アメリカ合衆国で三千万枚のカードが売られたと報じており、その三年後には、イギリスの『デイリー・ミラー』紙が、その数を二千七百万枚と報じている。これは戦間期の落ちこみから見れば大きな回復と言わねばならない。この落ちこみ時代には、同じ『デイリー・ミラー』紙が、

「聖バレンタインは死んだのだろうか？」と読者に問いかけている。「……若者たちは……もはや感傷にはよりかからない。映画の影響で、臆面もない求愛方法を持つ世代が生まれた。いや、求愛などという古くさい言葉も、彼らにはそぐわないだろう」しかし、一九六二年には、その感傷が戻ってくるのである。「この年のバレンタイン・デーはロマンスを表す大文字のRでつづられるだろう」

バレンタイン・カードの魅力は、何も書かなくても、すべて伝わるということにある。愛と切望を打ち明けるのに、筆が立つ必要はない。というのも、カードにはすでに愛の詩やバラのイラストが描かれているわけで、実際に文章をつづる労は受け手が担うことになるからだ。とはいえ、受け手のほうも、返事を出す義務はなく、単に届いたカードを慈しみ、驚きの念に打たれるだけでいいのだ。まじめな恋文ではなく、とりわけ昨今では、その前奏曲にさえ値しなくなっている。時宜にかなった恋愛遊戯であり、フェイスブックで「ポーク（クリックすると、「元気？」と軽いあいさつをしたことになる機能）」するのと同程度の意味しか持たない。それはまさに臆病と警戒のはざまにあるのかもしれない。バレンタイン・カードは本物のラブレターとは一線を画すものであって、まもなくわれわれはみな、チャーリー・ブラウンのように、そこにないものを求めて手を伸ばすことになる。

いかなる芸術も空虚には花開かない。二〇一二年十一月、サザビーズ・ニューヨークは、クリスマス前の「書籍と手稿」のセールについて嬉々として告知した。種々雑多な内容であるのは、その大雑把なタイトルからして予想がつくことで、アイザック・ニュートン、F・スコット・フィッツジェラルド、ジョージ・ガーシュウィンに加えて、月に初めて到着した聖書の断片までがラインナップに顔をそろえている。しかし、今回のオークションで一番話題を呼んだ品はこれらとは別の物だった。カタログには「チャールズ・シュルツによる、これまでにない大規模で重要な手紙とイラスト」と題されており、「著名なクリエイターであり、著者であり、『ピーナッツ』の産みの親であいる。

る彼が、トレイシー・クローディアスに寄せた恋心がいま明らかに」と、その内容にも触れられている。

シュルツとトレイシー・クローディアスは、一年中バレンタイン・カードを送りあったと言っていい。トレイシー・クローディアス（その名前は漫画に登場するペパーミント・パティ、ライナス・ヴァン・ペルトと並べられても違和感がないだろう）が初めてシュルツに会ったのは一九七〇年三月で、トレイシーは二十五歳、シュルツは四十八歳だった。トレイシーの友人がシュルツに雑誌向けの取材をすると言うので、写真を撮るために彼女も同行した。トレイシーはシュルツの熱烈なファンで、ずっと憧れていたヒーローの実物を見たかったのだそうで、彼に会ったその日に、家から手紙を一通送っている。それには、自分はチャーリー・ブラウンと「非常識なビーグル犬」が大好きだとある。その産みの親に会うことは、「チャーリー・ブラウンがウィリー・メイズ（野球選手）に会うのと同じで……憧れの人の足が粘土ではなく、劣化しない純粋な黄金でできているとわかって、うれしかったのです」

彼の伝記作家であるデヴィッド・マイケリスによると、シュルツは会った最初から、彼女に魅了されたらしい。彼の結婚生活は波乱含みで、自分をしっかりつなぎとめてくれる錨（いかり）のような女性を欲していたと言う。「ふたりのあいだには最初から、トレイシーが彼を幸せにするだろうという暗黙の了解があった」とマイケリスは書いている。その次の週から、さっそくふたりは頻繁に会い始める。アイスケートに行き、サンフランシスコの本屋まで散歩をし、ホテルでディナーを食べる。そのうちシュルツは、彼女に一連の手紙と漫画を送って、ふたりのデートを再現して見せるようになる。自分をチャールズ・ブラウンに、首ったけの相手をルーシーに投影したのである。まずチャーリー・ブラウンが「覚えてるかい？」と聞く。するとふたつ目の吹き出しには、「ぼくらが出会ったのは三月十六日だった」と書かれている。それに続く絵でふたりが出会ったばかりの頃の、また別のデートの様子が描かれ、六コマ目で、チャーリー・ブラウンがこう言う。「四月二十二日に、きみは暗闇のなかでぼくの手をにぎった！　覚えているかい？」また別の絵では、モントレー・ホテルでふたり過ごした、初めての夜（おそらく彼にとって初めての浮気だったのだろう）が描かれ、「五月一日と二日は、あまりに素晴らしすぎて、とても考えられそうにない」とチャーリー・ブラウンに言わせている。

一九七〇年七月、ふたりが出会って四か月後に、シュルツは妻を伴って友人夫妻とともにバカンスに出かけたホノルルから、クローディアスに一枚の絵はがきを送っている。「アロハ——ギャツビーのように、ぼくは〝緑の光〟を追い求めている……きみに早く会えるといいんだが——会いたくてたまらない」別の手紙でシュルツは、緑の光というのは、ギャツビーの解釈で「年を追うごとに目の前から遠ざかっていく、悦楽の未来」だと教えている。

サザビーズのカタログは、ほかにもある数多くの手紙について、次のように書いている。

どの手紙でも、シュルツはクローディアスの一番の魅力だと思う点を事細かにつづっており、往々にして彼女の名前を三度連ねて、トレイシー、トレイシー、トレイシーと書いていたりする。そのきれいな声、鼻と横顔の美しさ、愛らしさ、美しい瞳、謎めいた魅力、深みのある音楽的な笑い声、金色の瞳、柔らかな手、素晴らしい顔というように、様々な形で褒め称えている。ある手紙などは、「チャーミングで、キュートで、打てば響き、抱きしめられ、人を手こずらせ、感受性が強く、運動もできて、予約もできる」と、トレイシーの美点集のような趣を呈している。

どれだけ愛しているか、シュルツはクローディアスに頻繁に語り、折々に赤いハートを書き添えたりもしている。

チャールズ・シュルツは必ずしも自分の恋愛を隠しはせず、世界に同時発信している感があった。デヴィッド・マイケリスは、シュルツがクローディアスへの手紙に書いた言葉やテーマが、同時期の、『ピーナッツ』の漫画の吹き出しにも書かれているのをつきとめている。スヌーピーが自分のことを評して「人を手こずらせ、人から抱きしめられる」と言っているのもそのひとつ。さらに、クローディアスに出した二通の手紙のなかでシュルツは、クローディアスに長距離電話を頻繁にかけているのを妻に知られてしまったと書いていて、それと同時期、『ピーナッツ』の漫画には、「女の子のビーグル犬」に会いに行くのを禁じられたスヌーピーがすねて、はためいわくな行動を取り、チャーリー・ブラウンに叱られる場面が出てくる。その四コマ目で、電話の受話器を持ち上げたスヌーピーに、チャーリー・ブラウンが怒鳴っている。「だから、長距離電話はやめろと言ってるだろう！」別の漫画では、ルーシーの、心の相談室（The Doctor Is In と書かれている）をチャーリー・ブラウンが訪ねて、こんな相談をしている。「これほど興奮したぼくらに、一夫一婦制なんて可能だと思う？」さらに、教室で居眠りをしていたペパーミント・パティが、「トレイシー！　トレイシー！　愛してる！　ねえトレイシー、聞いてる？」という場面もある。

彼の伝記作家によると、シュルツは二度、クローディアスにプロポーズしているらしい。なぜ断ったのか、のちに彼女はその理由を明らかにしている。ひとつには、自分はシュルツを幸せにはできないと思ったから。もうひとつは、あの有名な漫画の作者という一般社会の持つイメージは「神聖」なもので、それを壊したくなかったからだと言っている。離婚したシュルツがその一年後にまた別の女性と結婚する一九七三年まで、ふたりの関係は続いた。

こういった手紙が出てきたことを、シュルツの家族は喜ばず、こういうものを販売するのは下劣で冷酷なことだと断じた。しかしシュルツが生きていたときに、クローディアスが必死に守ろうとした彼のイメージは、もはや守る必要が無くなったのは明らかだった（シュルツは、二〇〇〇年に七十七歳で亡くなっている）。トレイシー・クローディアスの家族が、そのコレクション（全部で四十四通の手紙）を売りに出したのは、悪化するトレイシーの健康状態を経済的に支えるためであると報道された。注意深い読者なら、アメリカで最も人気を博した漫画家に対して国民の総体が抱いていたイメージが、高齢者に適切なサービスを提供できない医療制度の犠牲になって、その祭壇に載せられたことがわかるだろう。

手紙は売れなかった。

＊

何が偉大なラブレターを生み出すのか？　真実、弱点、情熱、秘密、下劣、熱情、妄想、この上なく苦しい恍惚？　喧伝してまわるか、そうでなかったら焼き尽くすしかない熾烈な何か？　時代を超えて、すべての心に訴えかけてくるもの？　ゲーテの言う、「最も貴重で、一度失ったら、自分も相手も取り返しのつかないもの」か？

得てしてラブレターを書く時というのは、自分の核が揺れているときだ。しかしいずれはそれも安定して、強固な魂ができあがる。数年経ってわれわれがそれを読み返せば、まったく信じがたい気持ちになって、恐ろしさにすくみあがり——なかでも最悪なのは——冷静な判断力を持ってそれを読むときだ。アメリカのジャーナリスト、ミニヨン・マクローリンがそれを正しく理解していて、「もし昔に書いたラブレターを読むなら、鏡のない一室で読んだほうがいい」と、一九六六年刊行の『The Second Neurotic's Notebook』に書いている。

しかし、もちろんこれには例外があって、いくら時が経って読んでも、輝きを失わず、そこに不変の教訓を読み取ることのできるラブレターも存在する。ペトラルカの手紙やシェイクスピアのソネットがそれに当たるが、それらと同じ重みを持つ手紙がほかにも存在する。ロマン派の詩人なら当然素晴らしい手紙を書くだろうし、保守的なヴィクトリア朝時代にも注目すべき手紙をやりとりした文学者がいる。ロバート・ブラウニングとエリザベス・バレットの人目を忍ぶ求愛は、完全に手紙のやりとりだけで成就した。しかし、それにとどまらず、戦時に失意にくれていた何万という無名の人々をよそに、その輝かしい力で文学を牽引してきた作家の手紙もある。ヘンリー・ミラーとアナイス・ニンが、そして、ロバート・ローウェルとエリザベス・ビショップがやりとりした手紙がそれだ。そして彼らにはみな、本人が知ってか知らずか、同じような手紙を先に書いた始祖がいたのである。

一八二〇年十一月一日、ジョン・キーツは、ロンドンで深い親交を結んでいた、また別のチャーリー・ブラウンに手紙を書いている。キーツはそのときナポリにいた。結核からの回復を求めて、より暖かいローマの静養先を目指す途上にあったわけだが、旅が進むにつれて、その試みにも徐々にむなしさが募っていく。一か月にわたる長い船旅のあと、さらに十日間、検疫のために船内から一歩も出ることが許されなかった。その船の乗客は、ロンドンでつい最近大発生したコレラに感染しているのではないかと、イタリアの役人が疑ったためだ。彼を苦しめていたのは、結核の病魔（血を吐く咳で体力気力ともに消耗する）だけではなかった。恋の熱病にもかかっていて、ブラウンへ宛てた手紙の大半に恋しい気持ちがつづられている。彼が恋する人はもちろん、婚約者のファニー・ブローンで、結局のところ、結婚の約束は果たせなかった。このとき、ふたりは知り合って二年。もう二度と彼女には会わないものと覚悟して、キーツは故郷を旅立ってきたのである。しかし病気が悪化するにつれて、彼はどんどん後悔を募らせていく。

もう二度と彼女には会わないと、自分に言いきかせたことで、身を切られるような思いをしている……親愛なるブラウンよ、ぼくは健康なときに彼女を自分のものにしておくべきだった、そうしていたら依然として健康でいられたに違いない。死ぬのは耐えられない——彼女を置いて死ぬなんて。ああ、神よ！　神よ！　神よ！　トランクのなかに詰めてきた、あらゆる物が彼女を思い出させて、それが一本の槍となって全身を貫く。旅の帽子に彼女が縫い付けてくれた絹の裏地が頭を焼く。想像力が彼女を鮮明に浮かびあがらせる。姿が見える。声が聞こえる。

つねに金のやりくりに困っていたキーツは、ウェントワース・プレイスと呼ばれる、ハムステッドにあるチャールズ・ブラウンの家に、一八一八年十二月から住まわせてもらうようになった。ファニー・ブローンは、その隣に母親といっしょに暮らしていた。結果チャールズ・ブラウンは、キーツが自分の家や庭先で、あの有名な『ナイチンゲールに寄す歌』をはじめ、偉大な詩の数々を生み出すのを目にすることになる（ただし、これに関するブラウンの説明については事実に反するとの意見もある）。ふたりはよくいっしょにスコットランドを散歩しながら文学の問題について論じあった仲で、キーツは医者にイタリアでの静養を勧められると、いっしょに行かないかとブラウンを説得にかかった。しかしブラウンはあとに残ることにし、代わりに頻繁に手紙を書くと約束した。そんな彼がイタリアにいるキーツに宛てた手紙のなかに、次のような文章がある。「もしぼくに、推測する権利があるのなら、隣に暮らすある人が、きみから手紙の一通はおろか、ひと言も連絡が

「彼女を置いてこの世を去るのは耐えられない」――自らの運命に思いを馳せるジョン・キーツ。ジョセフ・セヴァーンの銅版画

ないのに、少々がっかりしている。彼女は最近きみに手紙を書いたそうだ」

ファニー・ブローンには二度と手紙を書かない、彼女から手紙を送ってきても決して読まないと、キーツが心を決めているのをブラウンは知らない。そうすることで別れが少しでも楽になることを願っていたのだが、実際そうではないことにキーツは気づく。

興味を引かれるものは、ほかにいくらでもある世界にいながら、ぼくは一瞬でも彼女のことを忘れることができない。イギリスにいるときもそうだった。いまでも思い出せば心が震える。ハント[1]の家で暮らしながら、ぼくの目は四六時中ハムステッドに釘付けだった。それがここに至って、ふたたび彼女に会える希望が生まれた——いまだ！——ああ、彼女の暮らす場所近くに埋めてもらえればいい！　彼女に手紙を書くのは恐ろしい。彼女から来た手紙を読むのも恐ろしい。彼女の肉筆を目にするだけで心が張り裂けてしまう。どこかで彼女の名前を耳にし、彼女の名前が書かれているのを目にする。それだけでも耐えられない。友よ、ブラウン、ぼくはどうすればよいのだ？　どこに慰めと安らぎを見出せばいいのか？　もし回復の見こみがあったとして、ぼくはこの熱情に命を落としてしまうだろう……。

ああ、親愛なるブラウン、ぼくの代わりに彼女をずっと守ってやってほしい。ナポリについては何も書けない。物珍しさにあふれる町だろうが、周囲に目をやっても、何ひとつ、心引かれるものはない。彼女に手紙を書くことは恐ろしくてできない。それでもきみのことを忘れてはいないのだと、彼女に知らせたい。ああ、ブラウン、ぼくの胸には燃えさかる石炭が入っている。これほどの悲しみをたたえて、それに耐えている、人間の心は驚異としか思えない。こういう最期を遂げるために、ぼくは生まれたのだろうか？　彼女に神の祝福を、彼女の母君に、ぼくの妹に、ジョージとその妻に、きみとあらゆる人に、祝福を！

きみを心から愛する友
ジョン・キーツ

ファニー・ブローンの金とガーネットでできた婚約指輪は、いまではキーツ・ハウスと呼ばれているウェントワース・プレイスで、毎日午後一時から五時の間に見ることができる。そこにはブローンのボディス、ブレスレット、キーツの髪が入った記念品ふたつも陳列されている。また、キーツがファニー・ブローンの母親に宛てた一通の手紙もあって、それは一八二〇年十月、キーツがナポリに隔離されていた期間の初めに書いたものだった。「ファニーのことはあえて考えないようにしています。恐くて考えられないのです。かわりに、ふたりでいっしょに成したことを何時間も考えることで唯一の慰めを得ています。彼女がくれたナイフを銀のケースに収め、ぼくの髪をロケットに収め、手帳を金の網に収めたときのことを。彼女にこれを見せてください」

キーツはその先に、自身の病のこと、曇っていく意識のことを書いてから、「もう一度ファニーに愛を」としたためている。それから再度彼女の母親に別れを告げ、その一行下にこう書いている。「さようなら、ファニー！　きみに神の祝福がありますように」それから四か月後、詩と同様に、

1　レイ・ハント。イギリスの作家、詩人。キーツの親しい友だった。

手紙という偉大な財産をあとに残して、キーツはこの世を去った。

元気なとき、キーツは英語で書かれた手紙の最高傑作と言えるものを数多く生み出していた。その手紙にはジェイン・オースティンの手紙には欠けていたすべてのものが備わっていた。創造性がほとばしり、洞察と啓発があふれでるその手紙は、若い精神が人生の哲学を求めて奮闘した、日々の記録とも言える。彼の詩は、最近キーツの詩を編集した人が、「冬の太陽の下で燦然と輝く記念碑そのもの」と書いているように、明瞭な言語の輝きをまとっているが、彼の手紙はそれとは対照的に、自然な感情の発露で成り立っている。穏やかな語り口が続くかと思えば、ときに火のように激しくなることもあるが、終始一貫して打ち解けた筆致であることに変わりはない。あえて言い切れば、面白いのである。彼の手紙には「グレーテスト・ヒット」と呼ぶべきものがあり、なかでも、「消極的能力」(研究の途上で、疑問や謎が浮かびあがったとしても、事実や根拠を求めていらだつことなく、現状に満足して許容すること)について語ったものと、人生を「多数の部屋を持つ邸」にたとえたもの(このテーゼを述べる時点で彼自身はまだ、たったふたつの部屋にしか入っていないと言い、ひとつは「幼児の部屋、あるいは無思想の部屋」で、もうひとつは「処女思想の部屋」であり、後者の部屋に入ると「われわれは光と雰囲気に陶然としてしまう」と書いている)が有名だ。しかしこれは奇をてらおうとして書いているわけではなく、頭のなかで考えていることが自然に文字になったという感じで、輝かしい知性と同時に、自身をからかう余裕ができていることを窺わせる。彼の手紙は、爆発しそうな活力に満ちていて、壮大な思考が平凡な日常と衝突しているのだ。

キーツの手紙はいつの時代でも高評価を受けていたというわけではなかった。最も好意的な評価を下したのは、T・S・エリオットで(キーツ再評価の気運ももたらした)、出版された書簡集について、「これまでにイギリスの詩人が書いた手紙のなかで、最も注目すべき、最も重要なもので

ある」と書いている。「そこには手紙のあるべき姿が体現されている——つまり、形式的な書き出しや結びもなく、ささいな物事のあいだに、思いがけなく素晴らしいものが立ち現れるのである」

　キーツがブローンに宛てた手紙は、それとはどこか違っている。ほかの手紙に見られるような知性の飛翔はなく、キーツの偉大なる讃美者、W・H・オーデンをして、彼の精神は一八二〇年以降、恋煩いと肺病という、ふたつの病に冒されてしまったのであり、こういうラブレターを、文学の薫り高い作品と並べて出版して欲しくなかったとまで言わせている。確かにその手紙には傲慢なところや、芝居がかったところがある。上から目線で相手を叱りながら自分の矛盾には頓着せず、自己憐憫も窺える（ブローンが言葉少なになり、キーツの気まぐれで空想的な表現に懐疑的になるのもうなずける）。

しかしそれでも魅力があることに変わりはない。恋に目覚めたとたん心に生まれた感情に、二十代の男性が翻弄され、軽はずみになり、妄想をたくましくするのは世界共通の現象であり、その意味では、キーツの一連のラブレターは時代が下っても人の心を打つ、不滅の手紙であるのはまちがいない。手紙は本当の自分を露わにする。一八一九年、まだ病魔にとりつかれていない頃にキーツが書いた手紙は美しいと言って差し支えないだろう。ラブレターのなかで、キーツは自身を溺愛しているような節があるが、それは恋愛に麻痺していることの表れで、技巧ではない。

「わが最愛のレディ」と、一八一九年七月一日に、キーツはワイト島のシャンクリンから手紙を書き送っている。ふたりはその数か月前に密かに婚約をしていた。

火曜日の夜に書いた手紙を投函するチャンスがなかったのは幸いだった。まるでルソーのエロイーズ[2]から、そのまま引っ張ってきたような手紙になっていた。しかし今朝のぼくはもっと冷静だ。心から愛してやまない美しい女性に手紙を書くなら、やはり朝の時間しかない。夜になれば、孤独な一日に幕が下りて、寂しく、音楽も聞こえない無音の部屋が、棺さながらに、ぼくが入るのを待ち構えている。そういうとき、ぼくの恋情は嵐のように吹き荒れる。そうでなかったら、きみをテーマに狂詩曲を奏でるなんてことはしない。まさか自分がそういう所行に及ぶとは考えもしなかった。むしろ、そういう人間たちを笑い飛ばしていたのだからね。ぼくのことを、あまりにみじめだとは思って欲しくないし、ちょっとばかり正気を失っているとも思って欲しくない。

いまぼくは、とても心地よいコテージの窓辺にいる。外にはうねうねと丘陵が広がり、わずかに海も見えて、まったく素晴らしい朝だ。ここに暮らして、新鮮な空気を胸一杯吸いこんでいられたら、ぼくの精神がどこまでのびのびして、どれだけの喜びが得られるかわからない。もしきみの思い出が、これほど重くのしかかっていなければ、この美しい海岸を雄ジカのように自由に駆けめぐるだろう。いっしょに過ごした何日もの日々。この世にあれほどの幸せがあるとは思いもしなかった。ぼくの時間は、誰かの死や病で、つねに台無しにされてきた。そういうことがようやく無くなったいま、やはりはっきり言っておくべきだろう。ぼくはまた新たな苦しみを背負いたくはない。だから愛する人よ、自分自身に聞いて欲しい。ぼくをがんじがらめにして、完全に自由を奪うきみは、非常に残酷な人間なのか。ただちに手紙を書いて、きみの気持ちを正直に告白し、ありったけの言葉でもってぼくを慰めて欲しい。ケシの香気がぼくを酔わせるように、手紙でぼくを酔わせて欲しい。優しさの限りを尽くした言葉を並べ、それに口づけして欲しい。そうすれば、少なくともきみの唇が触れた部分に、ぼくの唇が触れることになる。

これだけ美しい人に没頭している気持ちをどう表現していいかわからない。輝かしいという言葉以上に輝かしい言葉を、美しいという言葉以上に美しい言葉が欲しい。ふたりで蝶となって、夏の日の三日間を生きられればいいと、そんなことまで思っている。つまらない日々を五十年も生き長らえるより、その三日間にもっと大きな喜びを詰めこむことができる……。

2　大変な人気を博したジャン・ジャック・ルソーの書簡体小説『新エロイーズ』は一七六一年の刊行。ふたりの恋人のあいだでやりとりされた手紙をつかった小説で、アベラールとエロイーズの書いた手紙が、直接引用されている。

ぼくの幸せの中心はきみにあるのだけれど、きみの心をぼくが独占できるとは思っていない。いまこの瞬間、ぼくがきみを思うのと同じように、きみがぼくを思ってくれているなら、いま一度相手を抱きしめるために明日にでも会いたい気持ちを抑えられないはずだ。だけどそうじゃない。ぼくは希望と運を糧に生きていくしかない。万が一最悪のことが起きても、ぼくは依然としてきみを愛するだろう。しかし、きみが別の男に心を移したとしたら、どれだけ憎んでも憎み切れない！

すぐに手紙を書いてくれ。この場所には郵便受けなどないから、きみはワイト島のニューポートにある郵便局宛てに送らないといけない。夜になる前に、きみにこんなに冷酷な手紙を書いた自分を呪うだろうが、いまの精神状態では、こう書くのが精一杯だ。ふたりを隔てる遠い距離が許すかぎり、ぼくに思いを寄せてくれ。

J・キーツ

一八二〇年八月に、「わが最愛の女性へ」と書き出される手紙が、ファニーに宛てた最後の手紙だと信じられている。

きみなしでも、ぼくが幸せでいられる、なんらかの手段をきみが生み出せたらどんなにいいか。時間が過ぎるにつれて、きみへの思いがどんどん深くなっていき、きみのことばかり考えている。それ以外のことは、口に入った、もみ殻のようにしか感じられない。イタリアに行くのは、ほぼ無理だと思っている。きみを残していくことなんかできない。きみと永遠に生きられる見こみがないのなら、もう一分たりとも楽しめないだろう。しかし、いつまでもこんな状態ではいられない。きみのように健康な人間には、ぼくのような神経と気質を持った人間がどんな恐ろしい時間をくぐり抜けているのか、想像もつかないだろう……

きみと離れていても、ぼくの健康は回復するとは思えない。それでも、やはりきみに会うことは避けたい。まぶしい光に耐えられないし、ふたたび闇のなかに戻ってくるのも耐えられない。きみに昨日会っていたら、いまのぼくはこれほどまでに不幸ではなかっただろう。きみと幸せになるなんて、まったく不可能なことに思えるよ。そうなるには、ぼくなんかより、もっと幸運な星の下に生まれなきゃいけない！　それはどう考えても無理だろう。

同封したのは、きみの手紙の一部で、少し手直しして欲しいと思った部分だ。（もしきみが納得してくれるなら）この問題について、ぼくに対する冷酷な表現をもう少し和らげてもらいたい。

もしぼくの健康状態が耐えられるなら、頭のなかにある詩を書くこともできて、ぼくと同じような境遇にいる人の慰めになるだろう。きみのように自由に生きられる相手と恋に落ちた、ぼくのような人間を詩のなかに描きたい。シェイクスピアはいつでも、じつに卓抜した形でこういう問題を短い場面にまとめる。ハムレットがオフィーリアに「尼寺へ行け！」と叫んだとき、彼の胸にはいまのぼくと同じみじめさが詰まっていたのだろう。実際ぼくはこの問題から一度離れるべきだと思う。ぼくは死ぬべきなのだ。きみが微笑んでいる残酷な世界にはうんざりだ。男が憎い、女はもっと憎い。未来には茨以外、何も見えない……。

完全に信頼しきって、きみの腕のなかにいるか、そうでなかったら、雷に打たれてしまいたい。

きみに神の祝福を、J・K

キーツの手紙を読み通して浮かびあがるのは、熱情の世紀における、壮大な芝居のようなロマンスだ。墓碑には「その名声もはかなく消えた」と刻むことを望んだ彼だが、本当は、そのような恋に身を投じた詩人として、人々の記憶に残りたかったに違いない。「火もまもなく燃えつきる」と、彼は弟に手紙を書いている。

暖炉に背を向けてすわり、敷物の上に片足を斜めに置いて、もう一方の足を絨毯から少し浮かせている……遙か昔に亡くなった、偉大な人々も同じような格好をしていたのだろうか。それがわかったらすごいことだ。シェイクスピアが「生きるべきか、それとも死ぬべきか」と書いたとき、どんな姿勢ですわっていたのか。遠い時を隔てて、そういうことを考えてみるのは面白い。

＊

手紙を通じて愛を深めていったロバート・ブラウニングとエリザベス・バレット。その熱烈なやりとりの果てには、また格別の幸せが待っていた。ふたりの書簡集の評者が、その書評に、「これを読んでいるあなた、わたしはあなたと結婚しました」というタイトルを掲げているように、ふたりは文通の果てに結婚に至った。手紙のやりとりが始まったのは一八四五年で、最終的にふたりはバレットの父親から反対されて、イタリアへの駆け落ちを余儀なくされる。[3] 一年八か月の時を経るなかで、親愛のファンレターが火傷しそうなラブレターとなっていく、そのめくるめく感情の高まりが、ふたりの書簡集を読む魅力のひとつだ。初めは詩に関する夢のような論がつづられていた手紙に、いつしか、密会の方法や、荷物を密かに運び出す計画といった、駆け落ちを実現するための具体策が書かれるようになる。最初のたった三通を読むだけで、現代の読者は心を鷲づかみにされるだろう。

一八四五年一月にロバート・ブラウニングがエリザベス・バレットに宛てた手紙には次のような文章が書かれている。「バレットさん、ぼくはあなたの詩を心から愛しています。これは単なるお世辞ではありません」

次の日、バレットが返事を出す。「ブラウニングさんに心から感謝を捧げます。あなたは手紙を通じて、わたしに喜びを与えようとしてくださった。たとえそれに心を打たれずとも、感謝を捧げるべきでしょう。ところが実際は、非常に心を打たれたのです。これだけ熱烈なお手紙をいただいたら当然です！」

そして二日後。「バレットさん、できるだけ短い言葉で申し上げることにしましょう。あなたはぼくをこの上なく幸せにしてくれる」手紙のやりとりを重ねるうちに、彼の別れの辞も、「Yours ever faithfully」や「Ever your most faithfully（日本語ではいずれも〝敬具〟にあたるフォーマルな表現）」（一月）から、「Ever yours,

3　ふたりがイタリアを選んだのには、キーツと同じ理由があった。つまりバレットは肺疾患、おそらく結核にかかっていて、フィレンツェやローマといった暖かい地が静養に向くと考えたのだ。

— Casa Guidi — June 3 —

My dear Mr. Ruskin, we send to you every now & then somebody hungry for a touch from your hand.. we also are famished for it ourselves — But this time, we send you a man whom you will value for itself for himself & ~~[illegible]~~ be kind to from yourself, quite spontaneously — He is the American artist, Page, an earnest simple, noble artist & man, — who carries his christianity down from his deep heart to the point of his brush — Draw him out to talk to you, & you will find it worth while — He has learnt much from Swedenborg, & used it in his ideas upon art — Much of it (if new) may sound to you wild & dreaming —

「情熱あふれる、誠実で気高い芸術家」——1859年にブラウニング夫妻が、友人であるウィリアム・ページについてジョン・ラスキンに書き送った手紙

dear Miss Barret（ぼくは永遠にあなたのもの、愛しのミス・バレット）」（四月）、「Yours（あなたのもの）」（五月）、「My love, I am your R.B.（ぼくの恋人へ、あなたのR・Bより）」（十一月）と、徐々に進化を遂げていく[4]。

ブラウニングが手紙を出した頭初は、バレットのほうが有名だった。バレットを敬愛する男性は以前からいて、バレットは彼らと文学に関して手紙で論じ合っていた。ブラウニングから手紙が送られてきた際にも、バレットはまた同様の文通が始まるのだろうと、それぐらいに思っていた。そもそも彼女は手紙を通じた交際が気に入っていた。手紙なら、相手に応じて、つきあい方をいかようにでも制御することができ、文章を一行一行吟味することで、学究にふさわしい恋愛遊戯も可能だからだ。健康状態が優れない上に、父親からの締めつけも厳しいバレットにとって、文通は安全な選択肢であり、またそういう状況だったからこそ、ブラウニングとのあいだに、ブロンテの描くような激しいロマンスが生まれたとも言える。バレットはブラウニングに連れ去られたことで、内なる情熱を解放できたのだ。

ふたりが直接顔を合わせるまでに、二十通の手紙と五か月の時を要し、ヨーロッパへ駆け落ちするまでに全部で五百七十四通の手紙がふたりのあいだを飛びかった。バレットの伝記作家、アリシア・ヘイターは、ふたりの文通をテニスの試合にたとえている。「あらゆるコーナーからボールを繰り出す息もつけない長時間のラリー……ふたりの〝心のプレー〟には、終始興奮と喜びが輝き、個々の感情のひとつひとつを正確に表現するのに最適な言葉、フレーズ、イメージを探して激しく戦っている」ふたりがやりとりした手紙の性格を一番よく表しているのは、バレットがひとりの女

4　二〇一二年のバレンタイン・デーに、ウェルズリー大学とベイラー大学の共同プロジェクトによって、ブラウニングとバレットの全書簡の複写が初めてオンラインで閲覧できるようになった。

性として、ブラウニングにつづった次の言葉かもしれない。「一度刺激を受けたなら、臆病者以上に大胆になれる者はいないと、最近はそう思うようになりました」これはウィンポール・ストリートの彼女の女中の行動を言っているわけだが、もちろん、そこには自身が投影されている。こういう傾向は戦時中にやりとりされた手紙にも色濃く見られる。離ればなれになったからこそ、手紙が恋人同士を結びつけたわけだが、関係が持続したのは、その距離が安全弁の役割を果たしたからでもあった。手紙なら、煩わしい現実にじゃまされることなく、理想を追求できる。それも相手の顔を真正面から見ることなしに。

バレットとブラウンが結婚に至り、誰もが幸せそのものと認める十五年にわたる結婚生活（バレットは一八六一年に亡くなった）を送り、その名声が不朽のものになったのは、すべて手紙のおかげだった。彼らの詩を知っているかと問われて、「ああ、イギリスにいたい／いまは四月だから」の一節ぐらいしか思い出せない人であっても、知的な議論から始まったふたりの手紙に、やがて恋愛感情があふれ、本屋で密会し、列車の時刻表と首っ引きになって、駆け落ちの計画まで練るようになったという事実は知っているはずだ。その手紙はしばしば自意識過剰で、修辞に凝りすぎる嫌いはあるものの（そもそもふたりはともに詩人なのだ）、だからといって魅力が減るわけでないのは、偉大なるレンブラントの絵が絵画的に過ぎるといって否定されないのといっしょだ。

そして結婚して一週間も経つと、もう手紙のやりとりはなくなった。[5] 疑念と詩的なイメージを伴うときに一番栄えるというのは恋愛の悲しい性ではあるが、愛にがんじがらめになった手紙の末路に、手紙の歴史家が期待するものがひとつある。つまりは別れである。バレットとブラウニングにそれは期待できなかったが、幸運なことに、その期待に応えてくれた（これもまた手紙の愉しみのひとつ。他人の不幸は蜜の味というわけだ）カップルも少数だが確かに存在した。

＊

当然ながら、一度衰えた文通が、初期の頃のような情熱を盛り返し、さらに長きにわたって続くことを望むのは欲の深いことと言わねばならない。よって、いつまでも文通を続けたヘンリー・ミラーとアナイス・ニンの例には、目をみはるしかない。彼らの場合、小説以外の媒体で書いたものに名作が多数あるとも言われ、ニンはスキャンダラスな日記に、ミラーは、ニンやロレンス・ダレルをはじめ大勢の相手とやりとりした手紙に、それを見出すことができる。

　ミラーが通信の価値を心得ていたのはまちがいない。あからさまな性描写のある自伝的小説で文学的な名声と非難を同時に得た彼だが、それよりずっと昔はニューヨークのウェスタン・ユニオン（米国の電信会社）で働いていた。一九二〇年、二十八歳のときに、市内の二千人以上の電報配達人を管理する雇用主任の役職に就き、そこで五年近く働いた。最盛期の様子は、『南回帰線』に盛りこまれており、前日に一斉に辞めた職員の代わりを探す、やりがいのない単調な仕事に長時間縛られる日々を、一種カフカ的に描いている。それは郵便配達と同じで、いつ終わるとも知れない仕事だった。ほんの数時間で仕事を放棄して電報をゴミ箱のなかに捨てた少年と話をしたり、経験のある同僚が、長い電報を短縮して、代金の差額を懐に入れる不正をやっているのを見つけたり。ミラーはそういう現状を改革しようと試みたが、大成功というわけにはいかなかった。新しい（二番目の）妻ジューンに、規則に縛られて奉仕する仕事はあなたに向いていない――そもそも二十セントの電

5　しかしパートナー以外の、世間一般の人にはその後も手紙を出していた（文学の問題、クリミア戦争、水晶宮（クリスタルパレス）での万国博覧会といった物事についてつづっている）。

報にはたった十語しか書けないのだからと言われたこともあって、ミラーは一九二四年の冬にその仕事を辞めて、作家業に専念する。毎日大勢の人間に長い手紙を書き続け、晩年には、歴史上自分ほど大量に手紙を書いた作家はいないと豪語できるようになった人物であるゆえ、電報よりもずっと安価で、保存にも向く通信手段に頼るのは当然だろう。

「ぼくに言えるのはただひとつ、きみに首ったけであるということだ」と、ミラーは一九三二年三月にアナイス・ニンに宛てて手紙を書いている。出会って三か月を過ぎた頃だった。これよりひとつ前の手紙で、すでにミラーは彼女に「雪崩のように」手紙を送ったことを詫びている（ニンは、ミラーばかりか、その妻ジューンに対しても熱情を抱き、その許されぬ悪魔的な欲望を鎮める安静療法のためにスイスに滞在していたわけで、〝雪崩のように〟とはまさに的確な言葉と言えるだろう）。

ミラーとニンのあいだで交わされた手紙は、最初のうちはお決まりのコースをたどっていた。すなわち、雷に打たれたような衝撃に襲われ、周囲の意見がまったく耳に入らず、夜も眠れず相手のことを考え、自分たちはこの宇宙最初の本物の恋人だと思いこんだのだ。ここに、同じ一九三二年三月にパリからミラーが出した手紙がある。

きみがいなくなってから三分。もう抑えられない。すでにきみが知っていることを言う。ぼくはきみを愛している。何度も何度もそう書いては破り捨てている。ディジョンでは、長く情熱的な手紙を何枚も書いた。もしきみがスイスに残っていたら、それを全部送っていたことだろう。しかしどうしてルーヴシエンヌ［彼女が夫と暮らしていた地］に送れるだろう？

アナイス、あまり多くを語れない。熱に浮かされているんだ。きみと話すこともままならない。なぜなら、気がつくと立ち上がって、きみを抱きしめているということをひたすら繰りかえしているからだ。きみがディナーを食べに家に帰らないで済むのなら、どんなにいいだろう。そうしたらぼくらは、どこかで食事をしてダンスをする。その場面を何度も夢に見たよ。きみといっしょにダンスをする。あるいはきみひとりで、頭をのけぞらせ、目を半開きにして、踊る。ぼくのために踊ってくれるなら、そうでなくちゃいけない。それでこそきみのなかのスペインが、アンダルシアの血が沸き立つのだ。

さっきまできみがいた場所にすわり、きみのグラスを手に取って唇まで持ち上げる。しかし、そこでぼくは言葉を失ってしまう。きみがぼくに読んでくれた文章の余韻で、まだ頭がくらくらしている。きみの言葉はぼくの言葉より、ずっと人を圧倒する。きみに比べたら、まだぼくは子どもだ。なぜならきみの子宮が語り出すと、あらゆるものがその内側にすっぽり入ってしまい、ぼくは愛しい闇に包まれるからだ。ぼくがきみの文学的才能だけを褒めていると思うのは間違いだ。そう思わせるように話したのはぼくの偽善だ。いまのいままで、本当のことを言う勇気は出なかった。しかしいま、ぼくは飛びこんでいく――きみがぼくのためにひらいた空間のなかに――もうあと戻りはできない。

そして、これは真実だった――ふたりはフランスからアメリカに舞台を移して、アベラールとエロイーズの物語を地で行くのである。その手紙は、ふたつの結婚を崩壊させるのはもちろん、ルーヴル美術館も焼き尽くしてしまえるだけの熱をはらんでいた。ふたりは会えるときに会い、出会ってまもない頃の文学的情熱（ふたりはともに、互いの作品を批評して支持に回った）は、まもなく肉体的情熱に変わっていく。ミラーは文学における性の追求者であり、ニンはニンで、手にした紙にことごとく官能的な文章をしたためる。そのふたりが、それぞれの性の戦いに、旗を掲げたのである。

ニンの初期の頃の手紙にはミラーと同様の興奮が語られていて、それはいつの世でも変わらぬ普遍的な興奮とも言える。八十年を経たいまも、その快楽の泉は涸れておらず、恋に落ちた彼女の文章から、愉悦をくみ取ることができる。次に挙げるのは、一九三二年三月、ドイツで夫と『乞食オペラ』を観劇した直後にニンが書いた手紙だ。ニンは夫を、尊敬できるが魅力に欠けるとしている。彼女は不動産価格や先の予測可能な未来にはあまり興味が持てなかったのだ。オペラ観劇のあとでニンは、ミラーがいかにして自分の人生を〝交響曲〟に変えたかに思いを巡らせている。

ああ、ヘンリー、わたしはあなたと同じように、胸に情熱が湧き起こり、血が勢いよく流れ、もういっぱいでいっぱいで……。

長く情熱的な手紙を書いた――アナイス・ニンとヘンリー・ミラー

以前は、自分がどこかおかしいのではないかとよく思っていました。ほかの人々はよく〝ブレーキ〟がかかるようなのです。映画のワンシーンを見ても、声を聞いても、フレーズを耳にしても、みな爆発せずに抑えが効いている。わたしは自分の心にブレーキがかかるのを一度も感じたことはありません。そのままあふれさせるのです。それで、あなたが、ほとばしる人生に興奮しているのを感じると、その隣にいて、めくるめく気分になるのです。

……〝目指す場所に向かっている〟、そう実感できるわたしたちは幸せだと思いませんか。ジューンといっしょのとき、あなたは、どんどんぼやけた場所に引っ張っていかれて、謎と混乱に飲みこまれていくような気がしていましたよね？　〝目指す場所に向かっている〟というのは、簡単に言えば、明瞭へ、ある認識へ向かっているのであって、ドストエフスキーとはまったく逆なのです。そして、その明瞭を得たら、わたしはそれを捨てて、完全に否認する……わかるでしょうか、わたしはしょっちゅう、こういう葛藤に戻るのです。真実を追い求めながら、それと同時に闇を激しく求めるのです。

しかし切羽詰まった欲望（そして、それに続く、熱い性の交わり）は冷めるのが必然で、あの一目惚れから五年が経過すると、ニンはミラーの「ゆがんだ、自意識過剰の、実りなき愛」を指摘し、もはやそれは自分にとって魅力的には思えず、苦しいだけだと手紙に書けるようになる。「ヘンリー、どう言えばわかってもらえるでしょうか。あなたは物事を、非常に冷たい、現実離れしたものにしてしまう。だからしばらくするとわたしは、別の場所にもっと現実的で温かみのあるものを求めて、あなたから離れていくのです」ニンは一九三七年三月に、パリからこの手紙を送っている。

自分には誰もいらない、ひとりが気楽だ、わたしといるよりひとりでいるほうが楽しめる、自分は独立した存在で自足していると、あなたは何度も繰りかえし言いました。それを聞いてわたしがどういう気持ちになるか考えないばかりか、人間なら当然示すべき態度や意思をまったく見せない……あなたのすべてが、わたしを外へ押し出し、あなたの人生はあなた自身で完結しようとする。その他大勢とは頻繁に関わりながら、一対一の親交を結ぶことや、ふたりだけの関係を築くことはできない。あなたはつねに群衆とともにあるのです。それとは逆に、わたしは、あなたをずっと自分の人生のまんなかに置きたいと望んでいる……

感情を表に出す必要性……それは相手に自分を理解する手立てを与えることと言えるでしょう。ああ、この人の心臓は鼓動している。わたしが動けば、この人にもそれがわかる。わたしが去っていくのが、この人にもわかる。わたしがいなくなれば、[この人は]不安になる。わたしは彼のなかに存在し、そこでは必ず何かが起こっている。しかしわたしがあなたの居場所に入っていけば、そこにはまったく表情のない顔が……

あなたの書かれた『南回帰線』にざっと目を通したところ、やはりそこにあるのは、茫漠たる匿名の広がりで、個性をぬぐい去った、忌々しい世界でした。女性のひとりひとりに異なる顔を付与するのではなく、あらゆる女をひとまとめにして、結局は穴であって生物学的に差異はないとする……

あなたとわたしについては、理解できません。わたしたちの関係が悲劇に至る理由はどこにもないのです。わたしに関する限り、まったくありません。しかしわたしには悲劇になったとしか思えないのは、あなたがふたりの関係を現実のものにするために、なんの力も尽くさないからです。あなたはわたしたちの関係を脱水させ、溶解し、分解するだけ。蒸発させているのです。

かように情熱と冷静の極限を経験したあとも、ミラーとニンの関係はまだ続くのである。これは驚くべきことと言っていいだろう。ふたりの内には、互いの存在によって深く刻まれた文学の溝があった。ミラーはニンの初期の作品を世間知らずだとコメントしたが、ニンが彼に見せた、あからさまな表現でつづられた日記は全面的に支持した。ミラーの最も有名な小説に対して、ニンが寄せた感想は、一般読者、とりわけ女性には共感できるものだった。ふたりの手紙が読む者の心を打つのは、単にそこにあふれる情熱ゆえではなく、そこに情熱以外の何ものも見受けられないことが大きい。四十年以上にわたって、幾万の言葉を連ねながら、そこに平凡な言葉のやりとりは一切ない。実際、決まり切った挨拶文はまったく顔を見せないし、儀礼を廃して率直を貫いている。どの手紙を読んでも、まるで始まってから三十分が経過したところから見始めたアクション映画のようで、あらゆるものが最初から過熱して爆発しているのである。

それぞれに、新たな作品が出版され、発禁処分になり、裁判で争われるたびに、ふたりの悪評は高まっていったものの、どちらも人生の終わりまで、創造の可能性を求めて奮闘した（ともに再婚し、ミラーの場合はそれが数回に及んだ）。四十五年にわたる親交で、折々に顔を合わせてはいるものの、その関係の中心にはつねに文学的な奮闘と手紙があった。ゆえに、彼らの書いた手紙——創作と私生活のからみあいをつまびらかにする——こそが、ふたりの嘘偽りのない最強の遺産だと言えるのである。一九五〇年代初頭に、アナイス・ニンはふたりの友情を言葉にまとめようとして、また思いやり深い手紙を書いている。「もしあの頃のわたしに、いまの自分に備わっているユーモアの精神があったなら、そして、もしあの頃のあなたに、いまのあなたに備わっている資質があったなら、何ひとつ壊れることはなかったでしょう」さらに、同じ時期に出した、また別の手紙にはこう書いている。「わたしたちは最終的に、自分たちが一番幸せだったパリに戻るような気がしています」

これまたお決まりのパターンだが、ミラーとニンがやりとりした手紙の大半は、それぞれが亡くなって初めて（ニンは一九七七年、ミラーは一九八〇年に亡くなった）公開された[6]。ニンとミラーはともに長い人生を精一杯生き、その悪評も含めて世界に確固たる名を残した。手紙が公表されて、読者がその初期の内容に、火遊び、自己欺瞞、破滅的な要素を見て取っても、それがすでに出版されている作品以上のダメージを引き起こすはずもなかった。むしろ、事実はその反対で、手紙がふたりのより豊かな個性を明らかにし、それぞれの複雑きわまりない人生を、わずかなりとも理解する手立てになってくれたのである。

---

6 (ニンに宛てた手紙と同じように)、ミラーがロレンス・ダレルや、詩人のジェイムズ・ラフリン、画家のエーミル・シュネロックに出した手紙もまた、読んで追跡する価値がある。ヨーロッパにおいて伝統的な権威を猛烈に批判してきた若者が、ついには世の中を受けいれるようになるまでの、正しい軌跡をたどることができるからだ(ミラーは言葉を書くことを減らして絵を多く描くようになり、壮年期になって初めて、安定した生活と家庭人に収まることに喜びを見出した――〝あきらめれば、問題は消えてなくなる〟)。

数日が数週間に

ロンドンSE3　ウーラクーム通り二十七番地

一九四五年一月二十一日

最愛の人へ

便りの無いのが良い便り。そんな大昔のことわざにしがみついています。新聞でもラジオでも、捕虜の交換は始まっていると報じていて、それがあなたにもあてはまることを願ってやみません。チャーチルは演説のなかで、捕虜は帰国し、やがて事情も明らかになると言いました。望みをかけて当然でしょう。ああ、愛しい人！　それが本当なら、あなたが帰ってくる。これだけ気を揉んだあとで、あなたに会えるなんて、信じられないほどうれしい。どうか怪我をしたり病気になったりしていませんように。暖かいところで、せめて食事ぐらいは十分に口にできていますように。食べすぎの心配はいらないでしょう。彼らは自分たちの食料さえ不足しているのですから。

ああ、愛しい人、きっとまもなくね。捕虜の交換にいったいどれだけの時間がかかるのでしょう。政府は人を弄(もてあそ)ぶかのように、こういうことに関してはいいかげんな対応しか見せません。これだけ長い時間、あなたはどう考えていた？　わたしが言っているのはギリシア情勢のことです。何もかもが霧に包まれていて、こちらには皆目見当がつきません。こんな大事なことなのに、政治家は口先だけの約束をしてばかり。これでは戦後の復興もあまり期待できそうにありません。

愛しいクリストファー、どうか連絡を——無事でいてください。愛しています。

ベッシー

ロンドンSE3　ウーラクーム通り二十七番地

一九四五年一月二十六日

最愛の人へ

あらゆる新聞をしらみつぶしに読んでいますが、ギリシアの捕虜についてはまったく報じられていません。捕虜の交換が始まっているなら、当然新聞に記事が出ているはずでしょう。小規模の交換はあったようですが、英国空軍が彼らのために補給品を投下したという、六百人の捕虜については何も報じられていないのです。新聞の隅に載っていたのを見落としたなんてことは考えられません。

ああ、愛しいクリストファー、数日が数週間になっても、まだなんの知らせもない。列車に乗っていても本を読む気になれず、あなたを恋しく思う手紙を書くのもやめて、配給切符のいらない、他人が鼻であしらう綿と純毛の混紡糸でチョッキを編んでいます。この持って行き場のない気持ちを、いったいどうしたら――

愛しています

ベッシー

一九四五年一月二十四日

[ベッシーに無事を知らせる電報を出したあとの手紙]

わが愛しのベッシーへ

正確には、解放されて今日で二日目だが、ぼくとバートはたったいま、トラックから降りたところだ。かつて道路だった踏み分け道は、雪解け水でぐずぐずになっていて、トラックは泥沼のなかを進むようにして、寒さ厳しいギリシアの山を抜けてきた。それでもこれは、ぼくの人生で最も幸せな旅と言わねばならない。目指すはイギリス軍の温かな保護の手であり、到着した暁には、とびきり快適な生活が待っているのだから。

きみの「気質」からして、手紙がまったく届かないことをひどく心配していたに違いない。すでにある白髪を、さらに増やしてしまったことだろう。けれどもう心配は無用だ。今夜は心安らかに酒でも飲むといい(こちらも支給されたラムを二本、上機嫌でガブ飲みした)。

あとで詳しい手紙を書く。今後は以前と同じ住所に送ってくれればいい。ぼくもできるだけ頻繁に手紙を書くと約束する。

1423２134　通信兵　クリス・バーカー　H・C
中央地中海軍　航空通信隊　G中隊　第三十航空団

この先どうなるか、いまはまだ推測するしかない。楽天家はみな、まもなく家に帰れると思っている。それが当然だときみも思うなら、家族の心配を和らげるために、われわれを家に帰してくれと、首相に手紙を書いてもぜんぜんかまわないよ。Verb sap.[7]

取り急ぎ要件のみにて失礼をする。実体のない恐怖に脅えることなく、きみが元気でいてくれるよう祈っている。

愛している
クリス

一九四五年二月一日

ロンドンSE3　ウーラクーム通り二十七番地

愛しい人へ

ああ、なんて素晴らしいの。ああ、クリストファー！　たったいま、あなたの電報を受け取りま

7　Verbum sapienti sat est.「賢い人間にはひと言でいい」あるいは、「十分事足りる」という意味。

した――世界はなんて美しいのかしら。あなたとふたたびつながって、人生とふたたび向き合えた。ああ、わたしの大切なあなた。事情が完全に飲みこめるまでに十五分ほどかかってしまい、それで初めて、自分の心がすっかり麻痺していたのだと気づきました。歓声を上げて跳ね回ったりはしないものの、膝から力が抜けて、胃がひっくりかえったような気分でした。それが過ぎると、あとは内側からこみあげる喜びに、ひとり悦に入って、にやにや笑うばかり。「無事解放、元気」なんと素晴らしい言葉でしょう。ここ数週間、病気になってしまいそうなほど重苦しかった心が、嘘のように軽くなりました。ああ、神に祝福された愛しい人。ほんとうになんの知らせも入ってこなかったのよ、クリストファー、ほんとうにまったく。たわごとばかり聞かされて、震えているばかり。知らせがないということは、あなたは捕虜になっているに違いない。そう思うことで、なんとか元気を奮い起こしていた。それでも、恐ろしいことが次々と頭に浮かんできて、気がつくと、頭のなかで不安が堂々巡りをしている。わたしはそんな毎日を過ごしてきたのです――ああ、どれだけあなたを愛しているか！

痛いほどに、あなたが粉々になるまで抱きしめたい。食べてしまいたい。腕にしっかり抱いて慈しみたい。なるだけ早く手紙をください。あなたの声をまた聞きたい。あなたの状況を知りたい。わたしを愛して、わたしを欲して、いつものように。あまりにつらすぎて、あなたの写真も手紙もずっと見ることができなかったけれど、いまこうして、あなたがわたしのもとに戻ってきた。あなたが大変なとき、わたしはずっとあなたとともにありました。自分の心のなかにいるあなたに話しかけて、ぼくは無事だよと、いつでもそう答えさせていた。どうかそのとおりでありますようにと願っていた。そういうわたしは、おかしいですか？　確かに白髪も少し増えました。でもあなたがそこにいる。生きている。わたしと同じ世界に、いっしょにいる。わたしたちは、わたしたちは、わたしたちは、わたしたちは。ああようやく深く息ができる！

事態は上向きになってきましたが、ドイツが死力を尽くして戦っていると聞けば、ぞっとするばかり。どこかのいかれたならず者や、下院議員までが、ドイツに無差別爆撃を仕掛けるよう要望しています。いまの時代は、どれだけ血に飢えた人間も満足させられるほど冷酷です。いったいどうして、ロシアがここまでやれるのか不思議です。補給などはどうなっているのでしょう。さすがにこれ以上進撃するのは難しいと思います。ロシアの幸運を祈る気持ちに変わりはありませんが、それにしても厳しすぎる状況ではないかしら？

ずいぶん興奮していて、この瞬間、何が起きてもおかしくないという感じです。あらゆるところから、こういった知らせが入ってきて、何かが宙に浮かんでいるような気がします。それはどうやら、わたしみたい。弾むようにして、どこまでも飛んでいきます。明日、アイリスといっしょに映画に行く予定です。こうなったら彼女にご馳走しないと。ああ、素晴らしい。あなたが素晴らしい。この世界が素晴らしい。何もかもが素晴らしい。どうか、どうか、帰ってきてください。お願いです、愛しい、あなた。いっしょになれることを夢見ています——ああ、わたしの愛するあなた。

愛しています

ベッシー

14　現代における手紙の達人

完璧な手紙を書くことは可能だろうか？　そのようなものを書こうと考えること自体、無謀なのだろうか？

一九七〇年代、ハンプシャーにあるオルタナティブ・スクールの趣を持つイギリス最古の寄宿学校、ビデイルズには、多くの著名人が子どもを通わせていた。学校事務員は、朝到着した郵便を集めると、ずらりと並んだ教室の横を過ぎていって、果樹園を横切り、本部棟の中庭へ入っていき、そのつきあたりにあるキッチンの横へ歩いていく。そこには木製の整理箱がひとつ置いてあって、アルファベット順に区分された投入口がついている。午前十時五十五分、午前の中休みになると、生徒達は飲み物やおやつを楽しみ、手紙が来ていないか見に行く。その日運よく手紙が届いていた生徒は、それを自分の部屋か図書館に持っていって読むことができる。

一九七五年の夏学期の終わり近く、十五歳のフリーダ・ヒューズが中庭のつきあたりまで行って、デボン州から届いた手紙を見つけた。

愛しのフリーダへ

試験はどうだったかな？　すらすらと一気に答えを書いて、あっというまに終わらせてしまったかな？

干し草ロールの積みこみがそろそろ終わるというときになって、雨が降り出した。みんな大急ぎで走っていって、残りの干し草を取ってくる。ランドローバーに積んで、ジーンとイアンのヴァンに積んで、馬匹運搬車に積んで、そのあいだにも干し草が耳に入り、首の後ろに入り、長靴のなかに入り、シャツのなかに入る。そんなわけで、家まで小走りで駆けていくあいだも、背中をぐうっと伸ばしてみたり、ぶるぶるっと身体を揺さぶってみたり、首を前後左右に振り振り、足をぐねぐね動かしてみたり。ふと顔を上げてみれば、また別のトラクターがトレーラーを引いてじわじわと進んでいく。そちらのトレーラーには、わたしたちの積んだ干し草の二倍の高さが積まれていて、摩天楼のようだ。見渡せば、そこらじゅうでトラクターがトレーラーを引っ張っていて、元気盛んな雨のなか、最後の干し草ロールをなんとかして家まで運ぼうと必死になっている。

雨はあらゆるものを再び成長させている。おまえの野イチゴもみずみずしく育っている――小鳥たちに食べられていないものはね。テニスコートをジャングルのように覆っていた草を刈り、果樹園の木の梢を剪定したところ、クロウタドリとツグミが大挙して押し寄せて狩りを始めた。ハトも来ている。それと、ジンジャー・ダンデライオン。彼はあそこに、ネズミたちの大都会を見つけた。以前はそこまで入れなかった。まるで動き回るジンジャーフラワーだ。

まだ雨が降っている、木曜の夕方。

……干し草運びが終わると、五人ともみんながみんな壊れた木の門みたいになった。痛みにキーキー悲鳴を上げながら、こわばった関節を伸ばしている。

休暇を取って遊びに来ている人々もいて、土砂降りの雨のなか、サウナ風呂のような車に閉じこもって海をじっと見ている。トランジスタ・ラジオがついていて、手に持ったアイスクリームが溶けて肘まで流れている。まるで洗車機から出られなくなった車のようだ。それじゃあ、また。

愛をこめて、パパ

テッド・ヒューズは『Moortown』でも、干し草づくりをテーマにした詩「Last Load」を書いているが、現代のわれわれには、この手紙があれば、詩のほうは不要に思える。完璧な手紙とは言えず、彼が生涯に書いた手紙のなかでも、おそらくトップ一〇〇にも入らないだろう。それでいて、とても素晴らしい。書かれてから四十年近くが経ち、書き手は亡くなり、もはや猫はネズミを追わず、受け手は中年の画家になっている現代に読んでも、そのユーモアと鋭い観察眼と、目の前の娘に語りかけるような、鮮明で温かな筆致は魅力的だ。しかもこれは学生の娘に送った手紙であり、まさに「好機を逃さない（make hay：干し草づくりにはその意味もある）」のである。

頭韻や誇張が見られ、人間が動物のような動きをし、動物は狩りをする。この手紙全体に、餌をついばむ小鳥のようなリズムがあり、効果を狙って、話を前に戻しているような部分もある。ときに見事に鮮明（みずみずしいイチゴ）で、ときに見事に印象的（元気盛んな雨）だ。

しかし、この手紙のすごいところはなんといっても、これだけ多くのイメージが一枚の紙に収まっている点だろう。暑いさなかの干し草づくり。肌がチクチクするのを我慢しながら大急ぎで仕事を片づける。それが一か所ではなく、デボン州全土で行われているのだ。ふんだんな雨が豊かな恵

文壇に君臨してはばからないテッド・ヒューズ、1960年

みをもたらす土地で、純朴な人々が額に汗して働き、五枚の板を水平に並べた上に対角線上に二本の板を差し渡してつくった木の門は、例によってあけづらくてキーキー音を立てている。そんななか、哀れな観光客は蒸し暑い車内に閉じこめられている。夏の一日を娘と共有するべく、折り目正しい筆跡ですらすらとつづった手紙は、個人のアルバムに貼られる写真に等しく、時代を写し取った資料でもある(いまではもう誰も「トランジスタ・ラジオ」は聞かない)。ヒューズは、こういう暮らしの魅力をどうとらえていたか? 別のところで彼は、デボンの生活は、ロンドンの現実を一時休止にできると言っているが、ヨークシャーに逃げてくると、デボンは刺激がなさすぎて創作の場には向かないとも言っている。パンク・ロックの時代にいるティーンエイジャーには、おそらくあまり心引かれる場所ではなかっただろう。

この手紙は、ジョージア州アトランタにあるエモリー大学の貴重な文書コレクションの一部になっている。ここで考えたいのは、この手紙を電子メールで書くことは可能かどうかだ。わたしは可能だとは思わない。練りに練って書かれた文章は重層的で奥が深く、温かみがあって、打ち解けていて、自然な叙情にあふれている。これは自身の要件を伝える文書ではなく、ひとつの端正な作品と言っていい。もしこれを電子メールにしたら、コンピューター技術と干し草づくりの組み合わせがちぐはぐで、作家としての自意識ばかりが前面に出た不自然な印象を与えるはずだ。これがもし電子メールだったとしたら、フリーダが大切にしまっておいただろうか? もし電子メールだったとしたら、われわれの目に触れることがあっただろうか? そもそもヒューズの手による電子メールは残っているのか?

*

ヒューズは生涯電子メールを送らなかった。コンピューターもまったくつかわなかった。この手のものを信用していなかったのだ。彼が亡くなったのは一九九八年だから、およそ十年ほど、モニターからワンクリックでメッセージを送るチャンスはあったはずだが、彼もまた、こういった新しいメディアは自分には不要だと考えた大作家のひとりだった。それがわかったのは、ヒューズの晩年八年間にわたって編集担当を務めていたフェイバー・アンド・フェイバー社のクリストファー・リードが、彼からは手紙しかもらっていないと言っているからだ。作品を書くのにワード・プロセッサーを嫌って、依然として法律用箋やアンダーウッド5（米国製のタイプライター）をつかっていた作家の多くも、手軽な連絡手段としての、電子メールの魅力には抗えなかった時代である（「むしろ彼は、いかなる形であれ、創作に機械的なものが入るのを嫌った」と、リードは電話で話した。この言葉はヒューズの作品すべてにあてはまるだろう）。

一九九五年、ヒューズは『パリス・レビュー』誌から作品を完成するのにどんなツールが必要かと質問されて、「ペン一本のみ」と答えている。さらに、自分について興味深い発見をしていると して、映画会社で脚本読みの仕事についていた、二十代の頃の経験を話している。下書きなしで、いきなりタイプライターで打ちこんでいくと、普段より文章の長さが三倍にもなり、「従属節が花開いて繁茂し、枝分かれしてページの一番下まで伸びていく」のだそうだ。

さらに彼は、また別の発見もしている。W・H・スミス社の子ども創作コンテストで審査員を数年務めていたときのこと。コンテストも初期の時代には、応募作品の多くは数ページの長さだったが、一九八〇年代に入ると、ふいにそれが七十ページや八十ページにまで増えたと言う。みな流麗な筆致で、堂々と書いているのだが、「例外なく妙に退屈を覚える」。まもなく彼は、それらの作品がすべて、最初からワード・プロセッサーをつかって書いたものであることを知る。こういった道具で書いていくと、「話がどっちの方向にでも転がっていき、次々と表現が生まれてくる。書き手は思いつくことを片っ端から書いて、それをさらに膨らませていく」と言いながら、ヒューズはこれを利点とは考えない。「何もかもが、わずかに過剰になる。一文がことごとく長くなる。何もかも少しずつ引き伸ばされ、希薄になっていく」と言うのだ。昔ながらの方法で書いていく場合には、ペンを手に取ったとたんに、「厳しい抵抗」に遭う。「頭脳と手が共同で行う情報の伝送作業に、これまで生きてきた年月が介入してくるのであり……そういったものの抵抗を押し切って表現しようとすれば、自ずと文章は押しつぶされ、切断され、おそらくそこから、精神の濃密なエッセンスが絞り出されてくる」ひょっとしたらこれは時代の問題かもしれないとヒューズは考える。もし紙に書く経験がなく、最初からコンピューターのモニターをにらんで書いてきた人間なら、事情は自ずと違ってきて、脳内でまた別の情報伝達システムが稼働しているのかもしれない。コンピューターをつかって、単にキーボードを叩いているだけでも頭脳と手の共同作業は行われている。「おそらく手書きの重要性は、頭で考えると同時に手で表現していることにあるのだろう」

*

二〇〇七年に出版された『Letters of Ted Hughes』は、現代の偉大な書簡集のひとつだ（『The Letters of Ted Hughes』と銘打っていないのは、集大成や決定版と取られないようにとの配慮から。七百ページの大著だが、編集担当の話では、完全版をつくったら四巻にもなるらしい）。ヒューズは（少なくとも散文では）自伝を出しておらず、完全な伝記は存在しない（彼の妻キャロル・ヒューズが忘れないうちに回想録を書く予定だと、二〇一三年に告知している）。しかし彼の人生を知りたいなら、手紙を読めば事足りる。ここに集められた手紙が、彼の人生を語ってくれ（その人生の転換点、地理的な移動、感情を爆発させた出来事など、ヒューズの人生のあらゆる局面を垣間見せてくれる）、それと同時に、彼が作家として成長していく足取りを読者に明瞭に示してくれる。創作のプロセスに関する熱の入った思考、人生の眼目や他人の行動に関する得がたい知恵などが網羅されていて、彼の特異な人生を知った読者は、己の人生と引き比べずにはいられない。手紙を書くことは、「世界と対話する優れた練習方法である」とヒューズは言っている。しかし彼にとってそれは練習どころか、磨き抜かれた対話篇であることは容易に想像がつく。

習作と呼べるものも、ないことはない。「若い頃にのぼせ上がった、わずかに年上のエドナ・ホリーに宛てて書いた初期の手紙なんかは、文学的にずいぶん背伸びをしている感じがしませんか？」とリードは言う。「『さあ、見てごらん、これほど利発で頭の切れる人間はそうはいない』と、肩をそびやかせている感じがあるんです」一九四七年、まだティーンエイジャーのときにヒューズが書いた手紙がここにある。その自信満々な筆致に、おかしみと無意味な仰々しさがあって、効果を狙って書いているのがわかる。

愛しのエドナへ

十七年生きてきて、ぼくは妙なものを数多く見てきた……

カメラの前に置くと、後世の人がその姿に驚いて、レンズを砕き、フィルムを焼き、撮影者を死に追いやる、そんな記憶をぼくは見てきた。（個人に責任のある、極めて個人的な苦悩に陥って、）市の境界内で通りの交通をとめ、警察官を身動きできなくして、店々の現金箱に入っている金を緑の黴で覆う、そんなものをぼくは見てきた。

彼の言いたいこと――それはそのあとしばらくして、ほかにも数多くのものを見たあとではっきりするのだが――は、こういったものすべてが、「エドナという脅威」とは比較にならず、その脅威は、必ずしもヒューズにとって、悪いものではないということである。そういった姿勢はどこか、核戦争のことを歌った、ボブ・ディランの『はげしい雨が降る』を思わせる。その雨はじつのところ、それから約二年後、ヒューズが英国空軍の軍服を着て、マージーサイドの兵舎にいるときに降ってくるのである。彼はそれをずいぶん叙情的につづっている。「エドナ、ぼくはこれまで雨はいくらでも見てきたが、これは雨なんかじゃない。氷と嵐と雷まじりの間断ない川であり、あらゆる地面を覆い尽くし、磐石でないものはすべて、泥水と炎と空気が混沌と渦巻く源へ押し戻されていく。朝も夜もいっしょくたにずぶぬれになり、太陽は海綿と化している」

リードは言う。「ヒューズはひとたび手紙を書く『要領』を会得してしまうと、息子ニコラスの問題を解決する場合でも、文壇のちょっとしたゴシップを報告するのでも、相手に面白く読んでもらえるように意識して、手紙を書くようになります」

初期の格好の例が、兄夫婦であるジェラルド・ヒューズとジョアン・ヒューズに宛てた手紙と、姉のオルウィンに宛てた手紙だ。彼らを相手に威張るわけでも、感心させようと狙うわけでもない。そこにはただ率直な気持ちがつづられており、ちょっとした策士の顔も覗かせている。一九五五年十月、ヒューズは生活の心配をすることなく、創作に専念できる方法として、不動産で楽に稼ぐ方法を手紙で披露している。

これまでごたごたした毎日を繰りかえしてきたぼくは、誰かにじっくり手紙を書こうという気もおきなかった。しかしそう遠くない未来に、うれしい知らせを手にできるという確信がある……

現在は警備員として働き――梁工場の小さな事務所に一晩中詰めている――勤務時間のほとんどを創作に充てて、週八ポンドの給金をもらっている。もっといい仕事が見つかるまでは、これで満足だ。しかし心の奥底には強い不満を抱えている……

そこで考えた。これからの五年間ひたすら貯金をし、貯まった金でオックスフォードかケンブリッジに家を一軒購入し、それを一部屋三ポンドで学生や看護師に貸す。さらに家賃無料で、女性の管理人を地下に住まわせる。知人のひとりが実際こういうことをやっていて、懐に入ってくる賃貸料で世界中を放浪している。それからさらに家をふたつ、三つ買った。ちょっとした金があるだけで、こうも違う人生が送れるのだから驚きだ。

翌年の初め、二十五歳のときに書いた手紙には、彼の野心と非凡さが窺える。姉のオルウィンに宛てた手紙で、「ぼくは自分について新たな発見をした」と切り出している。

詩を書くのはいつも、散文を忙しく書いている合間だけだが、それに加えて定期的に練習も行っている。ある雑誌に詩をふたつほど掲載してもらった。あまり満足できるものではなかったが、それでもしかるべき筋から、非常にありがたい評をもらうことができた。いま自分があちこちに書いている雑文と同じぐらいに評価される詩を初めから終わりまできちんと書くことができれば、いま世間で読まれている詩とはまったく違うものを生み出すことができるに違いない。現代詩のほとんどは野卑で下劣なものしかなく、ぼくはそういったものに少しも親しみを覚えない。

それから数週間もしないうちに、彼の人生はがらりと変わる。一九五六年二月末に、騒がしいパーティの会場で、あるアメリカ人女性と出会ったのだ。そのパーティは、ケンブリッジのある雑誌の創刊を記念して開催されたもので、その雑誌の立ち上げにヒューズは友人のルーカス・マイヤーズとともに力を貸していた。それから三週間後、ヒューズは問い合わせの手紙を書いている。

親愛なるルークへ

いつ訪ねてきてくれてもかまわない。

時間があるようだったら、いつなら来られるか簡単なメモを送って知らせて欲しい。もしシルヴィア・プラスに会ったら、ロンドンに行く予定はないか聞いて、ぼくの住所を教えてやって欲しい。なんとかして彼女に連絡がつくといいんだが。きみ同様、彼女にも、うちに自由に宿泊してもらいたい。

(自分はできるだけ早く、自由航行によりオーストラリアへ向かうつもりだと書いているが、それはプラスと会うまでのことで、会ってすぐその計画を破棄している)

今週のどこかで会おう。

シルヴィアの件、どうか忘れずに、慎重に頼みたい。

テッド

ヒューズがシルヴィアと味わった喜びや失望を公にするには、そこからさらに四十二年の年月が必要で、それは詩のレベルまで高めた手紙によって実現された。『誕生日の手紙』は、プラスと過ごした人生の祝辞であり、説明であり、解剖であり、一九九八年に発売されたとたん、またたくまにベストセラーになり、一部からは、これこそ彼の最高傑作だという声も上がった。およそ二十五年のあいだに書かれた八十八の詩――星座と同じ数であり、カバラの儀式における繁殖をも示す数であり、どちらもこの詩人においては無意味ではない――は書き出しの挨拶も結びの言葉もないが、ヒューズが純粋な比喩としてタイトルに「手紙」と掲げているのではないと読者が信じるに足る、自然で力強い文章がつづられている。修辞が施され、一般に読まれることを想定しているし、「彼が言った、彼女が言った」という文言は格式張っているようにも思えるが、これは紛れもなくヒューズがシルヴィアに宛てた個人的な手紙である（そのいっぽうで、『誕生日の手紙』というタイトルは、その誕生よりも死のほうがクローズアップされることの多かったシルヴィアの人生に、もっと幅広い視点を与えている）。この形式について、ヒューズは出版の直前にシェイマス・ヒーニーにこう語っている。「彼女とぼくのあいだで、慣習に縛られない交流が内々でできればいいと思いついた。それで彼女に手紙を書くような感じで詩をつくっていったら、それがどんどんたまっていったんだ」ヒーニーは、「『誕生日の手紙を』読むことは、精神に潜函病（海中など長時間気圧の高い所にいて、急に通常の気圧の所に出た際に起こる疾患）を経験させるに等しい行為であり、彼の心の奥底に押しこめられていた多大な悲しみと忍耐にさらされた読者は、ショックのあまり喘ぐしかない」と言っている。本のジャケットに描かれた赤い大火は娘フリーダ・ヒューズの作だ。

『誕生日の手紙』には、ヒューズとプラスの恋愛と結婚だけでなく、プラスの幾多の苦悩とその余波も描かれている。彼の詩のなかには、彼女の詩を分析しているものも多く、行っては戻ってくる手紙の様相を呈している。かつてプラスにつきまとう邪悪な霊を解き放ったのと同じように、ヒューズは、プラスのユニークな人生像を解き放ったと、詩人ふたりと親交があり、一九六〇年代に『オブザーバー』紙で一世を風靡した詩の編集者、アル・アルバレスが『ニューヨーカー』誌に言葉を寄せている。「彼は、これまでの伝記が依拠してきた核心——ケンブリッジ、スペイン、アメリカ、デボン——にひとつひとつ当たって、どれほど勤勉で完璧を求める伝記作家にもできなかったことを実現した。すなわち、そこで彼女といっしょにいるときの気分を想像して描写したのである」

『誕生日の手紙』は、そういう試みを成すのはずいぶんと恐ろしいことで、たとえ年月を経ていても、その恐ろしさは少しも減じられないことを暗示している。そこには生きた人間に宛てて書いた手紙以上に深い洞察があって、読者はごく個人的な問題に自分が踏みこんでいるような気分になれる。それだから、クリストファー・リードは、自身でも彼の手紙を集めることに夢中になったのだろう。「『誕生日の手紙』を出版したことで、ヒューズの領土に入る許可を得られたように感じました。それであらゆる作業を、彼の気持ちになって、思いやりと誠意を持ってこなしたのです」

リードがヒューズの手紙を集め出したのは二〇〇三年で、最終的に書簡集の出版に至る四年前だ。「じつは、テッドの遺された妻キャロルが、テッドとゆかりのある大勢の人間に手紙を書いて、『次にわたしは何をしたらいいのでしょう、今後の出版はどうしたら？』と聞いてまわったんです。それで返事を出しました。わたしだけではなかったと思いますが、『彼の手紙をまとめて発表したら、それはもう世界を驚かすことになる。これまで一般人が抱いていたテッド像をがらりと変えることになって、本当の彼の姿が浮かびあがるでしょう』と書いたんです。それから九か月ほど経った頃に、彼女がわたしを訪ねてきて、一冊にまとめないかと言ってきた。そこまで言われて、誰が断れるでしょう？」

リードはまとまった手紙の編集をするのは初めてだったが、一九八五年にフィリップ・ラーキンが亡くなったあと、彼の書簡集の出版に重要な役割を果たしていた。詩の編集者としての初仕事だった。「アンソニー・スウェート［ラーキンの手紙の編集を一任されていた人物］が、手紙を入れた大きな袋を持ってやってきたんです。それをすべて盛りこむと二千ページほどになったでしょう。それで彼が言うんです。『壁にぶち当たった――どうやって、これを減らせばいいんだ』ってね。減らす必要があるのは明らかでした。わたしは初めて見るものですから、減らすにしてもずっと楽なんです。そのまま印刷してもいいような完璧な手紙も含めて、思い切ってどんどん除外していきました。とにかく量が多い。心を鬼にして削っていくしかなかった」

「テッドの手紙を前にしたときも、それと同じ問題にぶつかりました。およそ二千ページにも及ぶであろう、見事な手紙を前にして、『いったいこれらをどうやって、出版できる形にするのか？』と、ただもうめんくらってしまいました。でもそのうちわかってきた。こういう思い切った選別をするときには、手紙を時系列で並べていったときに浮かびあがる物語を大切にするといいんじゃないかと。はっきりそう書かれていなくとも、暗示されている物語を念頭に置いて選んでいくと、途中で焦点がぶれることなく、筋が一本通ってくる。『物語が浮かびあがってくるように』と、それだけ考えていればいいんです。これはもっとも理にかなった方法だと思います。まったく関係のない話題に一足飛びに移らない――物事をなめらかにつなげていって、最後にはひとつの絵が完成する。とはいえ、こうも思っていました。『これは文学的な物語であって、悲劇や情事のいきさつをつまびらかにするものではない。もちろん絵のなかにそういった要素は当然入ってくるのだが』と」

手紙の大部分は手書きであって、複写もしていない。それなのに、大量の手紙をどうやって集めたのか？

そのほとんどは郵便で送られてきたものだった。リードはキャロル・ヒューズがテッドと暮らしていたコート・グリーンの邸を訪ね、まだそこに暮らしているキャロルから、テッドの住所録を渡された。「役立ちそうな住所をできるだけたくさん書き写していったんですが、結局、ほとんど丸写しのような感じになりました。それからみんなに手紙を書きました。反応はかなりよかった。多かった返事が、『親交はあったけれど、手紙のやりとりはしていなかった』というもので、ひとりか、ふたりは、『これはテッドのプライバシーを侵害することであり、そういう手助けをするつもりはない』という返事を寄越してきました。それも無理はないと思いましたよ。テッドを守ろうとしているのでしょう。ひとつか、ふたつは動機がわからないものもありましたが、たいがいは、少なくとも半ダースの手紙は、生存中にテッドがプライバシーを侵害されて、つらい日々を送っていたのを見てきた人からのもので、『安らかに眠らせてやろう、自分たちが彼を守ってやろう』と、そう思っているようです。わたしはそういう人々を説き伏せようとはしませんでした。一部の手紙が得られないことで、こちらが大きな痛手を受けるとは思わなかった。実際はどうかわかりませんが」

リードが仕掛けた最初の一網で、必要な手紙の少なくとも半分は得られた。彼はそれからさらに、大学に保存されているコレクションを見に行ったり、『タイムズ文芸付録』にテッド・ヒューズの手紙を送って欲しいという依頼を載せたりした。「現物は送らないでくれと書いたんですが、それでも一、二通送られてきました。わたしのほうの保存管理に心配があったんです――なかには非常にもろくなっているものもありましたから。しかし、コピーで見るだけでも、テッドの肉筆にはわくわくしました。ひとつひとつ、大きな違いがあるんです。手書き文字というのは、それを書いた人間の心の状態と、置かれている状況について、多くを語ってくれる――タイプライター、あるいは電子メールの文字からは得られない情報が山ほどあるんです」

＊

出版された書簡集は幅広い層に賛辞を持って迎えられたが、初期に注目を――実際には敵意のまなざしを――集めたのは、ある一点だった。すなわち、ヒューズが、『ガーディアン』紙ほかに送った一通の手紙のなかで、シルヴィア・プラスに対する一般大衆の〝幻想曲(ファンタジア)〟と書いたことについてである。シルヴィアの苦悩や死の理由や死の向こうにある彼女の英雄的な人生について、読者が熱に浮かされたように思いを巡らせ、彼女を苦しめた人間（ヒューズ）を悪者扱いしたことを、ヒューズはそんな言葉で表現したのだった。当然ながら、読者の興奮はいやが上にも高まった。なにしろヒューズは、憤慨する世論に背を向けて、プラスについてはずっと沈黙を貫いてきたのだから。何か言えば、すべて自己保身ととられることに、ヒューズは早いうちから気づいており、密かに書き続けていた詩は別として、もうシルヴィア・プラス研究からは一切身を引くと公言していたのだ。

しかし今回発表されたプラスへの手紙は、そのシルヴィア・プラス研究を計り知れないほど豊かにするものだった。初期の手紙は、情熱的で性急で感傷的といった印象がある。いま読めば、余計と思われる部分が目につくものの、それでも無防備なほどに、新鮮で勢いがある。しかも展開がじつにめまぐるしい。まずは一九五六年三月に書いた手紙をご覧いただきたい。

シルヴィアへ

あの夜は、きみの肉体がどれだけなめらかであるか、それを知るためだけにあった。その記憶が、ブランデーのようにぼくの全身を駆けめぐっている。

それから二日後。

シルヴィアへ

金曜日は八時ごろには家に帰っている――そのときにきみに会えるものと期待している。

散文のあらゆるセンテンスには、六つの韻があるべきだという原則に則って――

それを愛と呼ぶのは馬鹿げている。
そうであってもおずおずと口にした
きみの不在は、撃たれた男が傷に手を当て
それでも自分は生きていると気づくようなもの……

一か月後の一九五六年五月二十二日、彼は姉のオルウィンに手紙を書いている。

アメリカの一流詩人と出会った。彼女は素晴らしい。まちがいなく、世界屈指の女流詩人のひとりと言える。そこらへんの男性詩人が束になってかかっていってもかなわない。当座のところ彼女が最も興味を持っているのは、このぼくであり、自分で思うとおり、彼女もまた、ぼくの詩を素晴らしいと思ってくれている。それで、報酬をたんまりはずんでくれるアメリカのおよそ二十五の雑誌に、ぼくの詩を送ってくれた。

その三週間後にふたりは密かに結婚した。作品を郵送した彼女の労は報われて、ヒューズはまもなくある賞を受け、成功への階段をのぼり始めた。おそらく愛によって野望が解き放たれたのだろう。同じ手紙に次のように書いている。「もし書き続けることをしなかったら、何者にもなれずに、みじめなまま一生を終えることになる。これからは、忙しい合間に無理やり書く時間を取るのではなく、創作を中心に生活設計をするつもりだ」

ふたりは結婚後、別々に生活することになる――ヒューズは両親とともにヨークシャーに暮らし、プラスは、ケンブリッジで学究生活を送った。次に挙げる短い引用はすべて、この時期――一九五六年の秋――に書かれた手紙からのもので、それぞれ人生の目標に向かって飛び立ったふたりは、頻繁に手紙を送り合っている。彼女のほうは、一流雑誌に次々と詩が掲載され、彼は詩や寓話に加えて戯曲のようなものまで書いており、そこには、「世界を相手にふたりで戦っている」という意識があった。ヒューズが書く手紙の頭語には、「愛しのシルヴィア、Push-Kishy」とか、「最愛のシルヴィア、kish and puss and ponk」といった言葉が並び、依然として彼女に首ったけであることを窺わせる。神のように威厳のあるヒューズ（プラスが母親に彼のことをそう伝えている）が、人間臭い、ティーンエイジャーさながらの恋煩いに陥っているのだ。手紙には、散歩の途中に見かけたウサギや、一日に一時間読むと決めているイエーツの詩や、ふたりの星占いのことまでが書かれている。とりわけ星占いについては、マスケリンがマジックショーの大舞台に立ったかのように、華々しい筆致で書いている。「巨万の富やら、大散財やら、情熱の爆発やら、例によってお決まりの言葉が並んでいる。もうこんなものは真に受けず、自分の未来は自分で予測しようと思う。きみの運命についてぼくが予測したところ、素晴らしい結果が出た。きみは有名になり、かつ、その驚くべき非凡な結婚相手によって、巨万の富と幸せをもたらされるだろう」

しかしそこには不安もあったようで、やんわり下す忠告も見られる。「ぼくはスペインに行かなければならない」と、十月の初めにヒューズは書いている。「そうなると、また別々の暮らしだ。シルヴィア、ぼくと同じように、きみにも引き続き結婚時の約束を忠実に守ってもらいたい。ふたりで幸せになろうと誓った、あの言葉に違（たが）うような人生をぼくらが送らねばならない道理はない。ふたりの結婚に愚かな過ちを介在させないようにしよう。おやすみ、かわいい、かわいい、かわいい、かわいい、きみよ」

ヒューズは彼女の手紙を受け取る喜びを頻繁につづっている。ときに、以前の手紙に返事を書いている最中に、もう次の手紙が届くこともあった。こういう点だけを取ってみても、ふたりの手紙は、恋する若者の典型的なラブレターだ。熱情の赴くままにペンをふるい、自分をひけらかし、未熟さをさらし、そうすることで、互いの心を探り合う。ヒューズにとって手紙は、目下直面している問題を論じ、のぼせ上がっている相手に気持ちを伝える上で価値があったわけだが、それと同時に将来的にも価値を持つかもしれないと考えていた。といっても、伝記作家やオークションに参加するコレクターではなく、子どもたちのためになると思ったのだ。一九五六年十月三日、彼はシルヴィアに手紙を書いて、こんなことを言っている――一日まったく何もせず、ただひたすら、「きみのやさしさを思わせてくれるもの、すなわち素晴らしい手紙」に心を掻き立てられている。これはぼくらの、十五番目の子どもの、そのまた十五番目の子どもに継承される宝だ」なんの邪心もなく、こういった手紙を読んでいると、自然に疑問が湧いてくる。なぜ、この愛は続かなかったのか？

＊

プラスの死の直後に書いた手紙は、ヒューズの手紙のなかで一番あっさりしていて、一番短い。文芸作品ではないし、読んだ限り、子孫のことや自身の評判など一切考えずに書いているように見える。しかし、発表されるや否や、それは歴史的事実を知らせる文書となった。プラスが死んだ一九六三年二月十一日から一、二日経った頃、「愛しのオルウィンへ」と、ヒューズは手紙を書いている。

月曜朝、午前六時、シルヴィアがガス自殺した。葬儀は来週月曜日、ヘプトンストールで行う。

これまでも何度もそうしていたように、彼女はぼくに助けを求めていた。彼女を助けられるのはぼくだけで、彼女の言うことや要求にうんざりしていたのもぼくだけだ。今度ばかりは切実に助けを欲していたのに、それに気づくことができなかった。

詳しいことはまた後日。

愛している
テッド

それからまもなく、ふたりが友人づきあいをしていた、ダニエル・ヒューズとヘルガ・ヒューズ夫妻にも手紙を書いている。

愛しのダンとヘルガへ

シルヴィアが月曜朝に自殺した。

病状は好転しているように見えていた。また創作を始め、金も十分に稼ぎ、様々な責任を引き受けていて、書いた小説について好意的な書評も得ていた。ところがそれから、様々なことが重なって、事務弁護士の手紙が山のようになり、突如病気が悪化して、医者が非常に強い鎮静剤を処方した――それから一錠の薬を飲んで、次の薬を飲むまでのあいだに、オーブンのスイッチを入れてガス自殺をした。看護師が午前九時に来ることになっていたがなかに入れず、結局シルヴィアを確認したのは午前十一時だった。まだ彼女の身体は温かかった。

葬儀は月曜日にヨークシャーにて。

彼女を助けられるのはぼくだけで、今回は本当に助けを欲していたと気づけなかったのもぼくだけだ。責任が誰にあるかは明白だ。

ぼくはここでフリーダとニックの面倒をみる。子守をしてくれる人を雇って。

テッド

こういう手紙が、書かれた当初に公表されていたら、ヒューズの評判も地に落ちなかったかもしれない。とはいえ、公表すること自体がまさに、誹謗者が言う自己正当化の態度ととられるであろうことも間違いない。死後一か月以上が経過してから、ヒューズはプラスの母親に手紙を書いており、そのおずおずとした筆致には、依然後悔と強い悲しみがにじんでいる。しかしヒューズは早くもここで、プラスの手紙によって義母が抱いているであろう自分のイメージについて、先手を打って否定している。

愛しのオーレリアへ

いまになるまでずっと、手紙を書くことができませんでした。

……このショックから二度と立ち直ることはできそうになく、そもそも立ち直りたくもありません。シルヴィアがうちの両親に宛てた手紙を見ました。あなたのところにも同様の手紙が行っていることと思います。いやもっとひどいものかもしれない。

……ぼくらの目は完全に曇っていました。ともに自暴自棄になり、愚かで、プライドばかり高くて——そのプライドに邪魔されて物事がよく見えなかった。とりわけ彼女はそうでした。自分のプライドを守るために、彼女はもっとも愛する人たちに恐ろしい罰を与えることになってしまった。しかしどんな人間にも少なからずそういう面はあるもので、ぼくのほうで頭を働かせていたら、こういう事態は避けられたはずなのです。しかしこれには問題がありました。別居中の夫婦が抱える、よくある問題だと、表面上はそう見えるかもしれません。しかし、ぼくらの場合はもっと複雑な状況がありました。彼女は金と名声と、繁栄を約束された未来を手にし、数多くの友人に恵まれていた。そういった物事のすべてが、ぼくらの和解を遅らせることになったのです。

赦されたいとは思いません。だからといって、悲嘆と後悔の念をまつる霊廟になろうとも思わず、まもなくそれとは正反対の生き方をすることでしょう。しかし、もし死後の世界があるとしたら、ぼくは地獄に突き落とされるに違いありません。

時代を越えて手紙の持つ価値を秤にかけてきたわれわれは、ここに来てまたひとつ、驚くべき新事実を目の当たりにする。手紙の持つ力（衝撃を与え、説明し、懐柔する）は、時代を経て変化し、時が経つにつれて、その力は弱まるだろうと思いきや——ここにはっきり現れているように——実際はそのまったく逆だった。妻の死を知らせる手紙を書いているときのヒューズには、そういった手紙が、歴史のなかに組みこまれていくとは思っていない。それはプライベートな問題であって、シルヴィア・プラスの幻想曲はまだ完全には始まっていない。しかし時を経て公表されたとたん、それが当時の状況を示す矢印に変わるのである。

ヒューズが一九七五年に干し草づくりの手紙を出したとき、彼には娘の目に触れさせたくない別の問題が頭にあった。ほんの数週間前、彼はシルヴィアの所有する手紙の出版を阻止しようとして、オーレリア・プラスに手紙を書いている。オーレリアと、フランシス・マカロー（出版社ハーパー&ローの編集者）を相手に、手紙と電話を通じて十か月にわたる交渉を友好的に行ってきた彼だが、ここに至って、そこに事務弁護士が関わるようになった。このままでは自分の意に染まない結果になると焦ったヒューズは、一九七五年四月にもう一度、昨年夏に初めてプラスの手紙をざっと見た際に依頼した点を強調した。それは自身のプライバシーはもちろん、彼の子どもと、その友だちのプライバシーを守るためであり、そのために事実の記録からまずい部分を削除し、おそらくは修正も加えようと考えたのだ[1]。

もし、そちらで弁護士を頼んで、ぼくが指摘した二点の問題について必要な措置を取ってもらえるなら、オーレリア、それは大変にありがたい。第一に、ぼくが承認したもの（イギリス人読者とシルヴィアの子どもの友人向けの縮約版、と呼ぶことになるだろう）以外は、イギリス国内では発表しないことに同意してもらいたい。第二に、シルヴィアがぼくと出会った当時の手紙に

1　この手紙をはじめ、オーレリア・プラス宛てに出した手紙は、ブルーミントンにあるインディアナ大学のリリー図書館に保存されている。

ついて、どこをどのように削除するかについて正確にフランシスと話をつけたい。そういった手紙をあなたが気に入っているだろうことはよくわかっていますが、ぼくにとってはやはり神聖な文書であって、子どもや、悪意に満ちた書評家や、論文書きの手で撫で回されたくないのです。

プラスの『Letters Home』は、一九七五年にハーパー&ロー社から、イギリスではその翌春にフェイバー社から出版された。草稿がないために、ヒューズがどれだけの手紙をそこから削除するのに成功したか、それぞれの版の編集に彼がどの程度まで関わったのかもわからない。しかし、ページ数は五百ページにも及んでいてかなりの分量だ。プラスはヒューズのような手紙の達人ではなかった――彼女は手紙の書き方を研究したわけではなく、それでかえって肩に力が入った文体になっている。その筆致も鮮烈というわけにはいかず、愛情に対する飢えが過剰に見受けられる。また読み手を感心させるためか、あるいは自己満足のためか、効果を狙って奮闘している様子もある。彼女がヒューズ以外（母親や弟のウォレン）に書いた手紙には、生々しい感情、抑えきれない喜び、山ほどの感嘆符が窺えるが、ヒューズの場合、プラス以外の人間にそのような手紙を書くことはめったになかった。プラスが初めて母親にヒューズのことを打ち明けた手紙の一文は、固唾を呑んで恋人を見つめる女性の文章として、しょっちゅう引き合いに出される。「世界一強い男性で、ケンブリッジ大学を出た才能豊かな詩人で、本人に会う前から、わたしはその詩が大好きで、見上げるばかりに大きく、アダムのような健康体で、フランスとアイルランドの血が半々に流れていて（そしてヨークシャーの家畜の血もおそらく多分に）、神の稲妻のような声を持ち、歌を歌うのも物語を語るのもうまく、ライオンのように勇敢で、広い世界を放浪してやまない人」

しかし、偶像を崇拝するようなこの文章の前に、じつはあまり知られてない前置きがある。「ここ二か月のあいだ、心がひどく動揺していたのは、熱烈な恋愛をしていたからです。結果的にひどく傷つくだけに終わるかもしれません」

彼女の書簡集『Letters Home』は、ヒューズの手紙よりずっと家庭的で、日常の仕事が詳しくつづられている。一九六〇年三月三十一日、ピクニックに出かけた穏やかなひと時をつづる文章は、自然な、慈しみあふれる筆致だ。プラスはそういう伸びやかな日々が、自分の人生から徐々に去って行くことを、わかっていたのかもしれない。「今日の夕方、テッドとわたしは美しい景色のなかを静かに散策しました。細い月の空の下に魔法でつくり出したような、プリムローズ・ヒルとリージェント・パークの風景が広がり、あらゆるものが青い霧に包まれて、芽ぐんだイバラの木は輝く緑の雲をまとっているようでした。芝生のあちこちからスイセンと青いカイソウが顔を出し、木をねぐらにしているモリバトの影も見えました」

おそらくそれは、彼女が二度と味わうことのない至福のひとときだったろう。翌日の午後一時十五分、プラスはまた母親に手紙を書き、いまさっき電話で話したばかりの出来事について、詳しくつづっている。

テッドが朝食を持ってきてくれました――陣痛の初期にあのミートローフは全部吐いてしまったの――食欲もりもりで、ツナサラダ、チーズ、缶入り野菜ジュースをたいらげました。身体が羽根のように軽く薄っぺらになったような気がします。赤ん坊は話したとおり、体重七ポンド・四オンス、身長二十一インチです。悲しいことに、鼻はわたしそっくり！　でもこの子の顔につていると、とても美しく見えます［テッドが終始付き添って、プラスの出産は順調に進んだ］。本当に、人生でこれほどの幸せはありません。医者への支払い、切開、縫合、麻酔などなど、アメリカの病院につきものの煩わしい手続きも、いまは悪夢のように遠くへ消え去りました。午前十一時に助産婦さんが、二度目の世話に来てくれて、あとティータイムにもう一度やってきて、わたしの身体を拭いて、赤ん坊の世話をしてくれるそうです。

手紙の末尾には、シヴィ（シルヴィアの子ども時代の愛称）、テッド、そして光のなかでまばたきしている、生まれたばかりのフリーダ・ヒューズより、愛をこめて、と記されている。

＊

手紙の形式や役割についてヒューズはあまり論じなかった。それはリスが木のことをめったに考えないのと同じ理由だ。手紙は彼の生活の一部に、ごく自然に組みこまれていたのだ。しかし注目すべき例外もひとつあって、自分の出した手紙が、将来の自分に危険を及ぼすことをヒューズが危惧する手紙が残っている。

一九六四年二月九日、プラスの自殺から一年近く経って、自身の感情をすべて掘り尽くしたヒューズは、シルヴィアとの破局を招く原因となった女性に手紙を書いている。アッシア・ウェーヴィルを、ヒューズは謎めいた危険な女と評しているが、彼はまた、ふたりのかわした手紙も危険な火種になるとわかっていた。「スウィートマウス」という呼びかけで、彼はウェーヴィルに、「ぼくらが揉めているのは、長いこと会えなかったせいだ」と手紙を書いている。ウェーヴィルはロンドンにいて、彼女にとって唯一の子ども、シュラを出産する日が近づいていたが、ヒューズはデボンにいる。どうやらふたりは電話で激しく言い争ったらしい。

スイセンと笑顔――1960年代初めのシルヴィア・プラス。フリーダ、ニックとともに

「ぼくを苦しめているのはなんだと思う？」ヒューズが聞いた。

きみがぼくの手紙を持っていることなんだ。最近きみは言ったね――言葉は忘れたが、それを聞いてぼくは、いつか誰かの手にそういった手紙が渡って、金儲けの道具にされるんじゃないかと不安を覚えた。ああ、アッシア、人の秘密を盗もうとする輩や、物見高い連中、そういった忌々しい者の手にそれらが渡るかと思うと、馬鹿みたいだが、もういても立ってもいられない。自分以外の者に見せるつもりがきみにないとしても、ふいにシュゼットのような人間が手を出してくるかもしれない。それを考えると、ぼくはもう自由には書けない。

これはヒューズが筆を差し控えることを示す、最初で最後の手がかりだが、本人はこれが初めてではないと言っている。

ぼくはいつでも、自分の書いた物が他人に傍受されることを予測して、あまりあけすけに物を書かないようにしている。

あの経験は、対処するだけで精一杯の辛いものだったが、やがては時が解決してくれる——実際それが、現在のぼくらの生活を脅かすことはない。むしろ恐ろしいのは、ぼくらの手紙やきみが書いている日記だ。きっとまずいことになる。それでなくても、もう十分事態は紛糾している。ぼくが書いた手紙はどうかすべて焼却して欲しい。

ぼくの書いた手紙が、冷ややかに思えたり、奥歯にものの挟まったような物言いに感じたりしたことがあったなら、これでその理由がわかったことと思う。じつのところ、ぼくの書いた手紙を、きみの肩越しに覗いている人間がいるような、そんな気がすることもあるんだ。

彼はおそらく、ここにいるあなたやわたしのことを言っているのかもしれない。ウェーヴィルはもちろん、ヒューズの手紙を焼却したりはしなかった。その前の週、彼は興味深い副作用を持つ風邪について、彼女に手紙で知らせている。「列車の後部に熱帯林が入っている。外は極寒の地——それで、昨日は半ば失った意識に引きずられ、今日は喉の痛みに引きずられ、月曜日には咳と痛みに引きずられ、火曜日には結核に引きずられるだろう。いずれにしろ、手紙を書くには好都合だ。

ぼくの人生はすべて手紙の生産に費やされる」

＊

テッド・ヒューズの手紙はなぜ説得力があって、人の心に響いてくるのか？　フリーダに宛てた手紙が、ポストに投函されてから数十年を経ても、依然として命を失わないのはなぜか？　ひとつ考えられるのは、手紙を、人物造形や発想を膨らませるのに必須のものととらえて、そこで自分の腕を磨いたのではないかということだ。近況報告も書きはするが、それさえも凡庸に済ませているものは、ほとんどない。名声を得て、公の顔が立ちあがってくると、ヒューズの手紙は、より他人の目を意識するようになり、伝記作家が机を指でコツコツ叩きながら、その手紙を読むことを想定して書いているような節がある。誠実な手紙には、自己保身の入る隙はないというのは、じつは幻想であって、有名であろうと無名であろうと、みな手紙では見栄を張るのかもしれない。

しかし、手紙とはまったく無縁の人生というものを想像してみてほしい。人それぞれに、手控える内容はあるにしても、ラップミュージシャン風に言うなら、手紙はやはり、落とされた爆弾なのだ――人生と批評の爆発であり、対象に肉薄する観察であり、探求し、真実を明らかにしようとする精神がたゆまず奮闘した証しであり、ヒューズの場合、それが間違いなく、読む者に強い喜びを与える。ヒューズが晩年にかけて手紙を書き送っていた、詩人のサイモン・アーミテージは、ドアマットにデボンの消印が押された手書きの手紙が置いてあるのを見つけたときには決まって興奮するらしい。なぜならそこには必ず何か大切なことが書かれているからだと言う。それに負けず、クリストファー・リードも書簡集の序文で、ヒューズから手紙をもらうときの喜びを記している。「こういった手紙をもらうのは初めてだった。出版の問題についてやりとりしているわけだから、率直でビジネスライクになるのは必然だが、そこにおまけとして、ここだけの話や、忌憚ない心の内をつづってくれるのには、最初ずいぶん驚いた。しかも、おまけといえども、そこにありったけの精神を集中して最適な表現を選び、気品とウィットにあふれる文章をつづる。頼まれた文章だって、そこまでしないだろうと思えるほどに、過剰な気合いが入っている」ヒューズは「筆惜しみをしない」人間だとリードは見なしている。

フェイバーが保管しているなかに、その好例と言える手紙がある。『A Choice of Shakespeare's Verse』はヒューズが選んだシェイクスピアの名詩選で、一九七〇年に最初に出版されたものだが、その再版の出来にヒューズが難色を示した。

「クリストファー、きみとぼくのあいだだけの話だ」と前置きして（そういう前置きで始まる話はたいてい外に広がる）ヒューズはこんな手紙を書いている。

シェイクスピア名詩選の一九七〇年ペーパーバック版と一九九一年版を読者の気持ちになってぱらぱらめくってみたところ、その違いに愕然とした――活字が半分の大きさになり、本の厚さと重さは二倍。繊細でエレガントな太字の書体が、ベッド一杯に並んだ芸者ガールのように神経系を包んでいるのではなく、闇夜を進む連結トラックが後ろの車輪で砂利をまきあげているような印象だ。

彼が書いたのが詩だったら、おそらく修正されて、もとはなんと書いてあったのか読者には窺い知ることができないが、これは手紙なのでそれがわかる。「いや、連結トラックの後ろの車輪は砂利をまきあげないだろうから、高速バスと言ったほうがいいだろう。読者はそのバスのすぐ後ろについて自転車を走らせているようなもので、そのあいだずっと一酸化炭素をガブ飲みし、じゃりじゃりした文字が歯のあいだや目のなかに入ってくるのを我慢しないといけない」

「テッド・ヒューズが手紙を書くときは、つねにきちんと整えようという意識があった」とリードは言う。「それはヘンリー・ジェイムズやヴァージニア・ウルフも同様で、作品を生み出すのと同じように、たいがい全力で手紙を書いている。それでいて手紙には、文芸創作にはない親近感もにじんでいる。とはいえわたしにとっては、そういうことより書き手の声が響いてくることのほうがずっと大事なのだが」

リードはもうひとつ、別の点にも気づいている。ヒューズの手紙はほぼ例外なく、ページの一番下まで書いて、完璧な形で終わっているというのだ。優れた詩と同じで、まったく無駄がない。電子メールにおいてはもはや不要な意識だ。「彼の場合、最後のページのなかほどまで書いたところで、『そろそろ大詰め（おおづめ）だ』という意識が働く。そしてそれにふさわしい文章でもって、そこへ突入していく。さながら様式を意識して演奏する音楽家だ」

*

二〇〇七年にリードが出版した書簡集はヒューズの手紙すべてを収録しているわけではなく、完全版には遠く及ばない。その完全版をつくるのに必要な、一切合財を詰めこんだ箱を、二〇一〇年、大英図書館が（二万九千五百ポンドで）オルウィン・ヒューズから購入した。未刊行の戯曲や、初期の頃の詩の草稿で、のちに『ルペルカリア祭』や『巨像』に結晶するものや、一九五四年から一九六四年にかけてヒューズが書いた四十一通の手紙も含まれ、そのなかにはプラスといっしょに書いたものが数点混じっている。一九五七年、マサチューセッツから送った手紙でヒューズは「贅沢

──大量生産の贅沢──を強引に押しつけられ、しまいには泥のなかを転げまわって、泥を食べたい気分になるだろう」と書いている。

きっといつの日か、あらゆる手紙が集まって売りに出され、決定版が出来上がるのだろう。[2] クリストファー・リードも以前に決定版をつくろうと思わなかったわけではない。「じつはテッド・ヒューズの書簡集の完全版をつくろうじゃないかと、関係者にかたっぱしからあたって説得しようとしました。ただし、わたしが編集を担うんじゃない。もう自分はやるだけのことはやりましたから。ただ、若い学生が人生の十年ほどを費やして、あらゆるものを系統立てて整理するというのは、理想的な研究課題じゃないかと。しかし出版社は興味を示さず、そういった手紙を所有する大学にも完全にそっぽを向かれたんで、あきらめたんです。長い目で見るということができない。せいぜい頭に描けるのは数年先の未来ぐらいで、それ以上の時間がかかる仕事に専心するというのは、出版界の精神構造にそぐわないというわけです」

われわれは価値観の変化を嘆くべきだろうか。あるいは嘆くべきは、もはや『オブザーバー』紙に詩の編集者がいないという事実だろうか。ヒューズにはもうこれ以上注意を向ける価値はないのか。手紙を通じて、ひとりの人生の詳細を、辛抱強く追跡していこうと考える人間はもういないのか。

「いつかは完成する日が来るでしょう」より壮大なヒューズ・プロジェクトについて、リードはそう言っている。「ただし、おそらくそれは書籍の形態をとらずに、オンラインで公開されることになる。時代の流れで行けば当然でしょう」

2　決定版書簡集にも永遠に入ることはない手紙がある。プラスの晩年に、自殺に至る状況をつづった手紙をもらったことはないかと、アル・アルバレスに聞いたところ、「ああ、あります」と答えた。それはどうしたのか？「彼女への敬意から、死んだ後にすべて焼き捨てました」いま、後悔は？「そりゃもう思いっきり」

家に帰れるかどうか

１４２３２１３４　通信兵　クリス・バーカー　Ｈ・Ｃ
中央地中海軍　航空通信隊　Ｇ中隊　第三十航空団

一九四五年一月二十八日

最愛の人へ

以前のようにインク（それに、きみからもらったペン）をつかって手紙を書いているということは、状況が少し通常に戻ったという印だ。ボロスから短い距離を航海して、現在われわれはアテネにいる。当座のところ、トラックで町をひと巡りしただけだが、被害は非常に少ないようだ。

アテネはわれわれにとって、束の間の休息地。これからどうなるかは、すでに決定されている措置次第だが、その措置も世論に照らし合わせて変更されると思う。イギリス空軍の軍人はみな今後のことを知らされている――「イタリアに戻り次第、イギリスに帰国するものとする」（ぼくが見たのは印刷された指令だ）。まったく同じように苦しんできたというのに、部署が違うだけで待遇が異なるのはひどい不公平だ。イギリスで家族の帰りを待つ人々だって、ぼくの考えを強く支持するだろう。あまりすらすらと手紙が書けないのは、まもなく――それも本当にまもなく――こういった事々を、きみとじかに会って話すことになるのだと、その期待が胸のなかで飛び跳ねているせいだ。しかしなんとか文章でも伝える努力はしてみよう。多少言葉が足りなくても、きみが気にしないこともわかっているからね。

新聞記事に関するきみの解釈は正しかった。「ぼくは無事」で、そこにいた。ホテルの外にある狭い塹壕で兄とふたり横になっているあいだ、あらゆる砲弾がこちらに［照準を合わせて］いる、その数時間はまったくつらかった。最悪なのは迫撃砲で、降伏の一時間前にホテルに戻ったときには、いま自分が生きているのは幸運のおかげだと思った。攻撃は一日半続いた。「停戦」の声が響くと、われわれはまだ熱を持っている武器を下ろし、両手を挙げて（まるで映画さながらに！）、あごひげを生やした遊撃兵の前を過ぎていった。通りがかりに、「やあ、同志」と、遊撃兵から愛想のいい声がかかった。われわれはすべてを失った。ぼくの身に残ったのは、七ポンドかそこらの所持金と、一番敵が欲しがりそうな（と思っていた）ぼくの海外日誌と、やはりぼくの書いた「あまり知られていない引用句集」。それらはまだ持っていて、とられないでよかったとほっとしている。

きみからの郵便をたったいま受け取ったところだ。手紙六通と小包四つ（コーヒー二、靴下二）。「あの日」以前に届いていたら、これらも失われていたわけで、これも幸運だった。きみの手紙については、あとでもっと詳しく書こう。どれだけつらかったか、ぼくにはよくわかる。しかしいまはもう大丈夫だ（靴下はじつに上手に編んである）。（写真も素敵だ）。

最初の十日間は行軍に費やされた。およそ百二十マイルの道のりは、雨や雪や、ときにあられまで降ってきて、とにかく寒くてたまらず、ひもじくてならなかった。外套はとられてしまって、毛布が一枚もない。ジャック・クロフツとバートとぼくで、まったくみじめな夜を過ごした。ぜんぜん眠れず、強烈に寒い。日中が一番楽だった。つねに身体を動かしているんで体温が上がるからね。それでも三人とも幸運だったと思っている。ほかのみんなはもっとひどい目に遭って、長靴を盗まれたり（雪のなかを靴下だけで歩くことを想像してほしい）、下着を奪われたり、ズボンも軍用ジャケットもとられて、代わりに薄っぺらいぼろぼろの衣類を与えられたりした。どんなニュースがきみの耳に入っているか知らないが、すべてを真に受けないほうがいい。心のさもしい人間は、自分たちをヒーローや殉教者か何かのように印象付けたいらしく、ここにはおあつらえ向けに、そういう連中にインタビューをする新聞社の通信員がたくさんいる。たしかに誰にも物語はある。ただし、ELASについて、ぼくと同じ見解を持っている人間はほんの少数だ。当然のことながら、ぼくらといっしょにいた捕虜のほとんどは、ギリシアの全国民を射殺したいと願っている。

きみの手紙を読んで、心を打たれた。ぼくのことを心から心配して、愛の力で支えてくれていたんだね。どうかもう、ぼくの状況については、何も心配しないでほしい。以前ほど元気いっぱいではないものの、唯一の不調はリューマチだけで、これもじきに収まると思う。

このところずいぶんと活発になっているらしいロケット爆弾の被害（また新聞を読めるようになったんだ）にきみが遭っていませんように。ぼくと同様、きみも概ね健康であることを祈っている。きみのことをいつも考えている。できるだけ手紙を書くようにするけれど、やることが山ほどあるので、書けないときは我慢してほしい。愛している。

クリス

ロンドンSE3　ウーラクーム通り二十七番地

一九四五年二月三日

わたしの愛しい人へ

「わたしがどんな気持ちでいるか？」それはあまりに大きな質問で、本当になんと答えていいのかわからない！　伝えるのはとても難しいのです。あなたからの電報を受け取るなり、腰をおろしてすぐ読み始めたのだけれど、最初はなにがなんだかわかりませんでした。まるで夢遊病者がふいに目を覚ましたような感じで、自分がどこにいるのかもわからず、ただもうびくびくおどおどして、胸のなかが泡立つような感じでした。そして今日、あなたからの手紙を受け取って、心のなかで熱いものがとろけ出しました。どうにかして、あなたを抱きしめ、あなたが耐えてきたつらい日々を埋め合わせてあげたいと、いても立ってもいられません。苦難の数週間は一生にも思えたことでしょう。きっと寒さにふるえて、食べる物も満足にもらえないでいるだろうと、それはわかっていましたが、まさかここまで酷い目に遭っているとは思いもしませんでした。ああ、クリス、できることなら大声で怒鳴りたい。でもいまはできない。あなたが帰って来るのかどうか、それればかりがひどく気になって、声をあげることもできません。

わたしたちは、あの時期をいっしょに乗り越えてきたのだと考えたい。同じ時期に同じように、どうしようもないほど相手を欲していた。あなたを失ったら正気も失ってしまうと、そこまで思いつめたこともありました。きっとあなたもそういう恐ろしい瞬間を経験していたのでしょう。いっしょに生きていけないなら、死んだほうがましだと思い、まともに物を考えられない暗鬱な日々が延々と続きました。同じような日々を一日、また一日と、やり過ごしながら、あなたもずっと不安に苛まれていたことでしょう。いまは信じられない気持ちで、そういう過去を振り返っていますが、痛みはまだ消え去っていません。いまの幸せをしっかり抱きしめて、どんな小さな瞬間も大切に、ゆっくり味わっていきたいと思います。クリストファー、とうとうあなたが戻ってきた。わたしのもとに戻ってきてくれた。もう二度と離れてはだめ。わたしの心臓はあなたのなかにあって、そこで鼓動を続けています。この先どんなことが起ころうとも、ともに二度と、これ以上の苦しみを味わうことがありませんように。

あなたが手紙を書きにくい状況であるのはわかります。きっと、少し心が不安定になっているのでしょう。「家に帰れるかどうか」という問題が宙ぶらりんになっている現状ではなおさらでしょう。わたしもちょっと興奮して心が動揺しています。というより、わたしの中心にはいつも興奮のうずきがあって、なんとかそれを抑えようとする結果、苦しみと、はっきりしない喜びの板挟みになってしまうのです。あなたには、なんとしてでも帰ってきてもらわなければなりません。いまの状況はあまりに残酷で、耐えがたいばかりです。愛している、愛している。あなたを愛する気持ちが、どんどん高まっていきます。つらい状況だからこそ、喜ばしい状況ではわからない、愛の深さを実感できたように思います。どうしようもないほど、わたしはあなたを欲しています。わたしの肉体が生き続けるために、わたしの精神に刺激をもらうために、あなたが必要なのです。この気持ちを和らげるには、あなたといっしょにいるしかないのです。ああ、クリストファー、あなたは帰ってこなくてはいけない。ここに至って、いまだに帰れるか帰れないか、わからない状態でいるなんて耐えられれません。あなたが無事でいるだけで満足すべきなのはわかっていても、あなたが帰ってくるかもしれないと考えると、ほかのことはもうどうでもよくなってしまう。あなたの手紙からは、もしかしたら兵士の帰国は予定どおりには実現しないという不安も読み取ることができるのですが。

ロケット爆弾。そういえば、ここ数週間というもの、すっかり頭から抜け落ちていました。わたしが覚えている限り、最近で一番ひどかったのは、昨年の十一月。ウィルフレッドが休暇で帰っていたときです。それを最後に、どこにどれだけの爆弾が落とされたのか、記憶に霧がかかっていて、思い出すことができません。一週間ほど前、アイリスが休暇から戻ってきたときに、ロケット爆弾の音で目が覚めたのは覚えています。彼女はシェフィールドにある姉妹の家にずっといたのですが、また帰ってきて爆弾の危険と正面から向き合わねばならないことに、ちょっと脅えています。そういうアイリスを見て初めて、自分がずっと昏睡に近い状態にあったことに気づきました。ロケット爆弾にさえ関心が向かなかったのですから。おそらく人間というのは、一度にひとつの恐怖としか向き合えないのでしょう。きっとわたしもまた爆弾のことに意識が向くようになるはずです。

これから手紙を二通書いて、胸に希望を湧き立たせたいと思います。

愛しています

ベッシー③

3　ベッシー・ムーアの手紙はわずかしか残っていないが、クリス・バーカーの返信を見れば、彼の移動する先々のキャンプに届かずじまいで終わった手紙は、ほんの数通のみであるとわかる。いっぽう彼が書いた手紙はほぼすべてイギリスに届いていることも明らかだ。戦時において、これは快挙というべきだろう。一九三七年、ロンドンに空爆の被害が出ることを見越した郵政省は、地域の郵便局を強化する計画を打ち出し、いざ戦争が勃発すると、軍の郵便事業確立に世論の関心が集まった。兵士の士気を維持するためには、戦地と故郷のあいだで手紙をやり取りすることが欠かせないとわかっていたからだ。

国内郵便の量は、相変わらず安定していた――最大の落ちこみは、プロの試合休止に伴って無くなったサッカー賭博の郵便で、それまでは送られる全手紙の七パーセントがこの申込票で占められていた。しかし海外とやりとりする手紙には問題が発生し（通常の輸送経路が閉鎖された上に、イタリアを通過して郵便を輸送することができなくなったのもそのひとつ）、とりわけ北アフリカに駐屯していた兵士たちは迷惑を被ったことだろう。船舶はケープタウン経由でエジプトに至ることを余儀なくされ、到着まで二か月かかることもざらだった。クリスとベッシーは、どの手紙への返信であるかを明確にするために、独特の番号付けシステムを発案している。限られた数だが、飛行機の貨物として運ばれる手紙もあった（半オンスの手紙を送るのに、最低でも一シリング三ペンスという法外な料金を取られた）。ベッシーにはそんな贅沢はできなかったが、一九四一年から導入された「エアグラフ」というサービスを利用した。特別なシートに書いた手紙を郵便局へ持っていってマイクロフィルムに撮影し、空輸してもらうというサービスで、収受郵便局がそれを紙に印刷して宛先に届けてくれる。終戦までに一億三千五百万通以上の手紙が、このサービスで送られた。

15 受信箱（インボックス）

コンピューターオタクという言葉が広まる前、彼らは「コンピューター・ニック」と呼ばれていたが、そのニックふたりが、一九六九年十月二十九日に、ふたつのコンピューターに初めて話をさせた。ひとつのコンピューターはロサンゼルスにある大学（ＵＣＬＡ）の建物の三階に置かれている。ぼやけた灰色をした、冷蔵庫ほどの大きさのそれは、マサチューセッツ州ケンブリッジから、詰め物をした木箱に入れて飛行機で運ばれ、シャンパングラスを片手に緊張しつつも、興奮して待つ人々に迎えられた。もういっぽうのコンピューターは、そこからおよそ三百五十マイル離れた、サンフランシスコ近郊のメンロパークにあるスタンフォード研究所（ＳＲＩ）に置かれていた。こちらには到着時、そこまで派手な出迎えはなかったが、待ち受ける人々は同様に緊張していた。

プログラマーの名前は、誰もが知るほど有名にはならなかった。しかし彼らは、どの点から見ても、その三か月ほど前に実現した月面歩行と同じ快挙を、その日、カリフォルニアで成し遂げたと言える。つまりインターネットの先駆けとなるものをつくりあげたのである。

以前にもコンピューター同士をつなぐ試みは行われてきたが、それはまるでティーンエイジャーがディスコでお互いにしがみつくような塩梅だった。まだコンピューターは大量生産されておらず、共通するオペレーティング・システムやプロトコルというものがまったく存在しなかった。各々のマシンを動かすには、一連の非常に複雑な命令が必要で、その機能も非常に高度に特化された、きわめて限定的なものであることが多かった。マシン自体、一九六〇年代半ばになっても、それ以前のものと本質的には何も変わらない、数学的処理装置と記憶装置からなる巨大なファイルキャビネ

電子メールの発祥地――マサチューセッツ州ケンブリッジにあるBBN社のオフィス

ットだった。大量のデータを扱うコンピューターも数多くあったが（ＦＢＩにもアメリカン航空にもネットワークがあり、サイバーネットと呼ばれるデータセンター〔一台以上のコンピューターを設置・接続し、データを処理・伝送する施設〕もあった）、情報を別の場所にある別のコンピューターと共有するのは複雑で、時間もコストもかかる。しかもそれは双方向ではなく一方向。すなわち本部にあるメインフレーム〔周辺端末部に対するコンピューターの本体部分〕のコンピューターに電話線をつかって外部からアクセスできるものの、そのノード〔ネットワークにアクセスできる接続ポイント〕では、何も送り返すことはできなかったのだ。ある会社のメインフレームと別の会社のメインフレームが通信するということは、異質なソフトウェアが異質なハードウェアを認識することであって、それよりは火星人と理解を深めるほうがずっと楽だ。双方向性コンピューターの草創期に活躍した開発者の多くが禿頭であったのには、しかるべき理由があったのだ。

しかし、別の場所にあるコンピューターの力同士を、比較的楽な方法で結び付けて、ひとつの作業を分かちあい、互いに成果を比較することが可能になったらどうだろう？　オペレーターふたりがそれぞれ苦労して手に入れた情報を、すべてプリントアウトして数千マイルの距離を飛行機で運ばなくとも、やり取りできるようになったら？　カリフォルニアの別々の場所に置かれたエンジニアふたりは、これから自分たちが世界に解き放つことになるものについて、ほとんど何もわかっていなかった。

ふたつのコンピューターはどんなことを話したのだろう？　それは会話とは似て非なるものだった。計画としては、ＵＣＬＡのエンジニアがＬＯＧＩＮという単語を一文字ずつタイプして、それをコード化した文字をＳＲＩの研究者が、一文字ずつデジタル通信で受信するというもの。文字は、この用途のために特別に借りた電話線をつかって送られる。始まりは順調だった。「Ｌの文字が届いたかい？」とＵＣＬＡの人間が、音声用の電話線を通じて尋ねる。すると、「１１４が来た」とＳＲＩの人間が答え、これはコンピューター言語でＬを意味する。それからまた同じようにしてＯを送る。これも正しく送受信されて、１１７が届いた。ところがそのあと、ＵＣＬＡがＧを送ろうとしたときに、ＳＲＩが、相手はＬＯＧＩＮという言葉を送ろうしているのだと認識し、気を利かせてＧＩＮと送り返したところ、システムがクラッシュした。一度に一文字ずつ送るようプログラミングされていたから、これは当然のことだった。それでも実験は上出来と言わねばならない。支障なく送ることができたのは、ほんの二文字だが、それだけで十分で、これを機に、手紙を書く習慣はゆっくりと、衰退の一途をたどることになったのである。

インターネットの誕生はいまではもう大昔の歴史になったような感がある。少なくとも、その歴史にいつのまにか神話が混ざりこむほどの年月は経ている。最大の神話は、インターネットというのは、アメリカ合衆国が核攻撃を受けるかもしれない、万が一の事態に備えて開発されたというものだ。そのアーキテクチャー（コンピューター設計の仕様または方式）の一部は、冷戦の真っただなかに開発されたシステムの上に構築され、その財源は米国国防総省が押し上げたものの、倫理的な発想はカウンターカルチャーから派生し、実験と情報を世界で共有しようという思想がベースにある。六十年代後半は夢が終焉する時代だと、以前から文化史学者は見なしているが、この時代のデジタルな証拠に目を向ければ、実際はそれとは逆であることがわかる。

こういったふたつの大学をつなぐネットワークをもっと拡大しようとする試み、すなわち世界最初のコンピューターネットワークの構築には無数の人間が関わっているが、その主体となり、全体を管理したのが、ARPA（アーパ）すなわち先端研究計画局であり、これは米国国防総省の一部だった。このARPAが中心となって一九七〇年末までに構築したアーパネットは、コンピューターで時間とファイルを共有するという主目的の上に、およそ十のノードをつかって、全国に数多く散らばる多様な研究機関を相互に結び付けた。ネットワークの構想を最初に考えたのはARPAだったが、その実施においては、UCLAやスタンフォード大学といった大学、IBMやBBN（ボルト・ベラネク・アンド・ニューマン）といった主要な民間企業を初め、様々な機関が独自に構築したアーキテクチャーに依拠していた。特にBBNはインターフェース・メッセージ・プロセッサ（IMP）の構築に重要な役割を果たしており、このサブ・ネットワークによって、小型コンピューターを遠く離れたメインフレームとヒナギクの花づなのように結びつけることが可能になった。

それより数年前、コンピューターの夢想家であり、元BBNの職員だったJ・C・R・リックライダーという人物がデジタル・ワールドの可能性に関して、影響力のある論文を発表した。それには、「On-Line Man-Computer Communication」という、H・G・ウェルズの小説からとってきたようなタイトルがついている。[1] 一九七一年の終わり近くに、BBNのチーム員で三十歳のレイ・トムリンソンは、この論文に示されている考えをさらに一歩進めようと、マサチューセッツ州ケンブリッジの一室で思案を巡らせ、オンラインで人と人がコミュニケートできる方法について考えた。トムリンソンのアイディアは、やがてアーパネットのユーザーが、標準的な、以前には考えられなかった、遥かに単純なネットワーク・プロトコルをつかって通信することを可能にした。彼が生み出したシンプルなネットワーク・プロトコルは、ふたつの部分から成る。すなわち、メールを発信するためのSNDMSGとメールを受信するためのREADMAILである。さらに彼の同僚が、現在のわれわれが日常当たり前のようにつかっている別のツールも生み出した。すなわち、メッセージを蓄積して順序良く並べることを可能にする、ちょっとしたコードと、送信者のアドレスを打ちこまないでも返信ができる手立てである。

こうして二〇一二年に、「インターネットの殿堂」に初めて入る人物のひとりとなったトムリンソンだが、彼は最先端のデジタル技術でメッセージのやりとりをスピードアップし、われわれの生活をがらりと変えただけでなく、@の新しい活用法をも生み出したのである。

交易と計測値の類似記号としての@の起源は、少なくとも十六世紀まで遡ることができる（文書化

1　タイトル以外にも、SFから発想を得たと思われる表現があり（いま見ても宇宙時代のものとしか考えられない）、一九六二年、リックライダーは自分の考える未来像を「銀河系」ネットワークと呼んでおり、さしずめそれは、現在のわれわれがインターネット全体か、あるいはクラウドと呼んでいるものにあてはまるかもしれない。もうひとつ彼が正しく言い当てているものがある。すなわち世界中の知を集めた普遍的な公有図書館であり、最初に考えられたとき、その実現には二千年以上かかるだろうと言われていた。

寝転んで自分の受信箱のことを考えるレイ・トムリンソン

された最初の証拠として、一五三〇年代に書かれた一通の手紙があり、フィレンツェの商人が、アンフォラ、すなわち両取手付きの壺に保存しているワインの量を略記するのにつかっている）。トムリンソンは、キーボードのなかで、ほかにほとんど用途のないと思われたキーを無造作に選んだと言っているが、それがメールアドレスにおける、世界的な広がりのなかで個人および地方を区分する世界共通の方法になったわけだ。[2] 彼が最初に送るのに成功したメッセージの内容は、それを送った日と同様、はっきりしない。何十回と試したところで成功したと言う。「hello」かもしれないし、「1 2 3 testing」かもしれないし、キーボード最上段の配列どおり「qwertyuiop」とタイプしたかもしれない。さらに、通信につかったふたつのテレタイプ端末は、別々の州や事務所に置いたわけではなく、隣同士に並べて置いて、両者のあいだをトムリンソンが椅子を動かして移動できるようになっていた。こういうささやかな方法が革命を起こしたのである（サインを求められると、トムリンソンは自分の名前をR@yと記した）。

一九七三年には、アーパネットにおける全データ流通量の約四分の三を電子メールが占めるようになり、ほかを遙かに凌駕（りょうが）して、最も有用なネットの活用法となった（ただし、このあとしばらくは「email」はもちろん「e-mail」という呼び方もされておらず、このシステム内部で行きかう伝言は、依然として、メッセージまたはメールと呼ばれていた）。

その十年後には、アーパネットは五百五十のノードから成っていたが、ほかにも多くのネットワークが急速に生まれてきて、それぞれ独自のプロトコルをつかってメールやファイルの転送を行うようになる。こういった様々なネットワークを統合し、それらを守るために、何かしらの管理方式とセキュリティ方式が必要なのは明らかで、それに応える形で、インターネット（さらには、ワールド・ワイド・ウェブ）が、ゆっくりと整備されていったのである。

それから十五年以上ものあいだ、電子メールは学術関係者のあいだだけの公然の秘密であり続け、世界的な郵便システムもその後十年間あまり、その現実に気づいていなかった。インターネットという用語は、一九八〇年代後半まで一般には用いられず、一九八八年以前には『ニューヨーク・タイムズ』紙がたった一度だけつかっているに過ぎなかった。しかし次第に、新しい通信システムは進化を遂げて――いつの日か、『ワイアード』誌の過熱した記者が、これは火の発明に匹敵すると指摘するほどに――、インターネットを立ち上げるのに協力した専門家のあいだだけでなく、徐々に一般世界に浸透していって、最終的に世界中のあらゆる人々がつかうようになったのである。一九九五年にアメリカ合衆国で送られた電子メールの数は郵政公社が配達する、紙の郵便の数を上

2　彼はまた、受け手がその場にいなくても、メッセージを受信する方法も生み出した。これはほかに集中すべき仕事があったときに、無給残業で行ったのだと本人は強調している。

回った。インターネット協会の推定によると、二〇一二年四月には十九億人が電子メールをつかい、毎日三千億通の電子メールが送られたらしい（一秒間におよそ二百八十万通で、その九十パーセントがスパムメールである）。

われわれの多くにとって、電子メールのチェックは、朝起きて一番に行い、一日の終わりの就寝前にも行い、日中にも頻繁に行う仕事になっている。昔なら、それは数分ごとに立ちあがって玄関のドアマットまで出ていき、郵便が届いていないか、何度も何度も確認するようなものだ。そしてもちろん、電子メールはわれわれがどこへ移動しようとついてまわる。重要な補給線でもあり、かつまた過酷な日常仕事でもある。しかし四十年を経てもなお、電子メールは手紙の面影をなぞっており、画像イメージにはすべて郵便のモチーフがつかわれている。小さな封筒や、未決書類入れのアイコン。ペーパークリップで添付ファイルがあることを示し、メールの送信は飛行機のアイコンで表す。不要なメールはここでも、ごみ箱に入るのである。

＊

二〇一三年四月十一日、四億二千五百万人の人々が、まったく同じ文面の電子メールを受信した。驚くべきことに、これはジャンクメールではなかった。グーグルからGメールユーザーに一斉送信されたもので、デジタル来世をどうするか、その計画について詳細な提案がなされていた。

筋書きはこうだ。あなたはいま死に直面していると考えて欲しい。何の前触れもなく悲劇的な死を遂げるのは避けたいもので、願わくはタイミングよく、あまり苦しまずに死にたい。そしてその際に、家族に何か残しておきたいと思う。それはあなたの社交生活の全記録かもしれず（Gメールは二〇〇四年からサービスを開始しているから、友人とのランチの約束や、映画の座席確認のメールなど、山ほどの記録が残っているはずだ）、あるいは、忙しい仕事の合間を縫って妻や子どもたちに書き送った、心温まるメールのすべてかもしれない。あるいは、これをきっかけに、近くの町に暮らす、まったく別の家族の存在が明るみに出て、あなたが二重生活を送っていたことが判明するかもしれない。というわけで、グーグルはここで、あらゆる状況をカバーできそうな、ひとつの選択肢を提供しようというのだ。

アンドレアス・トゥエルクは、カリフォルニア州マウンテンヴューにあるグーグル本部に配置されたプロダクト・マネージャー。微妙な問題であるから、慎重に書き出してはいるが、それでも交通事故を種に稼ぐ弁護士の雰囲気は拭い去れない。「多くの人は死について考えたくはありません。自分の死についてはなおさらそうでしょう。しかし自分の死後に何をどうするか、あらかじめ計画を立てておくのは、残された人々にとって、実際とても重要なことです。そこで本日わたしどもは、あなたが亡くなったあと、あるいはもはやアカウントをつかわなくなったあと、あなたのデジタル資産をどのようにするか、グーグルに簡単に伝えていただく新たなサービスを追加いたしました」

電子メールがデジタル資産に相当するとは、ふつうはおそらく考えないだろう。しかしトゥエルクは電子メール以外に、あなたの写真からユーチューブの閲覧履歴まで面倒をみようと言っているのである。それどころか、所有しているデジタル資料で、いまだ閲覧可能なものならなんでも、あなたの死後に、あるいは体調が非常に悪化した際に、あらかじめ決めておいた委任者に渡すことができる。まるで遺書さながらだが、こちらは一瞬で終わり、弁護士報酬も不要。さらに、もし何も渡したくないと言うなら、グーグルに託せば、すべて削除すると約束してくれる。三か月、六か月、九か月、十二か月のあいだ、あなたのアカウントに動きがないことを確認してからそれを行う。これによって、あなたの死後、誰もあなたのアカウントにメールを送り続けるようなことはなくなり、たとえ砂粒のようなスペースではあっても、グーグルのサーバーに空きができるのである。このサービスは「インアクティブ・アカウント・マネージャー（アカウント無効化管理ツール）」と呼ばれている。「ずいぶんそっけないネーミングであることは承知しています」と、アンドレアス・トゥエルクは言う。たしかに、オンライン上から、ある個人の存在を完全に抹消するという、大それた仕事にはふさわしくない。しかし見方を変えればグーグルは、人類がごく当たり前にやってきたことを単に継承しているに過ぎないのである。われわれの歴史は焼却した文書の灰にまみれており、自己に対する乱暴な行為とはいえ、誰の胸にもそれをしたい欲求があるのだ。それならばなぜ、受信した電子メールを素早く消してしまわないのか？　それに対する最も説得力のある答えは、ここに至るまでの四百ページあまりに書かれていると思いたい。

デジタル来世について、こういった提案をしているのはトゥエルクひとりではない。電子メールが一般に普及した現在では、他社から報酬を得て、従業員の電子メールボックスを掃除したり、ジャンクメールのなかから価値のあるメールを抽出したり、ファイヤーウォールをつかって機密事項を守る仕事をしたりする会社がいくつもある。ウェブサイトには、「受信箱0」をいかにして実現するかを教えてくれるサイトもあって、返信を待っている電子メールを一掃するだけでなく、一日の終わりに受信箱を完全にからにするという、見果てぬ夢が叶う。しかしこのためには、「電子メール破産」を宣言する必要がある。もはやデジタル負債を支払うことは不可能だと認めるのである。興味と礼儀の両面から、もらったメールにはすべて返信したいと思うものの、モニター上のわれわれの人生は圧倒されるほど忙しく、もはやそれは不可能だ。ゆえに一度浄化をしなければならないのだが、その結果、精神に痛手を受ける可能性もある。『フォーブス』誌に記事を寄せたある人物が、二〇一三年の新年の抱負に受信箱の浄化を掲げた結果、みじめな気分を味わったという。「五年ぶりに、すっかりからっぽになった受信箱をにらんでいると、何やら得体のしれない不安に襲われ、それが何なのか、正体をつかむまでしばし時間がかかった。つまりそれは孤独だった。まるで海のまんなかを救命ボートに乗って漂っているような気分で、どこを見回しても、なんの特徴もない平べったい海があるばかり」それはＷ・Ｈ・オーデンが一九三六年に『夜間郵便』で描いた状況に似ている。つまり、われわれの心臓は、郵便配達人のノックの音を聞くと鼓動が速まるのである。誰からも忘れ去られたいと思う人間が、この世にいるだろうか？『フォーブス』の件の人物は、浄化後、最初の新しいメール――当然、私信のようなものではなく、デジタルビデオのサイトが日々送りつけるダイジェストだった――を受信すると、孤独が少し和らいだと言う。そして、そのメールを削除したところ、気分が上向きになった。

それほど大量のメールに押しつぶされるようなことはなく、デジタル世界に少々苦手意識を持っている人々向けに、電子メールの書き方とネチケット、すなわちネット上のエチケットを教える手引書がある。数世紀前に流行した手紙の指南書ほど大量に出回っているわけではないが、それでも自信満々に初学者に教えを垂れていることに変わりはない。二〇〇五年にペンギンブックスから発行された手引書は、いま読むとずいぶん古臭い感じがするが、内容は的を射ている。「添付ファイルのサイズはつねに小さく、空メールを送らない、音声ファイルを添付しない」。メーリングリストや掲示板においては、「単に誰かの文法ミスを修正するためだけに投稿しない、ただ同意するだけの文章、あるいはとりとめのない文章を書かない、電子メールやインターネットに関する技術的な質問をしない、コンピューターの操作方法についてもしかり、十分経っても自分の投稿が表示されないからといって、再投稿をするのは控えること。数日待ってから、リストの管理者に連絡する」という注意が書かれている。

二〇〇七年に刊行された『Send: the How, Why, When and When Not of Email』には、「完璧な電子メールを書く方法」という章があって、これには、手紙のトーンや受け手にふさわしい言語を慎重に選ぶことから始まって、よくあるスペルミスや、句読点を正確につかうことなどといった有益な節が並んでいる。そのなかに、顔文字やエクスクラメーションマークは大盤振る舞いすべしという教えがある。「なぜなら、電子メールはどうしても単調になる嫌いがあるからで、通常より、心持ち大げさにするぐらいがちょうどいいのである」と書かれている。つまり、「ありがとう」と書くべきところを、嫌みかと思えるほど大げさに、「ありがとう!!!!」と書いて、まったく構わないのだ。「エクスクラメーションマークをつかうのは、怠惰ではあるが、電子メールの味気無さに対抗するには効果的な手段である」と著者のデヴィッド・シプリーとウィル・シュウォルブが書いている。しかしそこには注意書きもある。「ネガティブな感情を表すのにエクスクラメーションマークをつかわないこと。まるでかんしゃくを起こしているようにとられる!」

*

二〇〇四年六月に、サセックス州が本拠の、マス・オブザベーションによる手紙と電子メールに関する世論調査には百九十人が回答している。電子メールもパソコンも、いまではわれわれの生活の一部になっており、そろそろ現状を点検する時期に入ったというわけだ。回答者らは、手紙をあまり書かなくなったと答えており、電子メールは便利だが使用場面が限定されると考えている。内密の話をつづるほどには信用できず、翌朝になってコンピューター内から消えているといけないので、しばしばプリントアウトするという回答が多かった。

この時点ではまだ、手紙への愛着があるようで、百九十人の回答者のうち八十二パーセントが質問への回答を郵便で送っている。[3]

しかし貴重なのは、数字では表せない回答者個々の逸話で、電子メールが生活の骨組になりつつある一時期に、人々がどのように行動していたかを、この調査の回答から垣間見ることができる。当時から九年が経ったいま読むと、風変わりな印象を受けるものや、ほろりとさせられるものもあるが、そこには単なるノスタルジア以上のものが表れていて、人力で配達される手紙を受け取ることは、一ページを埋める言葉を受け取る以上の、強い衝撃があるのだと、痛感する。

「娘時代に最初の手紙を受け取ったときの興奮をいまでも覚えています」と、サリー州在住の六十八歳の女性が書いている。「ときには、フェイスクリームのサンプルやら映画スターの写真といった品物を送ることもありました」彼女の最初の文通相手は、ケンタッキー州パイクヴィルに暮らすアメリカ人の女の子で、ジューシー・フルーツのチューインガムを送ってくれたり、ガールスカウト雑誌の購読を申し込んでくれたりした。そのあと彼女はランドスクローナに暮らすスウェーデン人の男の子、それにトルコ人の海軍士官候補生とも文通をしている。

ベルファスト在住の八十三歳の女性は、戦時中に届いた、切ない手紙のことを思い出してこう書いている。「よく封筒の裏にSWALKと書いて封をしましたが［Sealed with a loving kiss——愛しげにキスをして封をする］、母からも父からもけしからんと言われました」[4]

ブラックプール在住の女性は、毎年のクリスマスにラウンド・ロビン（大勢の人に同時に送る手紙）を四通受け取ると言う。「そのほとんどは、知らないか、気に留めていない人からで……送り手には必ず優秀な子どもや孫がいて、細々としたこと（わたしたちは目覚ましが鳴る午前八時に起きて、まだベッ

3　二〇一三年には、電子メールで回答を送ってきた人が四十五パーセントに増えている。

ドにいるFにお茶を運ぶ）を詳細に書きつづっているのは驚きです。とりわけ困ってしまうのは、忘れていた人や、会ったことのない人の死を知らされることです」

グロスター在住の四十五歳の男性は次のように書いている。「昔ながらの手紙は大変貴重なもので、受け取ればいつも非常にうれしい。誰かが自分のことを気に掛けてくれている、それを実感できるのです。

美しい筆跡で書かれた手紙を受け取ることは珍しいのですが、それはとりわけうれしい。そういう魅力的な筆跡で手紙を書く友人がひとりいて、彼女からもらった手紙は開封するのももったいなく感じます。手紙をくれること自体が珍しいのです。

そう遠くない昔、その友人の愛してやまない夫がまったく思いがけなく、六十歳で急死し、彼女は家を売って引っ越すことにしました。地下の物置を掃除していたところ、一番奥の隅に置いてあった最後の食器棚のなかに、あらゆるがらくたに埋もれてラブレターの束が見つかりました。往信と返信の両方がまとまっていて、内容は目を覆いたくなるほどにどぎつく、彼女の亡くなった夫と、あるロシア人女性がエロチックな関係を結んでいたことを証明するものでした。夫がそんな関係にあったなどと、友人はまったく知りませんでした。手紙で夫は、三十三年にわたる形ばかりの結婚（わたしの友人は、夫をこよなく愛していて、セックスも含め、結婚生活も申し分ないものと信じていました）を解消して、きみといっしょになると、たびたび約束していました。夫が一通一通几帳面に複写して取ってあったラブレターの数々は、じつのところ、夫が不倫していたという事実以上に、彼女を傷つけました。しかし、もはやそのことについて追及しようにも、夫はこの世にいない。これ以上事態が悪化することはないと、そう思うしかなかったそうです。

ミドルセックス在住のある図書館司書は、手紙を書く時間というのは、「じつに贅沢なもので、相手の顔を思い浮かべながら言葉をじっくり選び、相手の毎日を少しでも明るくしようと心を砕く」と書いている。

わたしは手紙を書くことを義務だとはまったく思っていません。お悔やみの手紙を書くのは難しいものですが、それでも相手がきっと喜んでくれるとわかっているので、心をこめてつづります。

4　SWALKの正確な起源は不明だが、第二次世界大戦で米兵がつかったのが始まりではないかというのが通説になっている。地域によって、次のようなバリエーションがある。
NORWICH : Nickers Off Ready When I Come Home（ぼくが帰ってくるのに合わせて、パンティを脱いで待っていてくれ）
ITALY : I Trust And Love You（きみを信頼し愛している）
FRANCE: Friendship Remains And Never Can End（友情は永遠で尽きることがない）
BURMA : Be Undressed Ready My Angel（恋人よ、裸で待っていてくれ）
MALAYA : My Ardent Lips Await Your Arrival（わたしの熱い唇があなたの帰りを待ってるわ）
CHINA : Come Home I'm Naked Already（帰ってきて、わたしはもう裸よ）
VENICE : Very Excited Now I Caress Everywhere（興奮しすぎて、あらゆるところを愛撫している）
EGYPT : Eager to Grab Your Pretty Tits（きみのかわいい乳房を鷲づかみにしたい）

結語にはしばしば頭を悩ませます。「Love（愛をこめて）」と書いて済ませることが多いのですが、もっと慎重になったほうがいいと考えています。たとえば、男性に宛てた手紙の最後にそう書いて、間違った印象を与えたくないので、「Best wishes（敬具）」と書くようにしています。女性の友人にはたいてい「love」、ときどき「lots of love」と書くこともあります。名前のあとには、キスの印をつけたり、つけなかったり——基本的に、これは趣味の悪い習慣だと思っています。懐かしいのは愛称をつかうことで、以前のパートナーとやりとりしていた手紙では愛称をつかっていました。最近の人はそういうことはしないのでしょう。残念です。

わたしのところに届く手紙は……まあ、そういつも楽しめる内容というわけではありません。たいていは自分たちの暮らしについて、ざっくばらんにつづり、ジョークや過去に起きたばかげた出来事をいっしょに楽しみます。わたしがつづった文章の一部を取りあげて、それについて質問をされることもあって、ゆっくりと長時間続くテニスの試合に少し似ています。

出版された手紙を読むのも楽しいもので、ブルームズベリー・グループのものがとりわけ好きです。フランシス・パートリッジ、ドーラ・キャリントン（彼女の手紙は才知にあふれ、とりわけ手紙に添えられた、ちょっとしたスケッチは魅力的です）、ルース・ピカディ（とても辛辣）。ラクロの『危険な関係』は（フィクションの）書簡集の非常に素晴らしい例でしょう。わたしは昔から、十八世紀書簡体小説の大ファンなのです。

一度バレンタインにひどい手紙をもらったことがあります。きみは自分では素晴らしい人間だと思っているようだが、実際はそうじゃないという、そんな含みを持たせた手紙です。それと同じぐらい嫌悪を感じたのは、かつてのパートナーが自分の妹と元恋人に宛てて、わたしについて「セックスは申し分ないんだが、前戯がいやなんだ」と、露骨なことを書いていると知ったときです。少々練習して、興味を持って、いろいろ試してみればうまくいっていたということでしょうか？

ラブレター。ええ、書きました……昔は何百通も。当惑するのは、いまそういった手紙を読むと（数通を複写して保存してあります）、文体も内容もさして違わないということです。

「愛しいX、あなたが行ってしまって残念です。あなたがいなくて寂しい。今日わたしは……昨日わたしは……来週わたしは……あなたが恋しくてなりません、また会える日を心待ちにしています。気がつくといつでもあなたのことを考えています。ありったけの愛をこめて」こういう手紙をたしかトム・レーラー（アメリカのシンガーソングライター）が、「現住者へ」宛てた手紙だと、忘れがたい言葉で表現していました。誰に書こうがラブレターは同じようなものになるのでしょう。

これまでに自分が受け取ったラブレターはすべて保管してあります。ただし元パートナーからもらった物だけは別です（どこかの埋め立て地に埋まっているか、トイレットペーパーにでも再生されたことでしょう――ふさわしい最期です）。そのうちの何通かは何度も読み返しています。大いに慰められ、いろんなことを考えます。自分がかつて人を愛し、その人から愛されたのだと実感し、みんななんて素敵な人だったんだろうと思うのです。現在のパートナーが出会った当初に書いてくれた手紙をいま読むと、非常に不思議な気持ちになります。それでも、あれから二十五年経って、自分たちがまだいっしょにいるのだと気づくのは、素敵なことです。ですから、息子にはバツの悪い思いをさせるかもしれませんが、ふたりがやりとりしたラブレターはすべて取っておいて、これからも大事にしようと思っています。

二〇一三年の春、将来の史的資料をいかに安全に保管するかという問題について、ミーガン・バーナードから話を聞いた。バーナードは、テキサス大学オースティン校のハリー・ランサム・センターで、作品の入手と管理を担当するアシスタント・ディレクターを務め、世界中の著名作家やアーティストの偉大な文書コレクションを山ほど抱えて、その責任をすべて担っている。彼女がとりわけ多く扱っているのは二十世紀の文書だ。ちょうどニューヨークでグレン・ホロヴィッツとセアラ・フンケ・バトラーと話をしているときに、彼女が数点の文書を入手する場に居合わせた。ノーマン・メイラーやデヴィッド・フォスター・ウォレスの文書、それにウォーターゲート関連の文書だ。しかし実際にはそれだけにとどまらない。コンラッド、ジョイス、ベケット、ワイルド、エリオット、（T・EとD・H）ローレンス、ゴールディング、リリアン・ヘルマン、アップダイク、ストッパード、アン・セクストン、ジェイムズ・ソルター、トニ・モリスン、ジュリアン・バーンズといった錚錚たる人物の、ペンで書いたものからインクリボンで打ち出したものまで、およそ四千万ページに及ぶ手稿。さらには、読書人でなくとも興味を引かれる品々も入手している。ロバート・デニーロの衣装コレクション、『風と共に去りぬ』でスカーレット・オハラが着た緑のベーズ（フェルトに似た、緑色の柔らかい毛または綿の生地）カーテンで仕立てたドレスを再現したもの、ウォーカー・エヴァンスとエドワード・スタイケンの撮影した珍しい写真、一五四一年製のメルカトル地球儀などがその例だ。

BERNARD PEYTON WATSON
5035 S. W. 71 PLACE
MIAMI, FLORIDA 33155

4/22/97

Dear Mr. Pietsch,

I'm a math professor down in Miami, Fl. and I've been really enjoying David Foster Wallace's brilliant book, Infinite Jest. One of the math equations on page 1024 is wrong (in both hard backs and paper back editions). The second equation on page 1024 reads

$$F(x)dx = f(x)(b-a)$$

but it should read

this was left off → $$\int_a^b F(x)dx = f(x)(b-a).$$

I'm sure this is a printer's error since Mr. Wallace seems to be sharp in math too.

I hope this helps.

GAAA!

Yours truly,
Peyton Watson

P.S. When you find out I'm right, I would feel like I actually accomplished something if you send me an acknowledgement.

ギャー！　デヴィッド・フォスター・ウォレスの編集者に宛てた一読者の手紙

手に入る限り最高のものを集めようというコレクションの意図は明らかで、しかもセンターでは、同じ屋根の下に、グーテンベルク聖書と、最初の写真画像（ジョセフ・ニセフォール・ニエプスが一八二六年頃に撮影に成功した）と、『テキサス・チェーンソー（二〇〇三年製作のアメリカ映画）』に登場する殺戮者がかぶっていた仮面が保存してある。ここはテキサスなのだから当然だと、ハリー・ランサム・センターは誇らしげに言う。

二〇〇七年、ランサム・センターの五十周年を記念して、ミーガン・バーナードは『Collecting the Imagination』という、その機関に関する垂涎ものの書籍を編集した。彼女はこの書籍で、技術と特権を持つ人々が、六世紀にわたって並々ならぬ力と創意を費やして、各々のコレクションを獲得するに至った足取りを紹介している。大英博物館に足を踏みいれたときに感じる「休暇中に盗んできた」という雰囲気はまるでない。ランサム・センターは、将来の世代が空調の効いた部屋でインスピレーションを得られるよう、ガラスと金と競売文化をまっとうに駆使して、コレクションを形成してきたのだ。巻末で編者は、将来の新発見を収受する際につきまとう困難について憂慮している。その困難は、出版から六年が経って、さらに深刻化した。いまだに電子メールをつかわないのは片意地な人間だけで、小説原稿をワード（もし「変更履歴」が記録されていれば、細かくて目が疲れるものの、草稿から完成原稿に至るまでの複雑な思考過程を見ることができる）で送らないのは、よほどの頑固者という時代になったからだ。記録保管人が「デジタル生まれ」と呼ぶ資料、すなわち、電子メールや、紙では存在しない書類は、単に保管が厄介（保護の問題、ソフトウェアの互換性、ディスクフォーマット、著作権保護）というだけでなく、提示や展示の面でも悩みの種になる。

こういった悩みを緩和し、解決策を共有するために、バーナードは、大英図書館、オックスフォード大学のボドリアン図書館、イエール大学のバイネッケ図書館、デューク大学のルーベンスタイン図書館、エモリー大学の手稿・文書・稀覯本図書館といった場所の、先見の明を持つ館長らとともに数か月かけて、手引書の作成にあたった。これがあれば、自分たちを含め、ディーラーや著者が、将来デジタル資料を扱う際の枠組みづくりに役立つ。「デジタル生まれの文書コレクションの管理責任は、もし予想外の出来事に繰りかえし出くわさないのなら、問題になることもない」と手引書は判断している。なかでもディーラーや寄贈者に強く求められるのは、売りに出す前に「改竄、再整理、抜粋、複写をしないことで、そうでなければ、原本となるメディアに改変が含まれてしまう」。これは知的所有権の問題だ。一台のコンピューターを同僚と共有したり、家族全員でつかっていて、子どもや配偶者が作成したファイルも保存してある場合がある。そこで大きな問題となるのは、父親を誇りに思う息子が、のちにブログにアップするかもしれない資料を、百万ドルを費やして手に入れる価値があるかどうかだ。さらに、永遠に秘密にしておいたほうがいい情報もある。「寄贈者は、微妙なものや関係のないメッセージを電子メールのファイルから除去してから渡したいと思うかもしれない……もし寄贈者がそれをできない、あるいはやりたくないとなった場合には、問題は保管者側に委ねられる。その際保管者側が、法的規制の必要な情報を検索するのに、職員の時間をどの程度まで傾注するか、あるいはそもそも、自分たちがそういう仕事を担うべきか否か、すべて指針に沿って判断しなければならない」そこでもうひとつ、エミリー・ディキンソンやヴァージニア・ウルフの文書を入手する際には考えなくてよかった問題が持ち上がる。「コンピューターメディアには、ずいぶん前にダメージを受けているものがある。たとえば、コンピュータやディスクやテープに損傷があったり、コンピューターの外枠やディスクドライブがゆがんでいる場合だ。また、カートリッジケースにひびが入っていたり、内部磁気ディスクが剝き出しになって

マッキントッシュPerforma 5400をつかってサルマン・ラシュディを疑似体験

いたり、光ディスクに傷がついていたり、フロッピーディスクがほこりまみれだったり、というような場合もある」

「難しい時代になりました」とミーガン・バーナードは言う。彼女はランサム・センターに十年勤務している。「しばらく前からデジタル資料を扱っていますが、以前はさほど量もなかったんです。それがいまは変わってきて、あらゆる文書にデジタル資料が付随していて、それがひたすら増え続けているんです。最初の問題は、そもそも、その手の資料をいかにして入手するかです。当座のところ、多くの作家たちは、デジタルファイルを自分の文書コレクションの一部とは見なしていない。もし誰かに、『あなたの電子メールすべてをこちらに送ってくださいませんか？』と言えば、相手からぎょっとされます」

ジョージア州アトランタにあるエモリー大学で、サルマン・ラシュディは、そういう点で自分は少しもためらわないという態度を示している。彼は電子メールだけでなく、コンピューターに保存してあるほかの文書もすべて売り、コンピューター本体をおまけにつけてまでいる。そうなるとサルマン・ラシュディをヴァーチャルで体験することも可能になる。二〇一〇年二月、エモリー大学は研究者に向けて、彼の環境を再現することにした。つまり、ラシュディがつかっていた、フロッピーディスク用スロットとCD－ROMトレーのついた（ただしUSBポート、ファイヤーワイヤーは装備しておらず、メモリーは八メガバイトだ）一九九六年版マッキントッシュPerforma 5400 の前にすわることができるのだ。ここで彼が作成したファイルと電子メール選集にアクセスし、うまくいけば、『The Ground Beneath Her Feet』を書くこともできる。

現時点では、ランサム・センターには電子メールのみから成る文書コレクションは存在しない。小説家のラッセル・バンクスが、兄弟のスティーヴンとのあいだで、四十年あまりにわたってやりとりした文書コレクションがあるが、これは手紙と電子メールの両方から成っている。電子メールが登場するようになったのは一九九四年で、その年ラッセルは、「つかってみたら、じつにてっとり早く、たまにしか手紙を書かない大勢の相手とも、気軽に連絡が取れる」と言っている。それからミーガン・バーナードは微妙な違いに気づき出す。「創作のこと、家族のこと、子どもたちが何をしているかといったことを書いていて、内容はそれまでと同じです。しかし明らかに違うのは、返信までの時間が劇的に短縮されたこと。これが会話の質を変えたんだと思います」とバーナードは言う。手紙は返信までに、それ相応の時間を要し、ときにそれが数か月に及ぶこともある。電子メールもプリントアウトすれば、それなりにきちんとしたものに見えますが、手紙ほど長くはありません。「依然として彼が書く物は素晴らしいのです。しかし電子メールとなると、独創性や思慮に欠けるような気がします」

もちろん、電子メールが悪いのではなく、まったく別物であるというだけのこと。手紙は、投函した日付と場所が封筒に証拠として残るが、電子メールには、電子日付印や、科学捜査で扱える、目には見えない証拠が残る。カスタマイズ画面でしかるべきボックスにチェックを入れて、双方のメールのやりとりを自動的に保存する設定にしている人も多い。ラッセル・バンクスの電子メールを彼の書いた手紙と並べて読むと電子メールのほうは文学的な情緒が少し薄まって、あとから考えたことが、すぐ次のメッセージで追記されているのに気づく。当然、デリートやバックスペースで修正もしただろう。自分たちが電子メールを打つとき、それは当たり前のことだ。最近では、執筆中につねに精神を研ぎ澄ましている必要はなくなった。消しゴムもインク吸い取り紙も、ゴミ箱さえも必要ではない。そういうものの役割はすべてコンピューターが肩代わりしてくれる。さらに電子メールは特別なものとは意識されず、書くのに大奮闘することもない。ダイヤルアップ回線に接続する際の、耳にかすかに聞こえる曰く言いがたいあの音も、いまではジェニー紡績機（一七六〇年代に発明された初期の紡績機）のカタカタいう音同様、大昔の物になった。バンクス家の場合、まるで兄弟が隣り合った部屋にいて話をしているような感じで、これはまさしく偉大な文明の進歩と認めなければならない。郵便で配達される手紙の、あの背筋が伸びるような晴れがましさを懐かしく思う向きもあるだろう。書く前にも送る前にも、また少し時間をかける、あの贅沢さ。そういうものを失った代償として、われわれは、片肘張らず、気軽に書ける電子メールを手に入れた。それを不当な取引だとして拒否する人間はまずいないだろう。現在大方の人間は、電子メールは手紙と電話の混交物だと見ており、話すように書く――そこまで行かなかったら、せめて、独り言を言うように書く――という、ヴェスヴィオ火山のとどろきを身に感じた小プリニウスの時代以来、手紙を書く者の大望だったことが実現したのである。

ハリー・ランサム・センター、マス・オブザベーション・アーカイブ、クラインロック・インターネット・ミュージアム（そして、われわれの創意あふれる過去を守ってくれている、その他多くの機関）では、また新たな事実が、比較証拠の形で浮かびあがってきている――われわれが文章を書くスタイルだけでなく、書くことそのものに対する考え方に変化が見られるのだ。たとえば、世界中に電子メールが徐々に普及していくにつれて、まだ幾分の制限はあるにせよ、何世紀にもわたって続いた社会や政治のヒエラルキーが少しずつ破壊されているということはないだろうか？　それは決して良いこととは言えないのではないか？　物理的形態を持った手紙を所有することはもはやない現状で、われわれは心理的に何を失ったのか？　この地球上において、手に取ることのできる、インクでつづられた手紙は、自らを「クラウド」と呼ぶ、米国中西部にあるケーブルの要塞に送られる電子メール以上に、われわれの自我にとって、貴重なものではないのか？

こういった問題については、創造性の点で、次の段階がもう目の前に迫っている。「電子メールだけで育ってきた世代が、どんなメッセージのやりとりをしているのか、それを見るのは興味深いでしょう」とミーガン・バーナードは言う。「何しろ彼らは手書きの手紙を見たことがないのですから。さらに興味深いのは、うちには若い職員が大勢いますが、彼らのほとんどが、もはや電子メールをつかわない――携帯電話やソーシャルメディアをつかって意志の疎通を図っているんです。わたしには、これはただもう衝撃でした」

言い換えれば、現在のわれわれのやり方は、すでに過去のものであるかもしれないということだ。両親たちが、あるいはわれわれが、過去二千年にわたって行ってきた意思疎通のやり方をもはやしたくないと思っている。電子メールは、そういう事実を見ないようにするための、つかのま目をそらすものでしかないとしたら、どうだろう？　手紙に代わる、電子機器をつかった現在の標準的なやりとりは、意思疎通に書くことをまったく必要としない未来へ渡るための、一時的な幻想の橋だということに気づいたら?

本物と会う

1 4 2 3 2 1 3 4　通信兵　クリス・バーカー　H・C
中央地中海軍　航空通信隊　G中隊　第三十航空団

一九四五年一月二十九日、三十一日

最愛の人へ

ELASの捕虜となった陸軍兵士はひとり残らず故郷に帰されるという知らせをたったいま受け取ったところだ。船の輸送状況が関係するから、帰還は二月末までは始まらないだろうが、三月のどのあたりかにはイギリスにいるものと見こんでいい。いま、アレキサンドリアから入った信号を少佐に伝えて戻ったところで、胸がかあっと熱くなったよ。すごい、なんという驚き、まさに衝撃。なんと言っていいのかわからず、考えることもできない。遅れが出るなんてどうでもいい。帰国が決まったということが大事なんだ。まだ帰国が可能性でしかなかった頃に、あれこれ考えていた、諸々の小さな事を頭のなかでひとつひとつ確認していっている。帰った最初の日は家で過ごさないといけないし、デブと彼女のおふくろさんにも会わないといけない。どこかでパーティをひらくことも考えないと。しかし何よりも、きみといっしょにいなきゃいけない。きみの心を温め、きみを包み、きみを愛して慈しむ。きみが考えていることを書いて送って欲しい。ふたりでどんなことをしようか、きみのアイディアを山ほど募集する。ぼくはまだ結婚はしたくないと思っていて、これにはきみも同意して欲しい。戦闘中、ぼくは怖かった。きみのことを思い、母親のことを思い、自身のことを思って。ぼくらは時間をかけないといけない。ぼくの愛する人、大切な人。まずは顔を合わせ、お互いのことを知るのが先だ。ここまで来て間違いを犯すわけにはいかない。だが心配だ。ぼくの言ったことをきみが誤解しないか、すごく心配だ。きみはどう思うか、意見を聞かせて欲しい。それでも、できることなら同意して欲しい。ぼくは怖いんだ、いまでもまだ怖い。

ぼくが丸坊主になる前に会えるのは、なんとうれしいことだろう！　頭のてっぺんにぽよぽよと、細い毛が数本生えてきてはいるんだけどね。なんだか手紙で近況報告をするのは気が進まないな。だって、まもなくきみとじかに会って直接伝えられるんだから。いまぼくが目を通しているのは、ぼくを信頼できる男だと書いてくれた、きみの最初の手紙と、いずれわたしのもとにあなたはやってくると書いた、二通目の手紙だ。戦争捕虜を経験した者の後遺症で病院に入るようなはめにはならないようにしないと。どこかに行って（ボスクームやボーンマスじゃないところで）、きみとどんな一週間を過ごそうかと計画を練っている。いっしょにいられることを考え、美しいきみの姿を想像している。捕虜に取られたのは幸運だった。拘束の身にあったとき、よく精神を統一して、「ベッシー、わが愛する人、ぼくは無事だ、心配しないでいい」と、きみに念を送ろうとした。なぜだか、今度ばかりは切りぬけられないような気がしていたんだ。しかしいまはそれを切りぬけ、ぼくは無事で、まもなくきみといっしょになって、楽しい毎日が送れる。

ローマにいるクリス・バーカー

興奮は表に出さないほうがいい。心が大騒ぎを起こして叫び出しそうになっているのがわかるけれど、表面上ははしゃがない。慎み深くあれというのがぼくの助言だ。道路を渡るときには、バスに気をつけるように。

勤務を解かれたので、昨日はアテネの友人を訪ねた。きみが送ってくれたコーヒーとココアをいくらか土産に持っていったら、とても喜んでくれたよ。送ってくれたきみに感謝を捧げる。ぼくらは思いっきり興奮して、大陸式に派手に抱き合いキスをした。

新しく服を買おうなんてことはしないで欲しい（配給券がまだ残っていたらの話だが）。ぼくのために「外見を素敵に」飾らなくちゃいけないなんて思わないでくれ。そう思っているとしたら残念だ。できるだけ、ふだんのまま、ありのままのきみでいて欲しい。今回の帰国をきっかけに、ぼくらが愛し合っていることを周りに知らせることができる。休暇中に一週間、きみとどこかでいっしょに過ごすと家族に言うつもりだ。ただしぼくらのことはできるだけ内輪の秘密にしておいたほうがいいと思う。ミス・ファーガソンなんかに、あれこれ言われたら、それはあなたの考えとして受け取らせていただきます。わたしはわたしの考えがありますので、とかなんとか言ってやればいい。自慢げにするのは避けて、あまり多くを語らないことだ。これはあくまでぼくの考えであって、それ以外の何物でもない。ぼくらの恋愛はぼくらのあいだだけのものにしておきたい。他人に首をつっこまれたくないんだ。

果たして休暇を何日もらえるのか。少なくて十四日、多ければ一か月ぐらいもらえると思う。イギリスに到着したことをどうやって伝えようか。おそらく手紙より電報のほうが早いだろう。できれば、同じ大地を踏んでいることをまず知らせたい。それから二通目で、ロンドン行きの列車にまもなく乗ると知らせておいて、そろそろ到着しただろうときみが思った頃に、LEE GREEN 0509に電話をかけてくれるとうれしい。それとウーラクーム通りまでの行き方も教えて欲しい（番地だけで十分。場所はだいたい覚えている）。そこできみと会おう。あるいはきみの指定する場所でもいい。とにかくできるだけ早く会いたいと思っている。ただし家に帰るまではずっと兄といっしょだってことも覚えていて欲しい。それに、長いこと家を離れていたから、両親がぼくといっしょにいたがるだろう（それも十中八九）できるだけ長くね。誰にもいやな思いをさせずに、みんなと無事再会を果たせればいいと思っている。あともう二、三か所で、大勢の人と会わなきゃいけなくて、これもうまく切りぬけないといけない。

不思議なことに、何も「手につかない」し、手紙も思うように書けない。頭のなかは、「家に帰れる。きみに会える」と、そればかり。嘘じゃなく、その日が間近に迫っていて、懺悔（ざんげ）の火曜日（四旬節に入る前日）や、クリスマスの日や、ロンドン市長の就任披露宴と同じように、必ずやってくる。家に帰れることが何よりのプレゼントなんだ。海外に出て、故郷を遠く離れ、親しい人たちと完全に切り離される経験をしないと、このうれしさは本当にはわからないだろう。

きみからもらった手紙で、わずかに身につけていたものは降伏の前日に燃やしたから、ぼく以外の誰も、きみの書いた言葉を読む心配はない。捕虜になって最初の十日間は、きみについて感傷的なことは一切考えなかった。ただ、自分が無事であることがきみに伝わりますようにと、必死に念じていた。しかし航空機から、わずかな補給品が落とされると（霧深く、雪に覆われたギリシアの山村だから、彼らも多大なリスクを負ってやってきた）、解放とともに家に帰れるという希望が見えてきて、そうなるとつねにきみのことばかり考えて、いっしょにいられることを想像していた。冬の気候は屋外で過ごすのは厳しいけれど、映画館に隣り合ってすわるのは素敵だよね。かかっている映画はどんなものでも構わない。自分たちが互いに支え合い、共感しているとわかるのは圧倒されるような気分だろう。いっしょにいられるって素晴らしい、本当に素晴らしいことだ。手紙を送ることしかできなかった状況を振りかえったら、夢のようだと思わないか？

愛している

クリス

一九四五年二月六日、七日

ロンドンSE3　ウーラクーム通り二十七番地

愛しい、愛しい、愛しい人へ

これこそ待ちに待っていたこと。あなたの解放を待つあいだ、わたしは恐怖のあまり口も利けず、喉が詰まって呼吸もままならない状態でした。それがいまようやく、緊張がすっかり解けてほっとしています。ああ、クリストファー、わたしの大事な、大事な人。なんと素晴らしいことが起きたのでしょう。あなたが帰ってくる。おっと、いけない。慎重にならないと。あまりにも強い興奮に身体がどうにかなってしまいそうです。あなたも気をつけて。あれだけ大変な状況をくぐり抜けたあとで、いきなりうれしい知らせを受け取ったのですから、落ち着けというほうが無理な話で、身体の芯がうずくのも仕方ないこと。とにかく気をしっかり持っていてください、恋しい人。わたしも自分にそう言いきかせています。

結婚の話は、もちろん、あなたに同意します。あなたの望みはわたしの望み。この件に関しては、愛するあなたが満足する形で進めていきたいと思っています。わたしは人間にできる最大限のことをして、つらい日々を送ってきたあなたを幸せにし、ふたり仲良く素晴らしい毎日を送りたい。そのために、わたしが実際より、もっと大きな存在になれますようにと、あらゆる神々に祈っています。怖い思いがある限り、あなたは幸せにはなれません。わたしたちはふたりのあいだに存在する恐怖を取り去らねばなりません。わたしも少し怖いのです。じつは正直に言えば、わたしも少し怖いのです。

ブラックヒースにいるベッシー・ムーア

手紙でやりとりしたすべてのことが、実人生より大きく思えるのです。それは写真に写った物のようで、黒髪の下に隠れている白髪も、朽ちていく歯も、くすんでいく肌も、自分の意地悪な性格も凡庸さも、まったく見えない。それそう、わたしも少し脅えているのです。それでも、いまはそんなことを気にしている余裕はありません。もうすぐあなたに会えるのであって、それ以外のことはどうでもいい。そうは思いませんか、クリストファー?

到着してからの予定については、もちろん承知しています。休暇はまず自宅で家族と過ごすべきです。わたしのほうは必要なら、いつでも休みを取ることができます。申請書にサインが必要なのは、夏の休暇を取るときだけで、それ以外はとても融通が利くんです。ああ、どうしよう。ふたりで一週間、どこかへ出かけて愛しあう。考えただけで胸が高鳴ります。どこへ行きたいかと言えば、わたしならデボンの北、海があって、田園があって、空気のおいしいところを選びます。ただ三月という時期を考えると天候が問題で、少し大きめの町に行ったほうがいいかしら。ふだんなら間違いなく村落を選ぶと思うけど、あなたといっしょならどこでも構わない。あなたがしたいことをわたしもしたい。それに、あなたはわたしに面倒を見てもらいたいと言っていたでしょ。雨のなかを何時間も歩き回るなんてさせたくないわ。いずれにしろ海があって、あなたがいっしょなら、わたしはどこでも構わない。わたしの身体の内側でも大騒ぎが始まっています。早くその日が来ないかと叫んでいます。

彼らにコーヒーとココアをあげることができて、よかった。わたしたちがギリシアの友だちの幸運を祈っていることをわかってもらえたと思います。彼らには自分たちの望む政府が樹立できるよう、心の底から強く願ってやみません。でも貧困に苦しんでいる最中に政府のことを考える余裕はおそらくないでしょう。そのあたりのことも、まもなくあなたからじかに話してもらえることと思います。

手紙と現実の差を思って、いまちょっと不安になっています。自分に向かってよく言うの。「ベッシー、あなたはそんなにセクシーな女じゃないわ」って。でもきっとあなたも、わたしと同じような不安を抱えているような気がします。あなたの胃腸の調子はいかがですか？　わたしは最悪で、お腹の張りを解消するために胃薬なんか飲む始末。ティータイムに食べたものが、まだ胸のどこかにつかえている感じです。あなたはわたしと結婚したくないんだと、最初そう思ったときには、頭から冷たい水を浴びせられたような気がしました。でも、すぐ目から水を払い落としてみると、あなたが帰ってきて、わたしのすぐ目の前にいるようになれば、それはあまり重要なことではないのだと気づきました。わたしはなんだか夢ばかり追いかけていて、現実が見えていないのです。あなたにはまだわたしのそういう面が、ほとんどわかっていないと思います。「ここまで来て、間違いを犯すわけにはいかない」というあなたの言葉を肝に銘じます。ねえあなた、こんなわたしをあなたは守っていけると思う？　将来を託せると思う？

この手紙とすれ違いに、あなたは帰国の途上にあればいいと思います。それなら、そう長く待たないうちに会える。わたしの忍耐もだんだん限界に近づいてきました。これまでのように手紙をやりとりできるのは素晴らしいことですが、そこから先に進まず、依然として始まりの段階にとどまっているのがつらいのです。将来を見据えた交際とはいえ、そろそろ変化が欲しい、何かを変えなければならないと感じています。

戦争のニュースをどう思いますか？　あまり楽天的になるのはよくないけれど、帰国して家に帰れるというのは素晴らしいことだと思いませんか？

リッジウェイ・ドライブはきっと喜びに沸いていることでしょう。息子ふたりが帰ってきたのですから。あなたのお母様はちょっと気落ちしたでしょうが、いまごろはもう元気に動きまわっているに違いありません。

愛しています

ベッシー

帰国してまもなく、クリス・バーカーはベッシー・ムーアとともにボーンマスで一週間を過ごした。再会は成功したものの、完璧ではなかったようだ。それに続く手紙では、わずかに愛情表現は控え目になり、再会中に魚をめぐる謎の事件があったことがわかる。この時期に書かれたベッシーの手紙は消失している。

14232134　通信兵　クリス・バーカー　H・C
中央地中海軍　第四航空通信隊　第一中隊　第三十航空団

一九四五年四月十日―二十八日

わが愛しのきみへ

きみと過ごした時間は素晴らしかったが、これからぼくは、その余波に耐えていかなくてはならない。

いつものように気分よく書けないのは、船が激しく揺れているからで、一度、我慢できずに吐いてしまった。船上ではみなよく働いている。毎朝十人が船の医務室を徹底的に掃除している。そのおかげで、食堂当番、見張り、甲板掃きといった仕事を免除されるので、バートとふたり嬉々として、浴槽三つ、便器三つ、洗面台三つを磨いている。疥癬（かいせん）になりそうな浴室はできることならつかいたくないが、まあ気にすることはない。三週間前、リヨンで束の間の紳士気分を味わったときには、清潔を絵に描いたようなボーイが、ぼくのつかう洗面台をきれいに磨いてくれていた。いま自分はそれと同じことをやっているだけの話だ。

休暇のことをあれこれ思い出している。ひょっとしてきみは婚約指輪をつくりたかったんじゃないかと、いまになって気づいた。べつに不運を呼ぶものでないのなら、ひとつ、つくってみてはどうだろう。ぼくとしては、ああいうものは宝石商を喜ばせるだけだと思っていたが、それをはめることで、きみがわずかでも気分よくなれるなら、ぜひつくりたい。どうかな？　まったくぼくは気が利かないやつで許して欲しい。生活はまたふだんのリズムを取り戻してきたものの、やはりきみと同じように、ふたりで過ごした日々を思い出して「夢見心地」でもある。

あのあと、きみがあまりひどく泣いたのでなければいいんだが（あくまでも、泣いていたらの話だが）。もしまた泣くようなことがあれば、それは別れ際のつらいときだけにして、ぼくらの将来や、ともに生きていく人生をはかなんで泣くのはやめよう。きみを存分に味わい、興奮に満ちたひとときを過ごしたあとで、ぼくも少なからず不安を抱いてはいる。戦後の状況下、ふたりで家庭を築いていくのは並大抵のことじゃないだろう。いろいろ数字の計算をしてみると、ぼくらが完全に好きなように暮らせるまでには、十年ほど必要だと思う。お父さんに話す際、きみはよくよく慎重に言葉を選ばないといけないが、帰国してしばらくのあいだは、きみがいま住んでいる部屋にぼくが居候するという形を取らざるを得ないだろう。そのあいだにふたりで住む家を探す。戦争が終わったら、ふたりで暮らすのに必要な生活用品をきみが取り揃えてくれるだろう。もし可能なら、それと同時に家探しも始めてくれるとうれしい。ぼくらの計画を母に手紙で知らせて、必要な金をきみに渡してくれるよう、頼もうか？　きみも知ってのとおり、ぼくには三百五十ポンドの貯金がある。きみにもそれぐらいの貯蓄があるから、初期費用として七百ポンドは用意できるわけだ。最初は借家を快適にするのに費用をあてるが、家を買うために貯金もしないといけない。ぼくは週給三ポンドもらっているから、きみに立て替えてもらった分をそれで支払うとして、ほかにも何か必要だと思うものがあったら教えて欲しい。

ぼくらは理想の夫婦になれると、そんな気がしてならない。ぼくのことをいつも気に掛けてくれるきみ。そんなきみを自分のものにする、それ以上に素晴らしいことはないと思う。きみを自分のものにできて、たまらなくうれしい。ただし誤解しないで欲しい。ぼくには奴隷所有者のような精神構造はないからね。きみを丸ごとすべて、完璧に自分のものにしたい。きみもぼくと同じように考えてくれているとうれしい。きみのためなら、ぼくはなんだってする。それはきみだって身に染みてわかっているはずだ。

休暇中に、ぼくは話すべきことはすべて話したと、きみは言う。ところが実際は何も話していないに等しく、それが残念でならない。ぼくたちのこと、ぼくの「海外生活」、陸軍のこと、話したいことはもっといろいろあったんだ。なんだか気づかいの足りない自分が歯がゆくてならない――ぼくはきみをからかいすぎたよね。ここはひとつ、きみの前にひざまずいて完全なる服従を誓い、もうすでにそうしてもらっているかもしれないが、どうかぼくに注意を向けてくださいと懇願するべきだろう。きみという希望がなかったら、ぼくは飢えて干からびてしまうんだと、しょっちゅう言い続けないといけない気がする。もっとうまい言葉が見つかるといいんだが、たとえたどたどしい表現でも、きっときみは満足してくれるだろう。ボーンマスの五夜を無駄に費やしてしまって申し訳ない。それでも、この先いくらでもチャンスがあると思えば、それぐらいはなんでもないという気もする。鮭について、ぼくの判断が間違っていたことも謝るよ。帰国する船で、きみのためにクジラを一匹つかまえよう。

春の大掃除が順調に進むことを祈っている。個人的には、そこまでしなくてもいいんじゃないかという気がするけれど。家をきちんと維持するには、年に一度、徹底的な大掃除が必要だというのは困ったことだ。郊外居住者には避けて通れない問題だね。しかしきみは楽しんでいるようだから、ぼくの言うことは気にしなくていい。(この言い方に、きみは「カチン」と来たに違いない!)

[数日後]ぼくはいま、ふたたびイタリアにいて、予想どおりすべて順調に進んでいる。また気がついたことをどんどん手紙に書いて送って欲しい。ぼくはきみの頭に浮かんだ考えを知りたいんであって、『よりよい交際のためのマナーと習慣』や、『デイリー・ミラー』紙が特集する「海外にいる若い男性が喜ぶ故郷からの手紙」なんかを気にする必要はない。悪態だらけの手紙も困るが、それがきみの生の声であれば、どこかから借りてきたような文章よりよっぽどいい。

[きみの兄の]ウィルフレッドが休暇で戻ってきたとき、きみといっしょに過ごす時間があるといいね。ただし、「お祝い」をするのはまだ気が早いと思う。日本がこれだけ強気の姿勢を見せているわけだから、まだ戦いは相当長く続くだろう。だいたい、ぼくらは何を祝おうと言うのか?ファシストらを打ち負かしたこと?ドイツやそのほかの国に自由が生まれたこと?ぼくなら、あらゆるところで起きていた戦闘がなくなって、人々が自分で運命を切り開くために一歩を踏み出したことを祝うと思う。

昨夜は警備の当番に当たっていて、あちこちのテントを見て回った。(初期にかかっていた便所から、傭兵を見つけたことを覚えているかい?)ぼくは午後十一時五十分から午前一時半、午前五時半から七時半のシフトで、きみがすやすや眠っていることを思いながら、アーモンドの木々のあいだをパトロールして、犬の遠吠えや、近所で小鳥が「ピーピー」、「チュンチュン」鳴いているのに耳を澄ましていた。ぼくらの心は通じ合っていて、距離は障害にならない。きみの心臓はぼくの胸のなかで鼓動していると、手紙にそう書いていたね。あれはいい表現だ。ぼくはきみの心臓の世話をしている。現在離ればなれでいることを悲しむのではなく、どうか将来のことを考えて、いつも幸せな気分でいてほしい。それもまた難しいのはわかっている。何しろぼくの両手も唇も、きみの不在を痛いほどに感じているのだから。

愛している

クリス

一九四五年五月二日

最愛の人へ

前線に連絡を入れたところで、誰かが「ニュース速報だ」と叫び、ぼくらは「ラジオのあるテント」まで大急ぎで走っていった。するとイタリアにいるドイツ軍が無条件降伏をしたというアナウンスが聞こえてきた。同じ日の午前七時（ぼくは人から聞いた）に、ヒトラーが死亡し、ルントシュテット（ドイツの陸軍元帥。西部戦線の最高司令官）が捕らえられたという知らせもあった。みんなの気分は一気に上向きになり、ほかのドイツ兵も降伏して、こちらは無用の死を免れるのではないかと期待が高まった。

ここでもやはり、重大な発表があっても騒ぐことなかれと、あらかじめ釘を刺されていた。何かが変わると言われたところで、つば吐き、靴磨き、練兵、警備、胸が悪くなるような決まり仕事と規則が以前より増えるだけだとわかっている。

思うに、イギリスに帰って、ずっとそこにいられるようになるまでには、あと一年かかるだろう。

一九四五年五月三日—九日

ロケット爆弾の攻撃がやんだと聞いて心からほっとしている。何も考えずにベッドに入り、何にも邪魔されることはないとわかって眠るのは、どんな気分かな？

ギリシアでの経験について、きみはぼくを勇敢だと褒めてくれたけれど、まったくそんなことはない。もともと大した男じゃないし、勇敢な行動を取ったことなど一度もない。まったく小心で、地面に耳をつけて地響きを聞いているような男なんだ。

ぼくの許可など待たずに、どんどん服を買って欲しい。節約をしたいなら、喫煙の習慣について考え直したほうがいい。ぼくに考えがある。きみはいまのところ、日に二十本ほど吸っているのだろう。ならば日に二十本、一週間吸い続け、その次の週は日に十九本、その次の週は日に十八本というように、徐々に減らしていく。そうやって六か月近くかけて、最終的にはゼロにしていくんだ。きみはぼくのことを思慮深い人間だと言うが、そうじゃなくて、策略を練るのが好きなだけだ！人間だから、お互い欠点や悪習はあるもので……問題は、それをどれだけ表に出すかということ。

きっとぼくらはとても仲良くやっていける。どちらも相手を不愉快にさせまいとする気づかいを持っているのだから。

指輪に関するきみの意見には感服した――金はもっと賢くつかうべきで、ふたりのあいだの約束を、旧態依然とした方法で世間に公表する必要はない。シンボルなどいらないほど、ぼくらの愛は強い。ぼくが気になっているのは、「おや、クリスは帰ってきた、なのにベッシーはまだ売れ残りか」などと、口さがない連中が言い出すのではないかということ。もっと安っぽい、ばかげたことを言われるかもしれない。

ヨーロッパで起きていることは、だんだんに意味がなくなっている。大勢の人間が、人生の貴重な時間を無駄遣いしている――ぼくがやっていることはまさにそうだ――と思うと、胸が悪くなる。ああ、一日八時間の労働を週に六日！　大勢の若者がカーキ色を捨てて、自分の好きな色の服を着られる日がくるまでに、きっとまだ何か月もかかる。灯火管制や、砂袋を置いた窓、空襲警報といったもののほうが、先に姿を消していくだろう。きみが携わっている外務省の任務もやがてなくなり、無線局のほとんどは閉鎖されるだろう。

昨日聞いた放送録音で、復員が始まる前に、短い据え置き期間があるだろうと、ベビン（英国の政治指導者。労働相、外相を歴任）が言っていた。仲間のうち、若い番号の数人が、それに不満を示した。ぼくらはただ耳を澄まして、さて自分はどうなるのだろうかと、想像を巡らしていた。

これもまた魔法のような記録――過去を保存したクリス・バーカーの手紙

ぼくは依然として気がふさいでいる。日本もまた無条件降伏に応じたというニュースでも入ってこないかぎり、ふさぎの虫は追い払えないだろう。ようやくヨーロッパの戦争が終結し、戦争のもたらす諸々の恐ろしいことにも終止符が打たれるのは大変ありがたい。しかし、人々の痛手は大きく、現在の社会は理想にはほど遠いものに堕している。混乱と失望でごった返す頭のなか、ひとつはっきりと悟ったのは、世界はひとつではなく、世界中の人々が手を結ぶという理想はまったく現実離れしているということだ。ぼくが現状にうんざりしていると知れば、またかと思って（自分でもそう思っている）、きみも気分はよくないだろうが、歌を歌ったり、ダンスをしたりという気分にはなれない。気が滅入ってしかたないんだ。

テントを一基設営する。それをまた分解する。将来的には村落へ向かうトラックは一台もなくなる（十五分かけて歩くことになる）だろうと、上からはそう言われている。今日と明日はトラック一台に無理やり乗せられる（祝賀の関係で、面倒に巻きこまれる可能性があるためだ）。毎日衣類一式を外に出しておいて、風で埃が吹き払われるようにする。毎日メパクリン（マラリア治療薬）を服用する。毎日十八時に蚊帳を吊る。〇時には、テントの壁を巻き上げる。テントの前で沐浴をすることは禁じられている。通常なら苦笑いを浮かべ、悪態のひとつもついて我慢するだろう。しかしいまはそういった事々のひとつひとつに不満を覚えている。

酔っ払ってはならないと、また釘を刺された。今週はひとり一本半のビールをもらえることになっている。ぼくもこれからもらいにいくのだが、すでにそれをやると約束したやつがいたのを思い出した。ずいぶんひどい代物（ライトエール（アルコール分の少ないビール））だと聞いている。

みんなが歌を歌い、ぼくも数曲はつきあって歌った。午後九時に、国王に敬意を表するというのは簡単なことではないが、ぼくはラジオのそばにいて、国王の語る言葉のすべてに耳を傾けた。毎回毎回、国王もじつに大変な思いをしているに違いなく、いまでは不要な言葉を巧みに避けるようになっている。きっと国王も戦争の終結に心からほっとしているに違いない。まだ奮闘している連合国について、多くを語るかと思ったらそうではなかった。しかしそれを除けば、まず妥当なスピーチだった。ヨーロッパの平和は、われわれの同郷人（男も女も）、そして同じくわれわれの仲間である世界市民の、文字どおり何百万という死と負傷の上に成り立っていることを、みんながひとり残らず自覚していればいいのだが。それと、もし「民間企業」が、イギリスで取り壊している最中の防空壕を、日本に持っていって自由に売ることができるなら、かなりの儲けが見こめるだろう。日本では多くの需要があるはずだ。

戦争が終結するからといって、実際ここではほっとしていられない。兵士のほとんどは、家に帰れるまでに、しかるべき時間の経過が必要なことぐらい十分わかっている。なかには、われわれがビルマと呼んでいる地域を指揮統一しようとしている東南アジア連合軍司令部について、普段以上に不安を募らせている者もいる。故郷の人々の感情もじつによく理解できる。高揚する戦意は、旗を売って儲けようとする人間によってあおられた、偽物の感情であることもわかっている。休暇中にウールワース（大手雑貨チェーン）で見た紙の旗を思い出した。なんとなく、いまこの瞬間、あれがブラックヒースでひるがえっているのを見たいような気もする！

来年の春には、ふたりで大掃除をしているだろうか？　そうだといいと思っている。そのときには、ふたりいっしょの生活が、本物の暮らしが、順調に始まっていることを祈ってやまない。探検し、旅をし、研究をし、発見をし、様々なことを知りたい。きみをきつく抱きしめて、きみはぼくのもので、ぼくはきみのものだと言いたい。

愛している
クリス

エピローグ——親愛なる読者へ

二〇〇四年、九三歳で死亡する三年前に、クリス・バーカーは息子のバーナードに、自分が戦時中にやりとりした手紙をどうしようかと聞いた。「捨てるべきだろうか、それともおまえにやろうか？」そして父子はある結論に達した——手紙は取っておくが、それを読むのは必ず、両親が他界してからとする。「なぜかと聞きましたよ」と、バーナードが当時を思い出して言う。「あれは、ふたりのものだから」と、父親はそう答えたらしい。

バーナード・バーカーはレスター大学で教育学の教授を務めており、父親の言いつけを守って、二〇〇八年に初めて両親の手紙を読んだ。「思っていた以上にたくさんあって、言葉がぎっしり詰まっていました」と彼は言う。手紙は全部で五百一通、総語数は五十二万五千語。

彼の両親、クリスとベッシーは、一九四五年十月に結婚した。バーナードは翌年の八月、彼の父親がイタリアからイギリスに戻り、ロンドン郵便局に復職した二か月後に生まれた。ふたりはロンドン南東の郊外都市、ブラックヒースに暮らし、それからまもなく一九四九年に二番目の息子ピーターが誕生した。クリス・バーカーは出世して管理職になり、郵政省の機関誌数誌に定期的に寄稿し、一九七三年に退職した後は、地元の労働党や核軍縮運動に関わって、引き続き旺盛に活動をした。ベッシーもまた郵便局に復職し、家庭では、絵画、七宝焼き、ガーデニングの才能を開花させた。

「両親はともに情熱的でしたが、非常に自制心が強かった。そんなふたりが、遠い昔、戦時に揺れる感情をこれだけあからさまに書きつづっていたというのは驚きでした」とバーナードは言う。

「一心同体であるかのように、強い愛情でがっちり結ばれていましたから、わたしも弟も、子ども時代、青春時代を通じて、父、母、それぞれと個別の関係を持つのは難しかった。それでも、この初期の遠距離恋愛は素晴らしいものです。なにしろ書くことを通して、互いに人生でほんとうに大切なことを見出し、家庭で子どもたちに囲まれる幸せな未来に思いを馳せていたのですから」

バーナード・バーカーと話をしたのは二〇一三年五月。わたしが理事をしているサセックス大学のマス・オブザベーション・アーカイブに、彼が父親の手紙を寄贈した数週間後だった。バーナードは手紙だけでなく、クリス・バーカーが郵政省の様々な機関誌に寄稿した文章や写真に加え、一八九〇年代までさかのぼる彼の家族に関するまとまった文書など、幅広いコレクションを寄贈した。丹精こめて美しくまとめられた様々な文書の集積は、ひとりの人間の人生を鮮明に浮かび上がらせている。クリス・バーカーが関係した文書はほかにも多数あったが、このコレクションに収められていないものは、紛失したか焼却された。ベッシーの書いた手紙の大半もそうで、残っているのはわずか十六通。しかし、それだけでも、最も困難な時代に開花して、最後まで美しく咲き続けた、ふたりの愛情を思い知らされる――まさに戦時の大勝利と呼ぶにふさわしい大恋愛だった。

父親の文書コレクションに添付した序文にバーナードは次のように書いている。「人生の独楽（こま）はめまぐるしいスピードで回転していて、友人や最も身近な家族にも大急ぎで近づいては、また大急ぎで離れていく。互いの一部を見て、遥かに大きな全体の、ほんの小さなかけらを検分しただけで、またそれぞれに別の時空へ大急ぎで向かう。年月は消え去って、ついには何も残らないと思えるが、自分自身は相手の心のなかに残るのである」

バーナード・バーカーの両親の文通は、一九四六年六月七日に書かれた数行の手紙で幕を閉じた。クリス・バーカーは新妻に宛てて、つぎのように書いている。

愛しいきみよ、ぼくは今夜軍隊で最後の夜を過ごす。明日の夜はもう列車に乗っているだろう。水曜日の夜、きみが眠りにつくとき、ぼくはきみ目指してレールの上を猛スピードで運ばれているることを想像して欲しい。そうして朝、目が覚めたら、今日はぼくの声を聞き、ぼくの顔を見る日なのだと思い出す。最愛のきみ、大好きなきみ、世界でたったひとりの人、この長い年月、ずっとぼくとともにいてくれてありがとう。この先にどんな困難が待ち受けていようとも、ふたりの愛の力で乗り越えていけると信じている……素晴らしいきみには、とても釣り合わないぼくだけれど、これから精一杯努力していくよ……これからもずっと、ぼくらは協力者であり、男と女であり、夫と妻であり、恋人どうしだ。

*

偉大なる悲観主義者、フィリップ・ラーキンはその詩「アランデルの墓」のなかの有名な一節で、クリス・バーカーとベッシー・ムーアや、わたしやあなたにもあてはまる永遠の真実を言い当ててくれた。すなわち、自分たちが死んだあとも生き続けるのが愛である、と。その予言を手紙が的中させ、守った。手紙がなかったら、われわれは歴史の見識を誤るか、少なくとも、その綾を見失う。手紙を拒否し放棄することは――進歩の代償とはいえ――計り知れない敗北だ。

玄関に配達される本物の手紙はこれで最後だという、重大なその日はいつやってくるのか。来週の水曜日か？　今日から一年後か？　五年後か？　とにかく誰にも、生涯最後の手紙を書くときがやってくる。それはおそらく、感情あふれる私的なもので、手書きしたものになるかもしれない。しかし一番大事なのは、それに人と人とを結びつけた証拠となる形があることだ。その手紙はしかるべき経路で運ばれていくだろうが、おそらくそれは、自分自身が先方に出向くときの経路と、あまり変わらないだろう。それが最後の手紙であることに気づくのは、数か月か、数年が経過したあとで、一番最後に白くなった髪や最後のメイクラブと同じように、振り返ってみて初めて、そうか、あれが最後だったとわかるのだ。

そういう恐ろしい状況を回避するために、われわれは何ができるか？ 難しいように思えるだろうが、とにかくもっと手紙を書けばいいのだ。ふだん電子メールで連絡し合っている相手数人に手紙を書いてみればいい。いつもより少し長く、あまり緊急性のない内容で。それだけで、相手は確実に驚くはずだ。文章の質もあがって見えるだろうし、封筒や便箋という物質が相手に忘れがたい印象を与え、喜びもひとしおだ。いそいで署名して、郵便の集荷に間に合うようポストに駆けつける。われわれの孫や歴史家に感謝されるかもしれない。さらに、返信が届いて、ほかでは得られない喜びが得られるかもしれない。

手紙を書くクラブに参加するという手もある。最近、地元のパブでそういうクラブを主宰し、毎週新たなメンバーについて報告しているという、リーズ（ウェスト・ヨークシャー州の都市）に暮らす女性に話を聞いた。メンバーは、連絡が途絶えてしまっている親戚や友人に宛てて折々に手紙を書き、メンバー間でも手紙を書く。みな手紙を書くプロセスそのものや、自己表現をすることが好きなわけだが、それと同時にブッククラブや編み物サークルから得られるのと同じ、同好の士とのふれあいも楽しいらしい。さらに、www.moreloveletters.com という非常におしゃれなウェブサイトも存在する。ここには思いやり深い人々が集まって（一万人以上が参加している）、知らない人にラブレターを書き、もらった人の一日を輝かせる活動が行われている（書いたラブレターは試着室、コートのポケット、図書館の本などにしのばせる）。目的は、自分は良いことをしているという手紙の書き手側の自己満足だが、だからといって、誰の害になるわけでもない。

あるいは金を出して手紙を購読するという手もある。二〇一三年四月、アメリカの作家であり映画制作者でもある、スティーヴン・エリオットに、彼が一年前に始めた「郵便で手紙を」というプロジェクトについて話を聞いてみた。これはエリオットの一風変わった文化を発進するウェブサイト「ランパス」が提供するサービスで、約千五百人の購読者がいる。月に五ドル（アメリカ国内）、あるいは十ドル（海外）を支払うと、二日に一度、コピーされた手紙が送られてくる。手紙を書くのは、もっぱら小説家や、ある種の芸術家で、マーガレット・チョー、リック・ムーディ、エイミー・ベンダーなどが、次の小説のことや、破綻した関係や、母親のことなど、なんでも好きなことを自由につづっている。手書きのものもあれば、タイプで打ち出したものもあり、なかにはイラストが添えられているものもある。書いた手紙はランパスに送り、ランパスがそれを千五百枚コピーし、千五百枚の封筒に入れる。手紙にはたいてい返送先の住所が書かれていて、受け手は書き手に自由に返信を送ることができる。これは本物の手紙――昨今のわれわれにとっては、コピーがそれに一番近い――を懐かしく思う人々のための試みだ。「いつものように電子メールでやりとりをしているときに、ふと手紙のことが話題になって」とエリオットは言う。「なんだか恋しくなってね。それでその日のうちに、『郵便で手紙を』を始めることに決めて、翌朝に告知をした」

手紙には、多少の自意識を窺わせるものもあるが、ほとんどが素晴らしいものだ――感情を吐露したもの、面白いもの、ニュース満載のもの、示唆に富むもの。わたしはアリックス・オーリンという女性から手紙をもらった。そこには、自分の人生に手紙が持つ意味がつづられており、父親からもらった手紙のことや、五つの州をまたいで引っ越した彼女の住所を毎度毎度つきとめた、あるストーカーからの手紙についても書かれていた。このストーカーは歴史や哲学の話から手紙を書き出し、それがしだいに支離滅裂になっていくという。彼（オーリンはストーカーを男だとにらんでいる）は、いまはもう書くのをやめていて、結局その身元はわからずじまいだと言う。恐ろしいというより、ただ不可解で、わずらわしいその手紙は、最初、かつての恋人か、あるいは恋人になりたいと思っている男が書いたのだろうと思っていたが、終わり近くになって、単に孤独で怒りを抱えている人間が頭に浮かぶようになった。彼女はエミリー・ディキンソンを思い出している──「この手紙は、わたしが世界に宛てる手紙／返事はまったくない」

わたしはまた、メリッサという名の女性からも手紙を一通受け取った。住所は、テキサスのマーファにあるサンダーバード・ホテル。時代の先端を行く場所だ。メリッサは部屋の窓から青空と野草を眺めながら、通り過ぎる列車の汽笛を聞いている。新しい本のアイディアを練らなければいけないのに、ここ数日は女性の恋人とセックスに明け暮れており、いまは時間が足りなくなっている。シルヴィア・プラスを追想して、「彼女は精神的にも肉体的にも、人生が差し出す様々な影と色調と変化を感じながら生きていきたいと言っていた。それに比べて、わたしの人生はあまりに限定されている」と言う。

もう一通、わたしが心から引かれた手紙がある。コネティカット在住の、デブ・オーリン・アンファースという女性からの手紙で、作家と教師を兼業している彼女は、「今週末、パートナーのところに泊まっています」という書き出しで、次のような手紙をくれた。

彼が住んでいるのは、いわゆるロフトで、大衆受けする建築様式には大きな窓とオープンスペースがあって、ドアはひとつもありません。クローゼットの代わりに、彼はこの押し入れの天井から衣服をぶら下げていて、わたしはいま、そこにこもって、この手紙を書いています。まだ外は暗く、彼も眠っているからです。いきなり熱風が吹いてきて目が覚め、押し入れから外へ出たところ、無性にラジエーターが恋しくなりました。まるで子宮や、過去の暮らしの匂いを恋しく思うような感じです。

べつに世界をゆるがすような手紙ではないが、わたしには彼女のいる場所が想像できて、その筆致がなんとも魅力的に思える（後に彼女は大学で英語を教えている教授で、小説や回想録も書いていることを知った）。手紙はさらに続く。

ああ、ラジエーター！　ニューヨークで初めての冬を過ごしたとき、ラジエーターのおかげで、どれだけくつろげたことか。シカゴではこの乱暴者のような、度を越して過熱するラジエーターとともに育ったのです。シューシュー、ガタガタとうるさい上に、水が漏れるラジエーター。そう、わたしはあのシカゴに住んでいた。塩のシミがついたステーションワゴン、黒いぬかるみ、高架鉄道のハワード駅ではまったく使い物にならない太陽灯、雪を掘り起こして見つける駐車場、「ご自由にどうぞ」と路上に捨てられた古い家具。

彼女の手紙の中心は、卒業時に母親から送られた一本のビデオに関する話で、彼女はそれを象徴的に「ザ・ムービー」と呼んでいる。自分の価値と自己イメージを、その映画から学んだと言う。彼女はまた、死別した兄と甥のこと、それに重警備刑務所（凶悪犯罪者用の刑務所）で教えたことや、孤独の感情についても、さらりと触れている。

妙に個人的であり、知らない人間にこういう手紙を出すのは勇敢でもあり、書かれていることの

ロフトからの手紙——デブ・オーリン・アンファースが書いた昔ながらの手紙

信憑性は受け取り人には永遠にわからない。しかしわたしは彼女を信用し、一週間後に返事を出した。この本のことや、手紙を書く習慣が失われたことについて、そして家族のことも少し書いた。数日間かけて書いたのだが、そうすると電子メールを書いているときとは違って、思考の深い部分につきあたった。物事をより詳細に分析し、ひとつひとつの出来事に関連性を見出して文章をつづっていくと、これから手紙を通じて、この相手とよい関係を築いていけるような気がしてきて、俄然興味が湧いてきた。そこでわたしはひとつ、あとから後悔することをしてしまった。それで、「グーグルであなたについて検索してしまい、いまそれを後悔しています」と彼女に手紙で認めた。

　だからといって、あなたにわずかでも嫌悪を抱くような情報につきあたったわけではありません。それでもとにかく、いろいろと知ってしまった。本来なら手紙のやりとりをしていくうちに互いのことがだんだんにわかってくるもので、それに任せるべきだったのです。インターネットの誘惑に抗えなかったことを後悔しています。もしあなたが、わたしについてグーグルで検索したい気持ちに抗うことができるなら、ここでひとつ、誰に言っても愉快がられる話をいたしましょう。もしナチスの存在がなかったら、わたしの父は元の姓ガーファンクルを変えることはなかった。そうなるとわたしの名前は、サイモン・ガーファンクル。しかし、当然ながらそれは困るというもので、十八歳の誕生日を迎えた朝に大急ぎで改名に走ったでしょう(ローレル・ハーディ〔ローレル&ハーディはアメリカのお笑いコンビ〕といった名前が一時騒がれていたことを思えば、名刺にそんな名前を載せる勇気はありません。たとえその著名人が自分のお気に入りだったとしても)。

わたしは五十二歳であり、手紙を通じてたくさんの恋愛を経験し、もらった手紙を靴箱に入れて取っておくこともしました。まだ純粋で、性急な欲望を持ち、生意気なことを口走っていた、そんな記録が残っているのです。初めてつきあった女の子からは、流麗な筆致でさらさらと書かれた手紙が分厚い封筒に入って届きました。それがほぼ毎日だったものですから、ああまたかと、かすかにうんざりしたことも覚えています。書かれている内容はおそらく、学校で起きたあれこれで(ぼくらは十七歳と十八歳でした)、そのほとんどは、すでに午後、いっしょにコーヒーを飲みに行く前に話していることです。ひょっとして彼女は、家へ帰る途中にポストに投函したのではないかと思うこともありました。これは当時のわたしのとっておきの思い出のひとつです。彼女の書いてくれた愛らしい手紙。ぼくのほうは二日か三日おきに返事を書き、一通書くごとに成長していったように思います。

そしてあなたと同じように、家族との死別はぼくにおいても珍しくありません。あなたはお兄さんと、妹さんの息子さんを亡くされたと書いていました。ぼくは十八のときに兄を亡くしました。兄はそのとき二十三歳。その一年後に母親を乳がんで亡くしています。お悔やみの手紙をまだ持っていますが、当時もいまも読むのがつらく、書いてくれた人たちのほとんどは、言葉にするのを難しく思ったはずです。それでも心を砕いてくれた。それはいまでも同じでしょう。お悔やみの手紙だけはなかなか廃れず、きっと滅びるのは最後でしょう。いまでもみんな、きちんとした便箋と封筒を選んで、文法に気をつけてつづっているのですから。

数週間後、アンファースが返事をくれた。そんな感じで手紙のやりとりはその後も続いて、郵便を通して新たな友情が生まれたわけだった。ただしつきあいは完全に手紙限定――互いの電話番号や電子メールのアドレスを交換しているわけでもなく、わたしはフェイスブックもやっていないし、ツイッターではあまりに物足りない。わたしは彼女に、自分の一番上の息子ベン（現在二十五歳）が最近リスボンでの休暇中に、ある女性と出会ったことを手紙に書いた。ふたりは連絡を取ろうということになり、手紙を書くことにした。ベンはなんとなく封筒や切手をつかった昔ながらの文通を予想していたが、実際にはそうはならず、電子メールのやりとりが始まった。問題はこれがあまりに安直であるという点だ。ベンがメールを送ると、それに彼女が返信し、それから彼がまた返信する。その一連のやりとりが、たいてい同じ日に行われる。しかし、これといって大事件が起きるわけでもなく、やがて書くこともなくなって、始まったときと同じように、この関係はあっというまに立ち消えになった。

アンファースへの手紙には、スネイル・メールの味わいと、その呼び方が生まれた起源についても書いた。一瞬の内に届く電子メールに対して、カタツムリ(スネイル)のように届くのが遅いということで、通常の郵便にその表現がつかわれるようになったと言われれば、なるほどと納得できる。あるいはそのルーツはもっと早い一九四〇年代に、エアメールとの比較から生まれたのが最初だという説もうなずける。しかしそれ以前にも少なくともひとつの例があって、いまからおよそ一世紀前に書かれた一通の手紙に、その言葉が上手い具合につかわれている。一九一六年、クリストル・ラングというオーストリア人の女性が、イタリアとオーストリア＝ハンガリー二重帝国のあいだの南部戦線で戦っている婚約者レオポルド・ウルフと定期的に手紙のやりとりをしていた。しかし、その年の十二月に、彼女の手紙がふいに彼に届かなくなった。「あなたの返事が待ち切れない[1]」と彼女は婚約者に書いている。「これはもう軍事郵便(ミリタリー・メール)じゃなくて、スネイル・メールと呼ぶべきよ！」

アンファースに返事を書く人間はわたし以外にもたくさんいるらしく、彼女はわたしへの手紙に次のように書いている。

じつのところ、驚くほどたくさんの返信をもらっていて、返事が書ききれないのです。なかには、どうかしていると思うような手紙もありますが、ほとんどは興味深い、個人的な情感にあふれた美しい筆致の手紙です。手紙だけでなく、書籍、絵、写真、しおりなどをプレゼントしてくれる人もいます。ある人の手紙は小包の形で届き、あけてみれば、巨大な壁掛け式の手紙になっていました。妙に大きな変わったペンで書かれているのですが、それは彼が解雇されたときに、箱に詰めて送られてきた細々とした所持品のなかに交じっていたとのこと。それ以外に、二週間かけて毎日少しずつ書き足していった日記のような体裁を取った手紙や、物語をつづりながら終わりまで書かないで、結末をこちらに想像させる手紙もありました。それから、妙なことですが、わたしに手紙を一番多くくれる世代が、どうも二十代前半の若者と、五十代かそれ以上の年齢の男女だということです。三十代と四十代はほぼゼロ！　年配のグループは、たいていが子持ちの既婚者か、専門職についている人間か、アーティスト。この年代の書く手紙は非常に素晴らしいんです。たぶん、みな手紙の書き方を心得ていて、手紙を書いて育ち、手紙文化を懐かしく思っているのでしょう。だから品のよい手紙を楽々と書いてコミュニケーションが取れる。手紙がどういうものか、わかっている。若いグループ――こちらの手紙も素晴らしい――は、二十代の初めで、ちょっと道に迷った人たちとでも言えばいいでしょうか。どう生きて行けばいいのか、少しばかり悩んでいるようで、年配者の知恵や手引きを得たいと思っているようです（賢明ね――笑）。

これに対して、わたしのほうは、自分が気に入っている手紙の例を、有名なものと、そうでないものも含め、いくつか書いて送った。ずっと昔から好きだったのは、エルヴィス・プレスリーが一九七〇年にニクソン大統領に送った手紙だ。エルヴィスはその手紙でニクソンに、連邦麻薬取締局のバッジを所望している。すでに警察のバッジは手に入れているエルヴィスだったが、これももらえれば、どの国へも銃とドラッグを携帯することが可能になる。ロサンゼルスからワシントンDCへ向かう飛行機のなかで（アメリカン航空の便箋をつかって）、手書きでしたためたこの手紙

1『Epistolary Selves: Letters and Letter-Writers, 1600-1945』, ed.Rebecca Earle, Ashgate, 1999. 所収の、Christa Hämmerle,「You let a weeping woman call you home?: Private correspondence during the first world war in Austria and Germany」による。

は、有名人の持つ説得力をまざまざと見せつけてくれる。エルヴィスはアメリカの若者のあいだでドラッグが社会悪になっていることを訴え、その撲滅に自分が何かしら力を貸したいと書き、次のような追伸で締めくくっている――「閣下、あなたもまた、アメリカのトップテンに君臨する偉人のひとりだったと、わたしは信じています」（手紙は効果があって、彼はホワイトハウスでニクソンと会ってバッジをもらい、それをきっかけに、これまで以上に麻薬にのめりこんでいった）

それから、自分もまたジェシカ・ミットフォードの手紙の大ファンだということも手紙に書いた。姉妹たちとのバトルや、いじめっ子を見つけるなり容赦なく攻撃を仕掛けるところなど最高だ。そしてそう思うのはわたしだけではない。J・K・ローリングが、ある本の書評のなかで、ジェシカ・ミットフォードの手紙が大好きだと打ち明けており、その旺盛な反抗心、勇敢さ、冒険心、ユーモア、こわい物知らずであることを褒め称え、[2]「手紙というものはたいていそうだが」、自伝を読む以上に、そこから書き手の豊かな像が立ち上がってくると書いている。反抗心、勇敢さ、冒険心――こういったものは通常、電子メールには表れない。

しかしなんといっても、わたしが一番好きなのは、いま自分の机の前にかかっている便箋一枚の手紙かもしれない。実際に何が書いてあるのか、内容はほとんどわからない（そしてこれは、オリジナルの手紙ではなくその写真だ）。一八七九年にエドゥアール・マネが絵画収集家のアルベール・エシュトに宛てた手紙で、そこにつづられている文章は、それと並んで描かれている絵――プラムとチェリーのスケッチに彩色をした、ふたつの小さな絵――に比べれば、さして重要ではない。エドワード・リアとビアトリクス・ポターが、自身のつくり出した有名なキャラクターのイラストを添えた素晴らしい手紙や、マグリットの世間には発表しなかったスケッチや漫画を入れた手紙など、わたしは昔から絵の入った手紙が大好きで、これもまた電子メールでは得られない手紙の魅力だ。

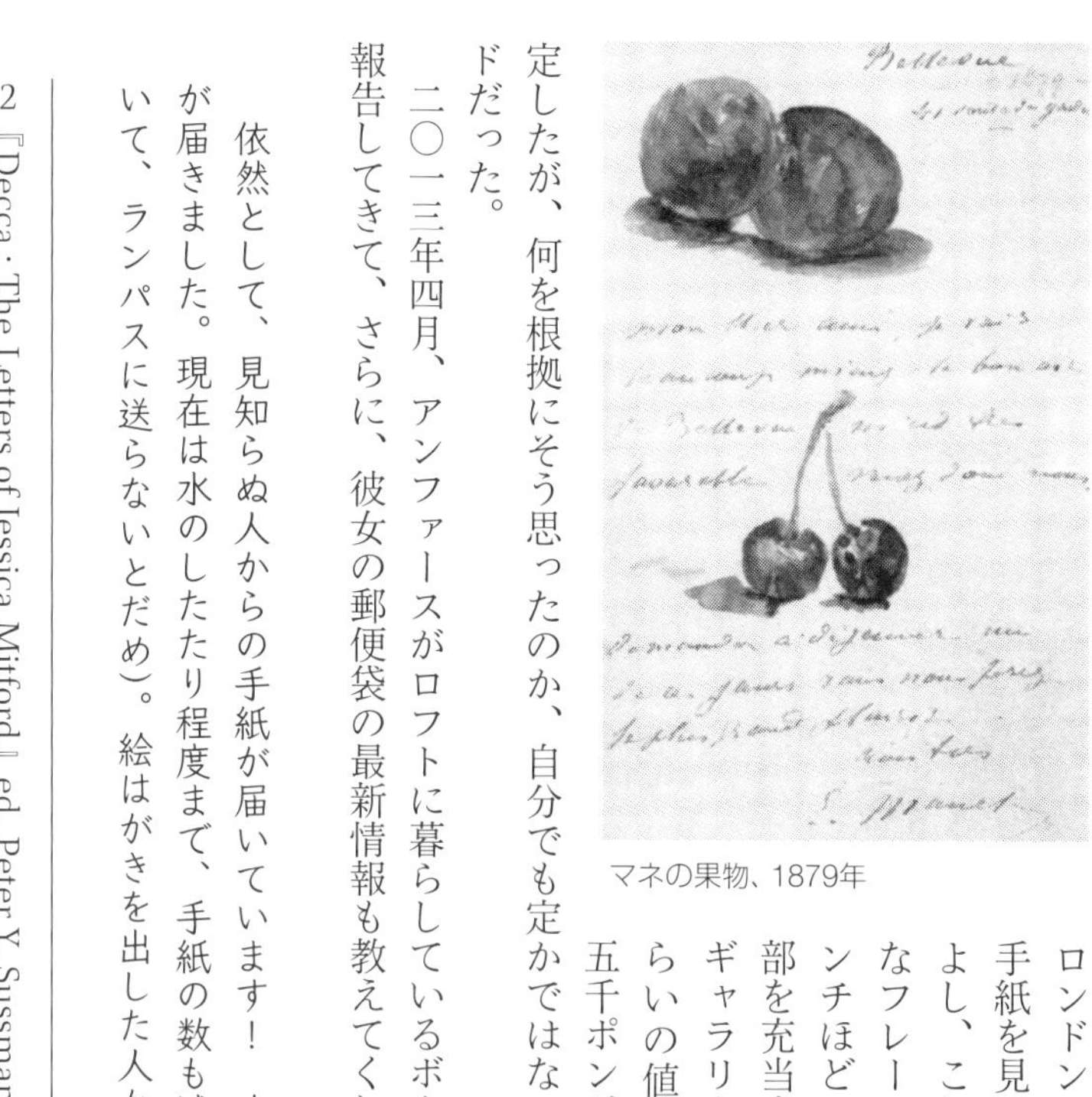
マネの果物、1879年

ロンドンのフリーズ・アート・フェアでマネの手紙を見た瞬間、わたしは軽い躁状態になって、よし、これを買おうと思ったことがある。精緻なフレームに入っている二十五センチ×十五センチほどの小さなもので、自著の前払い金の一部を充当すれば買えそうに思えたのだ。しかしギャラリーのスティーヴン・オンピンがどのくらいの値をつけるのかわからない。おそらく五千ポンドから八千ポンドのあいだだろうと推定したが、何を根拠にそう思ったのか、自分でも定かではない。実際に聞いてみると、十八万ポンドだった。

二〇一三年四月、アンファースがロフトに暮らしているボーイフレンドと結婚したことを手紙で報告してきて、さらに、彼女の郵便袋の最新情報も教えてくれた。

依然として、見知らぬ人からの手紙が届いています！　昨日も一通、オーストラリアから手紙が届きました。現在は水のしたたり程度まで、手紙の数も減っているんです（やっぱり自分も書いて、ランパスに送らないとだめ）。絵はがきを出した人からは、すべて返事が届きました。あ

2『Decca : The Letters of Jessica Mitford』ed. Peter Y. Sussman, Weidenfeld & Nicolson, 2006. J・K・ローリングの書評は『サンデー・テレグラフ』紙に掲載された。

Lundi

Mon cher Jacques,

Je rentre d'un séjour d'une semaine à la mer, au coq pour préciser et je trouve ton appel en rentrant - C'est cruel comme coïncidence, mais ni toi ni moi n'en sommes responsables. Ne trouveras tu pas le moyen de passer tout de même 1 jour ou 2 à Bruxelles ? Pendant mes vacances trop courtes comme toujours j'ai pensé à ceci :

et à une vache couchée dans une prairie - sur le dos et les flancs de la bête se trouve posé l'inévitable : un château fort - et à un sujet de petit récit : un pauvre père avec une dizaine de jeunes enfants se promenant - une petite fille désire une crème à la glace ;

「これは、熱気球ではありません」―― マグリットが友人に宛てた手紙る若者は、人生に意味なんてなく、自殺したいという気持ちを書いてきました——その彼に、やるべきことを一覧にした葉書を出してみたところ、相手はわたしの葉書をコピーし、わたしが提案したやるべきことを、いかにして成し遂げるか、その方法をリストにしたものといっしょに送ってきました。

いまわたしはこれを、コーンウォールにある小さな自宅から書いている。そこは旧郵便局車庫と呼ばれていて、もとはセントアイヴズの郵便局が配達用のヴァンのメンテナンスにつかっていた場所だ。それが二〇〇〇年頃に家屋に転用され、その数年後にわたしが購入したときには、まだ階段の下にGPO（ロンドン郵便本局）のマークがついた、枝編み細工でできた大きな籠がひとつ置いてあった。かつて数千通の手紙を入れた郵便袋を収めるのにつかわれていたそれに、いまではサーフボードや釣り道具といった、海辺でつかう道具が収まっている。わたしにはどれも用がないが、うちの子どものひとりが、折々に何か探してかきまわしている。これも時代の移り変わりを象徴しているのかもしれない。

今日の早い時間、郵便配達をしているトレイシーという女性が、わが家の玄関ベルを鳴らし、うちの私道に配達途中の中継地点のようなものをつくらせてもらえないかと言ってきた。それがあれば彼女も同僚も、全部の郵便を背中にかついだり、カートに乗せて運んだりせず、随時そこに立ち寄って、必要な郵便だけを持って配達ができる。「手紙」と言っていたが、おそらくそれにはアマゾンの小包やオンラインで注文した品々、ジャンクメールも含まれるのだろう。そのためには、家の側壁の隣にコンクリートの台座をつくり、その上に巨大な灰色のスチールボックスを立てることが必要になる。用が済んだら瞬時に片づけることができるような仕組みにするらしい。場所を提供したからといって金銭的な御礼はないが、代わりに郵便切手が支給され、地元の郵便の円滑な配達に貢献しているという満足感が得られる。それでわたしは了承した。

昨今ではこれまで以上に、人を教え導き、喜びを与えてくれる手紙に光が当たるようになってきた。「注目すべき手紙」でネット検索をしたところ、莫大な数のヒット件数があり、P・G・ウッドハウス、カート・ヴォネガット、ベンジャミン・ブリテンの書簡集や、ポール・オースターとJ・M・クッツェーのやりとりした手紙などの出版が熱心に行われているのも知ってうれしくなった。しかし手紙の将来は暗澹(あんたん)としている。郵便事業を担う組織自体が変化しつつあって、二〇一三年にはロイヤル・メール（旧英国郵政公社）の民営化が発表されたし、米国郵政公社では、日曜日の配達を廃止することが検討されている。電子メールももはや古臭いと考える若い世代が、ツイッターやインスタントメッセージを活用するようになり、それに伴って文章表現はおしなべて短くするものという風潮が広がれば、この先われわれのコミュニケーションはどうなるのだろう？　そう遠くない未来に、電子メールの書簡集が電子書籍として刊行され、その見てくれは現在のわれわれの、電子メールの受信箱と同じ様相を呈するかもしれない。

最近、あるディナーパーティでわたしの向かいにすわった若い女性の書店員が、お気に入りの本のひとつとして――当然と言えば当然かもしれない――ヘレーン・ハンフの『チャリング・クロス街84番地』を上げた。アンソニー・ホプキンズとアン・バンクロフトが共演した、あの陰鬱な映画版も見て、そちらも気に入っていると言う。ハンフの作品のほうは書簡集であって、わたしの知っている人間はほぼ全員読んでいるようだ。ニューヨーク在住の読書好きな一放送作家（ハンフ）と、ロンドンの、タイトルに取られた番地に建つ書籍商、マークス社の職員のあいだで戦後にやりとりされた、嘘偽りのない手紙の記録だ。ハンフは強気で太っ腹。誤植がなくて読みやすく、しかも手頑な値段で手に入る、プラトンやオースティンを初めとする名著を切望していた。対する書籍商のスタッフは、みな博学で品行方正。彼女が差し出したリストの書籍をできるだけ揃えようと、懸命に力を尽くす。なかでもハンフの依頼仕事を担当する責任者フランク・ドエルは、新しいクライアントの読書傾向と歯に衣着せぬ物言いにはっきりと好感を示し、ふたりのあいだに心を打つ関係が育まれていく。マークス社はとうの昔になくなり、書籍を巡る商売も、また先の見えない時代に突入した現在に読んでみると、なおさらその内容は感動的だ。わずかに変色したハズリット（英国の批評家、エッセイスト）と、質素なハムを交換することはなくても、わたしはこれからも、昔ながらの、大西洋を横断する偉大な航空便をつかって、コネティカットの新しいペンパルと文通を続けていけるものと信じたい。

この本の持つ大きな魅力をなんと説明すればいいだろう。簡潔でシンプルな文体もそのひとつで、失われた世界への哀歌と取れなくもない。しかしなんといっても、『チャリング・クロス街84番地』が人を感動させずにおかないのは、それが愛を描いた物語だからだろう――読書への愛、手紙を書くことへの愛、そして、イギリスとアメリカの違いに単にcolorの語に「u」を含めるかどうか以上の意味があった最後の時代（一九五〇年代）における、異なる階級と文化への愛。しかし本書はまた、手紙を媒介とすることによってのみ可能な、繊細で、思慮深く、ゆるやかに発展していく恋愛物語でもある。もはや時代遅れと言える手紙による求愛は、その進展が緩慢だからこそ、相手への思いやりと、嘘偽りのない関心が生まれる。さらに読者であるわれわれも関心を持たずにいられないのは、そこにわれわれ自身の姿も認められるからである。

*

事の成りゆき―― サマセットでページェントにつかわれる郵便ポスト

最近、わたしの編集者が、子どもたちと『ポストマン・パット』を観ていて、面白いことに気づいた（子どものいない読者のために説明すると、『ポストマン・パット』というのは、フェルトでつくった人形が活躍する、未就学の子ども向けの古典的なテレビアニメで、一九八〇年代に断続的に放映された。事件らしいものは何ひとつ起こらず、ただ郵便配達員のパットと、白黒の猫が毎日の決まり仕事をしながら、小さな危機を回避し、村じゅうに笑いを巻き起こし、それが宿縁的に世界全体へ広がっていくというシナリオだ）。一番新しいシリーズで、パットの世界はわずかに新しくなった（彼はいま、携帯電話を持っている）。しかし、全体を見れば旧態依然としていて、有名なテーマソングにわずかな修正が加えられただけだ。しばらく前、ロイヤル・メールは、ミスター・パットとはもうこれ以上関わりたくないと態度を決めた。このアニメが、進取の気性に富む組織のイメージに合わないというのがその理由だ。それで多くの子どもたちから愛された郵便配達人は、時代の流れを読み取って、歌の文句を変えることにした。新しいヴァージョンの歌では、もはや「玄関に手紙が届く」のではなく、「玄関に小包が届く」となっている。かようにして、一大帝国は崩壊していく。

個人が手紙を書かない風潮はこの十年で明らかに加速された。[3] しかし、そういった傾向は、何も目新しいものではない。数十年前に、すでにその手の指摘が頻繁になされている。七十年代半ば、ハル大学で図書館を運営していたフィリップ・ラーキンは、キングズリー・エイミスへ宛てた手紙のひとつで、きみからの手紙を受け取るのはとてもうれしいと書いている。「最近はあまり手紙も

3　正確な数字はない——個人的な手紙が（商用の手紙や広告チラシの類と比較して）どのぐらい配達されたかを計算するのは不可能だろう。肉筆で書かれているということがひとつの指標になり、それを追っていけばいいとも思えるが、オートメーション化されたシステムは、そういう数字を記録してはいない。しかしながら、ロイヤル・メールでは、毎年個人宅宛てに送られる手紙の件数をずっと記録し続けている。この場合、手紙には、小包以外のすべてが含まれ（よってダイレクトメールの数も含まれる）、その数は一九八〇～八一年度以来着実に伸びており、その年度の九十九億六千万件から、一九八六～八七年度には百二十五億三千万件に、一九九二年～九三年度には百六十三億六千万件まで伸びている。そのピークは二〇〇四～〇五年度の二百一億九千万件で、そこから先は衰退の一途をたどる。二〇〇八～〇九年度は百八十億四百万件に、二〇〇九～一〇年度には百六十六億四千万件に、二〇一一～一二年度には百五十一億四千万件まで減っている。二〇一三年三月三十一日を最後とする年度の、予備調査結果は百三十八億六千万件となっている。

来ない。来たとしても、ガスや電話をとめると脅す手紙や、一九七六年七月一日までに五千ポンドが必要だとか、そういうものばかりだ」彼が欲しかった手紙は、女王の使用人から送られてくる、仕事をオファーする手紙であり、ウィンザー城の図書館の管理人になって、敷地内に自分の家をもらう知らせだ。もっと望ましいのは、次のように書き出される手紙だろう。「故ミスター・ゲティ（米国の石油王、ジャン・ポール・ゲティ）の遺書にある指示に従って、あなた様にご連絡申し上げます……」

皇太后（エリザベス二世の母）の書簡集『Counting One's Blessings』に、編集担当のウィリアム・ショークロスが寄せた序文によると、一九六四年、ロジャー・フルフォードがヴィクトリア女王と娘のヴィクトリアとのあいだでやりとりされた手紙を整理していたところ、同じふたつのフレーズが、しょっちゅう現れるのに気がついた。すなわち、「最近では誰も手紙を書かない」、「手紙を書く技術は失われてしまった」というものだ。

皇太后の手紙は意外なほどに面白く、イギリスの百年をユニークにつづっている。そのなかにはテッド・ヒューズと交わした活気に満ちた力強い手紙もあるが、最高に愉快なのは、親善の印としてもらった珍しい贈り物に対する簡単な礼状だろう。書簡集の最後に載せられているのは、百一歳の誕生日にチャールズ王子からもらった、大きくてふわふわのバスタオル・セットへの礼状だ。そこで皇太后は、全身をタオルですっぽり包んで、スコットランドの海と太陽の輝きを受けとめる(至福の)ひとときに思いを巡らせている。さらに、それより前、皇太后は豪華なチョコレートの詰め合わせをもらっている。一般人なら、「なんておいしいチョコ！」とでも書いて済ませるところを、皇太后はそうではなく、「あまりのおいしさに言葉になりません」と書いている（おそらくここでは、ウィンザー王室には珍しく、多少の皮肉を交えているのかもしれない）。それからさらに、こんな豪華な詰め合わせは生まれて初めてもらったと強調している。「驚いたことに、詰められているチョコレートすべてがとてもおいしいのです」(皇太后がバーバラ・カートランドのロマンス小説に出てくるように、ベッドに寝ころがり、百枚もフリルがついた枕によりかかって、チョコレートを次々に口に放りこんでは、「ああ! キャラメル! これもおいしいわ!」と満悦しているイメージをどうしても拭えない)

その書簡集ではまた、一世紀にわたって様々に変化する、きらびやかな結語の移り変わりも見せてくれる。一九〇九年二月、皇太后は八歳のときに父親のストラスモア卿に宛てて書いた手紙で、イタリアの休日で触れあった一頭の「ロバ」のことをつづり、結語に、「Xxxxxxxxxxx Oooooooo」と書いている(ハグすることを、「o」で表すのは、比較的最近のことだと思っていたが、明らかにそうではない――「x」(キスを示す)の略号を手紙に記すのは、中世、神を深く崇拝し、誠実と信仰を示すために、書類に十字架を記したのちに、それに口づけをする習慣から始まったというのは知っている)。七年後、戦時中に母親に宛てた手紙は、その朝(女公爵になって七年目で、バスと路面電車で旅をして)ハックニーで何かの試験を受けたあとに書いたもので、依然として、最後を「ooooooxxxxxxxxx」で締めくくっている。しかししだいに重い責任を担うようになっていくと、結語も、「I am, Yours very sincerely」(チャーチル宛)、「Ever yours affect」(ユーゴスラビアのポール王子宛)、「your sincere friend」(エレナー・ローズヴェルト宛)というものが増えていく。しかし彼女が書いた結語のうち、いまでは最も有名な――そうでなければ、有名になるべき――ものは、一九四一年二月、戦争のさなかに書かれたものだろう。それは戦闘で兄弟を亡くした、友人の看護師エリザベス・エルフィンストーンに宛てて、バッキンガム宮殿から出したもので、女王は彼女に哀れみの情を見せて、自分は戦争の始まった当初と同じように、いまでも爆弾や火砲に脅え、その音を聞くたびに依然として心臓が「早鐘を打つ」と書いている。それから結語を記すのだが、これは単なるさようならではなく、次のようになっている。

Tinkety tonk old fruit（さらば、わが友よ）, & down with the Nazis（ナチスを倒せ）

Always your loving（親愛なる）

Peter

「Peter」が何を表すのかは謎だが、しかし彼女はここで、P・G・ウッドハウスの小説に出てくる、「r」がひとつ余分についた「tinkerty tonk」を拾って、右のように書いたと考えられる。キャサリン・マンスフィールドは、かつて友人のひとりに、「これは手紙ではなく、束の間だけれど、あなたを抱きしめているのと同じ」と書いており、おそらく個人的な手紙というのは、読み終わったときに、そんなふうに感じられるべきなのだろう。

さて、手紙に関する本の結語には、どんなものがふさわしいか？　「草々」などと書いてはあっさりしすぎて失敗だし、「さようなら」という結語はもう二千年以上にわたってつかわれていて新味がない。ならばここは、皇太后の真似をしよう。

さて、tinkety tonk old fruit, and down with the Nazis forever.

あなたに手紙を書けてうれしかった。

Simon

謝辞

廃れていく手紙のなかで、最後の最後まで持ちこたえるもののひとつが礼状だろう。ここにわたしもそれをしたためたい。本書で手紙の真実と永続する価値について説くために、わたしが力を借りた大勢の人々がいる。多方面にわたる調査ゆえ、事実関係の掌握においても、専門的な細かい知識においても、多くの研究者の学識に頼らざるを得なかった。参考文献に列挙してある著者すべてに感謝を捧げたい。もしさらに深く知りたいと思う読者がいれば、ここに並んでいる書籍にまず当たるのが、一番の得策だ。

大勢の人々に幅広い経験を提供してもらい、個々の事物に対する個人的な分析もいただいた。こういう協力がなかったら、この本は随分と薄っぺらい内容に終わっていたことだろう。本文にインタビューを掲載させてもらった人々や言及させてもらった人々に加えて、スティーヴン・カーリング、クレイグ・テイラー、ポール・タフ、レンカ・クレイトン、マイケル・クロウ、ルーシー・ノーカス、サイモン・ロバーツ、リチャード・トムリンソン、スザンヌ・ホジャート、リチャード・フェラーロ、エマ・バナー、ジェフ・ウッドにも感謝を捧げたい。

章の合間を縫うようにして展開していく、戦時の瞠目すべき物語は、手紙の持つ力と、その手紙が厳重に管理されてきたことを如実に示している。前者はクリス・バーカーとベッシー・ムーアの功であり、後者はバーナード・バーカーとケイティ・エッジの功である。後者のふたりは、手紙の価値（内容が極めて重要で、読んで非常に面白い）を認めただけでなく、それを万人が読める形にするため、人に頼んでタイプ打ちにした。わたしはそういった地道な作業の初期段階に、一度足を踏みいれただけであり、もし事前にそういう作業がなされていなかったら、わたしの側の編集作業はおそろしく難航したことだろう。本書に載せた手紙は、味見用のサンプルに過ぎないと見るべきで、もっと長いヴァージョンを読めば、さらに深い感動が味わえる。クリス・バーカーの文書（手紙と、その他の数多くの書類）は、サセックス大学のマス・オブザベーション・アーカイブという理想的な場所に収められて、フィオナ・カーリッジ、ジェシカ・スカントルベリーを初め、彼女たちの同僚によって厳重に守られている。

本書の執筆に当たっては、キャノンゲート社の主たる管理者三人に多大な便宜を図ってもらった。慎重な提案と、編集処理について建設的な意見をもらったニック・デイビーズ、アーニャ・セロタ、ジェニー・ロードに感謝を捧げたい。才能とインスピレーションにあふれた三人と仕事ができてうれしかった。編集アシスタントのナターシャ・ホジスンには、許可を取ったり、イラストレーションの権利を取ったりと、たゆみない努力をしてもらい、ヴィッキー・ラザフォードは手稿についてあらゆる行程を苦もなく優雅にやってのけるのに感服した。またジェニー・トッドには長期のビジョンを与えてもらい、アンナ・フレームには、その広報の才で助けてもらった。ラファエラ・ロマーヤには美しいカバー・デザインで、シアン・ギブソンには販売知識で、キャロライン・ゴーラムとローラ・コールには生産管理で、お世話になった。そして、自然の力と、尽きることのない文学的才能を持つジェイミー・ビング。瞬時の内にわたしをくつろがせてくれて、ありがとう。

アメリカでは、今度もまたゴサム社が大西洋をはさんだ完璧なパートナーであることが実証された。とりわけ、ビル・シンカー、ジェシカ・シンドラー、チャーリー・コンラッド、リサ・ジョンソン、ベス・パーカーに感謝を捧げたい。

今回もまた、ジェイド・デザインのジェイムズ・アレグザンダーのウィットあふれる創造性に助けてもらったし、ショーン・コステロの労を惜しまない原稿整理によって、本来なら山ほどの恥をかくところを救われた。いつでも最高の資料を提供してくれる、ロンドン図書館のスタッフと書棚は、これまでずっと頼りにしてきたが、とりわけ今回のテーマでは大変お世話になった。わたしの代理人である、ユナイテッド・アーチスツのローズマリー・スコウラーとは真の友だちになれた。

妻のジャスティン・カンターとは、電子メールのラブレターが従来の恋文をすでに駆逐した時代に出会った。よって、本書はそれを逆行させる試みでもあった。

訳者あとがき

ひょっとしたら近い将来、一度も手紙のやりとりをせずに人生を終える世代が現れるかもしれない。それを聞いて、あなたは何を思うだろうか。

電子メールやSNS全盛の昨今、人と人をつなぐ通信手段は格段の進歩を遂げた。いまさら手紙もないだろうと思うかもしれない。ところが本書を読めば、その考えは間違いなく変わる。電子メールによって利便性とスピードを手に入れたものの、手紙を失うことで、われわれは確実に大事なものを失う。その事実を痛感するのである。

手で紙に書く、手紙。手間と時間がかかるからこそ味わいや深みが生まれ、送り手と受け手のあいだの時差が、離れている相手に思いを馳せる贅沢なゆとりを生む。ふりかえれば、かつて人は手紙を通じて友情や恋を育んでいた。

本書は、書字板につづられて国家支配の要になっていた紀元前の手紙から始まって、ヴェスヴィオ火山爆発の様子を生々しく伝えて第一級の歴史資料となった小プリニウスの手紙、文通を通じて結婚に至ったブラウニング夫妻の手紙、死後明らかにされ、最強の遺産と言われたヘンリー・ミラーとアナイス・ニンの往復書簡などなど、各時代の名作と呼ばれる有名な手紙を紹介して、その魅力を十二分に味わわせてくれると同時に、移り変わる郵便事情にも触れて、これまで明らかになっていなかった意外な事実で読者を驚かせる。

宛先に届かない手紙がめぐりめぐって最後に行き着く墓場、配達不能郵便取扱課（デッド・レター・オフィス）の悲哀。判読不能な宛先を瞬時の内に解読する郵便局員の痛快。手紙の匿名性と人間の貪欲さにつけこむ偽札詐欺の老獪。郵便局の力を試すために自分を郵便で送った男の奇怪。
手紙を切り口に、これだけ豊かな世界を覗かせてくれる著者の着眼点と、それを膨らませる取材力と構成力の確かさには舌を巻くしかない。手紙の歴史をたどるのは、人間の歴史、世界の歴史をたどるのに等しく、通信手段の変化がこれほどまでに人間の考え方や心ばえに影響を与えるという事実に気づいて愕然とする。おそらく本書を読んだあとには、誰もが大切な人に手紙を書きたくなるだろう。

各章の合間にコラムのように挟み込まれるクリスとベッシーの手紙は書簡体小説ではなく、現存する本物の手紙だ。歴史に名を残すこともない市井の一男女が、自分たちの死後に他人に読まれる（ましてや翻訳されて世界じゅうで読まれる）ことなどまったく想定せずに、戦時下に海を隔ててやりとりしたもので、単なる職場の同僚だったふたりが、まったく顔を合わせることなく、手紙の文章だけで関係を深めていく過程が奇跡のように思える。果たして、このふたりの未来やいかに？本編が終わると同時に、それも明らかになるという、誠に心憎い演出も楽しめる。

最後になりましたが、徹底した事実確認と原稿チェックに加え、心温まる助言で訳者を最後まで支えてくださった編集の八木志朗さんに、この場をお借りして心より感謝を捧げます。

二〇一五年十月

杉田七重

Exegesis (Baylor University Press, Waco, Texas, 2006)
Lewins, William, *Her Majesty's Mails: The British Post-Office* (Samson and Marston, London, 1864)
Little, Peter, *Communication in Business* (Longmans, London,1965)
Mallon, Thomas, *Yours Ever: People and Their Letters* (Pantheon, New York, 2009)
Meyer, Jessica, *Men of War: Masculinity and the First World War in Britain* (Palgrave Macmillan, London, 2008)
Mitford, Jessica, *Decca: The Letters of Jessica Mitford*, edited by Peter Y. Sussman (Weidenfeld & Nicolson, London, 2006)
Motion, Andrew, *Keats* (Faber and Faber, London, 1997)
Mossiker, Frances, *Madame de Sévigné: A Life and Letters* (Alfred A. Knopf, New York, 1983)
Mullan, John, *What Matters in Jane Austen?* (Bloomsbury, London, 2012)
Nin, Anaïs and Miller, Henry, *A Literate Passion: Letters of Anaïs Nin & Henry Miller*, edited by Gunther Stuhlmann (Harcourt Brace & Company, San Diego, 1987)
Oldfield, Sybil, ed., *Afterwords: Letters on the Death of Virginia Woolf* (Edinburgh University Press, Edinburgh, 2005)
The Paston Letters, edited by Norman Davis (Oxford University Press, Oxford, 1983)
Petrarch: The First Modern Scholar and Man of Letters, introduced and selected by James Harvey Robinson (G.P. Putnam & Sons, New York and London, 1909)
Plath, Sylvia, *Letters Home* (Faber and Faber, London, 1975)
Pliny the Younger, *The Letters of the Younger Pliny*, translated by Betty Radice (Penguin Books, London, 1963)
Poster, Carol and Mitchell, Linda C., eds, *Letter-Writing Manuals and Instruction from Antiquity to the Present* (University of South Carolina Press, Columbia, South Carolina, 2007)
Richlin, Amy, ed., *Marcus Aurelius in Love* (University of Chicago Press, Chicago, 2006)
Roberts, William, *History of Letter-Writing: From the Earliest Period to the Fifth Century* (William Pickering, London, 1843)
Robertson, J, *The Art of Letter Writing* (University Press of Liverpool, Liverpool, 1942)
Rosenmeyer, Patricia A., *Ancient Epistolary Fictions: The Letter in Greek Literature* (Cambridge University Press, Cambridge, 2001)
Rotunno, Laura *Victorian Literature and Culture* (Cambridge University Press, Cambridge, 2005)
Rummel, Erika, ed., *The Erasmus Reader* (University of Toronto Press, Toronto, 1990)
Seneca, *Selected Philosophical Letters*, edited by Brad Inwood (Oxford University Press, Oxford, 2007)
Sévigné, Madame de, *Selected Letters* (Penguin Books, London, 1982)
Stanhope, Philip (Second Earl of Chesterfield), *Some Short Observations for the Lady Mary Stanhope Concerning the Writing of Ordinary Letters* (Farmington, Conn., 1934)
Stanhope, Philip (Fourth Earl of Chesterfield), *Letters to His Son and Others* (Dutton, London, 1986)
Thomas, Katie-Louise, *Postal Pleasures: Sex, Scandal and Victorian Letters* (Oxford University Press, Oxford, 2012)
Tingey, John, *The Englishman Who Posted Himself and Other Curious Objects* (Princeton University Press, Princeton, 2010)
Vaughn, Sally N., *St Anselm and the Handmaidens of God* (Brepolis, Turnhout, 2002)
Whyman, Susan E., *The Pen and the People: English Letter Writers, 1660–1800* (Oxford University Press, Oxford, 2009)
Woolf, Virginia, *Leave The Letters Till We're Dead: The Letters of Virginia Woolf, Vol VI*, edited by Nigel Nicholson (Hogarth Press, London, 1978)

参考文献

Abelard and Heloise, *The Letters of Abelard and Heloise*, translated by Betty Radice (Penguin Books, London, 1974)

Bannet, Eve Tavor, *Empire of Letters: Letter Manuals and Transatlantic Correspondence*, 1688–1820 (Cambridge University Press, Cambridge, 2005)

Beale, Philip O., *England's Mail: Two Millennia of Letter Writing* (Tempus, Stroud, 2005)

Beard, Mary, *Confronting The Classics* (Profile Books, London, 2013)

Bishop, Elizabeth, *Words in Air: the Complete Correspondence between Elizabeth Bishop and Robert Lowell* (Faber and Faber, London, 2008)

Bowman, Alan.K. et al., *Oxyrhynchus: A City and Its Texts* (Egypt Exploration Society, London, 2007)

Bowman, Alan K., *Life and Letters on the Roman frontier: Vindolanda and Its People* (British Museum, London, 2003)

Bradford, May, *A Hospital Letter-Writer in France* (Methuen, London, 1920)

Brown, Richard D., *Knowledge Is Power: The Diffusion of Information in Early America 1700–1865*(Oxford University Press, Oxford, 1989)

Campbell-Smith, Duncan, *Masters of the Post: the Authorized History of the Royal Mail* (Allen Lane, London, 2011)

Chartier, Roger et al., *Correspondence: Models of Letter-Writing from the Middle Ages to the Nineteenth Century* (Polity Press, Cambridge, 1997)

Cicero, *Letters of Cicero*, translated by Evelyn S. Shuckburgh (George Bell and Sons, London, 1899)

Creswell, Harry B., *The Honeywood File* (Architectural Press, London, 1929)

Daybell, James, *The Material Letter in Early Modern England: Manuscript Letters and the Culture and Practices of Letter-Writing, 1512–1635* (Palgrave Macmillan, London, 2012)

Dearborn, Mary V., *The Happiest Man Alive: a Biography of Henry Miller* (HarperCollins, London, 1991)

Decker, William Merrill, *Epistolary Practices: Letter Writing in America before Telecommunications* (University of North Carolina Press, Chapel Hill and London, 1998)

Earle, Rebecca, ed., *Epistolary Selves: Letters and Letter-Writers, 1600–1945* (Ashgate, Aldershot, 1999)

Freeman, John, *The Tyranny of E-mail: the 4,000-year Journey to Your Inbox* (Scribner, New York, 2009)

Garfield, Simon, *The Error World* (Faber and Faber, London, 2008)

Hafner, Katie and Lyon, Matthew: *Where Wizards Stay Up Late: the Origins of the Internet* (Touchstone, New York, 1996)

Hanff, Helene, 84, *Charing Cross Road* (Andre Deutsch, London, 1971)

Henkin, David M., *The Postal Age: the Emergence of Modern Communications in Nineteenth-Century America* (University of Chicago Press, Chicago, 2006)

Hughes, Ted, *Letters of Ted Hughes* (Faber and Faber, London 2007)

Keats, John, *Selected letters of John Keats*, edited by Grant F. Scott (Harvard University Press, Cambridge, Mass., 2002)

Kerherve, Alain, ed., *The Ladies Complete Letter Writer* (Cambridge Scholars Publishing, Newcastle upon Tyne, 2010)

Klauck, Hans-Josef and Bailey, Daniel P., *Ancient Letters and the New Testament: a Guide to Context and*

Inc. p.362, 363 From the collection of Edward White, courtesy Glenn Horowitz Bookseller, Inc. Photograph by Tom Palumbo p.364, 365 From the collection of Edward White, courtesy Glenn Horowitz Bookseller, Inc. p.370 Used by kind permission of Rachael Hetherington p.371 Courtesy of the University of Sussex archive p.394 Copyright©Peanuts Worldwide LLC. p.403 Courtesy of Private Collection/The Bridgeman Art library p.407 Courtesy of Keats House, Hampsted, London, UK/ Photo©Neil Holms/The Bridgeman Art library p.414 Courtesy of Private Collection/Photo©Christie's Images/The Bridgeman Art library p.418 Courtesy of Warshaw Collection of Business Americana-Telegraph, Archives Center, National Museum of American History, Smithsonian Institution p.421 Photo Soichi Sunami©The Anaïs Nin Trust; ©Hulton Archive/Getty Images p.435 Courtesy of Private Collection/Photo©Mark Gerson/The Bridgeman Art library p.459 Courtesy of Gerald Hughes collection, Manuscript, Archives, and Rare Book Library, Emory University p.474 ©Dan Murphy p.478 Courtesy of BBN Technologies p.491 Courtesy of the Harry Ransom Center, The University of Texas at Austin p.500, 504, 515 Used with Kind permission of Bernard Barker p.525 ©Deb Olin Unferth p.531 Courtesy of Stephen Ongpin p.532 Courtesy of ADAGP, Paris and DACS, London 2013/Private Collection/Photo©Christie's Images/The Bridgeman Art library p.536 ©Derek Harper p.550 Courtesy of The British Postal Museum and Archive, London UK

写真クレジット

p.2 Courtesy of the British Postal Museum and Archive, London, UK/©Royal Mail Group Ltd./The Bridgeman Art library p.8 Courtesy of the British Postal Museum and Archive, London, UK/©Royal Mail Group Ltd./The Bridgeman Art library p.13 Cortesy of Bloomsbury Auctions p.18 Courtesy of Private Collection/Photo©Chrisitie's Images/The Bridgeman Art library p.33 Courtesy of the Vindolanda Trust p.34 ©Adam Stanford and the Vindolanda Trust p.36 ©the Vindolanda Trust p.38 ©the Vindolanda Trust p.53 Source: Wikimedia Commons p.57 Courtesy of De Agostini Picture Library/A. Dagli Orti/The Bridgeman Art library p.69 Courtesy of Private Collection/Photo©Agnew's, London, UK/The Bridgeman Art library p.72 Used with kind permission of Bernard Barker p.79 Courtesy of De Agostini Picture Library/G. Nimatallah/The Bridgeman Art library p.84 ©Jim Linwood p.93 Photography©The Art Institute of Chicago p.96 Courtesy of Private Collection/©Look and Learn/The Bridgeman Art library p.107 Courtesy of Universal History Archive/UIG/The Bridgeman Art library p.114 Cortesy of Private Collection/The Bridgeman Art library p.116 ©The British Library Board C.40.b.35 title page p.136 Courtesy of British Library, London, UK/©British Library Board. All Rights Reserved/The Bridgeman Art library p.139 Courtesy of Universal History Archive/UIG/The Bridgeman Art library p.141 Courtesy of Palazzo Barberini, Rome, Italy/The Bridgeman Art library; Courtesy of Hever Castle, Kent, UK/The Bridgeman Art library p.146 The British Library Board, Add.22587, f.22v p.149 Courtesy of Private Collection/The Bridgeman Art library p.159 ©Simon Annand p.169 Courtesy of Musee de la Ville de Paris, Musee Carnavalet, Paris, France/Giraudon/The Bridgeman Art library p.184, 189, 203, 206, 211, 215 Courtesy of Private Collection/Photo©Christie's Images/The Bridgeman Art library p.217 Photo© Neil Holmes/The Bridgeman Art library p.219 Courtesy of Private Collection/©Look and Learn/The Bridgeman Art library p.223 ©Bonhams p.229 Courtesy of The Albert Einstein Archives, The Hebrew University of Jerusalem, Israel/Private Collection/Photo©Christie's Images/The Bridgeman Art library p.243 Courtesy of Photo Pierpont Morgan Library/Art Resource/Scala, Florence p.245 Courtesy of Private Collection/The Bridgeman Art library p.246 Courtesy of Private Collection/The Bridgeman Art library p.249 Courtesy of Private Collection/The Stapleton Collection/The Bridgeman Art library p.250 ©The British Library Board, C.71.cc.8 title page p.261 Courtesy of The Royal Mail/The British Postal Museum p.265 Courtesy of Private Collection/Ken Welsh/The Bridgeman Art library p.286 ©Hulton Archive/Getty Images p.297 Courtesy of Library of Congress Prints and Photographs Division, Washington D.C. p.307 Source: Wikimedia Commons p.308 ©Zoe James p.309 ©Royal Magazine p.311 Courtesy of The British Postal Museum and Archive, London UK, 2013 p.323 Courtesy of The British Postal Museum and Archive, London UK p.331 Courtesy of Trustees of the Watts Gallery, Compton, Surrey, UK/The Bridgeman Art library p.332 Courtesy of Westmount Public Library Postcard Collection, Westmount, Québec, Canada p.342 From the collection of William B. Beekman, courtesy Glenn Horowitz Bookseller, Inc. p.344 Copyright©Estate of Vanessa Bell courtesy of Henrietta Garnett/The British Postal Museum and Archive, London UK p.348, 356 From the collection of Willam B. Beekman, courtesy Glenn Horowitz Bookseller,

Someone, somewhere,
wants a letter from
YOU
GPO
JUST A FEW LINES MAKE ALL THE DIFFERENCE

装丁　鈴木正道（Suzuki Design）

【著者紹介】
サイモン・ガーフィールド *Simon Garfield*
1960年、イギリス・ロンドン生まれ。ジャーナリストとして『インディペンデント』紙、『オブザーバー』紙などに寄稿。『The End of Innocence: Britain in the Time of AIDS』でサマセット・モーム賞を受賞。邦訳書に『オン・ザ・マップ　地図と人類の物語』(太田出版)がある。

【訳者紹介】
杉田七重（すぎた・ななえ）
1963年、東京都生まれ。東京学芸大学卒業。おもな訳書に『トップ記事は、月に人類発見！　十九世紀、アメリカ新聞戦争』『スエズ運河を消せ　トリックで戦った男たち』（ともに柏書房）『月にハミング』『石を積むひと』（ともに小学館）『時を紡ぐ少女』（東京創元社）『ソハの地下水道』（集英社）などがある。

手紙　その消えゆく世界をたどる旅

2015年12月10日　第1刷発行

著者　サイモン・ガーフィールド
訳者　杉田七重
発行者　富澤凡子
発行所　柏書房株式会社
東京都文京区本郷2-15-13（〒113-0033）
電話（03）3830-1891（営業）
（03）3830-1894（編集）
組版　高橋克行　金井紅美
印刷・製本　中央精版印刷株式会社

ISBN978-4-7601-4642-0